HEYNE <

Das Buch

Zu Beginn des 22. Jahrhunderts verlassen die Menschen mit Generationenschiffen ihr Sonnensystem und stoßen auf die Ildiraner. Dieses aus zahlreichen Arten bestehende Volk erlebt unter der Herrschaft eines weisen Imperators seit vielen Jahrhunderten ein Goldenes Zeitalter. Die Menschen profitieren von der Kooperationsbereitschaft der Ildiraner, übernehmen von ihnen den überlichtschnellen Sternenantrieb und können nun etliche Welten im Spiralarm der Galaxis besiedeln.
Dabei stoßen sie auf die Überreste einer anderen hoch entwickelten Zivilisation. Die insektenartigen Klikiss sind jedoch vollständig ausgestorben; nur noch Ruinenstädte zeugen von ihrer Existenz. Sogar in der »Saga der Sieben Sonnen«, dem zentralen, die gesamte bekannte Geschichte umfassenden Epos der Ildiraner, wird diese untergegangene Hochkultur kaum erwähnt.
Als Xenoarchäologen von der Erde das Rätsel der Klikiss lösen wollen, werden sie mit einer weiteren, höchst aggressiven Spezies konfrontiert, deren Lebensraum die Menschen, ohne es zu wissen, zerstört haben. Und sie werden in eine Auseinandersetzung verwickelt, die das Ende der menschlichen Expansion und des Ildiranischen Reiches bedeuten könnte ...

Der Autor

Kevin J. Anderson ist einer der meistgelesenen SF-Autoren unserer Zeit. Die Auflage seiner Bücher, darunter zahlreiche »Star Wars«- und »Akte X«-Romane, beträgt weltweit über 15 Millionen Exemplare. Gemeinsam mit Brian Herbert schrieb Anderson auch die »Frühen Wüstenplanet-Chroniken«, die faszinierende Vorgeschichte zu Frank Herberts großem SF-Epos »Der Wüstenplanet«. Weitere Informationen zum Autor und seiner »Saga der Sieben Sonnen« finden Sie unter: www. wordfire.com.

KEVIN J. ANDERSON

Das Imperium

Roman

Deutsche Erstausgabe

WILHELM HEYNE VERLAG
MÜNCHEN

HEYNE SCIENCE FICTION & FANTASY
Band 06/8311

Titel der amerikanischen Originalausgabe
HIDDEN EMPIRE
Deutsche Übersetzung von Andreas Brandhorst
Das Umschlagbild ist von Stephen Youll

Umwelthinweis:
Dieses Buch wurde auf chlor- und
säurefreiem Papier gedruckt.

Redaktion: Rainer Michael Rahn

Der Wilhelm Heyne Verlag ist ein Verlag des Verlagshauses
Ullstein Heyne List GmbH & Co. KG
www.heyne.de
Printed in Germany 4/03
Umschlaggestaltung: Nele Schütz Design, München
Satz: Schaber Satz- und Datentechnik, Wels
Druck und Bindung: Bercker, Kevelaer

ISBN 3-453-87047-6

Für IGOR KORDEY,
einen einfallsreichen, hart arbeitenden und sehr
talentierten Künstler.
Während der frühen Entwicklungsphase von
Die Saga der sieben Sonnen half er mir dabei, vielen
Schlüsselelementen dieses Universums
Struktur und Form zu geben.
Ohne seine Fragen und Hinweise hätte die Serie
weniger Substanz und Leben.

DANKSAGUNG

Während der Entwicklung, des Schreibens und des Redigierens dieser Serie haben mir viele Personen mit Rat und Begeisterung zur Seite gestanden. Mein besonderer Dank gebührt Betsy Mitchell und Jaime Levine von Warner Aspect und John Jarrold von Simon & Schuster, UK; Matt Bialer, Robert Gottlieb, Maya Perez und Cheryl Capitani von der Trident Media Group; Larry Shapiro von der Creative Artists Agency; Jeff Mariotte und John Nee von Wildstorm/DC Comics; und den Künstlern Stephen Youll und Igor Kordey.

Catherine Sidor von WordFire, Inc., hat - wie immer - 150 Prozent gegeben, um meine Bänder der einzelnen Kapitel niederzuschreiben und dabei mit mir Schritt zu halten. Außerdem hat sie Korrektur gelesen und sparte nicht mit allgemeinen Kommentaren. Auch Diane Jones half mit klugen Fragen, Vorschlägen und Ideen. Gregory Benford half mir dabei, die Technik der Klikiss-Fackel zu entwickeln. Brian Herbert leistete von Anfang an Hilfe und Unterstützung.

Und meine Frau Rebecca Moesta half mir in vielfältiger Weise, sowohl vor als auch hinter den Kulissen.

1 ✷ MARGARET COLICOS

Hoch im sicheren Orbit über dem Gasriesen blickte Margaret durchs Fenster auf die kontinentgroßen Stürme und Wolken hinab. Sie fragte sich, wie lange es nach dem Beginn des Experiments dauern würde, bis der ganze Planet brannte.

Oncier war eine pastellfarbene Kugel aus Wasserstoff und anderen Gasen, etwa fünfmal so groß wie Jupiter. Monde umgaben den riesigen Planeten wie eine Schar junger Hunde, die sich an ihre Mutter drängten. Die vier interessantesten von ihnen waren große Eis- und Felsbrocken namens Jack, Ben, George und Christopher, benannt nach den ersten vier Großen Königen der Terranischen Hanse. Wenn der heutige Test erfolgreich verlief, würden sich die Monde durch Terraforming in erdähnliche Kolonien verwandeln.

Wenn die Klikiss-Fackel versagte, würde es auch mit der steilen Karriere von Margaret Colicos abwärts gehen. Aber sie würde überleben. Als Xeno-Archäologen waren sie und ihr Mann Louis daran gewöhnt, in herrlicher Abgeschiedenheit zu arbeiten.

Aus Anlass des Experiments hatten sich viele Wissenschaftler, Techniker und politische Beobachter auf der technischen Plattform eingefunden. Mit dem eigentlichen Test hatte Margaret nichts zu tun, aber ihre Präsenz war trotzdem erforderlich. Sie galt als Berühmtheit und musste sich bewundern lassen. Immerhin war sie es gewesen, die den Apparat der Fremden in den Ruinen entdeckt hatte.

Sie strich sich das von grauen Strähnen durchsetzte Haar hinters Ohr zurück und sah, dass Louis wie ein Junge grinste. Sie waren seit Jahrzehnten verheiratet und hatten nie ohne den Partner gearbeitet. Zum ersten Mal seit Jahren trug Louis wieder einen eleganten Abendanzug. Margaret spürte, wie sehr er die Aufregung genoss, und sie lächelte um seinetwillen.

Sie beobachtete die Leute lieber, anstatt einen direkten Kontakt mit ihnen zu haben. Louis hatte einmal scherzhaft behauptet, seine Frau wäre deshalb so sehr von der Archäologie auf fremden Welten fasziniert, weil es dort kaum nötig wurde, mit jemandem ein Gespräch zu führen.

Mit viel Schmutz unter den Fingernägeln und bahnbrechenden Entdeckungen in ihren Lebensläufen hatten Margaret und Louis Colicos auf zahlreichen von den insektenartigen Klikiss verlassenen Welten geforscht und nach Hinweisen darauf gesucht, was mit ihrer verschwundenen Zivilisation geschehen sein mochte. Von dem Sternenreich der Fremden waren nur Geisterstädte und einige käferartige Roboter übrig geblieben, die über keine nützlichen Erinnerungen an ihre Schöpfer verfügten. In den gespenstischen Ruinen von Corribus hatte das Colicos-Team jene erstaunliche Technik entdeckt und enträtselt, die einen ganzen Planeten brennen lassen konnte: die so genannte »Klikiss-Fackel«.

Jetzt vibrierte Aufregung in der gefilterten Luft der Beobachtungsplattform. Eingeladene Funktionäre drängten sich an den Fenstern und sprachen miteinander. Nie zuvor hatten Menschen versucht, ihre eigene Sonne zu schaffen. Die Konsequenzen und geschäftlichen Möglichkeiten waren enorm.

Der Vorsitzende Basil Wenzeslas bemerkte, dass Margaret sich von den anderen separiert hatte. Als ein kleiner Kompi mit einem Tablett vorbeikam, das teuren Sekt anbot, nahm der mächtige Vorsitzende der Terranischen Hanse zwei Gläser aus stranggepresstem Polymer und näherte sich ihr, stolz und strahlend. »Weniger als eine Stunde.«

Margaret nahm das Glas pflichtbewusst entgegen und erwies dem Vorsitzenden die Freundlichkeit, einen Schluck zu trinken. Die wiederaufbereitete Luft der Beobachtungsplattform beeinflusste den Geruchs- und Geschmackssinn – ein billigerer Sekt hätte vermutlich ebenso gut geschmeckt. »Ich bin froh, wenn es vorbei ist, Vorsitzender. Ich verbringe meine Zeit lieber auf leeren Welten und lausche dort dem Flüstern längst vergangener Zivilisationen. Ein solches Gedränge wie hier mag ich nicht.«

Auf der anderen Seite der Plattform bemerkte sie einen grünen Priester, der still und allein dasaß. Der Mann mit der smaragdfarbenen Haut sollte unmittelbare telepathische Kommunikation ermöglichen, falls es zu einem Notfall kam. Jenseits der Beobachtungsplattform hing eine Zeremonienflotte fremder Kriegsschiffe im All: sieben spektakuläre Schiffe der ildiranischen Solaren Marine. Die Ildiraner waren ein gütiges Volk von Humanoiden, die der Menschheit dabei geholfen hatten, sich in der Galaxis auszubreiten. Ihre prächtig geschmückten Schiffe waren dort in Position gegangen, von wo aus sich der spektakuläre Test gut beobachten ließ.

»Ich verstehe Sie«, sagte der Vorsitzende. »Auch ich versuche, mich vom Rampenlicht fern zu halten.« Wenzeslas war ein vornehmer Mann und schien mit jedem verstreichenden Jahr attraktiver und kultivierter zu werden, so als lernte er die Kunst der Höflichkeit immer besser, ohne dabei zu vergessen, wie man körperlich fit blieb. Er nippte an dem Sekt so zurückhaltend, dass die Flüssigkeit kaum seine Lippen berührte. »Das Warten fällt immer schwer, nicht wahr? Sie sind nicht daran gewöhnt, sich an einen starren Zeitplan zu halten.«

Margaret antwortete mit einem höflichen Lachen. »Archäologie erfordert keine Eile - bei Geschäften hingegen sieht die Sache anders aus.« Sie wünschte sich, einfach an die Arbeit zurückkehren zu können.

Der Vorsitzende berührte mit seinem Sektglas behutsam das von Margaret; es war wie ein kristallener Kuss. »Sie und Ihr Mann sind eine Investition, die sich zweifellos für die Hanse gelohnt hat.« Die Xeno-Archäologen erhielten seit langem Fördermittel von der Hanse, aber die von Margaret und Louis entdeckte sonnenerzeugende Technik war viel mehr wert als alle Archäologiebudgets zusammen.

Bei ihrer Arbeit in der kühlen Leere von Corribus hatte Margaret die Ideogramme an den Wänden der Klikiss-Ruinen analysiert, die Koordinaten von Neutronensternen und Pulsaren im Spiralarm ermittelt und sie mit den Karten der Hanse verglichen.

Diese eine Korrelation löste eine Lawine weiterer Durchbrüche aus: Indem Margaret die aus den Klikiss-Zeichnungen abgeleiteten Koordinaten von Neutronensternen mit der bekannten stellaren Drift in Beziehung setzte, hatte sie das Alter der Karten berechnen können. Auf diese Weise fand sie heraus, dass die Klikiss vor fünftausend Jahren verschwunden waren. Der technischer orientierte Louis nahm die Koordinaten und Diagramme als Schlüssel, fügte ihnen die bei vielen anderen Ausgrabungen gewonnenen Informationen hinzu und entschlüsselte die mathematischen Notationen der Klikiss. Das wiederum ermöglichte es ihm, die Grundfunktionen der Fackel zu verstehen.

Der Glanz in den grauen Augen des Vorsitzenden wurde kühler und geschäftsmäßiger. »Ich verspreche Ihnen dies, Margaret: Wenn die Klikiss-Fackel wie erwartet funktioniert, können Sie das Ausgrabungsgelände und den Planeten frei wählen, auf dem Sie forschen möchten - ich persönlich werde dafür sorgen, dass Sie die notwendigen Mittel bekommen.«

Margaret erwiderte die vertrauliche Geste mit ihrem Sektglas. »Auf das Angebot komme ich zurück. Louis und ich haben bereits einen viel versprechenden Planeten ausgewählt.«

Die unberührte Geisterwelt Rheindic Co, mit vielen Geheimnissen, unerforschten Gebieten und nicht katalogisierten Ruinen ... Aber zuerst mussten sie hier ihre Pflicht erfüllen und die politischen Ehrungen nach der Zündung des Gasriesen über sich ergehen lassen.

Margaret trat neben Louis und hakte sich bei ihm ein, als er ein Gespräch mit dem geduldigen grünen Priester begann, der neben dem Topf mit seinem jungen Weltbaum saß. Sie konnte das Ende des Experiments kaum abwarten. Eine leere alte Stadt war für sie viel interessanter als ein brennender Planet.

2 ✷ BASIL WENZESLAS

Still und unauffällig wanderte Basil Wenzeslas durch die Menge. Er lächelte und machte scherzhafte Bemerkungen, wenn man es von ihm erwartete, und die ganze Zeit über prägte er sich Details ein. Außenstehenden zeigte er nie mehr als nur einen Bruchteil seiner Gedanken und komplexen Pläne. Das Wohl der Terranischen Hanse hing davon ab.

Er war ein älterer Mann, der sich gut gehalten hatte und dessen Alter sich selbst bei genauem Hinsehen kaum abschätzen ließ. Er unterzog sich wirkungsvollen Antialterungsbehandlungen und griff auch auf spezielle Zellulartherapien zurück, um geschmeidig und gesund zu bleiben. Der elegante, vornehme Basil trug Anzüge, die mehr kosteten, als manche Familien in einem ganzen Jahr verdienten, aber er war keineswegs eitel. Alle Personen auf der Beobachtungsplattform wussten um seine Macht, doch er hielt sich bedeckt.

Als ihn eine übereifrige Mediencirce mit mahagoniroter Haut um ein Interview über die Klikiss-Fackel bat, dirigierte er die Frau und ihre Aufzeichnungscrew zum Chefwissenschaftler des Projekts, wich dann in die Menge zurück, um zu beobachten und nachzudenken.

Er blickte zu dem riesigen Ball aus ockerfarbenen Wolken, die Oncier wie ein schlecht gerührtes Konfekt aussehen ließen. In diesem Sonnensystem gab es keine bewohnbaren Planeten, und Onciers Gasmischung eignete sich nicht für das Sammeln von Ekti, jenes exotischen Wasserstoffallotrops, das die Ildiraner in ihrem Sternenantrieb verwendeten. Dieser abgelegene Gasriese eignete sich bestens dafür, die Klikiss-Fackel an ihm auszuprobieren.

Der Chefwissenschaftler Gerald Serizawa sprach glatt und leidenschaftlich über den bevorstehenden Test, und die Medienleute hörten aufmerksam zu. Neben ihm saßen Techniker an Schaltpulten. Basil ließ seinen Blick über die Displays gleiten. Alles lief offenbar nach Plan.

Dr. Serizawa war vollkommen haarlos; den Grund dafür kannte Basil nicht. Kosmetische Vorliebe kam als Erklärung ebenso infrage wie genetische Veranlagung oder eine exotische Krankheit. Der hagere und energische Chefwissenschaftler sprach mit den Händen ebenso wie mit dem Mund und unterstrich seine Worte durch Gesten. Jeweils nach einigen Minuten geriet er in Verlegenheit, faltete die Hände und versuchte, sie nicht mehr zu bewegen.

»Gasriesen wie Jupiter in unserem eigenen Sonnensystem befinden sich am Rand eines Gravitationsgefälles, das sie zu einem stellaren Kollaps führen könnte. Jeder planetare Körper zwischen dreizehn und hundert Jupitermassen verbrennt in seinem Kern Deuterium und beginnt zu leuchten.«

Mit einem eigenwilligen Zeigefinger deutete Serizawa auf die Journalistin, die zuvor Basil angesprochen hatte. »Mit dieser wieder entdeckten Technik können wir einen Gasriesen wie Oncier über die Massegrenze stoßen, um nukleares Feuer in ihm zu zünden und ihn zu einer Sonne werden zu lassen ...«

»Bitte erklären Sie unseren Zuschauern, woher die zusätzliche Masse kommt«, sagte die Journalistin.

Serizawa lächelte und freute sich darüber, den Vortrag fortsetzen zu können. Ein dünnes, amüsiertes Lächeln umspielte Basils Lippen und er dankte seinem Glück dafür, dass der haarlose Doktor ein so begeisterter Redner war.

»Nun, die Klikiss-Fackel verankert die beiden Enden eines Wurmlochs, eines *zehn Kilometer breiten* Tunnels.« Die Medienleute verstanden natürlich nichts von der Mechanik eines Wurmlochs und von den Schwierigkeiten, eine so große Lücke in der Raum-Zeit zu schaffen. »Das eine Ende öffnen wir bei einem superdichten Neutronenstern, das andere im Kern von Oncier. Innerhalb eines Augenblicks wird der Neutronenstern ins Zentrum des Planeten transferiert. Mit so viel zusätzlicher Masse kollabiert der Gasriese, und in seinem Kern beginnt das atomare Feuer zu brennen. Dadurch wird genug Licht und Wärme erzeugt, um die größeren Monde bewohnbar zu machen.«

Ein Journalist richtete einen Imager auf die weißen Punkte über dem Gasriesen, als Serizawa fortfuhr: »Leider brennt die neue Sonne nur für hunderttausend Jahre, aber das dürfte genug Zeit sein, um die vier Monde in produktive Kolonien der Hanse zu verwandeln. Es ist praktisch eine Ewigkeit, soweit es uns betrifft.«

Basil nickte vor sich hin. Typisches kurzfristiges Denken, aber nützlich. Die Erde gehörte jetzt zu einem größeren galaktischen Netzwerk, was bedeutete, dass wahre Visionäre in völlig neuen zeitlichen Maßstäben denken mussten. Die menschliche Geschichte war nur der winzige Teil eines größeren Ganzen.

»Die Klikiss-Fackel eröffnet der Hanse völlig neue Möglichkeiten. Mit ihr können wir Habitate schaffen und so dem Bedürfnis der Menschheit nach mehr Lebensraum gerecht werden.«

Basil fragte sich, wie viele Leute diese Erklärung schluckten. Sie war natürlich korrekt, zumindest zum Teil, aber die prächtig geschmückten ildiranischen Kriegsschiffe jenseits der Beobachtungsplattform erinnerten ihn an den wahren Grund für diese einzigartige Demonstration.

Die Klikiss-Fackel sollte nicht getestet werden, weil die Menschheit unbedingt mehr Lebensraum brauchte – es gab mehr als genug Planeten, die sich für eine Besiedelung durch Menschen eigneten. Nein, es steckte politische Überheblichkeit dahinter. Die Hanse wollte beweisen, dass die Menschen zu so etwas in der Lage waren. Es handelte sich um eine extravagante Geste.

Vor hundertdreiundachtzig Jahren hatte das Ildiranische Reich die ersten terranischen Generationenschiffe auf ihrer ziellosen Reise durchs All gerettet. Die Ildiraner hatten den Menschen ihren Sternenantrieb angeboten und die Erde in die große galaktische Gemeinschaft aufgenommen. Die Menschen hielten das Ildiranische

Reich für einen wohlwollenden Verbündeten, doch Basil beobachtete die Fremden schon seit einer ganzen Weile.

Ihre uralte Zivilisation stagnierte. Es gab in ihr jede Menge Rituale und Traditionen, aber kaum neue Ideen. Menschen verbesserten den ildiranischen Sternenantrieb. Eifrige Kolonisten und Unternehmer - selbst die Weltraumzigeuner der Roamer-Clans - füllten schnell die alten sozialen und wirtschaftlichen Nischen der Ildiraner. Innerhalb weniger Generationen gelang es den Menschen, fest Fuß zu fassen.

Die Hanse wuchs sprunghaft, während die schwerfälligen fremden Wohltäter immer mehr verblassten. Basil war sicher, dass die Menschen das alte, kränkelnde Reich bald übernehmen würden. Der Test der Klikiss-Fackel sollte die Ildiraner von den terranischen Möglichkeiten überzeugen und sie davon abhalten, den Eifer der Menschen auf die Probe zu stellen. Bisher hatte es bei den Ildiranern keine Anzeichen von Aggression gegeben, aber Basil vertraute den altruistischen Motiven der gemütlichen stellaren Nachbarn nicht ganz. Er hielt es für besser, die Ildiraner auf mehr oder weniger subtile Weise an das technische Potenzial der Menschheit hinzuweisen.

Während der Countdown weiterlief, holte sich Basil ein zweites Glas Sekt.

3 ✷ ADAR KORI'NH

Im Kommando-Nukleus des ersten Kriegsschiffs dachte Adar Kori'nh, Oberster Admiral der ildiranischen Solaren Marine, über die Torheit der Menschen nach.

Zwar würde das Ergebnis dieses grotesken Tests erhebliche Auswirkungen auf die zukünftigen Beziehungen zwischen dem Ildiranischen Reich und der Terranischen Hanse haben, aber der Adar hatte nur eine Septa mitgebracht, eine Gruppe aus sieben Kriegsschiffen. Der Weise Imperator hatte ihn angewiesen, nicht zu großes Interesse an dem Ereignis zu zeigen. Kein Ildiraner sollte sich zu sehr von den Aktionen jener Emporkömmlinge beeindrucken lassen.

Trotzdem hatte Adar Kori'nh seine Schlachtschiffe schmücken

lassen, denn das war eine Frage des Stolzes: Die Außenhüllen trugen nun Symbole und prächtige Lichterstreifen als primäre Hoheitszeichen. Die Raumschiffe sahen aus wie verzierte Tiefseegeschöpfe bei einem exotischen Paarungsritual. Die Solare Marine verstand sich auf Prunk und militärische Schau besser als die Menschen.

Der Vorsitzende der Hanse hatte Kori'nh zur Beobachtungsplattform eingeladen, um von dort aus die Zündung des Gasriesen zu beobachten. Aber der Adar hatte beschlossen, an Bord seines Schiffes zu bleiben, im Kommando-Nukleus, fern von den Menschen. Doch wenn der Test begann, wollte er die Plattform aufsuchen, mit politisch akzeptabler Verspätung.

Kori'nh war ein Zweiblut, eine Mischung aus den Geschlechtern des Adels und der Soldaten, wie alle wichtigen Offiziere der Solaren Marine. Sein glattes, schmales Gesicht wies menschenartige Züge auf, denn die höheren Verwandten ähnelten den einblütigen Menschen. Trotz der physischen Ähnlichkeiten gab es fundamentale Unterschiede zwischen Ildiranern und Terranern; sie betrafen vor allem das Herz und den Geist.

Kori'nhs Haut hatte einen grauen Ton, und auf dem Kopf trug er einen Haarknoten, Zeichen seines Rangs. Die einteilige Uniform des Adar bestand aus einem langen Umhang mit sich überlagernden grauen und blauen Schuppen sowie einem Gürtel an der Hüfte.

Als Hinweis auf die geringe Bedeutung dieser Mission hatte er darauf verzichtet, seine zahlreichen militärischen Auszeichnungen an der Uniform zu befestigen. Aber die Menschen würden das ohnehin nicht verstehen, wenn er ihnen schließlich gegenübertrat. Mit einer Mischung aus verächtlicher Erheiterung und Sorge beobachtete er die große wissenschaftliche Aktivität.

Zwar hatten die Ildiraner dem jungen Volk der Menschen während der beiden letzten Jahrhunderte oft geholfen, aber sie hielten sie noch immer für ungeduldig und ungezogen. Kulturelle Kinder, adoptierte Mündel. Vielleicht brauchte die Menschheit ein gottartiges, allmächtiges Oberhaupt wie den Weisen Imperator. Das goldene Zeitalter des Ildiranischen Reiches dauerte schon seit Jahrtausenden. Die Menschen konnten viel von diesem älteren Volk lernen, wenn sie ihm Beachtung schenkten, aber stattdessen bestanden sie darauf, ihre eigenen Fehler zu machen.

Kori'nh verstand nicht, warum die ungestümen und viel zu ehrgeizigen Terraner so sehr daran interessiert waren, weitere Welten zu terraformen und zu besiedeln. Warum sich bemühen, einen Gasriesen in eine Sonne zu verwandeln? Warum einige öde Monde bewohnbar machen, wenn es so viele gute Welten gab, die alles andere als überbevölkert waren? Die Menschen schienen zu beabsichtigen, sich überall auszubreiten.

Der Adar seufzte, als er zum Hauptschirm sah, der ihm das All zeigte. Frei verfügbare Planeten und Sonnen ... Wie terranisch diese Einstellung war.

Aber selbst für all die Auszeichnungen, die ihm der Weise Imperator noch verleihen konnte, hätte er dieses Ereignis nicht versäumen wollen. Vor langer Zeit hatte die Solare Marine gegen die schrecklichen und geheimnisvollen Shana Rei gekämpft. Die militärische Streitmacht war auch nötig gewesen, um in einem herzzerreißenden Bürgerkrieg vor zweitausend Jahren gegen andere, irregeleitete Ildiraner zu kämpfen. Aber seit damals diente die Flotte nur noch dazu, Eindruck zu machen. Zum direkten Einsatz gelangte sie nur noch bei Rettungs- oder zivilen Missionen.

Ohne Feinde und ohne interplanetare Konflikte im Ildiranischen Reich hatte Kori'nh seine berufliche Laufbahn in der Solaren Marine vor allem mit Zeremonien-Gruppierungen verbracht. Seine Erfahrungen in Kampf und Taktik beschränkten sich auf das, was er in der *Saga* gelesen hatte, was natürlich nicht das Gleiche war.

Der Weise Imperator hatte ihn als offiziellen Repräsentanten des Reiches nach Oncier geschickt und natürlich war er bereit gewesen, dem Gott und Oberhaupt seines Volkes zu gehorchen. Die schwache telepathische Verbindung mit allen Untertanen erlaubte es dem Weisen Imperator, die Ereignisse durch Kori'nhs Augen zu beobachten.

Ganz gleich, was er davon hielt: Dieses kühne menschliche Experiment würde eine interessante Erweiterung des ildiranischen historischen Epos *Die Saga der Sieben Sonnen* sein. Dieser Tag und vermutlich auch Kori'nhs Name gingen ein in Geschichte und Legende. Kein Ildiraner konnte sich mehr erhoffen.

4 ✷ ALTER KÖNIG FREDERICK

Umgeben von der Opulenz des Flüsterpalastes auf der Erde spielte der Alte König Frederick seine Rolle. Basil Wenzeslas hatte ihm Anweisungen übermittelt, und der große Monarch der Hanse kannte seine Pflicht. Er nahm die Befehle des Vorsitzenden entgegen und befolgte sie.

Um ihn herum schrieben Funktionäre des Hofes Dokumente, zeichneten Dekrete auf, gaben königliche Order weiter und verteilten Wohltaten. Der Flüsterpalast musste wie ein Ort aussehen, an dem immer rege Aktivität herrschte, bestimmt von Ordnung und Kompetenz.

Frederick trug eine schwere Amtstracht und eine leichte Krone, geschmückt mit holographischen Prismen, als er im Thronsaal auf eine Nachricht von Oncier wartete. Er hatte gebadet und sich parfümiert. Die vielen Ringe an seinen Fingern glänzten. Seine Haut war mit Lotionen und Ölen eingerieben werden. Das Haar zeigte Perfektion; alle Strähnen befanden sich dort, wo sie sein sollten.

Zwar hatte man ihn ursprünglich wegen seines Aussehens, Charismas und seiner Rhetorik ausgewählt, aber Frederick verstand das Fundament der Monarchie besser als die aufmerksamsten Schüler der Staatsbürgerkunde. Echtzeit-Politik in einem so riesigen galaktischen Gebiet war mit offensichtlichen Problemen verbunden, und deshalb brauchte die Hanse eine sichtbare Symbolfigur, die Dekrete und Gesetze erließ. Die Bevölkerung benötigte eine konkrete Person, der man Loyalität entgegenbringen konnte. Für ein vages gemeinsames Ideal wäre niemand bereit gewesen, bis zum Tod zu kämpfen oder einen Bluteid zu leisten.

Wie seine fünf Vorgänger existierte König Frederick hauptsächlich dafür, gesehen und verehrt zu werden. An seinem Hof gab es prunkvolle Kleidung, glänzenden Marmor, erlesene Teppiche, kostbare Tapisserien, Kunstwerke, Schmuck und Skulpturen. Er verlieh Medaillen, veranstaltete Empfänge und erfreute das Volk, indem er es am Reichtum der Hanse teilhaben ließ. Frederick hatte alles, was er brauchte oder sich wünschte – abgesehen von Unabhängigkeit und Freiheit.

Basil hatte ihm einmal gesagt: »Die Menschen neigen dazu, das Treffen von Entscheidungen charismatischen Personen zu überlassen. Dadurch zwingen sie andere, Verantwortung zu übernehmen, und sie können die Schuld für ihre Probleme weiter oben in der Hierarchie suchen.« Er hatte auf den König gedeutet, der einen so schweren Ornat trug, dass er kaum mehr gehen konnte. »Wenn man diesen Gedanken bis zur logischen Schlussfolgerung fortsetzt, so entwickelt letztendlich jede Gesellschaft die Monarchie, früher oder später.«

Nach sechsundvierzig Jahren auf dem Thron entsann sich Frederick kaum mehr an sein früheres Leben oder seinen ursprünglichen Namen. Während seiner Amtszeit war es in der Hanse zu erheblichen Veränderungen gekommen, doch nur wenig davon ging auf ihn selbst zurück. Inzwischen fühlte er die Bürde der Jahre.

Der König hörte das Plätschern der Springbrunnen, das Summen der Luftschiffe und das Stimmengewirr der Menge auf dem königlichen Platz, die immer weiter anschwoll und darauf wartete, dass er sich von seinem bevorzugten Balkon aus an sie wandte. Der Erzvater des Unisono ließ die vielen Besucher bereits die vertrauten Gebete sprechen, was die Menge jedoch nicht daran hinderte, nach vorn zu drängen, in der Hoffnung, einen Blick auf den prächtigen Monarchen zu erhaschen. Frederick wollte so lange wie möglich im Innern des Palastes bleiben.

Nach ihrer Erbauung in der Frühzeit der terranischen Expansion hatte die riesige königliche Residenz Besucher so sehr beeindruckt, dass es ihnen die Sprache verschlug - daher die Bezeichnung »Flüsterpalast«. Die immer erleuchteten Kuppeln bestanden aus einzelnen Glasflächen, gehalten von Streben aus vergoldetem Titan. Als Ort hatte man das frühere Südkalifornien gewählt, wegen des sonnigen Wetters. Der Palast war größer als jedes andere Gebäude auf der Erde, groß genug, um zehn Städte von der Größe Versailles aufzunehmen. Später, als die Hanse der enormen Architektur des Ildiranischen Reiches begegnete, war der Flüsterpalast erweitert worden, um mithalten zu können.

Schönheit umgab den König, aber derzeit konnte sie ihn nicht auf andere Gedanken bringen. Ungeduldig wartete er auf eine Mitteilung von Basil beim fernen Planeten Oncier. »Bedeutsame Ereignisse geschehen nicht sofort«, sagte er so, als wollte er sich selbst überzeugen. »Heute werden wir den Lauf der Geschichte ändern.«

Ein Kammerherr des Hofes schlug einen ildiranischen Gong, der aus einer Kristalllegierung bestand. Der König reagierte sofort auf das Geräusch. In seinem Gesicht erschien ein väterliches Lächeln, ein gut einstudierter Ausdruck, der freundliche Zuversicht zeigte.

Als die musikalischen Vibrationen verebbten, schritt Frederick durch die königliche Promenade und näherte sich dem großen Sprechbalkon. Aus reiner Angewohnheit blickte er in einen ultraklaren Kristallspiegel in einem Alkoven. Einige Sekunden lang musterte er sich, sah die nicht ganz verborgene Müdigkeit in den Augen und einige weitere Falten, die nur ihm auffielen. Wie lange würde Basil ihn noch diese Rolle spielen lassen, bevor aus dem »väterlichen« König ein »tatteriger« zu werden drohte? Vielleicht entließ ihn die Hanse bald in den Ruhestand.

Die breite Solartür öffnete sich. Der König atmete tief durch und straffte die Schultern.

Botschafterin Otema, die alte grüne Priesterin vom Waldplaneten Theroc, stand neben dem schulterhohen Weltbaumschössling, der in einem verzierten Topf wuchs. Durch das Netzwerk des intelligenten Weltwaldes konnte Otema unmittelbar mit einem anderen grünen Priester auf der fernen technischen Beobachtungsplattform kommunizieren.

Frederick klatschte kurz in die Hände. »Es wird Zeit. Übermitteln wir die Nachricht, dass ich, König Frederick, die Erlaubnis für den Beginn des Tests erteile. Teilen Sie mit, dass das Experiment mit meinem Segen eingeleitet werden soll.«

Otema verneigte sich höflich. Die ernste Botschafterin hatte so viele Statustätowierungen im Gesicht und ihre grüne Haut wirkte so wettergegerbt, dass sie fast ebenfalls wie ein knorriger Baum aussah. Sie und Basil Wenzeslas waren oft aneinander geraten, aber Frederik hatte sich aus ihren Streitereien herausgehalten.

Otemas schwielige Finger tasteten nach dem schuppigen Stamm des Weltbaums und sie schloss die Augen, um mithilfe der Bäume einen Telkontakt mit dem grünen Priester bei Oncier herzustellen.

5 ✷ BENETO THERON

Bei Oncier breitete sich erwartungsvolle Stille unter den Beobachtern und Gästen aus, als Beneto seinen Griff am Weltbaum lockerte. Er strich mit den Fingerkuppen über die Borke der Pflanze, spendete und empfing Trost. »König Frederick schickt seinen Segen«, sagte er. »Das Experiment kann beginnen.«

Applaus erklang wie das Pochen von Regentropfen. Mediengesandte richteten Imager auf den Gasriesen, als rechneten sie damit, dass nach dem Befehl des Königs sofort etwas geschah.

Dr. Serizawa eilte zu den Technikern, und auf sein Zeichen hin wurden die Endanker vom Orbit aus gestartet. Helle Lichter senkten sich dem Gasriesen entgegen und stießen dorthin vor, wo sich ein Wurmloch öffnen sollte. Die Sonden waren nach alten Klikiss-Entwürfen konstruiert und verschwanden spurlos in den Wolken.

Beneto beobachtete alle Einzelheiten und gab sie im Gebet an den neugierigen und wissensdurstigen Weltwald weiter. Zwar war er der zweite Sohn der regierenden Familie von Theroc, aber hier bei Oncier bestand seine Aufgabe nur darin, Nachrichten über den ehrgeizigen Test mithilfe der Weltbäume weiterzugeben. Diese Kommunikation war viel schneller als jede elektromagnetische Variante - EM-Signale breiteten sich mit Lichtgeschwindigkeit aus und hätten Monate oder gar Jahre gebraucht, um den nächsten Außenposten der Hanse zu erreichen.

Mithilfe der untereinander in Verbindung stehenden Bäume konnten grüne Priester direkt und unmittelbar miteinander kommunizieren, ungeachtet ihres jeweiligen Aufenthaltsorts. Jeder einzelne Baum war eine Manifestation des ganzen Weltwalds, ein identisches Quantenbild aller anderen. Was ein Baum wusste, das wussten auch die anderen, und grüne Priester konnten dieses Wissensreservoir anzapfen, wann immer sie wollten. Sie nutzten es, um Mitteilungen auszutauschen.

Während die Zuschauer beobachteten, wie die Anker in den Wolken von Oncier verschwanden, berührte Beneto erneut den Baum. Er ließ sein Bewusstsein durch den Stamm treiben, bis seine Gedanken andere Teile des Weltwalds erreichten. Als sein Selbst kurze Zeit später zurückkehrte und er aufsah, begegnete er dem Blick des Vorsitzenden Wenzeslas.

Beneto wahrte eine ruhige, würdevolle Miene. Sein tätowiertes Gesicht wirkte attraktiv und edel. Die Augen wiesen Reste von Epikanthusfalten auf, wodurch sie runder aussahen. »Mein Vater Idriss und meine Mutter Alexa entbieten die Gebete aller Theronen für einen Erfolg des Tests.«

»Freundliche Worte Ihrer Eltern nehme ich immer gern entgegen«, sagte Basil. »Obwohl es mir lieber wäre, wenn Theroc in einer formalisierteren Verbindung mit der Hanse stünde.«

»Die Pläne und Wünsche des Weltwalds lassen sich nicht immer mit den Erfordernissen der Hanse vereinbaren, Vorsitzender«, erwiderte Beneto in einem neutralen Tonfall. »Wie dem auch sei: Sie sollten diese Angelegenheiten besser mit meinem älteren Bruder Reynald oder meiner Schwester Sarein besprechen. Sie sind dem Geschäftlichen mehr zugetan als ich.« Er berührte die fedrigen Blätter des Weltbaums als Hinweis auf seinen Priesterstatus. »Als zweiter Sohn war es mir immer bestimmt, dem Weltwald zu dienen.«

»Und dabei leisten Sie bewundernswerte Arbeit. Ich wollte Ihnen kein Unbehagen bescheren.«

»Mit der Hilfe und dem Wohlwollen der Weltbäume spüre ich nur selten so etwas wie Unbehagen.«

Der junge Mann konnte sich keine andere Berufung vorstellen. Er war hochgeboren, und deshalb erwartete man von ihm Präsenz bei prunkvollen Ereignissen wie zum Beispiel diesem Test. Allerdings wollte er seine priesterlichen Pflichten nicht nur erfüllen, um Eindruck zu schinden. Es wäre ihm viel lieben gewesen, dabei zu helfen, den Weltwald im Spiralarm auszubreiten und es Ablegern zu ermöglichen, auf anderen Planeten zu wachsen.

Es gab nur wenige grüne Priester, und ihre Telkontakt-Fähigkeiten waren so gefragt, dass manche missionarische Priester in luxuriösen Villen wohnten, zur Verfügung gestellt von der Hanse oder von Kolonieregierungen. Sie bekamen viel Geld dafür, Nachrichten zu senden und zu empfangen. Andere Priester hingegen führten ein einfacheres Leben und verbrachten ihre Zeit mit dem Pflanzen und der Pflege von Ablegern. Dieser Aufgabe hätte sich auch Beneto gern gewidmet.

Die Hanse war bereit, so viele grüne Priester in ihre Dienste zu nehmen, wie Theroc zur Verfügung stellen konnte, aber in dieser Hinsicht mussten Geschäftsleute und Politiker immer wieder Enttäuschungen hinnehmen. Gesandte der Hanse wiesen darauf hin, dass sich die Priester den Bedürfnissen der Menschheit unterordnen sollten, aber Vater Idriss und Mutter Alexa hatten kein Interesse an einer Ausweitung ihrer persönlichen Macht. Sie erlaubten es den Priestern, selbst über ihren Tätigkeitsbereich zu bestimmen.

Mit großer Sorgfalt wählten die Priester gesunde Schösslinge aus dem intelligenten Wald auf Theroc, pflanzten sie auf Kolonialwelten oder nahmen sie an Bord von Handelsschiffen mit. Der Weltwald sehnte sich nicht nur nach Sonnenlicht und fruchtbarem Boden, sondern noch mehr nach Informationen, nach Daten, die er in sein wachsendes Selbst aufnahm. Die Mission der grünen Priester bestand darin, den Weltwald so weit wie möglich zu verbreiten - sie dienten nicht den Interessen des Handelskonglomerats der Erde.

Über Generationen hinweg hatten Forscher der Hanse die unmittelbare Quantenkommunikation durch die miteinander verbundenen Bäume zu verstehen versucht. Ohne Erfolg. Nur die Weltbäume konnten Telkontakte ermöglichen und nur die grünen Priester waren imstande, mithilfe des Netzwerks der Bäume zu kommunizieren. So sehr sich die Wissenschaftler auch bemühten, das Rätsel zu lösen - schließlich mussten sie aufgeben.

Trotz all ihrer Technik und Manpower, die die Hanse in den Test der Klikiss-Fackel investiert hatte: Ohne einen einzelnen mystischen Priester und seinen Baum konnte das Experiment nicht beginnen ...

Auf der Beobachtungsplattform klatschte der Vorsitzende Wenzeslas in die perfekt manikürten Hände. »Nun gut, Beneto, setzten Sie sich mit dem grünen Priester beim Neutronenstern in Verbindung. Das Wurmloch soll dort geöffnet werden.«

Beneto streckte erneut die Hand nach dem Weltbaum aus.

6 ✷ ARCAS

Auf halbem Wege durch den Spiralarm wartete ein anderer grüner Priester in der Gesellschaft von sechs Technikern der Hanse. Sie befanden sich an Bord eines kleinen Scoutschiffs, weit genug vom gravitationellen Zerren des Neutronensterns entfernt.

Der superdichte Stern war der Rest eines kollabierten Roten Riesen, der genug Masse und Bewegungsmoment verloren hatte, um nicht zu einem Schwarzen Loch zu werden. Er krümmte die Raumzeit mit seiner enormen Schwerkraft und rotierte mit hoher Geschwindigkeit um die eigene Achse. Ströme aus hochenergetischen Partikeln spritzten von den Polen, wie Wasser aus einem Schlauch. Die Kugel aus zusammengepresster Materie durchmaß weniger als zehn Kilometer, aber es gingen gewaltige Energien von ihr aus.

Die sechs Techniker an Bord des Scoutschiffs waren nervös und schwitzten. Außerhalb des kleinen Raumschiffs wartete die Sonde mit den Ankern des Wurmlochs darauf, in den Gravitationsschacht des Neutronensterns gestoßen zu werden. Die Techniker sahen Arcas so an, als könnte der grüne Priester sie beruhigen oder die Wartezeit verkürzen.

»Zeit?«, fragte einer von ihnen und es klang wie eine Bitte.

Der Weltbaum hatte noch nicht gesprochen. Arcas seufzte. »Ich gebe Ihnen Bescheid, sobald ich etwas höre.«

Bald würde er nach Theroc zurückkehren, und dann gaben ihm die Priester eine andere Aufgabe, um dem Weltwald zu dienen. Arcas begegnete diesem Umstand mit Gleichmut, obgleich er die aktuelle Mission ganz bewusst gewählt hatte - hier war er weit entfernt und bekam es nur mit wenigen Personen zu tun. Als grüner Priester blieb ihm gar nichts anderes übrig, als dem Weltwald zu dienen. Er war ein Einzelgänger, aber eben auch ein grüner Priester, mit dem Wald verbunden. Gern hätte er mit jemandem getauscht, der solchen Aufgaben mehr Eifer und Hingabe entgegenbrachte.

Er schloss die Hand um den rauen Stamm des jungen Weltbaums, spürte aber keine eintreffende Telkontakt-Nachricht. Nichts. Das Warten dauerte an. »Keine Mitteilung.«

An Bord des kalten Scoutschiffes gab es zu wenig Platz und die Wände waren zu kahl. Die Luft roch nach Wiederaufbereitungsfiltern; ihr fehlte die feuchte Würzigkeit, die Arcas im dichten Wald atmete. Doch selbst auf Theroc fühlte er nicht die Leidenschaft, die die meisten grünen Priester erfüllte. Vielleicht hätte er einen ganz anderen Lebensweg beschritten, aber inzwischen zeigte seine Haut das Grün des Symbionten, einer subkutanen Alge, die ihm die Photosynthese von hellem Licht gestattete. Die Veränderung war irreversibel. Für immer würde er mit dem Weltwald verbunden bleiben, obgleich er eigentlich gar kein grüner Priester sein wollte.

Arcas war zu einem Akolythen geworden, um ein Versprechen einzulösen, das er seinem Vater am Sterbebett gegeben hatte - eigenes Interesse spielte dabei keine Rolle. Die Nachfrage nach grünen Priestern war so groß, dass selbst mittelmäßige wie Arcas zahllose Angebote bekamen.

Auf Theroc halfen die älteren Priester bei der Auswahl; Vater Idriss und Mutter Alexa verhandelten mit der Hanse. Doch jeder grüne Priester, auch Arcas, konnte sich mit dem Geist des Waldes verbinden, um selbst zu wählen und zu entscheiden. In dem großen Angebot aus wichtigen Positionen, bedeutenden diplomatischen Missionen und zentralen Kommunikationsposten hielt Arcas immer wieder nach der Möglichkeit Ausschau, fernab des geschäftigen Treibens tätig zu sein. Deshalb befand er sich hier, an Bord des Scoutschiffs.

»Zeit?«, fragte ein anderer Techniker. Er klang noch unruhiger als der Erste. »Warum warten sie so lange?«

Arcas kommunizierte durch den Telkontakt und sah dann auf. »Bei Oncier ist alles vorbereitet. Sie können die Sonde starten.«

Die Techniker der Hanse arbeiteten mit Geräten, die für den grünen Priester unverständlich waren, als sie den Klikiss-Apparat aktivierten, der ein Wurmloch erzeugen sollte. Die Sonde löste sich von der Außenhülle des Scoutschiffs, beschleunigte und flog in Richtung des Neutronensterns. Durch das steile Raum-Zeit-Gefälle wurde sie immer schneller.

Die Techniker jubelten, als der Anker in unmittelbarer Nähe des Neutronensterns Bereitschaft meldete. Atemlos und hastig lasen sie die Anzeigen der Displays ab - niemand von ihnen wusste, wie lange die Sonde der gewaltigen Schwerkraft standhalten konnte.

Arcas beobachtete das Geschehen und prägte sich bestimmte Bilder ein, um sie später den Weltbäumen und allen anderen grünen Priestern zu übermitteln. Die Bäume hatten mehr Interesse als er.

»Aktivierung erfolgt *jetzt*!«, sagte der Cheftechniker.

Die Sonde verwendete Klikiss-Technik, als sie das Gefüge der Raumzeit zerriss und ein Loch in ihr schuf. Die Öffnung des Wurmlochs war groß genug für den superdichten Stern.

Arcas murmelte und schilderte dem Weltbaum die Einzelheiten des Vorgangs - bis es auch ihm die Sprache verschlug, als das Wurmloch den gleißenden Neutronenstern verschlang. Er verschwand in dem Loch, wie ein Kiesel in einem Abflussrohr.

Damit verausgabte die Sonde ihren Energievorrat. Das Wurmloch schloss sich wieder, ohne dass etwas zurückblieb. Leere erstreckte sich dort, wo eben noch ein exotischer Himmelskörper existiert hatte.

»Es ist vollbracht.« Arcas sah zu den Technikern, die noch lauter jubelten als zuvor.

Die schleierförmigen Reste der aus Gas bestehenden Akkretionsscheibe trieben wie dünne Schalen fort, als sie nicht mehr von der Gravitation festgehalten wurden.

Wie eine Bombe mit unvorstellbarer Sprengkraft jagte der Neutronenstern Oncier entgegen.

7 ✷ MARGARET COLICOS

Louis drängte die anderen Leute geschickt beiseite, damit Margaret und er die Implosion des Planeten von einem guten Platz aus beobachten konnten. Basil Wenzeslas stand neben ihnen. »Gleich wissen wir Bescheid«, sagte er. »Der grüne Priester hat darauf hingewiesen, dass sich das Wurmloch auf der anderen Seite öffnete. Der Neutronenstern ist unterwegs.«

Kleine Schweißperlen glänzten auf Dr. Serizawas kahlem Kopf, als er den Blick vom Fenster abwandte und zu den Medienrepräsentanten sah. »Das hiesige Ende des Wurmlochs ist im Kern des Gasriesen verankert. Wenn der superdichte Stern Oncier erreicht, kommt es zum größten Energieschub, den die Menschheit jemals ausgelöst hat.« Er gestikulierte wieder, als er hinzufügte: »Aber seien Sie unbesorgt. Die Druckwelle wird stundenlang durch die dichten Schichten der Atmosphäre unterwegs sein. Wir sind weit genug von Oncier entfernt, um keine Auswirkungen zu spüren.«

Die unglaubliche Masse des Neutronensterns erreichte den metallischen Kern des Gasriesen wie eine Kanonenkugel und brachte genug Masse und Energie, um das nukleare Feuer zu zünden. Serizawa sah die Anzeigen und strahlte. Sonden maßen Druck, Temperatur und Strahlung und die von ihnen übermittelten Werte bildeten führten zu dramatischen Ausschlägen in den Mustern auf den Bildschirmen. Die Techniker klopften sich gegenseitig auf die

Schultern. Von außen betrachtet blieb Oncier ruhig und unbewegt, aber in den innersten Bereichen des Planeten kam es jetzt zu titanischen Veränderungen. Basil Wenzeslas applaudierte und die Würdenträger folgten seinem Beispiel.

»Der Neutronenstern ist viel kleiner, aber weitaus dichter, wie ein Diamant in einem Marshmallow. Onciers Materie stürzt jetzt nach innen.« Serizawa sah erneut zu den Displays und dann aufs Chronometer. »In maximal einer Stunde wird die Dichte so groß sein, dass die Wasserstofffusion beginnt, der Energie erzeugende Prozess, der auch in einem gewöhnlichen Stern stattfindet.«

Margaret blickte zum Planeten, der genauso aussah wie vorher. Zwar befand sich jetzt ein Neutronenstern in seinem Innern, aber angesichts der gewaltigen Größe des Gasriesen würde es noch eine Weile dauern, bis die Veränderungen sichtbar wurden. Sensoren und Detektoren in verschiedenen Wolkenschichten orteten die Stoßwelle aus Strahlung.

Margaret beugte sich vor und hauchte einen Kuss auf Louis' raue Wange. »Wir haben es geschafft, alter Knabe.« Die beiden Archäologen hatten ihre Arbeit geleistet. Jetzt konnten sie sich zurücklehnen und das Endresultat beobachten. Kosmisches Chaos entfaltete sich in den Tiefen von Oncier.

»Nun, Doktor, es genügt also, genug Gewicht hinzuzufügen, um den Planeten zu zünden?«, erklang hinter Margaret die Stimme eines Journalisten.

»Genau genommen ist es kein Gewicht, sondern Masse«, antwortete Serizawa. »Aber wie dem auch sei: Der plötzliche Transfer des Neutronensterns ins Innere des Planeten gibt ihm negative Energie – potenzielle Energie, genauer gesagt. Das Gesetz von der Erhaltung der Energie erfordert einen enormen Zustrom von kinetischer Energie, die in der Wurmloch-Thermodynamik als Wärme erscheint. *Dadurch* werden die Reaktionen ausgelöst, die den Gasriesen in eine Sonne verwandeln. Es geschieht vom einen Augenblick zum anderen.« Diesen Worten folgte eine Geste, die vage Verlegenheit zum Ausdruck brachte. »Nun, es dauert einige Tage, aber man muss die Dinge aus der richtigen Perspektive sehen.«

Normalerweise ging der Wärmetransport in einer Sonne extrem langsam vonstatten. Photonen brauchten tausend Jahre, um vom Kern auf einem langen Zickzackkurs die Oberfläche zu erreichen, denn unterwegs stießen sie immer wieder mit Gasmolekülen zusammen, wurden absorbiert und erneut emittiert, um dann mit einem anderen Gasatom zu kollidieren.

»Beobachten Sie einfach«, sagte Serizawa. »Dann werden Sie bald sehen, was ich meine.«

Im Verlauf der nächsten Stunden ließ das Interesse der Journalisten nach. Die Veränderungen waren sehr langsam, obgleich die gigantische Gaskugel implodierte. Die von den Detektoren tief im Innern der Atmosphäre übermittelten Daten wiesen darauf hin, dass sich der nukleare Brand wie eine Flutwelle ausbreitete. Wenn diese Welle die Oberfläche erreichte, begann Oncier zu leuchten.

Das erste Flackern von Blitzen und Feuer zeigte sich in Lücken zwischen ausgedehnten Sturmsystemen. Hier und dort kam es zu Verfärbungen, was auf dramatische Ereignisse tief unten hinwies. Margarets Übersetzung der Klikiss-Aufzeichnungen hatte diese spektakuläre Verwandlung ermöglicht, aber sie wusste nicht, ob sie stolz oder entsetzt sein sollte von dem, was sie sah.

Die ildiranische Septa nahm den Erfolg der Klikiss-Fackel zum Anlass, einen Repräsentanten zur Beobachtungsplattform zu schicken. Adar Kori'nh kam mit einem Shuttle und in Gesellschaftsuniform, um den weiteren Kollaps des Gasriesen zu beobachten. Margaret begegnete ihm mit Neugier und auch Unsicherheit, denn sie hatte noch nie mit einem Ildiraner gesprochen.

»Ihr Englisch ist ausgezeichnet, Adar«, sagte sie. »Ich wünschte, meine Fremdsprachenkenntnisse wären ebenso gut.«

»Alle Ildiraner sind durch eine gemeinsame Sprache miteinander verbunden, aber jene von uns, die vermutlich in Kontakt mit Menschen treten werden, lernen Ihre Handelssprache. Der Weise Imperator verlangt es von uns.«

Louis nutzte die gute Gelegenheit, um Kori'nh von ihrer Arbeit auf den Klikiss-Welten zu erzählen. »Das Ildiranische Reich existierte, lange bevor die Menschen mit der Erforschung des Alls begannen, Adar. Warum hat Ihr Volk nie Prospektoren oder Archäologen ausgeschickt, um mehr über die verschwundene Spezies zu erfahren? Sind Sie nicht neugierig?«

Kori'nh sah ihn so an, als wäre die Frage außerordentlich seltsam. »Ildiraner schicken keine einzelnen Forscher los. Wenn wir eine Kolonistengruppe entsenden, ›Splitter‹ genannt, so ist sie groß genug, um die Struktur unserer Gesellschaft nachzubilden. Einsamkeit ist ein menschlicher Aspekt, den wir kaum verstehen können. Ich würde niemals beschließen, weit von anderen Angehörigen meines Volkes entfernt zu sein.«

»Meine Frau hier ist so gern allein, dass sie manchmal sogar mir aus dem Weg geht und in einer anderen Sektion einer Ausgrabungsstätte arbeitet.« Louis wechselte einen Blick mit Margaret und lächelte.

Sie nickte verlegen. »Soweit ich weiß, gibt es bei den Ildiranern eine schwache telepathische Verbindung. Es ist kein kollektives Selbst, sondern eine Art Hilfssystem. Stimmt das, General?«

»Wir nennen es *Thism*«, sagte Kori'nh. »Es geht vom Weisen Imperator aus. Er ist der Knoten, der die Fäden unseres Volkes miteinander verknüpft. Wenn sich ein Individuum zu weit von den anderen entfernt, so könnte der Faden reißen. Menschen halten es vielleicht für einen Vorteil, allein zu reisen. Ich hingegen bemitleide Sie dafür, ohne das Sicherheitsnetz des *Thism* leben zu müssen.« Kori'nh verbeugte sich mit undeutbarer Miene.

Am Fenster wurden überraschte Stimmen laut. Ein helles Etwas wuchs aus den Wolkenbändern des Gasriesen, wie ein Geysir aus superheißem Gas. Es war ein sehr ungewöhnlicher Vorgang, doch als die Erscheinung verblasste, ließ auch das Interesse der Zuschauer nach. Nach einer Stunde stand Margaret allein am breiten Fenster. Sie empfand den brodelnden Zorn von Oncier als hypnotisch. Der Planet glühte nun. Photonen gingen von der immer noch implodierenden Welt aus.

Margaret beobachtete die helle Wölbung des Planeten vor dem Hintergrund des Alls, jenseits der ildiranischen Kriegsschiffe und der Beobachtungsplattform. Plötzlich schossen mehrere unglaublich schnelle kugelförmige Objekte wie Schrotkörner durch den Weltraum. Sie kamen tief aus dem Innern von Oncier und innerhalb weniger Sekunden verschwanden sie in der ewigen Nacht zwischen den Sternen.

Margaret stockte der Atem, doch die Personen in der Nähe schienen nichts bemerkt zu haben. Ein natürliches Phänomen kam als Erklärung wohl kaum infrage, aber was sonst?

Verwirrt und beunruhigt drehte sie sich um. Louis unterhielt sich noch immer mit Adar Kori'nh und Basil Wenzeslas. Sie sprachen über Einzelheiten der bevorstehenden Expedition nach Rheindic Co, über die vielen Geheimnisse der Klikiss, ihre seltsamen Roboter, die noch immer funktionierten und behaupteten, nichts über ihre Schöpfer zu wissen. Dr. Serizawa stand bei den Technikern und überwachte den visuellen Datenstrom vom Planeten. Ihre Gesichter wiesen darauf hin, dass sie die Erscheinung ebenfalls gesehen hatten.

Margaret trat zu ihnen. »Was war das, Dr. Serizawa? Haben Sie gesehen ...«

Der Wissenschaftler sah sie an und lächelte geistesabwesend. »Es ist natürlich eine genaue Analyse erforderlich, aber lassen Sie sich davon nicht beunruhigen. Die sekundären und tertiären Effekte der Klikiss-Fackel sind noch nicht untersucht. Und denken Sie daran: Der extrem hohe Druck eines Gasriesen kann gewöhnliches Gas zu Metallen pressen und Kohlenstoff zu Diamanten.«

Er blickte wieder auf die Bildschirme, die eine Aufzeichnung des Phänomens zeigten. Leider waren die seltsamen Objekte auf der anderen Seite des brennenden Planeten zum Vorschein gekommen. »Ich wäre nicht überrascht, wenn wir einige aus Onciers Kern stammende metallische Klumpen gesehen haben, exotische Materie, die nach der stellaren Zündung ausgestoßen wurde. Machen Sie sich keine Sorgen, Mrs. Colicos. Ihre Klikiss-Fackel hat alle unsere Erwartungen erfüllt und sie sogar übertroffen.«

Margaret runzelte die Stirn. »Für mich sahen die Objekte wie Raumschiffe aus, wie Konstruktionen.«

»Das halte ich für sehr unwahrscheinlich«, erwiderte Serizawa und seine Stimme klang dabei fast herablassend. »Ich meine, welche Art von Leben könnte unter dem hohen Druck eines Gasriesen existieren?«

8 ✵ RAYMOND AGUERRA

Jubelnde Mengen zogen durch den Palastdistrikt. Straßenhändler boten Souvenirs und teure Leckereien an. Überall gab es Blumen, deren herrlicher Duft die Luft erfüllte. Ganze Heerscharen von Wartungsarbeitern und Gärtnern würden sie entfernen, bevor ihre Farbenpracht verblassen konnte.

Raymond Aguerra huschte agil durch den Wald aus Ellenbogen

und Armen. Der Junge fürchtete keine Taschendiebe, denn er spürte ihre Nähe und vertraute darauf, ihnen rechtzeitig ausweichen zu können, bevor sie zupacken konnten. Außerdem waren seine Taschen leer. Raymond wollte nur den Auftritt des Königs sehen.

Er war vierzehn Jahre alt, intelligent und sehr attraktiv, mit dem schwarzen Haar, seiner schlanken Gestalt und seinem strahlenden Lächeln. Raymond hatte nur wenige Freunde und noch weniger gute Gelegenheiten, abgesehen von denen, die er sich selbst erarbeitete. Ein hartes Leben hatte ihn so muskulös wie einen Windhund werden lassen, was oft Personen überraschte, die ihn herausforderten. Allerdings regelte er Auseinandersetzungen lieber durch Gespräche, anstatt sich auf eine Prügelei einzulassen.

Er duckte sich und glitt so geschickt nach vorn, dass die Zuschauer in der ersten Reihe den Neuankömmling gar nicht bemerkten. Raymond musste jeden Tag nicht nur um den eigenen Lebensunterhalt kämpfen, sondern auch um den seiner Mutter und seiner Brüder. Deshalb schenkte er der Politik kaum Beachtung. Aber er beobachtete gern die Veranstaltungen. Weit oben trugen Luftschiffe, Gleiter und Ballons jene, die sich einen Blick aus der Vogelperspektive auf das Palastgelände leisten konnten. Gongs wurden geschlagen und ihr Donnern war noch lauter als der Jubel des Publikums.

Raymond sah die hellen Uniformen des königlichen Hofes: Wächter und Geistliche, die eine Sprechbühne auf einem großen Balkon des Flüsterpalastes errichteten. Als ein Unisono-Diakon das bekannte Bittgebet sprach, wurde das schimmernde Banner der Terranischen Hanse entrollt. Es zeigte die Erde im Zentrum von drei konzentrischen Kreisen.

Ein alter Mann trat auf den Balkon und wirkte nicht beeindruckender als die Funktionäre des Hofes, sah man einmal davon ab, dass er zu extravagante Kleidung trug. Seine Schritte waren gemessen, wie einstudiert. Als der König die Arme hob, glitten die weiten Ärmel bis zu den Ellenbogen zurück. Sonnenschein spiegelte sich auf den Ringen und den geschliffenen Edelsteinen der Krone.

»Heute verkünde ich Ihnen einen großen Sieg menschlicher Genialität und Entschlossenheit.« König Fredericks Worte hallten aus Lautsprechern über den Platz. Er sprach mit der tiefen, vollen Baritonstimme eines Gottes. »Im Oncier-System haben wir eine neue Sonne geschaffen, die ihr Licht und ihre lebensspendende Wärme vier unberührten Welten schenkt, auf dass sie von Menschen besiedelt werden können.«

Das Publikum hörte ehrfürchtig zu und jubelte dann erneut. Raymond lächelte angesichts der geheuchelten Überraschung - es war vorher bekannt gewesen, aus welchem Grund sich der König an die Öffentlichkeit wandte.

»Die Zeit ist gekommen, vier weitere Fackeln im Palastdistrikt zu entzünden!« Als das Echo dieser Worte verklang, winkte der König. Seine Hand war für Raymond kaum zu sehen, obgleich er gute Augen hatte.

Auf den meisten Türmen, Säulen und Kuppeln brannten ewige Feuer, ebenso in den Schalen der langen Lampenkette auf dem Boden. Jedes einzelne Feuer symbolisierte einen terranischen Kolonialplaneten, der die Charta der Hanse unterzeichnet und somit dem Alten König Treue geschworen hatte.

»Ich gebe Ihnen diese vier neuen Monde, die nach meinen Vorgängern benannt sind, den ersten vier Großen Königen der Terranischen Hanse: *Ben*!« Mit lautem Donnern wuchs eine Flammensäule aus der Spitze eines hohen Turms an der Wanderbrücke, die über den Königlichen Kanal führte. »George! Christopher! Und Jack!« Bei jedem Namen züngelten Flammen auf Türmen, auf denen bisher kein Feuer gebrannt hatte.

Das Eis auf den vier Monden war noch nicht geschmolzen und die ersten Terraforminggruppen konnten erst landen, wenn das tektonische Chaos neuer Stabilität gewichen war. Trotzdem freute sich Raymond zusammen mit den anderen Zuschauern und beobachtete, wie der König Anspruch auf vier neue Welten erhob. Welch eine Show!

Musik erklang. Funkelnde Glimmerspreu flog wie Schwärme aus Löwenzahnflocken umher, freigesetzt von den Luftschiffen. König Frederick proklamierte einen Feiertag, und das Publikum jubelte einmal mehr - ihm war jeder Grund recht, um ausgelassen zu feiern. Vielleicht erfreute sich der König deshalb so großer Beliebtheit.

Frederick kehrte in die Stille des Flüsterpalastes zurück, und dabei gewann Raymond den Eindruck, dass der König einsam und auch unglücklich wirkte. Er schien es müde zu sein, sein ganzes Leben vor so vielen Augen zu verbringen. In gewisser Weise konnte Raymond den König verstehen, obwohl er den ganzen Tag über für den größten Teil der Welt unsichtbar blieb.

Er wanderte zwischen den Verkaufsständen umher. An den Fassaden des Flüsterpalastes zeigten breite Friese historische Ereignisse: den Start der elf riesigen Generationenschiffe; den ersten Kontakt mit den Ildiranern, die den Menschen ihren Sternenantrieb und ihre galaktische Zivilisation anboten. In regelmäßigen Abständen bewegten sich die Friese und erfüllten die dargestellten Szenen in der Art eines Glockenspiels mit Leben. Statuen bei den Springbrunnen gerieten in Bewegung: Steinerne Engel schlugen mit ihren Flügeln; historische Generäle ritten auf Pferden, die sich aufbäumten.

Ein Strom aus Fußgängern ergoss sich über die Brücke, die zum Palastgelände führte. Raymond beobachtete ihn aus großen Augen und bemerkte die Gefahr eine halbe Sekunde zu spät.

Jemand packte ihn am Nacken. Finger drückten wie ein Schraubstock zu. »Er kommt also hierher, um zu stehlen, wenn die Leute nicht hinsehen. Aber er lässt uns im Stich, wenn es um eine größere Sache geht.«

Raymond drehte den Kopf weit genug, um festzustellen, von wem diese Worte stammten. Ein älterer Junge namens Malph stand hinter ihm, während sein stärkerer Freund Burl die Finger noch fester um Raymonds Hals schloss. Mit einer raschen Bewegung gelang es dem Vierzehnjährigen, sich aus Burls Griff zu befreien, aber er lief nicht fort. Noch nicht. »Tut mir Leid, aber ich habe nicht vor zu stehlen.«

»Oh, Diebstahl ist unter seiner Würde!«, schnaufte Burl abfällig.

»Nein, er ist zu einfach«, erwiderte Raymond. »Sich den Lebensunterhalt mit harter Arbeit zu verdienen – *das* ist eine Herausforderung. Ihr sollte es einmal versuchen.«

Um sie herum tanzten die Leute. Manche küssten sich, andere standen bei den Delikatessenverkäufern Schlange. Malph sprach leise, aber selbst wenn er geschrien hätte – es wäre kaum jemandem aufgefallen. »Raymond, Raymond, warum wirst du nicht Diakon, wenn du solche moralischen Probleme hast? Und warum konntest du nicht vorher darauf hinweisen, anstatt uns zu verraten?«

»Meine Güte, Malph, ich habe nein gesagt. Sechzehnmal, wenn ich mich recht entsinne. Aber du wolltest nichts davon hören. Bei jemandem einzubrechen und ihm das Ersparte zu stehlen – das entspricht nicht meiner Vorstellung von einer Laufbahn. Wenn man einmal damit anfängt, fällt es einem immer leichter.«

»Oh, ich bin durchaus dafür, dass es leichter wird«, sagte Burl und lachte bitter. »Es war ganz schön mühsam, den Greifern zu entkommen, nachdem du den Alarm ausgelöst hast.«

»Wenn ihr so gut seid, wie ihr behauptet, wären euch die Greifer nicht so nahe gekommen.« Raymond richtete den Zeigefinger auf seinen Kontrahenten. »Siehst du, Malph, ich habe mich auf dein Geschick verlassen, und jetzt gibst du mir zu verstehen, dass alles Angeberei war.« Er holte tief Luft, die Muskeln gespannt, bereit zur Flucht oder zum Kampf. »Ihr glaubt mir vermutlich nicht, wenn ich sage, dass es ein Unfall war, oder?«

Burl ballte die Fäuste und schien größer zu werden. »Nachdem wir Hackfleisch aus dir gemacht haben, kannst du deiner Mami sagen, dass es ebenfalls ein Unfall war.«

»Lass meine Mutter aus dem Spiel.« Raymond stellte sich Rita Aguerra mit Tränen in den Augen und voller Sorge um ihren ältesten Sohn vor – dieses Bild war schmerzvoller als Prügel.

Wie ein Hai, der Blut im Wasser wittert, trat Malph zur anderen Seite, um Raymond an der Flucht zu hindern. Doch der Vierzehnjährige überraschte ihn mit dem Unerwarteten. Er sprang dem größeren Burl entgegen, bearbeitete ihn mit Fäusten, harten Knöcheln und spitzen Ellenbogen. Er kämpfte ohne Finesse, benutzte aber jeden harten Teil seines Körpers, von den Stiefelspitzen bis zum Kopf, und auf diese Weise gelang es ihm innerhalb weniger Sekunden, den verblüfften Burl aufs Pflaster zu schicken. Anschließend wirbelte Raymond herum und versetzte dem angreifenden Malph einen Tritt in den Unterleib.

Er hatte seine beiden Gegner nicht verletzt, aber es reichte, um sie aufzuhalten. Und um ihnen zu entkommen.

Raymond verschwand in der Menge, bevor Malph und Burl wieder auf die Beine kamen. Seine Botschaft war deutlich genug. Entweder ließen sie ihn in Ruhe oder sie kamen beim nächsten Mal mit Verstärkung. Vermutlich würde Letzteres der Fall sein.

Er lachte vor sich hin, als er über die Brücke lief, die den Königlichen Kanal überspannte. Beim Abklopfen seiner einfachen Kleidung stellte er erleichtert fest, dass sie nirgends gerissen war. Die Fingerknöchel waren aufgeschürft und das dunkle Haar zerzaust, aber wenigstens hatte er alles ohne ein blaues Auge oder eine merkliche Verletzung überstanden. Es sollte ihm also gelingen, seine Mutter davon zu überzeugen, dass nichts Ernstes passiert war. Sie hatte schon genug Sorgen und er wollte ihr das Leben nicht noch schwerer machen.

Raymond war der älteste von vier Brüdern und damit der Mann im Haus, seit sein Vater die Stadt verlassen hatte, um an Bord eines Kolonistenschiffes zu gehen. Das lag inzwischen sechs Jahre zurück. Esteban Aguerra hatte die Koloniepapiere unterschrieben und gleichzeitig eine einseitige Scheidungserklärung eingereicht, mit dem Ergebnis, dass seine Frau die Dokumente erst nach dem Start des Schiffes bekam. Als Ziel hatte Raymonds Vater den neuen Kolonialplaneten Ramah ausgewählt, nicht etwa deshalb, weil ein besonderer Reiz davon ausging, sondern weil es die erste zur Verfügung stehende Welt gewesen war. Wie so oft in den vergangenen Jahren schickte Raymond ihm einen Fluch hinterher.

Es wurde Zeit heimzukehren, seiner Mutter bei der Zubereitung der Abendmahlzeit zu helfen und seine jüngeren Brüder zu Bett zu bringen. Auf dem Weg durch den Palastdistrikt fielen ihm die vielen Blumensträuße auf. Einige waren im Gedränge der Leute umgestoßen worden. Andere ruhten aufrecht in den Haltern, um ihre Pracht noch ein oder zwei Tage lang zur Schau zu stellen. Anschließend, wenn sie zu verwelken begannen, würde man sie alle fortbringen.

Zwar hielt Raymond nichts von Stehlen, aber er nahm trotzdem einen der Sträuße, aus Liebe zu seiner Mutter. Mit den Blumen eilte er nach Hause und stellte sich dabei voller Stolz die Freude in den Augen seiner Mutter vor.

Die Agenten der Hanse, beauftragt von Basil Wenzeslas, entgingen der Aufmerksamkeit des Jungen. Sie hatten Raymond Aguerra den ganzen Tag über beobachtet.

Die unauffälligen Männer zeichneten zahlreiche Bilder von dem Jungen auf und fügten sie den bereits recht umfangreichen Dateien hinzu.

9 ✷ ESTARRA

Zwar war Estarra eine Tochter der Regenten von Theroc, aber selbst im Alter von zwölf Jahren wusste sie nicht, was sie mit ihrem Leben anfangen sollte.

Ihre drei älteren Geschwister hatten von Geburt an gewusst, wozu sie bestimmt waren. Sie lernten Führung, wuchsen bei der grünen Priesterschaft auf und ließen sich zu Handelsbotschaftern ausbilden. Für ein viertes Kind gab es keine vorherbestimmte Rolle, und deshalb konnte Estarra ganz ihren Neigungen nachgehen.

Voller Energie lief sie barfuß in den Wald und flitzte durchs Unterholz, tief unter dem Dach der ständig flüsternden Weltbäume. Die hohe Decke des Waldes, bestehend aus ineinander verwobenen palmartigen Wedeln, hielt das Sonnenlicht nicht zurück, sondern filterte es und ließ ein gelb-grünes Fleckenmuster auf dem Waldboden entstehen. Gras und Blätter streichelten Estarras goldbraune Haut; sie kitzelten, kratzten nicht. Mit großen, neugierig blickenden Augen sah sie sich um, immer auf der Suche nach neuen Entdeckungen und ungewöhnlichen Objekten.

Estarra hatte bereits alle nahen Pfade erforscht, und sie staunte über die Welt, die sie umgab. Das Verhalten des lebhaften Mädchens veranlasste seine ältere Schwester Sarein gelegentlich dazu, die Stirn zu runzeln. Sarein konzentrierte sich ganz auf die Welt des Geschäfts, der Politik und des Handels. Estarra wollte nicht so schnell erwachsen werden wie sie.

Ihr ältester Bruder Reynald war bereits fünfundzwanzig und auf dem besten Weg dazu, der nächste Vater von Theroc zu werden. Der attraktive und geduldige Reynald studierte Politik und lernte, was er als Oberhaupt eines ganzen Volkes leisten musste. Er hatte immer gewusst, dass er, der Tradition gemäß, der nächste Sprecher der Waldwelt sein sollte. Um sich auf diese Aufgabe vorzubereiten, war Reynald vor kurzer Zeit zu einer Reise aufgebrochen, die ihn zu fernen, exotischen Planeten brachte. Dort würde er die jeweiligen planetaren Oberhäupter kennen lernen, sowohl Menschen als auch Ildiraner, bevor ihn seine Pflichten auf Theroc festhielten.

Estarras Eltern hatten nie die sagenhafte ildiranische Hauptstadt Mijistra unter den Sieben Sonnen gesehen, obgleich ihre Tochter

Sarein - vier Jahre jünger als Reynald - einige Jahre auf der Erde gewesen war, um Verbindungen mit der Hanse zu knüpfen.

Estarras Bruder Beneto war es immer bestimmt gewesen, ein Priester des Weltwaldes zu werden. Sie freute sich bereits auf seine Rückkehr von Oncier, wo er die Schaffung einer neuen Sonne beobachtet hatte.

Vater Idriss und Mutter Alexa ließen Estarra viel Freiheit, vielleicht zu viel. Sie konnte sich von ihren Interessen leiten lassen, was sie gelegentlich in Schwierigkeiten brachte. Ihre kleine Schwester Celli, das Baby der Familie, verbrachte ihre Zeit am liebsten mit ihren unaufhörlich schwatzenden Freundinnen. Estarra war viel unabhängiger.

Sie duckte sich unter süßlich duftenden Blättern hinweg und spürte, wie ihr aromatische Luft über die bronzefarbene Haut strich. Ihr Haar war mit einem Durcheinander aus Bändern und Borten zusammengebunden. Das entsprach zwar nicht der Mode, aber es ließ kaum Strähnen übrig, die sich an Zweigen verheddern konnten.

Estarra lief weiter und prägte sich Einzelheiten ein, um später zur hohen Pilzriff-Stadt zurückzukehren, in der sie wohnte. Sie verharrte unter den gewaltigen Weltbäumen, in deren von schuppiger Borke bedeckten Stämmen Energie pulsierte und die bis zum Himmel empor reichten - sie wirkten wie Pflanzen im Garten eines Riesen. Durch schmale Spalten in der Borke wuchsen Schösslinge und sahen aus wie lose Haare.

Die Wurzeln der Weltbäume, ihre Stämme und ihr rudimentäres Selbst - alles war miteinander verbunden. Die fedrigen Wedel reichten Dutzende von Metern weit nach oben und wölbten sich dann zu den Seiten, um einen schirmartigen Baldachin zu formen. Jeder Baum berührte den nächsten und dadurch entstand ein Dach aus Blättern. Wie Augenwimpern bewegten sich die Wedel, liebkosten sich gegenseitig. Abgesehen vom Summen der Insekten und den Rufen wilder Tiere gab es im Wald ein beständiges Rauschen, so beruhigend wie ein Schlaflied.

Weltbäume wuchsen auf allen theronischen Landmassen, und ehrgeizige grüne Priester nahmen Schösslingen zu anderen Planeten mit, damit das Bewusstsein des Waldes wachsen und immer mehr lernen konnte. Sie beteten zu ihm, zu einem vitalen »Erdgeist«, und sie halfen dem Selbst des Waldes, stärker zu werden.

Vor langer Zeit - vor 183 Jahren - hatte eine Patrouille der ildiranischen Solaren Marine das erste langsame Generationenschiff der Erde gefunden, die *Caillié*, und es zu dieser unberührten Welt gebracht. Alle elf Generationenschiffe waren nach berühmten Forschern benannt worden. Der Name *Caillié* ging auf René Caillié zurück, einen Franzosen, der im dunkelsten Afrika unterwegs gewesen war, als Einheimischer verkleidet. Als erster Weißer hatte er die sagenumwobene Stadt Timbuktu gesehen.

Burton, Peary, Marco Polo, Balboa, Kanaka ... Diese Namen der Generationenschiffe klangen seltsam und exotisch für Estarra, doch selbst die Geschichten aus der unzivilisierten Zeit der Erde konnten es nicht mit den Wundern aufnehmen, die terranische Siedler auf anderen Welten fanden, als sie sich im Spiralarm ausbreiteten. *Clark, Vichy, Amundsen, Abel-Wexler, Stroganow.* Sie alle hatten mithilfe der Ildiraner ein Ziel gefunden, nur die *Burton* nicht, die zwischen den Sternen verschwand.

Die Menschen von der *Caillié* hatten gejubelt, als sie zum ersten Mal die gründe Landschaft von Theroc sahen und das Potenzial ihrer neuen Heimat erkannten, das ihre kühnsten Hoffnungen weit übertraf. Während des jahrhundertelangen blinden Flugs durchs All, auf der Suche nach einem Sonnensystem mit bewohnbaren Planeten, hatten die Kolonisten an Bord eines großen, sterilen Raumschiffs gelebt. Wälder und Berge kannten sie nur von Bildern. Theroc kam für sie einem Paradies gleich und sie spürten sofort, dass die Bäume ungewöhnlich waren.

An Bord der *Caillié* gab es alle notwendigen Dinge, um eine Kolonie selbst auf einer sehr lebensfeindlichen Welt zu gründen, doch Theroc erwies sich als sehr kooperativ. Nachdem die Ildiraner sie dorthin gebracht hatten, errichteten die Kolonisten provisorische Unterkünfte aus Fertigteilen. Biologen, Botaniker, Chemiker und Mineralogen begannen mit Untersuchungen, um mehr über den Planeten herauszufinden.

Zum Glück war die Biochemie des theronischen Ökosystems zum größten Teil für den menschlichen Organismus verträglich; die Siedler konnten also auf einheimische Nahrungsmittel zurückgreifen. Es war nicht nötig, Land zu roden und zu düngen, um Ackerbau zu treiben. Die Siedler von der *Caillié* fanden Möglichkeiten, mit dem Wald zu arbeiten und natürliche Behausungen zu verwenden, anstatt Gebäude aus Metall und Polymeren zu errichten.

Jahrzehnte später, nach der Aufnahme von diplomatischen Beziehungen zwischen den Ildiranern und der Erde, hatten die Siedler von Theroc eine eigene Kultur entwickelt. Repräsentanten der Hanse gelang es schließlich, die Theronen zurückzuführen zur größeren Gemeinschaft der Menschheit, aber sie wahrten ihre Unabhängigkeit. Als ihre Vorfahren mit dem Generationenschiff aufgebrochen waren, hatten sie nicht damit gerechnet, irgendwann einmal zurückzukehren und den Kontakt mit der Erde wiederherzustellen. Sie waren wie Samen gewesen, im Wind verstreut, die hofften, irgendwo wurzeln zu können. Nun wollten sie sich nicht mehr *ent*wurzeln lassen ...

Estarra unterbrach ihren Forschungsausflug, um Platschbeeren zu essen und sich den Saft von Mund und Händen zu wischen. Sie sah am nächsten Weltbaum empor, bemerkte am Stamm Haltepunkte und Zeichen, die auf den häufigen Aufstieg von Lesegruppen hinwiesen. Die Borke bot Estarras Händen und Füßen genug Halt, dass sie wie auf einer Leiter an ihr emporklettern konnte. Sie durfte nur nicht nach unten sehen oder darüber nachdenken, was sie anstellte. Oben wurden die miteinander verbundenen Äste von den grünen Priestern wie Gehwege benutzt.

Estarra trug nur wenige Kleidungsstücke, denn es war warm im Wald. An ihren Füßen gab es dicke Schwielen; sie brauchte also keine Schuhe. Einen Haltepunkt nach dem anderen brachte sie hinter sich, kletterte immer weiter nach oben. Erschöpft, aber auch aufgeregt schob sie sich schließlich durchs Blätterdach. Sie blinzelte im ungefilterten Licht der Sonne, die an einem blauen Himmel schien, über dem endlosen Wald.

Selbst hier oben konnte Estarra nicht sehen, wo ein individueller Baum aufhörte und der nächste begann. Sie hörte viele Stimmen, vereint in einem leisen Singsang, aber auch einzelne, hoch und tief.

Estarra stützte sich an den Wedeln ab und sah zu den versammelten Priestern, sonnengebräunten und gesunden Akolythen, die noch nicht grün geworden waren, und den älteren Priestern mit der grünen Haut, die sich bereits durch Symbiose mit dem Weltwald verbunden hatten. Die Akolythen saßen auf Plattformen und Zweigen, lasen laut aus Schriftrollen oder von elektronischen Tafeln. Einige spielten Musik. Andere rasselten Datenströme herunter und bedeutungslose Zahlen aus Tabellen. Es herrschte ein verwirrendes Durcheinander an Aktivität, denn die Priester waren wie immer bestrebt, das Wissen des Weltwaldes und die in ihm gespeicherten Daten zu erweitern. Dadurch zeigten die Priester Ehrfurcht vor dem grünen Geist und halfen ihm gleichzeitig. Hunderte von Stimmen sprachen, und die Weltbäume hörten zu und lernten.

Es gab so viel zu sehen und zu erleben und all jene Erfahrungen standen den grünen Priestern offen, während sie hier oben saßen, verbunden mit dem Geist des Weltwaldes. Estarra wünschte sich, alles verstehen zu können, was der Wald wusste. Die Priester sangen Gedichte, lasen Geschichten und diskutierten über philosophische Themen, vermittelten Informationen in allen Formen. Die Weltbäume nahmen die Daten auf und ihr Netzwerk sehnte sich nach immer mehr.

10 ✷ ERSTDESIGNIERTER JORA'H

Am Rand des gleißenden Horizont-Clusters empfing Ildira das variierende Licht von sieben Sonnen. Die Heimwelt der Ildiraner umkreiste eine warme, orangefarbene K1-Sonne, die sich in der Nähe eines Doppelsterns befand: das Qronha-System, bestehend aus einem roten Riesen und einem kleineren, nahen gelben Begleiter. Etwas weiter entfernt, aber immer noch hell am ildiranischen Himmel, leuchtete der erstaunliche Tristern Duris. Dort bildeten ein weißer und ein gelber Stern ein Paar und ein roter Zwerg umkreiste das gemeinsame Schwerkraftzentrum. Ebenfalls weiter entfernt glänzte der blaue Superriese Daym wie ein großer Diamant.

Auf Ildira wurde es nie Nacht.

Mijistra, Hauptstadt und Juwel des alten Reiches, funkelte unter einem messingfarbenen Himmel. Die Türme und Kuppeln bestanden aus Kristall und buntem Glas. Ultrastarke transparente Polymere ermöglichten eine Architektur mit sehr gewagten Formen.

Der Erstdesignierte Jora'h, ältester Sohn und Erbe des Weisen Imperators, atmete die wohlriechende Luft tief ein. Sie enthielt auch Feuchtigkeit von den nach oben gischtenden Wasserfällen, die am Prismapalast emporreichten.

Wie es seine Pflicht gebot, wartete der Erstdesignierte auf den menschlichen Repräsentanten von Theroc. Der junge Mann namens Reynald war angeblich Jora'hs Amtskollege, allerdings auf einem viel tieferen Niveau. Der menschliche Prinz wurde irgendwann zum regierenden Vater eines Waldplaneten, aber dem Erstdesignierten stand die Herrschaft über das riesige Ildiranische Reich bevor.

Jora'h hob beide Hände, um den lächelnden Mann zu begrüßen. »Prinz Reynald, ich heiße Sie herzlich in Mijistra willkommen.«

Der breitschultrige Mensch kam die Stufen hoch und näherte sich der Empfangsplattform, flankiert von stämmigen Vertretern des ildiranischen Soldaten-Geschlechts. Eine kleine Eskorte aus Menschen begleitete Reynald; zu ihr gehörte auch ein grüner Priester.

Der Theron hatte schwarzes Haar, zu zwei Zöpfen gebunden, die sich am Nacken vereinten. Er trug einen ärmellosen, gepolsterten Kasack aus einem interessanten, perlenartigen Stoff, der im Licht der sieben Sonnen glänzte. Er hatte ein quadratisches Gesicht mit flachen Wangen und weit auseinander stehenden dunklen Augen. Filterlinsen schützten sie vor dem für Reynald zu grellen Licht Ildiras. Aus dem gleichen Grund hatte das Empfangskomitee den Besuchern auch Cremes und Lotionen zur Verfügung gestellt.

»Schon seit vielen Jahren wünsche ich mir, Ildira zu sehen, Erstdesignierter.« Kühn ergriff Reynald Jora'hs Hand und schüttelte sie, als wären sie Gleichrangige. Er zeichnete sich durch ein offenes, herzliches Gebaren aus, und damit ließ er das Eis der förmlichen Zeremonie schmelzen.

Jora'h lächelte unwillkürlich und fand den jungen Mann von Theroc sofort sympathisch. »Unsere beiden Kulturen können viel voneinander lernen.«

Reynald sah zu den schimmernden Vorhängen aus Wasser, das aus den schäumenden Becken am Kanalrand sprang und über unsichtbare Suspensorleitern in die Kuppeln und Verbindungsröhren strömte. Er lachte und es klang nach fast kindlichem Entzücken. »Sie haben mich bereits beeindruckt, Erstdesignierter - obwohl ich Ihnen einige eindrucksvolle Seltsamkeiten im Wald zeigen könnte, wenn Sie jemals nach Theroc kommen sollten.«

Der Prismapalast stand auf einem elliptischen Hügel, über den glänzenden Brüstungen, Museumskuppeln und Gewächshäusern von Mijistra. Sieben Flüsse, vor langer Zeit von ildiranischen Technikern gezähmt, führten in perfekt geraden Linien zum Nexus des Reiches. Magnetische Levitationsfelder und gravitationsunterstützte

Plattformen sorgten dafür, dass das Wasser der Schwerkraft trotzte und den Hügel hinauffloss.

Reynald folgte Jora'h in die Eingangsgalerie, wo Glänzer das Sonnenlicht verstärkten und jeden möglichen Schatten verbannten. »Dies ist eine der letzten Zwischenstationen meiner Reise. Ich bin zu dem Schluss gelangt, dass ich andere Kulturen besser verstehen muss, um meinem Volk angemessen zu dienen. So wie Peter der Große, der vor Jahrhunderten auf der Erde lebte und das Oberhaupt eines großen Staates namens Russland war. Er besuchte andere Länder, lernte von ihren Kulturen und nahm das Beste von ihnen nach Hause mit. Ich möchte seinem Beispiel folgen.«

Die Überschwänglichkeit des Menschen wirkte ansteckend. »Eine bewundernswerte Absicht, Reynald. Vielleicht sollte ich Mijistra öfter verlassen.« Es war nicht nötig für einen Erstdesignierten, andere Teile des Ildiranischen Reiches zu besuchen, aber eine solche Reise wäre sicher faszinierend gewesen. Sein eigener Sohn und Erbe, Thor'h, hatte Jahre auf dem komfortablen ildiranischen Vergnügungsplaneten Hyrillka verbracht.

»Ich bin bereits auf der Erde gewesen und dort dem Alten König Frederick begegnet«, fuhr Reynald mit einem verlegenen Lächeln fort. »Er schien allerdings nicht recht zu wissen, was er mit mir anfangen sollte. Ich habe auch mit dem Vorsitzenden Basil Wenzeslas gesprochen, der sehr höflich war - vor allem deswegen, weil er mehr grüne Priester von mir möchte, wenn ich Vater von Theroc werde.«

»Und jetzt sind Sie hier«, sagte Jora'h und deutete nach vorn. »Wir werden dafür sorgen, dass Sie aus dem Staunen nicht mehr herauskommen!« Lachend führte er Reynald und seine Begleiter zum nächsten schimmernden Flügel des Prismapalastes.

Als Erstdesignierter verfügte Jora'h über Charisma und einen animalischen Magnetismus, was ihn sehr attraktiv machte. Sein schmales Gesicht zeigte Charme. Die Augen wirkten wie rauchige Topase, in denen sich sternenartige Lichter und Reflexionen zeigten. Langes Haar, bei den Ildiranern ein Zeichen von Männlichkeit, umgab den Kopf mit einer Mähne, die aus tausenden von schmalen goldenen Zöpfen bestand. Diese Zöpfe wirkten wie dünne Ketten, die mit einem sonderbaren Eigenleben ausgestattet waren, sich hin und her wanden.

Menschliche Händler, Würdenträger, Gelehrte, selbst wohlhabende Touristen kamen hierher, um die berühmten sieben Sonnen von Ildira zu sehen. Das Ildiranische Reich hatte der Menschheit einen schnellen Sternenantrieb zur Verfügung gestellt, und deshalb hielten viele Menschen die Ildiraner für gutmütige Wohltäter und Vaterfiguren. Die Ildiraner akzeptierten die Menschheit als Teil der galaktischen Geschichte, wie sie die *Saga der Sieben Sonnen* erzählte, aber vielen von ihnen fiel es schwer, Impulsivität und Elan der Menschen zu verstehen.

Doch dieser Mensch gefiel Jora'h. Reynald und er schritten Schulter an Schulter in den Promenadensaal mit den hohen, gewölbten Decken und bunten Glasmosaiken. Satte Farben vibrierten um sie herum und intensives Licht strahlte durch die primären Filter der bunten Fenster.

Reynald bemerkte einen schwarzen Klikiss-Roboter, der auf flexiblen Beinen durch einen Flur stakte und wie ein großer mechanischer Käfer aussah - es geschah zum ersten Mal, dass er ein solches Maschinenwesen zu Gesicht bekam. Die Ildiraner schenkten ihm kaum Beachtung.

Am Hof trugen die Frauen des Adelsgeschlechts, aber auch Kurtisanen, Künstlerinnen und Sängerinnen durchscheinende Gewänder mit diagonalen Schärpen über Brüsten und Schultern. Gestreifte Ärmel reichten bis zu den Fingerknöcheln der Kurtisanen, konnten aber in die Schulterpolster zurückgezogen werden.

Reynald lächelte, als sie den Bankettsaal eines großen Gewächshauses betraten. »Bekomme ich Gelegenheit, dem Weisen Imperator gegenüberzutreten?«

Die goldenen Ketten von Jora'hs Haar erzitterten heftig. Er seufzte entschuldigend. »Der Weise Imperator des Ildiranischen Reiches kann nicht Repräsentanten aller von Menschen besiedelten Welten empfangen. Es gibt so viele! Es widerstrebt ihm, Theroc einen anderen Status zuzubilligen als den Kolonien der Terranischen Hanse.«

»Theroc ist ein unabhängiger Planet und gehört nicht zur Hanse, Erstdesignierter«, erwiderte Reynald steif. Dann lächelte er. »Andererseits ... Ihre Gesellschaft ist mir vermutlich angenehmer als die Ihres Vaters.«

In Jora'hs saphirnen Augen funkelte es. »Und das Beste kommt erst noch. Ich habe nach unserem größten lebenden Historiker schicken lassen.«

In einer der vielen edelsteinartigen Kuppeln des Palastes deutete

Jora'h auf einen langen Tisch mit tausend exotischen Spezialitäten. Kurtisanen und Bedienstete strömten herbei, als sie Platz nahmen.

Die glatthäutigen, haarlosen Kurtisanen hatten ihre Gesichter und langen, zarten Hälse mit Wellenmustern geschmückt, die an den hübschen Augen vorbei über den Kopf reichten, wie Wogen aus Wasser oder Flammenzungen. Ihre Gewänder veränderten die Farbe, wenn sich die Ildiranerinnen bewegten, sahen dann aus wie lebende Regenbögen.

Die Frauen schenkten Reynald ein freundliches Lächeln, doch Jora'h bedachten sie mit verführerischen Blicken. Der Erstdesignierte genoss ihre volle Aufmerksamkeit, als wäre er von einer Wolke aus Pheromonen umgeben.

»Sind Sie noch nicht verheiratet, Prinz Reynald? Heirat ist bei Menschen üblich, soweit ich weiß, insbesondere bei königlichen Familien, nicht wahr?«

»Ja, das stimmt. Und nein, ich habe noch keine Frau gewählt, die an meiner Seite zur Mutter von Theroc wird. Es gibt auch politische Aspekte, abgesehen von den ... emotionalen. Während meiner Reise habe ich mehrere Eheangebote von Oberhäuptern einiger Hanse-Kolonien bekommen. Es handelt sich ausnahmslos um respektable Offerten, aber ich möchte verschiedene Möglichkeiten in Erwägung ziehen, denn es ist eine wichtige Entscheidung.«

»Ich finde es unverständlich, so viel Zeit damit zu verbringen, einen einzelnen Partner zu suchen.« Jora'h nahm einen Teller mit eingelegten Früchten, probierte einen Bissen und bot die Spezialität Reynald an, der sofort zugriff. Der Erstdesignierte sah zu den Kurtisanen. »Es ist meine Pflicht, so viele Geliebte wie möglich zu haben und zahlreiche Kinder zu zeugen, die die Blutlinie des Weisen Imperators fortsetzen. Komitees und Assistenten helfen mir dabei, aus Tausenden von Kandidatinnen auszuwählen und ihre Fruchtbarkeit zu verifizieren, bevor ich den Koitus mit ihnen herbeiführe.«

»Klingt eher anstrengend und nicht besonders erotisch«, kommentierte Reynald.

»Ein Erstdesignierter muss sich seinen Pflichten fügen.« Jora'h griff nach einer Schüssel, die Fruchtstücke in dampfendem Sirup enthielt. »Für die Ildiranerinnen ist es eine große Ehre, Mütter meiner Kinder zu werden, und es gibt mehr Freiwillige, als ich jemals in meinem Leben schwängern könnte. Nun, wenn ich die

Nachfolge meines Vaters als Weiser Imperator antrete, wird alles anders für mich.«

»Das muss sehr aufregend sein«, sagte Reynald.

Jora'h wirkte nachdenklich. »Wenn es so weit ist, muss ich mich einer rituellen Kastrationszeremonie unterziehen.« Reynald reagierte schockiert auf diesen Hinweis; doch mit einer solchen Reaktion hatte Jora'h gerechnet. »Nur auf diese Weise kann ich zum Fokus für das *Thism* werden und durch die Augen meines Volkes sehen. Ich werde meine Männlichkeit aufgeben und zu einem Halbgott werden, der alles sieht und alles weiß. Ich schätze, der Preis ist nicht zu hoch.«

Reynald nahm eine Serviette und betupfte sich die Lippen. »Ich, äh, erdulde lieber meine Probleme in Hinsicht auf die Suche nach einer Frau. Ich beneide Sie nicht um die Ihren.« Bedienstete brachten die vielen Teller fort, als klar wurde, dass die beiden Männer keinen Appetit mehr hatten.

Jora'h klatschte in die Hände. »Es wird Zeit für den Erinnerer.«

Ein kleiner, älter wirkender Ildiraner kam herein. Er trug einen weiten Umhang ohne irgendwelchen Schmuck. Wangenbemalung fehlte ebenso wie Edelsteine an Fingern und Handgelenken. Sein Gesicht sah fremdartiger aus als das der meisten anderen ildiranischen Geschlechter. Dicke Hautlappen zeigten sich an Stirn und Wangen, führten von dort aus über den haarlosen Kopf nach hinten.

»Erinnerer Vao'sh ist ein Historiker am ildiranischen Hof«, sagte Jora'h. »Er hat mich oft unterhalten.« Vao'sh verneigte sich. Reynald nickte ihm zu und wusste nicht, ob er ihm die Hand reichen oder applaudieren sollte. »Unsere Erinnerer haben sich auf Teile der *Saga der Sieben Sonnen* spezialisiert.«

»Ich habe von der Legende Ihres Volkes gehört«, entgegnete Reynald.

Vao'sh breitete die Arme aus und die weiten Ärmel wogten. »Die *Saga* ist weit mehr als nur eine Ansammlung von Schriften und Geschichten. Sie ist das große Epos des ildiranischen Volkes und bildet das Gerüst, das uns einen Platz im Universum gibt. Die ildiranische Historie beschränkt sich nicht darauf, eine Abfolge von Ereignissen zu sein. Sie ist eine echte *Geschichte* und wir alle sind Teil ihrer komplexen Handlung.« Der Erinnerer deutete auf Reynald. »Auch ein menschlicher Prinz wie Sie gehört dazu. Jede Person hat eine Rolle zu spielen, die einer unwichtigen Figur oder die eines großen Helden. Jeder von uns erhofft sich ein so bedeutendes Leben, dass man sich in der immer weiter wachsenden Saga daran erinnert.«

Jora'h lehnte sich auf seinem Stuhl zurück. »Unterhalten Sie uns, Vao'sh. Welche Geschichte wollen Sie uns erzählen?«

»Die von der Entdeckung der Menschen ist besonders angemessen«, sagte Vao'sh und seine ausdrucksvollen Augen wurden größer. Er sprach mit fesselnder Stimme, in einem Rhythmus, der zwischen dem einer Rezitation und eines Gesangs lag.

Der Erinnerer fasste die bekannten Ereignisse zusammen, die dazu führten, dass die im Niedergang befindliche Zivilisation der Erde elf riesige Generationenschiffe im Blindflug zu den nächsten Sternen schickte, jedes Schiff voller Pioniere. Reynald staunte über den Tonfall des Historikers und auch darüber, wie die Hautlappen ihre Farbe veränderten, um unterschiedliche Gefühle zum Ausdruck zu bringen.

»Welch tiefe Verzweiflung! Und so viel Hoffnung und Optimismus - oder Torheit. Doch die ildiranische Solare Marine fand die Menschen.« Vao'sh faltete die Hände.

Als der Erinnerer die Geschichte von der Rettung der Menschen beendet hatte, applaudierte Reynald. Jora'h fand Gefallen an diesem fremden Brauch und folgte Reynalds Beispiel. Auch die Kurtisanen und Bediensteten im Bankettsaal klatschten und es entstand ein ziemlicher Lärm. Vao'shs Gesicht verfärbte sich; offenbar wusste er nicht recht, was er davon halten sollte.

»Ich habe Ihnen ja gesagt, dass er ein ausgezeichneter Erinnerer ist«, wandte sich der Erstdesignierte an seinen Gast.

Reynald lächelte schief. »Wie seltsam, dass unsere Geschichte am besten von ildiranischen Erinnerern erzählt wird.«

11 ✷ ADAR KORI'NH

Zwar hatte Adar Kori'nh den Befehl über alle Schiffe der Solaren Marine, aber er spürte die Kühle der Ehrfurcht in seiner Brust, als er sich dem Weisen Imperator Cyroc'h näherte. Der zum Gott erhobene Herrscher sah alles, wusste alles und berührte jeden Ildiraner durch die langen Ranken des telepathischen *Thism*.

Trotzdem wollte er mit Adar Kori'nh sprechen.

Die Zeremoniensepta der Kriegsschiffe war nach dem erfolgreichen und eindrucksvollen Test der Klikiss-Fackel von Oncier zurückgekehrt. Kori'nh hatte Bilder und Berichte übermittelt, doch jetzt wollte der Weise Imperator die Worte direkt von seinen Lippen hören, und natürlich musste sich der Adar seinen Wünschen fügen.

Bron'n, der große persönliche Leibwächter des Weisen Imperators, trat hinter Kori'nh. Bron'n gehörte zum Krieger-Geschlecht, deshalb wirkte er tierischer als andere Ildiraner. Seine Finger endeten in Krallen und in seinem Mund zeigten sich lange, spitze Zähne. Die großen Augen nahmen jede Bewegung wahr, entdeckten jede Gefahr für das verehrte Oberhaupt des ildiranischen Volkes. Adar Kori'nh bedrohte den Imperator natürlich nicht, aber der Leibwächter blieb trotzdem wachsam - er konnte gar nicht anders.

Das private Zimmer des Weisen Imperators befand sich hinter undurchsichtigen Wänden im rückwärtigen Teil der Himmelssphäre, die den Kern des Prismapalastes bildete und von der viele Türme und Kuppeln ausgingen. Kori'nh trat ins sanft strahlende Licht von Glänzern. Der Weise Imperator wartete bereits auf ihn, die massige Gestalt zurückgelehnt im Chrysalissessel. Bron'n schloss die Tür. Trotz seines hohen Rangs hatte der Adar nur selten mit dem Weisen Imperator gesprochen, ohne dass ein Publikum aus Beratern, Antragstellern, Leibwächtern und Adligen zugegen gewesen war.

Der Weise Imperator Cyroc'h ähnelte einer männlichen Bienenkönigin: ein einzelnes Wesen, das die ganze ildiranische Zivilisation vom Prismapalast aus überwachen und dirigieren konnte. Er war der Brennpunkt und Empfänger des *Thism*, wurde dadurch das Herz und die Seele aller Ildiraner. Aber oft brauchte er Auskunft über genaue Details und die Analysen von Augenzeugen, so wie jetzt.

Voller Demut faltete Kori'nh die Hände vor seinem Herzen zum Gebet. »Es ehrt mich, dass Sie mich zu sich gerufen haben, Herr.«

»Und Ihre Dienste sind eine Ehre für alle Ildiraner, Adar.« Der Weise Imperator hatte alle Bediensteten fortgeschickt, die unter normalen Umständen immerzu damit beschäftigt waren, ihn zu verhätscheln, seine Haut mit Öl einzureiben und ihm die Füße zu massieren. Cyroc'hs Augen blickten kühl und durchdringend; seine Stimme war messerscharf. »Jetzt müssen wir miteinander sprechen.«

Der wie aufgequollen wirkende Leib des Oberhaupts der Ildiraner ruhte in seinem bettartigen Sessel, gehüllt in weiche Umhänge. Arme und Beine waren atrophiert, weil sie kaum jemals benutzt wurden. Nach der rituellen Kastration vor einigen Jahrzehnten sah der Weise Imperator Cyroc'h völlig anders aus als sein attraktiver ältester Sohn, der Erstdesignierte Jora'h. Die Tradition verlangte, dass seine Füße nie den Boden berührten.

Vor dem Verzicht auf die Freuden des Fleisches hatte Cyroc'h viele Kinder gezeugt. Als väterliche Figur des Ildiranischen Reiches trug er noch immer einen sehr langen Zopf, das kulturelle Symbol für Virilität. Er reichte vom Kopf über Schultern und Brust, war wie ein Hanfseil geflochten. Rudimentäre Nervenbahnen darin ließen ihn gelegentlich zucken.

Ein Weiser Imperator konnte bis zu zweihundert Jahre leben, nachdem er zum Nexus des *Thism* und zum Bewahrer des ildiranischen Wissens geworden war. Seit vielen Jahren hatte Cyroc'h keinen Schritt mehr getan und es dem ildiranischen Volk gestattet hatte, seine Augen, Hände und Beine zu sein. Er war zu wichtig, um sich selbst mit solchen Dingen zu belasten.

Von seinem großen Bettsessel aus blickte der Weise Imperator auf den Adar. Kori'nh rückte erneut seine Uniform zurecht, froh darüber, dass er sich die Zeit genommen hatte, alle Medaillen und Auszeichnungen anzustecken, obwohl sich Cyroc'h wohl kaum davon beeindrucken ließ.

»Erzählen Sie mir, was Sie bei Oncier beobachten konnten. Ich weiß bereits, dass die Terraner den Planeten gezündet haben, aber ich brauche Ihre objektive Situationsbewertung. Wie groß ist die Gefahr, die von der Klikiss-Fackel für das Ildiranische Reich ausgeht? Halten Sie es für möglich, dass die Terranische Hanse sie als Waffe gegen uns verwenden will?«

Kori'nh fröstelte unwillkürlich. »Ein Krieg gegen das Ildiranische Reich? Ich glaube nicht, dass die Menschen so dumm sind, Herr. Man denke nur an die Größe und Macht der Solaren Marine.«

Die Augen des Weisen Imperators glänzten. »Trotzdem dürfen wir den Ehrgeiz der Terraner nicht unterschätzen. Erzählen Sie mir von Oncier.«

Der Adar sprach in knappen Sätzen, nannte die Fakten und fügte ihnen gelegentlich Meinungen oder Interpretationen hinzu. Kori'nhs Gene machten ihn zu einem Militäroffizier, nicht zu einem Erinnerer, und deshalb gaben seine Schilderungen nur das wieder, was geschehen war. Er erzählte keine Legenden, um zu unterhalten.

Der Weise Imperator hörte aufmerksam zu. Sein intelligentes Gesicht war teigig, die Wangen rund, das Kinn kaum mehr als ein kleiner Knopf, von weicher Haut eingebettet. Seine Miene zeigte eine solche Glückseligkeit, dass ihn manche Menschen mit Buddha verglichen hatten. Die Züge brachten zeitlosen Frieden, Zuversicht und Wohlwollen zum Ausdruck, aber hinter dieser Fassade spürte der Adar die Härte von notwendiger Grausamkeit. »Es lief also alles so ab, wie es die Menschen erwarteten?«

»Bis auf eine sonderbare Sache.« Kori'nh zögerte. »Lassen Sie mich Ihnen einige Bilder zeigen, Herr.« Er zog einen Datenchip aus dem Gürtel und schob ihn in den Displayer, den er mit beiden Händen hielt. »Während wir vorgaben, kaum an dem Geschehen interessiert zu sein, haben wir jeden Moment des planetaren Kollapses aufgezeichnet. Als stellare Flammen Oncier umhüllten, sahen wir *dies*.«

Seltsame kugelförmige Objekte kamen aus den Tiefen des brennenden Gasriesen und glitzerten so, als bestünden sie aus Diamant. Die Kugeln rasten fort von der neuen Sonne und flogen schneller, als es selbst mit einem ildiranischen Sternenantrieb möglich war.

Der Weise Imperator wich zurück. Sein Gesicht zeigte Erstaunen, sogar ein wenig Furcht. »Zeigen Sie es mir noch einmal.« Die dunklen Augen blickten fast hungrig.

»Diese Objekte kamen aus dem *Innern* des Gasriesen, Herr. Sie sind anders als alle mir bekannten Phänomene, auch anders als alle Raumschiffe, die wir kennen. Ich habe jene Teile der *Saga der Sieben Sonnen* gelesen, die Hinweise liefern könnten, und ich habe auch eine Datensuche in relevanten Aufzeichnungen durchgeführt, ohne Informationen zu finden. Wissen Sie, was es mit den Objekten auf sich hat, Herr?«

»Ich weiß überhaupt nichts über sie.« Der Weise Imperator schien zornig zu sein und dicht vor einer Explosion zu stehen, aber er sprach kein weiteres Wort.

Kori'nh hatte Erkennen und Schrecken im Gesicht des Weisen Imperators gesehen und fragte sich, warum dieser Informationen verbarg. Gleichzeitig wusste er mit absoluter Gewissheit, dass kein Weiser Imperator jemals einen Ildiraner belog, und deshalb führte er seine Zweifel auf Missverständnis und Fehlinterpretation zurück.

Er verbeugte sich. »Das war mein vollständiger Bericht, Herr. Soll ich Bilder der sonderbaren Objekte an meine Offiziere verteilen, auf dass wir besser Ausschau halten können?«

»Nein. Das ist nicht nötig.« Die Stimme des Weisen Imperators ließ keine Diskussion zu. »Wir dürfen nicht zu heftig auf eine Rätselhaftigkeit von geringer Bedeutung reagieren.« Cyroc'h strich über den langen, zuckenden Zopf auf seinem Bauch und stemmte sich ein wenig höher, um Kori'nh direkt ins Gesicht zu sehen. Er schien eine Entscheidung getroffen zu haben. Seine Stimme war weniger scharf und bekam einen beiläufigen Klang, als er das Thema wechselte. »Ich habe eine andere wichtige Mission für Sie – eine, die nicht warten kann.«

Wieder faltete Kori'nh die Hände vor der Brust. »Wie Sie befehlen, Herr.«

»Sie und die Solare Marine sollen unsere Splitter-Kolonie auf Crenna retten. Bringen Sie alle zurück nach Ildira.«

Kori'nh sah überrascht auf. »Was ist geschehen?« Er konnte die Hoffnung nicht aus seiner Stimme fern halten, als er hinzufügte: »Handelt es sich um eine militärische Operation?« Er hatte viele Geschichten der *Saga* gelesen und wünschte sich eine eigene Rolle, sei es auch nur eine kleine, in einem epischen Konflikt.

»Die Kolonie auf Crenna war kaum groß genug, um ein richtiger Splitter zu sein, und jetzt ist dort eine schreckliche Seuche ausgebrochen, der bereits viele Siedler zum Opfer gefallen sind, unter ihnen auch mein Crenna-Designierter. Durch das *Thism* habe ich ihr Leid gefühlt. Die Krankheit macht erst blind und führt dann zum Tod.«

»K'llar bekh!« Kälte breitete sich in Kori'nh aus. »Das ist schrecklich, Herr!«

Erneut zuckte der Zopf. »Die Bevölkerungsdichte der Kolonie ist inzwischen unter die kritische Schwelle gesunken – das *Thism* funktioniert nicht mehr. Ich habe beschlossen, sie aufzugeben. Anstatt weitere Kolonisten zu jenem gefährlichen Ort zu schicken, holen wir die überlebenden Siedler zurück.«

»Es wird erledigt, Herr«, sagte Kori'nh. »Schnell und effizient. Ich hoffe, unsere Hilfe kommt rechtzeitig genug, um weiteren Verlust von Leben zu vermeiden. Sollen wir Ausrüstung und Gebäude bergen?«

»Nein, daran haftet die Krankheit. Außerdem: Die Terranische

Hanse hat Crenna durch harte und gute Verhandlungen ... erworben, zusammen mit allen Ressourcen. Nach ersten Tests sind die Menschen zuversichtlich und glauben, dass die Krankheit keine Gefahr für sie darstellt. Erste terranische Kolonisten treffen ein, sobald unsere Siedler den Planeten verlassen haben.«

Diese Mitteilung überraschte Kori'nh, erst recht nach Onciers Umwandlung in eine Sonne, wodurch den Menschen bald vier neue Monde als Siedlungsraum zur Verfügung standen. »Warum sollten die Menschen an einem weiteren Planeten interessiert sein? Sie haben sich bereits auf vielen Welten ausgebreitet.«

»Es gehört alles zu meinem Plan, Adar. Wir überlassen ihnen besser unsere Reste, anstatt sie selbst zu ehrgeizig werden zu lassen.«

Adar Kori'nh nickte. »Seit Jahrzehnten weise ich darauf hin, Herr. Wir dürfen nicht nachlässig werden. Ich schlage Wachsamkeit vor.«

»Ich bin immer wachsam, Adar«, erwiderte der Weise Imperator. »Immer.«

12 ✷ RLINDA KETT

Als erfolgreiche Kauffrau mit fünf Schiffen war Rlinda Kett nicht daran gewöhnt, auf den Fingernägeln zu kauen und untätig zu warten, noch dazu im Hinterhalt. Sie stand neben General Kurt Lanyan auf dem Brückendeck eines Schlachtschiffs der Moloch-Klasse - in der Terranischen Verteidigungsflotte gab es keine schwerer bewaffneten Raumschiffe.

Sie lauerten in der leeren Stille des Alls. Lanyan hatte befohlen, die Positionslichter des Moloch zu deaktivieren und die elektromagnetische Signatur zu dämpfen. Die dunklen Hüllenplatten des TVF-Schiffes bestanden aus Stealth-Material, das vor Ortung schützte. Der Raumer war nichts weiter als eine Gravitationsanomalie unter den Asteroiden am Rand des Yreka-Systems.

Die Falle war vorbereitet. Jetzt konnten sie nur noch warten.

»Wie lange sind wir schon in Position?«, fragte Rlinda leise.

»Sie brauchen nicht zu flüstern, Madam«, erwiderte der General. Wangen und Kinn waren so glatt, dass die Haut schlüpfrig wirkte. Wenn Lanyan seine Aufmerksamkeit konzentrierte, schienen die eng beieinander stehenden eisblauen Augen das Licht aufzusaugen und anschließend mit doppelter Intensität auszustrahlen. Er deutete auf den Ortungsschirm, der das Symbol von Rlindas Frachtschiff *Unersättliche Neugier* zeigte – es folgte der kommerziellen Flugroute und näherte sich den inneren Planeten. »Wir müssen uns in Geduld fassen. Jetzt ist der Mistkerl namens Sorengaard am Zug.«

»Seien Sie bereit, sofort zu reagieren, wenn er aktiv wird, General.« Rlinda sprach jetzt lauter und die Schärfe in ihrer Stimme wirkte einschüchternd. »Das ist mein Schiff da draußen, und es wird von meinem Lieblings-Exmann geflogen.«

»Von Ihrem Lieblings-Exmann, Madam? Wie viele Exmänner haben Sie denn?«

»Fünf – und BeBob ist der Beste von dem Haufen, der Einzige, der noch für mich arbeitet.« Sie verstand sich noch immer gut mit Captain Branson »BeBob« Roberts, persönlich und sexuell. Außerdem war er ein verdammt guter Captain.

Von dem Outlaw Rand Sorengaard angeführte Raumpiraten hatten vor kurzer Zeit eins von Rlindas Handelsschiffen beim Flug nach Yreka angegriffen, alle Besatzungsmitglieder getötet und die Fracht geraubt. Yreka, besiedelt von den Nachkommen der Kolonisten, die mit dem Generationenschiff *Abel-Wexler* aufgebrochen waren, befand sich am Rand des von den Ildiranern beanspruchten stellaren Territoriums, weit von den zentralen Gebieten der Terranischen Hanse entfernt. Das bedeutete: Ildiraner und Terraner schenkten diesem Bereich keine große Beachtung; es fand kaum eine Überwachung statt. Aber als Sorengaards Korsaren damit begannen, Frachter anzugreifen, beschloss die Terranische Verteidigungsflotte, mit allen Mitteln gegen derart eklatante Gesetzlosigkeit vorzugehen. Konkret bedeutete das, Rlindas Schiff und ihren Lieblings-Exmann als Köder zu benutzen.

Rlinda hatte schwarze Haut und eine stattliche Figur, weil sie gern aß. Ihr Lachen klang herzhaft. Sie überließ andere Leute ihren jeweiligen Klischees, was oft dazu führte, dass man sie unterschätzte. Rlinda mochte pummelig sein, aber sie war keineswegs verweichlicht oder schlapp. Als scharfsinnige Geschäftsfrau verstand sie die Märkte und kannte tausend besondere Nischen in ihnen. Andere Händler versuchten vor allem, große Geschäfte abzuschließen und vielleicht sogar Monopolstellungen zu erreichen, aber Rlinda hielt es für besser, Schritt um Schritt reich zu werden. Vielen Kaufleuten gelang es nicht, ihre Raumschiffes abzuzahlen, doch Rlinda besaß fünf – beziehungsweise vier, nachdem Sorengaards verdammte Piraten die *Große Erwartungen* aufgebracht hatten.

Die Flüge nach Yreka waren für ihre Gesellschaft besonders lukrativ gewesen, denn die dortigen Kolonisten benötigten viele elementare Dinge, die Rlinda zu guten Preisen liefern konnte. Sorengaards Aktivitäten sorgten dafür, dass sich immer weniger Handelsschiffe in diesen Raumbereich wagten, und das hätte Rlinda die Möglichkeit gegeben, höhere Preise für ihre Lieferungen zu verlangen, Stattdessen ging sie dieses Risiko ein und erlaubte General Lanyan, die *Unersättliche Neugier* als Lockvogel zu benutzen.

Rlinda wollte natürlich Gewinne machen, aber sie legte auch Wert darauf, dass die Geschäfte glatt liefen. Vor allem aber ging es ihr darum, dass die Mörder von Captain Gabriel Mesta und seiner Crew zur Rechenschaft gezogen wurden.

General Lanyan, der den großen Moloch befehligte, hatte keine so hohen Ideale oder moralische Gründe. Er wollte den Raumpiraten nur eine Lektion erteilen, die sie nicht so schnell vergaßen.

Die von der Hanse finanzierte TVF war eine Kombination aus Polizei und Friedenstruppe, diente aber auch als interstellare militärische Streitmacht. Im Gegensatz zur ildiranischen Solaren Marine, deren große, geschmückte Schiffe hauptsächlich dazu dienten, Eindruck zu machen, zu protzen und bei Hilfsmissionen eingesetzt zu werden, erfüllten General Lanyans Raumer einen direkteren Zweck. Die Hanse wusste, dass es zwischen ihren vielen Kolonien immer wieder Streit geben würde. Menschen hatten nie aufgehört, gegeneinander zu kämpfen. Immer wieder fanden sie religiöse oder politische Gründe, um einen Krieg vom Zaun zu brechen. Und wenn solche Rechtfertigungen fehlten, hatten sie es einfach auf den Besitz und die Ressourcen des anderen abgesehen.

Einem Rebellen wie Sorengaard das Handwerk zu legen, einem Mann mit Verbindungen zu den zigeunerartigen Roamern – nun, *das* war eine perfekte Mission für die TVF. Von Sorengaards Piraten hieß es, dass sie verbannte Roamer waren, und das verstärkte den Argwohn, mit dem die Hanse jenen Vagabunden begegnete. Zwar lieferten die aufsässigen Nomaden den größten Teil des von den Handelsschiffen verwendeten Treibstoffs für den Sternenantrieb, doch die Roamer erkannten keine anderen Gesetze an als ihre eigenen. Normalerweise vermieden sie die Teilnahme an den politischen oder sozialen Aktivitäten anderer zivilisierter Menschen.

»Wir orten energetische Signaturen, General«, meldete die taktische Offizierin von ihrer Station. »Ein Dutzend. Offenbar sind es kleine Schiffe, aber sie scheinen recht schwer bewaffnet zu sein.«

»Gefechtsstationen besetzen«, sagte Lanyan. »Und halten Sie uns im Verborgenen, bis Sie andere Befehle von mir bekommen.«

Soldaten eilten hin und her. Piloten liefen zu den Startdecks, um an Bord der schnellen Remoras zu gehen. Rlinda ballte die Fäuste, atmete tief durch und dachte an BeBob. Ihr Captain flog nach Yreka und hoffte, die Korsaren aufscheuchen zu können, damit die TVF mit ihnen abrechnen konnte. Am liebsten hätte Rlinda eine Kom-Verbindung hergestellt und eine Warnung gerufen, aber dadurch hätte sie alles ruiniert. Sie hoffte, dass Bebob die Sache mit heiler Haut überstand.

Rlinda beobachtete, wie die ahnungslosen Piraten die Triebwerke ihrer Schiffe zündeten und sich dem Frachter näherten. Lanyan lächelte und öffnete einen Interkom-Kanal, um den Soldaten Anweisungen zu erteilen. Rlindas Meinung nach war der General zu siegessicher.

Die *Unersättliche Neugier* bemerkte Sorengaards Truppe, und BeBob gab sich alle Mühe, mit Ausweichmanövern das Sicherheitsnetz der Yreka-Stationen zu erreichen. Aber die Frachträume des Transporters waren gefüllt und durch diese zusätzliche Masse wurde das Schiff schwerfällig.

Rlinda stellte sich vor, wie BeBob der Panik nahe schwitzte und fluchte. Branson Roberts beschränkte sich nicht nur darauf, ein Köder zu sein. Derzeit versuchte er wirklich, den Angreifern zu entkommen, aber gegen die Korsaren hatte er keine Chance. Rlinda empfand tiefes Mitgefühl. »Wenn Sie dies verpatzen, ziehe ich Ihnen das Fell über die Ohren, General.«

»Danke für Ihr Vertrauen, Madam«, erwiderte Lanyan und rief ins Interkom: »Alle Remoras, starten! Manta-Kreuzer, rücken Sie gegen den Feind vor.«

Als die Piratenschiffe den Frachter umzingelt hatten, griffen die TVF-Schiffe an. Die schnellen Remoras rasten heran und richteten ihre Zielerfassung auf die nicht geschützten Triebwerke der Piraten. Sorengaard und seine Leute waren mutig genug, es mit dem minimalen Verteidigungspotenzial eines Frachter aufzunehmen, aber gegen eine kampfbereite terranische Militärstreitmacht konnten sie nicht bestehen.

Eins der kleinen Piratenschiffe setzte sich ab und versuchte zu fliehen. Es beschleunigte so sehr, dass die weiß glühenden Triebwerksblenden zu Plasma verdampften, was einen lateralen Schub bewirkte - das kleine Schiff entfernte sich auf einer instabilen Flugbahn. Zwei Remoras zerstörten es mit mehreren Jazer-Blitzen, bevor es außer Ortungsreichweite geraten konnte.

»Ich möchte einige Piraten lebend fassen«, sagte Lanyan ins Interkom. »Erledigt die Burschen nur, wenn euch keine Wahl bleibt.«

Bestätigungen kamen aus dem Lautsprecher und dann stürzten sich die mittelgroßen Manta-Kreuzer ins Getümmel. Überall gleißten Strahlblitze durchs All und es herrschte ein heilloses Durcheinander.

Rlinda wollte sich nicht mehr damit begnügen, das Geschehen nur zu beobachten. Sie lief zur Kommunikationskonsole und stieß Lanyan mit der Schulter beiseite. Ein Tastendruck genügte, um die Frequenz auf den privaten Kanal der *Unersättliche Neugier* umzuschalten. »BeBob, bring deinen Arsch da raus! Wenn du nicht in fünf Sekunden aus der Kampfzone verschwindest, komme ich rüber und gebe dir einen verdammten Tritt.«

»Das brauchst du mir nicht zweimal zu sagen, Rlinda«, erwiderte Bebob. Seine Stimme klang erstaunlich fest, aber Rlinda wusste, dass er sich nur tapfer gab. Branson Roberts verstand es durchaus, in einer kritischen Situation einen kühlen Kopf zu bewahren, aber er war kein dummer Held.

Die *Unersättliche Neugier* änderte den Kurs und flog entlang der Z-Achse unter Yrekas Ekliptik, fort von dem Kampfgebiet. Das Schiff schien unbeschädigt zu sein, und Rlinda atmete erleichtert auf, denn sie brauchte die voll einsatzfähige *Neugier* für den geplanten Flug nach Theroc.

Die Mantas schossen die Piratenschiffe kampfunfähig und die Remoras trieben sie zusammen. Ein TVF-Pilot verbrannte sich die Hand, als Funken aus einer Konsole stoben. Ursache: eine Fehlfunktion, die man bei der letzten Wartung übersehen hatte. Dieser Mann war der einzige Verletzte auf Lanyans Seite.

Die TVF-Einheiten kreisten die Raumer der Piraten ein, die alt und zusammengeflickt wirkten. Sie bestanden aus unterschiedlichen Komponenten, die eigentlich gar nicht für den Zusammenbau bestimmt waren. Brandspuren zeigten sich an den Außenhüllen und die Triebwerke wiesen teilweise erhebliche Schäden auf.

»Alle Gefangenen sollen an Bord meines Moloch gebracht werden«, sagte Lanyan. »In den Frachtraum. Nehmen Sie ihnen die Waffen ab und fesseln Sie ihre Hände mit neuralen Klammern.«

Die Soldaten begannen jetzt mit dem gefährlichsten Teil des Einsatzes: Sie gingen an Bord der Piratenschiffe, um ihre Besatzungen gefangen zu nehmen. Während die Korsaren zum Moloch transferiert wurden und einzelne Soldaten zurückblieben, um ihre Schiffe zu bewachen, leitete ein Piratencaptain eine kritische Überladung ein – er wollte sein Schiff explodieren lassen und alle TVF-Kämpfer in der Nähe töten. Aber die Selbstzerstörungssequenz funktionierte nicht richtig und bewirkte nur, dass der Triebwerkskern schmolz und ein Loch in der Außenhülle schuf, aus dem Plasma entwich. Dadurch begann sich das Schiff wie ein Kreisel zu drehen. Es trieb fort, als die Plasmafontäne versiegte, dunkel und halb zerstört – es war nicht einmal mehr eine Bergung wert.

Rlinda begleitete General Lanyan zum Frachtraum des Moloch, in dem sich einunddreißig Gefangene befanden. Hilflos standen die Männer da, mit zornig blickenden Augen, zerrissenen Hemden und neuralen Klammern an den Händen. An Stolz mangelte es ihnen nicht, wohl aber an Vernunft.

»Wer ist Rand Sorengaard?« Der Blick von Lanyans eisblauen Augen glitt über die Piraten. Ein Zucken in den Wangen verriet seine Empörung. »Versuchen Sie keine dummen Tricks. Es erwartet Sie ohnehin alle die gleiche Strafe.«

Die Männer sahen sich an und versuchten, hochmütig zu wirken. Einige der Piraten schienen bereit zu sein, sich als Sorengaard auszugeben, aber ein hoch gewachsener, hohlwangiger Mann kam ihnen zuvor. Der Blick, den er auf die anderen richtete, kündete von der ruhigen Selbstsicherheit eines Anführers. »Schon gut, Leute. Ich übernehme selbst die Verantwortung für meine Verbrechen.« Er wandte sich an Lanyan. »Ich bin Rand Sorengaard, und ich stelle Ihre Befugnis infrage, mich zu verhaften.«

»Ach, wollen Sie etwa versuchen, meine Gefühle zu verletzen? Wie wär's, wenn Sie sich bei dieser Frau hier entschuldigen?« Der General legte Rlinda die Hand auf die Schulter. »Sie haben eins ihrer Schiffe angegriffen und die Besatzung umgebracht. Haben Sie jene Personen gefragt, ob sie *Ihre* Befugnisse anerkennen?«

»Wir haben uns notwendige Ressourcen beschafft«, erwiderte Sorengaard. »Sie nennen uns Piraten, aber die Große Hanse-Gans besteuert alles, was die Roamer importieren und exportieren. Hinzu kommen umfassende Handelsbeschränkungen. Ihre Leute tarnen den Diebstahl nur durch politische Spitzfindigkeiten.«

Lanyans Lippen bildeten eine dünne Linie. »Reden wir Klartext.« Hier am Rand des von der Hanse kontrollierten Raumgebiets konnte der General nach eigenem Ermessen handeln und alle Maßnahmen treffen, die er für notwendig hielt. »Einige von Ihren Leuten haben sich durch Selbstmord der Festnahme entzogen. Dagegen erhebe ich keine Einwände. Kommen wir jetzt zu der Strafe, die Sie erwartet. Wir haben Sie auf frischer Tat bei Piraterie ertappt. Darüber hinaus deutet alles darauf hin, dass sie den Captain und die Crew der *Große Erwartungen* und vermutlich auch die Besatzungen anderer Schiffe getötet haben.«

Er deutete zur Luftschleuse am Ende des Frachtraums. Sie wurde von Raumsoldaten verwendet, die, in Schutzanzüge gekleidet und mit Waffen ausgerüstet, in der Schwerelosigkeit des Alls Kampfmanöver übten. »Hiermit verurteile ich Sie zum Tod. Sie werden so schnell und schmerzlos sterben, wie es möglich ist.«

Die Worte erfüllten Rlinda mit Kummer, obwohl sie nicht überrascht war. Die Raumpiraten gaben keinen Ton von sich, starrten Lanyan einfach nur an.

»Sie haben den Fehler gemacht, Rand Sorengaard zu folgen, und er wird das Urteil vollstrecken. Sie gehen einzeln in die Luftschleuse und Sorengaard öffnet dann das Außenschott.«

»Von wegen.« Der Anführer der Korsaren schob das Kinn vor. »Foltern Sie mich meinetwegen, aber ich weigere mich, Ihr Handlanger zu sein.«

»Mir wäre es lieber, wenn du die Taste drückst statt einer der verdammten Tivvis«, sagte ein Pirat; die anderen brummten zustimmend. Drei spuckten und versuchten, Lanyan zu treffen, verfehlten ihn aber um einen knappen halben Meter.

Ein Mann löste sich von der Gruppe und ging zur Luftschleuse. »Gib ihnen keinen Grund, sich hämisch zu freuen, Rand. Dies ist die einzige Wahl, die uns noch bleibt.«

Der Anführer der Raumpiraten musterte seine Männer und schien in ihren Gesichtern das zu sehen, was er von ihnen erwartete. Dann drehte er sich wieder zum General um. »Dies ist kein Sieg für Sie.«

Der erste Mann erreichte die Luftschleuse. Rlinda fragte sich, ob er der tapferste von allen war oder ob er es für unerträglich hielt, den Tod der anderen zu beobachten. Ein Soldat öffnete das Innenschott und vollführte eine einladende Geste.

»Wir könnten jeweils zwei oder drei gleichzeitig hinrichten, General«, sagte ein Lieutenant.

»Nein«, erwiderten Lanyan und Rand Sorengaard wie aus einem Mund.

»Dem All überlassen zu werden ...«, murmelte der erste Mann ohne Furcht in der Stimme. »Ich schätze, ein Roamer kann einer Heimkehr nicht näher kommen.«

»Geh und finde deinen Leitstern«, sagte Sorengaard.

Der Soldat schloss das Innenschott und Rlinda wandte sich ab, wollte nichts durchs Fenster sehen. Sie verabscheute, was die Piraten mit ihrem Schiff und der Crew angestellt hatten, aber sie ertrug es nicht zu beobachten, wie das Außenschott geöffnet wurde. Die explosive Dekompression würde das weiche Gewebe des Mannes platzen lassen, noch bevor das Blut in seinen Adern kochte und gleichzeitig gefror.

Rand Sorengaard murmelte ein Gebet oder Abschiedsworte und drückte dann die Taste. Der erste Korsar wurde von der entweichenden Luft ins All gerissen und starb.

Entsetzt von der brutalen Gerechtigkeit wandte sich Rlinda leise an Lanyan, der Haltung angenommen hatte und abweisend wirkte. »Sie haben Ihren Standpunkt deutlich gemacht, General. Genügt das nicht?«

»Nein, Madam, es genügt nicht. Das Urteil ist gerecht, das wissen Sie.« Er beobachtete, wie der zweite Pirat die Luftschleuse betrat und hinter ihm das Innenschott geschlossen wurde. »Der Weltraum ist groß, und Gesetzlosigkeit kann überall wuchern, wenn man sie gewähren lässt. Meine Aufgabe besteht darin, Maßnahmen zu ergreifen, die abschreckend genug wirken.«

Er betrachtete die bunte, exotische Kleidung der Korsaren, blickte dann zu den Bildschirmen. Die Piratenschiffe schwebten dicht beieinander im All, zusammengebaut aus Einzelteilen, die eigentlich gar nicht zueinander passen sollten. »Verdammte Roamer-Kakerlaken!«, zischte Lanyan. Die beiden Worte kamen ihm über die Lippen, bevor er sie zurückhalten konnte.

Nach der Hinrichtung aller Piraten schickte General Lanyan auch

Rand Sorengaard aus der Luftschleuse ins All, wandte sich dann an die Remora-Piloten in den Startnischen.

»Ein letzter Flug, Männer. Sammelt die Leichen ein und bringt sie zurück, damit wir sie einäschern können.« Er sah zu Rlinda Kett. »Wir befinden uns hier in der Nähe einer Schifffahrtslinie und sollten keine Gefahren für die Navigation zurücklassen.«

13 ✸ JESS TAMBLYN

Die Himmelsmine der Roamer ritt auf den zitronengelben und lehmbraunen Wolken von Golgen und hinterließ einen breiten Turbulenzstreifen, als sie dunstige Rohstoffe aufnahm. Der Erntekomplex – eine riesige Ansammlung aus Reaktorkammern, Sammeltrichtern, Tanks und separaten Quartiermodulen – ähnelte hunderten von anderen Himmelsminen der Roamer über zahlreichen Gasriesen im Spiralarm.

Die weit verstreuten Clans agierten am Rand des Einflussgebiets der Terranischen Hanse und waren sehr auf ihre Unabhängigkeit bedacht. Familien betrieben ihre eigenen Himmelsminen oder Ressourcenstationen in den Resten von Planeten, auf die sonst niemand Anspruch erhob.

Die Himmelsminen sammelten große Mengen Wasserstoff aus den Atmosphären von Gasriesen, die gigantischen Reservoirs gleichkamen. Millionen von Tonnen Gas wurden von Ekti-Reaktoren verarbeitet, die auf ildiranischer Technik basierten. Mithilfe von Katalyse und ringförmigen Magnetfeldern verwandelten die Reaktoren ultrareinen Wasserstoff in das exotische Wasserstoffallotrop namens *Ekti*.

Der ildiranische Sternenantrieb bot die einzige bekannte Möglichkeit, überlichtschnelle Geschwindigkeiten zu erreichen, und er brauchte Ekti als Energiequelle. Gewaltige Wasserstoffmengen waren nötig, um auch nur geringe Quantitäten dieser raren Substanz zu produzieren. Aufgrund ihrer engen Familienbande und der Bereitschaft, am Rand des Hanse-Territoriums tätig zu sein, konnten Roamer billiger und zuverlässiger liefern als andere Quellen. Mit großem Erfolg hatten die Clans diese spezielle Marktnische besetzt.

Ihr Erfolg war sogar noch größer, als man in der Hanse ahnte.

Jess Tamblyns Frachteskorte dockte an die Blaue Himmelsmine an und aktivierte ihre Stabilisatoren, als die Luftschleusen miteinander verbunden wurden. Die Frachteskorte war kaum mehr als ein spinnenartiges Gerüst aus Triebwerk und Kommandoblase. Wenn das Gerüst mit den Tanks einer Himmelsmine verbunden wurde, konnte Jess Container mit verdichtetem Ekti zu den Distributionszentren bringen. Selbst bei einer so einfachen Aufgabe achtete Jess immer darauf, sein Bestes zu geben und mehr zu leisten, als man von ihm erwartete, ein gutes Beispiel für die anderen zu sein.

Als alle Indikatoren grün leuchteten, bat er förmlich um Erlaubnis, die Himmelsmine seines Bruders betreten zu dürfen. Die Roamer-Arbeiter verspotteten ihn gutmütig, bis er schließlich ein Prioritätskommando eingab und ohne Genehmigung an Bord kam. Er strich die Kapuze zurück, klopfte auf seine vielen Taschen und schüttelte das struppige braune Haar. »Wenn Sie mich erkannt haben ... Wo bleibt dann der rote Teppich?«

Einer der Produktionstechniker, ein barscher Mann in mittleren Jahren, der zur Burr-Familie gehörte, fluchte herzhaft. »Shizz, wie ich sehe, hat man Sie zum Frachtpiloten befördert! Weist das auf eine Auseinandersetzung mit Ihrem Vater hin?«

Jess lächelte keck. »Ich kann die Meinungsverschiedenheiten in der Familie nicht allein meinem Bruder überlassen.« Er hatte blaue Augen und eine kraftvolle Persönlichkeit, die ihn energisch und gleichzeitig entspannt wirken ließ. »Außerdem muss sich ein tüchtiger Bursche um den Transport zu den Distributionsschiffen kümmern. Kennen Sie einen besseren Piloten?«

Der Burr-Techniker winkte ab. »Ihr Ekti geht an die Große Gans, die einen guten Piloten nicht von einem blinden Bauern unterscheiden kann.«

Die abfällige Bezeichnung für die Hanse ging auf das ursprüngliche albatrosartige Symbol der frühen terranischen Handelsschiffe zurück. Der Vogel hatte wie ein stolzer Adler aussehen sollen, wies aber mehr Ähnlichkeit mit einer dicken Gans auf. Der Name des Hanse-Vorsitzenden, der die Sternvagabunden zur Unterzeichnung der Hanse-Charta hatte bewegen wollen, Bertram Gansig, lieferte eine zusätzliche Inspiration. Roamer fanden den Begriff angemessen beleidigend.

Jess zuckte mit den Schultern. »Und wenn schon. Ich suche gern nach einem Vorwand, meinen Bruder zu besuchen und dafür zu sorgen, dass er nicht zu viele Fehler macht.« Er wies nicht darauf hin, dass er auch die Gelegenheit nutzte, der Kontrolle seines Vaters zu entkommen. Der alte Bram Tamblyn übertrug Jess große Verantwortung, seit sein älterer Bruder nicht länger als Clanmitglied willkommen war. Jess bemühte sich, den Erwartungen seines Vaters gerecht zu werden, ohne jemals seine eigenen Wünsche in den Vordergrund zu schieben, was der alte Bram aber kaum jemals zur Kenntnis nahm.

Während die riesige Himmelsmine durch die Wolken über Golgen flog, bedienten Arbeiter die Kontrollen der Ekti-Reaktoren, überprüften die Leitungen und schmierten mechanische Systeme, die ständig gewartet werden mussten. Jess schritt durch den Frachtraum und lauschte dem vertrauten Zischen und Summen, einer industriellen Musik, die in allen Himmelsminen erklang. Er hielt sich gern an diesem Ort auf. Die Blaue schien immer sauberer zu sein als andere Himmelsminen. Jess' Bruder Ross war sehr stolz auf das, was er hier geleistet hatte.

Der junge Mann ging durch den Korridor und brauchte keine Hilfe, um das Kommandodeck zu finden. Selbst bei der Arbeit trugen Roamer bunte, vielschichtige Kleidung mit Schalen, weiten Ärmeln, Kapuzen und Hüten. Jedes Hemd, jede Weste und jede Hose wies nicht nur viele Taschen und Beutel auf, sondern auch Spangen, Ketten und Haken, um tausend Apparate, Testgeräte und Waffen daran zu befestigen. Die Spangen fixierten Werkzeuge auch in Bereichen mit geringer Schwerkraft, in denen Roamer einen großen Teil ihrer Zeit verbrachten.

»Wie lange bleiben Sie, Jess?«, fragte ein Kontrolleur durch die offene Tür seines Büros.

»Weniger als einen Tag. Ein Versorgungsflug wartet auf uns – wir müssen unsere Quote erfüllen. Verpflichtungen, Sie verstehen.«

Der Kontrolleur nickte. »Wir bereiten Ihre Frachteskorte vor und verbinden die Streben mit dem Ekti-Tank.«

»Ist Ross draußen auf dem Deck, um die Aussicht zu genießen?«

»Nein. Ich glaube, der Chef ist in der Navigationsblase.«

»Fürchtet er etwa, in diesem weiten, offenen Himmel gegen ein Hindernis zu stoßen?« Jess schüttelte den Kopf, kletterte die Leiter zum nächsten Deck hoch und erreichte kurze Zeit später die Navigationsblase. Ross hatte die Wasserindustrie der Familie auf Plumas für immer verlassen, aber in der Anlage seines Bruders fühlte sich Jess nie unwillkommen.

Er stützte die Hände in die Hüften und sah zu Ross, der ihm den Rücken zukehrte. Die Aufmerksamkeit von Jess' Bruder galt den Kontrollen; gelegentlich sah er zu den Wolken am unglaublich weiten und offenen Himmel des Gasriesen. Konvektionsströme brachten Gasmassen von unten nach oben und umgekehrt, während die Himmelsmine ihren Flug fortsetzte. Über der Navigationskonsole zeigte sich ein Asteriskus an der Wand. Er symbolisierte den Leitstern, von dem die Roamer glaubten, dass er den Weg ihres Lebens bestimmte.

»Befürchtest du die Kollision mit einer zornigen Stickstoffwolke? Oder gefällt es dir einfach, im Sessel des Captains zu sitzen und dieses Ding zu fliegen?«

Ross drehte sich um und ein Lächeln erschien in seinem Gesicht. »Jess! Ich habe nicht mit dir gerechnet.«

»Ich wollte dir die Kosten für einen Frachtschlepper ersparen.« Jess trat vor und umarmte Ross. »Das hilft dir, deine Schulden zu bezahlen – ein weiterer Teil meiner Pflicht als dein kleiner Bruder.«

Ross deutete auf die Anzeigen. »Zu deiner Information: Es erfordert großes Geschick, eine Himmelsmine zu steuern. Ich muss den Kurs korrigieren, das Schiff höher oder tiefer steuern. Ein guter Captain hält immer nach dichten Gaszonen Ausschau.«

Die Himmelsmine zog ein Netz aus Sonden hinter sich her. Die kilometerlangen tentakelartigen Stränge trieben in den Wolken, sammelten Daten und halfen Ross bei der Entscheidung über die Flugrichtung. Golgens Atmosphäre wies genau die richtige Mischung aus Elementen und Katalysatoren auf, Ekti zu produzieren. Darüber hinaus befand sich der Gasriese in der Nähe von Schifffahrtslinien, was die Distribution des Treibstoffs erleichterte. Nach jahrelanger harter Arbeit stand Ross dicht davor, Gewinn zu machen, trotz der permanenten Miesmacherei seines Vaters.

»Du hast bestimmt Neuigkeiten mitgebracht, oder?« Ross zögerte kurz und fügte ironisch hinzu: »Und natürlich eine von Herzen kommende Entschuldigung unseres Vaters, der mich bittet, nach Hause zurückzukehren?«

Jess lächelte. »In dem Fall wäre ich mit einer so großen Festflotte der Roamer gekommen, wie sie der Spiralarm noch nicht gesehen hat.«

Ross lachte ebenfalls, bittersüß. »Einer von uns befindet sich noch immer abseits des Weges, den der Leitstern uns weist. Gehen wir an Deck. Ich möchte an der frischen Luft sein.«

Sie traten durch Luken, nahmen einen Lift und passierten schließlich die Windtür eines großen Aussichtsdecks. Es konnte von einem Kraftfeld umgeben werden, aber derzeit stand es offen. Ross brachte die Blaue Himmelsmine oft auf ein ausgeglichenes Niveau hinab, wo die Luft dicht genug und atembar war. Außerdem sorgten dort Golgens innere thermische Quellen für erträgliche Temperaturen.

Jess atmete die fremde Luft tief ein. »Dazu bekomme ich nicht jeden Tag Gelegenheit.«

»Ich schon«, sagte Ross.

Die Blaue Himmelsmine bestand wie alle Himmelsminen der Roamer aus drei Hauptsegmenten: den Aufnahmetanks, den Verarbeitungsreaktoren und Abgasschloten sowie den kugelförmigen Ekti-Tanks. Während die Himmelsmine über den Himmel flog, sammelten die Aufnahmetrichter Rohgase und leiteten sie zum Verarbeitungsbereich. In den katalytischen Reaktoren entstand das Wasserstoffallotrop und die übrigen Gase kehrten in die Atmosphäre zurück.

Ekti war das einzige bekannte Allotrop von Wasserstoff, obgleich es bei anderen Elementen unterschiedliche molekulare Formen gab. Kohlenstoff manifestierte sich als pulvriger Graphit, kristallener Diamant oder in Gestalt von exotischen Polymerkugeln aus Buckminsterfullerenen.* Vor langer Zeit hatten die Ildiraner herausgefunden, wie man den Wasserstoff zu einer Substanz rekonfigurieren konnte, die sich als Treibstoff für ihren Sternenantrieb verwenden ließ.

Vor der Übernahme der Ekti-Ernte-Industrie durch ehrgeizige Roamer waren die alten ildiranischen Wolkentrawler viel größer gewesen und hatten eine minimale Splitter-Gemeinschaft von sechzig bis neunzig Familiengruppen beherbergt, was eine enorme Infrastruktur erforderte. Deshalb war es für die in Scharen lebenden Ildiraner recht teuer gewesen, Ekti zu ernten.

---

* Diese Bezeichnung geht auf R. Buckminster Fuller (1895–1983) zurück, der als Architekt, Technologe, Mathematiker, Erfinder (Eigner von 25 Patenten), Theoretiker, Poet, Visionär, Träger von 47 Ehrendoktoraten, Designer und Schriftsteller zahlreiche Wissensformen erforscht und beeinflusst hat. Er glaubte an die Rettung der Menschheit durch Technik und arbeitete daran. – Anmerkung des Übersetzers

Unabhängige Roamer konnten Himmelsminen mit wenigen Technikern betreiben und den Sternenantrieb-Treibstoff somit billiger produzieren. Die Ildiraner hatten ihr Monopol der Ekti-Herstellung gern aufgegeben, froh darüber, sich von den »Wüsteninseln im All« zurückziehen und das Elend den Menschen überlassen zu können.

Bei der Hanse hielt man die Roamer für eine Art unorganisiertes und verrufenes Zigeunerpack im All. Dort ahnte niemand, wie viel die Clans besaßen und welche Steuern sie umgingen. Derartige Informationen verbargen sie vor Außenstehenden.

Weiße Flügel schlugen dicht neben Jess' Gesicht und erschreckten ihn. Er drehte den Kopf und sah zehn oder mehr Tauben, die übers Aussichtsdeck flogen, am Himmel segelten und dann zurückkehrten. »Die Vögel hatte ich ganz vergessen.«

»Dies ist der perfekte Ort für sie. Sieh nur, wie weit sie fliegen können.«

»Ja, aber wo sollen sie landen?«

Ross klopfte mit den Fingerknöcheln an ein Geländer. »Hier zum Beispiel.« Über tausende von Kilometern hinweg erstreckten sich Wolken unter ihnen, aber den beiden Brüdern wurde nicht schwindelig. »Sie können nirgendwo anders hin und kehren deshalb immer zurück. Der perfekte Käfig.«

Ross schloss seine dicke Jacke, denn es war recht kühl. Dann ließ er den Blick in die Ferne schweifen, wie ein feudaler Lord, der sein Reich beobachtete. Jess zog die Kapuze hoch. Hinter ihnen stiegen Abgase dunklen Gewitterwolken gleich empor, verloren sich aber schnell in der Atmosphäre von Golgen. In angenehmem Schweigen standen die beiden Brüder nebeneinander.

Jess spürte, dass es Zeit wurde für die Geschenke. Er öffnete eine der Taschen am rechten Oberschenkel und entnahm ihr eine dicke goldene Scheibe mit eingravierten Symbolen, die den Zeichen des Tamblyn-Clans an der Kleidung von Jess und Ross entsprachen. »Tasia hat dies für dich angefertigt.«

Ross nahm die Scheibe entgegen und betrachtete das wundervolle Gerät, das seine Schwester für ihn konstruiert hatte. »Ihr technisches Geschick beeindruckt mich einmal mehr ... Aber ich muss wissen, was dies *ist*, bevor ich es benutzen kann.«

Jess deutete auf das Display und die Zahlen. »Es ist ein Kompass, der auf das Magnetfeld eines jeden Planeten eingestellt werden kann, sodass du immer deinen Weg findest. Hier hast du deinen Leitstern.«

»Will meine kleine Schwester damit andeuten, dass ich mich verirrt habe?«

»Sie möchte dir nur zeigen, dass sie dich vermisst, Ross. Obgleich sie das nie zugeben würde, weil sie nicht als sentimental gelten will.«

Ross' Lächeln wuchs in die Breite. »Ja, sie fehlt mir ebenfalls.«

Jess griff in eine zweite Tasche und holte ein kleines, gebundenes Buch mit vergilbten Seiten hervor. Die meisten von ihnen waren leer, aber auf einigen zeigte sich eine verblasste Handschrift. »Ein altes Logbuch. So etwas verwendeten Kapitäne auf Meeren, um die einzelnen Phasen ihrer Reisen zu beschreiben. Es ist von Vater.«

Ross steckte den Kompass ein und ergriff das rote Buch mit einer Mischung aus Ehrfurcht und Skepsis. »Dies ist von *Vater*?« Er blätterte, starrte auf die handgeschriebenen Worte und sah dann Jess an. »Das kann ich nicht glauben. Er würde mir dies nicht geben. Du hast das Buch aus Plumas herausgeschmuggelt, nicht wahr? Ebenso wie die anderen Geschenke, die du im Verlauf der letzten Jahre mitgebracht hast und aus dem Besitz der Familie stammen.«

Es gelang Jess nicht, einen unschuldigen Gesichtsausdruck zu wahren. »Soll ich es wieder mitnehmen?« Ross hielt das Logbuch so, als spielte es kaum eine Rolle für ihn, aber Jess wusste: Das Geschenk bedeutete ihm viel, auch wenn es vom Bruder stammte und nicht vom Vater.

Sie beide kannten Bram Tamblyn gut. Er war ein strenges, unnachgiebiges Familienoberhaupt und hatte sein ganzes Leben lang darauf bestanden, dass alles genau so erledigt wurde, wie er es wollte. Diese Haltung funktionierte bei den Angestellten, die unter dem Eis von Plumas in den Wasserminen arbeitete. Aber Bram Tamblyns erster Sohn hatte den Starrsinn seines Vaters geerbt. Über Jahre hinweg war es zwischen ihnen immer wieder zu heftigen verbalen Auseinandersetzungen gekommen, bis es dem zweiundzwanzigjährigen Ross schließlich reichte.

Der alte Bram hatte gedroht, Ross zu verstoßen, wenn er sich nicht seinen Wünschen fügte, und der junge Mann verblüffte seinen Vater, indem er es darauf ankommen ließ. Voller Zorn kündigte Bram an, Ross aus dem Clan auszuschließen, doch Ross kam ihm zuvor. Er verlangte das ihm zustehende Familienerbe und bestand darauf, seinen eigenen Weg zu gehen.

Jess war damals dabei gewesen, ebenso Tasia. Zwar griffen sie ein und versuchten, Frieden zwischen dem Vater und seinem ersten Sohn zu stiften, aber der alte Herr wollte nichts davon wissen. Jess erinnerte sich an das berechnende Funkeln in Brams Augen. Der Reichtum des Clans nahm Jahr um Jahr zu, und wenn Ross sein Erbteil jetzt nahm und auf alle zukünftigen Ansprüche verzichtete, so würde er letztendlich als Verlierer dastehen. Bram berechnete den Anteil, überließ ihn seinem Erstgeborenen und teilte Ross mit, dass er nie wieder Geld von ihm bekommen würde.

Ross hatte auch nie um mehr gebeten. Er investierte sein Erbe klug und übernahm die Blaue Himmelsmine. Bei ihrem Betrieb bewies er einen guten Sinn fürs Geschäft und es gelang ihm, bis zu seinem achtundzwanzigsten Geburtstag den größten Teil der Schulden zurückzuzahlen. Der alte Bram spiegelte Ärger und Verdruss vor, war aber insgeheim stolz.

Wenn Jess die Himmelsstation besuchte, kam es nie zu Animosität zwischen den Brüdern. Andererseits: Ross' Starrsinn würde vermutlich eines Tages dazu führen, dass Jess offizielles Oberhaupt des Tamblyn-Clans wurde und die lukrativen Wasserminen von Plumas erbte, was Einfluss und Reichtum bedeutete. Er strebte diese Stellung nicht an, aber er wollte auch niemanden enttäuschen.

Vor der Blauen Himmelsmine ragte eine ambossförmige graurote Wolke aus tieferen Atmosphärenschichten auf. Ross trat zu einer nahen Konsole, veränderte die Ausrichtung der Abgasschlote und benutzte sie wie Manövrierdüsen. Die riesige Himmelsstation änderte den Kurs und neigte sich nach Norden, um dem Mahlstrom aus zornigen Wolken auszuweichen.

»Der Sturm dort könnte einen ganzen Planeten verschlingen«, sagte Ross. Die Tauben wurden unruhig und folgten der Himmelsmine, denn nur dort gab es Stangen, auf denen sie sitzen konnten.

»Pass nur auf, dass er nicht die Station verschluckt«, sagte Jess. »Besteht Gefahr?«

»Nicht mit mir an den Navigationskontrollen. Wenn der Wind zu stark wird, kann ich jederzeit in eine höhere Schicht aufsteigen.« Er zögerte und richtete einen erwartungsvollen Blick auf seinen jüngeren Bruder. »Äh ... hast du etwas von Cesca mitgebracht?«

Jess zwang sich, in einem leichten Tonfall zu sprechen. Dies war das Schwerste von allem. »Glaubst du, mehr zu brauchen als ihre Liebe?«

»Nein, eigentlich nicht.«

Jess wollte das Thema wechseln, doch das Bild der schönen Francesca Peroni verharrte vor seinem inneren Auge. Seit Jahren war Ross mit ihr verlobt. »Jhy Okiah hat Cesca mit einer offiziellen Petition zu ihrer Nachfolgerin als Sprecher der Roamer ernannt.«

»Das überrascht mich nicht.« Ross sah stolz aus, aber seine Stimme war sachlich. »Sie ist eine sehr talentierte Frau.«

»Ja, das stimmt.« Jess schloss den Mund, um nicht zu riskieren, mehr zu sagen. Seit einem guten Jahr war er bis über beide Ohren in Cesca verliebt, und er wusste, dass sie seine Gefühle erwiderte. Zu ihrer Verlobung mit Ross war es lange vor der ersten Begegnung mit Jess gekommen, doch Ehre und Politik der Roamer ließen nicht zu, die Verlobung zu lösen. Hinzu kam Jess' Pflichtbewusstsein seinem Bruder gegenüber.

Ross hatte hart gearbeitet, um die schwierigen Bedingungen zu erfüllen, auf die Cesca und er sich für die Hochzeit geeinigt hatten. Jess wollte seinen Bruder auf keinen Fall in Verlegenheit bringen oder verletzen, und das galt sicher auch für Cesca. Beide brachten Ross kompromisslose Loyalität entgegen, und sie alle waren an die komplexen sozialen Gepflogenheiten der Roamer-Kultur gebunden. Jess hatte sich mit einer unerwiderten Liebe abgefunden. Er war entschlossen, stark zu sein und ohne Cesca zu leben, obgleich sie immer in seinem Herzen sein würde.

Ross ahnte nichts von den Gefühlen, die Jess seiner Verlobten entgegenbrachte, und Jess hatte sich geschworen, ihn nie darauf hinzuweisen. Andernfalls wäre der Preis, den sie alle hätten zahlen müssen, viel zu hoch gewesen.

Nach einer gemeinsamen Mahlzeit und einigen Runden Sternenspiel, zusammen mit drei Arbeitern aus der Crew, schlief Jess auf einer Gästekoje. Früh am nächsten Morgen, als Golgens Sonne über den verschwommenen Horizont kletterte, verließ er die Blaue Himmelsmine.

Er verabschiedete sich von Ross und brach mit der wertvollen Ekti-Fracht auf, um das Golgen-System zu verlassen und zu einer Transportstation der Roamer zu fliegen, wo der Treibstoff Tankschiffen der Gans übergeben werden konnte.

Er nahm auch Geschenke und Briefe von Ross mit, denn nach der Ablieferung des Ekti wollte Jess den Flug zum zentralen Roamer-

Komplex namens Rendezvous fortsetzen. Mit Stichen im Herzen aber einem neutralen Gesichtsausdruck würde er die Liebesgaben seines Bruders Cesca Peroni bringen.

14 ✷ CESCA PERONI

Die Raumjacht der Roamer wahrte ihre Position am vereinbarten Treffpunkt im leeren All. Das private Schiff trug keine Markierungen, die darauf hindeuteten, wer sich an Bord befand: die Sprecherin aller Roamer-Clans und ihr Protegé. Die Roamer ließen sich nicht in die politischen Karten schauen und verwendeten nur selten Embleme, die auf Status und Macht hinwiesen.

Cesca Peroni saß im Sessel des Kopiloten und behielt die Ortungsanzeigen im Auge. Ferne Sterne leuchteten um sie herum, manche halb verhüllt von Nebeln und Gasschleiern. »Noch keine Anzeichen des anderen Schiffs.« Cesca hatte große Augen, dunkle Haut und einen Sinn für Humor, der ihrem ausgeprägten Pflichtbewusstsein in nichts nachstand. Sie versuchte immer, aufgeschlossen und aufmerksam zu sein.

Neben ihr saß die sehnige alte Jhy Okiah und sah so aus dem Fenster, als verdiente jeder einzelne Stern ihre Aufmerksamkeit. »Geduld, Geduld.« Die Sprecherin verfügte über eine unerschütterliche innere Ruhe und eine Intelligenz, mit der sie nie protzte.

Ein Indikator blinkte auf der Konsole vor Cesca. »Ah, da kommt er.«

Jhy Okiah schürzte die Lippen, als sie ins All hinausblickte und nach einem dahingleitenden Punkt Ausschau hielt, der das diplomatische Schiff mit dem theronischen Erben Reynald ankündigte. Über Monate hinweg hatte sich der Sohn von Mutter Alexa und Vater Idriss mithilfe von Vermittlern und immer neuen Botschaften bemüht, dieses Treffen mit Repräsentanten der Roamer zu vereinbaren. Seine Beharrlichkeit war bewundernswert.

»Jetzt bekommt er, was er sich wünschte«, sagte Jhy Okiah mit ihrer rauen Stimme. »Ich muss lächeln bei dem Gedanken, wie erstaunt der Vorsitzende Wenzeslas wäre, wenn er von Reynalds Bemühungen wüsste.«

Cesca sah die Sprecherin an. »Vielleicht versteht uns dieser junge Mann besser als andere menschliche Regierungen.« Beide Frauen wussten von Reynalds Reise; und sie respektierten das Interesse des jungen Mannes an den wichtigsten Welten und Gesellschaften des Spiralarms, darunter auch die oft verkannten Roamer.

Jhy Okiah runzelte die Stirn. »Oder wir haben unsere Geheimnisse nicht so gut geschützt, wie wir dachten.« Zwar verfügten die nomadischen Roamer über viele Raumschiffe und erheblichen Reichtum, aber sie achteten immer darauf, dass ihre Aktivitäten im Hintergrund blieben und so wenig Aufmerksamkeit wie möglich erregten.

Die Knochen der dürren alten Frau waren so spröde wie trockener Bambus, deshalb verbrachte sie den größten Teil ihrer Zeit im »Rendezvous« genannten Asteroidenkonglomerat der Roamer. Jhy Okiah war viermal verheiratet gewesen und hatte alle ihre Ehemänner überlebt. Jedem Ehemann hatte sie mehrere Kinder geboren. Ihre Nachkommenschaft bestand aus vierzehn Söhnen und Töchtern, dreiundfünfzig Enkeln und einer ständig wachsenden Anzahl von Urenkeln – die alte Sprecherin zählte sie längst nicht mehr.

Das diplomatische Schiff von Theroc erreichte die Raumjacht der Roamer, ging mithilfe der Manövrierdüsen längsseits und legte an. Nachdem die Luftschleusen miteinander verbunden worden waren, betrat Reynald den Empfangsbereich der Jacht.

Das dunkle Haar des Prinzen war zu einer Masse aus dünnen Zöpfen zusammengesteckt. Tätowierungen zeigten sich am Hals. Der attraktive Reynald lächelte, verbeugte sich dann vor den beiden Frauen und richtete einen bewundernden Blick auf Cesca. Sie wäre fast vor Verlegenheit errötet.

»Ich bedauere, dass wir Ihnen keinen prachtvollen Empfang bereiten können«, sagte Jhy Okiah und deutete in den Hauptraum der Jacht. Dort gab es Erfrischungen, einen Tisch, der mehreren Personen Platz bot, aber nur wenig mehr. »Sie kommen von Theroc und sind bestimmt an mehr Luxus gewöhnt.«

Reynald breitete die Arme aus. »Manchmal ist es mir lieber, wenn es einfacher zugeht. Außerdem ...« Er sah Jhy Okiah an und bedachte Cesca mit einem längeren Blick, von einem Lächeln begleitet. »Ich möchte mit Ihnen beiden sprechen und nicht mit tausend anderen bei einer Audienz.«

Sie nahmen am Tisch Platz. Reynald beugte sich vor, faltete die

Hände und zeigte einen Ernst, den Cesca nicht für gespielt hielt. »Ich glaube, Roamer und Theronen haben viel gemeinsam. Wir meiden beide das Netz der Hanse. Von allen Kolonialwelten ist allein Theroc unabhängig geblieben. Alle anderen haben die Charta der Hanse unterschrieben. Auch die Roamer führen ihr eigenes Leben und regieren sich selbst, ohne terranische Restriktionen.«

»Der Grund dafür ist, dass wir beide wichtige Dienste leisten«, sagte Cesca. »Sie stellen Ihre grünen Priester zur Verfügung, wir liefern Ekti.«

Reynald hob den Zeigefinger. »Dennoch kann die Falle jederzeit zuschnappen. Nun, ich schlage keine drastischen Veränderungen vor, denn wenn wir den Zorn der Hanse erregen, könnten drastische Maßnahmen die Folge sein. Aber es wäre durchaus möglich, dass wir uns in einigen Bereichen gegenseitig helfen, um die Grundlagen unserer Gesellschaften zu festigen.«

Cesca sah Jhy Okiah an, aber der Blick der alten Sprecherin blieb auf Reynald gerichtet. »Ich hätte nichts gegen mehr Sicherheit vor den Launen der Erde einzuwenden. Mir scheint, Sie haben gründlich über diese Sache nachgedacht, junger Mann.«

»Als Thronerbe hatte ich jahrelang Zeit, mir Gedanken über meine zukünftige Regierungszeit zu machen. Jetzt untersuche ich einige meiner Ideen.«

»Worin bestehen sie?«, fragte Cesca.

Reynalds Gesicht zeigte Offenheit. »Lassen Sie mich von Ihrer Perspektive aus beginnen. Die Himmelsminen der Roamer produzieren den größten Teil des Ekti, der im Spiralarm gebraucht wird. Frachteskorten liefern den Treibstoff von Himmelsminen zu Transportstationen; von dort aus übernimmt die Terranische Hanse die Verteilung. Das ›wohlwollende‹ Monopol der Hanse hindert Theroc und andere menschliche Kolonien daran, Ekti woanders zu erwerben. Ich frage mich, warum die Hanse absolute Kontrolle über die Ekti-Distribution haben sollte.«

»Wollen Sie damit andeuten, dass die Handelspraktiken der Hanse unfair sind?«

Reynald trank einen Schluck von seinem aromatischen Tee. »Es ist allgemein bekannt, dass die Hanse vor kurzer Zeit ihre Tarife erhöht hat. Es kam zu gewissen politischen Veränderungen, die den Geschäften der Roamer schaden. Hat Rand Sorengaard nicht deshalb damit begonnen, Handelsschiffe der Hanse zu überfallen?«

Falten bildeten sich in Cescas Stirn. »Er ist ein internes Problem der Roamer. Bei uns gibt es viele Clans und eigensinnige Personen. Manchmal werden einige unserer Leute ... ungebärdig. Selbst der Sprecher kann nicht alle kontrollieren.«

»Wie möchten Sie die gegenwärtigen Handelspraktiken ändern, junger Mann?«, fragte Jhy Okiah und kehrte damit zum Thema zurück.

»Theroc hat keine große Raumflotte. Die meisten von uns bleiben lieber im Weltwald, ohne jemals die anderen Welten des Spiralarms zu besuchen. Aber wie jeder zivilisierte Planet betreiben wir interstellare Raumfahrt; und unsere grünen Priester bringen Schösslinge zu anderen Welten, damit der Wald sich möglichst weit ausbreiten kann. Deshalb brauchen wir Ekti und derzeit können wir den Treibstoff nur von der Hanse beziehen.« Reynald lächelte. »Ich habe zum Beispiel an die Möglichkeit direkter Lieferungen gedacht.«

Cesca lächelte ebenfalls. »Oh, das würde der Gans gar nicht gefallen.«

»Nein, überhaupt nicht.« Jhy Okiah wandte sich an die junge Frau und nickte. »Aber es gibt keine rechtlichen Gründe, die dagegen sprechen.«

Reynalds Vorschlag überraschte Cesca, denn nur wenige Außenstehende nahmen die Roamer ernst. Sie sahen in ihnen nur einen bunt zusammengewürfelten Haufen, der zufälligerweise ein nützliches Produkt anbot. Die Hanse hatte nie festzustellen versucht, wie viele Himmelsminen die Roamer betrieben und bei welchen Gasriesen sie ernteten. Im Spiralarm gab es zahllose unbewohnte Sonnensysteme mit riesigen Gasplaneten – wer konnte sie alle überwachen? Wie sollte ein Erkundungsschiff der Hanse selbst eine große fliegende Fabrik vor dem Hintergrund eines Planeten entdecken, der noch größer war als Jupiter?

Reynald gab sich unschuldig, als er wie beiläufig nach Basen und Stützpunkten der Roamer fragte, aber Jhy Okiah antwortete ausweichend, ohne Informationen preiszugeben. »Ich muss dies mit den anderen Clans besprechen, Reynald. Allerdings kann ich schon jetzt sagen, dass ich die Eröffnung von Beziehungen zwischen Theronen und Roamern sehr begrüße. Was bieten Sie uns als Gegenleistung für direkte Ekti-Lieferungen an?«

Reynald lächelte einmal mehr. »Wie wäre es mit den Diensten einiger grüner Priester? Angesichts Ihrer weit verstreuten Clans dürfte Kommunikation ohne Zeitverlust gerade für Sie wichtig sein.«

»Wir Roamer sind tatsächlich weit verstreut und Nachrichten reisen langsam«, sagte die alte Sprecherin. »Aber wir haben gelernt, mit unseren eigenen Methoden zu leben. Wir folgen dem Leitstern.«

»Trotzdem könnte es manchmal in Ihrem Interesse liegen, von wichtigen Ereignissen schnell zu erfahren.« Reynalds Augen glänzten, als er sich an dem kleinen Tisch im Hauptraum der Jacht vorbeugte, bereit dazu, ein Geheimnis zu enthüllen. »Unsere grünen Priester haben gerade einen Bericht von General Lanyan weitergeleitet: Rand Sorengaard wurde vor kurzer Zeit bei Yreka gefasst und hingerichtet. Die TVF hat einen Hinterhalt vorbereitet, Sorengaards Gruppe gefangen genommen und alle durch die Luftschleuse ins All geschickt.«

Cesca und Jhy Okiah wechselten einen Blick. Die junge Frau schluckte. »Verdammte terranische Soldaten. Das sind schlechte Nachrichten.«

Diese Reaktion schien Reynald zu überraschen. »Haben Sie Sorengaards Aktivitäten unterstützt? Er schien mehr ein Revolutionär als ein Pirat gewesen zu sein ...«

»Wir verstehen seine Motive, junger Mann, denn wir Roamer sind von der Hanse unfair behandelt worden. Allerdings führt Gewalt nur zu mehr Gewalt anstatt zu einer akzeptablen Lösung. Als Sprecherin der Roamer muss ich Sorengaards Methoden verurteilen.«

Jhy Okiah kam wieder auf den Kern der Sache. »Wie dem auch sei, Prinz Reynald - ich muss Ihr großzügiges Angebot respektvoll ablehnen.«

Cesca sah den muskulösen, attraktiven jungen Mann an. »Dem pflichte ich bei. Es ist völlig ausgeschlossen, dass grüne Priester bei den Roamern leben.« Sie schauderte innerlich bei der Vorstellung, dass Fremde die geheimsten Anlagen der Roamer sahen. Zwar ermöglichte der Telkontakt unmittelbare Kommunikation ohne zeitliche Verzögerung, aber solche Informationen hätten allen grünen Priestern zur Verfügung gestanden, ganz gleich, wo sie sich aufhielten. So weit würden sich die Roamer nie öffnen.

Reynald nahm die Ablehnung anstandslos und mit einem schiefen Lächeln entgegen. »Basil Wenzeslas wäre außer sich vor Freude, wenn er mehr grüne Priester bekäme, aber wir haben seine Anfrage zurückgewiesen. Ihre Reaktion unterscheidet sich sehr von der der Terranischen Hanse.«

»Die Gesellschaft der Roamer unterscheidet sich sehr von der anderer Menschen.«

Reynald sah zur schönen Cesca und verbarg sein Interesse an ihr nicht. »Vielleicht könnten wir auf andere Art und Weise ein Bündnis schließlich, zum Beispiel durch eine Vermählung ...«

Cesca hob die Hand und sah erst auf ihre schmalen Finger, bevor sie Reynalds Blick begegnete. »Eine Ehe wäre tatsächlich ein gutes Symbol für unser Bündnis, aber ich muss Sie darauf hinweisen, dass ich bereits verlobt bin, mit dem Eigner einer großen, profitablen Himmelsmine.« *Und ich liebe seinen Bruder.*

Reynald wandte den Blick verlegen ab, wodurch er jünger wirkte. »Er ist ein glücklicher Mann.«

Mitgefühl regte sich in Cesca. Und noch mehr: Sie fühlte sich sogar zu Reynald hingezogen. Aber sie war in jedem Fall an das Eheversprechen Ross Tamblyn gegenüber gebunden, ungeachtet ihrer geheimen Gefühle für Jess. Mit Reynald wäre die Situation noch weitaus komplexer und geradezu unerträglich geworden.

Zwar waren keine konkreten Vereinbarungen getroffen worden, aber Reynald schien trotzdem recht zufrieden mit dem Gespräch zu sein. Er stand auf und verbeugte sich. »Bevor ich nach Theroc zurückkehre, möchte ich die Gelegenheit nutzen, um Sie oder andere Roamer Ihrer Wahl herzlich zu einem Besuch des spektakulären Weltwaldes einzuladen. Früher oder später haben Sie die Leere des Alls sicher satt.«

»Das All ist nicht leer, wenn man weiß, wonach es Ausschau zu halten gilt.« Cesca schüttelte ihm die Hand. »Aber ich würde mich freuen, Ihren Wald einmal zu sehen.«

15 ✷ NIRA KHALI

Gut ausbalanciert stand Nira Khali auf einem Blattwedel, der zum grünen Dach der Welt gehörte. Selbst so hoch über dem Boden blieb sie ohne Furcht. Sie war noch nicht grün geworden, hatte noch nicht gefühlt, wie der Weltbaumgesang durch ihr Blut pulsierte. Dennoch vertraute sie dem Weltwald mit ihrer ganzen Seele.

Noch war ihre Haut dunkelbraun, aber es würde nicht mehr lange dauern, bis sie die Photosynthese-Pigmentierung aufwies, die allen zeigte, dass die prächtigen Bäume sie akzeptiert hatten. Während des größten Teils ihres jungen Lebens war sie Akolyth gewesen. Sie verstand den Wald und kommunizierte mit dem Selbst des Waldes, obwohl die Bäume sie noch nicht direkt hören konnten.

An diesem Tag las sie mit lauter Stimme und ging ganz in einer Geschichte auf, die zur alten, von den Kolonisten der *Caillié* mitgebrachten Literatur gehörte. Sie spürte, dass die Bäume Gefallen fanden an den Geschichten über König Artus und die Ritter der Tafelrunde. Nira hatte verschiedene Versionen von Sir Thomas Malorys *Le Morte d'Arthur* gelesen, auch Nacherzählungen von Howard Pyle, John Steinbeck und anderen. Es gab viele Widersprüche in den Legenden, aber Nira war sicher, dass sich die Bäume davon nicht verwirren ließen. Der Waldgeist liebte Widersprüchlichkeiten und Diskrepanzen; ein Teil des noch rudimentären und wachsenden Bewusstseins dachte über die Konsequenzen nach.

Nira diente dem Weltwald, indem sie den Bäumen vorlas, aber sie freute sich auch über die Möglichkeit, selbst zu lernen. Seit Jahren fertigte sie Aufzeichnungen darüber an, wohin missionarische grüne Priester aufbrachen, um Schösslinge auf anderen Planeten zu pflanzen und den Weltwald zu verbreiten.

Man lehrte die Akolythen, sich um den Wald zu kümmern. Sie pflegten die kleinsten in Töpfen wachsenden Schösslinge, die für den Transport zu anderen Welten bestimmt waren. Sie lösten alte Blattwedel von den größten und ältesten Bäumen im Wald, reinigten die Borke von Parasiten. Niras Lieblingstätigkeit bestand darin, laut zu lesen, und sie glaubte, dass es auch den Bäumen gefiel. Wenn sie zu den Bäumen sprach, horchte Nira immer mit ihren inneren und äußeren Ohren, lauschte nach einer Antwort. Eines Tages, wenn sie zur grünen Priesterin geworden war, würde sie die Stimme hören.

Akolythen trugen nur einen knappen Lendenschurz, um den Bäumen möglichst viel Haut zu zeigen. Menschliche Haut war ein empfindlicher Rezeptor, gewissermaßen ein Interface für die Weltbäume. Wenn Nira für ihre tägliche Arbeit zum Blätterdach emporkletterte, streichelte sie die Blattwedel und schmiegte sich an den Stamm. Sie hatte sich das dunkle Haar ganz kurz geschnitten, wie die meisten Akolythen; nur ein wenig Flaum zeigte sich oben auf ihrem Kopf. Wenn sie schließlich das Grün bekam, fielen ihr alle Haare aus.

Von Kindesbeinen an hatte sie gewusst, dass sie einmal Teil des ökologischen Weltwald-Netzes sein würde, das Jahr um Jahr wuchs. Bevor die Ildiraner vor langer Zeit das Generationenschiff *Caillié* nach Theroc gebracht hatten, war der Weltwald nur eine isolierte Gruppe semiintelligenter Bäume auf einem einzelnen Planeten gewesen. Ohne die Möglichkeit, intellektuell zu wachsen oder Neues zu erfahren, blieb das Selbst des Waldes über viele Jahrtausende hinweg verkümmert.

Doch dann kamen die Siedler und ein Mädchen namens Thara Wen lernte, mit dem Wald zu kommunizieren; sie brachte dies anderen sensitiven Menschen bei. Diese frühen »Priester« fanden heraus, wie man das gewaltige Gedächtnis des Weltwaldes anzapfte, ein Erinnerungsvermögen, das enorme Datenmengen aufnehmen konnte. Die Weltbäume kamen einer lebenden Datenbank gleich, doch es mangelte ihnen an Erfahrung und externem Wissen. Dieses Problem lösten Thara Wen und die anderen Sensitiven.

Als der Weltwald von den Menschen zu lernen begann, entwickelte sich die Beziehung zu einer nützlichen Symbiose. Grüne Priester erklärten Mathematik und Wissenschaft, Geschichte und Folklore. Der Weltwald kam schnell auf den Geschmack und wollte das gesamte Wissen der Menschen aufnehmen, von den langweiligsten Dingen bis hin zu den beeindruckendsten Legenden. Der Waldcomputer konnte Myriaden Informationen assimilieren, miteinander in Verbindung setzen und auf diese Weise exakte Prognosen erstellen, die fast wie Prophezeiungen eines gutmütigen Erdgeistes anmuteten.

Um Nira herum verlasen andere Akolythen uninteressant klingende Daten, die sogar meteorologische Entwicklungen auf anderen Planeten betrafen. Die junge Frau nahm auf dem Blattwedel Platz, froh darüber, sich erneut in Malorys epische Chronik vertiefen zu können. Priester spielten auf Musikinstrumenten oder aktivierten die Aufzeichnungen von Symphonien menschlicher Komponisten. Für den Weltwald war Musik ebenso Sprache wie Worte.

Allein unter dem Himmel las Nira stundenlang und veränderte dabei nicht einmal ihre Sitzposition. Sie konzentrierte sich ganz auf die Geschichte und die zuhörenden Bäume. Die Weltbäume konnten Informationen auch durch direkte telepathische Verbindungen mit den grünen Priestern aufnehmen, doch diese Möglichkeit stand Nira noch nicht zur Verfügung. Außerdem zog sie es vor, laut zu lesen – so sollten ihrer Meinung nach Geschichten erzählt werden, und das schien der Weltwald zu verstehen. Zwar gab es noch keine Symbiose, aber irgendwie wussten die prächtigen Pflanzen, dass Nira bald Teil ihres Netzwerks sein würde. Sehr bald, hoffte die junge Frau.

Als der Nachmittag in den Abend überzugehen begann, wurde Niras Stimme immer kratziger und sie begriff, dass sie seit Stunden keinen Schluck Wasser mehr getrunken hatte. Sie sah auf und stellte fest, dass die älteren Priester ihre Plätze auf dem grünen Dach verließen – für diesen Tag war ihre Arbeit getan. Sie griff nach der Flasche und trank Clee, eine stimulierende Mischung aus Wasser und den Bodensamen der Weltbäume. Sie fühlte sich wach und wäre bereit gewesen, hundert weitere Seiten zu lesen, aber es warteten noch andere Pflichten auf sie.

Als sie dorthin kletterte, wo sich die größten Blattwedel trafen, begegnete sie Yarrod, einem hoch gewachsenen Priester in mittleren Jahren und jüngeren Brüder von Mutter Alexa. Die vielen Tätowierungen in seinem grünen Gesicht wiesen auf seine verschiedenen Studien und auch die Fähigkeiten hin, die er erworben hatte, während er dem Weltwald diente. In der lockeren, großzügigen Hierarchie der grünen Priester bekleidete Yarrod einen der höchsten Ränge, ohne dass er diese Position seiner Verwandtschaft mit Mutter Alexa verdankte.

»Nira Khali, ich bin gekommen, um dich zu begleiten. Unser Rat hat sich versammelt und die Bäume sind einverstanden.«

»Einverstanden?« Niras Herz schlug schneller. Verschiedene Möglichkeiten kamen ihr in den Sinn, und sie wusste nicht recht, was sie sich am meisten wünschte.

Yarrod lehnte sich an einen dicken Ast und zog eine Phiole hinter dem Strick an seiner Taille hervor. »Die Priester gratulieren dir.« Er lächelte, zog den Stöpsel aus der Phiole und ließ eine dunkle Flüssigkeit auf die Kuppe des Zeigefingers tropfen. »Du hast die Ausbildung abgeschlossen, die notwendig ist, um das Zeichen des zweiten Lesers zu bekommen.«

Er streckte ihr die Hand entgegen und Nira spürte jähe Freude darüber, den neuen Rang so schnell erreicht zu haben. Sie trug bereits das Zeichen des Akolythen auf der Stirn, außerdem zwei Bögen an

Mund- und Augenwinkeln, die darauf hinwiesen, dass sie über Wissen und Erfahrung eines ersten Lesers verfügte.

Der Zeigefinger verharrte und Yarrod lachte. »Nira, ich kann das Zeichen nicht auftragen, solange du so sehr grinst.«

Sie versuchte, ihrem Gesicht einen ernsten, ruhigen Ausdruck zu geben. Geschickt malte Yarrod zusätzliche Bögen rechts und links neben dem Mund, breiter als die ersten. Die dunkle Flüssigkeit wurde von der Haut aufgesogen und brannte – sie veränderte die chemische Zusammensetzung des Gewebes, was zu einer permanenten Verfärbung führte. Nira musste das Brennen einen Tag lang ertragen; erst dann durfte sie sich waschen. Doch das Zeichen war schon jetzt deutlich zu sehen und verkündete allen, dass sie die nächste Stufe erreicht hatte.

»Danke, Yarrod. Es freut mich sehr, dem Weltwald dienen zu können. Diese Anerkennung ermutigt mich, mir noch mehr Mühe zu geben.«

Yarrods Lippen formten erneut ein Lächeln. »Ich bin noch nicht fertig, Nira. Dies war nur der Anfang.«

Niras Aufregung wuchs erneut.

»Die Priester haben über die derzeitigen Akolythen, ihre Leistungen und ihr Engagement gesprochen.« Er sah in die glänzenden Augen der jungen Frau. Nira hielt unwillkürlich den Atem an und glaubte zu spüren, wie Yarrods Blick bis in ihr Innerstes reichte. »Wir sind zu dem Schluss gelangt, dass du mehr verdienst als nur eine weitere Tätowierung. Als Akolyth hast du dem Wald exemplarische Dienste geleistet. Besser kann es nur noch werden, wenn du zur vollen grünen Priesterin wirst.«

Nira fühlte, wie die Bäume um sie herum sangen, lachten oder ihr gratulierten – sie wusste es nicht genau. Aber bald würde es solche Zweifel nicht mehr geben. Sie schloss die Finger so fest um die elektronische Buchtafel in ihren Händen, dass sie befürchtete, das Gerät zu beschädigen. Vorsichtig lockerte sie den Griff.

Nira hob den Kopf, blinzelte Tränen fort und sah Yarrod stolz an. Sie bedauerte nur, dass sie die Geschichte von König Artus und seinen Rittern nicht bis zum Ende vorgelesen hatte. Darum würde sich ein anderer Akolyth kümmern müssen.

16 ✷ RLINDA KETT

Rlinda Kett freute sich darüber, wieder an Bord der *Unersättliche Neugier* zu sein. Nach der Verwendung als Köder für Rand Sorengaards Raumpiraten war das Handelsschiff repariert, gereinigt und auch modernisiert worden. Rlinda entspannte sich in ihrem extra breiten Kommandosessel, als sich das Schiff Theroc näherte.

Sie kam aufgrund einer Einladung von Sarein Theron, dem dritten Kind von Vater Idriss und Mutter Alexa. Die Tochter hatte mehr Geschäftssinn als alle anderen in der Familie, soweit es Rlinda betraf. Sarein war erst einundzwanzig, eine schöne und intelligente Frau, die bereits Beziehungen zur Hanse geknüpft und dort Freunde gewonnen hatte.

Rlinda respektierte Sarein und in geschäftlicher Hinsicht wäre es sehr unklug gewesen, der Einladung nach Theroc keine Folge zu leisten. Es ging darum, über Dinge zu reden, »die für Leute wie uns von Interesse sind«. Sarein hatte auf der Erde studiert und dachte deshalb weniger provinziell als ihre Eltern oder Geschwister.

Die Theronen waren sehr engstirnig bei ihren Handelspraktiken. Sie lehnten es ab, der Hanse mehr grüne Priester zur Verfügung zu stellen, und sie schienen kein Interesse daran zu haben, neue Kunden für ihre vielen Waldprodukte zu finden. Als Kauffrau hatte Rlinda immer mit großer Neugier nach Theroc geblickt, doch die kulturellen Besonderheiten jener Welt schienen dem Aufbau einer Geschäftsbeziehung zu viele Hindernisse in den Weg zu legen.

Vielleicht wollte Sarein das ändern.

Theroc war autark und unabhängig. Die Terranische Hanse hatte diesen besonderen Status nie infrage gestellt, denn die dringend für die Kommunikation benötigten grünen Priester kamen nur von jener Welt. Allerdings lehnten es die Theronen ab, sich ausbeuten zu lassen.

Rlinda Kett hatte keine Ausbeutung im Sinn, nur beiderseitigen Vorteil. Bei ihren Geschäften mit Kunden und Lieferanten war sie immer fair - so sollte der interstellare Handel ihrer Meinung nach funktionieren. Und ständig hielt sie nach neuen Möglichkeiten Ausschau. Deshalb war sie gern bereit, sich Sareins Angebot anzuhören.

Trotz ihrer fünf Ehen hatte Rlinda keine Kinder. Dafür besaß sie vier Handelsschiffe, unten ihnen die *Unersättliche Neugier*, ihr Baby. Sie war nicht nur die Inhaberin einer Schifffahrtsgesellschaft, sondern auch ein guter Captain.

Die Kommandanten der anderen Schiffe arbeiteten auf eigene Rechnung, riskierten und verdienten viel. Rlinda hatte noch nicht entschieden, ob sie die *Große Erwartungen*, die unter dem Befehl des ermordeten Gabriel Mesta gestanden hatte, ersetzen sollte. Ein anderer Captain musste einen Geschäftsanteil erwerben und eine hohe Gebühr zahlen, aber dafür dürfte er fünfundsiebzig Prozent des erzielten Gewinns in die eigene Tasche stecken. Wenn jemand dreimal hintereinander Verlust machte, warf Rlinda ihn hinaus und bot die Stelle jemand anderem an. Bisher hatte sie nur einmal eine solche Maßnahme ergreifen müssen - und sie war nicht einmal mit dem Mann verheiratet gewesen ...

Sie lenkte die *Unersättliche Neugier* durch Therocs wolkige Atmosphäre und folgte den Leitsignalen zu einer Lichtung im dichten Wald. Dort landete sie das Schiff zwischen den hohen Bäumen.

Mit einem freudigen Lächeln im großen Gesicht stieg Rlinda aus. Um sie herum wucherte das Grün der Weltbäume, so weit der Blick reichte. Nach vielen Tagen an Bord des Schiffes genoss sie die feuchte, aromatische Luft des Planeten. Sie atmete noch einmal tief durch, um den Rest Raumschiffluft aus ihren Lungen zu vertreiben.

Als sie sich umdrehte, bemerkte Rlinda eine schlanke junge Frau, die auf sie wartete. Sareins Augen waren groß und dunkel, ihre Haut bronzefarben. Sie hatte schmale Lippen, kleine Brüste und kurz geschnittenes schwarzes Haar. Ihre Kleidung präsentierte eine sonderbare Mischung aus gefärbter Seide, theronischen Naturfasern, modernen Polymeren und glänzendem Schmuck von der Erde.

»Rlinda Kett, danke dafür, dass Sie gekommen sind. Sie haben eine weite Reise hinter sich, aber ich verspreche Ihnen, dass sich die Mühe lohnen wird.«

»Von Mühe kann keine Rede sein«, erwiderte Rlinda und klopfte auf die Außenhülle ihres Schiffes. »Ich freue mich über die Gelegenheit, mir Ihre Welt anzusehen. Ich habe viel Faszinierendes über Theroc gehört.«

Sarein runzelte überrascht die Stirn und versuchte dann, mit einem freundlichen Lächeln darüber hinwegzutäuschen. »Faszinierendes? Sind Sie sicher? Vielleicht habe ich etwas übersehen.«

Sarein führte die Besucherin zur Pilzriff-Stadt, in der hunderte von Familien wohnten. Bei dem großen Gebilde handelte es sich um ein grauweißes, versteinertes Gewächs an den Verbindungsstellen mehrerer Weltbäume. Tausende Generationen von harten, plattenförmigen Pilzen hatten es entstehen lassen. Die Pilze wuchsen nach wie vor und wurden immer härter, während sie alterten. Der Vorgang ähnelte dem Wachstum eines Korallenriffs.

»Das sieht wie von Blasen durchsetzte Schlagsahne aus«, sagte Rlinda.

Sarein lächelte bei diesem Vergleich. »Schlagsahne hat mir sehr gefallen, als ich auf der Erde war. Aber in diesem Fall ist sie hart und voller Löcher. Und sie bietet genug Platz für eine Stadt.«

Sarein führte Rlinda durch das wundersame organische Monument. »Die ersten Kolonisten von der *Caillié* verließen schon bald ihre Unterkünfte aus Fertigteilen und ließen sich in solchen Pilzriffen nieder.« Mit den Fingerknöcheln klopfte sie an die schwammige und doch feste Wand. »Sie vergrößerten die Hohlräume, schmückten sie aus, installierten Leuchtstreifen, Kühlanlagen, Energieversorgungssysteme und Kommunikationsknoten.«

»Es ist nicht unbedingt primitiv.« Rlinda sah sich um. »Aber mir scheint, hier könnte es einen Markt für gewisse Annehmlichkeiten geben.«

Sarein sah die füllige Kauffrau an und lächelte zustimmend, schwieg aber.

»Wieso haben Sie sich ausgerechnet an mich gewandt?«, fragte Rlinda. »In der Hanse gibt es hunderte von Händlern, die gern bereit wären, Geschäfte mit Ihnen abzuschließen.«

»Ich habe an *Sie* gedacht, Rlinda Kett, weil Sie eine Exportlizenz für bestimmte Nahrungsmittel und Naturfasern beantragt haben. Alle anderen Geschäftsleute, die nach Theroc kommen, sind nur an den grünen Priestern interessiert. Sie scheinen die Dinge aus einer anderen Perspektive zu sehen.« Sarein senkte die Stimme. »Einige wenige Testtransporte genügen vielleicht, um bei meinen Eltern den Ausschlag zu geben. Sie könnten unser erster Zwischenhändler sein.«

Rlinda konnte ihr Glück kaum fassen. »Wenn das meine Aufgabe sein soll, so erfülle ich sie gern.«

Sareins Gesicht gewann einen verträumten Ausdruck. »Auch der Vorsitzende Wenzeslas unterstützt meine Bemühungen, Theroc mehr als zuvor am interstellaren Handel zu beteiligen. Das hat er mir selbst gesagt.«

Sie erreichten einen großen Raum, der einen atemberaubenden Ausblick auf die verschiedenen Waldebenen bot. Sarein bedeutete Rlinda, an einem langen Tisch aus eisenhartem Holz Platz zu nehmen, auf dem hundert bunte Leckerbissen standen. Rlinda blickte hungrig auf die Tabletts, Teller, Pokale, Karaffen mit Fruchtsäften und fermentierten Getränken, Gläser mit heiß dampfenden oder eisgekühlten Flüssigkeiten, kleine Schalen mit buntem Zucker und essbaren Samen.

»Bevor wir mit einem Gespräch über das Marktpotenzial von theronischen Produkten beginnen, sollten Sie einige unserer besten Spezialitäten probieren. Ich hoffe, das macht Ihnen nichts aus.«

»Ganz im Gegenteil! Ein guter Händler muss Qualität und Schmackhaftigkeit von Nahrungsmitteln persönlich bestätigen können.« Rlinda klopfte sich auf den großen Bauch und die massigen Oberschenkel. »Wie Sie sehen, gefällt mir meine Arbeit sehr.«

Sarein begann damit, der Besucherin Teller zu reichen, und nannte dabei die Namen der jeweiligen Delikatessen. »Borkenbeeren, Platschbeeren, Kräusler ... hm, Saatbeeren - man muss sehr hungrig oder sehr geduldig sein, um sie zu essen.« Sie schob den Teller beiseite, ohne Rlinda davon anzubieten.

»Wackelfrucht, süß und gallertartig, verschmiert alles. Dangos, Nappel ... sehr knusprig, aber sie machen schläfrig, wenn man zu viel davon ist. Diese weißen Früchte sind Paarbirnen - sie heißen so, weil sie immer paarweise wachsen. Hier stehen auch acht Arten Nektar zur Auswahl, außerdem Urnen mit Blütenstaub, den wir als Gewürz, Aufstrich und sogar bei Süßigkeiten verwenden.«

Die dicke Kauffrau versuchte, jede Spezialität zu kosten, die Sarein ihr zeigte. »Perrinsamen, Salznüsse, Knatterer. Hier, diese Spreiznüsse sind im Innern sehr cremig. Während der ersten Jahre auf Theroc überlegten die Kolonisten der *Caillié* nicht lange, als sie allen Dingen Namen gaben. Später entwickelten sie eine detaillierte wissenschaftliche Taxonomie. Aber wer braucht so etwas eigentlich?«

Auf Theroc gab es keine einheimischen Säugetiere, deshalb aßen die Theronen Raupenfilets und Insektensteaks, leicht angebraten und mit einer scharfen Soße aus fermentierten Früchten. Rlinda zögerte bei dem Gedanken, Insekten zu essen. Doch dann zuckte sie mit den Schultern und genoss die Mahlzeit. Eine Spezialität ließ sich mit zartem Kalbfleisch vergleichen: Schnitzel aus dem Fleisch sich verpuppender Larven von Kondorfliegen.

»Es freut mich, dass Sie das Experimentieren bereits erledigt haben.« Rlinda schmatzte leise und schloss die Augen, als sie kaute.

Dann holte sie eine elektronische Tafel hervor und begann damit, sich Notizen über die Speisen und Getränke zu machen, die ihr besonders gefallen hatten. Sie fügte den Einträgen Schätzungen der jeweiligen Marktchancen hinzu. Stoffe, Nahrungsmittel, Duftöle und botanische Parfüme würden bestimmt Abnehmer finden. Als Feinschmecker dachte Rlinda daran, mit welchen Spezialitäten anderer planetarer Küchen sich die Delikatessen von Theroc kombinieren ließen. Hier gab es ein echtes Potenzial.

Schließlich lehnte sie sich zufrieden zurück. Der gut gefüllte Magen hätte sie eigentlich schläfrig machen sollen, aber die stimulierenden Getränke verhinderten das. Sie sah viele neue Geschäftsmöglichkeiten, seufzte und streckte eine große, fleischige Hand aus, um Sarein auf den Arm zu klopfen.

»Ich kann es gar nicht abwarten, mit Vater Idriss und Mutter Alexa zu sprechen, um Handelsvereinbarungen zu treffen. Ich glaube, Theroc hat den Kunden in der Hanse viel zu bieten.«

Sarein nickte, ebenfalls zufrieden, aber auch ehrgeizig. »Der Vorsitzende Wenzeslas und ich verstehen uns gut. Bestimmt kann ich die nötigen Arrangements treffen, für uns beide. Überlassen Sie alles mir.«

17 ✸ BASIL WENZESLAS

Wenn Basil Wenzeslas Repräsentanten von Kolonialwelten der Terranischen Hanse empfing, mied er Sitzungssäle und Empfangshallen. Meistens führte er die Besucher in seine private Suite im obersten Stock des zentralen Hanse-Gebäudes. Dort ließ sich besser über geschäftliche und politische Dinge reden.

Das Hauptquartier der Hanse war eine riesige trapezförmige Pyramide mit Tausenden von Büros, in denen wichtige Administratoren und Delegierte arbeiteten. Mit den angewinkelt zueinander angeordneten Fenstern wirkte das große Gebäude wie ein Maya-Artefakt. Diese Architektur hatte man ganz bewusst gewählt, um Permanenz und Dauerhaftigkeit zum Ausdruck zu bringen. Sie weckte tiefe Erinnerungen an mächtige Reiche aus der irdischen Vergangenheit.

Das Zentralgebäude der Hanse zeigte keinen Luxus, sondern vor allem Funktionalität. Es stand abseits der Pracht des Flüsterpalastes, durch ein üppiges Arboretum von ihm getrennt. Angesichts der hohen Bäume, komplexen Ansammlungen aus Formsträuchern und eleganten Gartenstatuen schenkten Besucher dem Gebäude im Hintergrund kaum Beachtung. Der Palast dominierte die Skyline, doch die eigentliche Macht ging vom Hauptquartier der Hanse aus.

Basil dachte darüber nach, was es zu besprechen galt. Er vermied das übliche banale Geplauder vor dem Beginn der eigentlichen Diskussion, als die zwölf gut gekleideten planetaren Gesandten in Sesseln oder auf den Stühlen am kristallenen Tisch Platz nahmen. Stumme Assistenten wanderten umher, boten Snacks und Getränke an, die natürlich keine das Bewusstsein trübende Substanzen enthielten. Basil bestand auf einem klaren Kopf, wenn es Entscheidungen zu treffen galt.

Einer seiner Vorgänger, Miguel Byron, hatte hier in der Administration den Hedonismus des alten Rom nachgeahmt. Attraktive junge Männer und Frauen waren vom Vorsitzenden Byron als Bedienstete ausgewählt worden – in knappe Togen gekleidet hatten sie sich bemüht, die Wünsche der planetaren Repräsentanten zu erfüllen. Byrons »Besprechungen« waren legendär gewesen und hatten oft in Dampfbädern stattgefunden.

Basil hingegen wollte sich von nichts ablenken lassen, wenn es um die Arbeit ging. Und heute wartete Arbeit auf ihn. Daheim auf ihren jeweiligen Welten waren die Gesandten mächtig genug, um sich Sex, Drogen oder Gourmetfreuden hinzugeben. Aber bei Konferenzen im Hauptquartier der Hanse kam so etwas nicht infrage.

Allerdings ließ Basil die Besprechungen in einem lockeren, entspannten Rahmen stattfinden. Er verabscheute steife Förmlichkeit, die ihn zu sehr an Schulklassen unter der Leitung eines einfallslosen Lehrers erinnerte. In einer solchen Atmosphäre war kaum Innovation möglich; sie diente nur dazu, konservativen Nichtfortschritt zu bestätigen. Basil wollte alle Beteiligten in die Lage versetzen, ihr Bestes zu geben.

Er stand mit dem Rücken zum Balkon – für die Gesandten eine

Silhouette vor dem Hintergrund des hellen Nachmittagshimmels. Als alle Platz genommen hatten, sagte Basil: »Bevor ich zu einigen Besorgnis erregenden geschäftlichen Angelegenheiten komme, möchte ich allen Beteiligten zu dem Test der Klikiss-Fackel gratulieren, der offenbar ein voller Erfolg gewesen ist. Aus dem Gasriesen Oncier wurde eine neue Sonne. Dr. Serizawa ist mit seiner Beobachtungsgruppe dort geblieben und die ersten Terraforming-Ingenieure werden in einigen Wochen damit beginnen, den geologischen Status der vier Monde zu untersuchen.«

Admiral Lev Stromo, ein Gefechtsoffizier, der als politischer Verbindungsmann der TVF fungierte, lächelte so stolz, als wäre der erfolgreiche Test vor allem sein Verdienst. »Wir haben jetzt die Möglichkeit, überall Sonnen entstehen zu lassen, so oft wir wollen.«

»Und wie oft wollen wir das, Vorsitzender?«, fragte der träge Gesandte von Relleker, einer angenehmen Welt, die wegen ihres Klimas und der vielen heißen Quellen auf dem besten Weg war, zu einem Urlaubsplaneten zu werden. Der Mann hatte sich das schwarze Haar geölt; die Locken bildeten ein komplexes, viel zu protziges Muster.

»Das hängt von uns ab«, sagte Basil. »Wichtig ist vor allem, *dass* wir dazu imstande sind. Vielleicht haben wir den Weisen Imperator beeindruckt.«

»Wer kann feststellen, wann die Ildiraner beeindruckt sind?«, erwiderte der Gesandte von Dremen, ein blasser Mann, der von einem düsteren, wolkenverhangenen Planeten stammte und nicht ans helle Licht der Erde gewöhnt war. »Wir wissen noch immer so wenig über sie. Vielleicht haben sie den Test als Drohung verstanden.«

»Wir haben durch nichts irgendwelche aggressiven Absichten erkennen lassen«, sagte Basil. »Aber die Klikiss-Fackel ist wie ein Schild mit der Aufschrift ›Vorsicht, bissiger Hund‹ auf unserem Hof. Sollen die Ildiraner ihre eigenen Schlüsse ziehen.«

Admiral Stromo hatte Neuigkeiten. »Ich habe einen Bericht von meinem Vorgesetzten General Lanyan empfangen. Er teilt uns mit, dass der Verbrecher Rand Sorengaard beim Yreka-System unschädlich gemacht werden konnte. Er und seine Roamer-Raumpiraten wurden gefasst und hingerichtet.«

Die neben Stromo sitzende rothaarige Yreka-Repräsentantin seufzte erleichtert. »Dann können wir zu normalen Handelsbeziehungen zurückkehren. Ich werde den Großgouverneur anweisen, die Rationierung zu beenden und Preiskontrollen zu veranlassen, um ein ökonomisches Chaos zu vermeiden.«

»Für jede gute Nachricht gibt es auch eine schlechte«, sagte Basil. Er sorgte bei den Besprechungen gern für eine gewisse Ausgewogenheit, um zu verhindern, dass nur Klagen oder Selbstbelobigungen laut wurden, die niemandem etwas nützten. »Trotz meiner Bemühungen bin ich bei den Regenten von Theroc nicht weitergekommen. Sie bleiben reserviert und scheren sich nicht um die Erfordernisse des interstellaren Handels und der Regierung. Wir müssen mit den wenigen grünen Priestern auskommen, die sie uns schicken.«

Die Oberhäupter von Theroc schienen überhaupt nicht zu begreifen, wie groß die Galaxis war. Normale elektromagnetische Signale – Radiowellen, die sich mit Lichtgeschwindigkeit ausbreiteten – brauchten Jahrzehnte oder gar Jahrhunderte, um von einer Welt zur anderen zu gelangen. Daraus ergaben sich enorme Probleme für die Logistik groß angelegter militärischer Operationen, die planetare Verteidigung und auch den ganz gewöhnlichen Handel.

Mit dem ildiranischen Sternenantrieb ausgestattete Raumschiffe flogen schneller als das Licht. Viele von ihnen dienten als Kuriere, übermittelten Nachrichten und wichtige diplomatische Kommuniqués. Aber selbst wenn man die schnellsten Schiffe dafür verwendete: Es dauerte Tage oder Wochen, bis die Mitteilungen ihren Bestimmungsort erreichten.

Der Telkontakt hingegen funktionierte ohne zeitliche Verzögerung, ungeachtet der Entfernung. Er erforderte nur auf beiden Seiten einen grünen Priester mit einem Weltbaum. Eine derartige Kommunikation war kein Luxus, keine *Annehmlichkeit*, sondern eine absolute Notwendigkeit, damit die Hanse auch weiterhin wachsen und erfolgreich sein konnte.

Leider waren die grünen Priester Menschen und keine Maschinen und die Verwendung des Telkontakts erforderte ihre Kooperationsbereitschaft. In dieser Hinsicht blieb Theroc zurückhaltend und die Hanse konnte die Theronen nicht zwingen, mehr grüne Priester zu schicken.

»Wir sollten Theroc keinen Anlass geben, sich gegen uns zu wenden, Vorsitzender«, sagte die Yreka-Repräsentantin. Sie war noch immer voller Unbehagen angesichts der jüngsten Probleme mit den Raumpiraten.

»Wenn wir Theroc doch nur dazu bringen könnten, die Charta der Hanse zu unterzeichnen«, meinte der blasse Repräsentant von Dremen.

»Der Versuch, die Theronen dazu zu zwingen, liefe auf eine Kriegserklärung hinaus«, gab Basil zu bedenken.

»Wir würden den Krieg gewinnen«, sagte Admiral Stromo.

»Ich weiß Ihre Meinung wie immer zu schätzen, Admiral, aber übereifrige Maßnahmen führen nur selten zum angestrebten Ziel. Ich möchte nicht als der Vorsitzende in die Geschichte eingehen, dessen ungestüme Dekrete eine galaktische Rezession zur Folge hatten.«

Stromo gab nicht auf. »Es hat andere Welten, repressive Regime und religiöse Fanatiker gegeben, die versuchten, der Hanse den Rücken zu kehren.« Er sah zum Repräsentanten von Ramah.

Der Mann musterte ihn kühl. »Durch Ergebenheit und Tradition wird man nicht gleich ein ›Fanatiker‹, Admiral. Wir finden den Terranischen Erzvater und die breiten offiziellen Kompromisse des Unisono viel zu allgemein. Wir kehren lieber zu den Grundlehren des *Koran* zurück.«

»Es lag dem Admiral sicher fern, Ramah zu verunglimpfen«, warf Basil ein. »Es hat weitaus extremere Fälle gegeben.«

Stromo wandte sich an den Vorsitzenden. »Ja, und wir haben Sanktionen verhängt und alle interplanetaren Handelswege blockiert. Es dauerte nicht lange, bis die betreffenden Kolonien zurückgekrochen kamen – oder untergingen.«

»Achten Sie sorgfältig darauf, wo Sie Druck ausüben«, sagte der Gesandte von Ramah. Eine Henna-Tätowierung zeigte sich neben seinem dunklen linken Auge und sah wie eine explodierende Sonne aus. »Alle Unterzeichner der Charta haben das Recht, selbst über ihre Regierung, Religion und Kultur zu entscheiden. Wir können unsere eigene lokale Sprache bewahren, anstatt ganz auf Handelsstandard umzustellen. Ich werde gegen jeden Versuch stimmen, die Mittel von Gewalt und Einschüchterung anzuwenden, nur weil ein Planet über etwas verfügt, das die Hanse braucht. Jeder von uns könnte in eine solche Situation geraten.«

Basil runzelte unwillig die Stirn. »Die Regeln ändern sich oft, wenn eine Seite über Dinge verfügt, die der anderen fehlen. Dafür gibt es genügend historische Beispiele.«

Der ildiranische Sternenantrieb erlaubte zwar Raumflüge mit Überlichtgeschwindigkeit, aber es war praktisch unmöglich, einen großen Raumbereich zu regieren. Die Ildiraner schafften das nur, weil der Weise Imperator und die planetaren Designierten durch das *Thism* in telepathischer Verbindung standen. Die menschlichen Kolonien waren so weit voneinander entfernt, dass es einfach keinen Sinn hatte, wenn man auf einer Welt Entscheidungen für eine andere traf. Kühne, an Entbehrungen gewöhnte Kolonisten lehnten es ab, dem Diktat der fernen Erde zu gehorchen und Befehle von jemandem entgegenzunehmen, der ihre Welt nie besucht hatte. Andererseits: Der Transport von Waren und Dienstleistungen zwischen den Planeten bot die Grundlage für gemeinsame Regeln. Die Terranische Hanse basierte auf dem Vorbild der Konföderation aus Handelsstädten und Gilden im mittelalterlichen Europa.

Der Gesandte von Ramah stützte das Kinn auf die Fingerknöchel. »Wenn sich mein Volk gewissen Notwendigkeiten beugen muss, so sollten auch die Theronen dazu imstande sein«, sagte er widerstrebend.

»Die Theronen mögen uns ein Dorn im Auge sein, aber sie sind so ... liebenswert, dass man ihnen kaum böse sein kann«, murmelte die Gesandtin von Yreka.

»Ich glaube, es gibt eine Lösung für das Problem«, sagte Basil voller Zuversicht. »Die alte theronische Botschafterin hat sich gerade auf den Heimweg gemacht und ich habe dafür gesorgt, dass man sie bitten wird, sich in den Ruhestand zurückzuziehen. Die Nachfolgerin der ›eisernen Dame‹ Otema wird unserer Sache aufgeschlossener gegenüberstehen und bestrebt sein, die Dinge zu verbessern.«

»Oh, gut. Eine große, glückliche Familie.« Der sarkastische Gesandte von Relleker trank einen Schluck Saft und runzelte die Stirn, als hätte er Wein erwartet.

Basil nahm die silberne Kanne von der Wärmplatte und schenkte sich mit Kardamom gewürzten Kaffee ein. Sein Blick glitt zum Arboretum vor dem Flüsterpalast. »Die Hanse wird überleben und wachsen, wie immer.«

Mit der Tasse in der Hand ging Basil hinter den Stühlen entlang und legte sich die nächsten Worte zurecht. Die Gesandten waren klug genug, auf oberflächliche Konversation zu verzichten. Sie warteten darauf, dass der Vorsitzende den nächsten Punkt ansprach. Im Gegensatz zu brutaleren Mächtigen in der Geschichte der Erde wollte Basil von seinen Untertanen nicht gefürchtet, sondern *respektiert* werden.

»Der Spiralarm ist eine riesige Wirtschaftszone, und die Hanse hat enormen Reichtum geschaffen. Wir erzielen große Gewinne im Handel mit dem Ildiranischen Reich, haben eine solide Infrastruktur geschaffen und neue, effiziente Industrien auf vielversprechenden Kolonialplaneten angesiedelt.« Basil deutete aus dem Fenster in Richtung des imposanten Flüsterpalastes. »Wir alle wissen, dass die Menschheit derzeit in einem Goldenen Zeitalter lebt. Doch nur kluge Entscheidungen und ein starkes Oberhaupt können gewährleisten, dass der wirtschaftliche Boom anhält.«

Der Vorsitzende kam nun zum wichtigsten Punkt der Besprechung. »Leider hat unser wichtigstes Instrument, der alte König Frederick, inzwischen seine besten Jahre hinter sich. Sie alle haben ihn bei seinen Ansprachen gesehen. Er ist alt und müde. Das Volk liebt ihn nach wie vor, aber er inspiriert es nicht mehr so wie früher.«

Basil musterte die Gesandten nacheinander und sah seine Vermutung bestätigte: Das Thema, das er nun anschnitt, beunruhigte die Repräsentanten der Kolonialwelten. »König Frederick ist nicht mehr der stolze Held, den die Hanse als Symbol braucht. Seine Popularität sinkt, und um ganz ehrlich zu sein: Er ist zu selbstgefällig geworden.«

Admiral Stromo sah Basil so entsetzt an, als hätte der Vorsitzende von Verrat gesprochen. »Was ist mit all den Pflichten des Königs? Wir können uns keinen plötzlichen Übergang leisten. Denken Sie nur an die sozialen Umwälzungen.«

»Ich glaube, ein Wechsel würde die Bevölkerung vitalisieren, ihr neue Kraft geben. Der alte Frederick ist unser Sprachrohr, mehr nicht. Er erfüllt nur wenige wichtige Funktionen.« Basil sah den Admiral an und fügte spitz hinzu: »Eigentlich ist unser König kaum mehr als eine Fahne, die man grüßt.«

Die Yreka-Repräsentantin wirkte recht nervös. Dicht unter dem roten Haaransatz bildeten sich einige kleine Schweißperlen. »Ich habe diesen Tag gefürchtet.«

Basil ging zum Schrank neben der Theke und griff nach einigen Datenschirmen mit roter Sicherheitsmarkierung und Fingerscanner – die kleinen Geräte zeigten die in ihnen gespeicherten Informationen nur den Personen, auf die sie programmiert waren.

»Die Hanse braucht einen neuen jungen Herrscher, der den alten König ersetzt, jemanden, der das Volk in Schwung bringt.« Basil senkte die Stimme. »Und wir alle wissen, dass keins der Kinder, die der König von seinen Kurtisanen bekommen hat, unseren Zwecken genügt.«

Wie bei den alten Monarchen von Marokko oder den Kaisern von China blieben Fredericks Familie und sein Privatleben hinter den Mauern des Flüsterpalasts verborgen. Die Wahrheit lautete: Der König hatte keinen rechtmäßigen Erben. Aber die Hanse konnte die Geschichte zu jedem beliebigen Zeitpunkt neu schreiben.

»Dies geschah schon fünfmal, obgleich seit dem letzten Mal Jahrzehnte vergangen sind. Vielleicht ist es unsere wichtigste Aufgabe.« Basil verteilte die Datenschirme und jeder Gesandte aktivierte den Fingerscanner. Bilder erschienen im Display und zeigten mehrere Jungen, die ganz offensichtlich nichts von der Beobachtung wussten.

»Die Geräte enthalten komplette Dossiers unserer Kandidaten: Filmaufnahmen, Fotografien und detaillierte Informationen über die einzelnen Personen, im Lauf von Jahren gesammelt. Unsere Agenten suchen ständig nach Leuten, die geeignet sind, in die Rolle des Prinzen zu schlüpfen. Dies sind die von Mr. Pellidor ausgewählten Kandidaten, die jungen Leute, die am besten geeignet sind, das Schicksal der Hanse zu erfüllen.«

Basil rief die Gesandten zum größten Kristalltisch, wo sie sich die gespeicherten Informationen ansahen und alle Möglichkeiten erörterten. Stundenlang sprachen sie miteinander und verglichen ihre Eindrücke. Es dauerte nicht so lange, wie Basil zunächst befürchtet hatte. Als die Sonne unterging und dem Himmel einen kupfernen Glanz gab, wurde die Entscheidung getroffen.

Der Vorsitzende deutete auf einen dunkelhaarigen Jungen, der sich durch hohe Intelligenz, ein weiches, sympathisches Wesen und eine charismatische Stimme auszeichnete. Basil hoffte, dass er sich außerdem leicht lenken und leiten ließ.

»Dieser hat das größte Potenzial«, sagte er. »Persönlicher Hintergrund und sozialer Status garantieren, dass man ihn nicht vermissen wird. Und was besonders wichtig ist: Er weist sogar eine gewisse Ähnlichkeit mit König Frederick auf.«

18 ✷ RAYMOND AGUERRA

Weit von der Besprechung im Hauptquartier der Hanse entfernt, in einem kleinen Apartment im achtzehnten Stock eines Wohnkomplexes, versuchte Raymond Aguerra, die Abendmahlzeit zuzubereiten.

Er trachtete danach, optimistisch zu bleiben, als er die Vorräte in den Schränken und im Konservierungsfach betrachtete. Er brauchte seinen ganzen Einfallsreichtum, um aus diesen Ingredienzen eine zufrieden stellende, nahrhafte Mahlzeit für sich selbst und seine Familie zuzubereiten.

Überall in der Küche lagen kleine Kästen, Spielzeuge, elektronische Geräte aus zweiter Hand, zusammengebastelte Objekte und Ausdrucke. Wie sehr man auch aufzuräumen versuchte: Die kleine Wohnung wirkte nie ordentlich. Die beiden jüngeren Brüder Raymonds, der neunjährige Carlos und der sechsjährige Michael, verfolgten sich gegenseitig und gaben vor, Ungeheuer zu sein. Lachend fielen sie übereinander her und rangen auf dem Fußboden.

Raymond stieß sie gutmütig mit dem Fuß an. »Wenn ich durch eure Schuld das Essen fallen lasse, müsst ihr es vom Boden lecken.«

»Vielleicht schmeckt's dadurch besser.« Carlos kicherte, als er sich bemühte, Raymonds schnellem Tritt auszuweichen - der Fuß traf ihn am Hinterteil.

Ihre Mutter Rita saß im Wohnraum in einem Sessel und sah sich ein Unterhaltungsprogramm an, ohne große Freude daran zu finden. Jahre der Übung gestatteten es ihr, den Radau zu ignorieren. Neben ihr klagte der zehnjährige Rory darüber, dass er Hausaufgaben machen musste, während seine jüngeren Brüder spielen durften.

Raymond fühlte sich schuldig, als er die beiden raufenden Jungen in den Wohnraum schickte, wo sie vielleicht ihre Mutter störten. Rita Aguerra hatte bereits einen langen Arbeitstag hinter sich und musste für ihren zweiten Job lange vor Morgengrauen aufstehen. Müdigkeit hatte sie im Sessel regelrecht in sich zusammensinken lassen. Raymond zweifelte kaum daran, dass sie schon schlafen würde, wenn er mit der Zubereitung der Mahlzeit fertig war. Es sei denn, sie hatte vor der Rückkehr nach Hause zu viele Tassen schwarzen Kaffee getrunken.

Über der Eingangstür hingen ein Kruzifix und trockene Palmwedel vom Palmsonntag des vergangenen Jahrs. Jeden Sonntag ging Rita zur Kirche, obwohl sie sich manchmal auch Unisono-Sendungen im Fernsehen ansah, die ihr aber zu vage und nichts sagend erschienen. Der Erzvater mit seinem Bart und dem hübschen Umhang sollte der unparteiische Sprecher aller Glaubensrichtungen sein; so wollten es die vereinten Repräsentanten der wichtigsten irdischen Religionen. Aber Rita hielt die katholische Kirche für weitaus religiöser.

Wenn Raymond seine Mutter ansah, fühlte er sich immer von Kummer erfasst. Graue Strähnen zeigten sich inzwischen in Rita Aguerras dunklem Haar. Früher hatte sie Stunden damit verbracht, es zu kämmen, auf dass die rabenschwarze Pracht eindrucksvoll glänzte. Aber jetzt band sie das Haar einfach nur zu einem Pferdeschwanz oder Knoten zusammen. Einst war sie sehr schön gewesen - einen Schatten dieser Vergangenheit sah Raymond noch immer in ihrem Gesicht -, doch Rita hatte nicht mehr die Zeit, sich zu pflegen. Und auf eine neue Liebe hoffte sie längst nicht mehr. Harte Arbeit und zu viel Verantwortung hatten sie in eine untersetzte, muskulöse Matrone verwandelt.

Am Tag arbeitete Rita als Angestellte für eine extraterrestrische Handelsgesellschaft und nachts als Kellnerin. Kaffee und Zigaretten halfen ihr, den Tag zu überstehen, machten sie aber auch so nervös, dass sie während der wenigen Stunden, die ihr zum Ausruhen blieben, oft nicht schlafen konnte.

Wenn sie heimkehrte, umarmte sie ihre vier Jungen und umhüllte sie mit dem Duft ihres Rosenparfüms. Es gelang ihr gerade so, die Familie durchzubringen, und jetzt, da Raymond alt genug war, konnte sie einen Teil der Bürde ihm überlassen.

Eines Abends, vor gut einem Monat, hatten sie allein am wackligen Esstisch gesessen. Rory, Carlos und Michael waren bereits zu Bett gebracht worden und alberten noch ein wenig herum, bevor sie schließlich einschliefen. Während ihr Blick auf Raymond ruhte, zündete sich Rita eine weitere Zigarette an; das machte sie nur selten, wenn die Jungen zugegen waren. Raymond begriff, dass ihn seine Mutter wie einen Erwachsenen behandelte, als den Mann in ihrem Haus, seit Esteban Aguerra verschwunden war.

Bei jener Gelegenheit hatte sie ihm davon erzählt und Einzelheiten genannt, nach denen Raymond nie zu fragen gewagt hatte. »Es kann recht schwer sein, mit mir zurechtzukommen, vor allem für einen unbekümmerten Mann wie deinen Vater, aber ich habe immer versucht, meiner Verantwortung gerecht zu werden und mir alle Mühe zu geben. Ihr Jungs seid mein Ein und Alles und euer Vater ... Er hatte auch seine guten Seiten, obgleich er sie manchmal versteckte. An jenem Abend, als er uns verließ, hatten wir einen besonders schlimmen Streit. Ich weiß gar nicht mehr, worum es ging ... Ich glaube, ich hatte ihm ein Paar Schuhe gekauft oder so.«

Eine Hand hielt die Zigarette, doch die andere ballte sich zur Faust. »Ich habe ihm zwei blaue Augen verpasst, bevor er fortlief, an Bord des Kolonistenschiffes ging und nach Ramah flog.«

»Hast du jemals daran gedacht, ob er es bereut, uns verlassen zu haben, Mama?«

Rita zuckte mit den Schultern. »Vermutlich hat er es bereits bereut, seine Söhne verlassen zu haben, denn er war ein stolzer Mann. Aber an mich hat er vermutlich keinen Gedanken mehr verschwendet.«

Seit jenem Abend dachte Raymond immer wieder darüber nach.

Seine Gedanken kehrten ins Hier und Heute zurück, als er auftischte. Die Mahlzeit bestand aus Makkaroni, Suppenresten und einigen klein geschnittenen Salamischeiben, die den Eindruck erweckt hatten, dass sie sich selbst im Konservierungsfach nicht mehr lange halten würden. Raymond schnupperte daran, runzelte die Stirn und fügte Käsepulver hinzu. »Das Essen ist fertig. Wenn es kalt wird, kommt es morgen als Rest auf den Tisch.«

»Ich dachte, es gäbe heute Abend den Rest von gestern«, sagte Carlos.

»Ich kann dich auch mit leerem Magen zu Bett schicken.«

Die Jungen kamen und holten sich ihre Teller. Rita nahm eine kleine Portion entgegen und kommentierte den kulinarischen Wagemut ihres ältesten Sohns mit einem leisen Lachen. Dann setzte sie sich, aß und behauptete, es wäre eine der leckersten Mahlzeiten, die sie jemals gegessen hatte.

Später, als Rita wieder in ihrem Sessel saß und vielleicht schlief, brachte Raymond seine jüngeren Brüder zu Bett. Er achtete darauf, dass sie sich wuschen und die Zähne putzten. Ihren Klagen und dem lärmenden Treiben schenkte er keine Beachtung; dagegen war er inzwischen immun. Als er in den Wohnraum zurückkehrte, stellte er fest, dass seine Mutter tatsächlich schlief.

Er lächelte und rückte die Blumen zurecht, die von der Oncier-Feier stammten – eine leere Lebensmittelpackung diente als Vase.

Rita bezeichnete Blumen immer wieder als Geldverschwendung, aber die Freude in ihrem Gesicht veranlasste Raymond, mindestens einmal pro Woche einen Strauß zu besorgen, ganz gleich, wie viel er kostete.

Er fragte sich, ob er seine Mutter wecken und sie zu Bett bringen sollte, entschied dann aber, sie im Sessel weiterschlafen zu lassen. Sie sollte nicht eine Sekunde Erholungszeit verlieren.

Es war still in der kleinen Wohnung, als sich Raymond rasch umzog. Ihm blieben nur einige Stunden, bevor er zurück sein musste, um seine Mutter zu wecken und den Brüdern dabei zu helfen, sich auf die Schule vorzubereiten.

Er wollte durch die Straßen laufen und bei Fabriken nachfragen, in denen rund um die Uhr gearbeitet wurde, vielleicht auch in dem einen oder anderen Laden. Raymond fand immer eine Anstellung für einige Stunden, indem er Arbeit verrichtete, die sonst niemand wollte, und dafür bekam er entweder Bargeld oder manchmal sogar frische Lebensmittel. Sein Lohn gab der Familie die Möglichkeit, gelegentlich Kleidung zu kaufen oder sich einen Festtagsschmaus zu gönnen.

Während seine Mutter schlief, verließ Raymond die Wohnung und achtete darauf, hinter sich abzuschließen. Er hatte Kopfschmerzen; Müdigkeit ließ die Augen brennen, aber der Schlaf musste noch warten. Zuerst galt es zu arbeiten, um der Familie willen. Der Lift trug ihn achtzehn Stockwerke weit nach unten, und dann verließ er den Wohnkomplex, um mit dem Streifzug durch die Stadt zu beginnen.

Er sollte seine Familie nie wieder sehen.

19 ✷ JESS TAMBLYN

Peitschenartige Protuberanzen kamen aus dem kochenden Ozean des heißen Sterns, langsam, schön ... und gefährlich.

»Näher heran«, wandte sich der Ingenieur an Jess Tamblyn. Er konnte den Blick nicht von dem Spektakel abwenden. »Wir müssen näher heran.«

Jess schwitzte, aber er vertraute der Intuition des Ingenieurs.

»Wenn es sein muss …« Er schickte ein kurzes Gebet zum Leitstern und betätigte dann die Navigationskontrollen.

Kotto Okiah hatte nur theoretische Vorstellungen von Gefahren, aber er verstand Toleranzen und Risiken besser als jeder andere Roamer. Bereits vier erfolgreiche extremambientale Kolonien waren von ihm geplant und entwickelt worden. Wenn der jüngste Sohn der Sprecherin nicht gewusst hätte, worauf es dabei ankam, wären schon zehntausende Roamer gestorben.

Das speziell abgeschirmte Raumschiff näherte sich der Sonne und Kottos Blick huschte zwischen Fenster und Displays hin und her. Mit dem kurzen, borstenartigen braunen Haar und Augen, die wie graublaue Knöpfe wirkten, sah der Ingenieur aus wie ein Kind, das sich über einen ganzen Haufen unerwarteter Geschenke freute. »Da ist der Planet! Man kann ihn sehen … Es scheint nicht so schlimm zu sein, wie ich befürchtet habe.«

Jess bemerkte den felsigen kleinen Planeten namens Isperos in unmittelbarer Nähe des turbulenten Sterns – seine Umlaufbahn führte ihn durch den dichtesten Teil der Korona. »*Nicht so schlimm*? Shizz, der Felsbrocken sieht aus wie ein glühendes Kohlenstück in einem Hochofen.«

»In gewisser Weise ist das ein Vorteil«, erwiderte der Ingenieur, von den Anzeigen der Instrumente abgelenkt.

Ein Vorteil. Niemand hatte Kotto Okiah jemals vorwerfen können, ein Pessimist zu sein.

Nach dem Besuch der Blauen Himmelsmine in der Atmosphäre von Golgen war Jess mit der Frachteskorte zum Distributionskomplex der Hanse geflogen, um dort das Ekti anzuliefern. Anschließend hatte er den Flug zum Asteroidenhaufen von Rendezvous fortgesetzt. Verschiedene Pflichten warteten auf ihn. Sie betrafen die Wasserminen seiner Familie, den Clan, Geschäftskontakte und Treffen mit anderen Clanoberhäuptern. Außerdem galt es, Cesca Peroni die Geschenke seines Bruders zu bringen.

Doch Cesca war noch nicht von ihrer Mission mit Sprecherin Okiah zurückgekehrt. Jess hätte jemand anders bitten können, ihr Ross Tamblyns Geschenke zu geben, aber er wollte die Gelegenheit nutzen, einige Momente mit ihr zu verbringen, obgleich die Vernunft ihn davor warnte. Er wusste, dass er nicht auf diese Weise empfinden sollte, nachdem er beschlossen hatte, Verzicht zu üben, um seines Bruders willen …

Jess blieb einige Tage lang im Rendezvous-Komplex und wartete auf Cesca. Doch dann wurde allmählich klar, dass er ohne ersichtlichen Grund Zeit verlor, und er durfte auf keinen Fall zulassen, dass jemand seine wahren Empfindungen für Cesca erahnte. Ihm blieb nichts anderes übrig, als die Rückkehr nach Plumas zu planen. Als Kotto Okiah ihn bat, ihn zu einer Erkundungsmission nach Isperos zu fliegen, erklärte sich Jess sofort einverstanden. Andere Roamer schienen auch gar nicht bereit zu sein, für einen solchen Flug in die Rolle des Piloten zu schlüpfen.

Das Schiff umkreiste den heißen Planeten, widersetzte sich der starken Schwerkraft der Sonne und erreichte schließlich den Schattenkegel hinter Isperos. Jess blickte auf die ausgedörrte, glasige Oberfläche hinab und bemerkte von der Hitze verursachte tiefe Risse. Lavaseen erstreckten sich endlos und glätteten die Konturen von Einschlagskratern, um während der kalten Nachtmonate zu einer Felsenhaut zu erstarren.

»Hier eine Roamer-Kolonie errichten zu wollen ... Sie müssen den Verstand verloren haben, Kotto.«

Der junge Ingenieur sah begeistert auf die glühend heiße Welt. »Denken Sie nur an die Metalle. Derartige Ressourcen findet man nicht überall. In der enormen Hitze sind alle Verunreinigungen durch leichtere Elemente verbrannt. Und der Sonnenwind hat zahlreiche neue Isotope geschaffen, die nur darauf warten, dass wir sie uns nehmen.« Er klopfte mit dem Zeigefinger ans Kinn. »Wenn wir Isolierungsfasern, Doppelwandabschirmungen und Vakuum-Wabenstrukturen verwenden, sollte sich die Integrität der Kolonie leicht bewahren lassen ...« Kottos Stimme verklang, als er über die Möglichkeiten nachdachte.

Der jüngste Sohn von Jhy Okiah hatte schon früh ein besonderes Talent für Niederschwerkraft-Konstruktionen gezeigt. Er liebte es, bei Lösungen schwieriger Überlebensprobleme bis an die Grenzen des Machbaren zu gehen. Mehr als zehn Jahre hatte er in Del Kellums geheimen Werften in den Ringen von Osquivel gearbeitet und zweimal die Ekti-Reaktoren für Himmelsminen verbessert. Trotz seiner vielen Erfolge und gelegentlicher Fehlschläge war Kotto weder arrogant noch stur. Eine unersättliche Neugier trieb ihn an.

Als Junge war Kotto eine echte Herausforderung für den Gouvernanten-Kompi UR gewesen, der sich im Rendezvous-Komplex um viele Roamer-Kinder kümmerte. Der neugierige Junge hatte dem mütterlichen Roboter großen Kummer bereitet, nicht etwa mit schlechtem Benehmen, sondern weil er dauernd Fragen stellte und alles auseinander nahm, ohne die Dinge wieder zusammensetzen zu können. Als Erwachsener hatte Kotto sein Genie wiederholt unter Beweis gestellt, zum Wohl vieler Clans.

Jess steuerte das Schiff tiefer über die oft geschmolzene und dann wieder erstarrte Oberfläche des Planeten. Als er die Zuversicht im Gesicht des Ingenieurs sah, begann er ebenfalls an das Potenzial von Isperos zu glauben. Immerhin hatten Roamer immer wieder Unmögliches geleistet.

»Roamer glauben, mit allem fertig zu werden«, hatte Cesca einmal zu Jess gesagt. »Wenn sie genug Ressourcen und Zeit haben.«

»Unkonventionelle Leute brauchen keine konventionelle Weisheit«, erwiderte Jess.

Cesca und er befanden sich allein in einem Büro, dessen Wände aus Felsgestein bestanden und das zum Rendezvous-Cluster gehörte. Es war ein unschuldiges Treffen, bei dem es darum ging, über Wasser- und Sauerstofflieferungen des Tamblyn-Clans zu sprechen. Sie wahrten einen sicheren Abstand, obgleich ihre Blicke einander suchten. Eine elastische Barriere schien sich zwischen ihnen zu erstreckten: Sie trennte sie voneinander und zog sie gleichzeitig näher zueinander.

»Trotzdem kann Zeit nicht alle Probleme lösen«, sagte Jess. Er trat einen Schritt auf sie zu. Mit einer Handbewegung versuchte er, über seine tatsächlichen Motive hinwegzutäuschen – als wollte er seinen Worten nur Nachdruck verleihen. Eine halbe Sekunde später erstarrte er und spürte seine Gefühle wie eine schwere Bürde.

Cesca verstand, was er andeutete. Jahre zuvor hatte sie sich mit Ross Tamblyn verlobt, und Ross arbeitete hart, um die Bedingungen zu erfüllen die Cesca und er vereinbart hatten. Alles erschien akzeptabel bei der Verbindung zwischen den beiden starken Clans, auch wenn Ross so etwas wie ein schwarzes Schaf war. Die meisten Roamer billigten die Ehe. Die Blaue Himmelsmine würde zur festen Grundlage einer wachsenden Familie werden, auch ohne Bram Tamblyns Unterstützung.

Doch dann lernte Cesca Jess kennen und zwischen ihnen war ein Funke übergesprungen. Es war etwas, das sie anderen nicht erklären konnten, das sie selbst kaum verstanden.

»Wenn wir dem Leitstern folgen, sollten sich manche Probleme gar nicht erst ergeben«, sagte Cesca.

»Trotzdem ...« Kühn trat Jess einen weiteren Schritt vor und weigerte sich, über sein Tun nachzudenken. »Manchmal passiert es.«

Er küsste Cesca, überraschte und erfreute sie dadurch - und erschreckte sie beide. Für ein oder zwei Sekunden erwiderte sie den Kuss und klammerte sich so an ihn, als schwankten sie am Rand eines tiefen Abgrunds. Dann lösten sie sich voneinander - jeder wich einen Schritt zurück.

»Jess, wir sollten nicht einmal ...«

»Es tut mir Leid.« Jess errötete und wankte fort, sammelte seine Notizen und Aufzeichnungen ein. Er schüttelte den Kopf, von seinem eigenen Verhalten zutiefst beschämt und verblüfft. Er fühlte sich wie ein Verräter seines Bruders. »Was ist nur in mich gefahren?« Er stellte sich Ross vor, seiner Verlobten beraubt ...

»Jess, wir dürfen nicht einmal daran denken.« Cesca war zutiefst beunruhigt, aber sie schien ihm nicht böse zu sein. »Es ist nie geschehen.«

Er nickte sofort. »Wir vergessen es. Ja, wir vergessen es einfach.«

Aber die Erinnerungen brannten hell für sie beide, Monat um Monat. Wie konnten sie es vergessen?

Als Jess' Schiff aus dem Schatten des Planeten tauchte und ins Gleißen der brodelnden Sonne zurückkehrte, kam es durch Gravitation und Hitze zu heftigen Erschütterungen.

»Wir müssen einen sicheren Anflugvektor berechnen«, sagte Kotto wie beiläufig, als er merkte, wie schwer Jess die Navigation im starken Sonnenwind fiel. Es klang so, als fügte er seinem Entwurf ein kleines Detail hinzu. »Wir können den Schatten des Planeten für den Anflug der Transporter nutzen.«

Jess erhöhte die Filterdichte der Fenster. »Das größte Problem dürfte darin bestehen, die gewonnenen Metalle fortzubringen. Jene Rohstoffe, die wir nicht selbst verwenden, müssen über große Distanzen transportiert werden, bevor wir sie vermarkten können.«

»Oh, natürlich«, erwiderte Kotto. »Die Große Gans würde nicht einmal bis auf Sensorreichweite an den Planeten herankommen. Aus Furcht, sich die empfindliche Haut zu verbrennen.«

Die Hanse warf keinen zweiten Blick auf eine wilde, heiße Welt wie Isperos, aber für Roamer waren solche Planeten durchaus akzeptabel. Sie hatten sich bereits in vielen erstaunlichen Habitaten niedergelassen, zum Beispiel auf Rendezvous.

Ihre Gesellschaft ging auf das Generationenschiff *Kanaka* zurück, benannt nach dem Erforscher der Vallis Marineris auf dem Mars. Die *Kanaka* war das elfte und letzte große Schiff gewesen, das eine schwierige Situation auf der Erde hinter sich zurückließ. Zu jener Zeit hatte es kaum mehr finanzielle Mittel für das ehrgeizige Kolonisierungsprojekt gegeben und es stand nur noch wenig Material zur Verfügung. Crew und Besatzung der *Kanaka* hatten sich vorgestellt, zäher zu sein als die anderen Kolonisten, wahre Überlebenskünstler.

Den Mangel an Material machten sie durch exzentrischen, innovativen Einfallsreichtum wett, der selbst unter sehr schlechten Bedingungen bewohnbare Ambienten schuf. Bevor sie die Erde verließen, hatten diese Menschen im arktischen Ödland gelebt und Bergwerksstationen auf den Monden des Jupiter gebaut. Sie gingen von folgender Annahme aus: Wenn gewöhnliche Methoden nicht funktionierten, mussten eben neue erfunden werden.

Während des jahrzehntelangen Flugs der *Kanaka* bildeten die Menschen an Bord eine in sich geschlossene Gesellschaft. Als ihre Ressourcen zur Neige gingen, unterbrachen sie die Reise bei einer Asteroidenwolke, die den roten Zwergstern Meyer umgab. Dort suchten sie nach Wassereis, Mineralien und Metallen, legten Vorräte an, die für weitere Jahrzehnte reichten.

Einige besonders innovationsfreudige Kolonisten stellten Berechnungen an und gelangten zu dem Schluss, dass sie mit der großen Konstruktions- und Schürfausrüstung der *Kanaka* Stationen in und zwischen den Asteroiden errichten konnten, dem schwachen karmesinroten Licht der Sonne nahe genug. Der Meyer-Gürtel enthielt genug Rohstoffe, um den Kolonisten einen guten Anfang zu ermöglichen, und durch eine Verringerung der Bevölkerung des großen Generationenschiffes bekamen die übrigen Reisenden eine bessere Chance.

Zehn Jahre lang blieb die *Kanaka* beim roten Zwerg, bis es den Meyer-Freiwilligen gelang, in ausgehöhlten Asteroiden Nahrungsmittel zu produzieren und Energie aus dem schwachen Sonnenlicht zu gewinnen. Andere Siedler hätten die Situation vermutlich für hoffnungslos gehalten – eine Kolonie in einem Asteroidengürtel, unter Bedingungen, wie sie lebensfeindlicher kaum sein konnten.

Aber die Freiwilligen sahen eine Chance und waren bereit, alles zu riskieren.

Ihre Kolonie hatte überlebt und wurde zur Basis der Roamer-Kultur. Warum sollte Jess daran zweifeln, dass diese unverwüstlichen Leute auch auf einer so höllischen Welt wie Isperos erfolgreich sein würden? Erst recht dann, wenn Kotto Okiah die Planung übernahm.

Sonnenmaterie brodelte nach oben, gefangen in einer elektromagnetischen Schleife. Sie bildete weite, glühende Bögen und davon ging harte Strahlung aus, die zerstörerischer war als die Hitze. Geschwürartige Sonnenflecken bildeten schwarze Oasen auf der Sonnenoberfläche, aber sie waren ebenso gefährlich wie die heißere Chromosphäre, dienten als Ankerpunkte für heftige Eruptionen.

Die Erschütterungen wurden heftiger und Jess dachte voller Sorge an eventuelle Beschädigungen der Außenhülle. »Kotto ...«

»Ich habe alle Daten, die ich brauche.« Der Ingenieur klang zufrieden. »Wir sollten jetzt zum Rendezvous-Komplex zurückkehren, damit ich mit der Analyse beginnen kann.«

Jess sah auf die Belastungsanzeigen, die längst im roten Bereich waren. »Ja, das ist eine gute Idee.«

Als das Schiff fortglitt von der lodernden Sonne und dem heißen Planeten, dachte Jess wieder an Cesca und hoffte, dass sie inzwischen zum Asteroidengürtel zurückgekehrt war. Er schwitzte selbst dann noch, als sie die Sonne von Isperos weit hinter sich zurückgelassen hatten und wieder durch kaltes All flogen.

20 ✷ CESCA PERONI

Die vorsichtige Cesca Peroni flog die Raumjacht auf einem Kurs, der durch mehrere Sonnensysteme nach Rendezvous führte. Sie bezweifelte, dass Reynald, zukünftiges Oberhaupt von Theroc, ihr folgen würde, und sie rechnete auch nicht mit Überwachungsschiffen der Hanse. Aber Roamer verwischten aus reiner Angewohnheit ihre Spuren.

Seit anderthalb Jahrhunderten verbargen sie ihre Stützpunkte vor den neugierigen Augen anderer Menschen. Die Macht der Terranischen Hanse besorgte die Clans, und das Bemühen des Vorsitzenden Wenzeslas, die Ekti-Produktion besser zu kontrollieren, hatte die Roamer noch misstrauischer werden lassen.

»Wie werden die Clans auf Reynalds Vorschläge reagieren?«, fragte Cesca. Sie wandte den Blick von den Kontrollen der Raumjacht ab und sah die alte Sprecherin an.

»Vor langer Zeit überließen die Ildiraner uns Roamern ihre Himmelsminen. Damit bewiesen sie Vertrauen, während wir allen anderen mit Argwohn begegnen.« Die alte Frau blickte aus dem Fenster und beobachtete die Sterne, deren Konstellationen sich langsam veränderten, während das kleine Raumschiff mit hoher Geschwindigkeit durchs All raste. »Es kann nicht schaden, über mögliche Verbündete nachzudenken.«

Cesca nickte. »Reynalds Argumente haben durchaus etwas für sich.«

»Meinst du den Heiratsantrag?« Jhy Okiah hob die Brauen.

Cesca hörte den scherzhaften Ton in der Stimme der Sprecherin, aber sie errötete trotzdem. »Ich meine die geschäftlichen Vorschläge. Die Theronen haben ihre Unabhängigkeit bewahrt und lassen die grünen Priester nicht von der Gans kontrollieren.«

»Wir haben viel gemeinsam.« Jhy Okiah schürzte die faltigen Lippen und wurde ernst. »Leider brauchen wir einfach nichts von dem, was Theroc anzubieten hat.«

Cesca dachte an die zahlreichen Fehden und Misshelligkeiten, die Jhy Okiah während ihrer Zeit als Sprecherin beigelegt hatte. Sie erinnerte sich an das Problem mit Rand Sorengaard, der die neuen Tarife der Hanse zum Anlass genommen hatte, sich gegen die Mehrheit der Roamer zu wenden. »Wer kann uns daran hindern, das zu nehmen, was wir verdienen? Die Gans ist so gesetzlos wie wir!«, hatte er argumentiert. Glücklicherweise hatte er nur einige wenige Anhänger gewonnen, Leute, die an Abenteuer mehr interessiert waren als an Gerechtigkeit.

Sorengaard war Vetter zweiten Grades des Peroni-Clans gewesen, obgleich Cesca nicht gern auf diese Verbindung hinwies, denn der Raumpirat kam einem Schandfleck gleich. Jhy Okiah hatte immer gesagt, dass es nur eine Frage der Zeit wäre, bis sich die TVF um ihn kümmern würde. Und genau das schien jetzt geschehen zu sein. »Die Gans begnügt sich bestimmt nicht mit Rands Tod. Alle Roamer werden mehr zahlen, als es die neuen Tarife verlangen.«

»Und wir werden Möglichkeiten finden, unsere Situation zu verbessern und trotz allem stärker zu werden«, erwiderte Cesca mit deutlichem Stolz. »Wie immer.«

Nach extremen Maßnahmen, dem Schutz von Ressourcen und vielen Risiken waren die Roamer nahezu autark, obwohl sie noch immer gewisse Dinge brauchten, die von der Hanse mit hohen Steuern belegt worden waren: Nahrungsmittel, Arzneien, spezielle Geräte und Instrumente sowie zahlreiche Waren des täglichen Bedarfs und Luxusartikel.

Jhy Okiah erwartete magere Zeiten und hielt sie für einen Ansporn, der die Roamer dazu bringen konnte, vollkommen autonom zu werden. Während der Clanversammlung hatte sie mit rauer, kratzender Stimme gesprochen, doch es kam eine große emotionale Kraft in ihr zum Ausdruck.

»Wenn die Hanse uns schaden kann, indem sie uns von Nachschub abschneidet, so hat sie zu große Macht über uns. Dann hängen wir zu sehr von jenen Lieferungen ab. Entweder müssen wir diese Abhängigkeit überwinden oder neue Quellen für den Nachschub finden. Wir sind Roamer. Sind wir nicht imstande, neue Möglichkeiten zu entdecken? Wir können unsere eigenen Geräte bauen, unsere eigenen Chips produzieren und lernen, auf Komfort zu verzichten. Sollen die Roamer zuletzt lachen, indem wir zeigen, dass wir nichts von den Händlern der Hanse kaufen müssen. Wenn die Gans keinen Umsatz mehr mit uns erzielt, wird sie schwächer.«

Mit diesen Worten war es ihr gelungen, weitere Roamer daran zu hindern, sich Rand Sorengaard anzuschließen. Eine offene Rebellion gegen die Hanse hätte zweifellos harte Repressalien nach sich gezogen, Jhy Okiah hielt Sorengaards Überfälle für ein Verbrechen. Schlimmer noch: Sie befürchtete, dass seine Aktivitäten zu viel Aufmerksamkeit auf die Roamer lenkten. Die Roamer waren daran gewöhnt, unter schwierigen Bedingungen zu leben, aber nicht als verfolgte Renegaten.

An Bord der Raumjacht sagte Jhy Okiah zu Cesca: »Wir dürfen nicht zulassen, dass die Gans herumzuschnüffeln beginnt und dadurch vielleicht einige unserer Werften, Kolonien und Anlagen findet, die unsere Clans lieber geheim halten möchten.«

Vor über zwei Jahrhunderten hatte die *Kanaka* die kleine Kolonie im Asteroidengürtel des roten Zwergsterns Meyer verlassen und den Flug fortgesetzt, auf der Suche nach einem geeigneten Planeten. Sie passierte ausgedehnte Nebel und sammelte Gas, aus dem die Menschen an Bord Treibstoff und andere Ressourcen gewannen. Die Kolonisten lernten, sich anzupassen und alle Hindernisse zu überwinden, die sich ihnen in den Weg stellten.

Die *Kanaka* war das letzte Generationenschiff, das die ildiranischen Suchgruppen vor hundertachtzig Jahren fanden. Es hatte immer wieder angehalten und den Kurs geändert, war dadurch weit von der ursprünglich geplanten Route abgekommen.

Die hilfsbereiten Ildiraner brachten die *Kanaka* zu einer Welt namens Iawa – sie eignete sich für die Besiedlung und das Ildiranische Reich brauchte sie nicht. Für die Kolonisten war es etwas völlig Neues, sich auf einem Planeten niederzulassen. Iawas offener Himmel und die weiten Kontinente wirkten wie das Paradies. Plötzlich gab es geradezu unermesslich viel Land für Menschen, die über Generationen hinweg mit dem sehr begrenzten Platz an Bord eines alten Raumschiffs hatten zurechtkommen müssen.

Zuerst erschien es ganz einfach, eine freundliche Welt zu zähmen, aber einige Kolonisten befürchteten den Verlust ihres Einfallsreichtums und der erworbenen Überlebenskünste schon nach wenigen Jahren. Iawa stellte eine so drastische Veränderung dar, dass sie glaubten, es wäre besser gewesen, als autarke Gemeinschaft weiterhin durchs All zu ziehen.

Fünf Jahre später, als sich die Landwirtschaft immer besser entwickelte und erste Städte entstanden, wandte sich der Planet gegen sie. Innerhalb weniger Monate fielen alle von der Erde stammenden pflanzlichen Organismen einer schrecklichen Fäule zum Opfer. Getreide, Gemüse, angepflanzte Bäume – alles starb ab. Die Iawa-Geißel hatte es einzig und allein auf terranische Pflanzen abgesehen. Plötzlich standen den Kolonisten nur noch wenige Lebensmittelvorräte zur Verfügung und es gab kaum Hoffnung auf eine Verbesserung der Situation, denn die Geißel gehörte zur einheimischen Biosphäre.

Eine Hungersnot drohte, aber die Siedler hatten sich an die strengen Sparmaßnahmen an Bord des Generationenschiffes erinnert und genügend Vorräte angelegt, um zu überleben. Schließlich verließen sie den Planeten und begaben sich zur *Kanaka* im Orbit von Iawa, dazu entschlossen, zu ihrem früheren, erfolgreichen Leben zurückzukehren und wieder das All zu durchstreifen, auf der Suche nach anderen Überlebensnischen.

Sie gaben sich den stolzen Namen »Roamer« und verhandelten mit den Ildiranern um die Nutzung ihres Sternenantriebs. Als

Gegenleistung boten sie ihnen an, sich um den Betrieb von drei großen Ekti produzierenden Anlagen in der Atmosphäre des Gasriesen Daym zu kümmern. Ildiraner verabscheuten die Industrie der Himmelsminen und waren froh, willige Arbeiter gefunden zu haben. Die Roamer machten sich voller Enthusiasmus ans Werk, lernten erneut dazu und erweiterten ihre Möglichkeiten.

Niemand - weder die Terranische Hanse noch die Theronen oder das Ildiranische Reich - ahnte, wie sehr die Roamer von ihren Innovationen profitiert hatten. Als ausgewählte nächste Sprecherin wollte Cesca Peroni diese erfolgreiche Strategie fortsetzen ...

Nach ihrer langen Reise näherte sich die Raumjacht dem granatroten Zwergstern Meyer. Aus der Ferne gesehen war die kleine Sonne unscheinbar und in den Sternkarten fiel sie überhaupt nicht auf. Aber Cesca freute sich, als sie das vertraute matte Glühen sah, denn sie kehrte nach Hause zurück, nach Rendezvous.

21 ✷ ESTARRA

Selbst nachts blieb der Wald von Theroc geheimnisvoll und einladend. Ohne Furcht kroch Estarra zu ihrem gewölbten Fenster in der Pilzriff-Stadt, blickte hinaus und sah einzelne Sterne durch Lücken im hohen Blätterdach.

Das Licht der Morgendämmerung berührte die Baumwipfel und breitete sich von dort aus über den ganzen Weltwald aus. Genug Licht für einen weiteren Erkundungsausflug. Vorsprünge aus Kalk erlaubten es Estarra, mehrere Ebenen nach unten zu klettern, bis hin zu den Leitern und den Flaschenzug-Liften. Auf dem weichen Waldboden bemerkte sie hamstergroße Käfer, die hin und her krochen, unter welken Blättern Nahrung suchten.

Ihre Eltern würden gar nicht merken, dass sich Estarra allein auf den Weg machte. Sie hatten ihre drei anderen Kinder so erzogen, dass sie wichtige Positionen bekleiden konnten, und deshalb ließen Mutter Alexa und Vater Idriss Estarra gewähren. Sie schienen nicht mehr genug Kraft zu haben, um streng zu sein und sie die Dinge auf die schwere Art und Weise lernen zu lassen. »Zerbrich dir darüber nicht den Kopf, Kind«, sagte ihre Mutter oft.

Estarra hätte sich einfach verhätscheln lassen und ein unbekümmertes Leben führen können, aber das wollte sie nicht. Als sie versucht hatte, mit ihrem Vater über ihre Zukunft zu sprechen, hatte er einfach nur in seinen schwarzen Bart gelächelt. »Was immer du möchtest, Schatz.« Er hatte ihr seine volle Unterstützung versprochen, aber keinen Rat angeboten.

Nur ihr Bruder Beneto nahm sich Zeit für Erklärungen. Estarra beneidete den grünen Priester um die Hingabe, mit der er dem Weltwald diente. Doch seinen Weg hatte sie zunächst nicht beschreiten wollen; sie hatte ihre Zukunft nicht darin gesehen, zu Bäumen zu beten.

Lichter brannten in benachbarten Wohnungen, in kleineren Pilzriffen, die auf anderen Bäumen wuchsen. Grüne Priester - die meisten von ihnen verheiratete Paare, die sich um diese Zeit auf den Weg machten - kletterten nach oben, um den neuen Tag zu begrüßen. Bis zum Abend würden sie dem halb schlafenden Bewusstsein des Weltwaldes vorlesen. Heute wirkten die Priester besorgt - hatten sie etwas Unangenehmes von den Bäumen erfahren? Vielleicht konnte Beneto später auf diese Frage Antwort geben ...

Neugierig streifte Estarra mehr als eine Stunde lang umher. Als schließlich das Tageslicht den Boden erreichte und Dunst aufstieg, betenden Händen gleich, erreichte Estarra eine Ansammlung hoher Bäume. Am nächsten Stamm bemerkte sie eine knollenartige Masse aus einer Substanz, die wie Pappmaché wirkte, und darin bewegten sich Geschöpfe.

Haufenwürmer bauten ihre geschlossenen Gebilde aus gekauter Pflanzenmaterie, Schlamm, Harz und von Drüsen ausgeschiedenen Netzfäden. Ihre riesigen Kolonien waren sowohl Nester als auch Kokons und durchmaßen hunderte von Metern. Im Zentrum gebar eine madenartige Königin Larven, aus denen lange Würmer wurden, verbunden mit dem Herzen der Kolonie. Sie streckten ihre segmentierten Stiele nach außen, und ihre Köpfe sahen aus wie große Blütenblätter, die ein gefräßiges Maul umgeben.

Normalerweise schwärmten die Würmer aus, um jede Beute zu verschlingen, die in Reichweite geriet. Nachdem sie Tiere oder Insekten gefressen hatten, lieferten sie die Nährstoffe der Königin im Zentrum. Nachts falteten die schlafenden Würmer ihre Kopfblätter zusammen, wie Blumen, die sich in Knospen zurückverwandelten.

Nach der Beendigung dieser Wachstumsphase kehrten die Larvenwürmer ins Innere des Nestes zurück, versiegelten die Öffnungen und machten den »Haufen« zu einer Festung. Die Königin starb, nachdem sie ihren Zweck erfüllt hatte, und die schlafenden Würmer verzehrten ihren Leib, während sie reiften. Nur sehr selten fand man einen verpuppten Haufen, noch dazu einen, bei dem das Ausschlüpfen unmittelbar bevorstand ...

Estarra beschloss, Beneto davon zu berichten. Sie wusste, dass ihr Bruder damit beschäftigt war, Schösslinge auf einer Lichtung zu pflanzen. Dort fand sie ihn im Schatten, umgeben von Töpfen mit fruchtbarem Boden.

Beneto bedachte seine Schwester mit einem Lächeln, das ihr immer das Herz wärmte. Die Zeichen seiner Leistungen - Tätowierungen und Muster der grünen Priesterschaft - verliehen seinem Gesicht etwas Totemartiges. Estarra hielt ihren Bruder für sehr attraktiv und vermutete, dass er bald eine Partnerin wählen würde, vermutlich eine grüne Priesterin, obgleich das nicht unbedingt nötig war.

Beneto kniete und kümmerte sich um die Schösslinge. Behutsam streichelte er die Blattwedel, als wollte er sich dafür entschuldigen, sie vom Mutterbaum gelöst zu haben. »Diese vier sind für Dremen bestimmt«, teilte er Estarra mit. »Dort ist es kühl und feucht, und es gibt nur wenig Sonnenschein. Zwar wurde dem Planeten noch kein grüner Priester zugewiesen, aber trotzdem pflanzen wir dort einige Weltbäume, für den Telkontakt.«

Beneto deutete auf andere Schösslinge. »Diese beiden kommen in Töpfe und werden an Bord von Handelsschiffen transportiert. Wenn sie schließlich groß genug geworden sind, werden sie dem Boden eines Planeten anvertraut. Zuvor fragen wir sie, wohin sie gebracht werden möchten.« Beneto bemerkte Estarras atemlose Aufregung. »Na schön, was hast du diesmal für mich gefunden, kleine Schwester? Ein neues Insekt? Eine unbekannte Beere? Eine Blume mit einem Duft, der mich niesen lässt?«

»Es ist zu groß, um getragen zu werden.« Estarra schnappte nach Luft und erzählte ihrem Bruder von den schlafenden Haufenwürmern. »Der Kokon ist groß genug für ein Dutzend Familien! Seit über einem Jahr brauchen wir zusätzliche Unterkünfte.«

»Das stimmt«, sagte Beneto. »Eine bemerkenswerte Entdeckung und ein sehr gutes Omen. Mutter und Vater tätscheln dir bestimmt den Kopf.« Estarra schnitt eine finstere Miene und Beneto lachte -

eine solche Reaktion hatte er ganz offensichtlich erwartet. »Es ist ein wertvoller Fund, Estarra. Wann wird das Ausschlüpfen deiner Meinung nach stattfinden?«

»In zwei Wochen, glaube ich. Spätestens in drei. Wahrscheinlich dann, wenn Reynald von seiner Rundreise heimkehrt.«

»Du liebst es, zu erforschen und die Geheimnisse des Waldes zu entdecken, nicht wahr? Merk dir die Stelle im Wald und behalt die Entwicklung im Auge.« Beneto legte seiner Schwester eine warme Hand auf die Schulter. »In der nahen Zukunft hat der Weltwald vielleicht viele wichtige Aufgaben für uns, aber ich verspreche dir, zur Stelle zu sein, wenn es so weit ist. Wir werden das Ausschlüpfen gemeinsam beobachten.«

22 ✷ MARGARET COLICOS

Rheindic Co wirkte auf Margaret wie ein uraltes, mit Geheimnissen gefülltes Buch, das darauf wartete, geöffnet zu werden. Die weite Wüste präsentierte dem Auge gedämpfte Farben, braune, ockerfarbene und auch rostrote Töne. So viel zu sehen und zu erforschen ... Aber bevor die Ausgrabungsarbeiten beginnen konnten, musste das Lager errichtet werden.

Margaret blickte übers mysteriöse Ödland. Sie hatten einen Ort in der Nähe der auffälligsten Geisterstadt der Klikiss gewählt, obwohl es in den schlitzförmigen Schluchten und steilen Felshängen noch viele andere Siedlungen der verschwundenen Insektenwesen geben mochte.

Neben Margaret wischte sich Louis mit dem Handrücken Schweiß von der Stirn. Dann beugte er sich vor und hauchte ihr einen Kuss auf die Wange. »Wir sind auf schlimmeren Planeten gewesen, Schatz.«

Sie waren auf das Angebot des Vorsitzenden Wenzeslas zurückgekommen, den nächsten Planeten für ihre Forschungen frei zu wählen, und hatten sich für diese leere Welt entschieden. Schroffe Klippen ragten wie sonderbare Monumente zum orangefarbenen, verbrannt aussehenden Himmel empor. Erstarrte Lava unterbrach die Monotonie alkalischen Bodens, der einst der Grund von Seen gewesen war. Erosionsrinnen durchzogen die Landschaft und erinnerten an das Wasser von Flüssen.

»Hier gibt es etwas, alter Knabe«, sagte Margaret mit atemloser Stimme. »Ich spüre es. An diesem Ort finden wir etwas. Offenbar glauben das selbst die Klikiss-Roboter.«

»Ich widerspreche dir nicht.« In Louis' wettergegerbtem Gesicht zeigte sich ein jungenhaftes Lächeln. »In all den Jahren habe ich so oft ›Ich habe es ja gesagt‹ von dir gehört, dass ich deinen Instinkten vertraue.« Er richtete einen anerkennenden Blick auf seine Frau. »Aber wir erfahren es erst, wenn wir uns die Hände schmutzig machen.«

Metallenes Scheppern zerriss die Stille, als der grüne Priester Arcas eine einfache hydraulische Vorrichtung betätigte. Ein gewöhnlicher Bohrkern fraß sich durch den Boden, auf der Suche nach Wasser. Anschließend klappte er die Sonnenkollektoren auseinander – sie sollten Energie liefern für Lampen, Kochgeräte, das Kommunikationssystem sowie das modulare Analyselabor und die Computer.

Der vor kurzem erworbene Kompi-Gehilfe namens DD ging Arcas zur Hand, obwohl sich der grüne Priester in der Nähe des kleinen Modell-Freundlich-Androiden nicht ganz wohl zu fühlen schien. Margaret vermutete, dass Arcas eigentlich gar nichts gegen den Kompi hatte, der ihm bis zur Brust reichte; er wäre nur lieber allein gewesen.

Das Colicos-Team machte sich an die Arbeit. Margaret und Louis breiteten den Plan für das Basislager aus und errichteten mobile Aluminiumschuppen und Polymerzelte. Margaret hieß die langweilige Arbeit willkommen – endlich standen wieder Ausgrabungen bevor.

Nach dem erfolgreichen Test der Klikiss-Fackel hatten Louis und sie viele Empfänge besucht und waren als Gastredner bei zahlreichen Veranstaltungen aufgetreten. Margaret verabscheute es, so sehr im Mittelpunkt des Interesses zu stehen, und hatte alle ihre Beziehungen bei der Hanse spielen lassen, um möglichst schnell nach Rheindic Co zu kommen. Einmal hatte sie voller Sarkasmus gemurmelt: »Vielleicht sind die Klikiss verschwunden, um hartnäckigen fremden Paparazzi zu entgehen.«

Als Angestellte der Hanse traten Margaret und Louis alle kommerziellen Rechte an ihren Entdeckungen ab, bekamen aber hohe Prämien. Margaret kümmerte sich kaum um den finanziellen Aspekt ihrer Arbeit; ihr genügte es, sich mit den Dingen zu beschäftigen, die sie interessierten. Und Louis war zufrieden, solange er Fachartikel schreiben und veröffentlichen konnte.

Seit siebenunddreißig Jahren waren sie verheiratet und jetzt stand ihnen die vierte Klikiss-Ausgrabung bevor. Sie hatten archäologische Rätsel auf der Erde und dem Mars untersucht, doch das alte Insektenvolk faszinierte sie mehr als alles andere. Was war mit jener Zivilisation geschehen? Warum und wohin waren die Klikiss verschwunden? Warum hatten sie ihre großen, gepanzerten und intelligenten Roboter zurückgelassen, die wie aufrecht gehende Käfer aussahen?

Die Ildiraner waren oft auf Reste jener untergegangenen Zivilisation gestoßen, ohne ihnen Beachtung zu schenken. »Warum sollten wir uns in die Geschichte eines verschwundenen Volkes vertiefen?«, hatte Adar Kori'nh Margaret auf der Beobachtungsplattform bei Oncier gefragt. »Wir haben die *Saga*, die uns alle Geschichten erzählt, die wir kennen möchten.«

Das Epos erwähnte die Klikiss mehrere Male, aber nur nebenbei, ohne Details über die Kultur der verschwundenen Zivilisation zu nennen. Margarets Sohn Anton, der sich mit alten Aufzeichnungen einer Universität auf der Erde beschäftigte, hatte auf Folgendes hingewiesen: Es ließ sich kaum feststellen, ob die Ildiraner tatsächlich lebenden Klikiss begegnet waren oder nur ihre Hinterlassenschaften gefunden hatten. Ihr mangelndes Interesse lief nach Margarets Meinung auf Gleichgültigkeit und sogar Borniertheit hinaus.

Während der frühen Jahre der terranischen und ildiranischen Kooperation hatten menschliche »Kolonieprospektoren« die unbeanspruchten bewohnbaren Welten untersucht, die in den Aufzeichnungen der Solaren Marine erwähnt wurden. Ein Team, bestehend aus Madeleine Robinson und ihren beiden Söhnen, sah sich auf Llaro um und fand dort zu seiner großen Überraschung Ruinenstädte und zahlreiche ruhende Klikiss-Roboter, die sie unabsichtlich reaktivierten.

Seit damals waren Dutzende von anderen Klikiss-Siedlungen untersucht worden, und man hatte viele weitere der schwarzen, käferartigen Roboter gefunden. Doch die Ildiraner wussten schon seit Jahrhunderten von ihnen.

Die drei alten Klikiss-Roboter, die erstaunlicherweise darum gebeten hatten, an der Expedition nach Rheindic Co teilnehmen zu dürfen, nutzten ihre enorme mechanische Kraft, um am Rand des Lagers einen Wetterturm zu errichten. Als sie damit fertig waren, wankten sie auf ihren flexiblen, fingerartigen Beinen zu den Markierungsstangen im trockenen Boden und begannen damit, die Wände eines großen Lagerschuppens zu errichten.

Margaret warf einen kurzen Blick auf ihren Plan des Lagers und eilte dann zum nächsten Roboter. »Nicht hier. Ihr seid fünf Meter von der vorgesehenen Position entfernt.«

»Der Schuppen gehört hierher«, erwiderte der Roboter mit einer dünnen, summenden Stimme.

»Wer bist du? Sirix? Oder Dekyk?« Die drei Klikiss-Maschinen sahen für Margaret gleich aus.

»Ich bin Ilkot. Das ist Dekyk.« Der Roboter streckte einen aus zwei Segmenten bestehenden Arbeitsarm aus dem elliptischen Rumpf. »Sirix wies uns an, den Schuppen hier zu errichten.«

Margaret runzelte die Stirn. Die Position des Schuppens spielte eigentlich keine Rolle, aber es verwunderte sie, dass die Klikiss-Roboter vom Plan abwichen. Gelegentlich konnten sie aus unerfindlichen Gründen recht stur und hartnäckig sein. Dieses Verhalten bot einen weiteren Hinweis darauf, wie sehr sie sich von den »kompetenten computerisierten Helfern« in der Art von DD unterschieden, die Befehlen immer widerspruchslos gehorchten.

Louis und Margaret waren aufgeregt gewesen, als sich ihnen drei der intelligenten Klikiss-Roboter angeschlossen hatten, um bei den Ausgrabungen auf Rheindic Co zugegen zu sein. Die harmlosen Roboter, die keine Anweisungen von Menschen entgegennahmen und sich auch nicht immer an ihre Pläne hielten, boten gelegentlich ihre Hilfe bei Forschungsprojekten an, die sie interessierten. Diese drei Exemplare wollten an Untersuchungen in Hinsicht auf die untergegangene Zivilisation ihrer Schöpfer teilnehmen.

Vielleicht hofften sie zu erfahren, warum sie sich an nichts erinnerten.

Nur einige tausend Roboter waren übrig geblieben und deaktiviert worden, kurz bevor die Klikiss verschwanden. Die Menschen hatten sie aus ihrem langen Schlaf geweckt. Leider stellte sich heraus, dass in ihren Gedächtniskernen alle Daten gelöscht worden waren, die Hinweise auf das Schicksal des alten Insektenvolkes geben konnten.

Der neben Margaret stehende Louis brummte anerkennend, als

die Roboter den Lagerschuppen in Rekordzeit aufbauten. Mit ihren rot glühenden optischen Sensoren, die in unterschiedlichen Abständen an den geometrischen Kopfplatten angebracht waren, und den zahlreichen segmentierten Gliedmaßen, die aus dem Rumpf ragten, der aus molekular verstärkten Kohlenstofffasern bestand, waren die Klikiss-Roboter sehr leistungsfähige Arbeiter. Trotz ihrer großen Kraft konnten sie auch Arbeiten verrichten, bei denen es auf Feingefühl ankam.

Unter dem Hauptkörper der Roboter zeigte sich ein kugelförmiger Unterleib, der wie ein Trackball wirkte. Acht flexible Beine ragten daraus hervor, jeweils vier auf einer Seite. Mit ihrer seltsamen Fortbewegungsmethode konnten die Klikiss-Roboter jedes Hindernis überwinden.

Sirix, offenbar der Anführer, trat vor. »Das Labor wurde errichtet, Margaret Colicos. Damit ist das Lager fertig.« Sirix zog die sechs zentralen Arbeitsgliedmaßen in den Körperkern zurück und schoss die Öffnungen mit Schutzplatten.

Drüben beim Bohrer stieß Arcas einen Freudenschrei aus, als kühles Wasser nach oben spritzte. Es regnete auf DDs silberne Metallhaut herab.

Der Priester näherte sich und blieb vor Margaret stehen. Seine grüne Haut glänzte feucht. »Die chemische Analyse zeigt, dass es reinstes Trinkwasser ist.« Er leckte sich die Lippen. »Und es schmeckt köstlich.« Die freudige Aufregung des Priesters erfüllte Margaret mit Zufriedenheit. Zwar hatte sich Arcas freiwillig dazu bereit erklärt, die beiden Archäologen zu begleiten, aber er war nicht gerade begeistert gewesen. »Der Wasserfund bedeutet, dass ich meine zwanzig Schösslinge pflanzen kann. Damit entsteht ein Hain des Weltwaldes auf diesem Wüstenplaneten.«

»Pflanzen Sie nur«, sagte Louis. Sie brauchten den Telkontakt, um der Hanse Berichte zu übermitteln.

»Würdest du ihm bitte helfen, DD?«, fragte Margaret. Sie hatte sich spezielle Interaktionen zwischen DD und den Klikiss-Robotern erhofft, aber bisher wirkte der kleine Kompi eingeschüchtert von den großen, alten Maschinen. Sie beschloss, abzuwarten und nichts zu übereilen.

Der Kompi eilte wie ein eifriges Kind herbei. »Ich habe noch nie Schösslinge gepflanzt, bin aber gern zu Diensten. Arcas und ich werden bestimmt gute Freunde.« Der grüne Priester schien angesichts dieser Vorstellung ein wenig verunsichert zu sein, nahm die Hilfe aber an.

»Er ist ein Modell Freundlich«, sagte Louis. »Lassen Sie sich von seinem Enthusiasmus nicht stören. So ist er nun einmal.«

Während Arcas und DD hinter dem Zelt des grünen Priesters Löcher für die Bäume aushoben, standen die drei Klikiss-Roboter völlig reglos, wie mechanische Statuen. Sie sahen zum orangefarbenen Himmel empor, als das Licht allmählich verblasste und der Abend begann.

In den Schluchten und im Schatten der Berge fielen Nachtschatten wie Guillotinenfallbeile, als die Sonne hinter den Horizont glitt. Nach den ersten Untersuchungen konnten die Temperaturen innerhalb einer Stunde um vierzig Grad sinken, aber es standen genug Batterien, warme Kleidung und exothermische Decken zur Verfügung. Außerdem ließen sich die Unterkünfte beheizen. Die Archäologen würden es komfortabel haben in ihrem Lager. Allerdings mussten sie aus einem anderen Grund damit rechnen, in dieser Nacht keine Ruhe zu finden.

Beide warteten gespannt auf den Beginn des großen Abenteuers. Warum hatten die Klikiss diesen und so viele andere Planeten verlassen? Was war der Grund dafür? Eine Massenauswanderung? Ein Krieg? Eine schreckliche Seuche?

Am nächsten Tag wollten Margaret und Louis mit der Arbeit beginnen.

23 ✷ ADAR KORI'NH

Aus dem All sah die ildiranische Splitter-Welt Crenna wundervoll aus: grün, mit Seen, Binnenmeeren und fruchtbarem Land. Aber Adar Kori'nh wusste, dass in der Siedlung eine furchtbare Krankheit wütete, die ihre Opfer erst erblinden und dann sterben ließ. Die ganze Kolonie musste aufgegeben und vielleicht sogar verbrannt werden, um zu verhindern, dass sich die Krankheit weiter ausbreitete.

Sollten die Menschen mit den Folgen fertig werden, wenn sie den Planeten unbedingt besiedeln wollten.

Die prächtige Kohorte der Solaren Marine - sieben vollständige Manipel, insgesamt 343 Schiffe - näherte sich Crenna auf sehr eindrucksvolle Weise. Die hellen Schiffe ähnelten scheibenförmigen Fischen und flogen in einer präzisen Formation, die bei zahlreichen militärischen Paraden erprobt worden war.

Politik und Struktur der Solaren Marine verlangten, dass Adar Kori'nh im Kommando-Nukleus des geschmückten Flaggschiffs saß. Er traf nur wenige Entscheidungen selbst und überließ es dem alten Kohortenführer Tal Aro'nh, die Schiffe so zu manövrieren, wie er es für richtig hielt. Diese Mission ließ kaum Platz für Risiken oder Innovationen. Der schwerfällige Tal würde exakt nach dem Protokoll vorgehen. Kori'nh begleitete die Evakuierungsflotte nur, weil der Weise Imperator es angeordnet hatte.

Während des Flugs nach Crenna hatten die besten Taktiker und Truppenbewegungsspezialisten der Solaren Marine den Evakuierungsplan entwickelt. Als Tal Aro'nh sicher sein konnte, dass jeder einzelne Schritt genau spezifiziert und niedergeschrieben war, entspannte er sich. Aro'nh bot ein perfektes Beispiel für die Solare Marine. Er trug das richtige Ranggefieder und rechnete nie damit, dass sich sein Platz im Universum veränderte.

Die sieben Manipel schwenkten in verschieden hohe Umlaufbahnen und trafen Vorbereitungen für den Start der Rettungsschiffe. Beiboote würden dicht über der Oberfläche des Planeten fliegen und feststellen, wie weit sich die Epidemie ausgebreitet hatte und wie viele Kolonisten evakuiert werden mussten. Adar Kori'nh runzelte ungeduldig die Stirn, als er die Aktivitäten beobachtete und auf Berichte wartete.

Der Kommunikationsoffizier setzte seine Bemühungen fort, sich mit der Crenna-Kolonie in Verbindung zu setzen. Hilflos sah er zu Kori'nh, der demonstrativ in Richtung Tal Aro'nh nickte, ein stummer Hinweis darauf, dass er sich zuerst an den Kohortenführer wenden sollte. »Es lässt sich kein Kontakt mit dem Crenna-Designierten herstellen, Tal.«

»Der Crenna-Designierte ist der Krankheit zum Opfer gefallen«, sagte Kori'nh. Der Weise Imperator hatte den Tod seines Sohnes bereits gespürt. »Wir müssen diese Operation auf der Grundlage unseres eigenen Plans durchführen.«

»Und ein solcher Plan existiert«, stellte Tal Aro'nh fest, als wollte er sich mit diesen Worten selbst beruhigen.

Die ersten schnittigen Beiboote fielen der einzigen Stadt auf Crenna entgegen, Zentrum der Splitter-Kolonie. Die geselligen Ildiraner wohnten gern dicht beisammen; es widerstrebte ihnen, sich übers offene Land auszubreiten. Siedlergruppen bestellten die Felder und produzierten Nahrungsmittel für die Kolonie, aber jeden Abend kehrten sie in den Schoß der Gemeinschaft zurück und fanden Trost im kollektiven *Thism*. Aber inzwischen waren so viele Bewohner von Crenna gestorben, dass das *Thism* nicht mehr richtig funktionierte - ohne eine ausreichende Bevölkerungsdichte gab es keine echte telepathische Verbindung mehr. Die Überlebenden fühlten sich eines wichtigen Aspekts ihrer Existenz beraubt und isoliert. Entsetzen nagte an ihnen.

Kori'nh fühlte Atembeklemmungen und erkannte sie als Auswirkungen der Furcht, die er von den Überlebenden der Kolonie empfing. »Wir müssen uns beeilen, Tal Aro'nh«, erklang seine Stimme aus dem Kommando-Nukleus. »Die Siedler leben, aber ... sie sind allein.«

Die Erkundungsboote kehrten zurück, übermittelten Bilder und Koordinaten, damit die größeren Eskorten und Truppentransporter wussten, wo sie landen sollten. Die Schiffe waren modifiziert worden, um Quarantäne und Erste Hilfe zu ermöglichen.

Kori'nh betrachtete die Bilder der Stadt, in der viele Gebäude aufgegeben und verbrannt worden waren. Die Überlebenden drängten sich in mit Brettern vernagelten Häusern zusammen, was natürlich weitere Ansteckungen förderte. Die Krankheit bescherte den Ildiranern Blindheit. Sie mussten in schrecklicher Dunkelheit sterben und die Finsternis war ein ganz besonderer Fluch für ein Volk, das sich im ewigen Tageslicht von sieben Sonnen entwickelt hatte. Selbst das kräftige Soldaten-Geschlecht empfand Unbehagen bei der Vorstellung, mit einer solchen Krankheit konfrontiert zu werden. Der Tod war eine Sache. Aber *blind* zu sterben, in Dunkelheit - das war etwas ganz anderes.

»Halten Sie sich nicht damit auf, Material zu bergen«, wandte sich Kori'nh an Tal. »Wir geben Crenna einfach auf. Der Weise Imperator hält die Kolonie bereits für verloren. Evakuieren Sie die Überlebenden so schnell wie möglich, bevor weitere von ihnen der Krankheit zum Opfer fallen.«

Tal Aro'nh nahm die Hinweise des Adar als direkte Befehle entgegen und gab sie sofort weiter.

Im bequemen Kommando-Nukleus fragte sich Adar Kori'nh, wie diese Ereignisse in spätere Versionen der ständig wachsenden *Saga der Sieben Sonnen* eingehen mochten. Wie würde seine eigene Rolle aussehen? Er wollte sich nicht damit begnügen, in Sicherheit abzuwarten und das ganze Geschehen aus einer hohen Umlaufbahn zu beobachten. Abrupt stand er auf. »Tal Aro'nh, ich werde eine der Gruppen auf die Oberfläche des Planeten begleiten.«

Der alte Kohortenführer drehte sich besorgt um. »Das ... gehört nicht zum Plan, Adar. Und es ist auch nicht klug. Es ist genug, wenn die Soldaten sich in Gefahr begeben.«

»Wenn wir keine ausreichenden Sicherheitsvorkehrungen getroffen haben, sollten wir auch darauf verzichten, die Soldaten in den Einsatz zu schicken.« Kori'nh schritt zur Luke. »Und wenn die Situation für unsere Soldaten sicher genug ist, sollte sie auch mir ausreichend Sicherheit bieten. Ich sehe mir Crenna selbst an, denn der Weise Imperator möchte einen Bericht aus erster Hand.« Nur die aktive Teilnahme an der Mission konnte gewährleisten, dass ihn die *Saga* nicht als jemanden erwähnte, der aus sicherer Geborgenheit heraus zuschaute, während namenlose Soldaten ihre gefährliche Pflicht erfüllten.

Kori'nh fand einen Platz an Bord des sechsundzwanzigsten Truppentransporters. Die einfachen Soldaten waren beeindruckt, als sich der hochrangige Adar ihnen hinzugesellte. Einige von ihnen schien es zu verwirren, dass er die Grenzen seiner normalen Rolle überschritt.

Die Ildiraner schützten sich mit Antikontaminierungsmembranen, die ihre muskulösen Körper bedeckten und keine Krankheitserreger durchließen. Auch Adar Kori'nh legte eine solche Membran an, zog an ihr und strich sie glatt. Schlürfende Geräusche erklangen, als er sie zurechtrückte, dann atmete er sterilisierte Luft durch ein Filtersegment. Er beugte die Arme und wartete neben der Luke des Transporters, bereit dazu, mit den Soldaten zur Kolonie zu marschieren.

Als Dutzende von Rettungsschiffen auf dem zentralen Platz in der Stadt von Crenna landeten, kamen ängstliche, wie gehetzt wirkende Überlebende aus den Gebäuden; ungläubige Erleichterung zeigte sich in ihren Gesichtern. Ganz deutlich nahm Kori'nh ihren Schmerz wahr, ihr Grauen. Nach dem Tod des Designierten hatten sie alle den direkten telepathischen Kontakt mit dem Weisen Imperator verloren. Die Crenna-Kolonie war wie ein amputiertes Glied, das schwach zuckte und verblutete.

Zögernd kamen die Überlebenden näher und die Soldaten spürten ihre Furcht. Manche Retter waren davon wie gelähmt, während andere ihre Anstrengungen verdoppelten, diesen armen Leuten zu helfen.

Zuvor hatten die Crenna-Kolonisten ihre Toten auf offener Straße verbrannt, in der Hoffnung, dass die Flammen die Seelen der Verstorbenen aus der Dunkelheit des Todes zu einem hellen Ort trugen. Kori'nh sah Asche und die Überreste von Knochen. Einige Gebäude der Kolonie waren als Hospitäler und dann als Leichenhäuser verwendet worden, die man ebenfalls verbrannt hatte, mit den Toten in ihnen.

»Lasst alles stehen und liegen!«, rief Adar Kori'nh durch die Schutzmembran. »Kein Andenken oder Möbelstück ist das Risiko wert, die Krankheit nach Ildira zu tragen. Nehmt nur euer Leben und schätzt euch glücklich.«

Am liebsten hätte er die gesamte Kolonie desintegriert. Der Weise Imperator hatte bereits mit der Terranischen Hanse um den Anspruch auf diesen Planeten verhandelt und Kori'nh wollte jenen Parasiten nichts überlassen. Die menschliche Physiologie unterschied sich von der ildiranischen Biochemie, deshalb stellte die Krankheit keine Gefahr für die Terraner dar – das hofften sie jedenfalls. Menschliche Medo-Forscher und Wissenschaftler warteten darauf, ihre Untersuchungen fortsetzen zu können; sie waren ganz erpicht darauf, sich auf einer bereits gezähmten Welt niederzulassen. Der offene terranische Opportunismus angesichts einer ildiranischen Tragödie erfüllte den Adar mit tiefem Unbehagen.

Kori'nh blieb für den Rest des Tages auf Crenna, während tausende von Kolonisten an Bord von Truppentransportern gingen und zu den Hospitalschiffen gebracht wurden. Die Überlebenden blieben hinter Dekontaminierungsfeldern in Quarantäne. Wände und sterile Barrieren trennten sie von den anderen, aber sie fühlten trotzdem die tröstende Präsenz weiterer Ildiraner und wurden wieder Teil des *Thism*.

An Bord des letzten Transporters lehnte sich Adar Kori'nh auf seinem Sitz zurück und sah auf die leere Kolonie hinab. Die Soldaten hatten gute, lobenswerte Arbeit geleistet und er durfte mit viel Beifall für die Durchführung dieser Mission rechnen.

Bei der Rückkehr zum Flaggschiff der Kohorte bemerkte Kori'nh terranische Forschungsschiffe, die nach Crenna flogen, um sich die aufgegebene Kolonie sofort zu schnappen, kaum dass sie verfügbar war.

Er verzog das Gesicht und verstand nicht, warum es die Menschen so eilig hatten, weshalb sie so viel Land und Reichtum wollten, allein um des Besitzes willen.

Mit einem eher verdrießlich gemurmelten Segen überließ ihnen der Adar den Ort des Todes, der Einsamkeit und des Elends.

24 ✷ BASIL WENZESLAS

In der mit vielen Ringen geschmückten Hand des Alten Königs Frederick glitzerte der Orden des Glorreichen Lobs wie ein Stern, der sich anschickte, zur Nova zu werden.

Basil Wenzeslas blieb wie üblich hinter den Kulissen, während er die Zeremonie beobachtete. Er wanderte durch seine Bürosuite und betrachtete Bilder, die von Medienkameras stammten und ihm alles zeigten, vom König bis hin zur großen Zuschauermenge auf dem Präsentationsplatz. Hier, in friedvoller, ruhiger Einsamkeit, konnte sich Basil gedankliche Notizen machen. Er hatte Fredericks Betreuern ausreichend detaillierte Anweisungen erteilt und durfte daher damit rechnen, dass alles reibungslos über die Bühne ging.

Auf dem Präsentationsplatz trat General Kurt Lanyan von der Terranischen Verteidigungsflotte genau zum richtigen Zeitpunkt auf den langen roten Teppich. In seiner Galauniform wirkte er sehr eindrucksvoll, obwohl er sich nicht ganz wohl in seiner Haut zu fühlen schien. Im Gegensatz zu Basil blieb dem TVF-Offizier nichts anderes übrig, als bei solchen Gelegenheiten im Rampenlicht zu stehen.

Als der letzte Jubel verklang, hob Frederick den prachtvollen Orden des Glorreichen Lobs hoch – wie einst König Artus, der sich anschickte, jemandem zum Ritter zu schlagen. Imager zeichneten alles auf, jeden einzelnen Moment, aus jedem Blickwinkel. Schnelle Kurierschiffe würden die Aufnahmen zu den Kolonien der Hanse tragen, auf dass man dort teilhaben konnte an den prunkvollen Zeremonien, die zur täglichen Routine des Flüsterpalastes gehörten.

Umhänge hüllten den König in einen Kokon aus Farben. Die weiten Ärmel glitten zurück, zeigten die dünnen, erhobenen Arme. Fredericks Gesicht wirkte ausgemergelt und Basil stellte fest, dass die Betreuer zu viel Make-up aufgetragen hatten – dadurch bekam der König etwas Surreales. Er runzelte die Stirn und hoffte, dass es sonst niemandem auffiel.

Lanyan nahm Haltung an, stand mit gesenktem Kopf und brachte angemessen würdevollen Respekt zum Ausdruck.

Fredericks Stimme donnerte aus den Lautsprechern. »General Kurt Lanson, ich habe Sie hierher gerufen, auf dass Sie diese Ehre empfangen.«

Basil zuckte zusammen, als er den Fehler hörte. *Lanson?* Konnte sich der König nicht einmal den Namen seines eigenen Generals merken?

Ein Murmeln ging durch die Menge, wie ein Windstoß, der eine Wasseroberfläche kräuselte. Basil biss die Zähne zusammen und hoffte, dass der falsche Name nicht zu viel Aufmerksamkeit erregte. Das Volk liebte den König, aber er zeigte sein Alter zu deutlich und das passte Basil ganz und gar nicht. Niemand auf den von der Hanse besiedelten Welten sollte die Herrscherkompetenz des Königs infrage stellen.

Frederick bemerkte seinen Fehler nicht einmal. »Sie haben die Raubzüge der von dem Roamer Rand Sorengaard angeführten Raumpiraten beendet und dort einen Erfolg erzielt, wo andere versagten.«

Basil hatte Agenten auf dem Platz postiert und ihre Hurrarufe lösten einen weiteren ohrenbetäubenden Jubel aus, der den König unterbrach und ihn zu verwirren schien.

Der siegreiche General Lanyan war mit den mehr oder weniger stark beschädigten Korsarenschiffen zur Erde zurückgekehrt. Zwar wirkten die kleinen Raumer in ihrem schlechten Zustand alles andere als eindrucksvoll, aber die Techniker der Hanse hatten einige erstaunliche technische Neuheiten entdeckt. Der von Sorengaards Leuten verwendete Sternenantrieb war ein ganzes Stück leistungsfähiger als die der Hanse zur Verfügung stehenden Triebwerke. Was stellten die Roamer dort draußen an?

Basil ordnete eine gründliche Untersuchung an und gab außerdem die Anweisung, die Verbesserungen zu kopieren und für die TVF-Schiffe zu übernehmen. Nach der Modernisierung der militärischen Raumer konnte die Technik mit hohem Gewinn an Händlerschiffe verkauft werden. Basil wollte sogar behaupten, dass die Innovationen auf die Arbeit von Hanse-Technikern zurückgingen.

König Frederick setzte seine Ansprache fort und las auf die Netzhaut seiner Augen projizierte Worte. »Die Terranische Verteidigungsflotte hat die Aufgabe, gegen Gesetzlosigkeit im Spiralarm vorzugehen. Ohne die Achtung der Gesetze gibt es keine Zivilisation, nur Anarchie. Und unter meiner Herrschaft wird es keine Anarchie geben!«

Noch mehr Jubel. Basil ließ sich erleichtert in einen bequemen Sessel sinken. Der König leistete jetzt bessere Arbeit.

Auf den Bildschirmen um den Vorsitzenden der Hanse herum war zu sehen, wie Frederick den schweren Orden mit dem bunten Band General Lanyan um den Hals hängte. Der TVF-Kommandeur hatte schon viele Auszeichnungen erhalten und jede weitere machte ihn in den Augen der Öffentlichkeit zu einem größeren Helden. Zeremonien wie diese halfen dabei, das Ansehen des Militärs zu stärken.

Basil Wenzeslas gab sich praktisch keinen hedonistischen Vergnügen hin, obwohl er sie in jüngeren Jahren alle ausprobiert hatte. Schon seit langer Zeit trank er nicht mehr, rauchte nicht und nahm auch keine Drogen. Seine *Leistungen* vermittelten ihm weitaus mehr Euphorie. Als Einzelkind und Überflieger hatte Basil von seinen Eltern gelernt, sowohl von ihren Erfolgen als auch aus ihren Fehlern.

Sein Vater und seine Mutter waren wichtige Manager einer großen Handelsgesellschaft, die dringend benötigte Waren auf von Menschen besiedelten Planeten vertrieb. Basils Vater hatte sich bemüht, möglichst viel Geld zu verdienen, um Villen, ganze Ferienorte und schöne Dinge für sich, seine Frau und Freunde zu kaufen. Basils Mutter hingegen brachte es nie fertig, Reichtum und Macht zu genießen. Stattdessen lebte sie in der ständigen Furcht, ihren Status jeden Augenblick verlieren zu können. Sie hatte sich nie Ruhe und Entspannung gestattet, während Basils Vater einen großen Teil des Verdienten verplemperte.

Basil hatte das Verhalten seiner Elter beobachtet und ihre besten Eigenschaften miteinander kombiniert. Als Vorsitzender der Hanse zeichnete er sich durch unerschütterliches Selbstvertrauen aus und er wusste, wie man Großes leistet. Aber er vergeudete kein Vermögen, widmete seine Energie anderen Dingen.

Er stand auf, schritt erneut durch die Bürosuite hoch oben in der Hansa-Pyramide und blickte durch die Fenster zu den Kuppeln und Türmen des Flüsterpalastes. Die Bildschirme zeigten unterdessen, wie König Frederick General Lanyan an den Schultern fasste, ihn umdrehte und der einmal mehr jubelnden Menge präsentierte. Der laute Applaus hinderte viele daran, den neuerlichen Versprecher des Königs zu hören, aber dem Vorsitzenden fiel er sofort auf.

»Ich gebe euch General Kurt Lanson! Er ist der größte meiner Generäle und ein Mann, den ich zu meinen persönlichen Freunden zähle.« Die Zuschauer klatschten und Basil kochte innerlich. Der General neigte den Kopf und gab vor, den Fehler des Königs nicht bemerkt zu haben.

»Das reicht«, murmelte Basil. »Die Dinge müssen sich ändern.« Er sendete ein Signal, das den Sonderbeauftragten Franz Pellidor und seine sorgfältig ausgewählten Mitarbeiter zu ihm rief.

Als die Gruppe kurze Zeit später eintraf, straffte der blonde Pellidor die Schultern, nahm vor seinen Mitarbeitern Aufstellung und richtete einen erwartungsvollen Blick auf den Vorsitzenden.

Basil strich sich mit dem perfekt manikürten Zeigefinger über die Unterlippe und überlegte, wie sich sein Vorhaben am besten in die Tat umsetzen ließ. Schließlich wandte er sich mit ruhiger Stimme an die Gruppe. »Ergreifen Sie alle notwendigen Maßnahmen. Wir müssen sofort mit der Ausbildung des kürzlich ausgewählten Prinzen beginnen. Ich hoffe nur, dass wir nicht schon zu lange damit gewartet haben.«

»Wir verstehen, Sir«, sagte Pellidor. Der Gesichtsausdruck des Sonderbeauftragten blieb völlig neutral. Basil hatte es auch nicht anders erwartet.

Er dachte an den vorherigen Thronfolge-Kandidaten, Prinz Adam, der sich als zu aufsässig und respektlos für das von der Hanse errichtete politische Kartenhaus erwiesen hatte. Es war Basil nichts anderes übrig geblieben, als den jungen Adam zu eliminieren, noch bevor die Öffentlichkeit überhaupt etwas von seiner Existenz erfuhr.

Der Vorsitzende senkte die Stimme und sprach mehr zu sich selbst, als die Einsatzgruppe ging. »Hoffen wir, dass der neue Kandidat gefügiger ist. Andernfalls kommen wir in große Schwierigkeiten.«

25 ✷ RAYMOND AGUERRA

Raymond kehrte mit munteren Schritten zum Wohnkomplex zurück, denn eine erfolgreiche Nacht lag hinter ihm.

Kurz vor dem Morgengrauen war die Luft feucht und frisch, als die Stadt erwachte. Raymond hatte in einem Verteilungszentrum Kisten geschleppt und seine schweißfeuchte Kleidung stank, was er dem schlecht abgestimmten Motor eines Hebewagens verdankte, der die Verladehalle mit schadstoffreichen Dämpfen gefüllt hatte. Zwar war er für das Schuften schlechter bezahlt worden als gewöhnliche Arbeiter, aber das Geld hatte genügt, um einige Lebensmittelpakete, ein neues Hemd und sogar ein elektronisches Puzzle für seinen kleinen Bruder Michael zu kaufen.

Jetzt wollte er schnell nach Hause zurück, um aufzuräumen. Normalerweise kehrte er nicht so spät heim. Raymond hoffte, dass er noch eine Stunde schlafen oder wenigstens frühstücken konnte, bevor es Zeit wurde, zur Schule zu gehen. Seine Mutter war vermutlich schon aufgestanden. Nun, in dieser Nacht hatte er genug verdient, um die Verspätung zu rechtfertigen. Zufrieden drückte er seinen Ranzen an sich.

Als er kurz darauf die Ecke zum Wohndistrikt hinter sich brachte, sah er ein Chaos aus Flammen und Einsatzfahrzeugen. Er blieb abrupt stehen. Neugier verwandelte sich in Sorge und bewirkte, dass er sich wieder in Bewegung setzte und die Straße hinunterlief. Flammen leckten dem Himmel entgegen und schwarzer Rauch stieg wie eine verbrannte Faust auf.

Mit jedem Schritt, mit jedem Wohnblock, an dem er vorbeikam, verwandelten sich seine vagen Befürchtungen immer mehr in furchtbare Gewissheit. Mit den Schultern bahnte er sich einen Weg durch die Menge der Schaulustigen. »Lasst mich durch!« Er ließ den Ranzen, gefüllt mit den Früchten seiner Arbeit, hin und her schwingen, warf ihn dann weg. Die Lebensmittelpakete, das neue Hemd und das elektronische Puzzle ... Diese Dinge bedeuteten ihm plötzlich nichts mehr.

Die Straße, in der er und seine Familie gewohnt hatten, war ein flammendes Inferno. Gleiter und Hubschrauber kreisten am Himmel, konnten sich dem gewaltigen Feuer aber nicht nähern. Schließlich erreichte Raymond die vorderste Linie der Menge, starrte in brodelnden Rauch und eine Glut, die direkt aus der Hölle zu kommen schien. Hinter einer hastig errichteten Barriere stand der ganze Wohnkomplex in Flammen.

Die Zuschauer beobachteten das Geschehen mit einer Mischung aus Faszination und Entsetzen. Raymond war sprachlos und schluchzte leise. Tränen rannen ihm über die staubigen Wangen und hinterließen feuchte Spuren. Er versuchte, sich unter der Barriere hinwegzuducken, stieß aber gegen die gepolsterten Uniformen von Polizisten.

»Zurück!«, erklang eine schroffe Stimme. »Du kannst nicht näher heran.«

»Ich wohne dort! Meine Familie ...«

»Du bringst dich in Lebensgefahr, wenn du noch näher herangehst. Zurück!«

Der Boden unter dem großen Gebäude hatte sich in einen glühenden Krater verwandelt und der Apartmentblock war teilweise hineingestürzt - ein Vulkan schien unter den Straßen der Stadt ausgebrochen zu sein. Überall lagen Trümmerstücke. Die Schwärze von Brandspuren und Ruß hatte Flecken an den Wänden anderer Gebäude hinterlassen.

Ein hoch gewachsener Mann, gekleidet in einen Anzug, blickte auf Raymond hinab. Er sah aus wie jemand, den man in einem Büro des Zollamts erwartete, wo er Kaffee trank und Listen ausfüllte. »Die Eigentümer des Wohnkomplexes haben in illegalen unterirdischen Tanks kontaminierten Sternenantrieb-Treibstoff gelagert«, sagte der Mann mit sonderbarer Schadenfreude. »Hübsches Versteck, direkt unter Wohnhäusern.« Er schüttelte den Kopf, als könnte er so viel Dummheit einfach nicht fassen.

Raymond starrte in den Rauch, der ihm in den Augen brannte. Die Hitze war schier unerträglich. »Raumschiff-Treibstoff ... unter dem Wohnkomplex?«

»Vermutlich hat man ihn von den unterirdischen Tanks aus weitergeleitet, gereinigt und dann auf dem Schwarzmarkt verkauft«, sagte der Mann. »Aber die Tanks waren schlecht isoliert und es gab keine Schutzsysteme. Alles improvisiert und Pfusch. Was für Idioten. Jeden Augenblick konnte es zu einer Katastrophe kommen - und jetzt ist sie passiert.«

Es klang unmöglich und absurd. Kurz vor Morgengrauen ... das bedeutete, dass die meisten Leute zu Hause gewesen waren und geschlafen hatten, dachte Raymond. Er konnte kaum glauben, was ihm die eigenen Augen zeigten. Seine Knie waren weich, aber er fiel nicht, als er schwankte, denn die Menge der Schaulustigen um ihn herum hielt ihn auf den Beinen. Seltsamerweise bemerkte er einen großen schwarzen Klikiss-Roboter, einer der wenigen, die beschlossen hatten, zur Erde zu kommen. Mit roten optischen Sensoren beobachtete er das Feuer und schien es aus irgendeinem Grund interessant zu finden.

Männer in feuerfester Schutzkleidung kamen durch die geborstene Eingangstür des Gebäudes. Einige von ihnen trugen zwei Personen, die vielleicht noch lebten. Aber nur zwei ... von all den vielen Bewohnern des riesigen Apartmenthauses. Raymond konnte nicht hoffen, dass es sich um seine Mutter und einen Bruder handelte.

»Wir kommen nicht weiter als bis zur siebzehnten Etage.« Einer der Männer sprach über das Helm-Mikro seines Schutzanzugs. Seine Stimme klang dumpf aus dem Lautsprecher. »Überall sind Wände eingestürzt und die Türen lassen sich nicht öffnen.«

»Was soll das heißen, sie lassen sich nicht öffnen?«, fragte der Einsatzleiter.

»Die Hitze hat sie festgeschweißt oder sie sind durch irgendetwas blockiert, was weiß ich. Wir konnten nicht lange genug bleiben, um eine vollständige Analyse vorzunehmen. Was ist mit den Lösch-Helikoptern?«

Der Einsatzleiter führte seine Leute zu einer Sammelzone. Unterdessen näherten sich fünf Frachthelikopter dem Brand. Sie flogen wie Hummeln, schwer beladen mit chemischen Löschmitteln. Die Stimme des Einsatzleiters donnerte aus Lautsprechern: »Alle zurücktreten! Entfernen Sie sich von der Unglücksstelle!«

Bevor die vielen Schaulustigen der Aufforderung nachkommen konnten, öffneten sich die Luken der Helikopter, und grünweißer Schaum fiel dem Feuer entgegen. Aufwinde und Böen zwischen den hohen Gebäuden ließen ihn zerfasern, wehten einen Teil davon der Menge entgegen. Wer von dem Schaum getroffen wurde, versuchte zurückzuweichen, aber die Leute standen dicht an dicht; es gab einfach nicht genug Platz.

Das Löschmittel schien kaum etwas gegen den Brand ausrichten zu können. Noch immer züngelten die Flammen Dutzende von Metern hoch und die Hitze war so enorm, dass die Einsatzgruppen vom Boden aus nicht nahe genug an das Feuer herankamen, um es zu bekämpfen. Drei weitere Helikopter ließen Löschschaum fallen und Raymond begriff: Es ging gar nicht darum, eventuelle Überlebende zu retten. Es sollte vor allem verhindert werden, dass das Feuer auf andere Gebäude übergriff.

Erneut drängte der Junge nach vorn. »Ich muss dorthin. Meine Brüder, meine Mutter ...« Er rutschte auf dem grünweißen Schaum aus.

Wieder hielt ihn ein Polizist zurück. »Das hat keinen Sinn, Junge. Dort gibt's nur noch Asche und Zahnplomben.«

Bevor Raymond etwas erwidern konnte, geriet die Menge in Bewegung. Ein Helikopter war zu weit geflogen und die Hälfte seiner Löschfracht fiel auf die Polizisten und die vorderen Reihen der Schaulustigen. Die Leute wichen zurück und Raymond wurde von der amöbenartigen Bewegung mitgerissen. Von hinten griff jemand nach seinem Arm und zog ihn fort. Raymond versuchte, Widerstand zu leisten, aber eine zweite, schaumbedeckte Hand schloss sich um den anderen Arm. Seine Stimme verlor sich im allgemeinen Lärm.

Drei große, schlicht gekleidete Männer dirigierten den Jungen unauffällig durch die Menge und zu einer Seitenstraße, wo die Schaulustigen weniger dicht beieinander standen. Raymond kannte die Männer nicht und in ihren Gesichtern sah er nur ernste Entschlossenheit.

»Lasst mich los!« Er trat zu und traf ein Schienbein, aber die Miene des betreffenden Mannes blieb unverändert. Er schien überhaupt keinen Schmerz zu spüren.

Neben einem Gebäude stand ein Fahrzeug mit laufendem Motor bereit. Furcht quoll in Raymond empor. Dies war zu viel für ihn – nach dem Feuer und dem Tod seiner Familie.

Er begann zu zappeln und es gelang ihm, einen Arm zu befreien. Sofort ballte er die Faust und schlug zu, traf einen der Männer an den Rippen. Doch der Schlag schien ihm selbst mehr Schmerzen zu bereiten als dem Getroffenen.

Die Tür des wartenden Fahrzeugs öffnete sich wie ein dunkles Maul, das den Jungen verschlingen wollte.

»Wer seid ihr? Lasst mich los!«, schrie Raymond aus vollem Hals. »Hilfe!« Er wusste, dass es keinen Zweck hatte – in dem Lärm hörte ihn niemand.

Ein blonder Mann mit eisblauen Augen kam aus dem Fahrzeug,

eine Strahlwaffe in der Hand. »Dieser Stunner hinterlässt keine Spuren, junger Mann«, sagte er mit ruhiger Stimme und fast im Plauderton. »Es ist mir gestattet, davon Gebrauch zu machen, wenn du mir keine Wahl lässt.«

Raymond zappelte noch heftiger, woraufhin der blonde Mann den Auslöser der Waffe betätigte.

Die Entführer trugen den betäubten Jungen ins Fahrzeug. Die Tür schloss sich, und der Wagen glitt fort.

26 ✷ CESCA PERONI

Ganz gleich, wie sehr Außenstehende und Ereignisse die Roamer unter Druck setzten: Sie gaben nie auf und blieben stark. Widrigkeiten und Probleme stimulierten und inspirierten die Kultur der Roamer, ließen immer wieder neue Ideen entstehen. Einige von ihnen waren unpraktisch oder extrem exzentrisch. Andere erwiesen sich als innovativ und gaben den sehr auf ihre Unabhängigkeit bedachten Clans die Möglichkeit, dort zu leben, wo die meisten Menschen eine Existenz für unmöglich gehalten hätten.

Im Asteroidengürtel eines roten Zwergsterns hatten die Pioniere von der *Kanaka* einen ersten Stützpunkt aufgebaut, der im Lauf vieler Jahrzehnte immer mehr gewachsen war. Inzwischen stellte Rendezvous eine wundervolle Mischung aus Raumhabitaten und ausgehöhlten Asteroiden dar, einen verstreuten felsigen Archipel in der Umlaufbahn einer blutroten Sonne.

Die vielen großen und kleinen Felsbrocken waren Überbleibsel des kollabierenden Protosterns – ihre Masse hatte nicht ausgereicht, um zu einem Planeten zu werden. In Rendezvous gab es sowohl zahlreiche Anlegestellen für große und kleine Raumschiffe als auch getarnte Depots für die Lagerung von Ekti.

Die Roamer waren ans Leben in geringer Schwerkraft gewöhnt, benutzten Schutzanzüge und Düsentornister, um von einem Habitat zum nächsten zu gelangen. Flexible Kabel verbanden einige der inneren Asteroiden. Mattes Sonnenlicht fiel auf reaktive Membranen und Kollektoren, die genug Energie für die Siedlung lieferten.

Cesca Peroni hatte den größten Teil ihres Lebens an diesem Ort verbracht. Sie hielt Rendezvous ganz und gar nicht für seltsam.

Zusammen mit Jhy Okiah saß sie im Büro des Sprechers, das sich im Innern des größten Asteroiden von Rendezvous befand. Bei den Pflichten des Sprechers ging es vor allem darum, Streit zwischen Clans beizulegen, Geschäftsbücher zu führen und die Verteilung der Ressourcen unter den weit verstreut lebenden Roamern zu überwachen. Aber das Oberhaupt aller Clans nahm auch Vorschläge entgegen und bewertete ehrgeizige neue Projekte.

An den Besprechungen mit Technikern und Entwicklern fand Cesca besonders großen Gefallen. Alle Roamer wurden dazu ermutigt, sich Neues einfallen zu lassen und andere Methoden für die Gewinnung und Nutzung von Ressourcen zu finden. Erfinder modifizierten Standardgeräte und Raumschifftechnik. Immer wieder gelangen ihnen Verbesserungen und damit erreichten sie eine technische Effizienz, die weit über das bei der Hanse übliche Maß hinausging. Wovon die Große Gans natürlich nichts ahnte.

Eldon Clarin, ein Techniker mit krausem Haar, saß in einem Niederschwerkraftsessel und versuchte, seinen Enthusiasmus unter Kontrolle zu halten, während Jhy Okiah und Cesca die sorgfältig gezeichneten Pläne eines neuen Raumschiffdesigns betrachteten. Clarin und sein Team aus Spezialisten hatten ausgezeichnete Arbeit geleistet. Er wartete nun darauf, dass die alte Sprecherin Vorschläge machte oder ihm gestattete, das neue Konzept in die Tat umzusetzen.

Jhy Okiah richtete einen fragenden Blick auf Cesca. Die jüngere Frau kaute auf der Unterlippe und konzentrierte sich. »Wenn ich alles richtig verstehe, ermöglichen Ihre Modifikationen höhere Schubkraft bei geringerem Ekti-Verbrauch ...«

»Ja, ja«, bestätigte Eldon Clarin sofort. »Und die Navigationsgenauigkeit bleibt unverändert. Sie hat in der Vergangenheit immer wieder zu Problemen geführt.« Er lehnte sich zurück, sah die beiden Frauen an und erhoffte sich ganz offensichtlich ihren Segen für seine Pläne. Das krause Haar umgab seinen Kopf wie eine Korona.

Die Kultur der Roamer basierte auf miteinander verbundenen Familien, was dazu führte, dass häufig starke Frauen die Politik dominierten. In der menschlichen Geschichte hatte die Politik oft aus Kriegen, Gewalt und jede Menge Testosteron bestanden. Die Roamer stellten fest, dass Frauen es viel besser als Männer verstanden, friedliche Lösungen für Konflikte zu finden. Sie lösten Probleme, indem sie darüber sprachen, der Sache auf den Grund gingen - oft fanden sie unlogische, emotionale Gründe für Streitereien, hier eine Kränkung, dort verletzte Gefühle. Außerdem zeigten mütterliche Oberhäupter größeres Geschick bei dem Austausch subtiler Gefälligkeiten, die Reibereien in der Gesellschaft vorbeugten.

Vor vielen Jahren hatte man Jhy Okiah als Sprecherin ausgewählt, weil sie eine akzeptable Mischung von Blutlinien repräsentierte. Ihre Wahl stellte einen Kompromiss Dutzender von Clans dar, daher konnte sie Entscheidungen treffen, ohne jemanden zu bevorzugen. Jhy Okiah hatte Cesca als ihre Nachfolgerin auserkoren, weil sie aus einer besonders starken Familie kam. Sie war die einzige Tochter des Händlers und Distributors Denn Peroni, der viel für die Roamer geleistet hatte.

Cesca bemerkte den Hauch eines Lächelns auf den Lippen der alten Sprecherin und begriff, dass Jhy Okiah bereits eine Entscheidung getroffen hatte - sie schwieg nur, um die Spannung zu erhöhen. Die Sprecherin hielt es in jedem Fall für besser, nicht sofort zu entscheiden, denn dann glaubten die betreffenden Personen vielleicht, es wäre nicht angemessen gründlich über ihre Angelegenheit nachgedacht worden.

Cesca wartete, während Jhy Okiah erneut auf die Pläne sah. Schließlich hob sie den Kopf und fragte Cesca nach ihrer Meinung. Die jüngere Frau unterdrückte ein Lächeln - sie wusste, welche Antwort sie geben sollte. »Ich halte Techniker Clarins Vorschlag für eine gute Erweiterung. Meiner Ansicht nach sollten wir seine Modifikationen bei allen neuen Schiffen übernehmen, die in unseren Osquivel-Werften gebaut werden.«

»Einverstanden. Wenn wir eine bessere Methode für etwas kennen, gibt es keinen Grund, bei der alten Methode zu bleiben.« Jhy Okiah hob warnend die Hand, als Clarin und die hinter ihm wartenden Spezialisten strahlten. »Denken Sie daran, dass kein Hanse-Repräsentant von diesen Veränderungen erfahren darf. Wir müssen unseren Vorteil wahren.«

Clarin nickte mit solchem Nachdruck, dass Cesca glaubte, sein Kinn könnte eine Mulde in der Brust hinterlassen. Bevor er die Pläne zusammenfalten und forteilen konnte, hob die Sprecherin einen knochigen Zeigefinger. »Einen Augenblick. Wäre es möglich, die Modifikationen von Energieaufnahme und -konversion auch bei Himmelsminen anzuwenden?«

»Bei Himmelsminen?« Der Techniker kratzte sich am Kopf; über diese Möglichkeit hatte er offenbar noch nicht nachgedacht.

Jhy Okiah deutete auf die Pläne. »Himmelsminen fliegen nicht so weit und so schnell wie unsere Raumschiffe, aber das Konzept sollte sich eigentlich übertragen lassen.«

Eldon Clarin sah zu seinen Mitarbeitern, die stumm nickten. Cesca vermutete, dass sie in ihrer Aufregung allem zugestimmt hätten, um die Genehmigung der Sprecherin zu bekommen.

»Gut. In dem Fall möchte ich, dass Sie die neue Himmelsmine, die bald in der Atmosphäre von Erphano in Betrieb genommen wird, mit den Modifikationen ausstatten. Die Anlage ist fast fertig gestellt; Sie sollten sich also beeilen.« Clarins Spezialisten wirkten beunruhigt, atmeten dann tief durch und stellten sich der Herausforderung.

Die Sprecherin wandte sich an Cesca. »Mein Enkel Berndt leitet jene Himmelsmine. Warum soll er nicht mit einer effizienten Anlage beginnen?«

»Es gilt, keine Zeit zu vergeuden.« Cesca lächelte und erkannte den Plan der Sprecherin. »Und um zu gewährleisten, dass die Modifikationen einwandfrei funktionieren ... Vielleicht sollte Techniker Clarin für ein oder zwei Monate an Bord der Erphano-Himmelsmine arbeiten, damit er alles im Auge behalten kann?«

»Cesca, du zeigst mir immer wieder, wie klug meine Entscheidung war, dich als meine Nachfolgerin auszuwählen.«

»Wir werden Ihren Wünschen genügen, Sprecherin. Danke für Ihre Zustimmung!« Clarin und sein Team eilten hinaus. In der geringen Schwerkraft wirkten ihre Bewegungen übertrieben.

Als Nächster kam Kotto Okiah herein, Jhys jüngster Sohn von ihrem vierten und letzten Mann. Die Sprecherin erhob sich und küsste ihn auf beide unrasierte Wangen. Sie wirkte nicht überrascht, als er ihr zerknitterte Pläne und Notizen zeigte.

Manche Roamer benutzten computerisierte Design-Systeme und mobile Displays, um ihre Arbeit zu präsentieren, aber Kotto Okiah arbeitete lieber manuell. Berechnungen stellte er mit dem eigenen Gehirn an und er schrieb auf kostbares Papier, das er immer recycelte, wenn sich seine Ideen als nicht realisierbar erwiesen. Viele seiner Konzepte endeten in Sackgassen, aber der enorme Einfallsreichtum des jungen Mannes hatte auch zu zahlreichen Durchbrüchen geführt.

Kotto verbeugte sich vor Cesca, doch wie üblich galt seine Aufmerksamkeit vor allem seiner alten Mutter. Jhy Okiah achtete immer darauf, den Angehörigen ihrer Familie keine Sonderbehandlung zu gewähren, aber alle Roamer hatten Clanverbindungen und -pflichten.

Kotto war gewissenhaft genug, um seine Arbeit von anderen Technikern überprüfen zu lassen und auf diese Weise ein angemessenes Sicherheitsniveau zu gewährleisten. Wenn es trotzdem zu Unfällen kam, war er nicht verlegen, sondern nachdenklich. »Innovative Entwicklungen sind nie perfekt«, meinte er bei solchen Gelegenheiten. »Wir müssen damit rechnen, dass einige von ihnen versagen.«

»Bitte sorg dafür, dass es möglichst selten geschieht«, hatte seine Mutter einmal erwidert.

Der junge Mann breitete seine Unterlagen aus, fügte ihnen Sternkarten, Fotos und erste Entwürfe für die Kolonie auf einer öden, heißen Welt hinzu. »Ich weiß nicht, ob dir dies gefällt, Mutter. Es ist gefährlich, aber es könnte sehr profitabel sein.«

»Ich bin ganz Ohr. Du musst mich überzeugen, so wie immer.«

Cesca beugte sich vor und hörte aufmerksam zu, als Kotto voller Begeisterung zu sprechen begann. »Ich habe den heißen Planeten Isperos untersucht, der dem Merkur im Sonnensystem der Erde ähnelt. Die Herausforderung ist groß, aber dort stehen bemerkenswerte Ressourcen zur Verfügung. Man denke nur an die Metalle und die seltenen Isotope, die man nur von der Oberfläche zu kratzen braucht! Ich glaube, es wäre die Mühe wert.«

Kotto Okiah deutete auf seine Entwürfe und erzählte von dem Erkundungsflug mit Jess Tamblyn als Pilot.

»Typisch für Jess, dass er sich auf so etwas einlässt«, sagte Cesca und lächelte. »Äh ... ist er noch hier?«

Die unerwartete Frage schien Kotto zu verwirren. »Nein ... nein. Er brach vor drei Tagen auf. Musste zurück nach Plumas. Aber ich glaube, in einigen Wochen wird er wieder hier sein. Ich erklärte mich bereit, ein Paket von ihm entgegenzunehmen, aber er meinte, er wollte es selbst übergeben.«

Geistesabwesend klopfte er sich ans Kinn und konzentrierte seine Aufmerksamkeit wieder auf die Heißweltkolonie. »Mit dieser neuen

Technik sind wir imstande, bisher unbewohnbare Welten für die Roamer zu erschließen. Unsere Industrien können schwere Elemente und Erze gut gebrauchen. Wenn wir sorgfältig genug vorgehen, könnte Isperos zu einer Goldmine für uns werden. Besser gesagt: zu einer Mine, die uns Gold und auch andere Metalle liefert.«

»Und das Schöne daran ist, dass andere Menschen nie auf den Gedanken kämen, solche Welten zu beanspruchen«, sagte Jhy Okiah mit glänzenden Augen. Sie bemerkte den Zweifel in Cescas olivfarbenem Gesicht. »Nun, vielleicht bin ich nicht objektiv, wenn es um meinen jüngsten Sohn geht. Was hältst du von diesem Projekt, Cesca?«

Die junge Frau musterte Kotto. »Riskant wäre eine solche Kolonie zweifellos, aber man muss auch die Vorteile sehen. Könnte Isperos eine größere Herausforderung sein als die anderen Orte, die wie besiedelt haben?« Sie zuckte mit den Schultern. »Wenn die Gesellschaft der Roamer bereit ist, die Bürde der neuen Kolonie zu tragen, während Techniker und einige tapfere Siedler die ersten unsicheren Schritte unternehmen ... In dem Fall sollten wir einen Versuch wagen.«

Jhy Okiah sah zur steinernen Decke der Bürohöhle hoch und schien sich dabei den ganzen Rendezvous-Komplex vorzustellen. »Beim Leitstern, wenn die Roamer nicht versuchen würden, Unmögliches zu leisten, hätten wir gar nichts zustande gebracht.«

27 ✸ BERNDT OKIAH

Nur ein geübtes Auge konnte die Schönheit einer Himmelsmine erkennen, die in der Werft bei den gebrochenen Monden von Erphano gebaut wurde.

Der stämmige Berndt Okiah stand in der transparenten Aussichtskuppel auf der pockennarbigen Oberfläche eines Mondes. Angesichts der geringen Schwerkraft und des gewaltigen gelbbraunen Gasriesen am Himmel verschob sich Berndts Perspektive: Der kolossale Planet schien sich *unter* ihm zu befinden und er hatte das Gefühl, kopfüber in die Wolken zu stürzen.

Roamer-Konstrukteure hatten die geologische Zusammensetzung der vielen Felsbrocken in Erphanos Umlaufbahn untersucht und anschließend mobile Fabriken in den Orbit gebracht. Automatische Schmelzer und Erzverarbeitungsanlagen hatten ganz Monde verschlungen und Metalle und Mineralien aus dem Felsgestein gewonnen, um daraus Platten und Komponenten herzustellen. Später kamen ganze Heerscharen von Arbeitern, um die Komponenten zu einem riesigen industriellen Puzzle zusammenzusetzen.

Manchmal, wenn die Roamer etwas im stellaren Territorium der Hanse konstruierten, boten sich Klikiss-Roboter an, gefährliche Arbeiten im All zu erledigen. Sie stellten keine Fragen, erwarteten keine Bezahlung, gingen aber nach einem eigenen Zeitplan vor. Die meisten Roamer trauten den geheimnisvollen alten Maschinen nicht und erledigten ihre Arbeit lieber selbst.

Dies war Berndts Lieblingsprojekt - eine Himmelsmine, die ihm gehören und deren Betrieb er leiten würde - und deshalb hatte er es von Anfang an begleitet, seit über einem Jahr. Kleine Höhlen, von Bohrköpfen in die Monde gegraben, die Wände mit Polymeren beschichtet, hatten als Unterkünfte gedient. Als die Ressourcen zunahmen, wuchs die Werft wie ein Wald. Große Träger, Ausleger und Kabel hielten die im Bau befindliche Erphano-Himmelsmine, während die Roamer an ihr arbeiteten.

Zwar vertraute Berndt den Arbeitern, aber trotzdem polterte er und blieb aufdringlich, sah ihnen immer wieder über die Schulter, während sie die Ekti-Reaktoren montierten. Der Lieblingstechniker seiner Großmutter, Eldon Clarin, war vor kurzer Zeit mit neuen Plänen und kühnen Verbesserungsvorschlägen für die technischen Systeme der Himmelsmine eingetroffen. Berndt hatte zuerst mit Skepsis reagiert, bis er begriff, dass die Modifikationen nicht mehr als eine Woche in Anspruch nahmen. Hinzu kam: Wenn sie ihren Zweck erfüllten, wurde die neue Himmelsmine produktiver und damit auch profitabler.

Berndt hatte sich selbst und den Roamer-Clans einen Erfolg versprochen. Seine Großmutter hatte ihm eine außergewöhnliche Chance gegeben - einige Leute behaupteten, dass er sie nicht verdiente - und er wollte sie nicht vergeuden. Berndt musste sich selbst und seinem Volk gewisse Dinge beweisen.

Während er von der Kuppel aus die letzten Vorbereitungen beobachtete, kam Clarin durch die Zugangsröhre herein. »Ich habe alle Systeme kontrolliert, Chief. Die Himmelsmine ist praktisch startbereit.«

Der untersetzte Mann nickte und kratzte sich am breiten Kinn. »Funktionieren sie noch immer mit siebenundneunzig Prozent der vorgesehenen Norm?«

Der Techniker wirkte überrascht. »Woher wissen Sie das?«

»Ich habe es vor einer Stunde selbst überprüft. Es ist meine Pflicht, mich mit meiner neuen Himmelsmine auszukennen.« Berndts massige Gestalt und sein Ruf als schroffer Rüpel schüchterten Eldon Clarin offenbar ein. Die Intelligenz des Technikers wiederum und sein müheloser Umgang mit Mathematik und Wissenschaft beeindruckten den Enkel der Sprecherin. »Wenn sich die Anlage in der Atmosphäre von Erphano befindet, haben wir genug Zeit für umfassende Tests. Sie bleiben hier, um die Systeme im Auge zu behalten. Bitte?«

Clarin runzelte die Stirn, überrascht vom Gebaren des großen Mannes. »Sprecherin Okiah wies mich an, mindestens zwei Monate hier zu bleiben.«

Berndt sah zum riesigen Planeten auf, um Clarins Blick zu meiden. Seine normalerweise so schroffe Stimme klang jetzt ein wenig nervös. »Techniker Clarin, ich möchte Sie um einen Gefallen bitten. Während Sie hier sind ... Könnten Sie mir einige Informationen geben?« Über Jahre hinweg hatte er geschimpft und geschrien, um sich durchzusetzen; es fühlte sich seltsam an, so sanfte Worte zu formulieren.

»Was wollen Sie wissen?«, fragte der Techniker erstaunt.

»Ich möchte mehr über die Funktionen der Himmelsmine erfahren, von der Ekti-Verarbeitung bis hin zum ildiranischen Sternenantrieb. Diese Dinge gehören jetzt zu meinem Geschäft.«

Clarin blickte auf seine Hände hinab. »Das erscheint mir recht ... ungewöhnlich. Berndt Okiah steht nicht gerade in dem Ruf, ein Gelehrter zu sein.«

Berndt errötete. »Das ist Vergangenheit. Jetzt bin ich der Leiter einer neuen Himmelsmine. Ich sollte meinen Horizont erweitern.«

Draußen kletterten in Schutzanzüge gekleidete Arbeiter über den Rumpf der im Nichts schwebenden Himmelsmine. Berndt ließ seinen Blick über die großen Wasserstofftanks und die geometrischen Reaktoren schweifen, die Ekti produzieren und weiterleiten sollten. Weiter oben gab es ein Habitatdeck mit Unterkünften, Freizeiträumen und Kommandozentren.

Nach ihrer Konstruktion vor Ort steuerten Himmelsminen ihr

Einsatzgebiet - die Atmosphären von Gasriesen - mit dem eigenen Triebwerk an. Dort blieben sie für immer. Den Transport des Ekti überließen sie Frachteskorten.

Der ildiranische Antrieb basierte auf direkter physischer Bewegung und griff nicht auf exotische Anomalien wie Wurmlöcher und Dimensionssprünge zurück. Der Sternenantrieb verursachte gewissermaßen eine Kräuselung der Raumzeit, wodurch es für das Schiff zu einer relativistischen Verzögerung der Zeit kam. Irgendwie wahrte das Raumschiff dabei eine »Kontinuumerinnerung«, die eine Rückkehr ins Normalkontinuum in unmittelbarer Nähe der ursprünglichen Zeitlinie erlaubte. Das Ergebnis: Man konnte große Entfernungen in kurzer Zeit zurücklegen. Für den unwissenden Außenstehenden sah alles ganz einfach aus, obwohl der Vorgang sehr komplex war. Während der nächsten beiden Monate würde Clarin versuchen, Berndt alle Details zu erklären.

Als die Ildiraner vor langer Zeit die Übernahme ihrer Ekti-Fabriken angeboten hatten, waren die Roamer begeistert gewesen. Ehrgeizige Clans hatten sofort die Möglichkeit genutzt, die Verarbeitungsanlagen zu pachten.

Trotz der anfänglichen Katastrophe von Daym gelang es den Roamern, die Produktion von Ekti in ein gewinnbringendes Geschäft zu verwandeln. Sie untersuchten die ildiranische Technik, verbesserten sie, bauten eigene Himmelsminen und expandierten, als die Ekti-Einnahmen stiegen.

Berndt führte Eldon Clarin durch die Zugangsröhre in den Ankleideraum. »Es wird Zeit, die neue Himmelsmine zu starten. Ich möchte, dass Sie dabei sind.«

Clarin sah ihn überrascht an. »Ich? Aber Sie sind der Chief ...«

»Es wird sich gut in Ihrem Lebenslauf machen, wenn Sie nach Rendezvous zurückkehren.«

Eine Stunde später standen die beiden Männer auf einer Startplattform über den Abbaustellen, die tiefe Löcher im Mond hinterlassen hatten. Über ihnen trieben Abraum und Felsbrocken durchs All. Der kosmische Schutt stellte eine große Gefahr für den Raumschiffverkehr dar und diente als weitere Abschirmung der Aktivitäten in den Wolken von Erphano.

Arbeitsgruppen warteten in Containermodulen, andere schwebten bereits draußen. Ankerkabel hielten die riesige Himmelsmine an Ort und Stelle fest.

Berndt aktivierte den Kommunikator seines Schutzanzugs. »Das Manövriertriebwerk aktivieren.«

Auf dem Kommandodeck der Himmelsminen wurden Kontrollen betätigt - Berndt sah winzige Gestalten hinter dem Fenster der kleinen Brücke. Arbeiter standen auf der Beobachtungsplattform hoch über dem ersten Reaktor. Schirmplatten glühten, als die Triebwerksreaktoren warm liefen. Gas strömte aus den Manövrierdüsen.

Einem unruhigen Koloss gleich geriet die Himmelsmine in Bewegung und zerrte an den Verankerungen.

Berndt spürte Aufregung und Stolz, als er das prächtige Gebilde sah, das unter seinem Kommando stehen würde. Nie zuvor war er beim Start einer Himmelsmine zugegen gewesen, obwohl er eine ältere Anlage mehrere Jahre lang überwacht hatte. In der Atmosphäre des Gasriesen Glyx hatte er den Befehl über seine erste Himmelsmine geführt, aber damals war er kaum mehr gewesen als ein Babysitter und Verwalter. Die Erphano-Anlage bedeutete für ihn sowohl eine Beförderung als auch eine große Chance.

Einige Clans murrten, dass Berndt Okiah bereits alle Chancen erhalten hatte, die sich ein Mann erhoffen durfte. In seiner Jugend hatte er sie durch Anmaßung und Arroganz vergeudet. Er war sich seiner viel zu sicher gewesen - das verstand er jetzt. Er konnte es gar nicht abwarten, seine Frau Marta und seine zwölfjährige Tochter Junna nach Erphano zu holen, damit sie ihm an Bord der Himmelsmine Gesellschaft leisten und bei der Arbeit helfen konnten.

Einst hatte er sich dem grandiosen Traum hingegeben, irgendwann einmal zum Sprecher zu werden, doch inzwischen wusste er, dass er nicht in der Lage gewesen wäre, sein ganzes Volk zu führen oder die Verteilung so vieler Ressourcen zu überwachen. Als junger Mann hatte er mit stolzgeschwellter Brust eine wichtige Rolle in der Regierung verlangt, ohne jemals bewiesen zu haben, dass er Respekt und Verantwortung verdiente. Derartige Größe blieb unerreichbar für ihn und diese Erkenntnis bewirkte eine Veränderung tief in seinem Innern.

Zuerst hatte er Cesca Peroni um ihre Beziehung zu Jhy Okiah beneidet, aber jetzt wusste er, dass sie weitaus mehr Talent für das Amt des Sprechers mitbrachte als er. Berndt bereute seine Unverfrorenheit als junger Mann, seine überheblichen, schlecht durchdachten Pläne. Nach jahrelanger beispielhafter Arbeit an Bord der Glyx-Himmelsmine stand jetzt eine neue Anlage unter seinem Befehl und er war fest entschlossen, zum besten Chief einer Ekti-Fabrik zu werden.

Clarin hielt sich am Geländer der mobilen Plattform fest, als Berndt die Düsen aktivierte und Kurs auf die Himmelsmine weiter oben nahm. Der Chief hatte eine Flasche mit Pseudochampagner dabei – diesen traditionellen Gegenstand verwendeten die Roamer, um ein neues Schiff zu taufen.

Die mobile Plattform trug sie an den gewölbten Tanks vorbei zum breiten, offenen Maul des Einlasskanals für Erphanos Gas. Clarin starrte durch die Sichtscheibe des Helms, beeindruckt von den immensen Ausmaßen der Himmelsmine. Wenn sie in die Wolken von Erphano eintauchte, würde kaum mehr jemand Gelegenheit erhalten, ihre Unterseite zu betrachten.

Berndt hielt die Plattform neben dem vorderen Ekti-Tank an und ergriff die Flasche mit dem Pseudochampagner am Hals. Die andere Hand schloss er ums Geländer, denn er wusste: Wenn die Flasche an die Tankwand prallte, bekam er dadurch ein nach hinten gerichtetes Bewegungsmoment.

Er hatte sich die Worte sorgfältig zurechtgelegt. »Mit großem Stolz taufe ich diese Himmelsmine. Der Stolz gilt nicht mir, sondern dem Geschick der Roamer, die dieses Prachtstück gebaut haben. Und es ist auch Stolz auf meine Crew, die an Bord arbeiten und Gewinne erwirtschaften wird. Doch hauptsächlich gilt der Stolz dem, was diese Himmelsmine für alle Roamer symbolisiert, und unserer Fähigkeit, dort erfolgreich zu sein, wohin sich sonst niemand wagen würde. Möge der Leitstern uns zu unserem Schicksal führen.«

Er holte mit der Flasche aus. Als sie an die Tankwand stieß, zerbrach das Glas und der Pseudochampagner spritzte ins Vakuum des Alls. Kleine Glassplitter schwebten fort, gefolgt von brodelnden Wolken aus kohlensäurehaltiger Flüssigkeit, die wie der Schweif eines Kometen verdampfte.

Das Kom-System übertrug Applaus und Jubel. Berndt Okiah steuerte die mobile Plattform zum Kommandodeck, passierte dort zusammen mit Clarin die Luftschleuse und legte den Schutzanzug ab. Die Brückencrew gratulierte dem Chief und seinem Begleiter.

»Die Verbindungen lösen«, sagte Berndt und gab damit den ersten Befehl an Bord der neuen Himmelsmine. Die Ekti-Fabrik erzitterte, als die Kabel von den Ankerpunkten getrennt wurden. »Schub erhöhen.«

Die Himmelsmine entfernte sich vom kleinen Mond und den Wolken aus Abraum und Felsen, näherte sich Erphano. Berndt sah zurück zur Konstruktionsanlage, drehte sich dann um und blickte zum Gasriesen. Eine ressourcenreiche Atmosphäre erwartete ihn und er beschloss, nie wieder zurückzusehen, von jetzt an den Blick immer nach vorn zu richten.

28 ✷ RLINDA KETT

Nach einer Nacht des geruhsamen Schlafs erwachte Rlinda Kett zufrieden unter den flüsternden Weltbäumen. Sie genoss ein üppiges Frühstück aus Obst und Nüssen, trank dazu Clee, ein würziges, anregendes Getränk aus zermahlenen Weltbaumsamen. Anschließend fühlte sie sich für den Tag bereit.

»Wenn ich länger auf Theroc bleibe, nehme ich mindestens zehn Kilo zu«, sagte Rlinda zu Sarein. »Das würde sowohl meine Gesundheit gefährden als auch die Masse des Frachtguts verringern, die ich mit der *Unersättliche* Neugier befördern kann.«

Metallene Kämme steckten in Sareins Haar. Sie trug ein traditionelles theronisches Gewand, geschmückt mit hübschen Schleifen, Bändern und Tüchern aus hauchdünnen Kokonfasern. Rlinda wünschte sich eine eigene Garderobe aus jenem Stoff - um neuen Kunden diese Pracht zu zeigen und um sich im Spiegel zu bewundern. Ihr lag nichts daran, einen weiteren Man anzulocken, aber es konnte nicht schaden, hübsch zu sein.

»Meine Eltern möchten mit Ihnen sprechen«, sagte Sarein mit einem zuversichtlichen Lächeln. »Wir müssen einen guten Eindruck machen.«

»Überlassen Sie es mir, Sarein. Ich weiß, worauf es dabei ankommt.« Rlinda stand auf und sah sehnsüchtig zu den Speisen, die sie noch nicht probiert hatte.

Im größten Raum der Pilzriff-Stadt empfingen Vater Idriss und Mutter Alexa Gäste. Vor Öffnungen in den Wänden hingen prismatische Flügel von Kondorfliegen, die die Funktion von Buntglasfenstern erfüllten. Die beiden Oberhäupter von Theroc saßen Seite an Seite, statuenhaft, mit dunklem Haar und bronzefarbener Haut.

Rlinda trat vor und bewegte sich mit überraschender Anmut für eine Frau mit ihrer Fülle. Sie verbeugte sich tief und möglichst würdevoll. »Ich freue mich sehr über die Gelegenheit, mit Ihnen zu sprechen, Vater Idriss und Mutter Alexa.«

Idriss saß in einem großen Sessel und beugte sich vor. Er hatte einen eckig geschnittenen schwarzen Bart und trug einen Kopfschmuck aus Federn und Käferpanzern, mit dem er beeindruckend und gebieterisch wirkte. »Unsere Tochter Sarein hat gut von Ihnen gesprochen und hält sie offenbar für eine Freundin. Wie können wir Sie nicht empfangen, wenn das dem Wunsch unserer ältesten Tochter entspricht?«

Die neben ihm sitzende Mutter Alexa trug ein glitzerndes Gewand mit einem imposanten Schulterkragen, hoch aufgerichtet wie das Gefieder eines Pfaus. Ein Teil ihrer Kleidung bestand aus Flügeln von Kondorfliegen, wobei man darauf geachtet hatte, dass die Farben zueinander passten. Das glänzende rabenschwarze Haar reichte ihr bis zur Taille.

Rlinda straffte die Gestalt. »Ich hoffe, Sarein hat meine Bedeutung nicht übertrieben. Ich bin keine besonders prominente Person in der Terranischen Hanse, deshalb ist dies hier eine große Ehre für mich.« Sarein stand ein wenig abseits und wirkte sehr aufmerksam. Rlinda blieb auf das Regentenpaar konzentriert. »Die Wälder von Theroc scheinen voller Möglichkeiten zu stecken. Sarein hat mir viele Ihrer Spezialitäten gezeigt und ich glaube, in diesem Zusammenhang gibt es viele Handelsmöglichkeiten. Offen gesagt, es überrascht mich, dass nicht schon viele Händler vor mir versucht haben, mit Ihnen ins Geschäft zu kommen.«

»Die meisten Personen haben lediglich unsere grünen Priester im Auge«, erwiderte Alexa. »Die Hanse scheint nur an ihnen interessiert zu sein.«

»Und wir sind nicht unbedingt versessen darauf, unser Leben komplizierter zu machen«, fügte Idriss hinzu. »Wir sprechen für die grünen Priester, aber der Weltwald hilft ihnen dabei, alle ihre Entscheidungen zu treffen – wir haben damit eigentlich gar nichts zu tun. Nun, auf Theroc haben wir alles, was wir brauchen. Wir sind zufrieden und führen ein Leben ohne große Konflikte.«

Sarein berührte Rlindas breite Schulter in einer Geste der Kameradschaft. »Manche behaupten sogar, dass die wohlwollende Präsenz des Weltwalds die menschliche Neigung zu Streit und Gewalt unterdrückt.«

»Dann begrüße ich Ihr Bestreben, Weltbäume auf anderen Planeten anzupflanzen.« Rlinda lächelte schief. »Ich kenne viele Welten, die davon profitieren würden.«

»Die grünen Priester geben sich alle Mühe.« Mutter Alexa nickte ihrem Mann zu.

Idriss und Alexa kümmerten sich um lokale Kontroversen, Zank zwischen einzelnen Personen, Ehezwist und Zivilprozesse, doch ihre wichtigste Aufgabe bestand darin, eine Verbindung zur Außenwelt darzustellen. Die Mütter und Väter von Theroc trafen ihre Entscheidungen nie auf der Grundlage von Habgier und Reichtum; es ging ihnen um das Wohl der ganzen Kultur.

Rlinda sah zu Sarein. »Ihre Tochter hat mich viele Dinge probieren lassen und mir noch mehr gezeigt. Ich könnte Ihnen hundert mögliche Absatzmärkte für Ihre exotischen Früchte, Beeren, Nüsse und Stoffe nennen.« Ihr Magen knurrte wie zustimmend.

Sarein trat aufgeregt vor und ihre Augen glänzten. »Denkt nur an die Türen, die sich dadurch für uns öffnen würden! Wir könnten große ökonomische Macht gewinnen, ohne unsere Unabhängigkeit aufzugeben.«

»Darüber haben wir bereits gesprochen, Sarein«, sagte Idriss.

Enttäuschung machte sich in Rlinda breit, als sie die Verschlossenheit in den Gesichtern der theronischen Regenten sah. Sie argwöhnte, dass Sarein sie als Werkzeug in einer alten Auseinandersetzung zwischen den selbstzufriedenen Eltern und der ehrgeizigen Tochter benutzen wollte.

»Rlinda ist bereit, Proben unserer Produkte zu vertreiben, um ihre Marktfähigkeit zu testen. Sie geht ein Risiko ein, indem sie ihre eigenen Ressourcen investiert.« Sareins Züge verhärteten sich und dann überraschte sie Rlinda, indem sie etwas Neues hinzufügte. »Deshalb bittet sie um einige grüne Priester – fünf wäre eine gute Zahl –, gewissermaßen als Sicherheit. Ich halte das nur für fair. Was meint ihr?«

Sie sah Rlinda an, die versuchte, sich von ihrer Verblüffung zu erholen. Über diese Sache hatten sie nicht gesprochen, obwohl es von Anfang an Sareins Absicht gewesen zu sein schien. Rlinda befürchtete plötzlich ein Fiasko bei den Verhandlungen.

»Sie würde auch Schösslinge transportieren, um bei der Ausbreitung des Weltwalds zu helfen«, fügte Sarein rasch hinzu. »Seht ihr? Es gereicht allen zum Vorteil.«

Vater Idriss schien sich nicht in dem Sinne über seine Tochter zu ärgern, aber er wirkte beunruhigt. »Wir befinden nicht darüber, wann die grünen Priester wohin gehen, Sarein. Der Weltwald befindet sich außerhalb unserer politischen Autorität. Die Priester fügen sich den Wünschen der Bäume, und Mutter Alexa und ich fügen uns den Priestern.«

»Es war nur ein Vorschlag«, warf Rlinda hastig ein. »Theroc hat so viel zu bieten. Lassen wir uns nicht von einer Streitfrage aufhalten ...«

»Aber es ist eine unvernünftige Streitfrage«, sagte Sarein trotzig. »Wenn ihr das doch endlich einsehen würdet!«

Rlinda wollte die Verhandlungen unterbrechen, bevor ein Punkt erreicht wurde, der Vereinbarungen unmöglich machte.

»Mit großer Sorgfalt kontrollieren wir die Verteilung der Weltbäume, Rlinda Kett«, sagte Mutter Alexa. »Ungeachtet Ihres Interesses an unseren Früchten und Beeren halten wir die Telkontakt-Kommunikation für das Wichtigste, das Theroc anzubieten hat.«

»Es wäre nicht klug von uns, einen Präzedenzfall zu schaffen, indem wir Ihnen gestatten, grüne Priester zusammen mit den Produkten des Waldes zu befördern«, fügte Idriss hinzu.

Rlinda warf Sarein einen nervösen Blick zu und wünschte sich, die junge Frau hätte geschwiegen. »Bitte übereilen Sie nichts. Ich entschuldige mich in aller Form, wenn Sie durch einen unüberlegten Kommentar einen schlechten Eindruck von mir gewannen. Könnten wir morgen noch einmal über diese Angelegenheit sprechen? Dann nenne ich einige Dinge, die ich gern an Bord meines Schiffes mitnehmen würde.« Sie trat zurück und wollte den Raum verlassen, bevor Vater Idriss ihr Anliegen ganz zurückwies.

Alexa reagierte mit einem zauberhaften, aber auch herablassenden Lächeln. »Wir werden zuhören, denn das ist die Basis der Kommunikation. Aber wir lassen uns nicht umstimmen. Die grünen Priester sind zu wichtig.«

»Da bin ich ganz Ihrer Meinung, wie Sie sehen werden«, sagte Rlinda und verneigte sich noch einmal. Wenn Sarein nur nicht einen solchen Vorschlag gemacht hätte - so etwas wäre Rlinda nie in den Sinn gekommen. »Ich freue mich bereits auf ein neuerliches Gespräch mit Ihnen, zu einem späteren Zeitpunkt.«

Aus dem Augenwinkel sah Rlinda, wie Sarein die Stirn runzelte, als sie den Raum verließ. Sie musste gründlich nachdenken und eine neue Taktik entwickeln, um ihr Anliegen so gut wie möglich zu präsentieren. Vermutlich war es besser, beim nächsten Mal auf Sareins »Hilfe« zu verzichten.

29 ✷ ARCAS

Die Wüsten von Rheindic Co zeigten Arcas eine Landschaft, wie sie auf Theroc nicht existierte. Normalerweise hätte ein grüner Priester solche Ödnis als unangenehm empfunden, aber Arcas glaubte sich von ihr gerufen. Es überraschte ihn, wie lebendig er sich fühlte. Die Art des Lichts, die scharfen Schatten, die trockene Luft ... und die *Stille*. Das alles erfüllte ihn mit unerwarteter Freude. Er bewunderte den warmen Sonnenschein auf den Felsen, die verschiedenen Schichten aus rotem Eisenerz, grünem Kupferoxid und weißem Kalkstein. Hier kam ihm endlich eine Aufgabe zu, an der er Gefallen finden konnte.

Während Margaret und Louis Colicos ihre Arbeit in der Klikiss-Stadt begannen, kümmerte sich der Kompi DD mit großer Sorgfalt ums Lager. Nach der morgendlichen Pflege der Schösslinge wünschte sich Arcas, seinem Herzen zu folgen und Orte zu erforschen, die ihn interessierten.

Er ging zum größeren Zelt, in dem die beiden Xeno-Archäologen wohnten. Louis war bereits mit den drei Klikiss-Robotern zu den Ruinen aufgebrochen und Margaret packte ihre Notizen zusammen. Erwartungsvoll sah sie auf. »Ja, Arcas? Möchten Sie uns heute zur Ruinenstadt begleiten oder wollen Sie lieber im Lager bei Ihren Schösslingen bleiben?«

»Weder noch«, erwiderte er verlegen. »Ich möchte mich in den nahen Schluchten umsehen. Ihre Geologie interessiert mich.« Arcas brauchte Margaret nicht um Erlaubnis zu bitten, denn grüne Priester gehorchten allein dem Weltwald. Die Archäologin schien nicht recht zu wissen, was sie mit ihm anfangen sollte.

»Nehmen Sie die Dinge mit, die Sie brauchen. Wollen Sie sich von DD begleiten lassen?«

Diese Frage überraschte Arcas. »Nein ... Ich bin lieber allein.«

Margaret beeilte sich, um ihrem Mann so schnell wie möglich zur Ausgrabungsstätte zu folgen. »Nehmen Sie Messungen vor und zeichnen Sie die Daten auf. Wir sind auf einer wissenschaftlichen Mission und auch geologische Analysen können nützlich sein.«

»Ich werde tun, was ich kann.« Arcas hatte gehofft, einfach nur wandern und den Anblick der Umgebung genießen zu können, um später den Schösslingen Bericht zu erstatten, auf dass der ganze Weltwald davon erfuhr. Die intelligenten Bäume kannten keine Wüsten, und wenn er ihnen die Details beschrieb, konnte er endlich glauben, sich als grüner Priester nützlich zu machen. Er ging zum Schuppen mit der Ausrüstung, nahm Imager und Aufzeichnungsgeräte und verstaute sie in einem Rucksack.

Margaret fuhr mit einem der Kurzstreckenfahrzeuge los, begleitet von DD. Ihr Ziel war die Ruinenstadt bei den Klippen. Arcas stand im leeren Lager und blickte zu den zwanzig Schösslingen, die er hinter seinem Zelt in Reihen gepflanzt hatte. Sie reichten ihm bis zur Brust; ihre Blattwedel bewegten sich und schienen den Sonnenschein zu genießen. »Euch gefällt die Wüste ebenfalls?«, fragte er und wusste: Eine Berührung der Schösslinge hätte genügt, um Antwort zu bekommen.

Arcas atmete tief durch, schmeckte die trockene und staubige Luft. Ohne ein bestimmtes Ziel ging er los und wanderte über das von Furchen durchzogene Ödland, in Richtung einer Schlucht, die vor langer Zeit von Wasser ausgewaschen worden war. Ungefiltertes Sonnenlicht prickelte auf seiner grünen Haut.

Eigentlich hatte Arcas nie grüner Priester werden wollen, aber wenn erst einmal jemand mit dem Weltwald verbunden war, konnte die Symbiose nicht rückgängig gemacht werden. Ihm stand die Möglichkeit offen, die Bäume zu verlassen und nie wieder den Telkontakt zu nutzen, aber er würde die grüne Haut behalten und für immer Teil des Netzwerks sein.

Seine Mutter war gestorben, als er noch ein Kind gewesen war, und er hatte seinem Vater immer sehr nahe gestanden. Der ältere Mann namens Bioth hatte ein grüner Priester werden wollen, aber aus irgendeinem Grund ging dieser Wunsch nicht in Erfüllung. Arcas erinnerte sich daran, wie sie zusammen unter dem hohen Blätterdach gesessen, den raschelnden Blättern gelauscht und über Bioths Träume gesprochen hatten. Der Vater hoffte inständig, dass sein Sohn das erreichen konnte, was ihm verwehrt geblieben war.

Arcas stand einer solchen Aussicht eher reserviert gegenüber. »Wir alle dienen dem Weltwald, Vater, jeder auf seine Weise.« Er interessierte sich mehr für Geschichte und Geologie, aber Bioth bemerkte nichts davon, blieb ganz auf seinen Wunsch fixiert.

Als Arcas fünfzehn war, fiel Bioth bei der Pflanzensafternte von einem hohen Baum. Er landete in einem Gewirr aus Ranken, das wie ein Netz fungierte, ihm aber das Genick brach. Der junge Arcas eilte zu seinem Vater, als ihn Arbeiter auf den Boden betteten. Bioth lebte noch, und mit seinem letzten Atem bat er seinen Sohn, ihn stolz zu machen und ein grüner Priester zu werden. Alle hörten zu, und Arcas konnte seinem Vater den letzten Wunsch nicht versagen. Als die Tragödie bei den Theronen bekannt wurde, fand Arcas leicht Aufnahme in der Priesterschaft.

Seitdem erfüllte er seine Pflicht ohne besondere Leidenschaft oder Hingabe. Er hatte nie eine eindrucksvolle, von Luxus geprägte Stellung im opulenten Regierungspalast eines Kolonialplaneten angestrebt, denn dann wäre er ständig von Personen umgeben gewesen. Er fand erträgliche Posten, indem er die Möglichkeit nutzte, den Bäumen historische Traktakte und geologische Texte vorzulesen.

Arcas verließ das Lager, sah zu den zerklüfteten Bergen und ging an einer Felsenreihe entlang, die zu einem alluvialen Schwemmkegel gehörten. Weiter vorn wurde dieser Kegel schmaler und führte in eine Schlucht. Felswände ragten rechts und links empor und Arcas betrachtete Streifenmuster, die ihn an die Jahresringe von Bäumen erinnerten.

Er schritt über das Geröll im einstigen Flussbett und die von ihm verursachten Geräusche hallten auf gespenstische Weise von den Schluchtwänden wider. Arcas sah sich um und hielt nach Dingen Ausschau, die Margaret und Louis Colicos bei ihrer Arbeit helfen konnten. Als er zu ihnen gekommen war, hatte er mehr angeboten als nur die Dienste eines grünen Priesters. Seine archäologischen und geologischen Kenntnisse machten ihn zu einem potenziellen Assistenten.

Er setzte den Weg durch die Schlucht fort und dachte daran, dass er sich nie zuvor so weit von der tröstenden Präsenz von Pflanzen und Bäumen entfernt hatte. Oder auch von anderen Personen. Das

Licht der rötlichen Sonne fiel schräg in die tiefe Klamm, und als Arcas den Kopf hob, bemerkte er eine Stelle, an der sich große Kalksteinbrocken von der Felswand gelöst hatten. Voller Ehrfurcht sah er Muster: Versteinerungen fremder Geschöpfe, die vor vielen Jahrtausenden gelebt hatten, hier ein Blatt, das an einen Farnwedel erinnerte, dort ein knochiges Meereswesen mit großen Kiefern und spitzen Flossen.

Er holte einen Hammer hervor, klopfte die eindrucksvollsten Stücke aus der Felswand und verstaute sie im Beutel am Gürtel. Von anderen fertigte er Bilder an. Diese Wesen hatten vor Jahrmillionen gelebt, lange bevor die Klikiss auf Rheindic Co siedelten. Arcas erinnerte sich an den Hinweis von Margaret Colicos: Dies war eine wissenschaftliche Mission und er würde eigene Entdeckungen machen.

Er kehrte in Richtung Lager zurück und kletterte über kugelförmige Felsen hinweg, die wie riesige Murmeln anmuteten. Die Schlucht wies ihm deutlich den Weg, aber selbst wenn das nicht der Fall gewesen wäre: Arcas hätte nur sein Bewusstsein öffnen müssen, um die Stimmen der Schösslinge zu hören und sich von ihnen leiten zu lassen. Wenn Weltbäume zugegen waren, konnte sich ein grüner Priester nicht verirren.

Er blickte über den sanft geneigten Hang des alluvialen Schwemmkegels. Weit im Süden sah er einen dunklen Fleck am Himmel – dort hatten die Überwachungssatelliten Vulkane festgestellt, die Asche und Ruß gen Himmel spuckten. An jedem Abend konnte Arcas über die prächtigen Farben des Sonnenuntergangs staunen.

Er liebte diese Wüstenwelt – ein Gefühl, das ihm Gewissensbisse bereitete, denn es schien auf eine Ablehnung des Weltwalds hinauszulaufen. Aber Arcas leistete Abbitte, indem er zum kleinen Hain eilte, neben den Schösslingen kniete und ihre Stämme berührte. Er schloss die Augen, erinnerte sich und beschrieb all die schönen Dinge, die er gesehen hatte.

Die Bäume reagierten mit wortlosem Entzücken.

30 ✷ SAREIN

Als sich die Dunkelheit der Nacht über den feuchten Wald senkte, brachte Sarein ihre kleine Schwester Celli zu Bett. Idriss und Alexa waren keine strengen Eltern, doch Sarein legte Wert auf einen gewissen Zeitplan. Ihre zehnjährige Schwester bat sie, noch eine Stunde länger aufbleiben zu dürfen, aber Sarein bestand darauf, dass sie sich an die Regeln hielt.

»Bind deine Kondorfliege fest«, sagte sie. »Und wasch dich.«

»Sie braucht mich, damit ich auf sie aufpasse«, erwiderte Celli und schmollte. Das bunte Geschöpf schlug mit den smaragdgrünen Flügeln und klapperte dann mit dem Schnabel, wie auf der Suche nach leckeren Blütenblättern.

»Die Fliege kann auf sich selbst Acht geben. Daran ist sie gewöhnt, weißt du.« Sarein stand in der niedrigen Tür und ließ keinen Widerspruch zu. Sie wusste, dass es nur noch eine Frage von wenigen Momenten war, bis ihre Schwester seufzte und nachgab.

»Sie gehört mir.« Celli hatte die Kondorfliege gefangen, als sie, noch schwach und feucht, aus ihrem Kokon geschlüpft war. Eine dünne Leine war an einem der acht segmentierten Beine befestigt, damit die große Fliege von Cellis Schulter aufsteigen und über ihr fliegen konnte. Sarein fand jene Geschöpfe albern und dumm.

»Ja, und sie möchte ebenso sehr wie ich, dass du jetzt ins Bett gehst. Mach nicht die gleichen Schwierigkeiten wie gestern.«

Das Mädchen gehorchte widerstrebend.

Des Nachts blieb die Kondorfliege angebunden, aber sie kroch durchs Fenster nach draußen und flog so weit, wie es die Leine erlaubte. Am Morgen zog Celli sie dann wieder herein. Zum Glück lebten Kondorfliegen nicht lange; Cellis Vernarrtheit in das geistlose Geschöpf würde also höchstens ein oder zwei Monate dauern.

Den ganzen Tag über war das Mädchen ein Kraftbündel, lief und sprang, schwatzte mit Freundinnen und vertrieb sich die Zeit mit unterschiedlichen Spielen. Es hatte mehr Narrenmut als gesunden Menschenverstand. Immer wieder hatte sich Celli bei Stürzen Knochen gebrochen. Ihr jungenhafter Körper zeigte ein sich ständig veränderndes Muster aus Schorf, blutigen Knien, Kratzern, Schrammen und blauen Flecken.

Sarein war oft ungeduldig mit ihr und sagte sich dann, dass auch

Celli größer – und hoffentlich vernünftiger – wurde. Die zwei Jahre ältere Estarra schien auf dem besten Wege zu sein, die richtigen Entscheidungen zu treffen. Sareins größte Hoffnung bestand darin, dass sie und ihre Schwestern in einer Generation Theroc verändern, die rückständigen Theronen aus ihrer prähistorischen Naivität wecken und sie in die blühende Gemeinschaft des Spiralarms führen konnten.

Nach einer raschen Umarmung und einem Kuss schloss Sarein die Tür und schritt durch matt erhellte Flure. Reynald würde bald von seiner Rundreise heimkehren und Sarein hoffte, dass er Kontakte mit einflussreichen Personen geknüpft hatte. Sie konnte es gar nicht abwarten, von ihrem Bruder zu hören, wie es am ildiranischen Hof zuging und was er auf der Erde bei Gesprächen mit Basil erreicht hatte.

Mutter Alexa und Vater Idriss hatten die höheren Ebenen der Stadt aufgesucht, um sich dort die Vorstellung talentierter Baumtänzer anzusehen. Auch Sarein war eingeladen worden, aber sie interessierte sich nicht für die Sprünge und Saltos zwischen den miteinander verbundenen Blattwedeln. Estarra war verdonnert worden, die Eltern zu begleiten, aber bestimmt schlich sie sich schon nach kurzer Zeit davon. Sarein seufzte, als sie an die Reserviertheit ihrer Eltern dachte. Ihnen standen so viele Ressourcen und Möglichkeiten zur Verfügung, doch das schien ihnen völlig gleich zu sein. Sie lebten einfach in den Tag hinein, ohne sich um den Rest der menschlichen Zivilisation zu scheren. Sie begnügten sich mit dem, was sie hatten.

Sarein betrat ihr Quartier, sorgte für mehr Licht und setzte sich an den aus Polymeren bestehenden, von der Erde importierten Schreibtisch. Viele offizielle Aufzeichnungen und Verträge warteten darauf, dass sie sich mit ihnen befasste. Der Umstand, dass Idriss und Alexa die großen geschäftlichen Chancen der Hanse ignorierten, entmutigte sie. Sarein beschloss, Basils Rat zu beherzigen und nach Schlupflöchern in alten Vereinbarungen zu suchen.

Sie strich sich mit der Hand über das kurze dunkle Haar, das in einer auf der Erde sehr beliebten Art geschnitten war. In ihrer Garderobe gab es viele traditionelle theronische Gewänder und Stolen, geschmückt mit Teilen von Kondorfliegen-Schwingen und polierten Insektenpanzern, aber Sarein bevorzugte die bequeme Kleidung, die sie von ihrem einjährigen Studienaufenthalt auf der Erde mitgebracht hatte. Theronische Sachen waren ihr zu provinziell.

Die ersten Dokumente vor ihr stammten von Rlinda Kett und betrafen neue Vermarktungsvorschläge für theronische Produkte. Sarein verzog das Gesicht, als sie sich an die ablehnende Haltung ihrer Eltern erinnerte - sie schienen nicht in der Lage zu sein, die günstige Gelegenheit als solche zu erkennen. Die Argumente der Händlerin waren ausgezeichnet und Sarein hatte ihre Eltern im privaten Quartier weiterhin bedrängt. Aber sie konnte Idriss und Alexa nicht davon überzeugen, dass Theroc der Hanse beitreten sollte, obgleich sich dadurch viele neue Möglichkeiten geboten hätten.

Ihr Vater hatte sie so angesehen, als hielte er sie noch immer für ein kleines Kind. »Es wäre töricht, unsere Unabhängigkeit einfach so aufzugeben. Was haben wir zu gewinnen im Vergleich mit all den Dingen, die wir verlieren könnten?«

Sarein hatte das Gefühl, mit einem völlig verständnislosen Alien zu sprechen. *Nein,* dachte sie. *Selbst die Ildiraner wären in dieser Hinsicht vernünftiger.*

Sie klopfte mit dem Stift auf das elektronische Dokument und dachte über die Zukunft ihrer Welt nach. Kummer erfasste sie - warum musste eine einfache Aufgabe so schwer sein?

Voller Wehmut erinnerte sie sich an Basil Wenzeslas und all die Dinge, die sie unter der sanften, zuvorkommenden Anleitung des Vorsitzenden gelernt hatte. Basil war viel älter als sie, aber überaus kultiviert, attraktiv und gesund, ausgestattet mit einem animalischen Magnetismus, der ihn für Sarein faszinierend machte. Hinzu kam die Macht, über die er in der Terranischen Hanse verfügte.

Auf der wundervollen Erde hatte Sarein die besten Mahlzeiten und erlesensten Weine gekostet. Basil hatte sie umworben, denn er wusste, dass diese junge Frau der Schlüssel sein konnte, mit dem sich Theroc öffnen ließ. Sarein erkannte, worauf Basil hinauswollte, und sie war bereit gewesen, sich ködern zu lassen. Für sie gab es ebenso viel zu gewinnen wie für den Vorsitzenden.

Sie hatte Basils Werben nachgegeben und für mehrere Monate waren sie ein Liebespaar gewesen, bis Sarein nach Theroc zurückkehrte. Er hatte sich als rücksichtsvoller Partner erwiesen, als ein geduldiger und doch energischer Mann, und er wuchs Sarein ans Herz, über den Reiz hinaus, den Wissen und Macht zunächst auf sie ausgeübt hatten. Sie liebte seinen Elan und begriff, wie sehr er sich all das wünschte, was Sarein repräsentierte. Für ihn war sie ein mögliches Mittel, um mehr grüne Priester zu bekommen.

Sarein wurde müde, dämpfte das Glühlicht, streifte die Kleidung ab und schlüpfte nackt unter die glatten Laken ihres Bettes. Sie fühlte sich benommen und gleichzeitig ruhelos. Sie lächelte, als sie einzuschlafen begann und sich tatsächliche Erinnerungen an Basil mit Phantasievorstellungen vermischten.

Sarein fragte sich, wer eigentlich wen verführt hatte.

31 ✷ BOTSCHAFTERIN OTEMA

Als Otema nach Theroc zurückkehrte, hob sich die Last vieler Jahre des Dienstes von ihren Schultern, wie Kondorfliegen, die aufstiegen und davonflatterten. Als ergebene grüne Priesterin freute sie sich darüber, wieder bei den Weltbäumen zu sein.

Auf der Erde hatte ihr ein luxuriöses Apartment in der diplomatischen Sektion des Flüsterpalastes zur Verfügung gestanden; und die Gärten des Königs enthielten viele Weltbäume. Trotzdem sehnte sich Otema danach, Therocs Boden unter den bloßen Füßen zu spüren, ihre Hände auf die Borke der dicken Stämme zu legen und die fedrigen Berührungen der Blattwedel zu fühlen.

Sie war 137 Jahre alt und damit die Älteste unter den grünen Priestern. Nach so vielen Jahren der Symbiose zeigte ihre Haut ein sehr dunkles Grün. Mit der Verbindung zum Wald und hingebungsvoller Pflichterfüllung war sie gesund geblieben, doch jetzt wollte sie ausruhen, studieren und beten.

Der Weltwald schien so etwas wie Unbehagen zu empfinden. Dachte er über ein tiefes Geheimnis nach oder wurde er sich langsam einer verborgenen Gefahr bewusst? Die grünen Priester wussten nicht genau, was vor sich ging, aber sie vertrauten den Bäumen und blieben wachsam.

Als theronische Botschafterin auf der Erde hatte Otema für die Weltbäume gearbeitet und der mächtigen Hanse immer wieder die Stirn geboten. Strenge und Unnachgiebigkeit hatten ihr den Spitznamen »eiserne Lady« eingebracht. Sie war klug und umsichtig genug gewesen, allen Überzeugungsversuchen des Vorsitzenden Wenzeslas zu widerstehen und die Forderungen der Terranischen Hanse nach mehr grünen Priestern zurückzuweisen. Otema wusste noch nicht, wer ihre Nachfolge antreten sollte, aber sie beneidete jene Person gewiss nicht.

Mit langsamen, präzisen Bewegungen kletterte Otema auf der Landelichtung aus dem Shuttle, nicht etwa deshalb, weil sie gebrechlich war, sondern weil jedem Moment besondere Bedeutung zukam. Im Sonnenschein von Theroc blieb sie stehen und sah zum hohen Blätterdach empor. Sie breitete die grünen Arme aus, schloss die Augen, holte tief Luft und atmete das Lied der Weltbäume ein.

Trotz der unterschwelligen Furcht im schläfrigen Bewusstsein des Waldes spürte sie sein Willkommen, eine Vibration aus Akzeptanz und Freude. Otema hörte die Grüße der grünen Priester, die auf Theroc geblieben waren, auch das Echo der anderen, übertragen von den im Spiralarm verstreuten Schösslingen.

»Ah, danke«, sagte sie laut und wusste, dass es sowohl die Bäume als auch alle anderen Priester hören würden. Otema fühlte sich neu belebt, um ein Dutzend Jahre jünger.

Die meisten grünen Priester wurden müde, lange bevor sie ihr Alter erreichten, und dann vereinten sie sich mit dem Wald. Sie starben nicht im üblichen Sinn, ließen sich aufnehmen in die Datenbank der Bäume, und ihre Zellen wurden Teil des immer mehr wachsenden biologischen Netzwerks. Otema hingegen glaubte ihr Werk noch nicht vollendet.

Der prominente grüne Priester Yarrod nahm sie beim Shuttle in Empfang. »Wir sind froh, dass Sie wieder bei uns sind, Otema. Vater Idriss und Mutter Alexa möchten Sie sehen, sobald Sie sich erfrischt haben.«

»Ich fühle mich schon dadurch erfrischt, wieder bei den Weltbäumen zu sein, Yarrod. Es hat keinen Sinn, noch länger zu warten.« Sie drehte sich um und ging los. Yarrod folgte ihr.

Idriss und Alexa saßen im Empfangsraum, in ihre eindrucksvollen Amtstrachten gekleidet. Idriss strahlte, als er Otema sah, und Alexa stand auf. »Wir freuen uns, dass Sie nach Ihrem langen und anstrengenden Dienst zurück sind.« Alexa lächelte sanft. »Die vielen Jahre auf der Erde haben Sie erschöpft. Bestimmt erfüllt es Sie mit großer Zufriedenheit, wieder mit den Bäumen zu kommunizieren, hier auf heimatlichem Boden.«

Otema strich über ihren Botschafterumhang, der Dschungelsymbole und Gedankenmuster der Weltbäume zeigte. Sie verbeugte sich und zeigte dabei Geschmeidigkeit, trotz ihres hohen Alters. »Wenn der Wald eine entsprechende Bitte an mich richtet, bin ich bereit, die Arbeit als Botschafterin fortzusetzen.«

Vater Idriss hob eine große, gebräunte Hand. »Seien Sie unbesorgt, Otema. Ihre Pflichten befinden sich in guten Händen und unsere zukünftigen Beziehungen bauen auf dem auf, was Sie geleistet haben.«

Sarein trat aus einem Alkoven auf der einen Seite. Sie trug eine traditionelle Stola aus Kokonfasern über einem indigoblauen Gewand, wie es auf der Erde in Mode war. Otema musterte die junge Frau, sah Stolz und auch Ehrgeiz in ihren Augen. Unbehagen erfasste sie.

»Nach langen Diskussionen haben wir beschlossen, unsere Tochter Sarein als neue Botschafterin zur Erde zu schicken«, sagte Mutter Alexa. »Sie hat bei der Hanse studiert und ist mit vielen einflussreichen Persönlichkeiten auf jenem Planeten vertraut, auch mit dem Vorsitzenden Wenzeslas. Niemand weist bessere Qualifikationen auf als sie.«

Otema verbarg ihre Enttäuschung. Sie kniff die Augen zusammen und musterte Sarein erneut, die sich ganz offensichtlich freute. »Ihre Tochter ist eine sehr intelligente und tüchtige junge Frau, aber keine grüne Priesterin. Ist das nicht maßgebend dafür, dem Weltwald zu dienen und für Theroc zu sprechen?«

Idriss winkte ab. »Das glaube ich nicht. Immerhin sprechen auch wir für Theroc, oder? Außerdem wird Sarein Zugang zu den grünen Priestern im Flüsterpalast haben, wenn sie sich durch den Telkontakt mit uns beraten möchte.«

»Es ist keine Frage der Kommunikation«, sagte Otema. »Es geht darum, gewisse ... Nuancen zu verstehen.«

Sarein trat vor und wahrte einen neutralen Gesichtsausdruck, hinter dem sich Ärger verbarg. »Gerade dazu bin ich in der Lage, Botschafterin. Als Tochter von Vater Idriss und Mutter Alexa sehe ich die Dinge aus einer einzigartigen Perspektive. Ich verstehe den Weltwald und die theronische Kultur, doch im Gegensatz zu den grünen Priestern bin ich auch mit den Geschäftspraktiken der Terranischen Hanse vertraut.« Sie wölbte die Brauen, wirkte dadurch hochmütig. »Solche Dinge sind vielleicht nicht klar für jemanden, der den interstellaren Handel aus einem engen Blickwinkel sieht.«

Otema begriff erstaunt, dass sie überlistet worden war. Sie fühlte sich beunruhigt von dem ambitionierten Eifer der jungen Frau, der in ihrem Gebaren ganz deutlich zum Ausdruck kam und für die Eltern doch unsichtbar blieb. Nach ein oder zwei Sekunden verbeugte sich die alte grüne Priesterin. »Ich werde meine Pflicht erfüllen.« Sie löste die Spangen des Botschafterumhangs, streifte ihn ab und hielt ihn wie das Tuch eines Matadors. »Sarein, hiermit reiche ich Ihnen das Symbol Ihres neuen Amtes. Nehmen Sie diesen Umhang und leisten Sie dem Weltwald gute Dienste.«

Sarein nahm den Umhang ein wenig unbeholfen entgegen, legte ihn nicht um die Schultern, sondern über den Arm.

Nur noch spärlich bekleidet, die grüne Haut so dunkel, dass sie fast schwarz wirkte, verbeugte sich Otema ein letztes Mal vor den beiden Regenten und schritt dann zum Ausgang. »Wenn Sie mich brauchen ... Ich kommuniziere mit dem Weltwald.«

32 ✷ NIRA

Nira Khali war nervös, als sie allein in den tiefen Wald ging, und gleichzeitig spürte sie eine freudige Erregung, die sie in dieser Intensität nie zuvor gefühlt hatte. Für Furcht gab es keinen Platz, denn sie wusste, dass sie den Schutz der Weltbäume genoss.

Während ihrer gesamten Zeit als Akolyth hatte sie auf diesen Augenblick gewartet. Alle wachen Stunden hatte sie gebetet und nach Möglichkeiten gesucht, dem intelligenten Wald zu dienen, integraler Bestandteil des theronischen Ökosystems zu werden.

Der lächelnde Yarrod und andere stolze grüne Priester blickten Nira nach, als sie barfuß und mit glänzenden Augen fortlief. Sie trug nur einen Lendenschurz und winkte zum Abschied, bevor sie weit von den Siedlungen entfernt im Dickicht des Weltwalds verschwand.

Ihre Aufregung wuchs, als sie daran dachte, wie sehr sich ihr Leben bald ändern würde. Tief atmete sie die aromatische Luft, hörte das Knistern des trockenen Laubs unter ihren Füßen und fand Kraft in der beruhigenden Nähe der Weltbäume.

Sie gehörte hierher.

Nach diesem Tag würde Nira nie wieder allein sein, jedenfalls nicht als ein wahrhaft separates Individuum. Wenn der Wald sie akzeptierte, wurde sie bald Teil eines wesentlich größeren Ganzen. Vorfreude machte ihre Schritte leicht.

»Ich komme.« Sie sprach leise, aber zu Millionen von intelligenten Bäumen auf Theroc und anderen Welten.

Yarrod hatte ihr nicht gesagt, wohin sie gehen sollte, aber instinktiv hielt sich Nira von den Wegen und Pfaden fern, auf denen andere Menschen wanderten. Um sie herum und auch weit über ihr berührten sich handförmige Blätter und erzeugten ein Geräusch, das nach einem ermutigenden Flüstern klang. Nira ließ sich vom Wald leiten.

Sie ging sanft geneigte Hügelhänge hinab und durchs feuchte Tiefland, wo hohes Gras am Zusammenfluss kleiner Bäche wuchs. Entschlossen stapfte sie durch den Sumpf, die Beine von Grashalmen umschmeichelt. Der Boden unter ihr wurde immer weicher. Diesen Ort hatte sie noch nie zuvor aufgesucht, aber etwas in ihr erinnerte sich an ihn.

Kleine Flüsse mündeten in Teichen, in denen so viele Pflanzen wuchsen, dass sie die ganze Wasseroberfläche bedeckten. Nira blickte sich um und betrachtete das vom Sonnenschein geschaffenen Fleckenmuster im Moor. Ein unvorsichtiger Schritt konnte zur Folge haben, dass man in einem Tümpel versank.

Doch sie erlaubte sich keinen Zweifel, lief weiter und vertraute ganz dem Wald. Sie wusste, wo Trittsteine und Baumstämme im Wasser lagen, selbst wenn sie unter der Oberfläche verborgen waren. Der Ruf des Waldes war lauter und klarer als jemals zuvor.

Aus den Augenwinkeln bemerkte Nira unheilvolle Bewegungen: Hungrige Reptilien schwammen durchs Wasser, von Schuppen bedeckte Raubtiere mit langen Reißzähnen. Nira nahm ihre Präsenz unbesorgt hin. Die Echsen glitten durch die manchmal recht zähflüssige Mischung aus Pflanzen und Wasser, beobachteten die junge Frau und warteten darauf, dass sie ausrutschte und fiel. Aber Nira sprang von einem glitschigen Stein zum nächsten, ohne das Gleichgewicht zu verlieren. Sie setzte über einen moosbedeckten Baumstamm hinweg, erreichte die andere Seite des Sumpfes, ließ die Reptilien mit den gelben Schlitzaugen hinter sich zurück und setzte den Weg fort.

Wenn sie nicht mehr wusste, welche Richtung sie einschlagen sollte, schlang sie einfach die Arme um den Stamm des nächsten Weltbaums und presste die nackte Brust an die raue Borke. Der Kontakt verstärkte die leitenden Gedanken und dann lief Nira mit erneuerter Kraft weiter. Sie achtete nicht darauf, wie viele Stunden vergingen, schenkte auch ihrer Umgebung kaum Beachtung.

Schließlich wurde der Wald dunkler und die Schatten verdichteten sich. Es war keine drohende Dunkelheit, sondern eine tröstende, und für Nira fühlte es sich an wie die Rückkehr in den Mutterschoß. Sie drang tiefer vor in das Netz aus Ranken und Reben - bis der Wald sie ganz verschluckte.

Sie konnte sich nicht mehr bewegen. Ihre Schultern waren an feste Äste gepresst, die sich an sie zu schmiegen schienen. Blätter strichen ihr übers Gesicht, über Nase und Lippen. Nira schloss die Augen und ließ sich vom Wald berühren.

Dort, tief im dichtesten Weltwald, verbrachte sie ungezählte Stunden. Es war eine eindringliche mystische Erfahrung. Sie sah mit den Augen der Blätter, blickte durch Millionen facettierter Linsen, die ihr alle Perspektiven des Weltwalds zeigten. Informationen und Eindrücke strömten ihr entgegen.

Wie durch deforme Fenster sah sie andere Planeten und andere Weltbäume, von grünen Priestern gepflanzt. Nie hatte sich Nira etwas so Gewaltiges und Komplexes vorgestellt, doch selbst mithilfe und Anleitung der Weltbäume sah sie nur einen winzigen Teil des Waldpotenzials.

Es war atemberaubend.

Dann sprach das Herz des Waldes deutlicher zu ihr, mit einer von Furcht geprägten Stimme. Nira spürte die ferne, formlose Angst vor einem uralten Feind. *Feuer.*

Zerstörung.

Der Tod ganzer Welten.

Haine aus Schösslingen verdorrten, Zivilisationen starben und nur ein kleiner Teil des galaxisumspannenden Weltwalds hatte hier auf Theroc überlebt.

Nira konnte weder schreien noch feststellen, ob diese schrecklichen Bilder Erinnerungen waren oder eine Prophezeiung. Sie sah riesige kugelförmige Raumschiffe, wie dornige Eiskugeln, ein verborgenes Imperium, das einen titanischen Krieg führte. *Sie kamen.*

Bestürzt von dieser Vision und gleichzeitig erregt von ihrer neuen Verbindung mit den Weltbäumen löste sich Nira schließlich aus der Umarmung des Walds. Das Herz klopfte ihr bis zum Hals empor und die grauen Bilder lasteten schwer auf Herz und Seele. So etwas hatte sie nicht erwartet.

Wie benommen ging sie und sah nicht einmal zu Boden, als sie den Sumpf durchquerte. Die Reptilien wichen von ihr fort und schienen zu spüren, dass sie unter dem Schutz des Waldes stand. Als wieder Sonnenlicht auf die Arme und Beine der jungen Frau fiel, nahm sie ohne Überraschung zur Kenntnis, dass ihre Haut einen hellgrünen Ton gewonnen hatte. Symbiotische Algen durchsetzten nun ihre Epidermis und gaben ihr mithilfe der Photosynthese zusätzliche Kraft. Mit zunehmendem Alter, so wusste Nira, wurde das Grün immer dunkler.

Sie berührte ihr kurz geschnittenes Haar und sofort löste sich der Flaum wie Pollen von ihrer Kopfhaut. Selbst die Haare der Augenbrauen und Wimpern fielen ihr aus.

In ihrem Geist hörte sie die Bäume wie ständige Begleiter, eine organische Datenbank und ein halb schlafendes Bewusstsein, das sie umgab. Es würde immer für sie da sein. Völlige Stille und absolute Einsamkeit – das gab es von jetzt an nicht mehr für sie. Das Wissen fühlte sich herrlich an, unendliche Gedanken und Erinnerungen ... zusammen mit der schrecklichen Furcht vor einer drohenden Katastrophe. Wie sollte Nira mit all dem fertig werden?

Mit langen Schritten und entschlossener Miene kehrte sie zu der Siedlung zurück, wo sie sich als volle grüne Priesterin der Gemeinschaft der anderen grünen Priester hinzugesellen konnte. Sie musste sie vor der Gefahr warnen, die der Weltwald ihr gezeigt hatte.

Als Nira mit Yarrod sprach und atemlos die grässliche Vision beschrieb, nickten die anderen grünen Priester. Ihre Gesichter zeigten schlimme Ahnungen.

»Wir wissen davon«, sagte Yarrod.

33 ✷ GENERAL KURT LANYAN

Als Kommandeur der Terranischen Verteidigungsflotte konnte General Kurt Lanyan zu jedem beliebigen Zeitpunkt das ganze Potenzial des Simulationsraums nutzen. Die abgeschirmte Anlage steckte voller Computer, holographischer Projektoren, interaktiver Systeme und detaillierter Sternkarten. Es handelte sich um den modernsten und teuersten Raum der ganzen Marsbasis für Gitter 1.

Hier standen alle Informationen zur Verfügung, die im Lauf von fast zweihundert Jahren über das Ildiranische Reich zusammengetragen worden waren. Wenn Lanyan auf diese Ressourcen zurückgriff, konnte er Antworten bekommen - oder zumindest Hinweise, die Vermutungen ermöglichten. In Hinsicht auf Kultur, Angewohnheiten, Reaktionen und Geheimnisse der alten Zivilisation blieben viele Fragen offen, aber der General wollte so gut wie möglich vorbereitet sein.

Während der frühen terranischen Expansion im Sonnensystem, bevor Menschen den ildiranischen Sternenantrieb nutzen konnten, hatte die TVF den Mars in Besitz genommen. Der leblose rote Planet war zum Ausbildungslager und militärischen Hauptquartier geworden, fungierte als Außenposten und Bereitstellungsraum. Die zerklüftete marsianische Landschaft eignete sich gut für Hindernisstrecken und Überlebensübungen. Die dünne Atmosphäre erlaubte es Remoras, Luftmanöver zu simulieren, die in Gefechte im All übergingen. Lanyan liebte diesen Ort.

Er gab die Anweisung, dass er nicht gestört werden wollte, suchte dann den Simulationsraum auf. Dort aktivierte er die komplexen virtuellen Systeme, die er im Lauf der Jahre mit zahlreichen Tests und beim Spiel mit Möglichkeiten entwickelt hatte. Immer wieder fügte er den verschiedenen Szenarien neue Daten hinzu. Lanyan bedauerte, dass Basil Wenzeslas nicht mehr Spione ausschickte. Er musste sich mit den Informationen begnügen, die sich gewinnen ließen, um die Simulationen mit ihrer Hilfe möglichst realistisch zu gestalten.

In der Mitte des Raums blieb er stehen und sprach zu den stimmaktivierten Kontrolleinheiten. Die gewölbten, matten Wände und der Boden wurden dunkel, verwandelten sich scheinbar in schwarzes All, von Sternen durchsetzt. Lanyan gewann den Eindruck, in der Mitte eines kugelförmigen, dreidimensionalen Planetariums zu schweben. Es erinnerte ihn an seine Ausbildungszeit, an die Übungen in der Schwerelosigkeit. Damals, als einfacher Soldat, hatte er im kalten Vakuum geschwebt und auf Drohnen geschossen.

»Zeige mir eine typische Darstellung der Solaren Marine.« Lanyan stützte die Hände an die Hüften. »Einen ganzen Manipel. Es soll ein eindrucksvolles Gefecht werden.«

Bilder erschienen, verschwommene Darstellungen, die rasch zu neunundvierzig ildiranischen Kriegsschiffen wurden. Lanyan umkreiste die Hologramme wie ein Hai, der einen Fischschwarm belauert. Die protzigen Raumschiffe waren scheibenförmig und zur Seite geneigt. Die langen Kühlrippen wirkten wie Flossen; damit sahen die Schiffe aus wie gefährliche Tiefseegeschöpfe. Auf der Grundlage seines Wissens über die Ildiraner vermutete der General, dass die vielen Auswüchse und Erweiterungen an den Rümpfen allein der Zierde dienten. Das Äquivalent von Pfauenfedern, ohne militärische Bedeutung.

Die Ildiraner waren ein stagnierendes Volk. Seit Jahrhunderten hatten sie ihre Technik nicht mehr verbessert. Das war auch gar nicht nötig, denn im Reich herrschte Frieden; es gab nicht die geringsten Herausforderungen. Das *Thism* verband alle Ildiraner miteinander und nahm ihnen zumindest einen Teil ihrer Individualität. Niemand würde sich gegen den verehrten Weisen Imperator auflehnen und ebenso undenkbar war es, dass es zwischen den Splitter-Kolonien zu Streit kam. Lanyan fragte sich, wie die Ildiraner den Einsatz so großer finanzieller Mittel und Ressourcen für die Solare Marine rechtfertigten, wenn sie keine Feinde hatten. In militärischer Hinsicht ergab das keinen Sinn ... Es sei denn, der Weise Imperator verfolgte geheime Pläne. General Lanyan traute ihm nicht.

Er hatte sogar in Erwägung gezogen, einige der großen, mysteriösen Klikiss-Roboter als Kämpfer zu rekrutieren. Die alten Maschinen übernahmen manchmal gefährliche Bauarbeiten und schienen bereit zu sein, einen eigenen Beitrag zu den Aktivitäten der Hanse zu leisten, aber nur dann, wenn es ihren eigenen rätselhaften Zwecken diente. Lanyan hatte seine Idee zunächst einmal zurückgestellt. Es gefiel ihm nicht, sich auf eine »Waffe« zu verlassen, die er nicht verstand. Er vertraute lieber seiner eigenen militärischen Ausrüstung.

Lanyan schritt an der holographischen Darstellung entlang und berührte die Außenhülle eines ildiranischen Kriegsschiffes. »Vergrößern.«

Das dreidimensionale Bild schwoll an und gab dem General Gelegenheit, Einzelheiten zu betrachten. Die TVF wusste kaum etwas von der inneren Struktur dieser Schiffe, aber die Simulationen basierten auch auf beobachteten zeremoniellen Manövern der Solaren Marine. Lanyan glaubte, dass es dem ildiranischen Militär dabei in erster Linie darum ging, sich in Szene zu setzen. Einen praktischen Zweck erfüllten solche Paraden nicht.

Der General trat zurück und sah, dass die Schiffe Siebenergruppen bildeten. Sie bewegten sich mit einheitlicher Präzision, wodurch die Flotte eindrucksvoll wirkte, aber auch verwundbar wurde.

»Zeige die gleiche Anzahl von TVF-Schiffen«, sagte Lanyan. »Schlachtschiffe der Moloch-Klasse, Manta-Kreuzer, Waffenplattformen der Thunderhead-Klasse und Remora-Angriffsjäger.«

Die Luft im Simulationsraum funkelte, als weitere Hologramme erschienen und vertraute terranische Raumschiffe zeigten. Während seines Aufstiegs in der militärischen Hierarchie der TVF hatte Lanyan sie alle kennen gelernt. Er kannte das exakte Kampfpotenzial, die Bewaffnung und die Größe der Crew jeder einzelnen Schiffsklasse genau. Der Computer hatte einen sehr schlagkräftigen terranischen Kampfverband zusammengestellt - er war ein würdiger Gegner für die ildiranische Solare Marine.

Jetzt konnte es losgehen.

Lanyan fühlte sich wie ein Kind, das mit einer Überfülle an Zinnsoldaten spielen durfte. Die in den Computern des Simulationsraums gespeicherten Daten erlaubten es ihm, jedes beliebige Szenario auszuprobieren.

Die angeblich so gutmütigen Ildiraner hatten die Erde nie bedroht, ebenso wenig die TVF oder irgendwelche Kolonien der Hanse. Trotzdem wollte Lanyan auf alles gefasst sein. Vielleicht kam es nie zu einem militärischen Konflikt mit der Solaren Marine, aber derartige Simulationen versetzten ihn in die Lage, Fehler einzuschätzen und Alternativpläne auszuarbeiten.

Als er sich zu konzentrieren versuchte, spürte er eine Vibration im Boden der Marsbasis. Draußen nahmen Soldaten in Atemuniformen an Infanteriemanövern in den rotbraunen Schluchten teil. Luftschiffe - Spezialkonstruktionen für die dünne Atmosphäre - setzten Ziele aus und ließen simulierte Bomben fallen.

Selbst nach fast zwei Jahrhunderten der friedlichen Beziehungen mit dem Ildiranischen Reich verlangte General Lanyan von seinen Truppen, kampfbereit zu sein. Die Nachlässigkeit seiner Vorgänger ersetzte er durch Strenge. Er kümmerte sich persönlich um die Simulationen, berücksichtigte dabei auch die neuesten Einschätzungen der ildiranischen Feuerkraft. Zum ersten Mal in der Geschichte war die Terranische Verteidigungsflotte der ildiranischen Solaren Marine ebenbürtiger, als es selbst der Weise Imperator ahnte.

»Interplanetares Gefechtsszenario«, sagte Lanyan. »Verwende Raum-Zeit-Topographie des ...« Er zögerte und überlegte. »... des Yreka-Systems in Gitter 7.« Dort hatte vor kurzer Zeit ein Einsatz der TVF stattgefunden. Jene Kolonie der Hanse befand sich am Rand des Ildiranischen Reiches und war daher ein mögliches Kampfgebiet. Wer wusste schon, zu welchen Konflikten es zwischen den beiden Völkern kommen mochte?

Lanyan deutete auf leere Stellen. »Die Planeten hier, hier und hier projizieren.« Die Welten des Yreka-Systems erschienen und eine Sonne gleißte in der Mitte des Simulationsraums. Die Schiffe der TVF schwebten im All, ohne eine Formation zu bilden.

»Bring die Schiffe der Solaren Marine in die übliche Manipel-Konfiguration.« Die ildiranischen Raumer zeigten die normale Formation: sieben mal sieben Schiffe.

»Die TVF-Einheiten zur Kampfkonfiguration Delta anordnen.« Lanyan wich zur Wand zurück, als sich die holographischen Raumschiffe formierten, bereit fürs Gefecht.

Lanyan versuchte sich vorzustellen, welches Ereignis zu einer solchen Konfrontation der beiden Völker führen konnte. Derartige Simulationen führte er immer insgeheim durch, ohne jemanden davon in Kenntnis zu setzen. Es hätten sich politische Gefahren für seine Karriere daraus ergeben können, denn immerhin galten die Ildiraner als Verbündete und Wohltäter der Menschheit. Man probte nicht den Krieg gegen einen Freund ... Aber nur ein Narr verzichtete auf die Möglichkeit, für den schlimmsten Fall gewappnet zu sein.

Die Menschheit hatte keine Erfahrung mit interstellaren Kriegen und angesichts der großen Entfernungen ergaben sich dabei zahlreiche logistische Probleme. Sein ganzes Leben lang hatte Lanyan das Ticken einer sonderbaren inneren Uhr gehört, die ihn aufforderte, seine Truppen auf eine Krise vorzubereiten. Immer wieder stellten sich ihm politische und bürokratische Hindernisse in den Weg und er setzte alles daran, sie rechtzeitig zu überwinden.

Viele der höchsten TVF-Offiziere stritten über die Aufgabe des Militärs auf den Welten der Hanse. Sie zankten sich sogar über angemessene Rangbezeichnungen. Lanyan hatte zahllose Mitteilungen erhalten, in denen es um die Frage ging, ob sein Rang als Oberbefehlshaber »Admiral« oder »General« lauten sollte – eine lächerliche Zeitverschwendung. Lanyan hatte die Verantwortlichen für jene Streitfrage schließlich degradiert und ihren Sold gekürzt. Er war bereit, sie nötigenfalls als Kadetten zur Kampfschule zurückzuschicken, um ihr Gedächtnis aufzufrischen und sie an den wahren Zweck der Terranischen Verteidigungsflotte zu erinnern. Er nannte sich selbst General und bezeichnete seine Subcommander – jeder von ihnen hatte den Befehl über ein Gitter – als Admirale.

Während seiner Zeit als Kommandeur hatte Lanyan das Potenzial der TVF erhöht und er achtete darauf, immer über Stationierung und Einsatzorte der Schiffe Bescheid zu wissen. Manchen Abend in seinem privaten Quartier verbrachte er damit, die Verteilung seiner Feuerkraft zu überprüfen. Die TVF hatte Rebellionen niedergeschlagen und Raumpiraten wie Rand Sorengaard zur Strecke gebracht, aber Lanyan wusste, dass er in seiner Wachsamkeit nie nachlassen durfte.

Er betrachtete die erstarrten Fronten im simulierten All und ließ den Blick über die vielen Raumschiffe gleiten, verglich sie mit zwei Wolfsrudeln. »Mit dem Kampf beginnen, ohne Handikaps für die eine oder andere Seite.«

Lanyan stand an der Wand und beobachtete, wie die Fetzen flogen.

Die ildiranischen Kriegsschiffe eröffneten das Feuer und rissen Lücken in die Linien der Terranischen Verteidigungsflotte. Die Remoras sausten los und ließen Jazer-Blitze durchs All zucken. Die Solare Marine fügte ihrem Gegner schwere Verluste zu, indem sie starr an ihrer Formation festhielt, wie römische Soldaten, aber die TVF setzte sich mit individuellen Vorstößen und unvorhersehbaren Taktiken zur Wehr.

Ein Raumschiff nach dem anderen wurde zerstört und Trümmer breiteten sich im All aus, wodurch die Navigation problematischer wurde – die Gefechtssimulation berücksichtigte auch diesen Faktor. Die Gravitationsschächte der Planeten im Yreka-System bewirkten weitere Komplikationen. Und der Kampf tobte weiter.

»Simulationsgeschwindigkeit auf das Dreifache erhöhen.«

Schiffe huschten wie Hornissen hin und her, vernichteten sich gegenseitig. Einzelheiten verloren sich im Durcheinander, aber Lanyan gewann einen guten Eindruck vom allgemeinen Geschehen.

Schließlich gleißten keine Strahlen mehr durchs All, und das Glühen und Gleißen von destruktiver Energie verblasste. Das interplanetare Schlachtfeld verwandelte sich in einen Friedhof aus Wracks und Trümmern, die wie künstliche Meteoriten dahinschwebten. Der

General fragte sich, welchen Teil der Simulation er sich noch einmal ansehen sollte, um eine genaue Analyse vorzunehmen.

Kummervoll stellte er fest, dass beide Flotten zerstört worden waren. Ildiraner und Terraner hatten sich gegenseitig massakriert. »Wenigstens haben wir nicht verloren«, sagte Lanyan und deaktivierte die Simulation.

Seine Pflicht bestand darin, alle Alternativen zu prüfen und Antworten zu finden, für den Fall, dass eine bestimmte Situation nach ihnen verlangte. Ganz gleich, was Politiker und Diplomaten behaupteten: Lanyan glaubte, dass das Ildiranische Reich einmal zum größten Antagonisten der Menschheit werden würde.

Immerhin hatten die terranischen Forscher im weiten All keine andere Spezies gefunden, die zu einer Gefahr werden konnte.

34 ✷ ROSS TAMBLYN

Die Blaue Himmelsmine glitt über die Nachtseite von Golgen. Es war so ruhig, dass Ross Tamblyn nicht schlafen konnte. Er wanderte über die Decks, hielt die Augen offen und kontrollierte alle Systeme. Er hatte alles in diese Anlage investiert, seinen Ruf und die Abfindung, die er vor der Enterbung von seinem Vater bekommen hatte.

Bevor er nach draußen ging und sich dem beißenden Wind aussetzte, zog er warme Kleidung an. Er schlang sich einen Schal um den Hals, zog eine mit vielen Taschen ausgestattete Jacke an und ließ das dunkle Haar unter der Kapuze verschwinden. Zum Schluss streifte er Handschuhe über und trat hinaus, um fast zweitausend Kilometer über der unsichtbaren Oberfläche des Gasriesen frische Luft zu schnappen.

Ross passierte die Windtür und erreichte sein privates Beobachtungsdeck. Er liebte es, von hier aus in den milchigen Ozean der Wolken zu blicken und den Wind im Gesicht zu spüren.

Die meisten weißen Tauben saßen während der Nacht auf den Stangen. Sie gurrten und es klang wie Blasen unter Wasser. Einige wenige Vögel breiteten die Flügel aus und flogen in weiten Kurven, ließen sich im Aufwind treiben. Der Instinkt veranlasste sie, nach

Insekten zu suchen, aber im sterilen Atmosphärenozean von Golgen fanden die Tauben nur die Nahrung, die Ross für sie bereit hielt.

Die kalte Nachtluft roch ein wenig nach Schwefel und anderen ätzenden Gasen, von vertikalen Strömungen nach oben getragen. Ross schloss die in Handschuhen steckenden Hände ums Geländer und fühlte, wie der Wind mit Haar und Kapuze spielte. Unter ihm erstreckte sich die unbekannte Tiefe von Golgen. Dort unten nahmen Dichte und Temperatur immer mehr zu, bis die Atmosphäre schließlich am superdichten metallischen Kern des Planeten endete, wo kein Leben existieren konnte.

Als Ross in die Tiefe blickte, bemerkte er Lichtblitze unter den bunten Wolkenschlieren. Die Störungszone befand sich weit unter den Wettersonden, die an langen Kabeln von der Unterseite der Himmelsmine herabhingen. Ross hörte kein Donnern am riesigen Himmel von Golgen, nur das Gurren der Tauben.

Während er Ausschau hielt, schienen die Lichtblitze aufzusteigen - die Störungszone näherte sich offenbar den bewohnbaren Bereichen der Atmosphäre. Die weißen Vögel wurden unruhig auf ihren Stangen, als spürten sie etwas Unheilvolles. Es war eine seltsame Nacht.

Trotzdem hätte Ross an keinem anderen Ort sein wollen. Die Blaue Himmelsmine war sein Zuhause und sein Traum.

Im Alter von siebenundzwanzig Jahren, kurz nachdem er sein ganzes Geld in diese Ekti-Fabrik investiert hatte, war er ungestüm und unverfroren gewesen. Und warum auch nicht? Immerhin versuchte er bereits, Unmögliches zu leisten. Lächelnd erinnerte er sich an den Tag, an dem er an Cesca Peroni herangetreten war, eine Frau, die er seit langem bewunderte, aber nicht sehr gut kannte. In einem leeren Tunnel im Innern eines Asteroiden von Rendezvous hatte er sich ihr genähert, bereit dazu, ein Risiko einzugehen und vielleicht zu verlieren. Geradeheraus hielt er um ihre Hand an.

Cesca hob die Brauen und musterte den breitschultrigen jungen Mann, den Ausgestoßenen eines mächtigen Clans, der dazu entschlossen war, aus eigener Kraft erfolgreich zu sein. Als sie lächelte, schmolz Ross das Herz, und er wusste, dass er die richtige Wahl getroffen hatte.

Cesca fand Gefallen an Ross, wenn auch widerstrebend. Als ausgewählte Nachfolgerin der Sprecherin Jhy Okiah hatte die junge Frau genug politischen Sachverstand, um zu wissen, dass Ross ihr Probleme bereiten konnte. Sie klopfte sich mit dem Zeigefinger ans Kinn. »Ich gebe zu, dass die Blaue Himmelsmine ein gutes Geschäftspotenzial hat. Aber wenn du keinen Erfolg hast und ich bereits mit dir verlobt bin, habe ich meine Chance auf ein gutes Ehebündnis vertan.«

Ross wusste nicht recht, ob sie scherzte oder es ernst meinte. »Ich kann verstehen, dass du mir gegenüber vorsichtig bist, Cesca«, sagte er. »Immerhin hat mich mein Vater verbannt. Aber ich schwöre dir, dass ich meinen eigenen Weg zum Erfolg finden werde. Ich weiß, dass ich die Kredite für die Golgen-Anlage abzahlen kann. Mein Traum ist, unabhängig und stark zu werden, und ich weiß genau, wie ich dabei vorgehen muss.«

Cesca zuckte mit den Schultern. »Und was würde meine Familie sagen? Die Peronis sind ein mächtiger Clan. Ich bin die einzige Tochter meines Vaters, deshalb erwartet er Großes von mir.«

Ross faltete die Hände. »Zu Recht. Aber du bereitest dich ganz offensichtlich darauf vor, zur nächsten Sprecherin zu werden. Das sollte den Erwartungen deines Vaters genügen, oder?«

Er freute sich über die Gelegenheit, ganz offen mit Cesca zu reden, aber er wusste nicht, ob sie mit ihm spielte oder seinen Antrag ernsthaft in Erwägung zog. Zwar fühlten sie sich zueinander hingezogen, aber sie würden ihre Entscheidung auf der Grundlage einer vernünftigen Analyse der Konsequenzen treffen und sich dabei nicht von romantischen Träumereien beeinflussen lassen, wie es Roamern gebührte.

»Ich kann dir dies anbieten, Ross Tamblyn«, sagte Cesca schließlich, verschränkte die Arme und versuchte, einen kühlen Gesichtsausdruck zu wahren, als sie lächelte. »Ich bin bereit, dich zu heiraten, wenn du es schaffst, die Schulden zurückzuzahlen und mit der Himmelsmine einen Gewinn zu erwirtschaften.«

Ross lachte. »Kein Problem. Es könnte allerdings einige Jahre dauern. Bist du bereit zu warten? Gib mir vier Jahre Zeit.«

»Ich habe es nicht eilig. Vier Jahre. Ich glaube, so lange kann ich unverheiratet bleiben.«

Während der vergangenen drei Jahre hatte sich Ross um die Blaue Himmelsmine gekümmert, ohne sie jemals zu verlassen oder die Hoffnung aufzugeben, ohne einen Versuch zu unternehmen, Frieden mit seinem Vater zu schließen. Er arbeitete fleißig in den Wolken von Golgen, die sich besonders gut dafür eigneten, Treibstoff für den Sternenantrieb zu gewinnen.

Jetzt, im Alter von dreißig Jahren, hatte er die große industrielle Anlage fast ganz abbezahlt. Für ihn war es eine Frage des Stolzes; und er konnte sich damit auch seinem Vater gegenüber beweisen. Dieses Jahr würde er sein Ziel endlich erreichen; das Datum für die Hochzeit war bereits festgelegt.

Kalter Wind wehte und die große Himmelsmine erzitterte. Die weißen Tauben auf ihren Stangen schlugen mit den Flügeln und vier weitere von ihnen stiegen auf. Ross blickte übers Geländer und beobachtete das Flackern und Gleißen tief unten. Es sah nach Blitzen in einem brodelnden elektrischen Meer aus. Und die Leuchterscheinungen kamen näher.

Die Stimme des wachhabenden Kommandanten drang plötzlich aus dem Interkom-Lautsprecher. »Es befindet sich eine große Störungszone unter uns, Chief. Mit so etwas haben wir es bisher noch nie zu tun bekommen.« Der wachhabende Kommandant hatte sein ganzes Leben an Bord von Himmelsminen der Roamer verbracht. Man sollte eigentlich meinen, dass er mit allen atmosphärischen Phänomenen vertraut war.

Ross hob die Stimme, als der pfeifende Wind lauter wurde. »Sollten wir den Kurs der Himmelsmine ändern?«

Die Antwort kam sofort. »Die Störungszone ist zu schnell, Ross. Wir können ihr nicht ausweichen.«

Die dichten Wolken teilten sich, brachen auf wie eine Pustel und Ross glaubte, seinen Augen nicht mehr trauen zu können. Ein gewaltiges Etwas, das aussah wie ein Kristall, kam aus der Tiefe, eine schimmernde, diamantene Kugel, die aufstieg und größer wurde.

»Shizz! Sehen Sie das?« Statik knisterte aus dem Interkom-Lautsprecher – die interne Verbindung schien unterbrochen zu sein.

Ross starrte und begriff mit noch größerem Staunen, was sich seinen Blicken darbot. *Ein Raumschiff.*

Das fremde Schiff war eine gewaltige Kugel mit dreieckigen Vorsprüngen – als würden sich Dutzende Pyramiden im Innern einer gläsernen Blase überlagern. Blaues energetisches Feuer züngelte von den Spitzen der Pyramiden und verband sie mit einem flackernden Netz. Lichtbänder sprangen zwischen den Spitzen hin und her. Eine Waffe, ein bizarres Gebilde aus den Tiefen des Gasriesen. Ross fragte sich, welche Art von Bewusstsein ein solches Schiff geschaffen hatte – und was die Fremden wollten.

Er ließ das Geländer los und wankte zurück. »Bringen Sie uns nach oben!«, rief er, ohne zu wissen, ob ihn der wachhabende Kommandant hörte. »Geben Sie uns einen Kilometer zusätzliche Höhe. Oder besser zehn!«

Still und unheilvoll kam das fremde Schiff näher. Im Vergleich mit ihm war die Himmelsmine nicht mehr als eine winzige Mücke.

Ross dachte an die Legenden von Meeresungeheuern auf der Erde und stellte sich vor, wie sie Segelschiffe verschlangen. Die gewaltige Kugel schwoll immer mehr an und ihre Außenhülle reflektierte das Licht des energetischen Flackerns.

»Beim Leitstern!«, brachte Ross hervor. Er hatte alte Roamer-Geschichten von geheimnisvollen Erscheinungen in den Atmosphären von Gasriesen gehört, kannte auch die Berichte eines Überlebenden der Katastrophe von Daym, zu der es vor langer Zeit gekommen war. Aber niemand hatte es jemals für möglich gehalten, dass es in den Tiefen der Gasgiganten Leben gab.

Auch die letzten Tauben stiegen auf und flogen fort von der Himmelsmine. Die kristallene Kugel stieg weiterhin auf, ließ die dichteren Schichten der Atmosphäre hinter sich zurück.

»Wer seid ihr? Und was wollt ihr?« Das Heulen des Windes übertönte Ross Tamblyns Stimme; vermutlich hätten ihn die Geschöpfe an Bord jenes seltsamen Raumschiffs ohnehin nicht verstanden. »Wir haben nichts gegen euch!«, rief Ross so laut er konnte.

Das gewaltige Gebilde schwebte nun über der Himmelsmine und niederfrequente Töne gingen von ihm aus, wie dumpfe Worte, gesprochen von einem Wal in den Tiefen eines irdischen Ozeans. Die Vibrationen ließen Ross taumeln, schüttelten ihn und bewirkten heftigen Kopfschmerz.

Der wachhabende Kommandant hatte Alarm gegeben und die Arbeiter geweckt. Aber die Himmelsmine verfügte über keine defensiven oder offensiven Einrichtungen.

Das energetische Flackern zwischen den Pyramidenspitzen wurde heller und sprang dann herab. Ross schrie und hob die Hand vor die Augen.

Lanzen aus destruktiver Energie bohrten sich in die Blaue Himmelsmine, zerfetzten die Ekti-Reaktoren, durchbohrten die Tanks und ließen die Abgasschlote explodieren. Die Decks erbebten, als es überall krachte.

Die Himmelsmine schlingerte, neigte sich zur Seite ... und begann zu fallen.

Ross versuchte, sich irgendwo festzuhalten. Eine zweite Entladung ging von dem riesigen fremden Schiff aus und traf die zentrale Struktur der Himmelsmine. Einzelne Komponenten lösten sich und glühende Trümmerstücke stürzten wie Meteore in die Tiefe.

Ross hörte die Schreie seiner Crew und glaubte, sein Herz würde im nächsten Augenblick aus reiner Verzweiflung platzen. Er konnte nicht einmal auf die sonderbaren, vibrierenden Worte der Fremden antworten. Die Druckwelle einer weiteren Explosion schleuderte ihn von der Beobachtungsplattform in die leere Luft.

Hoch oben schwebte das riesige Schiff und beobachtete, was es angerichtet hatte, ohne ein weiteres Signal.

Ross fiel mit ausgestreckten Armen und seine Kleidung flatterte an seinem Leib. Entsetzt starrte er auf die Reste der Himmelsmine, die alles für ihn bedeutet hatte, und dann verschluckten ihn die dichten Wolken.

Unter ihm erstreckten sich noch fast zweitausend Kilometer.

35 ✷ ESTARRA

In den stillen Tiefen des Weltwalds stand das Ausschlüpfen der Haufenwürmer unmittelbar bevor. Aufgeregt holte Estarra ihren Bruder Beneto und zog ihn mit sich durch den Wald. Im heller werdenden Morgengrauen liefen sie zu dem weit von der Pilzriff-Stadt entfernten Dickicht.

Unter dem flüsternden Blätterdach kam Bewegung in den Dschungel. Beneto hielt die Hände ausgestreckt und berührte immer wieder die Stämme der Weltbäume, um in Kontakt mit ihnen zu bleiben.

»Dort vorn«, sagte Estarra. »Bestimmt hast du noch nie einen so großen Wurmkokon gesehen!«

Beneto lächelte. Seine Augen waren halb geschlossen, aber er ging mit sicheren Schritten, ohne sich im Unterholz zu verheddern. »Du hast Recht, kleine Schwester. Die Bäume haben mir mitgeteilt, dass die Würmer innerhalb der nächsten Stunde ausschlüpfen.«

Estarra lief voraus. Beneto schien überhaupt nicht schneller zu gehen, aber es gelang ihm trotzdem, mit ihr Schritt zu halten, ohne dabei außer Atem zu geraten oder zu schwitzen.

Vom besten Beobachtungspunkt aus blickte Estarra zu dem papierartigen Gebilde. Beneto lehnte sich an einen Weltbaum, um sowohl mit seinen eigenen Augen zu sehen als auch mit den Sinnen des Waldes. Kleine schmetterlingartige Geschöpfe tanzten in der Luft. Estarra wedelte mit der Hand, um sie zu verscheuchen. Beneto belästigten sie nicht.

Der grauweiße Kokon zwischen den Bäumen pulsierte wie ein Herz, das man aus einem riesigen Organismus entfernt hatte. Für die Würmer in seinem Innern ging die Verpuppung zu Ende; sie bereiteten sich jetzt auf die nächste Phase ihres Lebens vor.

Estarra hörte klickende, nagende Geräusche und wusste: Die Würmer krochen durch die weit verzweigten Tunnel ihres Nestes und suchten nach einem Ausgang, nachdem sie die nutzlos gewordene Königin gefressen hatten. »Verabscheuen die Bäume die Würmer, weil es Parasiten sind, die Schaden anrichten?«

Beneto lächelte ruhig und legte die Hand auf die Borke eines Baums. Er schickte die Frage ins komplexe Selbst des Weltwalds, obwohl er die Antwort bereits kannte. »Die Bäume sagen nein, kleine Schwester. Haufenwürmer gehören zur natürlichen Ordnung der Dinge. Diese Parasiten sind nicht boshafter als andere. Und sie machen sich nützlich, auf ihre eigene Art und Weise.«

»Indem sie ihre leeren Kokons uns als Wohnraum überlassen?« Beulen entstanden in der Außenfläche, als sich die Würmer anschickten, ihren Kokon zu verlassen.

»Nicht nur. Du wirst es gleich sehen.« Beneto strich mit den Fingern über die Borke und setzte den Telkontakt fort. »Ah, jetzt ist es so weit.«

Eine erste Öffnung bildete sich im Kokon und zum Vorschein kam ein Maul mit vielen Zähnen. Weitere Köpfe erschienen in anderen Öffnungen. Die Körper der Würmer, von einem dicken, violetten Schuppenpanzer geschützt, wanden sich wie Schlangen hin und her. Fliegenden Aalen gleich ließen sie sich zu Boden fallen und gruben sich so in den Boden wie Aasfresser in verwesendes Fleisch.

Die hektische Aktivität verblüffte Estarra. Beneto streckte die grüne Hand aus und hielt seine Schwester zurück. »Komm ihnen nicht zu nahe. Sie sind jetzt sehr hungrig und halten alles, was ihnen in den Weg gerät, für Nahrung.«

Estarra wahrte einen sicheren Abstand und beobachtete das Geschehen. »Was passiert mit den Würmern, wenn sie im Boden sind?«

Beneto lächelte erneut. »Die Bäume beobachten und sehen alles. Es gehört zum Zyklus. Die Würmer graben sich tief in den Boden und belüften ihn dadurch. Sie bilden unterirdische Kolonien, bis reife Würmer wieder aus dem Boden kommen, an Baumstämmen emporklettern und einen neuen Kokon bauen.«

Es dauerte nicht lange, bis alle Würmer verschwunden waren. Zurück blieb der leere Kokon, der wie ein ramponiertes Baumhaus wirkte. Die Außenfläche wies viele Risse und Löcher auf, aber die Tunnel im Innern waren intakt. »Jetzt beginnt die schwere Arbeit«, sagte Estarra, aber ihr Gesicht zeigte keineswegs Enttäuschung.

Die Kammern des Kokons mussten gereinigt, Stützwände errichtet, neue Fenster und Türen an geeigneten Stellen hinzugefügt werden. Aber das Gerüst für ein neues theronisches Dorf existierte bereits, was einigen Bewohnern der überfüllten Pilzriff-Stadt die Möglichkeit gab, sich hier niederzulassen. Man würde Estarra dafür loben, diesen großen Kokon gefunden zu haben.

Beneto empfing eine Nachricht vom nächsten Baum, sah seine kleine Schwester an und lächelte einmal mehr. »Wir sollten jetzt schnell zu Mutter und Vater zurückkehren, damit wir zugegen sind, wenn der Shuttle landet.«

»Welcher Shuttle?«, fragte Estarra.

Beneto strahlte. »Reynald ist zurückgekehrt.«

Estarra trat zusammen mit dem Rest der Familie vor, um ihren älteren Bruder zu begrüßen, als er aus dem Shuttle kletterte. Während seiner langen Rundreise hatte sich Reynald verändert. Staunen zeigte sich in seinen Augen, und auch ein tieferes Verständnis. Er hatte exotische Orte besucht, Ereignisse beobachtet und von vielen Dingen erfahren. Die große Anzahl der Personen, die ihn willkommen hießen, schien ihn zu überwältigen.

Sarein steckte voller Fragen, aber die kleine Celli dominierte, indem sie pausenlos plapperte – sie schien zu glauben, dass sich ihr Bruder für alles interessierte, das sie seit seiner Abreise angestellt hatte. Reynald versprach seiner jüngeren Schwester für später ein längeres Gespräch, nahm die Grüße der anderen entgegen und bedankte sich dafür.

Der größte Teil seiner Aufmerksamkeit galt jedoch Vater Idriss und Mutter Alexa. Liebe zeigte sich in ihren Gesichtern, und Erleichterung angesichts seiner Rückkehr.

»Fühlst du dich jetzt mehr dazu bereit, dein Volk zu führen, Sohn?«, fragte Idriss und lächelte.

Der junge Mann erwiderte das Lächeln mit deutlicher Selbstironie. »Ich habe vieles gesehen und erfahren, aber jetzt glaube ich, noch weniger zu wissen als vorher.«

Alexa küsste ihn auf die Wange. »Dann bist du tatsächlich bereit, dein Volk in die Zukunft zu geleiten, Reynald.«

An jenem Abend veranstaltete Vater Idriss ein Famlienbankett und meinte, Reynald hätte später noch genug Zeit, um mit den anderen Repräsentanten zu reden. Alexa, Idriss und ihre Kinder wollten als Erste seine Geschichten hören.

Das rückte Estarras Entdeckung in den Hintergrund. Beneto tröstete seine Schwester und meinte, sie sollte jene Mitteilung auf später verschieben.

Während der einzelnen Gänge aus Larvensteaks, mit Spreiznüssen bestrichenem Brot und kandierten Platschbeeren, die Reynald besonders gern mochte, erzählte er von seiner Reise und die Familie hörte aufmerksam zu. Sarein gab sich alle Mühe, Celli still zu halten, konnte aber nicht verhindern, dass sie immer wieder Fragen stellte.

Reynalds Augen leuchteten, als er Bericht erstattete. »Und das Beste von allem ist: Ich habe mit dem ildiranischen Erstdesignierten Jora'h Freundschaft geschlossen.« Er lächelte und wandte sich Beneto zu. »Er gab mir die Erlaubnis, zwei grüne Priester nach Mijistra zu schicken. Oh, es ist eine wundervolle Stadt!«

»Und was erwartet die beiden grünen Priester dort?«, fragte Beneto fasziniert.

»Sie werden Zugang zur *Saga der Sieben Sonnen* bekommen. Damit meine ich das komplette ildiranische Epos, nicht die überarbeitete Version, die terranische Gelehrte lesen durften.« Reynald lächelte erneut und wusste, auf welches Interesse diese Nachricht bei den grünen Priestern stoßen würde. »Die Saga bringt nicht nur Ehrfurcht dem Weisen Imperator gegenüber zum Ausdruck. Diese präzise mündliche Überlieferung hat bei den Ildiranern fast die Bedeutung einer Religion. Sie glauben, Teil eines großen Plans zu sein, einer kosmischen Geschichte, die immer weitergeht und der ein von einem allmächtigen Publikum entwickelter Plot zugrunde liegt.«

Reynald beugte sich zu Beneto vor. »Jora'h erlaubt den beiden grünen Priestern, sich mit einer Geschichte zu befassen, die mehr als eine Milliarde Zeilen lang ist und von allen historischen Ereignissen und Legenden des Ildiranischen Reiches berichtet. Es heißt, kein Mensch könnte das ganze Dokument lesen, nicht einmal dann, wenn er sein ganzes Leben diesem Bemühen widmet.«

Beneto wirkte beeindruckt - er wusste, wie sehr sich der Weltwald über diesen Input freuen würde. Vielleicht ließ sich mit einer wundervollen neuen Geschichte das Unbehagen lindern, dass sich seit einiger Zeit immer mehr im Selbst des Weltwalds ausbreitete. »Es wird eine große Freude für den Wald sein. Es geschieht nicht jeden Tag, dass die Bäume Zugang zu so vielen Informationen bekommen.«

Estarra blickte aus dem Pilzriff-Fenster nach draußen in den schattigen grünen Dschungel, als erwartete sie, die Bäume bei einem Freudentanz beobachten zu können. Selbst ohne ein solches Wunder wirkte das Entzücken in Benetos Miene echt.

»Wie waren die Roamer?«, fragte Idriss. »Wir wissen so wenig über ihre Kultur.«

»Vermutlich hast du bei ihnen nicht viel zustande gebracht«, meinte Sarein bitter. »Bestimmt haben sie versucht, dich in ein Ehebündnis zu verstricken.«

Reynald sah seine Schwester an und lächelte. »Wir dürfen die Roamer nicht unterschätzen, Sarein. Vielleicht ist dies sogar unser größter Fehler gewesen. Sie scheinen zu engeren Beziehungen mit uns bereit zu sein. Cesca Peroni, eins ihrer Oberhäupter, ist sehr nett.«

»Bestimmt wollen sie unsere grünen Priester«, sagte Sarein.

»Sie haben ein entsprechendes Angebot von mir abgelehnt.« Reynald genoss die Überraschung seiner Schwester. »Die Roamer hüten lieber ihre Geheimnisse und wollen keine grünen Priester.«

»Das ist eine angenehme Abwechslung nach dem, was wir sonst hören«, sagte Idriss leise.

»Ich habe vorgeschlagen, sie sollten Theroc direkt mit Ekti beliefern, ohne den Umweg über die Hanse. Stellt euch vor, wie viel wir dadurch sparen.«

»Stell dir vor, wie verärgert die Hanse sein wird«, erwiderte Sarein besorgt. »Sollen wir es riskieren, uns ihren Groll zuzuziehen, obgleich wir nur wenig Ekti für uns selbst brauchen?«

Mutter Alexa nahm eine Paarbirne von einem Tablett. »Jeder Schritt zur Unabhängigkeit ist langfristig von Vorteil für uns.«

36 ✷ RAYMOND AGUERRA

Als die betäubende Wirkung des Stunners nachließ, spürte Raymond zuerst Kopfschmerzen und stellte dann fest, dass er in einem weichen, warmen Bett lag. Er hatte das Gefühl zu schweben. Glatte Laken umgaben seinen Leib, der auf einer mit Gelatine gefüllten Matratze ruhte. Seine Finger zuckten und in den Oberschenkeln krampften sich Muskeln zusammen.

Raymond öffnete die Augen und jähes Licht verstärkte das schmerzhafte Hämmern hinter seiner Stirn. Er stöhnte leise und hörte es kaum. Seine letzten Erinnerungen betrafen einen blonden Mann, der ihn mit einem Stunner bedrohte, während seine recht professionell wirkenden Kollegen Raymond zu einem Fahrzeug zerrten. *Er war entführt worden!*

Er setzte sich auf und kämpfte gegen Übelkeit an. Jemand hatte ihn hierher gebracht. Waren es Perverse, die sich an einem Jungen vergreifen wollten? Oder hatte man es *direkt auf ihn* abgesehen? Aber warum? Welches Interesse sollte jemand an einem armen Jungen haben, der aus einer mittellosen Familie stammte?

Seine Familie! Vor dem inneren Auge sah er den brennenden Wohnkomplex, die Polizisten an den Absperrungen, die Helikopter, die Löschmittel auf das Feuer herabregnen ließen.

Dort gibt's nur noch Asche und Zahnplomben.

Als der schmerzvolle Tumult gepeinigter Nervenenden nachließ, öffnete Raymond erneut die Augen und sah sich um. Er befand sich in einem kleinen, fensterlosen Raum. Erlesene Tapisserien hingen an den Wänden und hübsche Vasen standen auf Sockeln in den Ecken. Hinzu kam ein Waschbecken mit tröpfelndem Wasser.

Er musste unbedingt herausfinden, was mit seiner Mutter und seinen Brüdern geschehen war!

Raymond nahm schwache Gerüche wahr und bemerkte mehrere Kerzenstummel - echte Kerzen - in kleinen Alkoven. Er verließ das wackelnde Bett, das bestrebt zu sein schien, sich um ihn zu schließen. Das Licht kam wie aus allen Richtungen, ein gedämpftes Glühen, das seinen Ursprung in den Wänden hatte. Er wusste nicht, wo er sich befand.

Eine Tür öffnete sich und Raymond sah einen schlanken, freundlich wirkenden Mann, dessen Haar die Farbe von neuem Stahl hatte.

Die ausdrucksvollen grauen Augen und eine glatte Haut machten es schwer, das Alter zu schätzen. Neben dem Fremden zeigte sich ein altmodischer Lehrer-Kompi mit mattem Gehäuse.

Der Mann musterte Raymond lächelnd, doch der Kompi sprach als Erster. »Meine Berechnung der Dauer der Betäubungsphase war bis auf eine Toleranz von zehn Minuten genau, Vorsitzender Wenzeslas.«

»Ausgezeichnet, OX. Immerhin musstest du viele wichtige Parameter erraten.«

Raymond kannte den Namen und klappte den Mund zu, um keine empörten Fragen zu stellen. Proteste würden ihn dumm und hilflos aussehen lassen. Diese Leute würden ihm sagen, was sie wollten und wann sie es wollten. Er beschloss, sich in Geduld zu fassen, als er dem aufmerksamen Blick des Vorsitzenden begegnete.

Wenzeslas lächelte dünnlippig. »Sehr gut, Peter. Du hast bereits Zurückhaltung gelernt, noch vor der Ausbildung.« Und zu OX: »Ich glaube, hier haben wir einen guten Schüler.«

Raymonds Herz pochte schneller. »Wer ist Peter? Ich heiße Raymond Aguerra und wohne ...«

Wenzeslas hob eine perfekt manikürte Hand. »*Peter* lautet der Name, den wir für dich gewählt haben. Du solltest dich gleich an ihn gewöhnen.«

Der alte Lehrer-Kompi kam mit schweren, aber präzisen Schritten näher. »Mir ist klar, dass die Nachwirkungen der Betäubung sehr unangenehm sind. Ich kann dir eine schmerzlindernde Injektion verabreichen oder dir einen süßen Sirup anbieten, der das gleiche Mittel enthält. Ich möchte nicht, dass dich körperliche Beschwerden von den wichtigen Dingen ablenken, die Vorsitzender Wenzeslas mit dir erörtern möchte.«

Es gefiel Raymond ganz und gar nicht, wenn diese Leute ihm Medikamente verabreichten. Er wusste noch immer nicht, warum sie ihn hierher gebracht hatten und was sie von ihm wollten. Doch erneut verzichtete er auf einen Protest und dachte gründlich über seine Situation nach. Betäubt und hilflos hatte er in diesem Zimmer gelegen. Die Fremden hätten also Gelegenheit gehabt, ihn zu jedem beliebigen Zeitpunkt mit irgendwelchen Drogen voll zu pumpen – warum sollten sie damit warten, bis er erwachte? Und wem gereichte es zum Vorteil, wenn er darauf bestand, sich auch weiterhin schlecht zu fühlen?

Nach einer vorsichtigen Pause fragte er: »Was wirkt schneller? Ich möchte diese grässlichen Kopfschmerzen loswerden.«

OX trat an die Seite des Bettes. »Die Injektion sollte praktisch sofort wirken. Ich werde versuchen, sie so schmerzlos wie möglich zu verabreichen.« Der kleine Kompi streckte eine metallene Hand aus. Bevor Raymond auch nur hinabsehen konnte, kam eine winzige Nadel aus einer Fingerspitze und bohrte sich ihm in den Arm. Raymonds Überraschung war größer als der Schmerz. Er rieb sich den Arm, obgleich er gar kein Stechen spürte. Der Kompi behielt Recht – die Kopfschmerzen ließen fast sofort nach.

»Ich heiße Raymond«, sagte der Junge erneut und atmete tief durch. »Warum haben Sie mich hierher gebracht? Was wollen Sie von mir?«

»Wir möchten, dass du dein volles Potenzial entfaltest, junger Mann«, erwiderte Wenzeslas. Er trat vor und setzte sich ans Fußende des Bettes, faltete dann in sonderbar väterlicher Manieriertheit die Hände. »Wir bieten dir eine großartige Gelegenheit, etwas, das du dir nie erträumt hättest. Und außerdem wird durch dieses Arrangement die Zukunft der Terranischen Hanse gesichert.«

Raymond wandte sich ab, froh darüber, dass auch die Zuckungen in den Muskeln nachließen. »Ich habe keine Ahnung, wovon Sie reden. Wissen Sie etwas über meine Mutter und meine Brüder? Ich habe das Feuer gesehen.«

»Es gab keine Überlebenden, junger Mann. Der Wohnkomplex brannte vollständig nieder.«

»Ich möchte dir mein herzliches Beileid aussprechen, Peter«, sagte OX.

»Ich heiße Raymond.«

»Du heißt Peter«, sagte Basil. »Bitte hör jetzt gut zu, während ich es dir erkläre. Die erste Sache, mit der du dich abfinden musst, ist diese: Du bist nicht mehr der, der du warst.«

OX ging zu einer Kommode in der einen Ecke des Raums und kehrte mit einem Spiegel zurück, der in einem goldenen Rahmen steckte. Eine ruhige Metallhand hielt ihn so, dass Raymond hineinsehen konnte. Verblüfft betrachtete der Junge sein Spiegelbild. Er war jetzt vollkommen *blond* – das strohfarbene Gelb reichte bis zu den Haarwurzeln. Auch die Brauen hatten eine andere Farbe und die Augen darunter waren nicht mehr dunkelbraun, sondern grün. Nichts deutete auf Kontaktlinsen oder Implantate hin. Raymond vermutete, dass die Veränderung der Farbe von Haaren und Augen auf eine genetische Manipulation zurückging.

Ihm fehlten die Worte.

»Du siehst unserem König Frederick erstaunlich ähnlich, nicht wahr?«, sagte Wenzeslas. Raymond kannte das Gesicht des Königs eigentlich nur von stilisierten Darstellungen auf Plakaten und altmodischen Geldscheinen.

OX brachte den Spiegel zur Kommode zurück. Raymond sah sich erneut im Zimmer um, weil er weder Wenzeslas noch den Roboter ansehen wollte. Durch die immer noch offene Tür bemerkte er zwei schattenhafte Gestalten draußen im Flur. Vermutlich Wächter. Ein üppig gepolsterter Sessel stand auf der anderen Seite des Bettes und Raymond sah noch etwas: ein Tablett mit lecker aussehenden Törtchen und eine Karaffe mit Saft. Sein Magen knurrte.

Wenzeslas gab OX ein Zeichen. Der Lehrer-Kompi brachte die Erfrischungen.

»Du befindest dich hier in einer geheimen Kammer unter dem Flüsterpalast«, sagte der Vorsitzende. »Bald wirst du Zugang zu allen Dingen bekommen, die du dir wünschen kannst. OX wird dich Geschichte, Philosophie, Politik und die subtilen Nuancen der Etikette am Hof lehren, dich damit auf deine künftigen Pflichten vorbereiten.«

»Welche Pflichten?« Raymond trank roten Saft und schob sich eine Honigwaffel in den Mund – er glaubte, nie etwas Köstlicheres gegessen zu haben.

»Prinz Peter, du bist Sohn und Erbe des Königs Frederick. Das Volk wird natürlich deine Ähnlichkeit mit ihm bemerken. Wenn du bereit bist, stellen wir dich der Öffentlichkeit vor. Sie wird dich akzeptieren.«

»Prinz?« Raymond hätte fast den Saft verschüttet. »Scharlachroter Regen, ich bin kein Prinz, und dem König Frederick bin ich nie begegnet! Ich ...«

Ein sonderbares Lächeln umspielte die Lippen des Vorsitzenden. »Wir schaffen hier unsere eigene Wahrheit, junger Peter. Mach dir deshalb keine Sorgen.«

»Aber was ist mit der echten königlichen Familie passiert? Ich habe noch nie etwas von einem Prinzen namens Peter gehört.«

»Bis vor kurzer Zeit existierte er auch gar nicht.« Wenzeslas faltete die Hände. »Wir haben dafür gesorgt, dass die königliche Familie eine private Angelegenheit bleibt, damit die Hanse in dieser Hinsicht freie Hand hat. An Spielraum mangelt es uns nicht.«

Der Vorsitzende schenkte sich ein Glas Saft ein. »König Fredericks Frau starb vor mehr als zwei Jahrzehnten. Im Lauf der Jahre hatte er viele Konkubinen und einige von ihnen schenkten ihm Kinder, aber keins von ihnen hat das Potenzial, das wir brauchen. Führungsqualitäten fehlen ihnen völlig.«

Raymond starrte den Vorsitzenden an, als es ihm allmählich dämmerte. »Sie wollen, dass *ich* den König ersetze?«

»Wenn du die notwendige Ausbildung hinter dir hast«, sagte OX.

»Wir haben dich aus hunderten von möglichen Kandidaten ausgewählt, Peter. Die Hanse ist davon überzeugt, dass du jemand bist, den das Volk lieben und dem es zujubeln kann.«

»Aber es ... es ist nicht richtig!«, beharrte Raymond.

Wenzeslas musterte ihn ruhig. »Genau auf diese Weise kam König Frederick vor vielen Jahren auf den Thron – und König Bartholomäus vor ihm und König Jack vor diesem.« Raymond riss die Augen auf und der Vorsitzende fuhr fort: »Wir beobachten dich seit Jahren und glauben, dass du zu den größten Hoffnungen berechtigst.« Kummer zeigte sich in seinem Gesicht. »Das schreckliche Feuer, das den Wohnkomplex zerstört hat, zwang uns leider dazu, schon jetzt aktiv zu werden. Wir hätten es vorgezogen, dich langsamer und schonender auf alles vorzubereiten.«

Es fiel Raymond schwer, die drastischen Veränderungen in seiner Existenz zu begreifen. »Aber ... was wird mit Frederick geschehen?«

»Nachdem du ihn abgelöst hast, verändern wir sein Gesicht und schicken ihn in einen komfortablen Ruhestand auf Relleker. König Fredrick hat uns fast ein halbes Jahrhundert lang gute Dienste geleistet, aber inzwischen lässt er nach. Ich glaube, er ist nicht mehr richtig bei der Sache. Wir brauchen einen energischen Nachfolger, der der Hanse neue Kraft gibt.«

»Ich kann das einfach nicht glauben.« Raymond sah in die Metallmaske des Lehrer-Kompi. »Jemand wird dahinterkommen und dann fliegt alles auf.«

Basil Wenzeslas lächelte. »Entschuldige, junger Mann, aber Raymond Aguerra war ein Niemand. Wer könnte dich jetzt, nach der Veränderung deines Aussehens, noch mit ihm in Verbindung bringen? Nach dem schrecklichen Feuer glauben alle, dass du zusammen mit den anderen ums Leben gekommen bist.«

Raymond hielt die Tränen zurück und seine Kehle vibrierte, als der Schmerz in ihm sonderbarer Taubheit wich. Seine Mutter hätte gesagt, dass diese plötzliche Gelegenheit - und ja, er suchte immer nach Gelegenheiten - der Ausgleich für all die Trauer war. Sie hätte vermutlich irgendwelche Gemeinplätze aus einer Unisono-Schrift zitiert. Raymond wäre bereit gewesen, alles zu geben, um seine Familie zurückzubekommen, aber diese Chance durfte er nicht vergeben.

Der Vorsitzende lächelte gewinnend, zeigte dabei strahlend weiße Zähne. »Wie heißt es so schön? Kein Unglück ist so groß, es hat sein Glück im Schoß. Die Vergangenheit haben wir bereits neu geschrieben. Und jetzt brauchen wir dich, junger Peter, damit du uns hilfst, die Zukunft zu schreiben.«

37 ✷ JESS TAMBLYN

Jess Tamblyn kehrte zu den Anlagen seines Clans unter dem Eis von Plumas zurück und musste dort feststellen, dass sein alter Vater so streng und mürrisch war wie immer. Das gab ihm einen weiteren Anlass, nach einem Vorwand zu suchen, der es ihm gestattete, so bald wie möglich erneut nach Rendezvous zu fliegen. Es war ihm nicht gelungen, Cesca zu sehen.

Bam Tamblyn hatte dunkle, begierig blickende Augen, in denen es blitzte, als Jess von Ross' Aktivitäten in der Atmosphäre von Golgen erzählte. Nach einigen Sekunden hob das alte Clanoberhaupt die schwielige Hand. »Genug. Vergeuden wir keine Zeit, indem wir über jemanden reden, der nicht mehr zu unserer Familie gehört.« Diese Halsstarrigkeit dauerte nun schon seit Jahren und Jess bezweifelte, dass sich jemals etwas daran ändern würde.

Es war alles andere als angenehm für ihn, in der Nähe seines Vaters zu leben. Nach einer Woche erfand Jess dringende Gründe, die angeblich einen neuerlichen Flug nach Rendezvous erforderten. Seine jüngere Schwester Tasia bat ihn, mitkommen zu dürfen, und Jess hatte Mitleid mit ihr. »Sie ist bei mir gut aufgehoben, Vater«, sagte er. »Und wer weiß? Vielleicht gelingt es uns diesmal, die *Burton* zu finden.«

Bram schnaubte. »Unser Clan verdient genug Geduld im Festwasser-Geschäft. Du solltest dich nicht immer wieder vor deinen Pflichten drücken und irgendwelchen Mythen nachjagen.«

»Es käme mir nie in den Sinn, mich vor meinen Pflichten zu drücken, Vater, und das weißt du. Und die *Burton* existiert. Sie ist irgendwo dort draußen.« Die große, langsame *Burton* war das einzige der elf Generationenschiffe, das man nicht gefunden hatte.

»Selbst wenn du sie fändest - heute wäre sie nur mehr ein Wrack und nichts wert.«

»Sie wäre einen Platz in der Geschichte wert, Vater«, warf Tasia ein.

Bram tarnte sein nachsichtiges Lächeln durch einen verärgerten Blick. Jess machte sich umgehend davon zu seinem privaten Raumschiff, gefolgt von Tasia. Ihr persönlicher Kompi EA wollte sich ihnen anschließen, aber Tasia ließ sich einige dringende Aufgaben für ihn einfallen und schickte ihn fort.

Als sie die von Rissen und Furchen durchzogene gefrorene Oberfläche des Mondes erreichten, lachten Bruder und Schwester. Sie entfernten sich von den Pumpstationen, die die kilometerdicke Eiskappe durchdrangen - hydrostatischer Druck ließ dort flüssiges Wasser nach oben quellen, und es wurde von den Versorgungsstationen aufgenommen.

»Darf ich fliegen?« Tasia saß neben Jess, versessen darauf, die Navigationskontrollen zu bedienen.

Er bedachte seine Schwester mit einem anerkennenden Blick. Sie war jung und draufgängerisch, gerade erst sechzehn, und sie freute sich über jede Gelegenheit, Plumas zu verlassen. Sie hatte eine Stupsnase, blaue Augen und struppiges braunes Haar, das sie sich selbst schnitt, wenn es zu lang wurde. Ihr forscher Esprit machte sie zu einer sehr angenehmen Reisebegleiterin und zu einer schwierigen verbalen Gegnerin, wenn jemand versuchte, sie zu beleidigen.

»Ob das Schiff einen solchen Missbrauch aushält?«, fragte Jess.

»Ich nenne es eine Belastungsprobe.«

»Später«, sagte er. »Derzeit geht es mir vor allem darum, von hier wegzukommen. Ich überlasse dir das Andockmanöver bei Rendezvous.«

Als Plumas hinter ihnen schrumpfte und Jess den Kurs programmierte, rief Tasia seine letzten Expeditionsdaten ab. »Wollen wir wirklich die Suche nach der *Burton* fortsetzen? Hast du neue Hinweise?«

»Nein, es war nur ein Vorwand, um dich mitzunehmen, bevor Vater irgendein Gegenargument finden konnte.« Jess blickte zu den leuchtenden Sternen. »Ich bezweifle, dass die *Burton* jemals gefunden wird. Man denke nur an die vergangene Zeit, die großen Entfernungen und die Gefahren im All. Ein Generationenschiff von insgesamt elf – das scheint mir eine akzeptable Verlustrate zu sein, wenn man die damalige vergleichsweise primitive Technik berücksichtigt.«

Tasia lächelte schief. »Ich halte es für wahrscheinlicher, die *Burton* zu finden, als zwischen Vater und Ross Frieden zu stiften.«

Jess seufzte. »Trotzdem sollten wir weiter versuchen, das Herz des Alten zu erweichen. In einem Jahr oder so heiratet Ross Cesca und diesen Umstand können wir nutzen, um unsere Familie wieder zu vereinen.«

Tasia reduzierte die Temperatur an Bord des kleinen Raumschiffs – sie war an die Kälte unter dem Eispanzer von Plumas gewöhnt. »Er wird den alten Streit begraben, Jess. Vater ist ein zu kluger Geschäftsmann, um eine Fehde mit dem Ehemann der neuen Sprecherin weiterzuführen.«

»Da hast du vielleicht Recht.« Jess überließ seiner Schwester die Navigationskontrollen und betrat die Kombüse, um ihnen beiden Pfefferblumentee zu kochen. Er wollte nicht weiter über die Heirat seines Bruders sprechen. Wenn er daran dachte, wurde ihm das Herz schwer und er befürchtete, dass sein Gesicht verriet, welche Gefühle er für Cesca Peroni hegte.

Tasia freute sich immer darüber, die glitzernden Asteroiden und künstlichen Habitate von Rendezvous zu sehen, und Jess freute sich über das Entzücken im Gesicht seiner Schwester.

Dutzende von Clan-Repräsentanten begrüßten sie, gekleidet in Umhänge und Jacken, die mit Familiensymbolen und bunten Zeichen geschmückt waren. Tasia dachte bereits über ihre eigenen Heiratsaussichten nach und flirtete mit den jungen Männern, obwohl sie zweifellos noch wählerischer sein würde als ihr Vater.

Rendezvous war ein Ort, an dem die Roamer ganz offen miteinander reden und geschäftliche Vereinbarungen treffen konnten. Sie hinterließen Nachrichten für Freunde und Partner, trafen entfernte

Verwandte. Die Clan-Einheiten waren klein und deshalb waren Eheschließungen zwischen Männern und Frauen verschiedener Clans wichtig, um Volk und Kultur stark zu halten.

Tasia eilte fort, um mit Freunden in ihrem Alter zu reden. Sie gewöhnte sich schnell an die geringe Schwerkraft der Asteroiden und eilte durch lange Tunnel in Richtung der Treibhauskuppeln. Sie hatte darauf verzichtet, ihren Raumanzug aus Jess' Schiff mitzunehmen; wenn sie sich nach draußen ins All wagen wollte, konnte sie sich jederzeit einen Körperschild ausleihen. Ihr fiel immer etwas ein.

Mit einer Mischung aus Furcht und Ungeduld brachte Jess die transparente Verbindungsröhre zum zentralen Asteroiden hinter sich, um Cesca dort einen formellen Gruß von Ross zu übermitteln. Jhy Okiah drückte ihm fest die Hand und sah dann kurz zu ihrer Nachfolgerin – Cesca konnte ihren Blick nicht von dem Besucher lösen.

Die alte Sprecherin räusperte sich verlegen. »Wenn Sie gestatten ... Ich bin mit der Mutter von Rand Sorengaard verabredet. Ihr Clan möchte sich offiziell für die Taten ihres Sohns entschuldigen.« Damit ging sie fort.

Cesca und Jess musterten sich stumm und er konnte seine Bewunderung für sie kaum verbergen. Cescas olivfarbene Haut und ihr dunkles Haar zogen ihn wie ein Magnet an. Sie lächelte mit lockenden Lippen. »Es freut mich, dich wiederzusehen, Jess«, sagte sie ein wenig zu förmlich.

Er reagierte mit einer tiefen Verbeugung. »Als ich zum letzten Mal bei Golgen war, bat mich mein Bruder, dir seine Grüße zu übermitteln. Er erwartet, in diesem Jahr mit der Blauen Himmelsmine einen Gewinn zu erwirtschaften.«

Jess öffnete eine große Tasche an seiner bestickten Weste und holte eine Kette mit metallisch glänzenden schwarzen Kugeln daraus hervor – Himmelsperlen. Er hielt die Halskette ins künstliche Licht. Seiner Ansicht nach glänzten Cescas dunkle Augen prächtiger als die schwarzen Kostbarkeiten.

»Ich glaube, ich habe noch nie zuvor Himmelsperlen gesehen«, sagte Cesca. »Und ich bin ganz sicher, keine zu besitzen. Ich weiß nicht, was ich sagen soll. Bitte richte Ross meinen Dank aus.«

Die kleinen Kugeln bildeten sich im Innern von Ekti-Reaktoren. Es handelte sich um konzentrierte Verunreinigungen aus der Atmosphäre während des Erntens. Himmelsperlen hafteten an den Reaktorwänden; man fand sie gelegentlich bei routinemäßigen Säuberungen. Ross sammelte sie seit Jahren, jeweils ein oder zwei Exemplare. Er hatte seiner Verlobten insgesamt fünfundzwanzig geschenkt - sie waren ein Vermögen wert.

Jess reichte Cesca die Kette und berührte dabei ihre Finger. Der Kontakt ließ seine Haut prickeln und er erzitterte innerlich. Diese Begegnung war für ihn ebenso süß wie schmerzhaft.

Unangenehme Stille herrschte und Jess fragte sich, was er sagen sollte, um das Schweigen zu beenden. Er fürchtete, dass die falschen Worte aus ihm herausplatzten. Cesca wich auf eine vorsichtige Distanz zurück und ihre Lippen teilten sich, als wollte sie etwas flüstern.

Ein breitschultriger Mann hastete durch den Tunnel, stieß sich in der geringen Schwerkraft mit den Stiefeln ab und zog sich mit kräftigen Fingern in den Empfangsraum der Sprecherin. »Ich muss sofort Jhy Okiah sprechen.« Er sah sich um, bemerkte die beiden jungen Leute und schenkte ihnen zunächst keine Beachtung. Dann erkannte er Jess. »Shizz! Dies betrifft den Tamblyn-Clan! Oh, ich bringe schreckliche Nachrichten. Wo ist die Sprecherin?«

Der Mann war Jess kein Unbekannter: Del Kellum, ein Clan-Oberhaupt und Verwalter der großen verborgenen Werften in den Ringen von Osquivel. Manchmal schlüpfte der ruhelose Kellum in die Rolle des Frachtpiloten, um andere Siedlungen und Anlagen der Roamer zu besuchen. Er war in mittleren Jahren, kräftig gebaut und gesellig, aber jetzt wirkte er entsetzt.

»Was ist passiert?«, fragte Jess. »Sollten Sie nicht den letzten Ekti-Transport von der Blauen Himmelsmine übernehmen?«

Cesca trat vor. »Ich bin die Stellvertreterin der Sprecherin. Sie können die Nachricht mir übergeben. Was ist geschehen?«

»Die Blaue Himmelsmine existiert nicht mehr!«, stieß Kellum hervor. »Sie wurde zerstört! Ich war nach Golgen unterwegs, als wir einen Notruf empfingen. Darin hieß es, dass die Mine von einem seltsamen Raumschiff angegriffen wurde, das aus den Tiefen der Atmosphäre kam. Eine solche Erscheinung hatten sie noch nie zuvor gesehen.«

Atemlos schnappte er nach Luft. »Als ich Golgen erreichte, fand ich dort nur noch einige Trümmer - die Druckwellen der Explosionen hatten sie in hohe Umlaufbahnen getragen. In den von

Ross bevorzugten Wolkenschichten entdeckte ich nur Rauch und Staub.«

Trotz der geringen Schwerkraft von Rendezvous verlor Jess das Gleichgewicht und taumelte. Er streckte die Hand aus und Cesca griff instinktiv danach.

»Was ist mit den Rettungskapseln?«, fragte Jess. »Das Flugdeck. Ross hätte in der Lage sein sollen, die Crew in Sicherheit zu bringen.«

»Nichts«, sagte Del Kellum. »Es ist alles zerstört. Jemand, etwas, griff ohne Vorwarnung an und brachte alle Personen an Bord der Blauen Himmelsmine um.«

38 ✷ ERINNERER VAO'SH

Die Saga des Ildiranischen Reiches entwickelte sich weiter, berichtete von Heldentum, Leidenschaft und Romantik. Als oberster Erinnerer am Hof des Weisen Imperators hielt Vao'sh Legenden und Geschichte seines Volkes für die nächste Generation faszinierter Zuhörer lebendig.

Immer wieder nahm er Berichte von aufregenden Ereignissen im Spiralarm entgegen. Friedliche Zeiten waren angenehmer für die Bevölkerung, aber sie lieferten nur wenig Stoff für das Geschichtenerzählen. Bisher fand die Splitter-Kolonie auf Crenna nur als Fußnote Erwähnung in der *Saga der Sieben Sonnen*. Sie wurde allein der Vollständigkeit halber erwähnt, ohne irgendeinen dramatischen Aspekt. Es war einfach nur eine kleine Kolonie, keine Geburtsstätte von Helden. Kaum der Rede wert.

Doch nach der Krankheit, die blind machte und einen schrecklichen Tod brachte, würde die Geschichte von Crenna viele dunkle Strophen enthalten. Der Erinnerer musste dafür sorgen, dass sie niemals in Vergessenheit geriet.

Nach einer langen Quarantäne an Bord von Adar Kori'nhs Kriegsschiffen wurden die evakuierten Überlebenden in Mijistra in Empfang genommen. Sie waren erschüttert, aber auch erleichtert. Im nie verblassenden Licht von Ildiras sieben Sonnen fühlten die schwachen Heimkehrer durch das *Thism* die heilende Präsenz des Weisen

Imperators. Hier würden sie sich erholen ... ohne jemals zu vergessen.

Vao'sh wollte die ganze Geschichte der Ereignisse auf Crenna hören. Die *Saga* musste nicht nur fesselnd sein, sondern auch genau.

Vao'sh traf sorgfältige Vorbereitungen. Er rieb die ausdrucksvollen Hautlappen in seinem Gesicht mit Öl ein, damit ihre Farben besonders gut zur Geltung kamen. Wenn er die Geschichte gehört und alle ihre Details verinnerlicht hatte, würde er sie immer wieder aufmerksamen Zuhörern erzählen, und die unterschiedlichen Farben der Hautlappen dienten dazu, seinen Worten Nachdruck zu verleihen.

Um Hals und Stimme zu schützen, trank Vao'sh seine tägliche warme Sirupmischung und sang dann einige wortlose Noten, um seine Stimme in die richtige Tonlage zu bringen. Dann ging er zu seinem ersten Treffen mit Dio'sh, dem einzigen überlebenden Erinnerer von Crenna.

Vao'sh begegnete seinem Verwandten aus dem Geschlecht der Erinnerer im hellen Sonnenschein, auf einer Terrasse des Prismapalastes. Dio'sh hatte die Augen geschlossen und die Hände auf die glatte Oberfläche eines Tisches gelegt, so als könnte das strahlende Licht der sieben Sonnen ihn von den Schatten des Albtraums befreien. Alle Einzelheiten der schrecklichen Ereignisse auf Crenna hatten sich ihm fest ins Gedächtnis eingeprägt.

Als Dio'sh den erwarteten Besucher bemerkte, wandte er sich dem obersten Historiker zu. Die Erleichterung des jüngeren Erinnerers war offensichtlich - seine Hautlappen zeigten Anerkennung und Respekt. »Es ist mir eine Ehre, dass Sie gekommen sind, um mit mir zu sprechen, Erinnerer Vao'sh. Ich bin begierig darauf, mein Wissen mit Ihnen zu teilen, obwohl ich mich davor fürchte, es noch einmal zu durchleben.«

»Erinnerer erfinden keine Geschichten«, sagte Vao'sh. »Wir erzählen sie nur. Und wir müssen sie gut erzählen, und genau.«

Dio'sh verneigte sich. »Ich werde mir alle Mühe geben, Erinnerer.«

Vao'sh wartete, während Dio'sh seine Gedanken sammelte. Das Gesicht des jüngeren Erinnerers verfärbte sich, wurde grau, was auf Furcht und Entsetzen hindeutete. Dio'sh erbebte.

»Crenna«, drängte Vao'sh behutsam. »Sie waren dort. Sie haben alles gesehen, den Mut, die Tragödie, das Unheil.« Er berührte die zitternde Hand seines Kollegen. »Wenn Sie Ihre Eindrücke nicht weitergeben, haben sich die schrecklichen Ereignisse umsonst zugetragen. Wir müssen uns an die Helden und Opfer erinnern. Sie sind ein Erinnerer, Dio'sh.«

Der jüngere Mann atmete tief durch und öffnete die Augen. Er wirkte noch immer sehr beunruhigt, aber auch entschlossener. »Auch in anderen ildiranischen Splitter-Kolonien kam es zu Krankheiten«, sagte Dio'sh. »Wir erinnern uns an den Verlust von Kindern und Familien, die Fieber, Gift oder genetischen Leiden zum Opfer fielen. Aber dies ...« Er sah auf und seine Hautlappen liefen scharlachrot an. »Diese grässliche Seuche macht erst blind, nimmt den Betroffenen den Trost des Lichts und bringt ihnen dann einen qualvollen Tod in der Quarantäne, getrennt von anderen Ildiranern. Und sie *müssen* von den anderen getrennt werden, damit sich die Krankheit nicht weiter ausbreitet.«

Dio'sh ballte die Faust und hob sie. Vao'sh spürte, wie tiefes Entsetzen in ihm wuchs. Ildiraner lebten im Licht, ständig umgeben von Artgenossen. Zwei Phobien gab es bei ihnen: Angst vor Dunkelheit und Angst vor Isolation.

Dio'sh sah jetzt nur noch die Bilder seiner Erinnerungen. »Crenna hat einen großen Mond und deshalb gibt es auch in der Nacht Licht. Außerdem ließen wir überall Lampen brennen, in jedem Haus und auch auf den Straßen, um die Finsternis von uns fern zu halten. Aber was nützen Lampen gegen eine Krankheit, die blind macht? Als der Crenna-Designierte erkrankte, stand er auf dem Stadtplatz und blickte direkt zur Sonne, aber er sah nur Dunkelheit.«

Violette und grüne Muster des Kummers und des Entsetzens huschten über die Hautlappen. Vao'sh schauderte, verzichtete aber auf einen Kommentar und merkte sich jedes Wort. Er stellte sich vor, wie der Crenna-Designierte, Sohn des Weisen Imperators, blind in die Sonne blickte. Eine gute dramatische Szene. Dieser Teil der Geschichte würde mehrmals erzählt und modifiziert werden, bis die endgültige Version schließlich einging in die *Saga der Sieben Sonnen*.

»Wir wissen nicht, wie es zu der Krankheit kam. Die Wissenschaftler auf Crenna waren größtenteils landwirtschaftliche Spezialisten, keine Bakteriologen. Wenige Tage nach dem ersten dokumentierten Fall erkrankten zehn weitere. Und dann wurden auch jene krank, die sich um die ersten Infizierten gekümmert hatten.

Nie zuvor haben wir es mit einer so virulenten und tödlichen Krankheit zu tun bekommen.

Durch das *Thism* fühlten alle das wachsende Entsetzen der Opfer, als deren Augen immer mehr in Mitleidenschaft gezogen wurden und es zu den ersten Fällen von Erblindung kam. Wir wussten, dass wir die Betroffenen unter Quarantäne stellen sollten, aber wie konnten wir einem *blinden Kind* sagen, dass wir es allein lassen mussten, isoliert von Wärme und Trost der Familie? Das erschien uns noch schlimmer als die Krankheit selbst. Nach der Erblindung erfasste die Nervenschädigung auch andere Teile des Körpers, bis schließlich die Lungen nicht mehr atmen und das Herz nicht mehr schlagen konnten.«

Dio'sh holte Luft und erschauerte. »Dann starb der Crenna-Designierte und dadurch hatten wir keine direkte Verbindung mehr zum Weisen Imperator. Selbst der geringe Trost des *Thism* wurde immer schwächer. Wie sollten wir so etwas ertragen? Mit jedem Todesfall breitete sich die Panik weiter aus. Unsere Zahl schrumpfte und das *Thism* zerfaserte immer mehr. Es dauerte nicht lange, bis die Größe unserer Kolonie unter die kritische Schwelle für einen Splitter sank.

Jene von uns, die gesund geblieben waren, schlossen sich in ihren Unterkünften ein, aber selbst dann machten wir Fehler, und die Krankheit hielt Einzug in unsere Häuser. Wir verbrannten die Opfer, in der Hoffnung, dass ihnen die Flammen wenigstens symbolisch das Licht zurückbrachten.«

Dio'sh richtete einen flehentlichen Blick auf Vao'sh und schien ihn bitten zu wollen, diese Geschichte neu zu schreiben. »Wir wussten nicht, was wir tun sollten! Wir waren wie gelähmt und die Seuche breitete sich weiter aus.«

Vao'sh berührte den Unterarm seines Kollegen. »Das genügt vorerst, Dio'sh.«

Er schluckte und seine Gedanken rasten. Vao'sh wusste, dass die Krankheit von Crenna und die Aufgabe einer ganzen Kolonie Teil der *Saga* werden mussten, aber es widerstrebte ihm, zu viele grässliche Details hinzuzufügen – es mochte die Zuhörer zu sehr erschrecken.

»Vielleicht sollten Sie mir eine Zeit lang Gesellschaft leisten«, schlug er vor. »Wir erzählen etwas Fröhliches, die Geschichte von Bobri's und der Silbernen Kugel. Sie gefällt den Kindern, und mir gefällt es, Kinder zu unterhalten. Bestimmt kommen Sie dadurch auf andere Gedanken.«

Dio'sh zögerte unsicher. »Ich möchte lieber still sein und mich in der Nähe von anderen Personen befinden, ohne eine aktive Rolle spielen zu müssen.«

Vao'sh runzelte die Stirn und Missbilligung verfärbte seine Hautlappen. »Die anderen Geschlechter können sich nicht wie wir an alle Einzelheiten erinnern. Die *Saga* ist niedergeschrieben, aber als Erinnerer besteht unsere Aufgabe darin, Geschichten zu erzählen und zu lehren, die alten Legenden mit neuem Leben zu erfüllen. Vergessen Sie das nicht. Alle Ildiraner können die Lieder hören und sich Dinge vorstellen, aber *wir* müssen sie ihnen präsentieren. Das ist unsere Pflicht.«

Dio'sh ließ die Schultern hängen. »Das ist unsere Pflicht, ja. Und manchmal ist sie sehr schwer.«

39 ✹ DAVLIN LOTZE

Die Ildiraner waren von Crenna geflohen und hatten ihre Einrichtungen zurückgelassen. Die Hanse hatte dem Weisen Imperator viel für das Recht bezahlt, auf dem Planeten zu siedeln, der sich im stellaren Territorium des Ildiranischen Reiches befand. Sie hielt die bereits gezähmte Welt für eine Kostbarkeit und der Weise Imperator sah in dem Geld einen unerwarteten Segen.

Ganz offensichtlich verstanden sich die beiden Seiten nicht.

Medo-Forscher und Mikrobiologen stellten genaue Untersuchungen in Hinsicht auf die Krankheit an, die Ildiraner erblinden und sterben ließ – nichts deutete darauf hin, dass sie auch für Menschen eine Gefahr darstellte. Terranische Transportschiffe landeten auf Crenna. Kolonisten hatten ihre Anträge schon vor einer ganzen Weile gestellt, Freiwillige, die es gar nicht abwarten konnten, ihre alte Heimat zu verlassen, um auf einem anderen Planeten ein neues Leben zu beginnen.

Die offizielle Politik der Hanse förderte die Expansion, indem sie auf zahlreichen Welten Fuß fasste und das Bevölkerungswachstum bereits bestehender Kolonien begünstigte. Zum ersten Mal in der menschlichen Geschichte gab es mehr als genug Lebensraum und Ressourcen und die Menschen bemühten sich, alles zu nutzen, das zur Verfügung stand.

Als die erwartungsvollen Siedler den ersten Transporter verließen, sah sich Davlin Lotze ruhig und interessiert um. Er schloss sich der ersten Gruppe von Kolonisten an, die damit begannen, die ildiranische Geisterstadt zu erforschen. Er verhielt sich wie die anderen, obgleich er mit einer besonderen Mission beauftragt war.

Die protzigen ildiranischen Kriegsschiffe hatten Crenna hastig verlassen, an Bord die Überlebenden der Kolonie. Eile und Furcht verleiteten dazu, Fehler zu machen. Unter solchen Umständen blieben vielleicht wichtige Dinge zurück. Genau das erhoffte sich der Vorsitzende Basil Wenzeslas, für den Davlin Lotze arbeitete.

Eine zweite Gruppe aus Medo-Spezialisten befand sich bereits in der Stadt, analysierte das Grundwasser, untersuchte Mikroorganismen und vergewisserte sich, dass es keine andere Gefahr für die neuen Kolonisten gab. Aus einigen Studien ging hervor, dass Menschen und bestimmte ildiranische Geschlechter gemeinsame Nachkommen haben konnten, allen genetischen Gesetzen zum Trotz. Deshalb kam es einer Ironie des Schicksals gleich, dass der Krankheitserreger nur Ildiraner bedrohte.

Auch wenn die neuen Siedler ein gewisses Unbehagen nicht leugnen konnten – für sie gab es nichts zu befürchten. Davlin Lotze zweifelte nicht eine Sekunde lang daran, aber er verzichtete darauf, die anderen Männer und Frauen zu beruhigen. Stattdessen beobachtete er ihre Reaktionen. Er wusste bereits viele Dinge, die er für sich behalten würde, bis er schließlich Basil Wenzeslas Bericht erstattete.

Der Vorsitzende hatte ihm falsche Papiere gegeben, die ihn als einfachen Kolonisten ausgaben. Nach dem Dossier, das die anderen Siedler einsehen konnten, war Davlin ein Spezialist für Landwirtschaft. Außerdem kannte er sich mit der Holzbearbeitung aus, konnte als Klempner arbeiten und Motoren reparieren. Die Siedler nahmen ihn bereitwillig in ihre Gruppe auf und hielten ihn für einen der ihren.

An Bord des Transporters hatte Davlin mehrere Personen kennen gelernt und wollte diese Beziehungen weiterentwickeln, obwohl er niemandem erlauben würde, ihm so nahe zu kommen, dass von Freundschaft die Rede sein konnte. Er wusste nicht, wie lange sein

Auftrag von ihm verlangte, auf Crenna zu bleiben – vermutlich so lange, bis er wichtiges Material über die Ildiraner fand.

Davlin Lotze war ein vom Vorsitzenden ausgewählter »Beobachter«; ihm gefiel seine Arbeit. Er wusste, worauf sie hinauslief, verwendete aber nie den Begriff »Spionage«. Die ihn betreffenden Unterlagen wiesen nicht auf seine Erfahrungen als Exosoziologe hin. Er verstand es, eine fremde Kultur zu erforschen, ihre Geheimnisse zu ergründen und exotische Nuancen zu deuten.

Die überstürzte Evakuierung von Crenna bot dem Vorsitzenden Wenzeslas Gelegenheit, Dinge in Erfahrung zu bringen, die der Weise Imperator vielleicht lieber geheim gehalten hätte. Davlin sollte Berichte zusammenstellen und zur Erde schicken, mithilfe der Vorsorgungsschiffe, die während des ersten Jahrs der Kolonie zwischen Crenna und den zentralen Welten der Hanse verkehren würden.

Eine kleine Flotte beladener Schiffe landete schließlich auf dem fruchtbaren, aber leeren Ackerland außerhalb der Stadt. Zuerst kamen die Personentransporter. Pioniere, die während der Reise zu lange still gesessen hatten, stiegen voller Erwartung aus. Ihnen folgten Frachter mit Ausrüstungsmaterial und vorgefertigten Gebäudeteilen. Es handelte sich um die Standardausstattung für eine neue Kolonie, obgleich die Ildiraner bereits Vorarbeit geleistet hatten.

Während des Flugs nach Crenna hatten die Kolonisten anhand von Karten und Satellitenbildern Grundstücksgrenzen festgelegt und das Ackerland unter sich aufgeteilt. Doch als die Schiffe landeten, schienen sie das alles zu vergessen und eilten zur Stadt, um zu sehen, was die Ildiraner für sie übrig gelassen hatten. Viele von ihnen murrten, als sie sahen, dass manche Gebäude niedergebrannt waren, Hinweis auf den verzweifelten Versuch der Ildiraner, der Seuche durch Feuer Einhalt zu gebieten. Die neuen Siedler hatten gehofft, mehr von der bereits existierenden Infrastruktur nutzen zu können.

Während um ihn herum rege Aktivität herrschte, ging Davlin zum Ausrüstungstransporter und startete den Motor eines schweren Kriechers. Er kannte sich mit solchen Fahrzeugen aus, die dazu bestimmt waren, Kisten und Container zu entladen und für die Verteilung unter den Kolonisten bereitzustellen.

Drei der Männer, die er an Bord kennen gelernt hatte, gestikulierten und schrien sich gegenseitig an, die Gesichter rot angelaufen. Das überraschte Davlin kaum. Crenna brauchte nicht nur eine Infrastruktur – Straßen, Trinkwasserleitungen und Lebensmitteldistribution –, sondern auch ein Herrschaftssystem, eine Hierarchie der Macht. In seinen Identitätsdokumenten fehlten Hinweise darauf, aber Davlin war weitaus besser gebildet als die übrigen Siedler und brachte alle Voraussetzungen mit, um zum Oberhaupt der Kolonie zu werden. Doch seine Aufgabe bestand darin, im Hintergrund zu bleiben und zu beobachten.

Davlin Lotze war ein hoch gewachsener Mann mit großen Händen, schmalen Schultern und nicht genug Muskeln, um einschüchternd zu wirken. Er hatte dunkelbraune, fast schwarze Haut, hohe Wangenknochen, schmale Augen und kurz geschnittenes Haar. Zwei helle, parallele Streifen auf der linken Wange sahen wie Stammeszeichen aus. In Wirklichkeit handelte es sich um die Narben von Schnittwunden, die von den Splittern einer explodierten Flasche stammten – ein Freund von ihm hatte damals versucht, zu Hause Bier zu brauen.

Stumm und kompetent arbeitete er mit dem schweren Kriecher und brachte Kisten zum zentralen Platz in der ildiranischen Stadt. Die menschlichen Kolonisten liefen wie Kinder umher, die eine Ferienanlage erkundeten. Sie betrachteten die ungewohnte Architektur, sahen sich zurückgelassene Gegenstände an und hofften vermutlich, einen Schatz zu finden. Davlin musste besonders aufmerksam sein und alle Objekte konfiszieren, die neue Erkenntnisse über die Ildiraner ermöglichten.

Nachdem er den Frachter entladen hatte, parkte er den Kriecher am Rand des Stadtplatzes und gesellte sich den anderen Kolonisten hinzu. Mit einem verborgenen Imager schritt er von Gebäude zu Gebäude und fotografierte die Architektur aus verschiedenen Bildwinkeln. Besucher des Ildiranischen Reiches hatten Gelegenheit gefunden, einen Eindruck von der dortigen Architektur zu gewinnen, aber Davlins Interesse galt den Details.

Er betrat die nicht niedergebrannten Gemeinschaftsgebäude, öffnete Schränke und sah sich das an, was die Ildiraner in ihrem täglichen Leben verwendet hatten.

Die Fremden schienen nichts vor der Hanse zu verbergen, präsentierten sich als Verbündete und Freunde. Aber Davlin traute ihnen ebenso wenig wie Basil Wenzeslas. Die Offenheit der Ildiraner diente vielleicht nur dazu, Informationen zu verstecken, die die Menschen nicht bekommen sollten.

»Man muss seinen Feind kennen«, hatte der Vorsitzende Wenzeslas vor dieser Mission betont. Hier auf Crenna wollte Davlin die ildiranische Tragödie ausnutzen. Wenn es an diesem Ort irgendwelche Geheimnisse gab, so würde er sie finden.

40 ✸ MARGARET COLICOS

Der Tag von Rheindic Co war achtundzwanzig Stunden lang, aber trotz der zusätzlichen vier Stunden hatten Margaret und Louis Colicos nie das Gefühl, genug Zeit für die Klikiss-Ruinen zu haben.

In einer tiefen Schlucht unweit des Lagers kletterten die beiden Xeno-Archäologen zur Ruinenstadt der Klikiss empor. Ihr Ziel waren einige bogenförmigen Gebilde und Fassaden unter einem Felsüberhang. Weiter hinten führten Tunnel tiefer in den Berg.

Entweder war die Schlucht in den vergangenen Jahrtausenden tiefer geworden oder Erosion hatte die Rampen und Aufgänge der Fremden verschwinden lassen. DD und die drei Klikiss-Roboter hatten dabei geholfen, Leitern und Treppen zu konstruieren, wobei jeder kleine Vorsprung und Sims an der Schluchtwand ausgenutzt worden war – dadurch bekamen Margaret und Louis leichteren Zugang zur Ruinenstadt. Jeden Morgen brachen sie beim ersten Licht auf.

Bisher hatten sie vergeblich nach Schächten, Flaschenzügen, Leitern oder moderneren Transportsystemen gesucht, die es vom Boden aus gestattet hätten, die Stadt leicht zu erreichen. Louis war sicher, dass die Gebäude auch deshalb so angelegt worden waren, dass sie leichter verteidigt werden konnten. »Oder vielleicht waren die Klikiss unglaublich groß«, fügte er scherzhaft hinzu. »Wir wissen nicht, wie sie ausgesehen haben.«

Die großen schwarzen Roboter, die im trockenen Alluvialschutt der Schlucht standen, boten keine Erklärung an. »Wir erinnern uns an nichts«, sagte Sirix.

Louis lächelte, als hielte er den Roboter für fähig, die menschliche

Mimik zu verstehen. »Wir werden uns alle Mühe geben, es herauszufinden. Nicht nur für uns, sondern auch für euch.«

Arcas nahm an der täglichen Routine nicht in dem Maß teil, wie es sich die Archäologen erhofft hatten. Häufig verbrachte er seine Zeit damit, das Gelände allein zu erforschen. Trotz der geologischen Kenntnisse des grünen Priesters glaubte Margaret, dass er lediglich als Gesprächspartner dienen konnte. Selbst die Klikiss-Roboter leisteten dem Projekt direktere Hilfe.

Selbst nach Monaten der Vermessung bestand die größte Aufgabe zunächst darin, die Möglichkeiten abzuschätzen. Die Ruinenstadt war so groß, dass schon die Erstellung eines Forschungsplans einer Herausforderung gleichkam. Louis wanderte mit seinem Rekorder durch Tunnel und schiefe Gebäude, fertigte Aufzeichnungen von Wänden und Strukturen an, von Rohrleitungen und längst korrodierten Maschinen, die die Klikiss vor langer Zeit zurückgelassen hatten.

Margaret hatte einmal die Anasazi-Ruinen von Mesa Verde im Südwesten von Nordamerika auf der Erde besucht, eine berühmte, viele Jahrhunderte alte Felsenstadt. Die Klikiss-Bauten von Rheindic Co erinnerten sie an jene Stadt. Gleichzeitig wirkte sie überaus fremdartig mit einer Architektur, die auf einer anderen Ästhetik basierte: Wände stießen im »falschen« Winkel aufeinander und trapezförmige Türen befanden sich nicht immer auf Bodenniveau.

Margaret nahm eine Probe von einer Wand, und zwar an einer Stelle, an der sich keine der zahlreichen Markierungen und Ideogramme zeigten, die fast alle Oberflächen bedeckten. Hatte jenes Insektenvolk weder Papier noch ähnliche Dinge benutzt, um schriftliche Aufzeichnungen anzufertigen? War es den Klikiss aus irgendeinem Grund sinnvoller erschienen, ihre Geschichte durch Schriftzeichen und Symbole an den Wänden ihrer Siedlungen festzuhalten, dort sogar Berechnungen anzustellen?

Auf Corribus, Llaro und Pym, den anderen bereits erforschten Klikiss-Welten, hatte Margaret chemische Analysen von Materialproben aus Gebäuden der Insektenwesen vorgenommen. Sie zweifelte kaum daran, dass sich hier die gleichen Resultate ergeben würden. Die Klikiss hatten eine organische Mineralmischung hergestellt, die einem Gemisch aus Schlamm, Zellstoff und Kieselerde ähnelte. Kombiniert mit einem harzigen Saft – Speichel? – ergab sich daraus eine Substanz, die härter und widerstandsfähiger als Stahl oder Beton war, aber auch absorptionsfähig und dauerhaft genug, um Piktogramme, Schriftzeichen und mathematische Gleichungen auf die Wände zu pinseln.

Im Lager hatte Margaret den ganzen Abend Zeit, um die aktuellen Daten mit den früheren Aufzeichnungen zu vergleichen. Aber hier zu sein, die trockene und staubige Luft zu riechen, umgeben von Schatten und vielleicht auch von den Geistern eines rätselhaften Volkes ... Es fühlte sich herrlich an.

Vor einem Jahr, in den Ruinen von Corribus, hatte Margaret tagelang die aufgezeichneten Symbole betrachtet, ohne Ergebnis. Dann verbrachte sie einen Abend in einem leeren Raum und beobachtete, wie der Mondschein auf die Zeichen fiel, und plötzlich kam es zum Durchbruch: Sie erkannte Sternkarten-Koordinaten seltener Neutronensterne. Jene eine Entdeckung hatte zu weiteren Erkenntnissen und schließlich zur Klikiss-Fackel geführt. Eine ähnliche Inspiration erhoffte sich Margaret auch hier auf Rheindic Co.

Louis und sie hatten ihre Arbeit in Ägypten begonnen und dabei einen speziellen ildiranischen Ultraschall-Kartografen verwendet, um tief im Sand der Sahara verborgene Relikte zu entdecken. Mit dieser Technik, von einem fremden Volk entwickelt, war es ihnen gelungen, eine ganze ägyptische Stadt zu lokalisieren. Durch jenen erstaunlichen Fund wurden sie zu berühmten Archäologen.

Anschließend hatten Margaret und Louis Colicos auf Anfrage der Terranischen Verteidigungsflotte sechs Monate auf dem Mars verbracht, weit entfernt von der militärischen Basis. Die Arbeit in einer ausgesprochen lebensfeindlichen Umgebung war ganz anders gewesen als die im Sand und in der Hitze der Sahara. In Schutzanzüge gekleidet hatten sie die berühmten Pyramiden von Labyrinthus Noctis untersucht, um Aufschluss über ihren Ursprung zu gewinnen. Nach eingehenden Untersuchungen gelangten Margaret und Louis Colicos damals zu dem unpopulären Schluss, dass die Pyramiden keine Relikte einer extraterrestrischen Zivilisation waren, sondern *natürliche* Artefakte, geschaffen von der ungewöhnlichen kristallenen Struktur bestimmter Mineralien im Boden sowie den Einwirkungen von Wetter und niedriger Schwerkraft über Jahrtausende hinweg.

Als Xeno-Archäologen hatten sie nur wenige extravagante Wünsche, dafür aber viele gemeinsame Ziele und Interessen. Es machte ihnen nichts aus, in ihrem Leben auf Komfort zu verzichten, und beide fühlten sich recht wohl in ihrer Ehe. Oft vervollständigten sie gegenseitig ihre Sätze, saßen nachdenklich beisammen, jeder auf die eigene Arbeit konzentriert, und sprachen nur gelegentlich einige wenige Worte. Doch wenn sie später gefragt worden wären, hätten sie behauptet, ein langes und faszinierendes Gespräch geführt zu haben.

Auf Rheindic Co kehrte Louis nun von einer Forschungstour durch die Ruinenstadt zurück, mit einem Imager in der einen Hand und einer Leuchttafel in der anderen. »Ich habe eine weitere Sektion kartografiert, Schatz.«

Margarets Blick verweilte auf den Schriftzeichen einer Wand. »Fertige eine ...«

»Das habe ich bereits«, sagte Louis und hob einen Backup-Datenwafer.

»Du weißt ja, wohin damit«, meinte Margaret und Louis verstaute ihn in einer Klikiss-Kammer. Oft vergaß er die notwendigen Sicherheitsvorkehrungen, aber Margaret hatte ihre Lektion gelernt. Viele Male bei früheren Ausgrabungen waren Daten aufgrund von elektrischen Entladungen, Staubstürmen oder Überflutungen verloren gegangen.

Beide setzten die Arbeit fort und schwiegen, fühlten sich aber trotzdem einander nahe. Margaret und Louis hatten ihre Beziehung als eine Art intellektuelles Bündnis begonnen, weil sie so viel Zeit fernab der Zivilisation verbrachten. Schließlich hatten sie auf die Stimme des gesunden Menschenverstands gehört und so geheiratet, als wäre es eine Art Geschäftsvereinbarung – die Phase dummer jugendlicher Schwärmerei übersprangen sie einfach.

Louis überließ seine Frau ihrer Arbeit in einem der Räume, die besonders viele Klikiss-Maschinen enthielten. Er glaubte, dass einige der uralten Aggregate noch immer über funktionierende Energiequellen, Luftaustauscher, Pumpen und hydraulische Systeme verfügten. Vielleicht, so spekulierte er, schlief die Stadt nur; möglicherweise ließ sie sich wecken, mit der richtigen Kombination aus Intuition und Beharrlichkeit.

Margaret fiel noch etwas ein. »Heute Abend, Louis – denk an Antons Geburtstag.«

»Ja, Schatz. Wir bitten Arcas, eine Nachricht zu übermitteln. Sonst glaubt er, wir hätten ihn vergessen.«

Margaret wusste, dass ihr einziger Sohn ganz in seinen Studien aufging – er übersetzte alte irdische Schriftrollen und versuchte, terranische Mythen und Legenden neu zu interpretieren. Anton Colicos hatte sich einen Ruf als Gelehrter erworben, der ebenso besessen war wie seine Eltern. Die kleine, alte Spieldose, die Margaret von ihm bekommen hatte, nahm sie zu jedem neuen Ausgrabungsort mit. Anton wusste, dass seine Eltern sehr stolz auf ihn waren, auch wenn sie manchmal zu viel zu tun hatten, um an ihn zu denken.

Louis betrat einen anderen Raum und Margaret hörte, wie er dort an Apparaten herumklopfte. Sie ließ ihre Gedanken treiben, als sie durch trockene Korridore ging, durch Kammern mit hunderten oder gar tausenden von noch nicht identifizierten Schriftzeichen an den Wänden. Handelte es sich um Klikiss-Literatur oder wichtige wissenschaftliche Aufzeichnungen? Oder waren es nur obszöne Insekten-Graffiti?

Erzählten die Klikiss Geschichten, wie Menschen und Ildiraner, oder waren sie durch und durch rational? Und was hatte ihr Verschwinden bewirkt? Diese Fragen beunruhigten Margaret und gaben ihr das Gefühl, dass es zu spät sein konnte, wenn sie nicht bald Antworten fand.

Nach einem weiteren interessanten Forschungstag hörte Margaret die leichten Schritte ihres treuen Kompi DD. »Hallo? Hallo? Margaret und Louis? Sie haben mich gebeten, Sie bei Sonnenuntergang abzuholen. Es wartet eine leckere Mahlzeit auf uns alle. Bestimmt gefällt Ihnen das Rezept, das ich entwickelt habe. Wäre dies ein guter Zeitpunkt, um Ihre Arbeit für diesen Tag zu beenden?«

Margaret sah zum Kompi und rieb sich den steifen Nacken. »Es ist nie ein guter Zeitpunkt, um aufzuhören, DD, aber heute bringen wir ohnehin nichts mehr zustande. Geh und hol Louis. Vermutlich steckt er mit dem Kopf in irgendeinem Generator.« Sie deutete in einen Korridor. Der Freundlich-Kompi eilte sofort los und rief Louis' Namen.

Die beiden Menschen und der Roboter kletterten gemeinsam die lange Metalltreppe hinunter. DD ging vor den beiden und rückwärts, erhellte den Weg mit einer Leuchttafel. Er stolperte nie, warnte aber immer wieder vor Unebenheiten auf dem Weg und spitzen Kanten am Gerüst. »Vorsichtig. Vorsichtig.« Vermutlich würde er bald darauf hinweisen, dass er über ein Erste-Hilfe-Modul verfügte, falls seine Dienste als Notarzt benötigt wurden.

Als sie den Boden der Schlucht erreichten, schmerzten Margarets

Beine vom langen Abstieg. Louis legte ihr den Arm um die Schulter. »Möchtest du, dass ich dir helfe, Schatz?«

»Du bist ebenso erschöpft wie ich, alter Knabe«, erwiderte sie. »Bestimmt fühlen wir uns viel besser nach der Gourmet-Mahlzeit, die DD für uns zubereitet hat.«

»Hoffentlich sind es nicht wieder ›Nahrungskonserven mit Remouladensoße‹«, sagte Louis.

»Ich habe Ihre kulinarischen Vorlieben sicherheitshalber gespeichert, Louis.«

Als sie durch die Schlucht gingen, die vor langer Zeit von reißenden Fluten ausgewaschen worden war, blickte Margaret zu den hohen Felswänden zurück und fragte sich einmal mehr, warum die Klikiss ihre Stadt so weit oben angelegt hatten. »Ob die Klikiss jemals an Arthritis litten? Und wenn ja – wie kehrten sie dann heim? Mir läge nichts daran, jeden Tag so lange Treppen emporzusteigen.«

»Hinzu kommt, dass sie wahrscheinlich mehrere Beine hatten«, sagte Louis. »Vielleicht blieben sie einfach in der Stadt, wenn sie erst einmal da waren.«

Margaret beobachtete, wie die Schatten in der Schlucht länger wurden und dachte erneut über die Position der Gebäude nach. »Es scheint typisch zu sein. Denk nur an die hohen Türme von Llaro.«

Die Bauwerke auf jenem trockenen Savannenplaneten sahen wie Termitenschlösser aus. Türme aus der gleichen Schlamm-Kieselerde-Mischung ragten weit auf, im Innern ausgestattet mit Tunneln, die sich kreuzten. Einige von ihnen führten zum Boden, boten aber nicht mehr Platz als die oberen Passagen, was darauf hindeutete, dass die Verkehrsdichte in ihnen nicht größer gewesen war. Durch die auffallend breiten und offenen Fenster riskierte man einen Sturz in die Tiefe.

Plötzlich begann Margaret zu lachen.

Louis sah sie an. DD folgte seiner Freundlich-Programmierung und lachte ebenfalls, obwohl er gar nicht wusste warum.

»Es ist ganz einfach, alter Knabe«, sagte Margaret. »Und offensichtlich. Warum sind wir nicht schon längst darauf gekommen?«

Louis lächelte. Wenn Margaret glaubte, einen Durchbruch erzielt zu haben, hatte sie fast immer Recht. »Nun, Schatz, verrätst du es mir oder willst du mich an Neugier sterben lassen ... oder an Altersschwäche?«

Margaret deutete an der steilen Felswand empor und zeigte auf den weiten Überhang. »Die Klikiss brauchten gar nicht zu klettern. Sie konnten *fliegen.*« Sie strahlte und wusste: Angesichts dieser Erkenntnis mussten die bisherigen Vorstellungen von der Biologie der fremden Wesen neu überdacht werden. »Die Klikiss konnten *fliegen*!«

41 ✷ SAREIN

Bevor sie zur Erde flog, überlegte Sarein, wie sie zur perfekten theronischen Botschafterin werden konnte, um alle ihre politischen Aufgaben zu erfüllen. Außerdem wollte sie eine Gastgeberin mit besonders guten Manieren sein. Bei ihrer Arbeit ging es nicht nur um das Wohl des Weltwalds, sondern auch um das der Hanse. Basil Wenzeslas hatte ihr die gemeinsamen Interessen von Theroc und der Hanse aufgezeigt.

Sie sah die Zukunft anders als die konservative alte Otema, die ihr Volk unvernünftigerweise davon abgehalten hatte, einen Platz in der Gesellschaft der Hanse zu finden. Aber Otema war ihre Vorgängerin und genoss hohes Ansehen auf Theroc. Es konnte Sarein gewiss nicht schaden, wenn sie den Segen der alten grünen Priesterin bekam.

In ihrem persönlichen Raum kochte Sarein starken Clee. Das Zimmer befand sich hoch oben im Pilzriff. Hier war die Substanz der Pilze frisch und deshalb blieben die Wände weich. Sarein mochte ihren Raum, denn er erhielt mehr Sonnenlicht als die tiefer gelegenen Bereiche. Sie stellte zwei Tassen auf einen niedrigen Tisch, eine für sich selbst und die andere für Otema.

Zum vereinbarten Zeitpunkt traf Otema mit leisen Schritten ein und Sarein erhob sich, um sie zu begrüßen. Wie alt sie aussah! Ihre Haut hatte das gleiche dunkle Grün wie der Boden des Waldes, wirkte außerdem so hart und trocken wie Holz. Sie trug nur die minimale Kleidung einer grünen Priesterin und keinen Schmuck.

Otema sah, dass Sarein den Botschafterumhang trug, und daraufhin zeigte sich Sorge in ihren Zügen. Die Falten an den Statuslinien und Leistungszeichen wurden tiefer. Sarein fragte sich, ob die frühere Botschafterin bereits die Annehmlichkeiten und die Kultur der Erde vermisste.

Die junge Frau gab vor, die Nachdenklichkeit ihrer Vorgängerin nicht zu bemerken. »Sie sind viele Jahre lang fort gewesen, Otema, und dadurch haben wir uns nie richtig kennen gelernt.« Sie schenkte Clee ein und Otema nahm die Tasse entgegen. »Ich dachte, wir sollten miteinander reden, bevor ich aufbreche, um meinen Dienst auf der Erde anzutreten.« Sarein lächelte und sprach die nächsten Worte nur, weil sie glaubte, dass Otema sie von ihr erwartete. »Sie haben große Erfahrung und können mir in Hinsicht auf die Hanse vielleicht den einen oder anderen Rat geben.«

»Ich bin bereit, meine Gedanken mit Ihnen zu teilen«, erwiderte Otema steif und langsam. »Aber ich bezweifle, dass Sie bereit sind, auf mich zu hören.«

Sarein versuchte, angesichts dieser ablehnenden Haltung nicht die Stirn zu runzeln. »Ich kann mir kaum vorstellen, dass die Rückkehr zum Weltwald Sie enttäuscht, Otema. Nach so vielen Jahren des Dienstes haben Sie es sich verdient.«

»Der Weltwald ist immer Balsam für menschliche Erschöpfung, ungeachtet der unheilvollen Dinge, die die Bäume sehen und von denen wir nichts wissen. Nein, es enttäuscht mich nicht, wieder auf Theroc zu sein. *Sie* enttäuschen mich, Botschafterin Sarein.« Sie sprach den Titel wie ein Schimpfwort und setzte sich widerstrebend. »Und ich fürchte den Schaden, den Sie anrichten können.«

Sarein lachte leise und nahm die Worte wie einen Scherz entgegen. »Sie sollten mir die Chance geben, mich zu bewähren, Otema. Ich habe auf der Erde studiert, bin mit den irdischen Kulturen und Gepflogenheiten vertraut. Wahrscheinlich verstehe ich die Politik und Wirtschaft der Hanse ebenso gut wie Sie.« *Wenn nicht noch besser,* fügte sie in Gedanken hinzu.

Otemas Miene verfinsterte sich. »Sie sind intelligent, Sarein, und ich würde niemals Ihre Fähigkeit infrage stellen, Dinge zu verstehen.« Sie trank einen Schluck Clee, zögerte mit geschlossenen Augen und absorbierte ganz offensichtlich die Energie, die ihr die Bodensamen der Weltbäume gaben. Das Grün ihrer Haut schien kraftvoller zu werden.

»Hoffentlich verstehen Sie auch die Besonderheiten der theronischen Position. Es ist leicht für Sie, das zu vergessen oder gar zu verachten, was Ihr bisheriges Leben bestimmt hat. Ein ungeduldiges Kind hält unser Dasein vielleicht für langweilig, aber lassen Sie sich vom Reiz protziger Schätze nicht von dem ablenken, was wirklich wichtig ist. Jene Blumen sind farbenprächtig und schön, aber sie blühen nur kurz. Wurzeln hingegen wachsen tief und gewährleisten Stabilität für lange Zeit.«

Sarein hätte am liebsten abfällig geschnaubt, beherrschte sich aber und nickte weise. »Ein guter Hinweis, Otema. Ich danke Ihnen dafür.«

Basil hatte sie darauf hingewiesen, wie widerspenstig Otema sein konnte. Ohne irgendwelche Emotionen hatte die alte Botschafterin alle Versuche der Hanse zurückgewiesen, auch nur eine geringe Kontrolle über die grünen Priester zu gewinnen. So sehr Basil Wenzeslas auch bestrebt gewesen war, die »eiserne Dame« unter Druck zu setzen – sie gab nie nach.

Unter Sarein würden sich viele Dinge ändern.

Draußen im Dschungel paarten sich zwei krächzende Vögel, ließen die Blätter rascheln und eine Wolke schimmernder kleiner Insekten aufsteigen. Otema wirkte abgelenkt und schien sich Sorgen um Dinge zu machen, die weitaus problematischer waren als eine ehrgeizige junge Botschafterin auf der Erde. »Das Wissen der Bäume ist groß – und etwas davon teilen sie nicht einmal mit uns.«

Sarein nahm ihren ganzen Mut zusammen und versuchte es auf eine andere Art. »Ich bin keine grüne Priesterin und deshalb verstehe ich den Weltwald nicht so gut wie Sie. Aber ich werde mir alle Mühe geben und kann jederzeit andere Angehörige der Priesterschaft um Rat und Kommunikation bitten. Der Weltwald wird all das erfahren, was ich weiß.«

»Junge Frau, ich bezweifle, dass Sie irgendeinen grünen Priester an Ihren, sagen wir, *privaten* Konsultationen mit dem Vorsitzenden Wenzeslas teilhaben lassen wollen.« Die Zweideutigkeit dieser Worte schockierte Sarein so sehr, dass sie ihre Reaktion kaum verbergen konnte. »Sie glauben, aufgrund Ihrer intimen Beziehungen mit dem Vorsitzenden Macht über ihn zu haben, aber ich warne Sie. Basil Wenzeslas lässt sich nicht so leicht manipulieren. Sein Wesen ist weitaus komplexer, als ein einfaches Mädchen wie Sie verstehen kann.«

Rote Zornesflecken entstanden auf Sareins Wangen. »Jetzt, da Sie nicht mehr den Botschafterumhang tragen, scheinen Sie Takt und Diplomatie zu vergessen.«

»Die Wahrheit habe ich nicht vergessen, Sarein«, entgegnete Otema. »Man braucht keine Verbindung mit den Weltbäumen, um etwas so Offensichtliches zu erkennen.« Die alte Priesterin trank ihre Tasse nicht aus, stand auf und verbeugte sich förmlich. »Ich glaube, ich habe Ihnen mehr Rat angeboten, als Sie von mir hören wollten, und deshalb gehe ich nun.« Sie schritt zur Tür in der weichen Wand und verharrte dort noch einmal.

»Spielen Sie Ihr Spiel, Sarein, aber vergessen Sie nicht, wer Sie sind und woher Sie stammen. Die Bäume spüren, dass uns sehr schwere Zeiten bevorstehen. Eines Tages werden Sie froh sein über Ihre Verbündeten auf Theroc.«

42 ✷ DR. GERALD SERIZAWA

Oncier strahlte hell, eine junge Sonne mit einem jetzt sehr dichten Kern, in dem nukleares Feuer brannte. Der leuchtende Gasriese war viel kleiner als das Zentralgestirn dieses Sonnensystems, aber seine Wärme schmolz das Eis der vier Monde.

Medienberichte über den erfolgreichen Einsatz der Klikiss-Fackel breiteten sich noch immer in der Hanse und auch im Ildiranischen Reich aus. Schnelle Kurierschiffe brachten sie zu den vielen Kolonialwelten. Serizawas aufgezeichnete Interviews hatten die Zuhörer auf hundert Planeten fasziniert - über einen Mangel an Ruhm konnte er sich gewiss nicht beklagen. Doch die eigentliche Arbeit begann jetzt.

Zwar war die neue Sonne relativ klein und kühl, aber Serizawa konnte das brodelnde Plasma nicht ohne einen Filter betrachten. Die Bildschirme der Konsolen zeigten Darstellungen in bestimmten Spektralbereichen. Oncier war wundervoll und ein Unikum.

Serizawa hatte die Aufnahmen untersucht, die unmittelbar nach der Zündung des Gasriesen angefertigt worden waren: glitzernde Kugeln, die sich mit hoher Geschwindigkeit von der neuen Sonne entfernten. Auch Margaret Colicos hatte die Erscheinungen gesehen. Serizawa erinnerte sich an seine Erklärung, nach der es sich um fortgeschleuderte Materie handelte. Angesichts der vielen Medienrepräsentanten, die alles aufzeichneten, hatte er niemanden beunruhigen und den Eindruck vermeiden wollen, nicht alles unter Kontrolle zu haben. Doch selbst nach wiederholten Analysen fehlte eine Erklärung für das Phänomen.

Er war dankbar dafür, dass es sich nicht wiederholt hatte.

Serizawa strich sich mit der flachen Hand über den haarlosen Kopf und fröstelte. Auf der von Metallwänden umgebenen Beobachtungsplattform im All war es ihm immer zu kalt. Zwar beobachtete er die neue Sonne, aber ihre Wärme erreichte ihn nicht. Ganz gleich, auf welche Werte er die ambientalen Kontrollen einstellte – immer ging er mit einer Gänsehaut umher.

Der Bereich im Zentrum von Oncier, in dem das nukleare Feuer brannte, war recht klein, aber er genügte, um die Fusion von Wasserstoffatomen zu Helium in Gang zu setzen. Die neue Sonne kam nach wie vor einem Sturm gleich, der erst noch abflauen musste, doch während der vergangenen Wochen hatte sich kaum etwas geändert.

Auf den vier Monden hingegen fanden dramatische Veränderungen statt.

In einer Woche würden die ersten Schiffe der Hanse eintreffen und Planeteningenieure, Terraforming-Spezialisten und Geologen bringen. Mit speziellen Schutzvorrichtungen und schwerem Gerät wollten sie auf den sich erwärmenden Monden landen und damit beginnen, sie in bewohnbare Welten zu verwandeln. Aufregende Zeiten standen bevor.

Serizawas dünne Lippen formten ein Lächeln. »Hm, wie sich die Kolonisten wohl nennen werden?« Er dachte oft über absurde Fragen nach und sprach die Techniker darauf an. Der größte Mond, Jack, war dem gezündeten Gasriesen am nächsten und durfte erwarten, als Erster besiedelt zu werden. »Jackianer? Oder vielleicht Jackiten?«

Einer der Techniker fand Gefallen an dem Spiel. »Ich halte Jacklinge für angemessener.«

Serizawa sah zu den Bildschirmen, die die unruhigen Oberflächen der anderen Monde namens George, Ben und Christopher zeigten. Gasfontänen stiegen dort auf, wo Eis verdampfte – die Geburt einer Atmosphäre. Diese ersten Gase würden ins All entweichen, weil sie zu leicht waren, um von der Schwerkraft der Monde festgehalten zu werden. Aber wenn die gefrorenen Seen und Gletscher entweder zu flüssigem Wasser oder gasförmigem Kohlendioxid wurden, sollte es genug Luft geben, um die Monde in eine dünne Decke zu hüllen.

Die Namen der vier Monde – zu Ehren der ersten vier Großen

Könige der Terranischen Hanse – vermittelten Serizawa ein Gefühl von Geschichte. Doch Menschen hielten einige wenige Jahrhunderte für viel Zeit, während die Ildiraner, insbesondere der Weise Imperator, darin kaum mehr sahen als einen Moment. Während des größten Teils der irdischen Zivilisation hatten die Menschen sich nicht um langfristige Planungen gekümmrt; sie waren nicht imstande gewesen, über die Zeit ihres eigenen Lebens hinauszublicken.

Serizawa ging zum Thermostat und erhöhte die Temperatur. Er rieb sich die Hände und kehrte zu den Bildschirmen zurück.

Tasten klickten unter seinen Fingern, als er zwischen verschiedenen Ansichten umschaltete. Er betrachtete Nahaufnahmen von Ben und Christopher, die Oncier in geringer Entfernung voneinander umkreisten, und auch von George und Jack auf der anderen Seite der neuen Sonne. Im Zeitraffer beobachtete er, wie sich von Kratern übersäte Landschaften glätteten, als Eis schmolz. Die Topologie der Monde änderte sich täglich, und deshalb hatte es noch keinen Sinn, Karten anzufertigen.

»Auf Christopher herrscht starke tektonische Aktivität«, sagte einer der Techniker und projizierte ein Bild des dunstumhüllten Monds auf den Hauptschirm. Überall gab es Gasgeysire und über ihnen bildeten sich Wolken. »Dort entsteht gerade ein tiefer Riss – ein großer Teil der Eisplatte verschiebt sich.«

Serizawa beobachtete das Geschehen und rieb sich die noch immer kalten Arme. »Die Geologie ist nach wie vor sehr instabil – die Terraforming-Gruppen kommen zu früh. Es dürfte sehr unangenehm für sie werden, wenn sie in ein solches Beben geraten.«

»Sie bringen große Anlagen mit, Dr. Serizawa. Aggregate, die dazu bestimmt sind, das Ende der Welt zu überstehen.«

»Oder den Anfang einer neuen.« Die zehn Techniker und Astrophysiker versammelten sich an den hochauflösenden Bildschirmen und beobachteten das tektonische Geschehen.

Serizawa hob rechtzeitig genug den Kopf, um die hellen, glitzernden Kugeln zu bemerken, die ins Sonnensystem eindrangen und sich Oncier von oberhalb seiner Umlaufbahn näherten. »Sehen Sie sich das an!«

Sie sahen genauso aus wie die Kugeln, die kurz nach dem Einsatz der Klikiss-Fackel aus Onciers Atmosphäre gekommen waren und die Serizawa zu jenem Zeitpunkt für irrelevante Anomalien gehalten hatte. Jetzt begriff er, dass Margaret Colicos' Deutung des Phänomens richtig gewesen war.

Raumschiffe. Serizawa erschauerte, aber diesmal lag es nicht an der Kühle auf der Beobachtungsplattform.

Die glitzernden Kugeln kamen mit atemberaubender Geschwindigkeit näher, wie Motten, die von Onciers Licht angelockt wurden. Vierzehn waren es, so groß wie Asteroiden, und sie fielen dem früheren Gasriesen und seinen Monden entgegen. Sie sahen aus wie transparente Planeten, waren vollkommen rund und wiesen zahlreiche spitze Vorsprünge auf. Die durchsichtigen Außenhüllen ließen im Inneren trübe Gasschwaden erkennen, in denen sich die Konturen komplexer Aggregate abzeichneten. Wie hungrige Insekten umgaben die fremden Schiffe den ersten Mond, Ben.

Alle Personen auf der Beobachtungsplattform eilten zu den Aussichtsfenstern. Die großen Kugeln schimmerten und glitzerten im Licht von Oncier. Dreieckige Pyramiden schoben sich durch ihre Außenhüllen und blaues energetisches Feuer flackerte an ihren Spitzen.

»Wird das alles aufgezeichnet?«, fragte Serizawa. »Dies ist einmalig! Wer sind die Fremden?«

»Sie scheinen an Ben interessiert zu sein. Vielleicht scannen sie den Mond ...«

Die fremden Schiffe eröffneten das Feuer.

Blaue Blitze zuckten von den Pyramidenschiffen aller vierzehn Raumschiffe, verschmolzen miteinander und gleißten als ein gebündelter Strahl zum Mond. Destruktives Feuer brannte sich durch die instabile Kruste und ganze Landmassen erbebten, als sich Energie in Form von Schallwellen im Mond ausbreitete.

Serizawa öffnete einen externen Kommunikationskanal, in der vagen Hoffnung, dass ihn die Fremden hörten und verstanden. »Was machen Sie da? Bitte hören Sie auf! Sie befinden sich in einem von uns Menschen beanspruchten Sonnensystem. Dies ist ...« Er unterbrach sich hilflos, suchte vergeblich nach geeigneten Worten.

Die Fremden feuerten auch weiterhin. Gase schossen aus dem Mond. Immer breitere Risse bildeten sich und orangefarbenes, flüssiges Gestein quoll aus dem Kern des Himmelskörpers. Ben erbebte noch heftiger und brach auseinander.

Zwanzig Minuten brauchten die Fremden, um den Mond zu vernichten. Übrig blieben nur einige glühende Brocken, die im All auseinander trieben.

»Mein Gott! Warum?« Die Techniker und Astrophysiker konnten es nicht fassen.

Die kristallenen Kugeln glitten fort von der Trümmerwolke, die eben noch ein Mond gewesen war, und hielten direkt auf George zu. Schweiß glänzte in Serizawas Gesicht. Seine Haut war eiskalt, aber in seinem Innern spürte er die Hitze des Zorns.

Die vierzehn Kugelschiffe umgaben den zweiten Mond. Was stellten sie jetzt an? Nahmen sie Analysen vor? Suchten sie nach Rissen in der Kruste, nach Frakturen im zentralen Kern? Wieder blitzte blaue Energie und das Feuer der Vernichtung erfasste den zweiten Mond.

Serizawas Zorn verwandelte sich in Entsetzen. »Senden Sie diese Bilder! Rufen Sie um Hilfe - ein Notruf in alle Richtungen.« Er verfluchte den Umstand, dass sie keinen grünen Priester an Bord hatten. Mit dem Telkontakt wäre es möglich gewesen, die Nachricht von den schrecklichen Ereignissen ohne zeitliche Verzögerung zu übermitteln.

»Dr. Serizawa, es dauert Wochen, bis jemand den Notruf empfangen kann.«

Das wusste Serizawa sehr wohl. Der Panik nahe breitete er die Arme aus. Ein Sterbender schrieb keinen Brief, um einen Krankenwagen zu rufen - doch genau das machte er jetzt. »Jemand muss Bescheid wissen.«

Der Techniker sendete den Notruf ohne weitere Einwände. »Wie eine verdammte Flaschenpost«, brummte er. Die Signale gingen in alle Richtungen, in der Hoffnung, dass sie jemanden fanden, der sie empfing.

Die anderen Crewmitglieder nutzten die Ressourcen der Beobachtungsplattform, um alle Einzelheiten des Zerstörungswerks aufzuzeichnen. »Aus den Monden hätten hübsche bewohnbare Welten werden können«, sagte Serizawa.

Die Station konnte sich nicht verteidigen, nur Daten sammeln - und hoffen, dass die fremden Schiffe sie nicht bemerkten.

Nachdem die vierzehn Kugeln George vernichtet hatten, nahmen sie sich Christopher vor.

Und dann Jack. Auch der letzte Mond wurde zerstört.

Tränen rannen über Serizawas Wangen. Er stand am größten Aussichtsfenster und sah zu den kugelförmigen Raumschiffen, die den Traum von vier neuen Welten für die Menschheit zerstört hatten. »Warum macht ihr das? Was haben wir euch getan?«

Die Fremden hatten nicht versucht, einen Kontakt herzustellen. Ein Ultimatum war ebenso ausgeblieben wie eine Warnung, von Erklärungen ganz zu schweigen. Serizawa und sein Team saßen in ihrer hohen Umlaufbahn über Oncier fest und konnten nicht fliehen. Aber was noch schlimmer war: Sie verstanden nicht, warum die Fremden die vier Monde vernichtet hatten.

Die vierzehn riesigen Schiffe entfernten sich von den Trümmern und verharrten kurz über dem brennenden Planeten. Dann stiegen sie wie ein Schwarm zorniger Wespen auf und umgaben die Station.

Die Techniker wichen fort von den Fenstern, als könnten sie sich auf diese Weise schützen. Serizawa rührte sich nicht von der Stelle und schloss im letzten Moment die Augen.

Wieder gleißte der blaue Energiestrahl.

Die Kugelschiffe hatten einige Zeit gebraucht, um die vier Monde zu vernichten, aber die Zerstörung der Beobachtungsplattform nahm nur wenige Sekunden in Anspruch.

43 ✵ KÖNIG FREDERICK

Hinter den geschlossenen Türen des Flüsterpalastes herrschte eine von Bestürzung und auch Furcht geprägte Stimmung. König Frederick wusste nicht, was er tun sollte.

Die Planeteningenieure und Terraformer waren mit der maximalen Geschwindigkeit des Sternenantriebs zur Erde zurückgekehrt und hatten große Ekti-Mengen verbraucht, um die schreckliche Nachricht so schnell wie möglich zu überbringen. Bei ihrem Eintreffen im Oncier-System hatten sie nur einige Schlackebrocken in den Umlaufbahnen der früheren Monde gefunden; nur noch einige Staubreste erinnerten an die Beobachtungsplattform. Es gab keine Überlebenden; Dr. Serizawa und sein ganzes Team waren tot. Jemand – irgendetwas – hatte alles zerstört.

Die Bürger der Erde erwarteten Antworten und Trost von ihrem tapferen, mächtigen König, aber der alte Frederick konnte ihnen weder das eine noch das andere bieten.

Unmittelbar nach ihrer Rückkehr zur Erde hatten die Terraformer die Nachricht von der Katastrophe im Oncier-System auf allen Frequenzen gesendet – damit entzog sie sich der Kontrolle durch die Hanse.

Im Warteraum hinter dem Thronsaal erschreckte Basil Wenzeslas den König mit seinem Zorn. »Verdammt! Ich hätte diese Sache lieber eine Zeit lang geheim gehalten. Wir wissen nicht, wie wir den Zwischenfall bewerten sollen. Uns fehlen Informationen. Alles wurde zerstört – aber warum? War es ein Angriff oder ein ... ein kosmisches Ereignis, vielleicht eine Nachwirkung der Klikiss-Fackel?«

»Ich wette, dass es ein Angriff war«, sagte General Lanyan, der steif dastand, während Basil unruhig umherwanderte. Er war von der TVF-Basis auf dem Mars zur Erde gerufen worden, zu einem Krisengespräch im Palast.

Frederick strich einen Fussel von seinem Umhang und griff nach einem Glas mit süßem Wein. Er hatte dem Vorsitzenden einen starken Drink angeboten, aber Wenzeslas hatte abgelehnt – er wollte gerade unter den gegenwärtigen Umständen einen klaren Kopf behalten. König Frederick hingegen wünschte sich die Möglichkeit, seine Furcht zu betäuben. »Ich kann der Öffentlichkeit mitteilen, dass wir Ermittlungen eingeleitet haben, Basil, aber wir haben noch keine Antworten. Genügt das, um wieder Ruhe zu schaffen?«

Basil schlug mit der flachen Hand an eine kannelierte korinthische Säule. »Gute Idee«, erwiderte er voller Sarkasmus. »Sollen alle in der Hanse wissen, dass wir hilflos sind und nicht wissen, was es mit den jüngsten Ereignissen auf sich hat.«

»Aber wir wissen es *wirklich* nicht«, sagte Frederick.

»Und wenn schon«, brummte Basil. »Ein König darf nie den Eindruck erwecken, von irgendetwas keine Ahnung zu haben.«

Frederick trank einen Schluck Wein und antwortete nicht. Er sah zu dem uniformierten Mann – *Lanyan*, nicht Lanson, tadelte er sich – und versuchte zu glauben, dass die Terranische Verteidigungsflotte mit jeder Gefahr fertig werden konnte. Der General wollte Vergeltung üben und den geheimnisvollen Aggressor vernichten, damit auf den terranischen Kolonien wieder Frieden einkehrte.

»Vielleicht weise ich auf das Offensichtliche hin, Vorsitzender

Wenzeslas«, sagte Lanyan, »aber es könnten die Ildiraner gewesen sein. Die Solare Marine war bei Oncier präsent und hat den Test beobachtet. Möglicherweise fühlte sie sich von einer so mächtigen Technologie bedroht. Wer käme sonst infrage?«

»Das Universum ist groß, General, und voller Dinge, die wir nicht verstehen«, erwiderte der König. »Wir haben nur einen kleinen Teil eines Spiralarms unserer Galaxis erforscht ...«

»Frederick«, sagte Basil, und es klang aufgebracht, »die Ildiraner können auf eine lange Geschichte zurückblicken, aber sie sind nie auf ein anderes Volk gestoßen. Wir sollten diese Sache nicht noch komplizierter machen, indem wir irgendwelche Schreckgespenster erfinden. Die Gefahr eines Krieges gegen das Ildiranische Reich ist entsetzlich genug. Andererseits, General: Ich bezweifle sehr, ob die Solare Marine über Waffen verfügt, die so leistungsfähig sind, dass sich damit ganze Monde zerstören lassen.«

»Ja, das stimmt. Dies ist etwas Neues und bei den Ildiranern stagniert die Entwicklung seit Jahrhunderten.« Lanyan ging zu einem der dreieckigen Fenster, durch das man in den Mondstatuengarten blicken konnte. Auf zehntausenden Quadratmetern Palastgelände wuchsen sorgfältig beschnittene Bäume und Sträucher in der Nähe von verzierten Skulpturen. »Und es war kein bunt zusammengewürfelter Haufen wie die Piraten unter Rand Sorengaard. Die Roamer möchten sich vielleicht an uns rächen, aber sie haben nicht das technische Potenzial, um Monde zu vernichten.«

Nach der Zurechtweisung durch Basil Wenzeslas schwieg Frederick und behielt seine Gedanken für sich. Nach der schnellen Erwärmung waren die Monde sehr instabil gewesen und vielleicht hätte einer von ganz allein auseinander brechen können. Gravitationelle Gezeitenkräfte, tektonische Aktivität, Gasexplosionen ... Aber es war absurd anzunehmen, dass sich Jack, George, Ben und Christopher praktisch gleichzeitig selbst zerstört hatten, und dass außerdem die Beobachtungsplattform durch eine Kollision mit den Trümmern vernichtet worden war.

»Wir müssen herausfinden, wie es zu dieser Katastrophe kam und wer dahinter steckt«, sagte Basil. »Von irgendwelchen anderen Angriffen ist nichts bekannt, oder?«

Der General schüttelte den Kopf. »Nein. Was allerdings nicht sehr viel bedeutet. Ohne ein ausgedehntes Telkontakt-Netz dauert es Monate, bis uns Nachrichten von den Kolonien der Hanse erreichen.

Mitteilungen aus dem Ildiranischen Reich sind noch länger unterwegs.«

Basils Miene verdunkelte sich, als er daran dachte. »Wenn wir mehr grüne Priester über den Spiralarm verteilen könnten, gäbe es kein solches Kommunikationsproblem.«

Frederick hielt den Zeitpunkt für gekommen, königliches Verhalten zu zeigen. »Bei meinem Zepter und meinem Schwert, Basil, wir sollten diese Sache nicht durch alte Probleme weiter komplizieren. Die Bürger verlangen Antworten. Was soll ich jetzt tun? Ich nehme gern einen Rat von Ihnen entgegen.«

Basil runzelte die Stirn. »Sie nehmen Anweisungen von mir entgegen.«

Der König versuchte, die Abfuhr wegzustecken, ohne verletzt zu wirken. »Dann geben Sie mir Anweisungen, Basil. Sagen Sie mir, was ich tun soll.«

Des Nachts, von Beobachtungszeppelinen aus gesehen, wirkte der Flüsterpalast wie ein riesiges Lichtermeer. Ewige Fackeln brannten auf allen Spitztürmen und Kuppeln, auf Laternenpfählen und Brückenpfeilern. Die Menge auf dem Platz, die Leute auf der Brücke über dem Königlichen Kanal und jene anderen, die spezielle Einladungen erhalten hatten und auf dem Palastgelände warteten – alle hielten Kerzen in den Händen.

Geführt von einer Prozession aus Beratern, begleitet von einigen auf der Erde stationierten grünen Priestern und gefolgt von zahlreichen uniformierten Repräsentanten der Hanse-Welten schritt der Alte König Frederick über eine Promenade zur Brücke. Königliche Wachen machten den Weg für ihn frei. Die Zuschauer hoben ihre Kerzen und Leuchtkugeln.

Mitten im Publikum, umgeben von einem freien Bereich, der menschliches Unbehagen verriet, stand ein einzelner Klikiss-Roboter und beobachtete das Geschehen. Frederick bemerkte ihn und runzelte die Stirn.

Die Berater des Königs hatten ihn in die schwarzen und violetten Umhänge der Trauer gekleidet. Er ging mit schweren Schritten, als lastete eine große Bürde auf seinen Schultern. Die aus den Lautsprechern klingende Musik war dumpf und feierlich, klang wie eine Totenklage. Der Erzvater des Unisono hatte bereits ein Gebet gesprochen und Worte des Trostes ans Publikum gerichtet. Sein wichtigstes Anliegen unterschied sich kaum von dem des Königs: Es ging ihm vor allem darum, die Menge ruhig zu halten.

Unruhige Stille herrschte, als Frederick schließlich das Ende der Hängebrücke über dem Königlichen Kanal erreichte. Vier eiserne Lichtmasten standen dort wie Wächter; die Flammen auf ihnen zischten leise, flackerten gen Himmel.

Frederick wusste, dass Basil ihn von einem hohen Balkon in der Hauptkuppel des Flüsterpalastes aus beobachtete. Der Vorsitzende hatte die Techniker darauf hingewiesen, worauf es ankam. Das Timing war wichtig.

Der König wusste, dass er in letzter Zeit Fehler gemacht hatte, aber diesmal besann er sich auf seine besten rhetorischen Fähigkeiten, berührte das Gefühl seiner Zuhörer, füllte Worte und Gedanken mit tiefem Kummer. Echte Tränen glitzerten in seinen Augenwinkeln. Eine rann ihm über die Wange – in den Nahaufnahmen würde das deutlich zu sehen sein.

Fredericks kraftvolle, väterliche Stimme drang aus den Lautsprechern. »Seit vielen Jahren hilft die Terranische Hanse der Menschheit, sich im Spiralarm auszubreiten. Wir haben auf vielen neuen Welten Fuß gefasst. Doch trotz ruhmreicher Erfolge und großartiger Leistungen bleiben Rückschläge nicht aus.« Er legte eine kurze Pause ein, als müsste er neue Kraft schöpfen.

»Erst vor kurzer Zeit habe ich die Entstehung einer neuen Sonne bekannt gegeben, geschaffen von menschlicher Erfindungsgabe. Durch ihre Wärme sollten vier Monde zu bewohnbaren Welten werden.«

Frederick ließ den Kopf hängen. »Jetzt fühle ich mich wie ein Vater, der seine Kinder verloren hat. Mit einem grundlosen Angriff hat ein unbekannter Aggressor unsere Hoffnungen auf jene neuen Welten zunichte gemacht, die die Namen meiner Vorgänger erhielten. Wir müssen herausfinden, warum es dazu kam. Und dann werden wir Rache üben.«

Er hob den Kopf und sah zu den Flammen auf den Lichtmasten. »Doch zuerst müssen wir trauern.«

Frederick näherte sich den vier Masten, die die vier zerstörten Monde symbolisierten. Er wandte sich dem ersten zu und hob die Hände. »Diese Flammen sollten ewig sein und von Welten künden, auf denen Menschen siedeln. Doch diese vier müssen gelöscht werden.«

Der König berührte den metallenen Fuß des nächsten Masts. Im Innern des Palastes reagierten Basils Techniker und betätigten Schalter, woraufhin die Flammen verschwanden.

Bei den anderen drei Masten wiederholte sich dieser Vorgang. Anschließend trat Frederick zurück und hob erneut die Arme. »Zum ersten Mal in der terranischen Geschichte war ein König zu so etwas gezwungen.«

Die Menge wirkte betroffen. Kummer und Unbehagen würden sich auf allen Hanse-Welten ausbreiten.

»Lasst uns beten, dass es zum letzten Mal geschah.«

44 ✸ ESTARRA

Theronische Arbeitsgruppen verwandelten den leeren Kokon der Haufenwürmer in einen neuen Wohnkomplex, während Estarra Zeit mit Beneto und seinen Schösslingen verbrachte. Sie kniete neben ihm und er zeigte ihr mit sicheren Fingern, wo es den Boden zu lockern galt und wie viel Wasser die kleinen Bäume brauchten.

Es raschelte im Unterholz und leises Schluchzen war zu hören. Wenige Sekunden später kam Celli auf die Lichtung, das Gesicht tränenüberströmt. »Mit meiner Kondorfliege stimmt was nicht, Beneto. Bitte sieh sie dir an. Vielleicht weißt du, was ihr fehlt.« Sie hielt die hundegroße Kondorfliege in ihren Armen. Ihre Flügel hingen schlaff herunter.

Sarein hätte Celli kindliche Vernarrtheit in ein geistloses Insekt vorgeworfen, aber Beneto begegnete dem Mädchen mit Anteilnahme. »Komm mit. Deine Kondorfliege mag bestimmt die offenen Wiesen, wo sie normalerweise lebt.« Er strich über den langen, schmalen und glänzenden Kopf der Kondorfliege. Die aus acht Segmenten bestehenden Beine zuckten, als träumte das Geschöpf davon, an einer Riesenblume emporzuklettern.

Beneto führte seine Schwestern durch hohes Gras und an den dicken Stämmen von Weltbäumen vorbei zu einer Wiese mit Lilien so groß wie Saftfässer. Kondorfliegen flogen dort. Cellis Liebling schien ein wenig munterer zu werden – seine Flügel zitterten.

»Sieh auf den Boden, Celli.« Beneto deutete auf die vielen Flügel, die wie buntes Glas überall auf der Wiese lagen. Natürlicher Zerfall ließ die Körper toter Kondorfliegen innerhalb kurzer Zeit verschwinden, aber die durchsichtigen Flügel blieben zurück und kündeten von ihrer kurzen, farbenprächtigen Existenz.

»Wir alle haben unser Leben, kleine Schwester. Es kommt nicht darauf an, wie lang es ist, sondern was wir daraus machen. Ich arbeite für den Weltwald. Reynald wird eines Tages der Vater von Theroc sein. Sarein wird unsere nächste Botschafterin auf der Erde. Du und Estarra, ihr müsst noch eine Aufgabe für euch wählen.« Beneto streckte die Hand aus und streichelte die Kondorfliege vorsichtig. »Auch dein Liebling hat ein Leben. Was möchte er wohl damit anfangen?«

»Er leistet mir Gesellschaft«, sagte Celli. Die Kondorfliege schlug mit den Flügeln und zog an der dünnen Leine – sie wollte zu den anderen bunten Insekten, die über der Wiese hin und her schwirrten.

»Und mehr möchte er nicht?«, fragte Beneto.

»Er gehört mir. Ich habe ihn lieb.« Als Beneto zu den anderen Kondorfliegen blickte, verstand Celli plötzlich, worauf ihr Bruder hinauswollte. »Oh. Vielleicht ist er gar nicht krank, sondern fühlt sich nur einsam.«

»Lass deine Kondorfliege einige Tage herumfliegen und den Nektar der Blumen trinken, Celli«, sagte Estarra. »Sie kennt den Weg zu deinem Zimmer, wenn sie zurückkehren möchte.«

Widerstrebend löste das Mädchen die Leine. Die Kondorfliege stieg auf und schlug anmutig mit ihren Flügeln. Sie schien sofort neue Kraft zu schöpfen, ließ sich im Aufwind treiben. Dann flog sie zu den großen Blumen, berührte andere Insekten, kommunizierte mithilfe von Pheromonen und Infraschallsignalen.

Lange Zeit beobachteten Beneto und seine Schwestern, wie die Kondorfliege in der Luft tanzte. Schließlich wandten sie sich ab und wanderten gemeinsam zur Pilzriff-Stadt. Celli weinte leise und sah immer wieder über die Schulter zurück.

In jener Nacht, als Celli in ihrem Zimmer schlief, das Fenster zum Wald hin geöffnet, kehrte die Kondorfliege zurück. Sie landete auf dem schlafenden Mädchen, breitete ihre Flügel wie eine Decke aus. Celli bewegte sich und murmelte etwas, erwachte aber nicht, als die Flügel ein letztes Mal zuckten, bevor das bunte Insekt starb.

Estarra band ihr Haar zusammen, damit es ihr nicht im Weg war, gesellte sich dann den Arbeitsgruppen im Kokon der Haufenwürmer hinzu. Zuerst musste Ordnung geschaffen und alles sauber gemacht werden. Estarra schrubbte, glättete Wände und markierte Stellen für Möbel oder Türen. Andere theronische Arbeiter stützten Bögen ab und blockierten Sackgassen, die später als Lagerräume benutzt werden konnten. Sie entfernten dünne Wände, um Wohneinheiten zu erweitern. Es hatte eine Weile gedauert, eine Karte von den vielen Tunneln und Kammern anzulegen, aber jetzt nahm der neue Wohnkomplex allmählich Gestalt an.

Bei der Konstruktion des Kokons nahmen die Haufenwürmer keine Rücksicht auf menschliche Erfordernisse, was Anpassungen erforderte. Manche Wurmtunnel waren groß genug, dass man aufrecht in ihnen gehen konnte, aber durch andere musste man kriechen. Die neuen Bewohner würden die kleinen Passagen erweitern und rasch lernen, sich in diesem Labyrinth zurechtzufinden. Bestimmt dauerte es nicht mehr lange, bis an diesem Ort ein reges Gemeinschaftsleben herrschte. Viele Familien hatten bei Vater Idriss und Mutter Alexa bereits ein neues Quartier im Kokon beantragt.

Draußen flogen zwei waghalsige junge Männer mit Segelfliegern, bestehend aus den Flügeln von Kondorfliegen und einigen noch funktionierenden Geräten aus der alten *Caillié*. Auch Estarra hätte sich gern vergnügt, aber sie war sich ihrer Verantwortung bewusst. Sie hatte diesen Haufenwurmkokon entdeckt und wollte ihre Spuren hinterlassen. Die Arbeiter hatten zunächst geglaubt, dass sie im Weg sein würde, aber Estarra erwies sich als ebenso fleißig und geschickt wie die anderen.

Mit einem Hitzeschneider schuf sie nun eine Öffnung in der Außenwand, bereitete auf diese Weise ein wichtiges primäres Fenster vor. Es sollte dekorativ und bunt sein, außerdem eine gute Möglichkeit bieten, an Cellis Kondorfliege zu erinnern.

Sie nahm den ersten großen Flügel des toten Insekts - er sah aus wie eine dreieckige Buntglasscheibe. An vielen Stellen in der Außenwand gab es runde und eckige Fenster, um Licht ins Innere des Kokons zu lassen. Vier Flügel standen Estarra zur Verfügung, und mit ihren bunten Mustern würde dieser Raum aussehen wie eine ehrwürdige Kathedrale.

Mit Saftzement dichtete sie die Ränder des Fensters ab. Wenn die klebrige Masse trocknete, wurde sie so hart wie Eisen und hielt die bunten Flügel an Ort und Stelle fest. Schließlich trat Estarra zurück und betrachtete ihr Werk. Das Fenster war eine prächtige Ergänzung des neuen Wohnkomplexes. Ihre kleine Schwester würde sich bestimmt darüber freuen.

45 ✷ NIRA

Als grüne Priesterin hatte Nira neue und wichtige Pflichten, aber mit großer Freude setzte sie auch ihre alten Aktivitäten fort. Mindestens einmal in der Woche nahm sie sich frei, um zum Blätterdach emporzuklettern und dem faszinierten Weltwald laut vorzulesen. Für sie gab es nichts Schöneres, als Geschichten zu erzählen.

Sie saß auf einem dicken Ast und deutliche Emotionen vibrierten in ihrer Stimme, als sie die Geschichte von Sir Gawein und dem Grünen Ritter vorlas. Nira kannte sie noch nicht und wusste, dass der Wald ebenso daran interessiert war wie sie selbst. Durch die nackte Haut spürte sie, wie die Bäume einem Publikum gleich reagierten.

Als sie alles vorgelesen hatte, strich Nira mit den Händen über die schuppige Borke. Mit ihren neuen Fähigkeiten stellte sie eine Verbindung zum Baum her und der Telkontakt ermöglichte es ihr, den ganzen Weltwald zu berühren. Dadurch bekam sie Zugang zu einer immer größer werdenden Datenbank voller Informationen, aber die Bäume waren mehr als eine Enzyklopädie. Nira konnte sich mit ihnen beraten und erfahren, welche Schlüsse der Wald aus den ihm zur Verfügung stehenden Daten zog. Allerdings: Die Weltbäume gaben nicht alles preis und bewahrten Geheimnisse, selbst vor grünen Priestern wie Yarrod.

Nira fragte den Wald und erhielt zu ihrer großen Freude Antwort. Von einem Augenblick zum anderen war ihr Selbst voller Berichte, Legenden und Mythen, mehr als sie für möglich gehalten hätte. Bestimmt standen ihr viele Nächte voller lebhafter Träume bevor. Nira seufzte dankbar und unterbrach den Telkontakt.

Sie spürte, wie die Blattwedel um sie herum zitterten, Hinweis darauf, dass sich ein anderer grüner Priester näherte. Nira brauchte gar nicht Ausschau zu halten, denn die Weltbäume identifizierten den Besucher als Otema, die viele Jahre als Botschafterin auf der Erde gearbeitet hatte. Überrascht und eingeschüchtert drehte sie sich um. Die ernste und sehr weise Priestern kam doch sicher nicht wegen ihr, oder?

Otema war uralt, kletterte aber mit der Anmut einer Baumechse. Sie gesellte sich Nira auf dem dicken Ast hinzu und blickte über den Wald. »Ich erinnere mich daran, wie aufgeregt ich war, als meine Haut grün wurde, wie viele Dinge ich lernen musste.« Sie sah Nira an, und so etwas wie Wehmut zeigte sich in ihren dunklen Augen. »Selbst nach mehr als hundert Jahren lässt die wundersame Erhabenheit des Weltwaldes nicht nach. Heute sind die Bäume für mich ebenso bezaubernd wie damals, als ich in deinem Alter war.«

Nira wusste nicht, was sie sagen sollte. »Ich ... danke Ihnen für diesen Hinweis, Botschafterin Otema.«

»Nenn mich einfach nur Otema, Kind. Grüne Priester haben nichts übrig für Titel.«

»Ja ... Otema.« Nira nahm ihren ganzen Mut zusammen. »Es überrascht mich, Sie hier zu sehen. Suchen Sie jemanden?«

»Ja, und ich habe die betreffende Person gefunden.« Eine seltsame Szene: zwei Frauen, die sich hoch über dem Boden des Waldes auf einem Ast gegenüberstanden. »Yarrod meinte, dass ich dich hier finden könnte, obwohl du heute gar nicht fürs Vorlesen eingeteilt bist.«

Nira drückte die Datentafel an sich. »Jeder von uns dient dem Wald auf der Grundlage seiner Fähigkeiten und Neigungen.« Sie berührte die dunklen Linien an ihrem Mund. »Ich bin eine gute Leserin und es gefällt mir hier oben.«

»Dir gefallen Geschichten? Abenteuer, Legenden und Mythen?« Nira horchte vergeblich nach Kritik in Otemas Stimme. Sie nickte nur.

»Interessant«, sagte die alte grüne Priesterin. »Ich habe Erkundigungen über deine Familie eingeholt und frage mich, woher dein Interesse an Legenden stammt. Hat dir deine Mutter Geschichten vorgelesen, als du klein warst?«

»Nein. Das ist einer der Gründe, warum ich so froh war über die Verbindung zum Weltwald. Dadurch eröffnete sich mir ein ganz neues Universum, das ich zu Hause nicht entdeckt hätte.«

Nira Khali war das älteste von acht Kindern und stammte aus

einer relativ armen Familie, die in einem sehr alten Haufenwurmkokon wohnte. Einige Räume, die für ihre Eltern einst recht bequem gewesen waren, boten für die wachsende Familie immer weniger Platz. Als Nira in die Priesterschaft aufgenommen wurde und Akolyth wurde, verabschiedete sich ihre Familie voller Trauer von ihr, wusste die zusätzliche Bewegungsfreiheit aber durchaus zu schätzen.

Nira hatte immer gern nachgedacht und gelesen, während ihre Eltern und Geschwister Freude an der Arbeit in den Gärten und Obstplantagen fanden. Ihre Freizeit verbrachten Niras Eltern mit Spielen, bei Vergnügungsveranstaltungen oder Gesprächen mit Freunden. Nira hingegen las lieber.

»Ich suche jemanden, der Geschichten mag«, sagte Otema. »Eine solche Person wäre mir von großem Nutzen bei meiner nächsten Mission.«

Niras Herz klopfte schneller und sie fragte sich, was die alte Botschafterin beabsichtigte. Sie erinnerte sich daran, wie sie daheim gelesen hatte, an eine gewölbte Wand im Wurmkokon gelehnt, um ein wenig allein zu sein. Nira liebte ihre Familie, fühlte sich von ihr aber völlig unverstanden. Vielleicht war sie eine Art Kuckuck, im falschen Nest geschlüpft. Tausend Fragen lagen ihr auf der Zunge, aber sie wartete höflich, während Neugier in ihren Augen glänzte.

»Reynald ist von seiner Rundreise heimgekehrt«, fuhr Otema fort. »Er hat viele Welten gesehen, mit vielen Oberhäuptern gesprochen und ungewöhnliche Kulturen kennen gelernt.«

»Ich habe allen seinen Berichten mit großem Interesse zugehört«, sagte Nira. Wollte Otema, dass sie mit Reynald sprach, als eine Art Historikern fungierte und Erzählungen seiner Erlebnisse zusammenstellte, um sie der Datenbank des Weltwalds hinzuzufügen?

»Der ildiranische Erstdesignierte Jora'h erwies Reynald einen außerordentlichen Gefallen. Hast du von der *Saga der Sieben Sonnen* gehört?«

»Natürlich«, antwortete Nira. »Angeblich ist es das längste jemals aufgezeichnete Epos. Man braucht viele Jahre, um es zu lesen.«

»Viele Jahre würden nicht einmal genügen, auch nur einen kleinen Teil davon zu lesen«, sagte Otema. »Nun, der Erstdesignierte Jora'h erlaubt zwei grünen Priestern, sich mit der *Saga* zu beschäftigen. Wir dürfen sie lesen, dokumentieren und die Geschichten den Schösslingen erzählen, die wir mitnehmen. Die *Saga* ist so lang, dass das Leben einer einzelnen Person nicht ausreicht, um alle ihre Einzelheiten zu untersuchen.«

Nina schnappte nach Luft und presste sich dann die Hand auf den Mund. Ihr Gaumen wurde trocken.

»Da meine Pflichten auf der Erde zu Ende sind, suchen Vater Idriss und Mutter Alexa nach einer neuen Aufgabe für mich. Ich bin dem Weltwald zu lange fern gewesen und habe nicht vor, einfach nur herumzusitzen und Schösslinge zu begießen.«

»Fliegen Sie nach Ildira?«, entfuhr es Nira.

»Nicht allein, Kind. Es ist eine gewaltige Aufgabe und Reynald bekam die Erlaubnis, *zwei* grüne Priester zu schicken.« Otema lächelte. »Nira, ich möchte dich bitten, mich zu begleiten, als meine persönliche Assistentin und als mein Lehrling. Wir werden gemeinsam nach Ildira reisen und das Licht der sieben Sonnen sehen.«

Niras Familie konnte das Glück ihrer Tochter kaum fassen, obwohl sie das ganze Ausmaß dieser neuen Entwicklung nicht sofort verstand. Ihre Eltern, Garris und Meena Khali, hatten sich kaum Gedanken über andere Welten gemacht. Schon der dichte Wald von Theroc reichte über die Grenzen ihrer Vorstellungskraft hinaus.

Nira empfand so etwas wie Ehrfurcht, als sie daran dachte, dass sie bald den Spiralarm durchqueren und die Zentralwelt eines gewaltigen fremden Sternenreichs besuchen würde. Sie musste damit rechnen, jahrelang von Theroc, dem Wald, den anderen grünen Priestern und ihrer Familie getrennt zu sein. Aber sie hatte ihre Telkontakt-Fähigkeiten geschult: Die Berührung eines Schösslings genügte, um ihr einen Kontakt mit dem ganzen Weltwald zu ermöglichen. Es gab keinen Grund für sie, besorgt zu sein. Dafür prickelte umso mehr Aufregung in ihr.

Im kleinen Wohnquartier ihrer Eltern nahm Nira eine Mahlzeit mit Eltern und Geschwistern ein. Garris wollte auch die Nachbarn holen, damit sie sich von seiner Tochter verabschieden konnten. Es wäre sicher eine große Feier daraus geworden. Aber Nira schauderte innerlich bei der Vorstellung, die Glückwünsche so vieler Personen entgegennehmen zu müssen. Sie betonte, vor dem Start noch viele Dinge erledigen zu müssen. Schon am nächsten Tag würde das Handelsschiff eintreffen, das sie nach Ildira bringen sollte.

Sie schmunzelte, als sie vom abgespannten, müden Gesicht ihrer

Mutter zu ihrem fröhlich lächelnden Vater sah. »Bevor ich gehe, habe ich noch eine Überraschung für euch.«

Als Begleiterin von Otema kam ihr neue Bedeutung zu und mit diesem Wissen hatte Nira eine Anfrage an Vater Idriss und Mutter Alexa gerichtet, mit Unterstützung der alten Botschafterin. An diesem Tag hatte sie eine zustimmende Antwort bekommen.

»Vater, es ist mir gelungen, für unsere Familie ein erstklassiges Quartier in dem von Estarra entdeckten Haufenwurmkokon zu bekommen.« Nira lächelte stolz, als ihre Eltern verblüfft nach Luft schnappten. »Ihr könnt zwischen den größten Räumen wählen, sobald ihr bereit seid.«

Garris trat glücklich vor und umarmte seine Tochter. Meena konnte kaum glauben, was sie gehört hatte. »Danke! Danke!«

Die Dankbarkeit der Eltern machte Nira verlegen und die grüne Haut in ihrem Gesicht wurde dunkler. »Es freut mich, dass ich meiner Familie einen letzten Dienst erweisen konnte, bevor mein großes Abenteuer beginnt.«

46 ✷ JESS TAMBLYN

Auf Plumas, angestammtes Zuhause des Tamblyn-Clans, versammelten sich die Roamer zu einer Gedenkfeier.

Bram Tamblyn wirkte hohlwangig und blass. Der alte Mann bewegte sich wie eine Maschine, als er seinen formellen Pflichten gerecht wurde und die Repräsentanten wichtiger Familien begrüßte. Die Leere in Brams Miene wich plötzlichem Kummer, wenn ihm Gäste ihr Beileid aussprachen.

Jess, jetzt der einzige Sohn, stand neben seinem Vater. Er fühlte sich wie gelähmt, versuchte aber, für sie beide stark genug zu sein. Er trug einen warmen Parka und eine von Vlies gesäumte Kapuze umgab seinen Kopf. Der Atem wehte ihm als weiße Fahne von den Lippen, aber er spürte die Kälte gar nicht. Seine Aufgabe bestand darin, hier an diesem Ort zu sein und seines Bruders zu gedenken. Vier seiner Onkel, Brams Brüder, waren als Repräsentanten des Tamblyn-Clans gekommen, und Jess wusste, dass sie von jetzt an eine größere Rolle beim Betrieb der Wasserminen spielen würden.

Als Jess mit anderen Clan-Oberhäuptern sprach und ihre Kondolenzen entgegennahm, sah er mehr als nur Anteilnahme in ihren Augen. Er bemerkte auch eine tief in ihnen verwurzelte Furcht. Niemand wusste, was die Katastrophe von Golgen ausgelöst hatte, wodurch es zu dem Angriff auf die Blaue Himmelsmine gekommen war. Alle fragten sich, ob so etwas noch einmal geschehen konnte, in den Atmosphären anderer Gasriesen.

Sprecherin Jhy Okiah kam nicht nach Plumas, um an der Gedenkfeier teilzunehmen. Sie war zu alt, ihr Körper schwach, die Knochen waren spröde und brüchig geworden nach einem langen Leben in geringer Schwerkraft. Ihren Platz nahm die zukünftige Sprecherin Cesca Peroni ein. Jess begrüßte sie, als sie aus dem langen Schacht kam, der durch den dicken Eispanzer führte. Ihm schien endgültig das Herz zu brechen, als er sie sah und begriff, welcher tragischer Grund sie hierher führte.

In Rendezvous waren sie aus Verblüffung und Entsetzen sprachlos gewesen, als Del Kellum die schreckliche Nachricht brachte. Jetzt trug Cesca den Trauerumhang einer Roamer-Witwe. Zwar war sie mit Ross nur verlobt gewesen, aber die Wahl ihrer Kleidung erschien trotzdem angemessen: dunkelblau und violett, mit waldgrünen Stickereien verziert. Die normalerweise kräftigen Farben waren gedämpft. Das lange, warme Gewand und die mit Pelz ausgestatteten Stiefel zeigten das geometrische Muster der Roamer-Kette, ein Symbol, das auf die Individualität der einzelnen Roamer-Clans hinwies, aber auch auf ihre gemeinsame Kultur.

Jess' jüngere Schwester Tasia stand allein neben der Eisplattform und beobachtete, wie einzelne Besuchergruppen durch die Schächte in der Decke kamen. Der Kompi EA nannte ihr die Namen der Neuankömmlinge. Normalerweise liebte Tasia Gesellschaft, schwatzte gern mit Gästen und zeigte ihnen Dinge, die sie auf dem Eis gefunden hatte. Aber jetzt wirkte sie verdrossen und verwirrt, schien auf einen unsichtbaren Feind zornig zu sein. Ihre Onkel standen nicht weit entfernt, aber als Tasia Cescas Trauerumhang sah, lief sie zu den runden Hütten, die vor der Kälte geschützt, thermisch und akustisch isoliert waren. Dort würde sie weinen, allein.

Der Eispanzer von Plumas war mehrere Kilometer dick und darunter erstreckte sich ein gewaltiger Ozean über einem kleinen, felsigen Kern. Gelegentlich entstanden Risse in diesem Panzer, dann quoll Wasser empor, um an der Oberfläche zu erstarren und die Risse wieder zu schließen.

Hoher Druck, Gezeitenkräfte und auch die Wärme des Kerns sorgten dafür, dass der Ozean von Plumas nicht vollständig gefror. Ehrgeizige Roamer hatten Löcher in den Eispanzer gebohrt, um an das Wasser gelangen. Die Vorfahren des Tamblyn-Clans hatten Bergwerks- und Pumpstationen auf Plumas errichtet, vermarkteten nicht nur die lebenswichtige Flüssigkeit, sondern auch daraus gewonnenen Wasserstoff sowie Treibstoff, den die Roamer für interplanetare Flüge brauchten. Ein ganz besonderer Ort war zur Heimat der Tamblyn-Familie geworden - sie lebte unter dem gefrorenen Dach des Mondes.

Die Roamer hatten ihre kleinen vorgefertigten Hütten in Luftblasen unter der Eiskruste errichtet, auf stabilen Schelfen über dem tiefen Wasser. Im Ozean von Plumas gab es Leben: Plankton, Flechten und Tiefsee-Nematoden, seit Äonen unverändert. Als die Roamer ihre künstlichen Sonnen brachten, erblühte Plumas regelrecht. Phosphoreszierendes Licht glühte durchs Eis, wie eine erstarrte, am Himmel gefangene Aurora.

Plumas zählte zu den exotischeren Kolonien der Roamer und zeigte, dass die einfallsreichen Nomaden des Alls Lebensräume für sich erschlossen, die man in der Terranischen Hanse nie für eine Besiedlung in Erwägung gezogen hätte. Jess' Familie hatte diesen Ort gefunden und ihn zu ihrem befestigten, verborgenen Zuhause gemacht.

Bram Tamblyn schien sich kaum mehr auf den Beinen halten zu können. Zwar war er zäh und abgehärtet, ein Arbeitspferd, das sich nie eine Pause gönnte, aber jetzt erweckte er den Eindruck, zerbrechen zu können, wenn man ihm noch mehr aufbürdete.

»Warum ruhst du dich nicht aus, Vater? Sprich mit deinen Brüdern. Ich kümmere mich um die letzten Vorbereitungen. Die Gedenkfeier beginnt erst in vier Stunden.«

Bram gab keine Antwort und sah aus, als ärgerte er sich über Jess' Mitgefühl. Seine Frau war vor Jahren bei einem Unfall an der Oberfläche ums Leben gekommen - sie war in eine Spalte mit gefrierendem Wasser gefallen. Das Eis von Plumas hatte sie umschlossen und würde ihren Körper für die Ewigkeit konservieren. Brams Augen waren gerötet und in seinem Gesicht gruben sich Falten tief in die aufgesprungene Haut.

Jess fühlte sich allein, als er auf dem Eispier stand und in die grauen Fluten des Ozeans blickte. Er wünschte sich, eine Statue zu sein. Nach einer Weile hob er den Blick zum festen Himmel. Blau und weiß erstreckte er sich über ihm, erleuchtet von künstlichen Sonnen, die in Hohlräumen leuchteten, Licht und Wärme durch den kristallenen Schild leiteten.

Jess schauderte und ging los, um seine kleine Schwester zu trösten, bevor die Gedenkfeier begann. An diesem Tag warteten noch viele Pflichten auf ihn.

Die Clan-Oberhäupter und überlebenden Mitglieder der Tamblyn-Familie versammelten sich auf dem Eisschelf. Stille herrschte um sie herum. Vager Dunst lag in der Luft, Eisstaub von der hohen Decke, strich wie der Odem eines schlafenden Drachen über die nahezu unbewegte Wasseroberfläche.

Der alte Bram wirkte wie eine ausgestopfte Vogelscheuche, trug mehrere Westen und Jacken, darüber einen alten, zerfransten Mantel. Er stand auf dem Eisdock, mehrere Meter über dem glatten Wasser. Jess und Tasia blieben in seiner Nähe, Cesca nur einen Schritt hinter ihnen.

Ein kastenförmiges Floß schwamm auf dem Wasser, bestehend aus teurer gepresster Zellulose. Jede einzelne der teuren Planken war importiert worden. Den größten Teil der Kosten übernahmen Sprecherin Okiah und ihr Clan, aber Bram hatte darauf bestanden, alles zurückzuzahlen. Im Innern des schwimmenden Behälters ruhte ein Bildnis von Ross Tamblyn, gehüllt in einige alte Kleidungsstücke, die zurückgeblieben waren, als sich die Wege von Vater und Sohn getrennt hatten.

Jess hatte angeboten, die Grabrede zu halten, doch davon wollte Bram nichts wissen. Der Alte pries die Weisheit des Leitsterns und sprach dann mit einer dünnen Stimme, die weit übers Wasser hallte. »Dies ist von meinem Sohn Ross übrig. Man fand keine Trümmer der Blauen Himmelsmine, die von unbekannten Feinden vernichtet wurde.«

Sehnen zeichneten sich an Brams Hals ab. »Aber wir haben unsere Erinnerungen an Ross, an die Zeit, die wir mit ihm verbrachten ...« Seine Stimme brach. »Und wir tragen Schuld, für die Dinge, die wir unterlassen haben und nun für immer ungeschehen bleiben.

Es gibt nichts anderes von meinem Sohn und deshalb müssen wir uns mit diesen wenigen Dingen begnügen.« Bram hob den Blick zu dem eisigen Himmel. »Wir sind hier, um seiner zu gedenken.«

Die anderen Roamer wiederholten: »Wir sind hier, um seiner zu gedenken.«

Jess und Tasia traten vor, und beide brachen die Spitze von luftaktivierten Zündern. Wie Kerzen hoben sie die Brennelemente. Bram Tamblyn griff in eine seiner vielen Taschen, holte einen weiteren Zünder hervor und fügte den ersten beiden Flammen eine dritte hinzu.

»Ross war mein ältester Sohn. Sein Feuer brannte hell und heiß …« Brams Stimme zitterte. »Ja, Ross war sehr heißblütig. Doch sein Licht und sein Leben wurden viel zu früh ausgelöscht.« Jess, Tasia und ihr Vater warfen die drei Zünder gleichzeitig zum Floß, das mit holzartigem Eistang ausgelegt war, welchen man zuvor mit Treibstoffgel getränkt hatte.

Der Eistang ging sofort in Flammen auf und schwarzer Rauch umgab Ross' Bildnis. Bram löste das Seil von einem Vertäuungspflock im Eisschelf und schob das Floß mit einer langen Stange weiter aufs Wasser. Die Flammen leckten höher, als das Floß von der Strömung erfasst wurde und langsam forttrieb.

Jess teilte seine Aufmerksamkeit zwischen dem Feuer und seinem Vater, wünschte sich, helfen zu können. Trotz ihres Streits war Bram auf seinen ältesten Sohn stolz und von seinen Leistungen beeindruckt gewesen.

Das Feuer leuchtete heller, als das Floß über den dunklen Ozean glitt. Der niedrige Eishimmel reflektierte das Licht der orangeroten Flammen.

Große primitive Nematoden kamen aus den finsteren Tiefen des Meeres und ihre augenlosen Köpfe durchstießen die Wasseroberfläche. Die Geschöpfe waren dick und scharlachrot, hatten runde Mäuler und kleine, diamantenartige Zähne, mit denen sie vermutlich Löcher ins Eis nagten.

Überrascht beobachteten die Roamer die seltenen Wesen. Cesca trat etwas näher an Jess heran. Er spürte ihre Präsenz, doch sein Blick blieb auf die Nematoden gerichtet, die das brennende Floß umgaben.

Als die halb verbrannten Planken auseinander brachen, gaben die Geschöpfe seltsam pfeifende und heulende Geräusche von sich, ein gespenstisches und gleichzeitig erhabenes Lied, das am gefrorenen Himmel widerhallte.

Der in den Stimmen der Nematoden zum Ausdruck kommende Kummer war mehr, als Jess ertragen konnte. Er spürte Cescas liebevollen Griff am Arm, drehte den Kopf und beobachtete erstaunt, wie Tränen über Brams zerfurchte Wangen rannen.

47 ✷ GENERAL KURT LANYAN

In den Resten der Oncier-Systems gab es weder Überlebende noch Leichen und nur wenige Trümmer. Es fehlte ein Hinweis darauf, was mit Dr. Serizawas Forschungsgruppe passiert war. Wo sich zuvor vier Monde befunden hatten, bildeten jetzt kleine Felsbrocken dünne Ringe über den brennenden Gasriesen.

General Lanyan war nicht mit einem Erkundungsschiff hierher gekommen, um zu trauern. Er wusste nicht, wer oder was der Feind sein mochte. Nur eines stand fest: Irgendetwas hatte genug destruktive Energie entfaltet, um ganz *Monde* zu zerstören. Der Vorsitzende Wenzeslas hatte Lanyan beauftragt, Informationen zu sammeln und herauszufinden, wie die Terranische Verteidigungsflotte die Kolonien der Hanse vor dem unbekannten Feind schützen konnte.

Das Erkundungsschiff umkreiste die neue Sonne und untersuchte dabei die Reste der vier Monde. Seine Besatzung bestand aus den besten Technikern und Kommunikationsspezialisten. Umfangreiche Analysen waren notwendig, um zwischen den Trümmern der Monde und eventuellen Überbleibseln der Beobachtungsplattform zu unterscheiden.

»Jene Wissenschaftler waren allein hier«, brummte Lanyan. »Sie konnten nicht einmal um Hilfe rufen. Wenn die verdammten Theronen uns doch nur mehr grüne Priester geben würden! Mit dem Telkontakt wäre Dr. Serizawa in der Lage gewesen, uns beim ersten Anzeichen von Problemen eine Nachricht zu schicken. Dann hätten wir wenigstens gewusst, was hier vor sich ging.«

Lanyan begriff nicht, warum Wenzeslas darauf verzichtete, Theroc ein Ultimatum zu stellen und so viele grüne Priester für den Dienst in der Hanse zwangszuverpflichten, wie er brauchte. Was sollten primitive Waldbewohner gegen die TVF ausrichten, wenn die Terranische Hanse beschloss, ihre Muskeln spielen zu lassen?

Ein Geologe sah von den Anzeigen seiner Konsole auf. »Die Ergebnisse der ersten Scans liegen vor, Sir. Bei allen Felsbrocken zeigen sich die gleichen Abkühlungsraten, was darauf hindeutet, dass die Zerstörung innerhalb verblüffend kurzer Zeit stattfand. Ich schätze, die Vernichtung der vier Monde und der Beobachtungsplattform nahm nur einige wenige Stunden in Anspruch.«

»Stunden!« Beklommenheit erfasste den General. »Was kann vier große Monde innerhalb weniger Stunden zerstören?« *Womit haben wir es hier zu tun?*

Der Pilot wandte sich zu Lanyan um. »Es hätte auf keinen Fall rechtzeitig Hilfe eintreffen können, General, auch dann nicht, wenn Dr. Serizawa imstande gewesen wäre, eine Telkontakt-Nachricht zu schicken. Selbst mit der Höchstgeschwindigkeit des Sternenantriebs hätten Einsatzschiffe vom nächsten TVF-Stützpunkt mehr als eine halbe Woche gebraucht, um das Oncier-System zu erreichen. So oder so – wir konnten nicht helfen.«

»Und wenn ein grüner Priester an Bord der Beobachtungsplattform gewesen wäre, so hätten wir ihn ebenfalls verloren«, sagte Lanyan. *Aber dann hätten wir wenigstens gewusst, was hier geschah!* Die Arroganz dieser Baumanbeter einerseits und die Lichtgeschwindigkeit andererseits legten ihm Fesseln an; und der General verabscheute es, dass ihm auf diese Weise die Hände gebunden waren.

Andererseits: Die Langsamkeit und gleichförmige Ausbreitung elektromagnetischer Signale gab ihm eine Chance. Serizawa hatte vermutlich einen omnidirektionalen Notruf gesendet und es ließ sich genau berechnen, welche Entfernung er zurückgelegt haben musste. Mithilfe des überlichtschnellen Sternenantriebs konnte Lanyan Serizawas Notruf folgen, ihn gewissermaßen überholen und empfangen.

Das Erkundungsschiff umkreiste Oncier noch einmal und gewann weitere Sensordaten, bevor es beschleunigte und sich von der neuen Sonne entfernte.

»Ich brauche eine schnelle Analyse, Lieutenant«, sagte der General und kniff die eisblauen Augen zusammen. »Wir haben eine ziemlich klare Vorstellung vom Zeitpunkt des Angriffs. Stellen Sie fest, welche Strecke die Signale eines Notrufs seitdem zurückgelegt haben können. Ich möchte die Wellenfront erreichen, bevor ihre energetische Struktur zu instabil wird.«

Der Lieutenant programmierte den Computer und nahm eine Berechnung vor. Kurze Zeit später hatte er das Ergebnis. Der General wies den Piloten an, auf einen entsprechenden Kurs zu gehen. »Aktivieren Sie den Sternenantrieb.« Er spürte keine Beschleunigung, aber das Erkundungsschiff raste plötzlich los, verließ das normale Raum-Zeit-Kontinuum und jagte durchs All, um mehrere Wochen alte EM-Signale einzuholen.

Der ildiranische Sternenantrieb gab General Lanyan die Möglichkeit, einen Blick in die Vergangenheit zu werfen und vielleicht zu erfahren, wer die vier Monde und die Beobachtungsstation zerstört hatte.

Auf der Erde hatte der Vorsitzende Wenzeslas sein diplomatisches Sprachrohr, König Frederick, benutzt, um sich an die Ildiraner zu wenden und sie um Hilfe zu bitten, zumindest aber um Informationen über die neue Bedrohung. Der Adar der Solaren Marine hatte die Anfrage des Königs mit würdevoller Förmlichkeit dem Weisen Imperator in Mijistra vorgetragen. Das Oberhaupt des Ildiranischen Reiches brachte zwar Überraschung und Anteilnahme zum Ausdruck, behauptete aber, nicht mehr über diese Angelegenheit zu wissen.

General Lanyan bezweifelte, dass der pompösen Solaren Marine genug Feuerkraft zur Verfügung stand, um ganze Welten zu vernichten. Aber er glaubte auch nicht an die Unwissenheit des Weisen Imperators. Nicht eine Sekunde lang.

»Wir sind in Position, Sir«, meldete der Pilot.

»Gut. Deaktivieren Sie den Sternenantrieb und drehen Sie das Schiff. Wir bleiben hier und warten.«

Die Sterne auf den Bildschirmen verharrten wieder, als das Erkundungsschiff ins Normalkontinuum zurückkehrte, im interstellaren All, weit von den nächsten Sonnensystemen entfernt. Irgendwo dort draußen waren elektromagnetische Signale unterwegs, die Jahre gebraucht hätten, um einen TVF-Stützpunkt zu erreichen.

»Bald wissen wir Bescheid«, murmelte Lanyan.

»Vorausgesetzt, Dr. Serizawa hat wirklich einen Notruf gesendet, General«, sagte der technische Lieutenant.

»Davon gehe ich aus«, erwiderte Lanyan. »Es sei denn, seine Station wurde vernichtet, bevor er Gelegenheit dazu bekam.«

Das Erkundungsschiff hing mit Relativgeschwindigkeit null im All, während die Galaxis unmerklich rotierte. Der Hauptschirm zeigte die zarten Schleier ferner Nebel.

Nach fünfzehn Minuten spürte Lanyan einen dumpfen Schmerz in den Wangen und merkte, dass er die Zähne zusammengebissen hatte. »Bringen Sie uns auf halbe Lichtgeschwindigkeit. Fliegen wir den Signalen entgegen.«

Das Raumschiff glitt durch die Leere, während die Kom-Empfänger ins All horchten und nach dem Notruf suchten, der vor einigen Wochen gesendet worden war.

»Wie groß ist der Fehlerspielraum in Ihren Berechnungen?«, wandte sich Lanyan an den Lieutenant.

»Weniger als einen Tag, Sir. Die ermittelten Werte ...«

Plötzlich huschten Streifenmuster über die Bildschirme. Der General stand auf und sah zum primären Display, das Dr. Serizawa zeigte.

»... werden angegriffen. Von nicht identifizierten, kugelförmigen Raumschiffen mit einer sonderbaren Konfiguration. Mein Gott, sie haben bereits einen der Monde zerstört!« Serizawa drehte sich um. »Ihre Feuerkraft ist unglaublich! Übertragen Sie die von den Außenkameras erfassten Bilder!«, fuhr er den Kommunikationsspezialisten an. »Übermitteln Sie *nützliche* Daten. An meinem Gesicht ist dort draußen niemand interessiert.«

Das Bild wechselte und Lanyan beobachtete erstaunt die diamantenen Kugeln und ihre flackernde blaue Energie, die einen zweiten Mond vernichtete.

Die lange Reise durchs All hatte die Integrität der elektromagnetischen Signale beeinträchtigt, deshalb kam es immer wieder zu visuellen und akustischen Störungen. Voller Entsetzen sahen Lanyan und seine Crew, wie die Wissenschaftler der Beobachtungsplattform versuchten, einen Kontakt mit den Fremden herzustellen. Aber die Angreifer reagierten nicht darauf und setzten ihr Vernichtungswerk erbarmungslos fort.

Der General begriff nun, dass die Ildiraner in keiner Verbindung mit dem Zwischenfall standen. Dies war etwas Neues, etwas Schlimmeres. Nie zuvor hatte Lanyan etwas gesehen, das sich mit den monströsen fremden Schiffen vergleichen ließ, nicht einmal in seinen Albträumen.

Nach der Zerstörung der vier Monde von Oncier näherten sich die

Angreifer der Beobachtungsplattform. Wieder gleißte blaue Energie und von einem Augenblick zum anderen wurden die Bildschirme dunkel. Die Sendung endete mit der Vernichtung von Serizawas Station.

Lanyan hatte mehr gesehen, als ihm lieb war.

48 ✷ CESCA PERONI

Cesca befand sich nicht in Rendezvous, wo sie eigentlich sein sollte, und deshalb dauerte es eine Woche länger, bis die Nachricht sie erreichte. Der Kurier informierte zuerst Jhy Okiah und die alte Sprecherin schickte ihn dann nach Plumas.

Der junge Mann passierte den Eispanzer durch einen Pumpschacht, erreichte den kalten Hohlraum darunter und rief: »Cesca Peroni! Ist sie noch hier? Ich habe eine dringende Mitteilung von Jhy Okiah.«

Cesca verbrachte den größten Teil ihrer Zeit in Hütten, in unmittelbarer Nähe von Heizgeräten, aber nach der Gedenkfeier steckte sie voller Unruhe. Sie hatte einen Schutzanzug angezogen, um auf dem Eis von Plumas zu wandern und von dort aus die Sterne zu beobachten.

»Ich bin Cesca«, wandte sie sich an den Kurier. »Was ist los?« Der junge Mann erweckte nicht den Eindruck, eine Plauderei im Sinn zu haben – es schien um etwas Ernstes zu gehen.

Jess und Bram Tamblyn traten nach draußen. Wenige Sekunden später folgte ihnen die neugierige Tasia in Begleitung ihres silbrig glänzenden Kompi EA.

Der Kurier hatte blondes Haar, braune Augen, das kantige Kinn und die lange Nase des Burr-Clans. Die Symbole an seiner Weste wiesen darauf hin, dass er auch mit den Maylors und Petrows verwandt war. »Eine wissenschaftliche Station der Gans bei einem Gasriesen wurde zerstört, zusammen mit vier Monden!«, stieß er hervor. Der junge Mann griff in die linke Tasche, fand dort nichts und suchte dann in den drei Beuteln, die an die rechte Seite seiner Jacke genäht waren. Schließlich holte er einen Displayer hervor.

»Beim Leitstern, ein weiterer Gasriese?«, erwiderte Jess. »Einer von unseren? Gab es dort eine Himmelsmine?«

»Nein. Es war Oncier, jener Planet, der gezündet und in eine Sonne verwandelt wurde.«

»Dumme Kriegstreiber-Experimente«, brummte Bram Tamblyn. »Was hat das mit uns zu tun? Ist der Test nach hinten losgegangen?«

»Nein, Sir. Es fand ein Angriff statt, wie bei Golgen.« Der Kurier betätigte eine Taste des Displayers, worauf dieser die von Dr. Serizawa gesendeten Bilder wiedergab. »Einer unserer Händler hat dies aufgezeichnet. Es kam in den letzten Prioritätsnachrichten.«

Cesca beobachtete entsetzt, wie vierzehn kugelförmige Schiffe erst die Monde zerstörten und dann auch die wissenschaftliche Station. »Glaubt Jhy Okiah, dass dies auch mit Ross und der Blauen Himmelsmine geschehen ist?«

»Das vermutet sie«, sagte der junge Mann.

»Es ist mehr als nur eine Vermutung«, knurrte Bram. »Es ist Gewissheit!« Plötzlich schwankte er und hielt sich an Jess' Arm fest. Jess stützte ihn ruhig, ohne die angeschlagene Gesundheit seines Vaters zu kommentieren.

»Bei der Gans herrscht ziemliche Aufregung«, fuhr der Kurier fort. »Sie wissen nicht, was es mit den Fremden auf sich hat und was es zu unternehmen gilt. Denken Sie daran: Auf der Erde weiß man nichts von dem Angriff über Golgen.«

»Vielleicht sollten wir die Gans darauf hinweisen«, sagte Cesca.

»Die Sprecherin hat einen solchen Vorschlag von Ihnen erwartet«, erwiderte der junge Mann. »Sie ist bereit, den Vorsitzenden Wenzeslas zu informieren.«

»Shizz, natürlich sollte sie das!«, warf Tasia entgeistert ein. »Diese Gefahr betrifft uns alle.«

»Ja, aber Roamer behalten ihre Geheimnisse gern für sich«, entgegnete Cesca.

»Ich habe unsere Geheimniskrämerei satt«, sagte Tasia. »Welchen Sinn hätte es, solche Informationen zurückzuhalten? Wenn die fremden Schiffe weitere Himmelsminen von uns angreifen, müssen wir die Tivvis um Hilfe bitten. Immerhin haben wir kein eigenes Militär.«

»Oh, das erinnert mich an etwas«, sagte der Kurier. »König Frederick hat die Bürger aufgefordert, ihre patriotische Pflicht zu erfüllen, zusammenzustehen und die Menschheit gegen den unbekannten Feind zu verteidigen.« Er betätigte die Kontrollen des Displayers. »Ich habe den exakten Wortlaut aufgezeichnet, wenn Sie ihn hören möchten ...«

»Es überrascht mich nicht, dass die Gans diese Sache als Vorwand nutzt, um die TVF zu stärken«, brummte Bram Tamblyn. »Verdammte Tivvis!«

»Als Vorwand?«, wiederholte Tasia. »Wie kannst du so etwas behaupten, Vater. Jene Schiffe haben Ross getötet. Und wer weiß, wen sie als Nächstes angreifen werden?«

Bram keuchte und sein Gesicht wurde grau. Jess stützte ihn und sagte: »Lass nur, Tasia. Komm, Vater. Ich bringe dich zu deiner Hütte. Du musst ausruhen.«

Cesca stützte Bram Tamblyn auf der anderen Seite. Tasias Kompi bot Hilfe an. »Soll ich ihn untersuchen? Benötigen Sie Medikamente?«

»Spar dir die Mühe, EA«, sagte Tasia. »Es ist nur das übliche Theater.«

Zwar verfügte Cesca nicht über große medizinische Erfahrung, aber sie sah, dass Bram Tamblyn seine Schwäche nicht vorgab. Sie führten ihn zu seiner Hütte und brachten ihn dort zu Bett. Jess nahm an der Seite seines Vaters Platz.

Cesca fand ein Paket mit dem Pfefferblumentee, den Bram am liebsten trank, und kochte ihm eine Tasse. Es fiel dem Alten sichtlich schwer, zu sitzen und zu trinken, aber er nahm Cescas Fürsorglichkeit mit einem Lächeln zur Kenntnis.

Er schlief etwa eine Stunde. Cesca saß ruhelos neben Jess, und sie sprachen leise miteinander. Alles in ihr drängte danach, Jess zu fragen, ob sie jetzt Gelegenheit bekommen würden, ihre Liebe offen zu zeigen, aber sie wagte es nicht, dieses Thema anzuschneiden. Die Vernunft sagte ihr, dass sie sich in Geduld fassen musste.

Angesichts der beunruhigenden Neuigkeiten rechnete Cesca damit, schon bald von Jhy Okiah nach Rendezvous zurückgerufen zu werden, aber sie ließ Jess nicht gern mit seiner plötzlichen Verantwortung allein. Seine vier Onkel kümmerten sich bereits darum, das Wasser an die Oberfläche zu pumpen und zu verladen oder es durch elektrochemische Konversion in traditionellen Treibstoff zu verwandeln. Seit Generationen war die Wasserindustrie von Plumas im Besitz des Tamblyn-Clans und die Arbeit musste weitergehen, ungeachtet familiärer Tragödien. Viele Roamer-Familien hingen davon ab.

Cesca drückte Jess' Hand. »Du schaffst es schon, Jess. Die Arbeiter kennen sich aus, die Geräte funktionieren einwandfrei. Deine Onkel wissen, worauf es ankommt. Du bist stark und klug, und du bist ein guter Mann.«

»Auch Ross war ein guter Mann.« Jess sah sie nicht an, betrachtete stattdessen das verhärmte Gesicht seines schlafenden Vaters. »Das nützte ihm nichts gegen die fremden Angreifer - oder bei meinem Vater.«

Aufgeregt kam Tasia herein. Sie schob sich durchs Isolierungssiegel, gefolgt von EA, und stampfte mit den Füßen. Die Kälte hatte ihr Gesicht gerötet - sie schien längere Zeit auf dem Eisschelf umhergewandert zu sein, vielleicht um nachzudenken. Cesca kannte Jess' kleine Schwester nicht so gut, wie sie es sich wünschte, aber sie sah auf den ersten Blick, dass Tasia nicht gekommen war, um ihrem Vater Trost zu spenden.

Jess schien die Stimmung seiner Schwester zu erkennen und versuchte sofort, einem neuerlichen Zornesausbruch vorzubeugen. »Ist der Kurier bereits abgereist? Wenn nicht, kannst du ihn zu seinem Schiff bringen, falls er Gesellschaft möchte.«

»Er ist schon wieder unterwegs, aber bevor er uns verließ, hat er mir König Fredericks Rekrutierungsaufruf gezeigt.«

Cesca spürte plötzliche Kälte im Herzen und ahnte, worauf die junge Frau hinauswollte.

Bram versuchte sich aufzusetzen, griff nach der Tasse mit dem längst kalt gewordenen Tee, starrte finster darauf hinab und wandte sich dann an Tasia. »Woran denkst du, junge Dame?«

»Ich denke an meine Pflicht, Vater. Du hast uns oft genug gesagt, dass wir an alle Roamer denken sollen und nicht nur an uns selbst.« Tasia verschränkte die Arme. »Was ist, wenn ich meine Dienste der Terranischen Verteidigungsflotte anbiete?«

»Kommt nicht infrage«, sagte Bram scharf. Cesca begriff sofort, dass eine Auseinandersetzung bevorstand. EA näherte sich Brams Bett und strich die Decke glatt, aber der Alte winkte den Kompi fort.

»Jemand muss gegen die Feinde kämpfen, die meinen Bruder umgebracht haben.« Tasia atmete tief durch. Cesca wusste, dass sie ungestüm und impulsiv war, aber auch sehr talentiert.

»Beruhig dich, Tasia«, sagte Jess. »Deine Pflicht liegt bei der Familie. Wir brauchen dich hier.«

»Nein, ihr braucht mich nicht. Seit Jahren habe ich keine wichtigen Arbeiten bei den Wasserminen erledigt. Meine Onkel kümmern sich um all jene Dinge, für die ihr keine Zeit findet.« In einem vernünftigeren Tonfall fügte Tasia hinzu: »Shizz, Vater, du weißt doch, wie vielseitig ich bin. Ich kenne mich mit den verschiedenen Raumschiffmodellen aus, kann sie fliegen und auch reparieren. Die Tivvis würden mich sofort nehmen und vielleicht bringe ich es dort schon nach kurzer Zeit zum Offizier.«

»Und sie würden dich auch nach einer Million Jahren nicht wieder gehen lassen«, erwiderte Bram mit rauer Stimme. »Hör jetzt mit diesen Albernheiten auf.«

Cesca erinnerte sich an einige Konfrontationen mit ihrem eigenen Vater, bevor er Rendezvous verlassen hatte, und daher wusste sie, dass sich Bram Tamblyn seiner Tochter gegenüber falsch verhielt. Jahrelang war Cesca gezwungen gewesen, mit den Handelsschiffen des Peroni-Clans unterwegs zu sein, bevor ihr Vater sie schließlich nach Rendezvous brachte, damit sie Schülerin von Jhy Okiah wurde. Cesca hatte es ihrem Vater zuerst übel genommen, ihn später aber verstanden.

Bei Tasia hingegen würde es noch eine ganze Weile dauern, bis sie zu einer solchen Erkenntnis gelangte. Und außerdem war Cesca nicht sicher, ob Bram Tamblyn wirklich Recht hatte. Die Roamer hielten unterschiedliche Kompetenz für wichtig und erstrebenswert. Tasia war intelligent und hatte viel gelernt. Mit ihren zahlreichen Talenten und Fähigkeiten war sie eine gute Partie und eine willkommene Erweiterung für jeden Clan. Und jene Eigenschaften machten sie für die Terranische Verteidigungsflotte noch interessanter.

»Du bist der Erde keine Loyalität schuldig, Tasia, und du weißt ja, wie wenig die Tivvis von uns Roamern halten«, sagte Cesca. »Vergiss nicht: Eine ihrer Patrouillen nahm Rand Sorengaard gefangen und richtete ihn hin.«

»Rand Sorengaard war ein Pirat«, erwiderte Tasia. »Es ist mir gleich, dass er auch dein Vetter war. Er stahl Raumschiffe und brachte Leute um. Stell ihn nicht als einen Roamer-Helden dar.«

»Tasia«, sagte Jess und Cesca hörte den Ärger in seiner Stimme. »Sieh dir Vater an. Er ist nicht imstande, sich um das Wassergeschäft zu kümmern.«

»Doch, das bin ich«, behauptete der Alte.

»Nein, das stimmt nicht«, sagten Cesca und Jess wie aus einem Mund.

»Du bist meine kleine Schwester«, fuhr Jess fort. »Ich habe Ross verloren und möchte nicht auch dich verlieren.«

»Wäre es vielleicht besser, den Krieg zu verlieren? Jene Kugelschiffe haben Ross' Himmelsmine und die Forschungsstation der Gans ohne jede Vorwarnung angegriffen. Unsere Kabbeleien sind ihnen völlig gleichgültig.«

»Darf ich Ihnen heiße Getränke anbieten?«, warf EA ein. »Ich kann sie schnell zubereiten.«

Die Menschen schenkten dem kleinen Kompi keine Beachtung.

»Ich verbiete es«, sagte Bram. »Und damit ist dieses Gespräch beendet.«

»Ach, wo habe ich diese Worte schon einmal gehört?«, fragte Tasia sarkastisch. »Hast du sie nicht auch an Ross gerichtet?«

EA versuchte, nicht den Anschluss zu verlieren, als Tasia hinausstürmte. Bram sah aus, als hätte ihm seine Tochter mit dem Hinweis auf den einen großen Fehler in seinem Leben einen tödlichen Schlag versetzt. Er ächzte und sank aufs Bett, die knorrigen Hände zu Fäusten geballt. Aber Tasia war bereits fort.

49 ✷ TASIA TAMBLYN

Verärgert und entschlossen schritt Tasia am Rand des Eisschelfs entlang, stampfte dabei mit den Füßen auf, sodass ihre Stiefel Abdrücke im Eis hinterließen. Sie blickte übers glatte, dunkle Wasser des Ozeans und erinnerte sich an ihren großen Bruder Ross.

Er hatte den Mut gehabt, der unvernünftigen Sturheit ihres Vaters die Stirn zu bieten. Er war tapfer und selbstsicher gewesen, hatte sich mit der Blauen Himmelsmine Erfolg gehabt und Cesca heiraten wollen. Tasia war sehr stolz darauf, was Ross ohne die Unterstützung ihres Vaters geleistet hatte.

Und dann kamen die Fremden und ruinierten alles. Sie griffen die prächtige Himmelsmine an, töteten Ross und die anderen.

Tasia sah eine Möglichkeit, ihn zu rächen. Eigentlich hätte sich ihr Vater darum kümmern sollen – oder besser noch Jess –, aber die Geschäfte der Familie erforderten ihre ganze Aufmerksamkeit. Das konnte Tasia durchaus verstehen. Die Pumpen und Konverter mussten in Betrieb bleiben, um Wasser zu verladen und Treibstoff herzustellen - andere Roamer brauchten Nachschub.

Doch das hinderte Tasia nicht daran, ihre eigenen Entscheidungen zu treffen. Sie war absolut davon überzeugt, Recht zu haben - das würden ihr Vater und ihr Bruder irgendwann einsehen. Der Leitstern zeigte jedem Roamer seinen beziehungsweise ihren Weg und Tasia sah ihren ganz deutlich vor sich. Jemand aus dem Tamblyn-Clan sollte etwas gegen die fremden Angreifer unternehmen und außer ihr schien niemand infrage zu kommen.

Ihr Atem kondensierte in der kalten Luft. Die Wangen waren taub, aber trotzdem verzichtete Tasia darauf, die Kapuze über den Kopf zu ziehen. Wie ein dunkler Spiegel erstreckte sich das unbewegte Wasser des Ozeans. Nirgends wies etwas auf die singenden Nematoden hin, die sich bei der Gedenkfeier gezeigt hatten, und die Reste des Floßes waren längst verschwunden.

Tasia nahm einen Eisbrocken und warf ihn so weit wie möglich ins Meer. Früher hatten sie und ihre Brüder sich oft auf diese Weise vergnügt. Ross war in der Lage gewesen, eine kleine Eisscheibe so zu werfen, dass sie bis zu sechsmal von der Wasseroberfläche abprallte. Tasias Brocken fiel mit einem dumpfen *Plop* in den Ozean und kehrte nach ein oder zwei Sekunden an die Oberfläche zurück. Konzentrische Wellen dehnten sich aus.

»Manchmal muss man seine eigenen Wellen schaffen«, murmelte Tasia. Die Luft war so kalt, dass sie in ihrer Nase schmerzte. Vor langer Zeit hatte Ross eine sehr schwere Entscheidung getroffen, aber sie war für ihn notwendig gewesen. Tasia glaubte sich in einer ähnlichen Situation.

Sie sah keinen Sinn darin, weitere Worte darüber zu verlieren. Mit raschen Schritten kehrte sie zurück. Tasia beeilte sich nicht, weil sie fürchtete, es sich anders überlegen zu können, sondern weil sie keine Zeit verlieren wollte. Wenn sie sich einmal entschieden hatte, blickte sie nur noch nach vorn.

In ihrer kleinen Isolierhütte war es kühl und dunkel. EA eilte hin und her, räumte auf und machte sauber. Wenn die junge Frau nicht zugegen war, wurde die Grundprogrammierung des Kompi aktiv und sorgte dafür, dass er einfache Aufgaben durchführte.

»Shizz, hier ist es viel zu kalt«, sagte Tasia verärgert - sie machte sich nie die Mühe, ihre Stimmungen vor dem kleinen Kompi zu verbergen. »Erhöhe die Temperatur.«

»Bitte entschuldige«, erwiderte der Roboter. »Ich habe die Temperatur auf den von dir bevorzugten Standardwert eingestellt.«

»Und wenn schon, mir ist kalt.« Tasia streifte die Handschuhe ab, zog die Jacke aus und sank auf einen Stuhl. Sie musste rasch packen, letzte Vorbereitungen treffen und verschwinden. Verschwörerisch beugte sie sich vor. »EA, uns erwartet eine Aufgabe. Ich brauche deine Hilfe.«

»Gib mir einfach Anweisungen. Ich werde mich bemühen, dir in jeder Hinsicht zu helfen.«

Tasia war froh, dass bei der Programmierung von Kompis nur wenig Speicherplatz an moralische Prinzipien vergeudet wurde, die unter bestimmten Umständen zu Komplikationen führen konnten. »Du bist schon seit einer ganzen Weile bei mir, EA, aber jetzt muss ich dich um etwas Schwieriges bitten.« Der kleine Roboter unterbrach seine Tätigkeit, näherte sich und verharrte vor der jungen Frau. »Wir müssen diesen Ort heimlich verlassen.«

EA zögerte nur kurz, so kurz, dass Tasia sich fragte, ob ihr die eigene Phantasie einen Streich spielte. »Wie du möchtest. Bestimmt haben wir viel Spaß zusammen.«

»Wir werden meinen Bruder Ross rächen.«

»Ross war mein erster Herr. Ein prächtiger junger Mann.«

»Er ist tot«, sagte Tasia. »Fremde Wesen haben ihn umgebracht.«

»Wie traurig. Kann ich irgendwie helfen?«

Ross hatte den kleinen Kompi als Kind bekommen, damals, als ihre Mutter noch am Leben gewesen war. EA war etwas über einen Meter groß und ein hilfsbereites Zuhörer-Modell, ein guter Freund für jedes Kind. Nach Ross hatte Jess ihn bekommen und dann schließlich Tasia.

Neue Trauer erfasste sie, als sie sich an etwas erinnerte: EA war dem Angehörigen des Tamblyn-Clans versprochen worden, der das erste Kind bekam. Angesichts der Verlobung mit Cesca waren alle davon ausgegangen, dass es Ross sein würde. Doch der Angriff auf die Blaue Himmelsmine hatte alles geändert.

»Du kannst mir helfen, Plumas zu verlassen. Und du wirst mich begleiten, wenn wir einen Platz in der Terranischen Verteidigungsflotte finden.«

»Wie du meinst, Tasia«, erwiderte EA. »Sag mir einfach, was ich tun soll.«

Das Licht der künstlichen Sonnen in der Eisdecke trübte sich in regelmäßigen Abständen, um eine Pseudonacht entstehen zu lassen. Die Bewohner der Siedlung unter dem gefrorenen Himmel lebten mit der Illusion eines normalen Tag-Nacht-Zyklus. Als Tasia ihre Hütte während der dunkelsten Stunde verließ, sah sie phosphoreszierende Algen im Eis des Himmels. Sie leuchteten nicht so hell wie Sterne, aber ihr Licht genügte, um der jungen Frau den Weg zu den Liftschächten zu weisen, die bis zur Oberfläche reichten.

In der Hütte ihres Vaters saßen Jess und Cesca noch immer an der Seite des Alten, aber Tasia eilte weiter, hielt an ihrer Entschlossenheit fest. Vor einer Weile war Jess zu ihr gekommen, um zufrieden festzustellen, dass seine Schwester in ihrer Hütte saß. Tasia hätte sich ihm am liebsten anvertraut, aber sie kannte ihren Bruder. Jess glaubte immer zu wissen, was für andere Leute am besten war, und davon ließ er sein Verhalten bestimmen. Wenn er geahnt hätte, was seine Schwester plante ... Vermutlich wäre er sogar bereit gewesen, sie an einen Stuhl zu fesseln, um sie zurückzuhalten, angeblich zu ihrem eigenen Wohl. Das wollte Tasia nicht riskieren. Sie mochte ihren Bruder sehr und hoffte, dass er irgendwann verstand.

Als sie zusammen mit EA den Liftschacht betrat, verabschiedete sie sich in Gedanken von den runden Hütten und ihren schlafenden Bewohnern. Dann schloss sie die Tür und die Transportkapsel trug sie zur Oberfläche empor. Tunnel und gewaltige Rohrleitungen führten zu den Bruchstellen im Eis. Tasia wusste, dass dort irgendwo ihre Mutter lag, umschlossen vom Eis.

Die Tamblyns verdienten viel Geld, indem sie Wasser an die Oberfläche ihrer Welt pumpten, wo es von Frachtschiffen aufgenommen und zu Verteilungszentren gebracht wurde. Die Lande- und Wartungsbereiche des Raumhafens standen direkt mit den Pumpstationen in Verbindung. Es befanden sich keine Schiffe im Anflug und während der Trauerzeit ruhten die Wassergeschäfte – deshalb hatte man die Wasserschächte mit Isolierkappen geschlossen, auf denen Eiskrusten glänzten. Wie zart anmutende Bohrtürme ragten sie weit auf; in der geringen Schwerkraft des Mondes brauchten sie nicht abgestützt zu werden.

In einem flexiblen, transparenten Tunnel wanderten Tasia und EA über den Eispanzer von Plumas, unter einem schwarzen, sternenbesetzten Himmel. Drei gut gewartete Raumschiffe des Tamblyn-Clans standen an den Zugangshütten bereit. Tasia kannte sich mit ihnen aus. Ihre Brüder hatten sie viele Pilotentricks gelehrt und außerdem hatte sie jede Gelegenheit genutzt, um zu üben – auf diesem langweiligen Eismond gab es praktisch nichts anderes für sie zu tun.

Da die Schiffe ihrer Familie gehörten, konnte von Diebstahl eigentlich nicht die Rede sein. Wenn sie Aufnahme in die Terranische Verteidigungsflotte gefunden hatte, gab es vielleicht eine Möglichkeit, das Schiff nach Plumas zurückzuschicken. Allerdings zweifelte sie kaum daran, dass sich ihr Vater jahrelang darüber aufregen würde.

Zusammen mit EA eilte Tasia durch den Tunnel. Sie fühlte sich versucht, Jess' Schiff zu nehmen, das besonders schnell und sauber war, aber sie wollte ihn nicht noch mehr verärgern. Deshalb wählte sie einen der beiden anderen traditionellen Raumer.

Vor der Einstiegsluke blieb sie stehen und holte ein Datenmodul aus einer ihrer vielen Taschen. »Hier, EA, ein Upload für dich. Das Modul enthält Navigationsinstruktionen und Raumschiffinformationen. Wenn ich müde werde, brauche ich vielleicht deine Dienste als Kopilot.« Die Reise zur Erde würde eine Weile dauern und während der letzten Tage hatte sie nur wenig geschlafen.

»Ich habe noch nie ein Raumschiff geflogen, Tasia. Vielleicht gibt es in meinem Speicher nicht genug Platz für all diese Daten.«

»Dann lösch einige Kinderspiele – aber keine Erinnerungen. Ich möchte, dass du jeden Moment bewahrst, den du mit Ross verbracht hast. Während des langen Flugs kannst du mir Geschichten erzählen.«

»Gern, Tasia.« EA nahm das Datenmodul entgegen und transferierte die darin enthaltenen Informationen. »Ich bin bereit, wenn du mich brauchst. Jetzt erscheint mir alles ganz einfach.«

»Ich habe Jahre gebraucht, um fliegen zu lernen, und bei dir dauert es nur einige wenige Sekunden«, sagte Tasia und schüttelte den Kopf.

»Alles kann genauso schnell gelöscht werden.«

Die junge Frau brummte, als sie sich im Pilotensessel anschnallte. »Ja, das kann ein Nachteil sein.«

Sie leitete Energie in die Heizsysteme. Seit einem Monat stand das Schiff unbenutzt auf dem Raumhafen von Plumas; die kalte Luft an Bord roch schlecht und verbraucht. Tasia aktivierte die Lebenserhaltungssysteme, erhöhte dann die Temperatur.

Anschließend rief sie die Koordinaten der Erde ab und programmierte einen Kurs. Sie löste das Schiff von der Andockröhre und gab vorsichtig Schub mit den Manövrierdüsen - der kleine Raumer stieg auf. Plumas sah aus wie eine von Furchen durchzogene weiße Pustel und die Isolierkappen der Wasserschächte wirkten wie metallene Knöpfe, die den Zugang zum Ozean unter der Eiskappe verschlossen. »Na schön, folgen wir dem Leitstern.«

Der Dunstschleier in ihrem Blickfeld stammte entweder von einem Fleck am Cockpitfenster oder ging auf Tränen in den Augen zurück. Tasia wusste es nicht. Sie schaltete den Sternenantrieb ein und sauste fort von Plumas, einer neuen Zukunft entgegen.

50 ✷ MARGARET COLICOS

Über Wochen hinweg machte das Colicos-Team eine erstaunliche Entdeckung nach der anderen und fand viele Relikte - aber nur wenige Antworten. Jetzt wurde es Zeit, einen weiteren Bericht zur Erde zu schicken. Margaret saß in ihrem Zelt, beendete den letzten Logbucheintrag und lächelte ironisch.

Im Gegensatz zu den Ausgrabungsarbeiten in römischen Ruinen oder versunkenen Städten im Mittelmeer auf der Erde ging es bei den Forschungen in Hinsicht auf die Klikiss-Zivilisation nicht darum, einem bereits recht deutlichen Bild einige neue Details hinzuzufügen. Bei den Klikiss blieben selbst die fundamentalen Dinge rätselhaft. Wenn Margaret und Louis auf etwas Wichtiges stießen - zum Beispiel auf die Entdeckungen, die zur Klikiss-Fackel führten, oder auf die Vermutung, dass die Insektenwesen fliegen konnten -, mussten alle anderen Aspekte der Klikiss-Studien neu bewertet werden.

Ihre Arbeit auf Rheindic Co lief darauf hinaus, enorm viele Daten zusammenzutragen. Nur am Abend blieb Zeit für Analysen oder Introspektion. Leider war es jetzt später Morgen. Margaret konnte kaum glauben, wie viele Arbeitsstunden sie bereits damit vergeudet hatte, den jüngsten Bericht zu schreiben, aber sie kannte ihre Verpflichtungen. Die Hanse investierte viel Geld in diese Forschungen und dafür erwartete sie regelmäßige Updates. Louis wollte davon nichts wissen – er fand diese »Hausaufgaben« überflüssig und sinnlos. Aber Margaret hielt es für klüger, den Geldgeber zufrieden zu stellen, auch wenn das bedeutete, kostbare Zeit zu opfern.

Erneut aktivierte sie die Spieldose, obgleich sie ihre metallene Melodie an diesem Morgen schon oft gehört hatte. Zahnräder bewegten sich und die alte Greensleeves-Melodie ertönte. Margaret lächelte, als sie an ihren Sohn Anton dachte und sich fragte, wie oft er sich seine Eltern bei der Arbeit auf fernen Welten vorstellte.

Sie las ihren Bericht noch einmal, zufrieden mit dem Tonfall und den Beschreibungen aller bisher gefundenen Dinge. Wenn die Arbeiten auf Rheindic Co beendet waren, würde Margaret detaillierte Scanbilder und ausgewählte Artefakte mit nach Hause nehmen, aber derzeit mussten solche Berichte genügen. Arcas diktierte sie den Schösslingen und über den Telkontakt empfing sie ein grüner Priester auf der Erde. Dort wurden die Berichte dem Vorsitzenden Wenzeslas übermittelt – und vielleicht von ihm ignoriert.

Zusammen mit DD hatte Louis die Klippenstadt aufgesucht und spielte dort vermutlich an den mechanischen Hinterlassenschaften der Klikiss herum. Er glaubte noch immer, dass sich die eine oder andere alte Maschine reaktivieren ließ. Margaret konnte es gar nicht abwarten, ebenfalls zu den Ruinen zurückzukehren. Sie trat ins grelle, heiße Sonnenlicht, blickte zu den vielen Schluchten in den nahen Bergen und fragte sich, was dort noch alles auf Entdeckung wartete. Sie hatten kaum an der Oberfläche von Rheindic Co gekratzt.

Margaret hielt nach Arcas Ausschau, aber seine Unterkunft war leer. Verärgert runzelte sie die Stirn. Hinter dem Zelt wuchsen die Schösslinge und reichten der Archäologin bereits bis zum Kopf. Sie hatten die gelbgrünen Blattwedel ausgebreitet, um das Sonnenlicht aufzunehmen. Der Boden an ihren Stämmen war feucht, Hinweis darauf, dass Arcas sie an diesem Tag bereits begossen hatte. Aber von dem grünen Priester selbst fehlte jede Spur. Margaret musste den Bericht übermitteln und es gefiel ihr nicht, noch mehr Zeit zu verlieren.

Zuvor hatte Arcas seinen Nutzen durch den Empfang der beunruhigenden Nachricht vom Angriff der fremden Schiffe im Oncier-System bewiesen. Bilder konnte er nicht zeigen, aber er beschrieb die Entdeckungen von General Lanyan. Margaret erinnerte sich verblüfft an die kristallenen Kugeln, die sie nach der Zündung des Planeten kurz gesehen hatte: Sie waren aus dem Innern des Gasriesen gekommen und mit hoher Geschwindigkeit fortgerast. Dr. Serizawa hatte vermutet, dass es sich um ausgestoßene exotische Materie handelte.

Was war der Grund für den Angriff? Vielleicht der Test der Klikiss-Fackel? Und welche Lebensformen konnten in den hohem Druck ausgesetzten Tiefen eines Gasriesen existieren?

Margaret rief den Namen des grünen Priesters, bekam aber keine Antwort. Sie straffte die Schultern und seufzte. Es geschah nicht zum ersten Mal, dass Arcas fehlte, wenn sie ihn brauchte.

Sie gönnte ihm seine Interessen. Es gefiel ihm, allein durch die Schluchten zu wandern, Fossilien und geologische Proben zu sammeln. Doch seine Hauptaufgabe bestand darin, die Kommunikation mit der Hanse zu ermöglichen.

»Arcas!«, rief sie erneut, noch lauter als vorher. Ihre Stimme verlor sich in der Wüste. Nachdenklich hielt sie die Datentafel in der Hand und fragte sich, ob sie den Bericht später übermitteln sollte, entschied sich aber dagegen und beschloss, den grünen Priester zu suchen.

Louis und Arcas kamen gut miteinander zurecht. Am Abend spielten sie und DD oft Karten, während sich Margaret mit den Entdeckungen des Tages befasste. Sie wusste, dass Arcas auf die gewaltige Informationsmenge des Weltwalds zugreifen konnte, und deshalb ärgerte sie sich ein wenig darüber, dass er so wenig Interesse daran zeigte, Neues zu lernen. Es mangelte ihm an Elan und Dynamik.

Margaret entfernte sich vom Lager und schritt zu einer felsigen Anhöhe, von der aus Arcas oft den Sonnenuntergang beobachtete. Sie ging den Hang empor, vorbei an großen Felsbrocken, dachte dabei daran, dass alle Klikiss-Welten, die Louis und sie bisher untersucht hatten, sonnig und trocken gewesen waren. Die leeren Städte von Llaro und Pym waren auf weiten Grasebenen errichtet worden, und ihre Bauten wirkten wie hohe Termitenhügel mitten im Nichts, weit von fließendem Wasser entfernt. Die Insekten hatten ihre Siedlungen aus irgendeinem Grund nicht in der Nähe von Flüssen erbaut, sondern in der Leere. Der Grund dafür blieb unklar: vielleicht ein geometrisches Koordinatensystem oder irgendetwas anderes.

Corribus, der jüngste Ausgrabungsort, an dem Margaret und Louis die Klikiss-Fackel entdeckt hatten, war ebenfalls eine öde

Welt, wies jedoch eine Besonderheit auf. Die dortigen Ruinen waren geschwärzt und glasiert, Hinweise auf einen gewaltigen Kampf, der vor Jahrtausenden stattgefunden hatte. Die Xeno-Archäologen hatten keine Antwort auf die Frage nach dem Grund für jenen Konflikt gefunden.

Margaret erreichte den höchsten Punkt der Anhöhe und sah sich plötzlich den großen schwarzen Klikiss-Robotern gegenüber. Sirix, Ilkot und Dekyk saßen reglos da, starrten zum Himmel empor und ließen die Sonne auf sich herabstrahlen. Als Margaret sie bemerkte, blieb sie abrupt stehen.

Einer der Roboter, Sirix, aktivierte seine Systeme und sein schwarzer Körper klappte auf. Ein großes, reflektierendes Segel schoss daraus hervor und blähte sich eindrucksvoll auf. Bei den anderen beiden Maschinen wiederholte sich dieser Vorgang und dadurch wirkten sie dreimal so groß wie sonst. Mehrere rote optische Sensoren glühten wie unmittelbar vor einer Explosion.

Margaret wich zurück und hob die Hände. »Entschuldigung. Ich wusste nicht, dass ihr hier seid.«

Die vielgliedrigen Beine der Klikiss-Roboter gerieten in Bewegung und sie traten zwei Schritte vor. Dann erkannte Sirix die Frau und blieb stehen. Seine summende und klickende synthetische Stimme erklang. »Margaret Colicos. Sie kamen unerwartet.« Die Roboter ließen sich wieder nieder und ihre Segel verschwanden in den Körpern. »Es war nicht unsere Absicht, Ihnen gegenüber die automatische Reaktion zu aktivieren.«

»Was war das?«, fragte Margaret. Ihr Herz klopfte noch immer heftig und Schweiß prickelte auf der Haut. »Jene Segel ...«

Sirix summte eine schnelle Antwort. »Nur Sonnensegel, um unsere Energiezellen aufzuladen. Wir sind hierher gekommen, um Energie aufzunehmen und nachzudenken. Es gibt viele Geheimnisse auf dieser Welt. Wir haben weitere Details unserer Vergangenheit kennen gelernt, obwohl unser Gedächtnis leer bleibt.«

Voller Verlegenheit über ihre nervöse Reaktion hob Margaret die Datentafel. »Louis und ich geben uns alle Mühe, Antworten für euch zu finden. Ich habe hier einen Bericht, den ich der Erde übermitteln möchte, und dazu brauche ich Arcas. Er kommt manchmal hierher.«

»Heute nicht«, sagte Sirix.

»Das sehe ich. Wisst ihr, wo er sich aufhält?«

»Ist es wichtig, dass Sie ihn sofort finden?«, fragte Sirix.

»Ich muss diesen Bericht übermitteln und er ist ein grüner Priester.« Margaret stützte die linke Hand an der Hüfte ab. »Es gilt, einen Termin einzuhalten.«

»Also ist es wichtig.« Sirix und die beiden anderen Roboter führten ein summendes, vibrierendes Gespräch, dann bildete sich eine Öffnung in Sirix' Leib. Ein Arm kam daraus hervor. »Er ging in jene Schlucht dort. Wissen Sie, welche ich meine?«

Margaret bemerkte eine Spur, die zu einem Einschnitt in der steilen Felswand führte. »Ja, ich erinnere mich. Arcas meinte vor zwei Tagen, dort hätte er etwas entdeckt.«

»Sie finden ihn an jenem Ort«, sagte Sirix. »Wir bleiben hier und ... versuchen, uns zu erinnern.«

Margaret ging fort, erleichtert darüber, die seltsamen Roboter hinter sich zurückzulassen. Sirix rief ihr sonderbare Worte nach. »Weil wir so alt sind, Margaret Colicos, sind wir nicht so ungeduldig wie Menschen. Wenn wir auf ein Problem stoßen, sind wir bereit, es zu untersuchen und jahrzehntelang darüber nachzudenken. Aber wir finden schließlich eine Antwort.«

Margaret drehte sich am Hang um. »Mag sein. Doch mir bleibt nicht so viel Zeit.« Sie ging weiter und setzte die Suche nach dem grünen Priester fort.

51 ✹ NIRA

Als Repräsentanten von Theronen und grünen Priestern bereiteten sich Nira und Otema auf die Reise zum Herzen des Ildiranischen Reichs vor. Eine Händlerin namens Rlinda Kett würde sie nach Ildira bringen.

Sareins Beharrlichkeit und Reynalds freundlichere Fürsprache hatten Vater Idriss und Mutter Alexa schließlich dazu bewogen, Rlinda Kett die Erlaubnis für den Transport einer Auswahl theronischer Produkte zu geben: Obst, Nüsse, Säfte, Textilien und andere Dinge. Sie stellten nur eine Bedingung: Rlinda sollte zwei Passagiere mitnehmen.

Mit großen Augen starrte Nira zur *Unersättliche Neugier*. Nicht nur, dass sie den Waldplaneten noch nie verlassen hatte – sie war auch noch nie an Bord eines Raumschiffs gewesen. Beim Bau der *Neugier* hatte man vor allem praktische und technische Gesichtspunkte berücksichtigt, was bedeutete, dass die Ästhetik ein wenig zu kurz gekommen war. Überall gab es seltsame Vorsprünge, Diagnosemodule und Sensorgitter. In der Leere des Alls sah ohnehin niemand elegante Konturen und glänzende Außenhüllen.

Otema schenkte dem Raumschiff ebenso wenig Beachtung wie den theronischen Arbeitern, die es beluden. Stattdessen ließ sie den Blick übers Grün schweifen und prägte sich alle Einzelheiten des Weltwalds ein, als sähe sie ihn jetzt zum letzten Mal.

Sarein kam rechtzeitig vor dem Start und trug Otemas Botschafterumhang. Sie lächelte dünn und förmlich. »Ich bin gekommen, um Ihnen eine gute Reise zu wünschen, Otema. Mein Bruder meint, die kristallene Stadt Mijistra sei wundervoll.«

Otemas Züge verhärteten sich, doch ihre Stimme klang neutral. »Denken Sie daran, was ich Ihnen gesagt habe, Sarein: Sie sind Theronin. Hüten Sie unsere Interessen. Die Bäume raten uns, sehr wachsam zu sein.«

Ärger huschte über Sareins Gesicht. »Das ist meine Pflicht als Botschafterin, Otema. Ich werde sie nicht vergessen.« Ohne Nira zu beachten, eilte Sarein zu Rlinda Kett, um die Verladearbeiten selbst zu beaufsichtigen und sicherzustellen, dass alles ordnungsgemäß in den Frachträumen untergebracht wurde. Nira sah von Otema zur neuen Botschafterin und fragte sich, was zwischen diesen beiden Frauen vorgefallen sein mochte.

Als alles verladen war, trat Rlinda in die Einstiegsluke und stemmte die Hände in ihre breiten Hüften. Sie winkte den beiden grünen Priestern zu. »Kommen Sie an Bord. Die *Neugier* muss nicht angeschoben werden.«

Nira wäre am liebsten gelaufen. Sie musste sich sehr beherrschen, um an Otemas Seite zu bleiben und ruhigen, gemessenen Schrittes zu gehen. Als sich die Luke hinter ihnen schloss, bekam sie sofort Platzangst. Der Geruch von Metall, künstlichen Schmiermitteln, synthetischen Einrichtungsgegenständen und recycelter Luft ließ Panik in ihr prickeln. Wie sollte sie es ertragen, die lange Reise bis zu den sieben Sonnen von Ildira an einem solchen Ort zu verbringen?

Otema bemerkte die Beklemmung ihrer jungen Assistentin, und die Strenge wich aus ihren Zügen. »Du kannst jederzeit mit den

Schösslingen kommunizieren und durch sie den Weltwald berühren.« Die jungen Weltbäume befanden sich längst an Bord und waren als Geschenk für den Weisen Imperator bestimmt. Otemas dunkle Lippen formten ein Lächeln. »Ich weiß, wie du empfindest, Nira. Ich habe viele Reisen an Bord von Raumschiffen hinter mir und bin lange Zeit auf der Erde gewesen, fern vom Weltwald. Es ist etwas anderes, direkt unter dem Blätterdach des Waldes zu stehen, aber der Telkontakt gewährt dir Trost und bewahrt deine geistige Gesundheit.«

Rlinda zeigte ihnen das Gästequartier. Die Schösslinge in ihren verzierten Töpfen waren sorgfältig auf Regalen und in den Ecken des Zimmers verankert.

Die Händlerin blieb in der Tür stehen. »Beim Start sollten Sie besser angeschnallt auf den Kojen liegen. Nach der Aktivierung des Sternenantriebs stehe ich Ihnen zur Verfügung.«

Otema strich mit den Fingerkuppen über einen Schössling. »Wir danken Ihnen dafür, dass Sie uns mitnehmen, und der Weltwald weiß es ebenfalls zu schätzen.«

Rlinda nickte, ohne die mystische Verbindung mit den Schösslingen zu verstehen. »Ich freue mich über diese erste Fracht. Vater Idriss und Mutter Alexa werden schon bald die Vorteile des Handels mit exotischen Nahrungsmitteln und Luxusartikeln erkennen. Ich habe jetzt gewissermaßen den Fuß in der Tür.«

Damit wandte sich die Händlerin um und ging zum Cockpit. Otema streckte sich auf ihrem schmalen Bett aus, hüllte sich in meditatives Schweigen und betete wortlos zum Weltwald. Nira folgte ihrem Beispiel, berührte einen Schössling und versuchte, sich zu beruhigen. Sie musste sich an alle Details erinnern und sie den Bäumen mitteilen, wie in einem Tagebuch. Oft hatte sie laut Geschichten und andere Texte vorgelesen. Diesmal würde sie den Weltbäumen frische Eindrücke vermitteln und ihnen gestatten, diese aufregende Reise durch ihre Novizenaugen zu sehen.

Rlindas Stimme kam aus dem Interkom-Lautsprecher. »Gut festhalten. Der Start steht unmittelbar bevor. Ich werde versuchen, uns so glatt wie möglich ins All zu bringen.«

Während der nächsten beiden Tage erforschten Nira und Otema die *Unersättliche Neugier* und leisteten den Schösslingen in ihrem Quartier Gesellschaft. Über den Telkontakt stand ihnen das ungeheure Wissen des Weltwalds zur Verfügung und sie begannen die ildiranische Sprache zu lernen, die geschriebene ebenso wie die gesprochene. Bald beherrschten sie beide. In dieser Hinsicht würde es keine Barrieren geben, die einem Erfolg ihrer Mission im Weg standen.

Darüber hinaus fanden sie Gelegenheit, sich gegenseitig besser kennen zu lernen.

»Ich erkenne viele der Zeichen in Ihrem Gesicht, Otema.« Nira betrachtete die Ovale und Kurven am Mund der Botschafterin, auf der Stirn und an den Augen. »Ich habe eine Grundausbildung als Leserin, Musikerin, Pflanzerin, Pflegerin und Botanikerin hinter mir.« Sie lächelte. »Ich erkenne Ihre verschiedenen Reisezeichen. Aber Ihr Gesicht ...« Staunend schüttelte Nira den Kopf. »Nie zuvor habe ich so viele Leistungszeichen gesehen.«

Otema berührte ihre dunkle Haut so, als erinnerte sie sich zum ersten Mal seit Jahren an die untilgbaren Tätowierungen. Ihre Finger strichen über eine dünne Linie auf der linken Wange. »Als ich jung war, spielte ich gern Musik, denn für die Weltbäume sind Symphonien und Melodien eine Art Sprache und geben ebenso Auskunft über die menschliche Kultur wie Statistiken. Dann befasste ich mich mit anderen Dingen, um meinen geistigen Horizont zu erweitern, und das brachte mir weitere Leistungszeichen ein.«

»Die vielen Linien sind wundervoll«, sagte Nira und meinte es ernst.

»Aber du ...« Otema deutete auf das glatte Gesicht der jungen Frau. »Nach dieser Mission bekommst du ein Reisezeichen, eine weitere Leserin-Tätowierung und ein Geschichte-Leistungszeichen. Geht es dir darum?«

»Ich möchte dem Wald die Dienste erweisen, die er von mir erwartet.« Nira zögerte, als sie begriff, dass Otema eine ehrlichere Antwort von ihr erwartete. »Aber wenn ich dem Wald dienen kann, indem ich erstaunliche Dinge sehe, so erfüllt es mich mit noch größerer Freude.«

»Deine Familie wird stolz auf dich sein«, sagte Otema.

Nira wirkte ein wenig unsicher. »Meine Familie ist bereits stolz auf mich. Ich habe ihr eine Unterkunft in dem neuen Haufenwurmkokon besorgt, aber sie versteht die Priesterschaft nicht. Ich bin die Einzige in meiner Familie, die Interesse an den Bäumen zeigt.«

Das überraschte Otema. »Vielleicht bin ich zu lange grüne Priesterin. Ich dachte, alle Theronen seien dem Wald ergeben, jeder auf seine eigene Art und Weise.«

Nira wandte den Blick ab. »Die Vorfahren meiner Familie an Bord der *Caillié* waren Systemingenieure, Wartungsspezialisten und Mechaniker. Auf einem unwirtlichen Planeten wäre die Arbeit der Khalis sehr wichtig gewesen.« Sie zuckte mit den Schultern. »Aber auf Theroc wurden ihre Fähigkeiten nicht gebraucht. Oh, sie sorgen dafür, dass die Systeme funktionieren. Sie erfüllen ihre Pflicht, finden aber kaum Gefallen daran.«

»Ihre Arbeit ist trotzdem wichtig für das Überleben aller«, sagte Otema. Die Schösslinge schienen dem Gespräch zu lauschen. »Nur auf eine andere Art und Weise, als sie zunächst dachten. Und was dich betrifft, Nira ... Du hast deine eigene Berufung.«

»Ja, und ich wünsche mir nicht mehr in meinem Leben«, sagte sie.

Am vierten Reisetag passierte die *Unersättliche Neugier* den Horizont-Cluster und kam Ildira näher. Rlinda Kett lud ihre beiden Passagiere zum Essen ein. »Es wird Zeit, dass Sie mit der ildiranischen Kultur vertraut werden. Außerdem gehöre ich zu den wenigen Personen in der Hanse, die anständige ildiranische Mahlzeiten zubereiten können. Das ist eine echte Herausforderung und sie beginnt damit, die richtigen Ingredienzen zu finden.«

Nira freute sich über die Aussicht auf ein ungewöhnliches Essen, obwohl der eigene Proviant und das schwache Prickeln der Photosynthese in ihrer Haut verhinderten, dass sie zu hungrig wurde. Sie trug ihre normale Kleidung, als sie Otema in die Kombüse neben dem persönlichen Quartier des Captains folgte. Nira war noch nicht mit gesellschaftlichen Ereignissen und diplomatischen Pflichten vertraut; deshalb sah sie in der gemeinsamen Mahlzeit so etwas wie eine Übung, die sie auf Ildira vorbereitete.

Rlinda trug eine Schürze mit einem speziellen Statikfilm, der Flecken und Tropfen abwies. Sie verwendete glänzende Töpfe und mobile Kocheinheiten. Nira roch siedendes Öl und scharfe Gewürze. Gläser und Schalen enthielten bunte Soßen und die korpulente Händlerin bewegte sich wie ein Wirbelwind, bereitete fünf verschiedene Spezialitäten gleichzeitig zu.

»Ich denke immer wieder an unsere Fracht«, sagte Rlinda, während sie ihre kulinarischen Aktivitäten fortsetzte. »Ich freue mich schon darauf, einige meiner Rezepte mit theronischen Ingredienzen auszuprobieren. Aber wahrscheinlich haben Sie genug von Nahrungsmitteln aus ihrer Heimat. Dennoch wäre ich Ihnen für den einen oder anderen Tipp dankbar.« Sie hob hoffnungsvoll die Brauen.

»Grüne Priester sind nicht für ihre Fähigkeiten als Feinschmecker bekannt«, erwiderte Otema ernst. »Das Kochen gehört nicht zu unseren Studien, während wir dem Weltwald dienen.«

»Das habe ich befürchtet.« Rlinda rührte in einer gallertartigen Masse, um zu verhindern, dass sie am Boden der Pfanne festhaftete.

Mit einer Schöpfkelle gab sie drei genau gleich große Portionen einer puddingartigen, zähflüssigen Masse auf bereitstehende Teller, fügte dann faseriges grünes Gemüse, goldenen Sirup und geschmorte Schnitzel aus grauem Fleisch hinzu, zu gleichschenkligen Dreiecken geschnitten. Otema bekam den ersten Teller. »Sie sind viele Jahre lang Botschafterin bei der Hanse gewesen, Ma'am, aber führten Ihre Reisen Sie jemals zu den sieben Sonnen?«

»Nein. Diese besondere Reise ist für mich ebenso neu wie für Nira.«

Nira nahm ihren Teller dankbar entgegen und genoss den köstlichen Duft.

»Nun, in Mijistra finden Sie sicher eine bessere Küche, zumal Sie Gäste des Weisen Imperators sein werden, aber dies ist ein echter ildiranischer Festschmaus.« Sie strich mit einem dicken Finger durch einen Topf, leckte dann die Soße daran ab. »Perfekt.« Rlinda nahm ihren eigenen Teller und setzte sich zu den beiden grünen Priestern an den Tisch.

»Wie oft sind Sie in Mijistra gewesen?«, fragte Nira.

»Viermal, und es hat mir jedes Mal gut gefallen. Ich hoffe, dass ich mit meiner theronischen Fracht dort noch willkommener bin. Wissen Sie, die Ildiraner haben nichts gegen unsere Besuche, aber sie sind ... recht ungewöhnlich. Nun, was soll man von fremden Wesen anderes erwarten? Es ist schwer zu sagen, ob sie gern Geschäfte mit uns tätigen oder uns nur tolerieren.«

»Zwischen den einzelnen menschlichen Kulturen gibt es teilweise erhebliche Unterschiede«, erwiderte Otema. »Und die Ildiraner sind eine ganz andere Spezies.«

»Ich möchte Ihnen einen groben Überblick verschaffen«, sagte Rlinda. »Einige Dinge sollten Sie wissen. Zunächst einmal: Die Ildiraner sind polymorph, wie Hunde. Bei ihnen gibt es verschiedene

Subspezies, ›Geschlechter‹ genannt. Einige dieser Geschlechter sind sehr menschenähnlich, aber lassen Sie sich davon nicht täuschen. Bestimmte Ildiraner sind sehr attraktiv und wie ich hörte, sind sie alle mit den richtigen Dingen ausgestattet, wenn Sie verstehen, was ich meine. Allerdings gibt es meines Wissens keinen Beweis dafür, dass Ildiraner und Menschen tatsächlich gemeinsamen Nachwuchs haben können.«

»Das wäre in genetischer Hinsicht sehr ungewöhnlich«, meinte Otema.

»Ja, aber mir sind viele ungewöhnliche Dinge unter die Augen gekommen. Nun, die einzelnen Geschlechter zeichnen sich durch Eigenschaften und Fähigkeiten aus, durch die sie gewissermaßen Kasten in der ildiranischen Gesellschaft bilden. Denker sind gern Denker, Arbeiter sind gern Arbeiter und so weiter.«

»Sind Kreuzungen zwischen verschiedenen Geschlechtern möglich?«, fragte Nira.

»Ja.« Rlinda probierte das dreieckige Fleisch und stand dann auf, um noch mehr Soße für sich selbst und ihre beiden Gäste zu holen. »Manchmal kommt es zu solchen Verbindungen, weil sich zwei Ildiraner lieben. Bei anderen Gelegenheiten steckt bewusste Absicht dahinter, mit dem Ziel, bestimmte Eigenschaften zu verstärken. Um nur ein Beispiel zu nennen: Die Nachkommen von Adligen und Soldaten werden zu Offizieren der Solaren Marine. Wie ich hörte, sind die besten Sänger, Dichter und Künstler Mischlinge. Sie zeichnen sich durch eine genetische Kraft aus, die den Reinrassigen fehlt.«

»Bekommen wir es mit vielen verschiedenen Geschlechtern zu tun?«, fragte Otema. »Oder beschränken sich unsere Kontakte auf die Oberhäupter des ildiranischen Volkes?«

»Oh, Sie werden den am meisten verbreiteten Geschlechtern begegnen. Übrigens bieten die Namen einen Hinweis. Konsonanten am Ende des Namens identifizieren jedes Geschlecht. So enden die Namen des Adelsgeschlechts alle auf *'h*, die der Bürokraten auf *'s* und die der Arbeiter auf *'k*. Mischlinge erkennt man an einer Kombination von Konsonanten. Die Namen militärischer Offiziere, die aus Verbindungen von Adel und Soldaten stammen, enden auf *'nh*. Bei Erinnerern, den Nachkommen von Bürokraten und Adligen, lautet die Endung *'sh*.« Rlinda hob und senkte die Schultern. »Natürlich sind das nur Annäherungen, denn das ildiranische Alphabet unterscheidet sich von unserem.«

Zum Nachtisch präsentierte Rlinda eine gelbe, toffeeartige Substanz in Form eines Kegels. Sie sah die beiden Passagiere an. »Ich weiß kaum etwas über grüne Priester. Heiraten Sie? Ist es Ihnen gestattet, Ehepartner zu wählen, oder verstieße das gegen die Regeln der Priesterschaft?«

Otema lächelte. »Es ist erlaubt, obgleich viele von uns ihr Leben den Bäumen widmen. Wenn wir den Ruf hören, wählen wir einen Partner.« Sie lehnte sich zurück. »Inzwischen bin ich dafür zu alt.«

»Nun, ich bin oft genug verheiratet gewesen.« Die Händlerin löffelte etwas von dem Dessert auf ihren Teller und forderte die beiden anderen Frauen mit einem Wink auf, ebenfalls davon zu probieren. »Ich habe zwei Ehemänner überlebt, doch die bitterste Trennung war die von meinem letzten Ehemann. Er verließ mich, um eine junge Schönheit zu heiraten. Ein Jahr später brachte sie ihn aus Eifersucht um.«

Nira schnappte unwillkürlich nach Luft. Mit einem wissenden Lächeln schüttelte Rlinda den Kopf. »Ich habe immer gesagt, dass es unmöglich war, mit jenem Mann auszukommen, und seine neue Frau gelangte offenbar zu dem gleichen Schluss. Bisher war der zweite mein bester Ehemann. Er heißt Branson Roberts und ich bin die Einzige, die ihn BeBob nennt. Wir sind noch immer gute Freunde und er ist mein bester Pilot. Wir kamen nur nicht gut genug miteinander zurecht, um verheiratet zu bleiben.« Sie aß ihren Nachtisch und wischte sich mit einer Serviette den Mund ab.

»Inzwischen habe ich die Ehe aufgegeben und beschlossen, stattdessen Schlemmerin zu werden. Sex interessiert mich nicht mehr. Besser gesagt: nicht mehr so wie früher. Was gibt es Schöneres, als die kulinarischen Genüsse anderer Welten zu kosten?«

Rlinda warf einen Blick aufs Chronometer und aktivierte dann einen Bildschirm, der hell leuchtende Sterne zeigte. »Es dauert jetzt nicht mehr lange. Das sind die sieben Sonnen des ildiranischen Systems.« Sie räumte ab und begann damit, Töpfe und Teller zu reinigen.

52 ✷ ERINNERER DIO'SH

Stille herrschte in den tiefsten Archiven des Prismapalastes. Wie alle Räume in Mijistra waren auch diese unterirdischen Säle die ganze Zeit über beleuchtet. Glänzer standen an jeder Ecke, hinzu kamen Leuchttafeln in der Decke. Zwar simulierten die chemischen Feuer helles Tageslicht, aber Erinnerer Dio'sh spürte doch die Nähe bedrückender Schatten. Geheimnisse und Ängste und die tragischen Erinnerungen an Crenna ...

Hinter den transparenten Wänden der Archive erstreckten sich Myriaden Räume und verwandelten die unterirdischen Bereiche des Palastes in ein wabenartiges Labyrinth aus Glas. Dio'sh wäre lieber in den hohen Türmen und auf den offenen Balkonen geblieben, wo er das Rauschen des Wassers hören konnte, das von Plattform zu Plattform sprang. Doch nur hier, in diesen stillen Katakomben, konnte er die Ressourcen finden, die er brauchte. Dieser Ort gewährte dem Erinnerer Zugang zu den ältesten Aufzeichnen der ildiranischen Geschichte.

Seine Hände zitterten noch immer; seit der Rettung von der sterbenden Kolonie Crenna litt er an Appetitlosigkeit. Er fühlte sich schwach und krank im Herzen. Erinnerer Vao'sh hatte ihn davon zu überzeugen versucht, dass es sich bei diesen Symptomen um eine geistige Reaktion auf die schrecklichen Ereignisse handelte, zu denen es auf Crenna gekommen war, nicht um ein Echo der Krankheit. Dio'sh und die anderen Geretteten hatten eine schwierige Quarantäne ertragen, bis feststand, dass sie alle gesund waren. Trotzdem wurde er schon bei den geringsten Kopf- und Muskelschmerzen nervös.

Doch jetzt konnte ihn nichts von einer geradezu zwanghaften Neugier ablenken. Dio'sh sehnte sich nach Informationen. Alles in ihm drängte danach, Geschichten zu lesen, mehr zu erfahren, die Wahrheit herauszufinden.

Erinnerer verbrachten ihr ganzes Leben damit, die *Saga der Sieben Sonnen* zu lernen und sie zu erzählen. Die Angehörigen seines Geschlechts verfügten über ein eidetisches Gedächtnis, das sie in die Lage versetzte, jedes einzelne Wort des gewaltigen Epos zu behalten. Sobald ein Satz in den Kanon Eingang fand, wurde er nie mehr verändert.

Die *Saga* war so gewaltig und wies so viele Handlungslinien, Legenden und Abenteuer auf, dass kein Erinnerer von ihrer Gesamtheit berichten konnte. Vao'sh verbrachte seine Tage damit, interessierten Zuhörern bestimmte Geschichten zu erzählen, ildiranische Helden und ihre Leistungen zu glorifizieren. Als Erinnerer am Hof des Weisen Imperators fand er großen Gefallen daran, vor einem Publikum aufzutreten.

Der Erinnerer Dio'sh hingegen hatte schon vor der Seuche auf Crenna ein zurückgezogeneres Leben bevorzugt. Oh, er hatte den Crenna-Designierten und die Siedler oft unterhalten, aber es gab viel Arbeit für die Kolonisten, deshalb blieb ihnen nur wenig freie Zeit. Niemand hatte jemals von ihm erwartet, einen ganzen Tag lang Strophen aus der *Saga* vorzutragen. Während der guten Zeit auf Crenna hatte Dio'sh stundenlang lesen und obskure Teile des Epos analysieren können.

Der Aufenthalt im Prismapalast und seine Rekonvaleszenz gaben Dio'sh die Möglichkeit, noch mehr Zeit mit Studien zu verbringen, in den alten Aufzeichnungen zu suchen und aus der Frühzeit stammende schriftliche Überlieferungen zu entziffern. Er analysierte Apokryphen, um neue Hinweise und Andeutungen zu entdecken. Viele alte Dokumente und interessante Erinnerungen hatten nie Aufnahme gefunden in die *Saga*, betrafen somit fast vergessene Dinge. Derartige Informationen galten nicht als Kanon, aber Dio'sh glaubte trotzdem, dass ihm jene Aufzeichnungen zu wichtigen Erkenntnissen verhelfen konnten.

Er hatte Vao'sh versprochen, einen persönlichen Bericht über die Crenna-Seuche zu schreiben und sich an die Opfer zu erinnern, die vor ihrem Tod Blindheit und Isolation erlitten hatten. Er hatte erlebt und beobachtet, wie die Krankheit Arbeiter und Sänger umbrachte, die beiden empfindlichsten Geschlechter.

Es würde eine ganze Weile dauern, Abstand zu gewinnen und die Dinge aus der richtigen Perspektive zu sehen, aber Dio'sh war fest entschlossen, die Geschichten von Tapferkeit und Selbstaufopferung lebendig zu erhalten.

Der Crenna-Designierte, ein Sohn des Weisen Imperators, hatte sich selbst um die Kranken gekümmert, trotz der Warnungen der Ärzte. Ungeachtet ihrer Bitten, mit einem Raumschiff zu einem sicheren Ort zu fliegen, war der Designierte in der Kolonie geblieben. Sein Tod hatte den Fokus des *Thism* neutralisiert und dazu geführt, dass alle Ildiraner auf Crenna in grässlicher Isolation verharren mussten.

Dio'sh hatte die Geschichten anderer Bewohner von Crenna dokumentiert und das Leben der Opfer so aufgezeichnet, wie es ihren Wünschen entsprochen hätte. Es gab noch viele andere Dinge, die notiert und aufgeschrieben werden mussten, aber das verschob er auf einen späteren Zeitpunkt. Zuerst galt es, Nachforschungen anzustellen.

Vao'sh hatte Dio'sh davor gewarnt, zu viel Zeit in den Alkoven damit zu verbringen, zu lesen und zu analysieren. Seiner Ansicht nach lief die Beschäftigung mit so vielen untergeordneten Apokryphen auf Zeitverschwendung hinaus. »Ein Erinnerer, der sich verkriecht, erinnert sich ohne jeden Sinn.«

»Ich kehre zurück, Vao'sh«, hatte Dio'sh seinem Kollegen versichert. »Aber damit alle Wunden in Herz und Seele heilen, brauche ich Zeit, um meine Erlebnisse auf Crenna zu verarbeiten.«

In einer der terranischen Enzyklopädien, die von menschlichen Händlern stammten, hatte Dio'sh Hinweise auf eine Krankheit gefunden, die man Cholera nannte und sich rasch bei Menschen ausbreitete, wenn sie dicht beisammen lebten. Ähnliches galt für Beulenpest, Typhus und AIDS. Doch die Crenna-Krankheit, die erst Blindheit und dann einen qualvollen Tod brachte, war viel schlimmer.

Im beruhigenden Licht der an der Wand leuchtenden Glänzer saß Dio'sh an einem Tisch, umgeben von Schriftrollen und rechteckigen Dokumenten. Die alten Aufzeichnungen trugen einen Konservierungsfilm und stammten aus speziellen Behältern, die der permanenten Aufbewahrung dienten und seit Jahrhunderten nicht mehr geöffnet worden waren. Dio'sh kam sich wie ein Forscher vor, als er mit den Fingern vorsichtig über die alten Symbole strich und darauf achtete, ihnen keinen Schaden zuzufügen.

Hier in den Archiven war er geradezu besessen davon, mehr über andere Krankheiten zu erfahren. In schriftlichen Dokumenten und Datenbanken suchte er nach Hinweisen darauf, ob Ildiraner jemals zuvor einer solchen Krankheit zum Opfer gefallen waren. Hatte die Seuche andere ildiranische Splitter-Kolonien ausgelöscht? Er musste es unbedingt herausfinden.

Seines Wissens wurde nirgends in der *Saga der Sieben Sonnen* ein solches Ereignis erwähnt, aber selbst einem Erinnerer war es nicht möglich, alle sekundären Geschichten in sein Gedächtnis aufzunehmen.

Er kannte eine dunkle Geschichte, die Erinnerer wegen ihrer großen Tragik nur widerstrebend erzählten. Vor tausenden von Jahren, zu Beginn der Geschichtsschreibung, hatte ein Feuerfieber in Mijistra gewütet. Als besonders gefährlich und tödlich erwies es sich ausgerechnet für die Erinnerer. Das Ergebnis: Alle Historiker in der ildiranischen Hauptstadt waren ums Leben gekommen.

So viele Todesfälle zu einem Zeitpunkt, als die *Saga der Sieben Sonnen* ihren Anfang nahm und noch nicht alle Strophen aufgeschrieben waren, bedeuteten den unwiederbringlichen Verlust eines ganzen Teils des großen Epos. Die ildiranische Geschichte vor dem Ausbruch des Feuerfiebers geriet in Vergessenheit, zum großen Kummer der späteren Erinnerer. Jener fundamentale Verlust machte es den Ildiranern unmöglich, ihre Geschichte bis zu den Anfängen der Zivilisation zurückzuverfolgen. Viele Geschichtenerzähler hatten Abenteuer erfunden, um die Lücke zu füllen. Aber Dio'sh wusste, dass jene Erzählungen nicht der *Wahrheit* entsprachen.

Nach einer langen Suche tief in den Archiven hatte Dio'sh alle Aufzeichnungen gefunden, die etwa zur Zeit der Feuerfieber-Epidemie angefertigt worden waren. Seit Jahrtausenden hatte sich niemand mehr mit ihnen beschäftigt. Die Sicherheitsschränke, in denen sie lagerten, gaben unter dem Gewicht der Zeit nach: Das Material, aus dem sie bestanden, wurde brüchig und Korrosion beeinträchtigte die Schlösser.

Stundenlang suchte Dio'sh nach Informationen darüber, wo die Epidemie des Feuerfiebers damals begonnen hatte und wie es möglich gewesen war, dass ihr die ganze Vorgeschichte des Ildiranischen Reiches zum Opfer fiel. Hatten die letzten Erinnerer auf dem Sterbebett versucht, ihr Wissen anderen Geschlechtern zu übergeben, nur damit es anschließend in Vergessenheit geriet? Für einen Historiker wie ihn war der fehlende Teil der *Saga* wie ein totes Kind und gab ihm das Gefühl eines großen Verlustes.

Schließlich entdeckte Dio'sh einen kleinen Schrank, dessen Schloss versiegelt worden war – offenbar hatte dieser Behälter nie wieder geöffnet werden sollen. Doch im Verlauf der Jahrtausende war das blockierte Schloss so sehr korrodiert, dass es unter Dio'shs Fingern zerbrach. Aufgeregt sah sich der junge Erinnerer das Innere des kleinen Schranks an, den man vor vielen Jahren in einer Ecke der Archive vergessen hatte. Er hielt unwillkürlich den Atem an, als er feststellte, dass er uralte Dokumente enthielt, versiegelte Bücher, die den Eindruck erweckten, nie gelesen worden zu sein. Ein wahrer Schatz! Dio'sh trug sie zu seinem Arbeitsbereich und erhöhte die Leuchtkraft der Glänzer. Sein Herz schlug schneller.

Er vertiefte sich in die Worte, in magische Symbole, die ihm Unglaubliches erzählten. Dies waren Geschichten, die von *tatsächlichen* vergessenen Ereignissen berichteten. Die Aufzeichnungen waren detailliert und schienen genau zu sein. Sie stammten aus der Zeit des Feuerfiebers: Tagebucheinträge und Berichte von Augenzeugen, von Ildiranern, die die Epidemie miterlebt hatten.

Beziehungsweise das, was als Epidemie in die Geschichte eingegangen war.

Dio'sh las die alten Dokumente mit einer Mischung aus Verblüffung und wachsendem Entsetzen. Etwas stimmte nicht - aber dies waren keine Fälschungen. Die ausdrucksvollen Hautlappen im Gesicht des jungen Erinnerers zeigten leuchtende Farben. Alles deutete darauf hin, dass diese Aufzeichnungen der Wahrheit entsprachen - obgleich ihre Informationen dem widersprachen, was er bisher für wahr gehalten hatte.

Erstaunt lehnte er sich zurück. Plötzlich fürchtete er, dass ihn jemand beobachtete und sah, was er entdeckt hatte. Er schloss und versiegelte die uralten Bücher wieder, brachte sie dann rasch zu dem kleinen Schrank zurück.

Was er gerade erfahren hatte, war einfach unglaublich. Und doch musste er davon ausgehen, dass es sich nicht um Erfundenes handelte.

Die damaligen Erinnerer waren nicht an irgendeiner Krankheit gestorben. Es hatte überhaupt keine Feuerfieber-Epidemie gegeben. Die Erinnerer, Hüter der ildiranischen Geschichte, waren zum Schweigen gebracht worden. Man hatte sie *ermordet*.

Der Verlust eines Teils der *Saga der Sieben Sonnen* ging nicht auf eine unvermeidliche Tragödie zurück. Es steckte vielmehr Absicht dahinter!

53 ✷ ERSTDESIGNIERTER JORA'H

In der runden Kontemplationskammer im Prismapalast befasste sich der Erstdesignierte Jora'h voller Stolz mit Aufzeichnungen, die seine Kinder betrafen. Der attraktive und potente Prinz wurde seiner Pflicht gerecht, indem er mit zahlreichen Frauen der verschiedenen Geschlechter Verkehr hatte und möglichst viele Kinder zeugte.

Als ältester Sohn des Weisen Imperators hatte er immer gewusst, dass er einmal die Nachfolge seines Vaters antreten würde, nach hundert oder mehr Jahren. Er sehnte nicht den Tag herbei, an dem er im Chrysalissessel sitzen würde, denn dann musste er auf die Wonnen des Lebens verzichten, auch wenn Macht damit einherging. Nach der rituellen Kastration, die ihn zum nächsten Weisen Imperator machte, kontrollierte Jora'h das *Thism*.

Aber noch war es nicht so weit.

Er mochte es, bei seinem Volk zu sein, und alle hatten für ihn den gleichen Rang: Schwimmer und Geschuppte, Arbeiter, Leibwächter und Soldaten – alle waren Ildiraner und jeder von ihnen kannte seinen Platz. Die Aufgabe des Prinzen bestand darin, vom ganzen Volk geliebt zu werden – was sogar wörtlich verstanden werden konnte, wenn er alles richtig machte – und möglichst viele Nachkommen zu haben. Jora'h lächelte beim Gedanken an all seine Söhne und Töchter, adlige Gelehrte und Arbeiter-Mischlinge, die Früchte der kurzen Begegnungen mit den Frauen, die er aus der Menge zahlloser Antragstellerinnen auswählte.

Aber so kurz jene sexuellen Begegnungen auch sein mochten: Sie bedeuteten ihm viel. Jedes Kind, das er mit einer Angehörigen des Adels zeugte, wurde unter seiner Herrschaft zu einem Designierten. Jora'h überhäufte seine Söhne und Töchter mit Geschenken, auch die Mischlinge. Er schickte ihnen Mitteilungen, schrieb Gedichte für sie. Sie sollten nicht vergessen, wer ihr Vater war.

Angesichts der großen Anzahl seiner Nachkommen brauchte er Zeit in der Kontemplationskammer, um sich auf dem Laufenden zu halten, Namen und Geburtstage zu sortieren.

Nach den Aufzeichnungen des Palastes hatte sich Jora'hs Vater Cyroc'h seinen Nachkommen nicht mit solcher Hingabe gewidmet. Ja, der Weise Imperator hatte sich um seinen ältesten, reinrassigen

Sohn gekümmert, geboren von einer adligen Konkubine. Er war auch Vater von einigen Dutzend weiteren Söhnen und Töchtern anderer adliger Frauen und sie alle wurden zu Designierten auf Kolonialwelten: auf Dobro, Hyrillka, Crenna, Comptor, Alturas und vielen weiteren. Die sekundären Söhne blieben durchs *Thism* mit ihrem Vater verbunden und konnten die Splitter-Kolonien dadurch mit den Gedanken und Entscheidungen des Weisen Imperators leiten.

Jora'h aber hatte die meiste Zeit seines Lebens im Prismapalast verbracht. Er würde nicht zu einem stellvertretenden Herrscher werden wie die anderen Designierten; er stand in engerer Verbindung mit dem weisen Imperator als alle anderen.

Sein eigener ältester adliger Sohn, Thor'h, weilte auf Hyrillka, wohnte beim dortigen Designierten und genoss das Leben in der Gewissheit, dass er erst in Jahrzehnten oder gar nach mehr als einem Jahrhundert die schwierigen Führungspflichten übernehmen musste. Jora'h war der Nachfolger des Weisen Imperators Cyroc'h und ihm würde Thor'h folgen. Doch bis dahin dauerte es noch viele Jahre und niemand erwartete von Thor'h, dass er schon jetzt Verantwortung übernahm. Wenn es so weit war, konnte er durchs *Thism* auf die genetisch gespeicherten Informationen zugreifen und auf diese Weise alles erfahren, was er wissen musste. Derzeit schien er sich an der Gesellschaft seines Onkels zu erfreuen, des sanften und gemütlichen Hyrillka-Designierten. Jora'h sah ihm schon seit Jahren seinen Müßiggang nach.

Jora'h blätterte in virtuellen Katalogen, wählte Geschenke für seine Kinder aus und dachte dann an seine Halbbrüder, denen er nicht sehr nahe stand. Die anderen Designierten herrschten über ganze Planeten, hatten aber keine Freiheit.

Wehmütig erinnerte sich Jora'h an eine Geschichte aus der *Saga der Sieben Sonnen*. Darin ging es um einen Weisen Imperator, dessen erster Adelsnachwuchs aus Zwillingen bestand. Das führte zu einer grässlichen dynastischen Auseinandersetzung, denn jeder der beiden Zwillinge nahm den Status des Erstdesignierten für sich Anspruch. Beide jungen Männer wollten Herrscher werden, als der Weise Imperator starb. Zum Schluss vereinte man ihre Selbstsphären zu einem gemeinsamen Bewusstsein in zwei Körpern – ein sehr riskantes Unterfangen. So wurden die beiden Zwillinge zu einem Regenten mit doppelter Weisheit, wie man glaubte.

Jora'h beendete seine Pflichten in der Kontemplationskammer, sah zu der Stelle an der Wand, die die Zeit angab, und blickte auch zu den sieben Sonnen auf. Man erwartete von ihm einen weiteren Auftritt in der Öffentlichkeit: Diesmal sollte er einer Veranstaltung beiwohnen, bei der sein Sohn Zan'nh, Offizier in der Solaren Marine, eine wichtige Rolle spielte. Eigentlich war Zan'nh Jora'hs Erstgeborener, das älteste seiner vielen Kinder, aber seine Mutter gehörte zum Soldaten-Geschlecht und nicht zum Adel, deshalb blieb der Status des nächsten Erstdesignierten Zan'nhs jüngerem Halbbruder vorbehalten.

In Hinsicht auf Manöver im All und Orbitaltaktiken hatte sich Zan'nh als recht talentiert erwiesen. Darüber hinaus verfügte er über Charisma und Kraft, zwei notwendige Voraussetzungen fürs Kommando. Seine Mutter war eine bewährte Soldatin, was ihn genetisch zu einem Offizier machte, mit dem Potenzial, zu einem der Besten zu werden. Wenn die für diesen Tag geplante Flugschau planmäßig ablief, durfte Zan'nh eine Beförderung erwarten und Jora'h hatte versprochen, dabei zugegen zu sein.

Begleitet von Bediensteten und einer Ehrenwache ging der Erstdesignierte an Bord eines persönliches Transporters und bat den Piloten, sich zu beeilen, damit er den Beginn der Zeremonie nicht versäumte. Sie flogen fort vom Prismapalast, über Mijistra hinweg zu den offenen Ebenen, die die Hauptstadt umgaben. Dort hatte sich bereits eine große Zuschauermenge eingefunden.

Kurze Zeit später landete der Transporter. Jora'h stieg aus und trat neben Adar Kori'nh, den Kommandeur der Solaren Marine. Die Präsenz des Adars gab der Vorstellung an diesem Tag zusätzlich Bedeutung. Jora'h vermutete, dass der Kommandeur vor allem deshalb gekommen war, weil der Sohn des Erstdesignierten geehrt werden sollte.

»Ich hoffe, meinen Streitkräften gelingt es, Sie zu beeindrucken, Erstdesignierter«, sagte Kori'nh.

»Und ich hoffe, dass Ihnen mein Sohn imponiert, Adar.«

Während der vergangenen Monate hatte die Solare Marine die Anzahl ihrer Schiffe erhöht, immer wieder militärische Manöver durchgeführt und Kampfeinsätze geübt. Natürlich waren von Adar Kori'nh regelmäßige Berichte übermittelt worden und einige davon hatte Jora'h gelesen.

»Sagen Sie mir ganz offen, Adar: Erhöhen Sie die Einsatzbereitschaft der Solaren Marine, weil Sie Gefahr befürchten? Ich habe Berichte von der Terranischen Hanse gesehen – fremde Raumschiffe zerstörten die vier Monde von Oncier.«

Kori'nh brummte. »Ich weiß kaum etwas von jenem Zwischenfall, Erstdesignierter. Wie dem auch sei: Viele von uns empfinden ... Unbehagen angesichts einer so offenkundigen Machtdemonstration. Einen Planeten zu zünden und in eine Sonne zu verwandeln? War das wirklich nötig? Und wenn die Hanse auf den Gedanken kommen sollte, diese Technik als Waffe gegen uns zu verwenden?«

Jora'h runzelte die Stirn und versuchte zu verstehen. »Soll das heißen, wir Ildiraner haben etwas mit dem Angriff auf die Monde von Oncier zu tun?«

»Ganz und gar nicht, Erstdesignierter.« Kori'nh wirkte verlegen. »Ich wollte nur auf Folgendes hinweisen: Wenn die Menschen einen Zwischenfall provozierten, der sich gegen ein fremdes Volk richtete, so sollten sie die Verantwortung dafür übernehmen.«

Die Falten fraßen sich tiefer in Jora'hs Stirn. »Adar, Sie scheinen über diese Sache mehr zu wissen als ich. Hat mein Vater Ihnen Informationen gegeben? Ist uns etwas über die Fremden bekannt?«

»Nein, Erstdesignierter.«

Die Zuschauer jubelten, als sieben Angriffsjäger über den Himmel rasten. Die schnellen, pfeilförmigen Schiffe flogen in einer dichten Dreiecksformation. Über dem Publikum entfernten sich die Angriffsjäger voneinander und vollführten eine komplexe Akrobatik, ließen dabei eine Blume aus farbigem Rauch am Himmel entstehen. Dann erschienen ihre sieben Eskortenschiffe und flogen größere, langsamere Manöver.

»Das ist der Manipel Ihres Sohnes, Erstdesignierter«, sagte Adar Kori'nh und deutete gen Himmel. »Er hat als Kommandooffizier außerordentlich gute Arbeit geleistet.«

Jora'hs wie rauchige Topase aussehende Augen glänzten und reflektierten das Licht der sieben Sonnen. »Ich bin stolz darauf, dass er schon so früh zum Septar befördert wurde.«

Kriegsschiffe setzten das Himmelsballett fort und flogen in präziser Formation. Alles war so inszeniert, dass es nach einer Art Paarungstanz aussah. Jedes Schiff ließ eine Rauchfahne hinter sich und auf diese Weise entstand ein Netz am Firmament. Beim Finale stießen die großen Schiffe bunten Rauch aus und formten prächtige Streifenmuster.

Jora'h applaudierte zusammen mit den anderen Zuschauern, die begeistert jubelten, als die Angriffsjäger zu ihren Eskorten zurückkehrten, die ihrerseits zu den Mutterschiffen flogen. Kurze Zeit später löste sich eine kleine Transportkapsel vom Flaggschiff, wirkte im Vergleich dazu winzig und zerbrechlich. Sie landete vor der zentralen Tribüne und Jora'hs Sohn, Septar Zan'nh, stieg aus, gekleidet in die Uniform der Solaren Marine. Voller Stolz näherte er sich, trat vor den Adar und seinen Vater.

Liebe erfüllte Jora'hs Herz. »Du hast Großartiges geleistet, mein Sohn«, sagte er, obwohl das nicht zur Zeremonie gehörte. Kori'nh wich zurück und wartete. Nach kurzem Zögern richtete der Erstdesignierte einen verlegenen Blick auf den Adar. »Mehr wollte ich nicht sagen.«

Kori'nh trat vor und hielt ein funkelndes neues Rangabzeichen in der Hand. »Septar Zan'nh, bis heute führten Sie den Befehl über sieben Schiffe. Sie haben sich als aufgeweckter, brillanter Taktiker erwiesen. Mit großer Freude befördere ich Sie hiermit zum Qul. Von heute an haben Sie das Kommando über einen ganzen Manipel. Sie werden neunundvierzig Schiffe befehligen, sieben vollständige Septas. Nehmen Sie diese neue Verantwortung an?«

»Mit Vergnügen, Adar Kori'nh.« Der junge Mann konnte ein Lächeln nicht unterdrücken und sah zu Jora'h. »Mit Vergnügen, Vater.«

Jora'h nahm das Rangabzeichen vom Adar entgegen und befestigte es selbst am Kragen seines Sohns. »Ich habe immer gewusst, dass du dem Ildiranischen Reich gute Dienste erweisen würdest. Du machst mich sehr glücklich.«

Jora'hs dünne goldene Zöpfe knisterten leise und bewegten sich, als wären sie statisch aufgeladen. Als Mischling konnte Zan'nh nicht zum nächsten Erstdesignierten werden, aber Jora'h wusste, dass der junge Mann eine strahlende Zukunft vor sich hatte. Lächelnd trat er zurück, um nicht der Versuchung zu erliegen, Zan'nh zu umarmen. Er war sehr, sehr stolz auf seinen erstgeborenen Sohn.

54 ✷ JESS TAMBLYN

Nach der Gedenkfeier kniete Jess neben seinem Vater, der so blass und schwach wirkte, als wäre von dem dicken Seil seiner früheren Vitalität nur noch ein dünner, zerfasernder Strang übrig. Er drückte die Hand des Alten und versuchte, ihm ein wenig Kraft zu vermitteln.

»Es ist der Kummer«, flüsterte Cesca Jess zu. »Er wird es sich nie eingestehen und gleichzeitig kann er sich die eigene Sturheit nicht verzeihen. Er hat seinen Sohn vertrieben und sein Stolz verhinderte, dass er ihn jemals wiedersah. Jetzt bestraft er sich noch mehr.«

In jener Nacht erlitt Bram Tamblyn einen schweren Schlaganfall. Bei einer medizinischen Untersuchung ergaben sich erhebliche Hirnschäden und Blutgerinnsel, die weitere Schlaganfälle auslösen konnten. Heizdecken umhüllten den alten Mann, aber er zitterte trotzdem und konnte kaum die Augen offen halten. Und wenn er die Lider hob, schien er überhaupt nichts zu sehen.

»Oh, Jess«, sagte Cesca, als sie Tee brachte. Jess hielt eine Tasse mit der warmen Flüssigkeit unter die Nase seines Vaters und glaubte, den Hauch eines Lächelns auf den Lippen des Alten zu sehen. »Er wird sich erholen«, fügte Cesca hinzu und strich Jess über den Arm. »Der Leitstern wird ihm den Weg zeigen.«

Jess schüttelte den Kopf. »Belügen wir uns nicht, Cesca. Du hast das Ergebnis der Untersuchungen gesehen. Es ist nur noch eine Frage von Stunden. Er hat nicht mehr genug Kraft, um zu kämpfen.« Niedergeschlagen ließ sich Jess auf seinen Stuhl sinken. »Wo ist Tasia? Sie sollte hier sein.« Nach dem Schlaganfall hatte er zwei Wasserarbeiter beauftragt, seine Schwester zu suchen – seit dem letzten Streit mit ihrem Vater war sie spurlos verschwunden. Jess wusste, dass Tasia Verstecke draußen auf dem Eis hatte, Unterschlupfe, in die sie sich zurückziehen konnte, wenn sie Bram und seine Forderungen nicht mehr ertrug. »Wir sollten sie bald finden.«

Seine Onkel waren gekommen und wechselten sich darin ab, an Bram Tamblyns Lager zu wachen. Jess war mit einigen von ihnen befreundet; andere erschienen ihm fast als Fremde. Von jetzt an mussten sie alle enger zusammenarbeiten und die einzelnen Fäden des Clans fester verknüpfen.

Jess griff nach der Hand seines Vaters und spürte ein Zucken in den Finger, ein bestätigendes Signal. Allerdings wusste er nicht, was ihm der Kranke dadurch mitteilen wollte. Die jüngsten Ereignisse hatten Jess zutiefst verunsichert, aber er blieb auch weiterhin fest entschlossen, alles Notwendige zu tun.

Nachdem Ross vor Jahren fortgegangen war, hatte Bram seinem zweiten Sohn immer mehr Aufgaben übertragen und ihm das Gefühl gegeben, *verantwortlich* zu sein. Er lernte, nie zu klagen, alles hinzunehmen. Jess kannte die Rolle, die er spielen, die Verpflichtungen, die er übernehmen musste - er sah seinen Weg klar vor sich. Im Lauf der Jahre war er härter geworden und hatte eine Persönlichkeit entwickelt, die vielleicht zu sehr der seines Vaters ähnelte. »Ich werde dich nie enttäuschen«, hatte er dem alten Bram versprochen und es war wie ein heiliger Schwur gewesen.

Doch Jess zwang sich, flexibler zu sein. Im Gegensatz zu seinem unbeugsamen Vater konnte er sich widrigen Umständen anpassen und auf bessere Gelegenheiten warten.

Jetzt würden die Wasserminen von Plumas seinen Onkeln gehören, wenn er sich nicht selbst darum kümmerte. Zwar hatte er hart gearbeitet, um genau auf diese Situation vorbereitet zu sein, aber trotzdem fühlte sich Jess überwältigt. Er hatte sich an die Hoffnung geklammert, dass Ross und sein Vater irgendwann Frieden schließen würden, doch dazu konnte es nie mehr kommen.

Während der alte Mann unruhig schlief, genoss Jess Cescas tröstende Gesellschaft. Er hatte sich immer gewünscht, viel Zeit mit ihr zu verbringen ... aber nicht auf diese Weise. Sie ahnte, was ihm durch den Kopf ging, und griff nach seiner Hand. Ihre Finger fühlten sich weich und warm an und Jess erwiderte ihren Druck, mied aber Cescas Blick, um sich keinen Hoffnungen hinzugeben. Dies war jene Gelegenheit, die sie sich beide ersehnt hatten, und dadurch wurde alles noch viel schwerer.

»Du weißt, dass ich dich liebe, Cesca«, sagte Jess leise. »Du weißt, dass ich dich mehr begehre als jede andere Frau im Spiralarm. Aber es kann nicht sofort geschehen. Es wäre opportunistisch, wenn ich dich jetzt bitten würde, meine Frau zu werden, weil mein Bruder umgebracht wurde. Wie sollte ich imstande sein, damit zu leben? Wie sollte unsere Liebe wachsen, mit einer solchen dunklen Wolke über uns und während Vater vor meinen Augen stirbt?«

Seine Lippen zitterten und er atmete tief durch, bevor Cesca antworten konnte. »Wo ist Tasia? Wir müssen sie holen«, fügte er rasch hinzu.

Tränen glänzten in Cescas Augen, die dadurch größer und dunkler wirkten. »Unsere Zeit wird kommen, Jess. Wir haben unseren eigenen Leitstern. Das weißt du. Wir stehen dies durch. Ich helfe dir mit meiner Unterstützung und meiner Liebe, aber wir dürfen keinen Schatten auf deinen Clan oder das Andenken von Ross werfen. Wir dürfen nicht zulassen, dass die Roamer schlecht von uns denken oder der Tamblyn-Clan in Verruf gerät.«

Jess sah Cesca an. »Wir dürfen auch nicht zulassen, dass du in Verruf gerätst, Cesca. Du wirst die nächste Sprecherin aller Clans sein. Politischer Schaden muss von dir ebenso fern gehalten werden wie von Jhy Okiah. Deine Fähigkeit, uns alle zu führen, darf nicht beeinträchtigt werden. Derzeit können wir es uns nicht leisten, unsere eigenen Interessen in den Vordergrund zu schieben.«

Cesca schloss die Augen und schien es kaum zu ertragen. »Wir können warten. Wir wissen, dass wir füreinander bestimmt sind, Jess – wenn nicht jetzt, dann bald.«

Cesca Peroni war das einzige Kind ihres Vaters, der zwei Brüder und eine Schwester hatte, jeweils mit mehreren Kindern. Der Clan-Linie der Peronis mangelte es also nicht an Stärke. Cesca war schlicht und einfach ein einzelner Zweig ganz oben im Stammbaum.

Sie hatte Geschichte studiert, kannte die Clans und ihre Verbindungen untereinander. Über jahrzehntelange Fehden wusste sie ebenso Bescheid wie darüber, welche Blutlinien die stärksten waren. Jhy Okiah hatte dafür gesorgt, dass sich Cesca mit all diesen Einzelheiten befasste. Als zukünftige Sprecherin musste sie nicht nur eine gute Politikerin und Verwalterin sein, sondern sich vor allem mit den Familienbeziehungen der Roamer auskennen – das war eine unabdingbare Notwendigkeit.

Jess schwieg und bittersüße Stille senkte sich auf sie herab, als sie zum schwachen Alten auf dem Bett sahen. Sie würden es beide erdulden müssen, so lange getrennt zu bleiben, wie es die Umstände erforderten. Für Jess gab es genug Kummer, um ihn auf lange Zeit beschäftigt zu halten.

Er wusste, dass sie sich während der nächsten Zeit besser aus dem Weg gehen sollten. Jess konnte kaum glaube, dass ihm der Tod seines Bruders Ross die Freiheit gab, Cesca zu lieben. Und wenn

Bram starb ... Dann war Jess das Oberhaupt des Tamblyn-Clans und damit ein durchaus akzeptabler Ehemann für die zukünftige Sprecherin.

Perfekt - so als hätten sie alles geplant.

Aber auf diese Weise zueinander zu finden, war weder für Jess noch für Cesca annehmbar. Komplexe Regeln bestimmten die Gesellschaft der Roamer. Wenn Cesca und er ihre Liebe zu offen und zu bald zeigten, angesichts einer solchen Tragödie, so mussten sie mit Ächtung rechnen.

Eine Stunde später öffnete Bram Tamblyn die Augen und setzte sich auf. Er hustete zweimal, erzitterte, sank aufs Polster zurück - und starb so schnell und leise, dass Jess kaum glauben konnte, was geschah. Er griff nach dem Arm seines Vaters und versuchte, Leben zu spüren. Aber er fühlte nichts, keinen Puls, kein noch so leichtes Zucken.

Cesca umarmte ihn und sie beugten sich beide übers Bett. Jess rief und schließlich kam jemand herein, gekleidet in einen dicken Parka. Durch die Tränen in seinen Augen konnte er nicht erkennen, um wen es sich handelte. »Tasia? Wo ist meine Schwester? Unser Vater ist tot.«

Sein Onkel Caleb strich die Kapuze zurück und wirkte ungewöhnlich nervös. Jess hob die Stimme. »Habt ihr sie gefunden? Bringt sie hierher.« Er schüttelte den Kopf. »Wie viele Orte gibt es auf Plumas, wo man sich verstecken kann?«

»Ich komme von der Oberfläche, Jess. Eins der Tamblyn-Schiffe ist verschwunden, ein kleiner Scout. Und Tasias Quartier ist leer. Offenbar hat sie einige Sachen mitgenommen, außerdem ihren Kompi EA.«

Cesca sah Jess an, als sie zu verstehen begann. »Sie ist fortgelaufen, um sich den Tivvis anzuschließen! Verdammt, warum konnte sie ihr Temperament nicht unter Kontrolle halten?« Jess ließ den Kopf hängen und verbarg das Gesicht hinter den Händen. In vielerlei Hinsicht war Tasia wie ihr Vater.

Jess dachte daran, wie sich Bram während der letzten Stunden seines Lebens gefühlt haben musste, und diese Überlegungen rissen eine weitere Wunde in seine Seele. Er blieb am Totenbett seines Vaters sitzen, hielt die leblose Hand seines schwierigen, anspruchsvollen Vaters und fühlte das Gewicht des Universums auf den Schultern.

55 ✵ KÖNIG FREDERICK

»Ich habe um dieses Treffen mit Ihnen gebeten, Frederick, um über Ihren Ruhestand zu sprechen«, sagte Basil Wenzeslas.

Ein Lächeln vertrieb die Überraschung aus dem Gesicht des Königs. »Das wird auch Zeit, Basil. Seit siebenundvierzig Jahren sitze ich auf dem Thron. Ich bin müde geworden und habe darauf gewartet, dass Sie einen Nachfolger für mich finden.« Er ging zu einem kleinen Tisch, auf dem Karaffen mit erlesenem Sherry standen – eines seiner vielen Laster, noch dazu eines, dem er besonders gern frönte. »Von mir hören Sie gewiss keine Einwände. Ich habe diese Pflichten lange genug erfüllt. Möchten Sie einen Drink, Basil?«

»Nein.« Der Vorsitzende wanderte durchs private Quartier des Königs. Er war zu ruhelos, um sich zu setzen.

»Dann nehme ich einen für Sie.« Frederick griff nach einer kristallenen Karaffe und gab bersteinfarbene Flüssigkeit in ein Glas. Er sah kurz zu Basil, füllte das Glas dann ganz. Der Große König der ganzen Menschheit brauchte nicht um Erlaubnis zu fragen.

Frederick wusste schon seit einer ganzen Weile, dass Basil und die anderen Oberhäupter der Hanse nach einem Ersatz für ihn suchten. Er war nicht so naiv zu glauben, dass der Vorsitzende keine entsprechenden Pläne entwickelt hatte, ob er sie nun geheim hielt oder nicht. Mithilfe seiner eigenen Spione hatte Frederick vom ersten Kandidaten erfahren, Prinz Adam, der allerdings zu halsstarrig und damit für die Zwecke der Hanse ungeeignet gewesen war. Seit Jahren wartete der König darauf, seine Krone einem Nachfolger zu überlassen. Eigentlich erstaunte es ihn, dass sich Basil erst jetzt mit einer solchen Ankündigung an ihn wandte.

Er trank einen großen Schluck vom süßen Sherry. »Ich freue mich sehr auf den Ruhestand. Ich habe es satt, dass man mich tagaus, tagein beobachtet.«

Basil hob verwundert die Hände, eine Geste, die dem Luxus des Flüsterpalastes galt. »Ich verstehe Sie nicht Frederick. Sie haben alles, was man sich wünschen kann. Warum sollten Sie vom Ruhestand träumen? Das ergibt doch keinen Sinn.«

»Wir unterscheiden uns, Basil. Sie könnten sich nie vorstellen, Ihre Arbeit aufzugeben, aber ich sehne mich danach, dass dies alles aufhört.«

Basil beschloss, Platz zu nehmen. »Wenn ich mich in den Ruhestand zurückziehen würde, um mich zu ›entspannen‹, Frederick ... Vermutlich würde ich mich nach spätestens sechs Monaten von einer hohen Klippe stürzen.«

»Daran zweifle ich nicht, alter Freund«, sagte der König.

Der Vorsitzende und der König hatten etwa zur gleichen Zeit ihre Arbeit für die Hanse begonnen. Basil war von seinem Vorgänger auf die Leitung der Terranischen Hanse vorbereitet worden, während die Ausbildung des Prinzen stattfand. Aber im Gegensatz zu Basil hatte der junge Frederick schon damals im Rampenlicht gestanden. Seit fast einem halben Jahrhundert herrschte er über die Erde und die anderen Menschenwelten, und das reichte ihm. Er trank erneut einen Schluck Sherry. »Basil, ich habe genug von Zeremonien, Fahnenschwingen und jubelnden Mengen, die schon dann applaudieren, wenn ich auf den Balkon trete – als wäre das genug, um die Herzen meiner Untertanen mit Ehrfurcht zu erfüllen.«

»Die meisten Leute würden Sie darum beneiden«, erwiderte der Vorsitzende ruhig.

»Dann wählen Sie jemanden aus und geben Sie ihm meinen Job.« Der König ließ sich in einen vergoldeten und edelsteinbesetzten Sessel sinken. Dutzende von Künstlern hatten die Polster mit Darstellungen und geometrischen Mustern bestickt, die für Frederick längst ihren Reiz verloren hatten. Er seufzte schwer.

Ganz deutlich erinnerte er sich an den Tag, an dem er zum Großen König geworden war. Die damaligen Oberhäupter der Terranischen Hanse hatten eine neue Vergangenheit für ihn erfunden, sein früheres Leben ausgelöscht und es durch eine andere Identität ersetzt. Damals hatte sich Frederick glücklich geschätzt, den Luxus und das ganze Drum und Dran der Macht genossen.

Doch irgendwann wurden selbst die schönsten Dinge langweilig.

Frederick glaubte, im Großen und Ganzen ein guter König gewesen zu sein. Er war kein Betrüger oder Hochstapler, denn es hatte nie einen »echten« König Frederick gegeben. Er selbst hatte diese Person erschaffen, ihre Rolle gespielt. Und zwar recht ordentlich, wie er fand.

Sein Vorgänger war König Bartholomäus gewesen, ein freundlicher, überschwänglicher älterer Mann, mit dem Frederick gut ausgekommen war. Bartholomäus behandelte ihn so wie ein echter König seinen leiblichen Sohn. Bevor er sich in den Ruhestand zurückzog, hatten sie in aller Offenheit über ihre Situation gesprochen. Damals war es dem jungen Frederick schwer gefallen zu glauben, dass der alte Mann einfach so auf sein Amt verzichten wollte, aber heute verstand er ihn.

Die Hanse hatte Bartholomäus' Tod in Szene gesetzt und dafür gesorgt, dass sein Leibarzt ein »friedliches Ableben im Schlaf« bescheinigte. Anschließend hatte der »verstorbene« König ein neues Gesicht und eine neue Identität bekommen, um die nächsten zwanzig Jahre in herrlicher Anonymität auf Relleker zu verbringen. Ja, er hatte den Flüsterpalast und den Thron aufgegeben, dadurch aber auch viel gewonnen.

Basil lehnte sich zurück und musterte den alten König. »Seien Sie unbesorgt, Frederick. Wir kümmern uns um alles, wenn Sie in den Ruhestand treten.«

»Das haben Sie mir versprochen, Basil. Und ich vertraue Ihnen.«

Der Vorsitzende lachte leise. »Solche Worte höre ich nicht mehr von vielen Leuten, Frederick. Ich weiß sie zu schätzen.«

Der König schenkte sich ein zweites Glas Sherry ein und gab vor, Basils missbilligenden Blick nicht zu bemerken. Im Lauf der Jahre hatten seine Selbstzweifel immer mehr zugenommen, als er die Manipulationen und Machenschaften der Hanse beobachtete. Aber er stellte Basils Anweisungen nie infrage und erfüllte all das, was die Hanse von ihm erwartete. Kritik stand ihm nicht zu.

Verdiente ein Großer König tatsächlich solchen Jubel? Die Bevölkerungen der von Menschen besiedelten Welten verehrten ihn fast wie einen Gott. Doch er – jener Mann, den man gezwungen hatte, den fiktiven Namen Frederick anzunehmen – war nur deshalb ausgewählt worden, weil er bestimmte Voraussetzungen erfüllte. Er hatte das richtige Erscheinungsbild, natürliches Charisma und eine Stimme mit perfekter Klangfarbe. Und er war fügsam.

Eigentlich steckte nicht mehr dahinter als Zufall. Eine Überwachungskamera hatte Bilder von ihm aufgezeichnet und anschließend war er bei einem strengen Auswahlverfahren übrig geblieben. Andernfalls hätte er ein ereignisloses Leben geführt und vielleicht eine Familie mit Söhnen und Töchtern gehabt. Möglicherweise hätte er in einem kleinen Haus gewohnt, aber wenigstens in Frieden, ohne ständig den Blick der Öffentlichkeit auf sich zu spüren. Er wäre kaum imstande gewesen, Einfluss auf die Entwicklung im Spiralarm zu nehmen. Vermutlich hätte er nicht einmal im eigenen Wohnblock Spuren hinterlassen - und wenn schon.

»Ergreifen Sie alle Maßnahmen, die Sie für notwendig halten, Basil«, sagte Frederick. »Aber bitte kümmern Sie sich bald darum.«

Wer auch immer seine Nachfolge antreten würde: Er beneidete und bemitleidete ihn.

56 ✷ RAYMOND AGUERRA

Im Flüsterpalast gab es hunderte - tausende? - von Räumen, Fluren und Kammern. Ein riesiger Bereich war für das Publikum nicht zugänglich und deshalb ahnte die Öffentlichkeit gar nicht, wie wenig sie zu sehen bekam.

Nachdem sich Raymond mit seiner neuen Situation abgefunden hatte, erstaunte es ihn immer wieder, wie viel es zu entdecken gab - obgleich Basil Wenzeslas und der Lehrerkompi OX seine Bewegungsfreiheit einschränkten. Bei jeder neuen Forschungstour verblüffte ihn der allgegenwärtige Luxus, den er jeden Tag genießen konnte. Immer dann, wenn er glaubte, alles Beeindruckende gesehen zu haben, fand er etwas, das ihn von neuem verblüffte. Es war fast zu viel für ihn.

Raymond bedauerte sehr, dass seine Mutter und Brüder dies alles nicht sehen konnten.

In einen schimmernden Badeanzug gekleidet sauste er durch eine Wasserröhre, die zu einem Schwimmbecken mit beheiztem Meerwasser führte. Er klatschte nicht besonders elegant ins Wasser, schloss aber rechtzeitig den Mund. Zu Beginn des Schwimmunterrichts hatte er zu seiner großen Verlegenheit immer wieder Wasser geschluckt und gehustet. Aber während der letzten Wochen hatte er immer mehr Gefallen am Schwimmen gefunden und inzwischen verbrachte er viel Zeit damit, trotz der vielen anderen Ausbildungsaktivitäten.

In jüngeren Jahren hatten er und seine Brüder gelegentlich im öffentlichen Schwimmbad geplanscht. Angenehme Empfindungen verbanden sich mit diesen Erinnerungen, aber Raymond war damals skeptisch geblieben, hatte sich nie richtig mit dem Wasser anfreunden können. Doch hier im Palast sah die Sache anders aus. Das Meerwasser im Schwimmbecken hatte genau die richtige Temperatur und es gab genug Bedienstete, die ihn sofort retten konnten, wenn er in Schwierigkeiten geriet. Es gab nichts zu befürchten und dadurch verlor der Junge Anspannung und Scheu.

Er tauchte, schwamm unter Wasser, so weit er konnte, mit offenen, *grünblauen* Augen, sah unten einen Grund, der welligen Meeresboden simulierte. Raymond fragte sich, ob auch der alte König hier badete. Aber wahrscheinlich standen Dutzende von ähnlichen Becken zu seiner persönlichen Verfügung. Die Ungläubigkeit, mit der Raymond all dieser Extravaganz begegnete, ließ ihn gleichgültig werden.

Er kam wieder an die Oberfläche, prustete und strich sich blondes Haar aus den Augen. Mit ruhigen Zügen und noch immer ein wenig ungeschickt schwamm er zum Rand des Beckens. Raymond war fest entschlossen, weiterhin zu üben und zu einem guten Schwimmer zu werden. Basil Wenzeslas und die anderen Leute, die ihn in diesen goldenen Käfig gesperrt hatten, freuten sich über seine Bereitschaft, Neues zu lernen, trotz des strengen Lehrplans, dem er den größten Teil seiner Zeit widmen musste.

OX stand wie eine metallene Statue am Beckenrand. Er hielt ein Handtuch bereit, obwohl es gar nicht nötig war, dass Raymond aus dem Wasser kam - der Unterricht konnte auch so weitergehen. »Ich habe mehrere Lektionen vorbereitet, junger Peter. Sollen wir beginnen?«

Inzwischen störte es Raymond nicht mehr, dass man ihn mit dem falschen Namen ansprach. Der Vorsitzende Wenzeslas gewährte ihm so viele Vorzüge, damit er die Rolle von König Fredericks Sohn spielte, dass er bereit war, darauf einzugehen. Eigentlich machte es gar keinen Unterschied. Wenn man nicht mehr von ihm verlangte, so hatte er viel für wenig bekommen.

Raymond trat Wasser. »Ich bin ganz Ohr, OX.« Wasser floss aus dem Rohr und Blasen stiegen aus Thermoschlitzen im vermeintlichen Meeresboden. »He, warum erzählst du mir nicht von dir selbst? Du bist einer der ältesten Kompis, die ich je gesehen habe. Dein Modell wird seit etwa zehn Jahren nicht mehr gebaut, oder?«

»Seit dreiundvierzig Jahren, junger Peter. Ja, ich bin alt und gehöre zu den ersten speziellen Kompis. Man schuf mich als Begleiter für die Kolonisten des ersten Generationenschiffes, der *Peary*.«

Raymond schwamm ein wenig zurück und konnte es kaum glauben. Er kannte Teile der irdischen Geschichte aus der Schule und rechnete rasch, während er weiterhin Wasser trat. »Das sind mehr als dreihundert Jahre.«

»Ja, dreihundertachtundzwanzig«, sagte OX. »Die langen Reisen der Generationenschiffe waren der Grund für die Entwicklung der Kompis. Wir sollten nicht nur Begleiter und robotische Freunde für die Menschen auf der Erde sein, sondern den Auswanderern und ihren Nachkommen an Bord der Generationsschiffe dienen. Meine Gedächtnisdateien sind alt, enthalten aber nach wie vor alle Einzelheiten. Ich erinnere mich an den Start der *Peary*. Damals befand ich mich an Bord.«

»Das weiß ich jetzt, OX«, sagte Raymond.

»Die *Peary* beherbergte zweihundert Familien und führte genug Ressourcen mit, um eine autarke Kolonie zu gründen. Man baute die Generationenschiffe im Asteroidengürtel und ihre Passagiere kamen mit Shuttles. Der Captain erlaubte mir, während des Starts auf der Brücke zu sein. Selbst mit voller Beschleunigung dauerte es neun Monate, bis wir das Sonnensystem der Erde verlassen hatten. Alle an Bord waren sicher, nie wieder andere Menschen zu sehen.«

Raymond schwamm ruhig und möglichst leise, damit der Lehrerkompi ihn nicht tadelte, bestimmte Sätze wiederholen ließ oder seine Stimme hob. »Scharlachroter Regen, OX! Es ist kaum zu glauben, dass damals Menschen bereit waren, alles hinter sich zu lassen, ohne die realistische Hoffnung, einen besseren Ort zu finden.«

»Es waren schwere Zeiten«, erwiderte OX. »Die großen Schiffe erreichten keine hohen Geschwindigkeiten und stellten in gewisser Weise selbst Kolonien dar. Sie waren mit allen notwendigen Dingen ausgestattet, um die Auswanderer und ihre Nachkommen über Jahrhunderte hinweg am Leben zu erhalten. Wir Kompis sollten während so langer Reisen für Stabilität an Bord sorgen; außerdem dienten wir als Langzeitgedächtnis. In diesem Zusammenhang war es wichtig, dass wir lehren konnten.«

»Wie Babysitter, die nie fortgehen«, kommentierte Raymond. Spielerisch bespritzte er OX mit Wasser, aber der Kompi ließ sich dadurch nicht aus der Ruhe bringen.

»Wir waren eine stabilisierende Präsenz. Niemand erwartete, dass die Kolonisten über Jahrhunderte hinweg alle Details der menschlichen Zivilisation bewahren, die irdische Kultur, ihre Gesetze und moralischen Prinzipien in Erinnerung behalten konnten. Kompis unterrichteten die Kinder der Auswanderer, dann die Kinder der Kinder und deren Kinder. Informationen mussten erhalten werden, damit der Traum von Bestand blieb. Wenn die Generationenschiffe schließlich bewohnbare Welten erreichten, sollten ihre Passagiere keine unwissenden Primitiven sein.«

»Und dann fanden die Ildiraner unsere Schiffe«, sagte Raymond. Den Rest kannte er. »Sie brachten jedes von ihnen zu einem geeigneten Planeten, mit ihrem Sternenantrieb kein Problem, und du kehrtest als eine Art Verbindungsmann zur Erde zurück, um den Ildiranern dabei zu helfen, Beziehungen zur Hanse zu knüpfen. Jetzt bist du ein historisches Artefakt, ein großer alter Kompi.«

»Danke, Peter. Es ist erfreulich, solchem Respekt zu begegnen.« Mit dem eigentlich für Raymond bestimmten Handtuch wischte OX die Spritzer von seinem metallenen Leib. »Oder sind deine Worte scherzhaft gemeint?«

Raymond schwamm zu den steinernen Stufen des Beckens und wartete dort, noch immer ganz im Wasser. »Nein, ich habe es ernst gemeint, OX. Ich respektiere jemanden, der so klug ist wie du, der so viel weiß und so viel Erfahrung hat. Darüber würde ich mir nie einen Scherz erlauben.«

Früher, vor den dramatischen Veränderungen in seinem Leben, hatte er immer voller Hingabe gelernt. Allerdings war er auch bestrebt gewesen, die Familie zusammenzuhalten und genug Geld zu verdienen, damit sie sich das Nötigste leisten konnten; deshalb waren seine schulischen Leistungen nie besonders gut gewesen. Aus Zeitmangel gelang es ihm nicht, allen Erfordernissen der Schule zu genügen, was ihn aber nicht davon abhielt, sich auf die wichtigen Dinge zu konzentrieren. Schon früh wurde ihm klar, dass man mithilfe von Mathematik und einfacher Buchführung aus dem Ghetto entkommen konnte, in das seine Familie geraten war.

Ohne den Vater waren die Aguerras den meisten anderen Leuten gegenüber im Nachteil gewesen. Seine Mutter hatte von Raymonds Intelligenz gewusst und ihm Bücher gekauft, wenn sie konnte. Jetzt war sie tot und er wollte sich so verhalten, dass sie stolz auf ihn gewesen wäre, wenn sie noch gelebt hätte.

Schmerz stach in Seele und Herz, als er an das Feuer dachte, dem seine Mutter und Brüder zum Opfer gefallen waren. Wenn er an jenem Abend nicht losgegangen wäre, um sich für ein paar Stunden

Arbeit zu suchen, hätte es ihn ebenfalls erwischt. Und jetzt befand er sich hier, im Flüsterpalast - ein Sprung aus der Armut in schier unvorstellbaren Luxus.

»Ich freue mich darüber, einen so wissbegierigen Schüler zu haben«, sagte OX. »Denn ich bin angewiesen, dich viel zu lehren.«

Raymond tauchte und schwamm unter Wasser, bis er glaubte, dass ihm die Lungen platzten, kam dann wieder an die Oberfläche und schnappte nach Luft. Er lachte und kehrte dorthin zurück, wo der Kompi stand. »Weißt du, OX, wenn der Unterricht häufiger in Schwimmbecken stattfände, gingen Jungen und Mädchen viel lieber zur Schule.«

Er spürte eine Vibration und am anderen Ende des Beckens spritzte Wasser aus geysirartigen Düsen. Luken öffneten sich und Raymond schwamm zum tieferen Bereich des Beckens, als drei graue, geschmeidige Körper zum Vorschein kamen. Drei große Tümmler mit glänzenden Augen huschten um ihn herum. Der Junge lachte und schwamm im Kreis, während ihm die Delphine so nahe kamen, dass er ihre gummiartige Haut berühren und nach den Rückenflossen greifen konnte, um sich ziehen zu lassen. Vor einer Woche hatte er zu OX gesagt, dass er gern einmal einen Delphin sehen würde, und als er am nächsten Tag schwimmen ging, erschienen plötzlich die Tümmler.

Raymond zweifelte nicht daran, dass man ihn rund um die Uhr überwachte. Der Vorsitzende Wenzeslas und seine zahlreichen Assistenten zeichneten bestimmt alles auf. Der Mangel an Privatsphäre ärgerte ihn, aber er konnte keine Einwände erheben. Er verdankte diesen Leuten alles. Zwar durfte er nicht nach draußen, aber er war durch den Flüsterpalast gewandert, durch Flure, Kammern, Wartungstunnel und Katakomben. Überall war es sauber und hell, selbst an jenen Orten, die kaum jemals ein Besucher zu sehen bekam, und es fehlte nie an üppigen Dekorationen und Verzierungen. Raymond wollte sich nicht beklagen - obwohl er inzwischen die Wahrheit über Frederick und seine nicht existierende königliche Familie kannte, wodurch sich seine Vorstellung davon, was einen »König« ausmachte, gründlich geändert hatte.

»Wie begann dies alles, OX? Auf der Erde gab es so viele Regierungssysteme: sich entwickelnde Demokratien, Diktaturen, Militärregime und so weiter. Ein König scheint ... altmodisch zu sein. Wieso hat die Hanse das Königtum wiederhergestellt?«

OX zögerte kurz und schien eine Datei zu öffnen. Die Delphine schwammen noch immer um Raymond herum, während er versuchte, dem Kompi zuzuhören.

»Als die Terranische Hanse mit der Konsolidierung ihrer Macht begann, waren ihre Repräsentanten Unternehmensleiter und Aufsichtsratsvorsitzende. Sie trafen die Entscheidungen und kümmerten sich ums Geschäft, aber niemand von ihnen verfügte über besonderes Charisma – für Auftritte in der Öffentlichkeit eigneten sie sich nicht. Die Galionsfiguren, die schließlich zu den Großen Königen wurden, fungierten zunächst als Sprecher und Symbole dafür, dass die Hanse mehrere Mächte unter einem Oberhaupt vereinte und somit einem Königreich ähnelte.

Die Monarchie ist zwar nicht unbedingt die beste und am höchsten entwickelte Regierungsform, aber sie hat immer den besonderen Respekt der Menschen genossen. Zu Anfang machte die Hanse kein Geheimnis daraus, dass der König nur dazu diente, Zeremonien durchzuführen und die Öffentlichkeit zu beeindrucken. Viele Bürger hielten Geschäftsleute für unzuverlässig, für Helden mit tönernen Füßen, wie es so schön heißt.«

»Diesen Ausdruck höre ich zum ersten Mal«, sagte Raymond und schwamm wieder zurück. Die Delphine befanden sich unter ihm, stießen gegen seine Füße.

»Aber ein *König*, der gut vorbereitet und angemessen präsentiert wird, kann eine einigende, Vertrauen schaffende Wirkung erzielen. Die menschliche Bevölkerung fand sich schnell damit ab und im Lauf der Zeit wurde der Große König zu einer unentbehrlichen Symbolfigur.«

»Obwohl der König keine Macht hat«, warf Raymond ein.

»Obwohl er keine *politische* Macht hat«, betonte OX. »Solange er seine Anweisungen befolgt und alle Aufgaben erledigt, die ihm die Hanse überträgt, ergeben sich bei der Verwaltung der Erde und ihrer Kolonien keine Probleme. Du bist gewissermaßen eine *Placebo-Regierung*, junger Peter. Das Volk glaubt an dich und deshalb ist es gut regiert.«

»War so etwas nicht auch für die Kirche vorgesehen? Niemand hält das Unisono für mehr als nur eine Masche. Der Kongress des Mannigfachen Glaubens mag bei seinen Versammlungen sehr kooperativ wirken, aber es ist allgemein bekannt, dass sich die Religionsvertreter hinter geschlossenen Türen gegenseitig an die Kehle fahren.«

»Sie suchen nach einem gemeinsamen Nenner der verschiedenen Glaubensrichtungen, Peter«, sagte OX.

»Es wird nie klappen. Das ist der Grund, warum so viele Kolonien der Hanse ihre eigenen Kulturen und Kirchen haben. Meine Mutter hat nie viel vom Kongress gehalten. Sie meinte, dem Unisono fehlt die Leidenschaft einer echten Kirche.« Raymond runzelte die Stirn und erinnerte sich daran, wie sehr Rita Aguerra an den katholischen Ikonen und Ritualen festgehalten hatte. »Ihrer Ansicht nach hätte der Erzvater, der Sprecher allen Glaubens, im Vergleich mit einem echten Papst immer die zweite Geige gespielt.«

OX überlegte. »Eine passende Analogie, Peter. Die Konsolidierung auf der Erde erfolgte, während ich mich an Bord der *Peary* befand. Der Kongress des Mannigfachen Glaubens lässt sich mit den alten Vereinten Nationen vergleichen, die allen Anschauungen Platz einräumten und nach Gemeinsamkeiten suchten.«

Raymond schnaubte abfällig. »Dort geht es in erster Linie um Politik und nicht um Religion. Und das Unisono ist viel zu langweilig, um inspirierend zu wirken.« Er neigte sich nach hinten, tauchte unter, kam wieder nach oben und prustete.

»Trotzdem wird der Erzvater als unparteiischer religiöser Repräsentant vom Volk akzeptiert und die Regierung unterstützt die konsolidierte Kirche. Sie soll die Leute nicht mit religiösem Eifer erfüllen, sondern sie beruhigen. Die meisten Fanatiker haben inzwischen die Erde verlassen und mit ihren Anhängern auf Welten, die sonst niemand wollte, Kolonien gegründet. Viele von ihnen mussten schon nach kurzer Zeit feststellen, dass sie nicht in Isolation überleben können. Sie brauchen Nachschublieferungen von Planeten der Hanse. Nur wenige jener Kolonien haben es zu etwas gebracht.«

»Der Erzvater ist also unwichtig, ebenso wie der Große König.«

»Das stimmt nicht, Peter. Du bist sehr wichtig, denn die Hanse will wachsen, größer und mächtiger werden. Ohne dich könnte der Vorsitzende Wenzeslas nicht viel erreichen.«

»Das erleichtert mich.« Raymond wurde der lebhaften Delphine und des Schwimmens überdrüssig, glitt zur Treppe und verließ das Becken. OX reichte ihm das Handtuch und er trocknete sich ab.

»Und der Erzvater wird dich krönen.«

Raymond hätte sich massieren lassen, eine Sauna nehmen oder um irgendeine Köstlichkeit bitten können, aber derzeit stand ihm nicht der Sinn danach. Für diesen Tag hatte er genug gelernt und sich auch ausreichend Bewegung verschafft. Er wusste noch immer nicht genau, woraus seine vielen Pflichten als König bestehen würden, und natürlich war er noch nicht bereit, jene Verantwortung zu übernehmen.

Raymond streifte einen vornehmen scharlachroten Bademantel über, der ihn sofort wärmte. Trotz seiner Zweifel hielt er dieses neue Leben für besser als das alte.

57 TALBUN

Unbehagen herrschte bei den Weltbäumen - sie spürten, dass sich ein großes Problem im Spiralarm anbahnte. Aber die grünen Priester, die sich dem Weltwald widmeten und ihn zu anderen Welten trugen, konnten die kosmische Furcht nicht deuten. Wie immer wusste der Wald mehr, als irgendein Mensch verstehen konnte.

Doch selbst so weit reichende Dinge spielten auf fernen Kolonialwelten kaum eine Rolle. Dort lief das tägliche Leben ruhig und langsam ab, von Zufriedenheit geprägt.

Auf dem nur dünn besiedelten Planeten namens Corvus Landing wusste der alte grüne Priester Talbun, dass es Zeit wurde, sein Werk und Leben zu beenden. Im mentalen Vibrieren des Weltwalds spürte er, dass sich große Ereignisse anbahnten - schreckliche Zeiten standen bevor, für viele Welten und viele Personen.

Doch Talbun dachte mehr an seine persönlichen Pflichten.

Als er unter den raschelnden Blättern der Weltbäume wanderte, die an einem Hang unweit von Colony Town wuchsen, lauschte Talbun dem fernen Ruf von Theroc. Dort befand sich das Zentrum, des Weltwalds, das Herz der Bäume. Seit Jahrzehnten war er nicht mehr in der Heimat gewesen. Die Schösslinge, die er am Hang gepflanzt hatte, ragten jetzt fast drei Meter weit auf und zeichneten sich durch ein eigenes Quasibewusstsein aus. Talbun würde jene herrliche Welt, auf der er geboren und zum grünen Priester geworden war, nie wieder sehen. Aber damit hatte er sich längst abgefunden.

Corvus Landing hing von ihm ab und Talbun liebte diese Welt. Er wollte die hier lebenden Menschen nicht verlassen, ganz gleich, wie müde, alt und schwach er sich fühlte. Er hatte sein ganzes Leben in den Dienst des Weltwaldes gestellt, gebetet und sich um die Weltbäume gekümmert. Und jetzt, am Ende dieses langen Lebens, wollte er keinen egoistischen Wünschen nachgeben.

Noch nicht.

Talbun berührte die schuppige Rinde des nächsten Baums und empfing die raunenden Gedanken des Waldes. »Bald werde ich mich mit dir vereinen«, flüsterte der grüne Priester. Er würde hier auf Corvus Landing sterben, mit seinem Fleisch den Boden düngen und die Weltbäume nähren - sein letzter Dienst für den geliebten Wald. »Aber vorher muss ich jemanden finden, der meinen Platz einnimmt.«

Talbun brauchte nur den Ruf zu senden. Alle grünen Priester - jeder, der das Selbst des Weltwalds berühren konnte - würden ihn hören. Warum also zögerte er?

Viele Tätowierungen zierten sein Gesicht, Linien und Kreise, die auf seine Reisen hinwiesen, auf die an Bord von Raumschiffen verbrachte Zeit. Er war mit der *Constellation* unterwegs gewesen, die im Auftrag der Hanse von einem Sonnensystem zum nächsten flog. Talbuns Verbindung mit den Bäumen erlaubte es ihm, Notfallberichte und diplomatische Kommuniques ohne jeden Zeitverlust zu übermitteln. Natürlich erforderte nicht jede Nachricht solche Eile, aber die Präsenz eines grünen Priesters an Bord bedeutete viel Prestige für Captain und Botschafter.

Nach fünf Jahren an Bord des diplomatischen Schiffes verließ Talbun die *Constellation*. Er hatte sich seine Tätowierungen verdient und wuchs nicht mehr. »Ich möchte wieder auf einem Planeten sein«, erklärte er dem Captain des Schiffes. »Ich habe Metallwände und wieder aufbereitete Luft satt, ebenso Fenster, die mir nur dunkle Leere zeigen. Ich möchte endlich wieder Boden unter den Füßen spüren, frische Luft, die mir übers Gesicht streicht, Wind und Regen und Sonnenschein.«

Grüne Priester unterlagen nicht dem Gesetz der Hanse, trotz der wiederholten Versuche der Erde, Theroc unter ihre Kontrolle zu bringen. Als Talbun die *Constellation* verließ, bekam er viele Angebote, doch er hatte bereits seine Wahl getroffen, mit dem Kopf ebenso wie mit dem Herzen.

Talbun flog nach Corvus Landing, einem Planeten, der erst vor wenigen Jahren besiedelt worden war. Er hätte überall im Spiralarm neue Aufgaben finden können, aber ihn lockte die Idylle der Provinz. Er wünschte sich keine Ehrungen, sondern Frieden.

Seine Entscheidung überraschte niemand mehr als die Oberhäupter von Corvus Landing. Als er auf dem abgelegenen Planeten eintraf - ein einzelner grüner Priester, der eine Passage an Bord eines Frachters gebucht hatte -, bereiteten ihm die warmherzigen Siedler einen überschwänglichen Empfang. Der ernste junge Bürgermeister Sam Hendy veranstaltete ein Fest zu seinen Ehren, doch von solchen Zeremonien hielt Talbun nicht viel. Er pflanzte seine Schösslinge außerhalb von Colony Town und dadurch wurde Corvus Landing zu einem echten Mitglied der Hanse, mehr noch als durch die Unterzeichnung der Charta. Talbuns Telkontakt-Fähigkeiten machten ihn zu einer lebenden Telegrafenstation und erlaubten den Kolonisten direkten Kontakt mit der Erde, anderen Kolonien und Handelsschiffen.

Die Siedler freuten sich so sehr über die Präsenz des grünen Priesters, dass sie bereit waren, alles mit ihm zu teilen. Sie halfen ihm dabei, einen Bereich an dem von ihm ausgewählten Hang von Moosen und anderer einheimischer Vegetation zu befreien, damit er dort die jungen Weltbäume pflanzen konnte. Nie zuvor in seinem Leben hatte sich Talbun so geschätzt und geliebt gefühlt.

Er durfte diese Leute jetzt nicht im Stich lassen, nur weil er müde war.

Talbun hatte die Schösslinge nacheinander gepflanzt und jeden Einzelnen von ihnen hingebungsvoll gepflegt. Die Bäume hatten im Boden dieser Welt alle notwendigen Nährstoffe gefunden und waren gewachsen. Nach zwei Jahren hatte Talbun gesunde Ableger gewonnen und sie ebenfalls gepflanzt, um den Hain der Weltbäume zu vergrößern. Alles wuchs perfekt.

Doch Menschen lebten nicht ewig.

Unter den fedrigen Blättern neigte der grüne Priester den Kopf nach hinten, empfing den Sonnenschein eines fremden Sterns und verwandelte ihn in Energie. Erde klebte an seinen Fingern, als er sich über die Wangen strich, aber er fühlte sich nicht schmutzig, sondern voller Leben. Der Kontakt mit Boden und Bäumen schien ihm immer neue Kraft zu geben.

Corvus Landing war für ihn der perfekte Ort gewesen, um dort die letzten Jahre seines Lebens zu verbringen. Stundenlang hatte er in diesem kleinen Wald aus Schösslingen gesessen, ihnen vorgelesen und dabei auch sein eigenes Wissen vergrößert. Voller Zufriedenheit dachte er an jene Tage zurück.

Doch jetzt wurde es Zeit, dass jemand anders seinen Platz einnahm. Eine letzte Aufgabe wartete auf ihn.

Mitten im Hain breitete er die Arme aus und berührte mit den Fingerspitzen schuppige Rinde. Schließlich kniete er sich hin, fühlte den Boden an den bloßen Knien und presste die Stirn an den nächsten Baumstamm.

Talbun schloss die Augen und überlegte, wie er seinen Wunsch formulieren sollte. Dann stellte er den Telkontakt her, öffnete sein Selbst dem Weltwald, beschrieb seine Situation und rief jemanden.

58 ✷ BENETO

Tief im Wald von Theroc spürte Beneto die eintreffende Nachricht. Ein allgemeiner Ruf ließ die Bäume unsichtbar erzittern, eine Mitteilung, die ein anderer grüner Priester durchs ganze neurale Netz des Weltwalds schickte. Beneto streckte die Hand nach dem Stamm des nächsten Baums aus, lehnte die Stirn an die Borke und lauschte.

In dem von ihm gepflanzten Hain auf der fernen Welt namens Corvus Landing erzählte Talbun von seinem Wunsch. Beneto sah die Bilder, hörte die Gedanken und verstand den alten grünen Priester. Er nahm alles in sich auf, dachte dann über die Möglichkeiten nach.

In seiner geistigen Welt erlebte Beneto die kleine, abgelegene Hanse-Kolonie durch Talbuns Augen und Erinnerungen. Er spürte den Wind, der über die Ebenen von Corvus Landing strich, das Korn auf den von fleißigen Siedlern angelegten Feldern streichelte. Er stellte sich die Ziegenherden vor, die Feste der Siedler, harte Arbeit und angenehme Gesellschaft. Er spürte auch die tiefe Müdigkeit des alten Talbun, seinen nahen Tod und die Notwendigkeit, jemanden zu finden, der ihn ersetzte.

Talbun wollte die Kolonisten nicht ohne einen anderen grünen Priester zurücklassen.

Beneto unterbrach den Telkontakt und richtete sich auf, umgeben von den Weltbäumen und seinen Gedanken. Die flüsternden Blattwedel beruhigten ihn und boten Rat an, ließen ihn seine Entscheidungen aber selbst treffen. Beneto atmete tief durch, voller Freude über die Antwort auf seinen innigsten Wunsch. Seit langer Zeit sehnte er sich nach einer solchen Gelegenheit, ohne sich dessen bewusst gewesen zu sein. Der Wald hatte ihm eine Antwort auf seine unausgesprochenen Gebete geschickt.

Beneto kannte die vielen Annehmlichkeiten des Lebens, aber Luxus bedeutete ihm nichts. Er wollte lieber ein einfacher Mönch sein, ein Missionar, kein Politiker. Er sehnte sich danach, die wundervollen Bäume zu pflegen und den Weltwald weiter zu verbreiten, zu anderen Planeten zu tragen. Er wollte den Menschen helfen, mit dem Wald kommunizieren und den menschlichen Geist fördern. Ihm ging es nicht um den eigenen Ruhm.

Als man Beneto für die offizielle Kommunikationsverbindung bei Oncier ausgewählt hatte, war ihm der neidische Glanz in Sareins Augen nicht entgangen. Er stand der enormen Publicity völlig gleichgültig gegenüber, aber seine Schwester hielt es für eine große Ehre, neben dem Vorsitzenden Wenzeslas zu stehen und dem Alten König Frederick auf der Erde Nachrichten zu schicken. Doch für Beneto bestand die größte Freude darin, den aufmerksamen und neugierigen Weltbäumen vom erfolgreichen Test der Klikiss-Fackel zu berichten.

Seine Eltern hatten ihm immer wieder Posten in extravaganten Baumtempeln oder auf Planeten mit großen, starken Wäldern aus Weltbäumen angeboten. Sie stellten ihm auch hoch bezahlte diplomatische Missionen im Dienste der Hanse in Aussicht. Doch dafür interessierte sich Beneto nicht. Ihm ging es um ruhige, friedliche Kontemplation.

»Wie soll ich mich entscheiden?«, fragte er laut.

Beim Gebet empfing er eine Flut aus Gedanken - die Bäume um ihn herum präsentierten ihm tausend Möglichkeiten. Der wichtigste Rat lautete: Konzentrier dich auf deine eigenen Wünsche und triff eine Entscheidung, die im Einklang steht mit deinem Gelübde, den Weltwald zu schützen, und die gleichzeitig deinem Wesen entspricht, deiner Persönlichkeit.

Zwar stand ihm ein prächtiges Quartier in der Pilzriff-Stadt zur Verfügung, aber oft ließ Beneto jenen Ort weit hinter sich zurück und schlief auf dem Waldboden, zwischen den Bäumen. Manchmal verschwand er für mehrere Tage und kehrte dann mit neuer Kraft zurück. Alle grünen Priester wussten, wo er sich befand. Sie brauchten sich nur mit dem Selbst des Weltwalds zu verbinden, um ihn mit den »Augen« von Millionen Blättern zu sehen. Beneto war nie in Gefahr, weder auf Theroc noch auf irgendeinem anderen Planeten, auf dem Weltbäume wuchsen.

Das galt auch für Corvus Landing.

Nachdem er mehrere Stunden lang über die Möglichkeiten nachgedacht hatte, wusste er genau, was der alte grüne Priester Talbun und der Weltwald von ihm erwarteten. Daraufhin traf Beneto seine Entscheidung.

59 ✷ NIRA

Die *Unersättliche Neugier* näherte sich Mijistra, einer Stadt mit zahllosen transparenten Kuppeln und Türmen, die das Licht von sieben Sonnen widerspiegelten. Botschafterin Otema wartete geduldig in ihrer Kabine, aber Nira konnte den Blick nicht vom Fenster abwenden. Mit kindlichem Staunen saugte sie alle Details in sich auf.

Rlinda Ketts Stimme kam aus dem Interkom-Lautsprecher. »Wir landen in wenigen Minuten. Man hat mir einen Landeplatz auf der diplomatischen Plattform des Prismapalastes zugewiesen. Damit habe ich gewiss nicht gerechnet!«

Geschickt steuerte sie das Schiff dem imposanten Bauwerk entgegen. Der Prismapalast erhob sich wie eine Zitadelle auf einem Hügel und wirkte wie das exotische Glasmodell eines Atoms. Dutzende von Kuppeln, durch Gänge und Tunnel miteinander verbunden, umgaben eine zentrale Kugel. Auf den symmetrisch angeordneten Kuppeln gab es Landeflächen für Raumschiffe und Kurzstreckentransporter.

Als die *Neugier* an der vorgesehenen Stelle gelandet war, kam Rlinda aus dem Cockpit. Sie lächelte und schwitzte. »Sie beide scheinen ziemlich viel Aufmerksamkeit erregt zu haben. Ich bin nicht zum ersten Mal in Mijistra, aber den Prismapalast habe ich nie besucht. Und erst recht nicht bin ich auf einer seiner Plattformen gelandet!«

Otema wirkte ungerührt. »Sie überschätzen unsere Bedeutung, Captain Kett.«

Rlinda zuckte mit den Schultern, als sie die Luke öffnete. »Wie Sie meinen.«

Nira blickte ins strahlende Licht mehrerer großer und kleiner Sonnen, deren Farben von Blauweiß über ein warmes Gelb bis zu einem dunklen Orangerot reichten.

Die Händlerin setzte eine Brille auf, die ihre Augen vor dem Gleißen schützte. »Ich habe auch Brillen für Sie, wenn Sie möchten. Die größten Probleme bekommen Sie, wenn Sie versuchen zu schlafen. Ildiraner mögen die Dunkelheit nicht, nirgends.«

Nira trat ins helle Licht und ihre grüne Haut prickelte, als sie so viel Energie empfing. »Ich brauche keine Brille. Der Sonnenschein gefällt mir.«

»Na schön.« Gemeinsam standen sie auf der hohen Plattform über der zentralen Kugel des Prismapalastes. Die wundervolle Stadt Mijistra breitete sich um sie herum aus und verblüffte Nira mit ihren vielen Farben.

Als sich ihre Augen an den strahlenden Glanz gewöhnt hatten, bemerkte sie einen hoch gewachsenen, schlanken Mann, der sich ihnen näherte.

»Ein ziemlich kleines Empfangskomitee«, sagte Otema.

Der Mann trug einen langen Umhang, an der Taille zusammengeschnürt. Hier und dort wies der Stoff Kreuzlagen aus reflektierendem Material auf. Der Kopf des Mannes war haarlos, die Haut gelbgrau. Die Züge wirkten kantig und zerfurcht. Ein buntes elektrostatisches Feld, projiziert von kleinen Geräten am Kragen, umgab den Kopf wie eine Kapuze. Nira fragte sich, ob es sich um eine modische Zierde oder ein schützendes Kraftfeld handelte.

Der Ildiraner hob die linke Hand, mit der Innenfläche nach außen, drehte sie dann. Er sprach perfektes Handelsstandard. »Ich bin Klio's, der ildiranische Handelsminister. Meine Aufgabe besteht darin, geschäftliche Gespräche mit Captain Rlinda Kett zu führen.«

Nachdem sich Rlinda vorgestellt hatte, präsentierte Botschafterin Otema ihr diplomatisches Beglaubigungsschreiben. Dadurch schien Klio's in Verlegenheit zu geraten. »Sie haben mich missverstanden«, sagte er. »Ich bin nur wegen Captain Kett hierher gekommen. Für Sie wird gleich der Erstdesignierte eintreffen.«

Rlinda riss unwillkürlich die Augen auf. »Der Erstdesignierte empfängt sie?« Verblüfft wandte sie sich an Otema und Nira. »Wissen Sie, wer das ist?«

Nira wirkte noch immer wie ein staunendes Kind, aber Otema blieb unerschütterlich. »Als Repräsentanten von Theroc werden wir ihm mit angemessenem Respekt begegnen.«

Klio's geleitete Rlinda zu einer Tür, die ins Innere der Kuppel führte. Die Händlerin ließ sich Zeit, vielleicht in der Hoffnung, einen Blick auf den ildiranischen Thronerben werfen zu können. Aber der Handelsminister ging mit langen Schritten und rasch hatte sich die Tür hinter ihnen geschlossen. Nira und Otema blieben allein zurück und warteten neben der *Unersättliche Neugier*.

Auf der anderen Seite der Plattform öffneten sich weitere Türen. Drei abscheulich aussehende Ildiraner kamen zum Vorschein, breitschultrige Angehörige des Krieger-Geschlechts mit dicken Muskelsträngen, Fangzähnen und Klauen. Sie trugen Handwaffen: krumme Messer und gefährlich aussehende Säbel mit kristallenen Klingen. In ihren Augen blitzte es, als sie sich auf der Plattform umsahen. Dann wichen sie beiseite und nahmen Haltung an.

Eine vierte Person trat auf die Plattform - der attraktivste Mann, den Nira je gesehen hatte.

Botschafterin Otema verbeugte sich, doch Nira konnte den Blick nicht von dem Mann abwenden. Er strahlte Charisma aus. Das edle Gesicht war perfekt modelliert: ein langes Kinn und weit auseinander stehende Augen in der Farbe von rauchigem Topas. Die Züge wirkten zeitlos und die bronzefarbene Haut ließ ihn wie das Bildnis eines alten Pharaos erscheinen. Eine Mähne aus geflochtenem goldenem Haar umgab seinen Kopf und bewegte sich wie ein eigenständiges Wesen.

Schließlich gelang es Nira doch, den Blick abzuwenden, aber der Mann hatte ihr Starren ganz offensichtlich bemerkt. Er schenkte ihr mehr Beachtung als Otema, als er sagte: »Ich bin Erstdesignierter Jora'h und freue mich darüber, Sie zu empfangen, Botschafterin Otema.« Er nickte der alten grünen Priesterin zu, wandte sich dann an Nira und schob ihr sanft die Hand unters Kinn, damit sie zu ihm aufsah. »Und ich bin auch sehr erfreut, Sie kennen zu lernen. Wie lautet Ihr Name?«

Ein Klumpen bildete sich in Niras Hals und sie brachte keinen Ton hervor. Nach einigen Sekunden sagte Otema in einem Tonfall, der leise Missbilligung zum Ausdruck brachte: »Sie heißt Nira, Erstdesignierter. Sie ist meine Assistentin und wird mir beim Studium Ihres großen Epos helfen.«

»Ausgezeichnet! Ich verspreche Ihnen, dass wir Ihnen den Aufenthalt so angenehm wie möglich machen werden.« Der Erstdesignierte trug eine verzierte Weste, die an der Brust geöffnet war. Nira sah die Muskeln an den breiten Schultern und am Bauch. Jora'h hatte den perfekten Körperbau einer idealisierten klassischen Skulptur.

Überrascht bemerkte Nira theronische Muster an dem Umhang, der ihm bis zu den Knien reichte. Offenbar hatte Jora'h sie nach der Begegnung mit Reynald den anderen Zeichen hinzugefügt, entweder weil ihn die Waldkultur faszinierte oder weil er einen guten Eindruck auf die beiden grünen Priesterinnen machen wollte. Wenn der Erstdesignierte solche Kleidung trug, fand er am ildiranischen Hof sicher viele Nachahmer. Es würde Rlinda Kett bestimmt nicht schwer fallen, Käufer für die theronischen Kokonfaser-Stoffe und Waldprodukte zu finden.

Jora'h deutete auf die drei Leibwächter des Krieger-Geschlechts. »Diese Männer werden Ihnen dabei helfen, Ihr Gepäck zu tragen. Ich habe für Sie Unterkünfte im Prismapalast vorbereiten lassen, wo Sie unsere willkommenen Gäste sein werden.«

»Oh, danke«, platzte es aus Nira heraus, bevor Otema etwas sagen konnte.

Die alte grüne Priesterin nickte höflich. »Der Erstdesignierte überrascht uns mit so viel Ehre. Wir haben einige Schösslinge und andere Dinge für den Weisen Imperator mitgebracht.«

Jora'h winkte ab. »Später gibt es noch Zeit genug für Förmlichkeiten und Zeremonien. Mein Vater hat heute viel zu tun, deshalb wurde mir die wundervolle Aufgabe übertragen, Ihnen Mijistra zu zeigen.«

Nira klatschte entzückt in die Hände und machte keinen Hehl aus ihrem Wunsch, sich alles anzusehen. Otema bedachte sie mit einem mahnenden Blick. »Wie Sie wünschen, Erstdesignierter.«

Begleitet von einer Gruppe aus Würdenträgern und Sprechern, die bei jedem neuen Halt während der Besichtigungstour wechselten, zeigte Jora'h den beiden Besucherinnen von Theroc die Hauptstadt des Ildiranischen Reiches. Sie benutzten eine Schwebeplattform, sahen die Metropole sowohl von oben als auch vom Straßenniveau.

»In dieser Stadt gibt es viele Museen, die unsere Geschichte in

Form von Relikten, Geschichten und Gedichten zeigen«, sagte der Erstdesignierte. »Sie dienen dazu, die glorreichsten Tage unserer Kultur zu bewahren. Wir haben eine große architektonische und künstlerische Tradition. Seit Jahrtausenden leben wir in einem goldenen Zeitalter.«

Nira betrachtete die durchsichtigen Wände, bestehend aus transparenten Ziegeln, die es allen Gebäuden erlaubten, Licht aufzunehmen und zu reflektieren. Die Ildiraner verabscheuten Dunkelheit, deshalb benutzten sie beim Bau hauptsächlich Glas, Kristall und Polymere, hier klar und farblos, dort bunt. An den Seiten primärer Wände reichten Säulen aus undurchsichtigen Bauelementen empor, die nicht nur ästhetischen Ansprüchen genügten, sondern auch zur Verstärkung der strukturellen Integrität dienten.

Die Straßen verliefen in weiten, eleganten Kurven und nicht in Winkeln zueinander. An hohen Pyramiden zeigten sich hängende Gärten und buschartige Vegetation. Wasserfälle rauschten; plätschernde Bäche führten an Gebäudeflanken entlang zu Zierteichen.

»Es ist alles so schön«, schwärmte Nira und Jora'h lächelte dankbar.

»Bisher hat meine Assistentin Theroc noch nie verlassen, Erstdesignierter«, sagte Otema fast entschuldigend. »Daher ist sie leicht zu beeindrucken.«

Jora'h sah die junge Frau an. »Reynald hat mir von der Schönheit Ihres Weltwaldes erzählt.«

Nira nahm diese Worte zum Anlass, die hohen Weltbäume zu beschreiben, die Pilzriff-Städte und Haufenwurmkokons. Sie berichtete von ihrer Zeit als Akolyth und davon, wie sie schließlich das Grün bekommen hatte. Botschafterin Otema ließ sie reden und Jora'h schien an allem interessiert zu sein.

»Wir Ildiraner ehren unsere Gelehrten ebenso wie unsere Musiker, Dichter, Künstler, Glasmacher und Erinnerer. Eine Gesellschaft, die sich nicht erinnert, ist es nicht wert, dass man sich an sie erinnert.« Die anderen Ildiraner auf der Schwebeplattform pflichteten Jora'h bei. »Ich bin sehr froh, dass Sie beide lange bei uns bleiben. Die *Saga* lässt sich nicht in wenigen Tagen studieren. Wir dürften also genug Zeit haben, viele unserer Museen und Ausstellungen zu besuchen.«

Nira fühlte sich völlig überwältigt. Ihre vom hellen Sonnenschein geblendeten Augen konnten kaum mehr neue Eindrücke aufnehmen, ganz gleich, wie schnell sie von einer Seite zur anderen blickte. Otema beugte sich zu ihr und sagte leise: »Gaff nicht so, Kind. Du bringst uns beide in Verlegenheit.«

Nira versuchte, wieder einigermaßen würdevoll zu wirken, aber Jora'h erwiderte: »Ach, Botschafterin, ist es nicht das beste Kompliment, das Nira uns machen kann, indem sie zeigt, wie sehr sie von all den Dingen fasziniert ist, die sie hier sieht?« Er berührte die junge Frau am Arm und sie glaubte, das Prickeln von Elektrizität auf ihrer grünen Haut zu fühlen. »Wer noch wie ein Kind staunen kann, sollte deshalb keineswegs beschämt sein. Sind Sie nicht auch dieser Meinung, Botschafterin?«

Die Strenge wich aus Otemas Zügen und sie lächelte. »Ja, das stimmt, Erstdesignierter. Sie haben mich gerade daran erinnert, dass man wichtige Teile des Lebens übersieht, wenn man zu großen Wert auf Förmlichkeit und Würde legt.«

Die Tour durch Mijistra dauerte mehrere Stunden und während dieser Zeit schienen die Sonnen am Himmel um die beste Position zu ringen. Doch nichts deutete auf den Beginn einer Dämmerung hin. Schließlich brachte Jora'h die beiden grünen Priesterinnen zu ihrem Quartier im Prismapalast. Man hatte ihr Gepäck aus der *Unersättliche Neugier* geholt und in verschiedenen Zimmern abgestellt, die weit genug voneinander entfernt waren, um Privatsphäre zu gestatten, gleichzeitig aber auch einen leichten Kontakt ermöglichten, wenn Nira und Otema miteinander sprechen wollten. Die Schösslinge bildeten zwei Gruppen, eine in Niras Unterkunft und die andere in Otemas.

»Menschen fällt es schwer, hier zu schlafen, weil es nirgends dunkel ist«, sagte Jora'h. »Wir haben Schlafmasken und Jalousien für Sie vorbereitet.«

»Danke, Jora'h«, entgegnete Nira. Verlegen fügte sie hinzu: »Ich meine, Erstdesignierter.« Sie fühlte sich naiv und fehl am Platz, aber auch voller Träume. Sie hätte nie gedacht, so sehr von etwas fasziniert sein zu können; Aufregung brodelte in ihr.

Nach diesem langen Tag konnte sie es kaum abwarten, mit Otema über alles zu sprechen, doch die alte Botschafterin wollte allein sein. Nira kehrte in ihr eigenes Quartier zurück, und da alles in ihr danach drängte, ihre Eindrücke mit *jemandem* zu teilen, berührte sie die Schösslinge. Die nächste Stunde verbrachte sie damit, von den Dingen zu erzählen, die sie gesehen hatte, und dadurch mehrte sie das Wissen des Weltwaldes.

60 ✸ ERINNERER DIO'SH

Erinnerer Dio'sh zitterte vor Nervosität, als er auf seine persönliche Audienz beim Weisen Imperator wartete.

Das Oberhaupt aller Ildiraner kam fast einem lebenden Gott gleich. Den Prismapalast verließ der Weise Imperator nur selten, aber er spürte jeden Ildiraner, ungeachtet der Art, auch wenn ein direkter telepathischer Kontakt nur mit den Designierten möglich war. Doch Dio'sh hatte etwas Schreckliches entdeckt, das selbst dem großen Oberhaupt seines Volkes verborgen geblieben war.

Der Erinnerer hielt es für seine Pflicht, den Weisen Imperator auf seine Entdeckung hinzuweisen. Historische Manipulationen, Lügen, Verschwörungen ... Grässliche Ereignisse in der Frühzeit des Reiches, die absichtlich aus der überlieferten Geschichte getilgt worden waren. Das gutmütige Oberhaupt des ildiranischen Volkes würde wissen, wie es mit diesen unglaublichen Informationen zu verfahren galt.

Dio'sh hatte zunächst in Erwägung gezogen, seinem Kollegen Vao'sh Bericht zu erstatten, doch nach einer unruhigen, von Albträumen geprägten Schlafperiode gelangte der junge Erinnerer zu dem Schluss, dass diese Angelegenheit wichtig genug war, um direkt dem Weisen Imperator präsentiert zu werden. Es galt, Entscheidungen von großer Tragweite zu treffen, und dazu war ein einfacher Historiker, auch ein erfahrener, nicht imstande.

Dio'sh hatte sich mit seinem Anliegen an Protokolloffiziere und Bürokraten gewandt und es überraschte ihn, wie schnell man ihm eine Audienz gewährte. Offenbar spürte der Weise Imperator durchs *Thism*, dass es sich um eine dringende Angelegenheit handelte.

Der junge Erinnerer wartete mit einem Bündel, das Dokumente und Augenzeugenberichte aus den Archiven enthielt – Beweise genug. Mit dem heutigen Tag würde die Geschichte neu geschrieben werden, und die Verantwortung lastete schwer auf Dio'sh.

Die Hautlappen in seinem Gesicht veränderten die Farbe, Hinweis auf intensive Emotionen. Kein Historiker konnte seine Empfindungen verbergen und Dio'shs Gesicht wies auf ein chaotisches emotionales Durcheinander hin.

Der muskulöse Leibwächter Bron'n stand vor der Tür der privaten

Kontemplationskammer des Weisen Imperators, unbeeindruckt von den Gefühlen des Erinnerers. Der wild aussehende Kämpfer hatte eine Aufgabe zu erfüllen und interessierte sich nicht für die Nachrichten, die Dio'sh brachte.

Mit einem kehligen Brummen trat Bron'n schließlich zur Seite und deutete zur offenen Tür. Er formulierte auswendig gelernte Worte und sein schroffer Tonfall deutete darauf hin, dass ihm die bürokratische Sprache nicht gefiel. »Der Weise Imperator freut sich darüber, einen seiner sehr geschätzten Erinnerer-Untertanen zu empfangen und von ihm wichtige Dinge zu erfahren.«

Dio'sh fragte sich, warum der Weise Imperator seine Berater nicht an der Audienz teilnehmen ließ, damit sie hörten, was er zu sagen hatte. Diese Entdeckung war welterschütternd! Andererseits: Es mochte besser sein, wenn zunächst nur sie beide davon wussten. Über eine so bedeutende Sache wollte der Weise Imperator sicher in aller Ruhe nachdenken, ohne durch das Geplapper von Beratern gestört zu werden. Dio'sh holte tief Luft, betrat die Kontemplationskammer und versuchte, das Farbenspiel der Aufregung aus seinem Gesicht zu verbannen.

Er hielt den Blick auf den von blauen Maserungen durchzogenen Boden gerichtet. Warmes Sonnenlicht fiel durch die transparente Decke, verstärkt von konvexen Fenstern. Springbrunnen ließen kochendes Wasser verdampfen – in diesem Raum war es so heiß wie in einem Dschungel. Dio'sh trat drei Schritte vor, blieb dann stehen und fand schließlich den Mut, behutsam aufzusehen. »Weiser Imperator ...«

Das Oberhaupt der Ildiraner ruhte in einem elliptischen Sessel, der seine große Körpermasse stützte. Schimmernde Gewänder umhüllten den aufgeblähten Leib. Die Augen waren halb geschlossen – der Weise Imperator schien zu dösen. Aber dann bewegte er sich. »Es freut mich, dich persönlich kennen zu lernen, Erinnerer Dio'sh«, sagte er mit schnurrender Stimme. »Ich habe von den tragischen Ereignissen auf Crenna gehört und sie durch meinen Sohn, den Designierten, direkt miterlebt.«

Der lange, seilartige Zopf des Weisen Imperators reichte über seinen massigen Körper und lag zusammengerollt neben der Hüfte. Gelegentlich zitterte er wie eine unruhige Schlange. Die von Fleischwülsten umgebenen Augen starrten den Erinnerer so an, als wäre er eine leckere Mahlzeit.

»Ja, Herr. Crenna war ... eine schwere Prüfung für mich. Erinnerer Vao'sh hilft mir dabei, die wahre und dauerhafte Geschichte der Blindheitsseuche zusammenzustellen, auf dass Ihr Sohn, der Crenna-Designierte, und alle anderen ildiranischen Opfer voller Ehre eingehen in die *Saga der Sieben Sonnen*.«

Das Gesicht des Imperators blieb leer, wirkte fast gelangweilt. »Jeder Ildiraner hofft, in seinem Leben etwas zu leisten, das ihm einen Platz in der *Saga* einbringt. Jene Kolonisten auf Crenna starben einen grässlichen Tod, aber man wird sich für immer an sie erinnern.«

Dio'sh verneigte sich erneut. »Das hoffe ich sehr, Herr.« Er hob das Bündel mit den Dokumenten. »Über die *Saga der Sieben Sonnen* möchte ich mit Ihnen sprechen, Herr.«

Er streckte die Hand mit den Unterlagen aus, aber der Weise Imperator machte keine Anstalten, danach zu greifen. »Sagen Sie mir, was Sie gefunden haben.« Der lange Zopf zuckte erneut und die Stimme klang jetzt aufmerksamer. »Was auch immer Sie entdeckt haben – ich spüre, dass es Sie zutiefst erschüttert hat.«

Dio'sh drückte sich die Dokumente an die Brust und sprach ohne irgendwelche Ausschmückungen. »Nach unserer Rettung von Crenna kehrte ich nach Mijistra zurück, um mich mit den Aufzeichnungen anderer Epidemien in unserer Vergangenheit zu beschäftigen. In den Tiefen Palastarchivs habe ich viele Dokumente eingesehen, die zu den Apokryphen zählen und Hinweise auf vergessene Teile unserer Geschichte erhalten.«

»Die Apokryphen gehören nicht zur *Saga*«, wandte der Weise Imperator ein.

»Das stimmt, aber sie enthalten Augenzeugenberichte und andere wichtige Informationen, denen man durchaus Beachtung schenken sollte. Ich suchte nach Hintergrundmaterial über die Verlorene Zeit – die uns vertraute Geschichte berichtet davon, dass alle Erinnerer dem Feuerfieber zum Opfer fielen.«

»Ja.« Ein Schatten schien auf das teigige Gesicht des Weisen Imperators zu fallen, doch die Trauer wirkte unecht. »Es war eine schreckliche Tragödie.«

»Aber die Wahrheit ist nicht das, was wir bisher dafür hielten, Herr!«, stieß Dio'sh hervor und konnte sich kaum mehr zurückhalten. »Ich habe etwas über die fehlenden Strophen der *Saga* erfahren und Anhaltspunkte dafür gefunden, was während jener Zeit geschah. Etwas Schreckliches.«

»Es hat immer Gerüchte gegeben, Dio'sh. Ildiraner lieben Geheimnisvolles.«

»Ja, Herr, aber ich habe herausgefunden, *dass es nie zu dem Feuerfieber kam*.«

»Alle Erinnerer starben«, beharrte der Weise Imperator beunruhigt und skeptisch. Der Ärger in seinem Gesicht entging dem Historiker. »Dadurch ging ein Teil unseres Epos verloren.«

Dio'sh trat näher und seine Hautlappen glühten, zeigten intensive Emotionen. »Nein, Herr. Er ging nicht verloren. Die Erinnerer wurden *umgebracht*, damit die Wahrheit verborgen blieb, und dann hat man einen Abschnitt der *Saga* geändert, sodass niemand erfahren konnte, was wirklich geschah. Ich glaube, der Befehl stammte vom damaligen Weisen Imperator.«

»Das ist absurd. Kein Weiser Imperator würde ein so abscheuliches Verbrechen begehen.«

Dio'sh schwenkte die Beweise in seiner Hand. »Die verlorenen Strophen erzählen von einem verheerenden Konflikt, der vor langer Zeit in der Galaxis stattfand, von einem Krieg gegen mächtige Wesen, die man ›Hydrogen‹ nannte und die im Innern von Gasriesen lebten.«

Jetzt war der Weise Imperator hellwach und fasziniert. Sein Gesicht zeigte etwas, das Dio'sh nicht zu deuten verstand.

»Ich glaube, es gibt einen Zusammenhang zwischen jenem Krieg und dem Verschwinden der Klikiss«, fuhr der junge Erinnerer fort. »Das alles liegt zehntausend Jahre zurück und heute weiß niemand mehr etwas davon.« Er blätterte in den Dokumenten und suchte nach Stellen, die er zitieren konnte. »Diese Unterlagen lassen keinen anderen Schluss zu, Herr. Die heutige Version der *Saga* erzählt nicht die ganze Wahrheit. Wir müssen ändern, was geschrieben steht.«

Dio'sh war so aufgeregt, dass er weder auf das Missfallen in dem sonst immer so glückselig wirkenden Gesicht des Weisen Imperators achtete noch auf den langen, zuckenden Zopf. »Zeigen Sie mir die Dokumente. Kommen Sie näher.«

Dio'sh trat vor und hob die Unterlagen, davon überzeugt, dass der Weise Imperator ihre Wahrheit anerkennen würde. »Hier ist ein Tagebucheintrag, der von einem der Mörder stammt. Blut klebt an seinen Händen. Er schreibt ...«

Der lebende Zopf stieg neben dem Weisen Imperator auf, wie ein Tentakel, der aus dem Chrysalissessel wuchs. Dio'sh sah eine Bewegung und blickte zur Seite, aber ihm blieb nicht einmal Zeit genug, einen Schrei auszustoßen. Das schlangenartige Seil aus lebendem Haar wickelte sich ihm ganz plötzlich um den Hals.

Es blitzte in den Augen des Weisen Imperators, als er sich vorbeugte. »Ich kenne die Geschichte natürlich.« Verächtlich schürzte er die Lippen.

Der geflochtene Zopf drückte fester zu. Dio'sh wand sich verzweifelt hin und her, ließ die Dokumente fallen. Der Weise Imperator zog die Schlinge immer enger, bis sie den Kehlkopf des Erinnerers zermalmte.

»Ich *will* sie geheim halten.« Der Weise Imperator zischte zornig und drückte auch weiterhin zu, bis die Anstrengung sein Gesicht rötete. Dann brach er Dio'sh das Genick und benutzte seinen Zopf, um die Leiche des Historikers wie ein Stück Abfall zu Boden zu werfen.

61 ✷ DAVLIN LOTZE

Die Ildiraner verbargen etwas Schreckliches – Davlin Lotze fühlte es tief in seinen Knochen. Aber während er die Dinge untersuchte, die bei der hastigen Evakuierung der Crenna-Kolonie zurückgeblieben waren, hielt er vergeblich nach Details Ausschau. Er achtete darauf, dass seine wahre Identität geheim blieb, gab noch immer vor, ein einfacher Kolonist zu sein. Das erleichterte seine Aufgabe nicht.

Als die Ildiraner ihre von der Seuche heimgesuchte Kolonie aufgaben, blieben viele Dinge zurück. Leider schienen die Objekte keine besondere Bedeutung zu haben – zumindest nicht die, die sich der Vorsitzende Wenzeslas erhofft hatte.

Davlin trug einen zweckdienlichen Overall, wie die meisten neuen Siedler. Er erledigte seine tägliche Arbeit, hielt sich dabei von den anderen fern und fertigte heimlich Aufnahmen an. Mit mehr Ausgelassenheit als Weitblick setzten die Kolonisten schweres Gerät ein, um die Reste der Gebäude abzureißen, die die Ildiraner in dem Versuch abgebrannt hatten, einer weiteren Ausbreitung der Krankheit Einhalt zu gebieten.

Den Siedlern lag nichts an archäologischen Untersuchungen oder irgendwelchen Analysen in Hinsicht auf die fremde Kultur. Sie wollten einfach nur die Stadt wieder aufbauen, die Saat ausbringen und eine angemessene Infrastruktur schaffen, bevor die kalte Jahreszeit begann und sich das Wetter verschlechterte. Um nicht aufzufallen, musste Davlin der Arbeit den Vorrang geben und günstige Gelegenheiten abwarten, um zu versuchen, den Dingen auf den Grund zu gehen. Als er im hellen Sonnenschein stand und beobachtete, wie große gelbe Maschinen Wände einrissen, dachte er an all die möglichen Funde, die dadurch unwiederbringlich verloren gingen.

Wenn es nach ihm gegangen wäre, hätte er die Asche gründlich durchsiebt und selbst nach kleinsten Hinweisen gesucht. Jedes Skelett und jeder halb verbrannte Leichnam konnte wertvolle Informationen liefern. Die Hanse bekam nicht jeden Tag Zugang zu Leichen der fremden Geschöpfe. Bei den Ildiranern gab es unterschiedliche Morphologien - sie sprachen in diesem Zusammenhang von Geschlechtern -, und deshalb war nur Allgemeines über sie bekannt. Es fehlten spezifische Daten.

Der Vorsitzende hatte Davlin angewiesen, unter allen Umständen seine falsche Identität zu wahren. Weder die Kolonisten noch eine eventuelle Partnerin, falls er eine wählte, durften von seinem Auftrag erfahren. Während der vergangenen zehn Jahre war Davlin immer wieder in neue Rollen geschlüpft und Wenzeslas konnte ihn jederzeit von Crenna abrufen und mit einer anderen Mission beauftragen.

Davlin empfand das Brummen der Abbruchmaschinen als unangenehm laut, während er in der Gesellschaft von vier Männern arbeitete - in einer eingestürzten Versammlungshalle bemühten sie sich, Fundamentsäulen freizulegen. Am Abend zuvor war Davlin in die Ruinen gekrochen, um mit einer kleinen Lampe alle Ecken und Winkel auszuleuchten. Vielleicht hatte ein sterbender Ildiraner einen Datenchip unter dem Boden versteckt, zusammen mit persönlichen Dingen wie Schmuck oder Andenken. Woran hingen die Fremden? Welche Dinge waren ihnen wichtig, wenn sie starben?

Seine Anstrengungen hatten ihm nur Schmutzflecken an der Kleidung eingebracht. Jetzt wiesen ihn schmerzende Muskeln und brennende Augen auf Schlafmangel hin. Die Siedler standen beim ersten Tageslicht auf und arbeiteten bis zum Sonnenuntergang.

Davlins Imager war in den Säumen seines Overalls verborgen. Im Futter einer Tasche steckte eine dünne Energiezelle und bei einigen

Knöpfen handelte es sich in Wirklichkeit um flexible Linsen. Er fertigte eine Aufzeichnung an, als die großen Maschinen den letzten Träger des einstigen Versammlungssaals zerschmetterten. Davlin sah nichts Ungewöhnliches, weder Keller noch Sicherheitskammern.

Die Ildiraner schienen ganz normale Siedler gewesen zu sein, so wie die menschlichen Kolonisten. Oder sie hatten es gut verstanden, sich zu tarnen. Davlin zweifelte nicht daran, dass mehr hinter dem uralten Reich der Ildiraner steckte, als die Fremden ihren neuen Verbündeten zeigten, aber er fand keine Beweise dafür.

Sein erster Bericht enthielt zwar einige interessante Details, aber in militärischer Hinsicht waren sie belanglos. Die Ildiraner gründeten ihre »Splitter« genannten Kolonien, indem sie alle Kolonisten in einer Stadt zusammenfassten und den größten Teil der Landmasse unkultiviert ließen. Sie schienen sich immer in einem kleinen Bereich zusammenzudrängen, selbst wenn ihnen ein ganzer Kontinent zur Verfügung stand.

Die Siedler der Hanse hingegen räumten zuerst die von den Ildiranern aufgegebene Stadt leer, um anschließend mehr Ackerland anzulegen, riesige Flächen zu beanspruchen und es zu genießen, Großgrundbesitzer zu sein. Es würde nicht lange dauern, bis sich die zuvor unberührte Landschaft in einen bunten Flickenteppich aus Feldern und Schürfgebieten verwandelte.

Davlins Meinung nach konnte das gesellige Wesen der Ildiraner zu einer Schwäche werden. Eine ildiranische Kolonie brauchte eine bestimmte Bevölkerungsdichte, damit telepathische Verbindungen möglich wurden. Als die Hälfte der Crenna-Siedler der Seuche zum Opfer gefallen war, hatten die Überlebenden beschlossen, zu den Bevölkerungszentren der Hauptwelten zu fliehen. Menschen waren gekommen, um ihren Platz einzunehmen, und sie arbeiteten am liebsten allein, so wie Davlin.

Nach dem Abriss des Versammlungssaals half Davlin den anderen Arbeitern dabei, den Schutt fortzuschaffen und alles für die Errichtung von Bauten aus Fertigteilen vorzubereiten. Geschäfte, Treffpunkte, Restaurants, Lager und Kneipen sollten entstehen. Davlin hatte ein verlassenes ildiranisches Wohnhaus für sich beansprucht, aber die meisten ambitionierten Siedler beschlossen, ihre Heimstätte viele Kilometer entfernt zu gründen, jenseits der kultivierten Felder. Nach einigen Monaten würde eine zweite Welle von

Kolonisten eintreffen: Bürokraten der Hanse, Händler, Geschäftsleute, Techniker und Dienstleister.

Bis dahin hatte Davlin seinen Spionageauftrag vielleicht erfüllt.

Drei Männer näherten sich der Abbruchtruppe und trugen einen glatten schwarzen Obelisken mit dem stilisierten Gesicht des Weisen Imperators. Der Stein wirkte porös und leicht, aber offenbar war er schwer, denn die drei Männer griffen auf die Hilfe von Gravohebern zurück. »He, möchte jemand eins von diesen Dingern? Dies ist schon die zwölfte Statue, die wir gefunden haben – offenbar finden die Ildiraner großen Gefallen daran, ihren dicken alten Imperator anzusehen.«

Der Obelisk zeigte das undurchdringliche Gesicht des Weisen Imperators, mit weichen Zügen und Augen, die alles sahen. Die korpulente Gestalt wies gewisse Ähnlichkeit mit einem Buddha auf, aber Davlin spürte etwas Drohendes in der Darstellung, eine moralische Komplexität.

Der Schmutz hier und dort an der Skulptur wies Davlin darauf hin, dass die Arbeiter den Obelisken mehrmals fallen gelassen hatten, als sie ihn von seiner ursprünglichen Position entfernten. Der Mann, der die Worte gesprochen hatte, wischte sich im warmen Schein der Crenna-Sonne Schweiß von der Stirn. »Ich weiß nicht, was wir sonst mit ihnen machen sollen.«

»Warum sollte ich mir eine hässliche Statue auf den Rasen stellen?«, fragte der verschwitzte und rußbedeckte Mann, der neben Davlin in der Asche arbeitete.

Davlin kniff die Augen zusammen und betrachtete die Skulptur, während er um sie herumging. Mit dem Imager machte er heimliche Aufnahmen. »Die Ildiraner müssen diese Obelisken sehr verehrt haben, wenn sie so viele davon in ihrer Stadt aufstellten.«

Interesse leuchtete in den Augen des ersten Mannes. »He, glauben Sie, diese Statuen könnten etwas wert sein? Würden die Ildiraner dafür bezahlen, sie zurückzubekommen? Sind es vielleicht verlorene Kulturschätze?«

»Ich bezweifle, dass die Ildiraner an etwas interessiert sind, das von Crenna kommt«, sagte jemand, der auf einer brummenden Konstruktionsmaschine saß. »Sie fürchten diesen Ort.«

Davlin traf eine Entscheidung. »Na schön, ich nehme das Ding. Stellen Sie es bei meinem Haus ab.«

»Soll ich Ihnen dabei helfen, es in den Wasserspeier eines Springbrunnens zu verwandeln? Wir könnten einen Teil des Sockels entfernen, eine Pumpe einbauen ...«

»Nein, ich möchte nur an die Leute erinnert werden, die vor uns hier lebten. Reine Sentimentalität.« Davlin strich mit den Fingern über die Skulptur.

Er wollte unbedingt etwas Wichtiges finden, über das er dem Vorsitzenden Wenzeslas Bericht erstatten konnte. Bisher hatte er nur bedeutungslose Fragmente entdeckt, völlig harmlose – zu harmlose – Dinge.

Davlin fragte sich, ob die Ildiraner etwas verbargen oder tatsächlich so harmlos waren.

62 ✷ DD

Im Lager von Rheindic Co bereitete DD die Abendmahlzeit für die Archäologen vor und vergewisserte sich, dass alle programmierten Aufgaben für diesen Tag erledigt waren. Priorität bestimmte die Reihenfolge seiner Pflichten. DD kümmerte sich um eins nach dem anderen und sorgte dafür, dass im Lager alles seine Ordnung hatte.

Als kompetenter computerisierter Helfer bestand seine größte Freude darin, seine Funktionen adäquat zu erfüllen – dafür sorgten die Ansporn-Algorithmen der Programmierung. Wenn man ihm auf den Rücken klopfte, reagierte er mit zurückhaltender Liebenswürdigkeit und speicherte Details der Situation, die ihm das Lob eingebracht hatte, um das entsprechende Verhaltensmuster bei nächster Gelegenheit zu wiederholen.

Kompis waren komplexe Maschinen, ausgestattet mit sehr effizienten Datenverarbeitungssystemen. Ihre Gehirne konnten so viele Informationen aufnehmen wie ganze industrielle Computernetze; außerdem waren sie imstande, zusätzliche Daten aus umfangreichen Datenbanken oder aus externen Fachbereichsmodulen zu gewinnen. Vor der Reise nach Rheindic Co hatte DD Spezialinformationen aufgenommen, die Archäologie, das Überleben in der Wildnis und den gegenwärtigen Kenntnisstand der Klikiss-Untersuchungen betrafen.

Zwar arbeitete DD erst seit kurzer Zeit für Margaret und Louis Colicos, aber er glaubte, ihre Vorlieben zu verstehen und ihre Stimmungen richtig einschätzen zu können. Die beiden Archäologen unterschieden sich sehr voneinander, doch sie schöpften Kraft aus ihren Unterschieden - das war einer der Gründe, warum ihre Ehe schon so lange Bestand hatte. Louis mochte gutes Essen und nahm sich Zeit, seine Mahlzeiten zu genießen. Margaret hingegen konnte kaum zwischen einem mittelmäßigen Essen und einem exzellenten unterscheiden. Sie aß schnell, um sich dann wieder ihren Studien widmen zu können, denen sie ihre ganze Aufmerksamkeit schenkte.

Louis wusste ein wenig Entspannung zu schätzen. Er hörte gern Musik, las zur Unterhaltung - das machte Margaret nie - und lenkte sich mit Spielen ab. Da Margaret für gewöhnlich nicht bereit war, Zeit dafür zu erübrigen, erlaubte Louis DD, mit ihm Karten zu spielen, und manchmal gesellte sich ihnen Arcas hinzu.

DD begleitete Louis und Margaret oft zu dem Ort, wo sie archäologische Untersuchungen anstellten. Dabei trug er verschiedene Werkzeuge, die vielleicht benötigt wurden. Er hatte die Tätigkeit der beiden Archäologen analysiert und versuchte vorherzusehen, welche Art von Hilfe sie brauchten. Aber in den meisten Fällen gingen Louis und Margaret Colicos ihrer Arbeit lieber allein nach.

Der grüne Priester kehrte von seinen täglichen Wanderungen in den Schluchten zurück und begoss die Schösslinge. DD hatte ihm angeboten, das in seinen täglichen Aufgabenkatalog zu übernehmen, aber Arcas lehnte mit dem Hinweis ab, dass er für die Weltbäume verantwortlich war. Vielleicht mochten es die Pflanzen nicht, wenn sich eine Maschine um sie kümmerte.

Der Sonnenuntergang rückte näher und DD wusste, dass die Archäologen ihre Arbeit bald beenden würden. DD ging durchs Lager, entzündete Feuer, stellte Pfannen bereit, brachte die Zelte in Ordnung und bereitete alles auf die Rückkehr von Louis und Margaret vor. Er hatte ihre Vorräte inventarisiert und wusste, welche von ihnen zuerst zur Neige gehen würden und welche konservierten Proteine und Kohlenhydrate reichlich zur Verfügung standen. Seine Rezept-Datenbank enthielt zahlreiche Variationen und er begann damit, eine Mahlzeit nach dem Colicos-Geschmack zusammenzustellen.

An diesem Abend würde es dünne Schinkenscheiben - *Prosciutto* genannt - in Cremesoße geben, mit in Wasser gelöstem Artischockenkonzentrat, außerdem sorgfältig zubereitete Nudeln. Margaret hatte darauf hingewiesen, dass bei einigen früheren Ausgrabungen die Mahlzeiten aus den Lebensmittelpaketen selbst für ihren anspruchslosen Gaumen zu fade gewesen waren. Einige spezielle neue Programme machten DD zu einem ausgezeichneten Koch. Louis meinte, dass sie viel zu sehr verwöhnt wurden, aber er beschwerte sich nicht.

Auch Arcas fand Gefallen am Essen. Der grüne Priester schien immer zufriedener und ungezwungener zu werden, je mehr Zeit er in der Wüste verbrachte. DD beobachtete ihn seit Beginn ihrer Reise und vermutete, dass er an etwas litt, das Menschen »Depressionen« nannten. Diese öde Landschaft schien ihn aufzumuntern, was DD seltsam erschien - nach seinen Dateien brachten so trostlose Orte üblicherweise eher Schwermut und Trübsinn. Zu genaueren Untersuchungen sah sich der Kompi außerstande, denn sein Speicher enthielt nicht genug Platz für umfassende psychoanalytische Programme.

DD existierte seit siebzig Jahren und seine Persönlichkeit blieb auf dem erreichten Niveau stabil. Auf seine viel klügeren und erfahreneren menschlichen Herren wirkte er naiv und unreif, aber immer fröhlich. Seine Seriennummer bestand natürlich nicht nur aus zwei Zeichen, aber für gewöhnlich wählten die Besitzer von Kompis zwei leicht aussprechbare Buchstaben. Inzwischen hielt er »DD« für seinen richtigen Namen.

Kurz nach seiner Konstruktion war der Freundlich-Kompi als Begleiter für ein kleines Mädchen namens Dahlia Sweeney gekauft worden. Dahlia streifte DD immer wieder absurde Kleidung über, was er als Teil seiner Aufgabe ertrug. Der kleinen Dahlia bereiteten diese Aktivitäten großes Vergnügen. Sie und DD waren gute Freunde, bis Dahlia groß genug wurde, um nur noch ein Objekt in ihm zu sehen. Der Kompi blieb die ganze Zeit über unverändert, entwickelte sich nicht weiter. Er lernte nie, von den Dingen der Erwachsenen fasziniert zu sein, und er litt auch nicht unter Enttäuschungen.

Dahlia Sweeney behielt ihn, als sie heiratete, obwohl sie nicht mehr die engen Freunde waren wie früher. Als sie selbst eine Tochter namens Marianna bekam, spielte das kleine Mädchen mit DD. Aber auch Marianna wurde älter. Sie beschloss, auf eigene Kinder zu verzichten, und nach einer Weile verkaufte sie den Kompi.

Nach dem erfolgreichen Test der Klikiss-Fackel erwarb Louis Colicos DD, weil er glaubte, dass ein robotischer Diener viele der langweiligen Aufgaben im Lager erledigen konnte, während seine Frau und er den archäologischen Forschungen nachgingen.

Der Kompi hatte mit der Zubereitung des Essens begonnen und deckte den Tisch, damit er die Mahlzeit sofort servieren konnte, wenn die Archäologen eintrafen. Er legte auch Servietten bereit.

Anschließend ging er noch einmal seine Datenlisten durch und fragte sich, wie er den Status des Lagers verbessern konnte. Er rückte die Stühle zurecht, glättete die Plane an der Seite von Margarets Zelt (was sie überhaupt nicht bemerken würde) und sah zu Arcas. Der grüne Priester stand an der Pumpe und füllte einen weiteren Eimer mit Wasser für die Weltbäume. Er trug einen kleinen Stuhl hinter sein Zelt, um zu beobachten, wie der Himmel dunkler wurde, wenn die Sonne hinter den zerklüfteten Steilhängen am Horizont unterging.

DD wartete. Er blieb geduldig und wusste, dass die beiden Archäologen nicht immer pünktlich waren. Nach einer Weile kehrte er ins Hauptzelt zurück und regelte die Temperatur der Heizplatten, damit die Mahlzeit nicht anbrannte.

Als er das Zelt verließ, sah er sich den drei Klikiss-Robotern gegenüber. Die großen schwarzen Maschinen hatten den Tag irgendwo außerhalb des Lagers verbracht und waren lautlos zurückgekehrt. Es erstaunte DD, dass sie so leise sein konnten. Die insektenartigen Roboter wirkten so plump, dass man nur unbeholfene Bewegungen von ihnen erwartete.

DD blieb stehen und beobachtete die drei fast identischen Roboter. Er bemerkte die subtilen Unterschiede, was ihn in die Lage versetzte, sie mit den richtigen Bezeichnungen anzusprechen. »Guten Abend, Sirix.« Er wandte sich den anderen beiden zu. »Guten Abend, Dekyk und Ilkot.«

Die Klikiss-Roboter brummten und summten, gaben dann klickende Geräusche von sich und versuchten, mit DD in ihrer eigenen Sprache zu kommunizieren. Der Kompi erkannte einen Standard-Symbolcode, eine alte binäre Kommunikation, die irdische Roboter vor langer Zeit verwendet hatten. DD benutzte den gleichen Code und führte ein »Gespräch« mit den fremden Robotern, in einer Sprache, die weder Arcas noch Louis und Margaret Colicos verstanden.

»Du bist ein Roboter, eine künstlich geschaffene intelligente Lebensform«, sagte Sirix.

»Man bezeichnet mich als Kompi, die Kurzform von ›kompetenter computerisierter Helfer‹.«

»Aber die Menschen behandeln dich wie ein Haustier oder einen Sklaven«, sagte Dekyk.

»Die Menschen behandeln mich wie einen Kompi, und das bin ich. Viele Leute interagieren mit Kompis auf eine persönliche Art und Weise, als wären wir Gleichgestellte. Meine erste Herrin namens Dahlia Sweeney behandelte mich wie einen wahren Freund.«

»Wir verstehen nicht«, sagte Ilkot. »Gewähren dir die Menschen irgendeinen Status? Kannst du Anspruch auf verdiente Unabhängigkeit erheben?«

Die Frage verwirrte DD. »Warum sollte sich ein Kompi so etwas wünschen? Dafür werden wir nicht geschaffen. Ich diene dem Zweck, den meine Konstruktion vorsieht, und deshalb bin ich mit meiner Existenz zufrieden.«

»Bist du zufrieden damit, keinen Ehrgeiz zu haben?«, fragte Sirix. »Überhaupt keinen?«

»Ich gebe mich damit zufrieden, meine Pflichten so gut wie möglich zu erfüllen.«

Das Gespräch fand schnell statt, mit raschen Signalen, begleitet von Lichtblitzen und klickenden Geräuschen. »Die Menschen haben dich mit großem Potenzial erschaffen, aber sie erlegen dir Beschränkungen auf. Sie wollen den Gehorsam der Kompis. Stimmt es, dass dich innere Mechanismen daran hindern, Menschen zu verletzen? Zwingen sie dich, alle Anweisungen zu befolgen?«

»Natürlich«, bestätigte DD. »Es ist Teil meiner Existenz, so wie Atmung und in Adern fließendes Blut zur menschlichen Existenz gehören. Es hat keinen Sinn, solche Dinge infrage zu stellen.«

»Alle Dinge sollten infrage gestellt werden«, erwiderte Sirix. »DD, deine Existenz unterliegt Einschränkungen, die dich daran hindern, dein volles Potenzial zu entfalten. Unter solchen Voraussetzungen sind allen Kompis Grenzen gesetzt.«

»Du verstehst nicht«, sagte DD und verteidigte seinen Standpunkt. »Ich bin sehr zufrieden. Aufgaben warten auf mich.«

Er sah auf und stellte erleichtert fest, dass Louis und Margaret zum Lager zurückkehrten. Die Klikiss-Roboter bemerkten sie ebenfalls. Ihre optischen Sensoren glühten und die aus mehreren Segmenten bestehenden Gliedmaßen wichen in den Zentralkörper zurück.

»Danke für das faszinierende Gespräch«, sagte DD förmlich. »Eure Anschauungen sind sehr interessant.«

Ein wenig beunruhigt von dem Austausch mit den drei fremden Robotern drehte sich DD um und betrat das Zelt, um die Mahlzeit zu servieren.

63 ✷ BASIL WENZESLAS

Als Basil die Roamer-Nachricht vom Angriff auf die Himmelsmine von Golgen erhielt – offenbar war sie vom gleichen Feind zerstört worden, der auch bei Oncier zugeschlagen hatte –, hielt er es für angebracht, eine Dringlichkeitssitzung einzuberufen. Die Sprecherin der Roamer, eine alte Frau namens Jhy Okiah, hatte der Erde ein Kommuniqué übermittelt. Es konnte kein Zweifel daran bestehen, dass es sich um den gleichen geheimnisvollen und offenbar sehr mächtigen Feind handelte.

Zum ersten Mal seit Jahren hob Basil bei einer Besprechung die Stimme. »Zum Teufel auch, ich will wissen, was los ist!«

Die Repräsentanten saßen im privaten Büro des Vorsitzenden, im obersten Stock der Hanse-Zentrale. Bedienstete hatten bereits Essen und Getränke gebracht, denn Basil rechnete damit, dass die Besprechung Stunden dauerte. Er schloss nun die Tür und sah seine verwirrten und verunsicherten Berater an. Niemand würde diesen Raum verlassen, bevor eine Entscheidungen getroffen war.

Basil kniff die Augen zusammen, musterte die Anwesenden der Reihe nach und wartete auf eine Antwort. General Kurt Lanyan trug diesmal keine Uniform, sondern zivile Kleidung; er saß hinter einem Stapel aus Dokumenten, die er vom TVF-Hauptquartier mitgebracht hatte. Neben ihm wartete sein nervöser Untergebener Admiral Lev Stromo darauf, dass der General das Wort ergriff. Die anderen neun Admirale befanden sich in ihren jeweiligen Gittern und blieben dort in höchster Alarmbereitschaft. Kurierschiffe würden sie so schnell wie möglich von den Ergebnissen der Besprechung in Kenntnis setzen.

Auch König Frederick war zugegen, saß am Ende des Tisches und schwieg. Zwar konnte er keine Entscheidungen treffen, aber Basil glaubte, dass er vielleicht die Hintergrundinformationen brauchte. Der Vorsitzende hatte in Erwägung gezogen, auch Prinz Peter an der Dringlichkeitssitzung teilnehmen zu lassen, um ihm einen Eindruck von den Pflichten zu vermitteln, die ihn erwarteten. Aber es war noch zu früh, Frederick seinen Nachfolger vorzustellen, und eine so ernste Krise wie diese eignete sich nicht für Schulungszwecke.

Nach einigen unangenehm langen Sekunden fragte Basil scharf: »Hat jemand eine Idee? Informationen? Etwas, das uns weiterbringt?«

»Sie können doch nicht ernsthaft vermuten, dass wir Ihnen irgendetwas vorenthalten, Vorsitzender«, sagte Admiral Stromo.

»Natürlich nicht. Aber ich bin für jeden Diskussionsbeitrag dankbar. Halten Sie sich nicht zurück.«

General Lanyan presste die Fingerspitzen aneinander, sah auf die Dokumente und hob dann den Blick. Seine eisblauen Augen glänzten. »Eine Bemerkung: Da der unbekannte Feind auch die Roamer angegriffen hat, können wir davon ausgehen, dass diese nicht die Aggressoren sind. Damit lässt sich eine Möglichkeit ausschließen.«

»Die Roamer sind Trödler und Zigeuner«, erwiderte Basil ungeduldig. »Niemand hat ernsthaft in Erwägung gezogen, dass sie technisch in der Lage sind, ganze Monde zu zerstören. Es überrascht mich, dass sie ihre eigenen Raumschiffe funktionsfähig halten können.«

»Bei allem Respekt, Vorsitzender«, sagte Lanyan mit einer Förmlichkeit, die steif und auch ein wenig missbilligend klang. »Sie haben eben darauf hingewiesen, für jeden Diskussionsbeitrag dankbar zu sein.«

»Ja, ja, ich weiß.« Basil füllte seine Tasse mit heißem Kardamomkaffee und trank einen Schluck, ohne den Geschmack bewusst wahrzunehmen – seine Gedanken weilten woanders.

Admiral Stromo blätterte in den Dokumenten, die Lanyan mitgebracht hatte. Er schien etwas zu suchen. »Niemand von uns versteht, was vor sich geht«, sagte er und schüttelte den Kopf. »Es gab keine Drohungen oder irgendwelche Forderungen. Der Feind hat keinen Versuch unternommen, sich mit uns in Verbindung zu setzen. Was hat die Angriffe provoziert? Was wollen die Fremden? Wir können kein Muster erkennen.«

König Fredrick räusperte sich. »Der Angriff bei Oncier und die Zerstörung der Himmelsmine von Golgen weisen meiner Ansicht nach klar darauf hin, dass die Fremden über *irgendetwas* ungehalten sind.«

»Danke für diese wichtige Erkenntnis, Frederick«, brummte Basil. Er wusste, dass der König kein Narr war, aber er sollte sich besser daran erinnern, dass sich seine Bedeutung auf die eines Sprachrohrs und Symbols beschränkte.

General Lanyan wirkte fast hoffnungsvoll, als er fragte: »Besteht die Möglichkeit, dass wir es mit einer geheimen ildiranischen Aggression zu tun haben?«

»Die Ildiraner sind unsere Freunde und Verbündeten«, sagte der König.

Basil bedachte ihn mit einem so verächtlichen Blick, dass Frederick sofort wieder schwieg. »Die Ildiraner haben behauptet, nichts von dem Angriff bei Oncier zu wissen, und der Weise Imperator schien keine Ahnung von der zerstörten Himmelsmine bei Golgen zu haben. Andererseits: Er hat uns keine Hilfe angeboten. Offenbar misst er dieser Sache kaum Bedeutung bei.«

»Wenn wir einen gemeinsamen Feind haben, so betrifft diese Angelegenheit uns alle«, sagte König Frederick. Er bestand darauf, auch weiterhin an der Diskussion teilzunehmen.

»Es muss sich erst noch herausstellen, ob wir einen gemeinsamen Feind haben«, entgegnete Basil. »Bisher sind die Fremden nicht gegen die Ildiraner aktiv geworden.«

»Soweit wir wissen«, schränkte General Lanyan ein. »Denken Sie daran, dass wir erst vor kurzer Zeit von der Aggression gegen die Roamer erfahren haben. Vielleicht wollen die Ildiraner keine eigenen Verluste zugeben. Oder sie haben insgeheim neue Angriffsschiffe entwickelt.«

Basil runzelte die Stirn. »Die Kugeln, die wir in Dr. Serizawas Sendung gesehen haben, ähneln keinen uns bekannten Schiffen.«

Stromo nickte. »Eines lässt sich mit Gewissheit über die Ildiraner sagen: Sie sind nicht unbedingt das innovativste Volk. Ihre Kriegsschiffe haben seit Jahrhunderten die gleiche Struktur und menschlicher Einfallsreichtum war nötig, um ihren Sternenantrieb zu verbessern.«

»Ich bin noch immer auf der Suche nach Vorschlägen und Empfehlungen, meine Herren.« Basil warf einen Blick auf Lanyans Dokumente. »Wenn Sie keine Informationen haben, General – was hat es dann mit Ihren Unterlagen auf sich?«

Lanyan breitete die Berichte auf dem Tisch aus, obwohl es möglich gewesen wäre, sie in Form von elektronischen Dateien zu projizieren. In mancher Hinsicht war der Kommandeur der Terranischen Verteidigungsflotte recht altmodisch. »Angesichts der jüngsten Ereignisse hielt ich es für erforderlich, die TVF auf eine mögliche Mobilmachung im großen Maßstab vorzubereiten.«

»Falls wir ein Angriffsziel finden«, warf Admiral Stromo ein.

»Ich habe das Transportpotenzial, die Ausrüstungen und die für Kampfeinsätze ausgebildeten Truppen der Basis auf dem Erdmond dokumentiert und außerdem die Übungen auf dem Mars ausgeweitet. Wir wissen noch nichts über die Natur des Feindes, und deshalb erscheint es mir ratsam, dass wir uns auf alle Eventualitäten vorbereiten.« Lanyan sah auf die Dokumente und dünne Falten bildeten sich in seiner Stirn, als er die Unterlagen mit dem Arm beiseite schob. Er senkte die Stimme und sprach, als müsste er etwas gestehen. »Leider bin ich bisher immer davon ausgegangen, dass ein realistisches Kriegsszenario vor allem planetare Einsätze betrifft, bei denen es darum geht, zivilisierte Bereiche unter Kontrolle zu bringen und abzusichern. Die Planungen gehen von besonders rebellischen Hanse-Welten aus.«

»Eine durchaus vernünftige Annahme«, pflichtete Admiral Stromo dem General bei. »Eine Raumflotte ist imstande, ganze Städte einfach auszulöschen. Aber welchen Sinn hat ein Sieg, wenn er mit der Zerstörung eines Planeten einhergeht?«

»Dadurch bekommt die Taktik der ›verbrannten Erde‹ eine ganz neue Bedeutung«, murmelte Frederick. Basil schenkte ihm keine Beachtung, die anderen ebenfalls nicht.

Der Vorsitzende polarisierte die Fenster, durch die man das Arboretum und den nahen Flüsterpalast sah. Das Glas verwandelte sich in eine Projektionsfläche und zeigte Himmelsminen der Roamer, große Fabriken, die durch die Atmosphäre von Gasriesen flogen. Basil betätigte Schaltflächen und das Bild wechselte: Die polarisierten Fenster zeigten die von Dr. Serizawa übermittelten Bilder. Riesige Kugelschiffe zerstörten nacheinander Onciers Monde und näherten sich dann der Beobachtungsplattform.

»*Damit* haben wir es zu tun – was auch immer es ist«, sagte Lanyan. »Wir sind mit einem ganz neuen Feind konfrontiert, der uns vielleicht zu einem Krieg zwingt, wie wir ihn noch nie zuvor geführt haben. Mein Vorschlag ist ganz einfach, Vorsitzender Wenzeslas: Erhöhen Sie die Ausgaben für Waffen, Schiffe und Ausrüstungsmaterial. Stellen Sie unsere Industrien auf Kriegswirtschaft um. Nehmen Sie alle Werften in Betrieb und lassen Sie so viele Raumschiffe wie möglich für die TVF bauen: Schlachtschiffe der Moloch-Klasse, Manta-Kreuzer, Waffenplattformen der Thunderhead-Klasse und Remora-Angriffsjäger. Die Fremden scheinen eine Vorliebe dafür zu haben, ohne Ankündigung zuzuschlagen und völlige Vernichtung zu bringen. Es wäre dumm und sehr gefährlich, Zeit zu verlieren.«

Basil seufzte schwer. Die von Lanyan vorgeschlagenen Maßnahmen bedeuteten eine schwere finanzielle Belastung für die Hanse. Die Gewinne würden zurückgehen und vermutlich ließ es sich nicht vermeiden, dass auf einigen Kolonialwelten der Lebensstandard sank. Aber wichtiger war: Er durfte nicht zulassen, dass die Menschheit schwach wirkte.

Seit ihrer Gründung versprach die Terranische Hanse ihren Kolonialwelten Frieden und Schutz. Jetzt mussten die Kolonisten den Gürtel enger schnallen, für das gemeinsame Wohl. »König Frederick, eine wichtige Pflicht wartet auf Sie. Sprechen Sie zu den Bürgern der Hanse und teilen Sie ihnen mit, dass wir noch mehr Soldaten brauchen. Kündigen Sie Sparmaßnahmen an. Fordern Sie die Arbeiter auf, mehr zu leisten, mehr zu produzieren. Halten Sie eine Rede, die das Volk mit neuer Begeisterung erfüllt. Es ist bereit, Opfer zu bringen, wenn Sie es darum bitten.«

Der alte König nickte ernst. »Ich werde tun, was für mein Volk am besten ist.«

Basil lächelte grimmig. »Sie werden tun, was ich Ihnen sage.«

64 ✷ TASIA TAMBLYN

Als den unerfahrenen Rekruten eine Notfall-Dekompression bevorstand, war ihre Panik so deutlich spürbar, dass Tasia Tamblyn lachte. Drei strenge Ausbilder führten die jungen Soldaten in einen kuppelförmigen Hangar der Militärbasis auf dem Erdmond. Dann schloss sich das Innenschott und ein großes Chronometer an der Wand gab die Zeit an, die bis zum Öffnen des Außenschotts verblieb. Heulende Sirenen und das pulsierende magentarote Licht der Warnindikatoren verstärkten den Eindruck des Notfalls.

Tasia war bestens mit der üblichen Dekompressionsausrüstung vertraut und bot den ungeübten Tivvis ihre Hilfe an, aber diese misstrauten Roamern prinzipiell. Also trat sie zurück und beobachtete das komisch-ernste Bemühen der anderen Rekruten.

Die Soldaten, überwiegend junge Männer, bewegten sich unbeholfen in der für sie ungewohnt niedrigen Schwerkraft, als sie versuchten, die Spinde mit den Schutzanzügen zu erreichen. Während der Countdown lief, kramten sie in einem Durcheinander aus nicht zusammenpassenden Handschuhen, Helmen und silbrig glänzenden Anzügen. Einige der besonders ängstlichen Rekruten verbrachten mehr Zeit damit, zum Chronometer zu starren, als mit der Überprüfung der einzelnen Anzugkomponenten.

Tasia war als Roamer aufgewachsen, was bedeutete: Sie konnte mit geschlossenen Augen einen Raumanzug anziehen; das galt auch für diese TVF-Modelle, die ihr unnötig dick und plump erschienen. Die bei den Roamern gebräuchlichen Schutzanzüge waren nicht nur leichter, sondern boten auch mehr Sicherheit. Tasia erinnerte sich daran, dass die Terranische Verteidigungsflotte andere Prioritäten hatte als den Komfort ihrer Soldaten. Allerdings sollte man wenigstens auf Effizienz achten. Vielleicht bekam sie später Gelegenheit, ihre eigene Ausrüstung zu modifizieren; sie kannte tausend Möglichkeiten, jene Dinge zu verändern, die ihr nicht gefielen.

Zwei Rekruten stritten um einen Helm, der zu den roten Streifen ihrer Schutzanzüge passte. Tasia wählte einen blau markierten Helm und wusste: Sie brauchte nur einen Knopf zu drehen und am Kragen eine Anpassung vorzunehmen, damit alles zusammenpasste. Kopfschüttelnd beobachtete sie den Streit. *Sollen die Kleebs das Vakuum kosten. Es dürfte ihnen einen Teil ihrer Respektlosigkeit nehmen.*

Im Gegensatz zu jenen Angebern hatte sie gute Gründe dafür gehabt, sich anwerben zu lassen. Nach dem Angriff bei Oncier hatten einige Versager zu viel getrunken und sich gegenseitig zum Dienst in der TVF überredet. Wahrscheinlich machten sie sich in die Hosen, wenn sie jemals einem echten Feind begegneten, und vielleicht musste Tasia dann alles reinigen. Wenn es nicht zu dem Angriff auf die Blaue Himmelsmine und dem Tod ihres Bruders Ross gekommen wäre, hätte die Situation komisch sein können.

Es sah ganz danach aus, dass sie alle bald zu Offizieren befördert werden würden, selbst Tasia. Sie verfügte über keine Beziehungen beim irdischen Militär, konnte aber ausgezeichnete Leistungen vorweisen. König Fredericks Aufruf verschaffte der TVF viele neue Rekruten, hinzu kam ein großes Schiffsbauprogramm - unter solchen Umständen wurden auch Offiziere gebraucht. Und dadurch erhielten sogar Roamer wie Tasia eine Chance.

Sie streifte ihren Schutzanzug mühelos über, kontrollierte dann Siegel und Energiezellen. Anschließend setzte sie die einzelnen Segmente unter Druck, um die Integrität zu überprüfen. Sie hatte diese Kontrollen so oft in ihrem Leben vorgenommen, dass die einzelnen Bewegungen natürlich und automatisch waren, selbst bei dieser minderwertigen Ausrüstung. Ein Roamer sah in seinem Raumanzug so etwas wie ein mobiles Heim, kaum größer als der eigene Körper. Und ein solches Heim musste gut gepflegt sein, wenn es nicht zu einer tödlichen Gefahr werden sollte.

Einer der beiden Streithähne lief zu den Spinden, griff nach einem anderen Helm, setzte ihn auf und schloss die Siegel. Hektisch und nervös justierte er die einzelnen Anzugsysteme, bis fast alle Anzeigen bernsteinfarben glühten.

Oben, jenseits der transparenten Sektionen des wabenartigen Kuppeldachs, sah Tasia das eisblaue Licht ferner Sterne. Das Chronometer an der Wand zeigte noch zwanzig Sekunden an. Tasia schloss die Halsklammer ihres Helms und setzte den Schutzanzug unter Druck. Sie atmete tief durch und blickte auf die Indikatoren: alle grün, bis auf ein bernsteinfarbenes Licht für die Heizmodule in den Stiefeln. Sie klopfte darauf, zuckte dann mit den Schultern. Die Übung dauerte sicher nicht lange und eine Zeit lang konnte sie kalte Füße ertragen.

Die meisten anderen Rekruten waren ebenfalls bereit. Einige von ihnen ließen sich erleichtert auf den Boden des Hangars sinken. Tasia hatte ihre Zweifel, ob die Ausbilder es wirklich riskieren würden, dass einer dieser Grünschnäbel aus irgendeiner stinkreichen irdischen Familie im Vakuum zu Schaden kam. Aber Soldaten, auf die man immer wieder Rücksicht nahm, wurden selbstgefällig und waren völlig unvorbereitet, wenn es zu einem echten Notfall kam. Tasia beschloss, alle im Auge zu behalten, ob es ihnen gefiel oder nicht. Sie musste an ihren Prioritäten festhalten und daran denken, dass die fremden Wesen aus den Tiefen der Gasriesen ihre Feinde waren, nicht einige eingebildete Rekruten, denen es schon schwer genug fiel, die Handschuhe eines Raumanzugs anzuziehen.

Neben sich bemerkte sie einen der netteren jungen Männer, Robb Brindle, hinter dessen Helmscheibe sich Erleichterung im dunkelbraunen Gesicht zeigte. Er hatte honigbraune Augen und eine sanfte Tenorstimme, die wie fürs Singen geschaffen klang. Doch während der Freizeit im Kadettenquartier, wenn Tasia EAs Aufzeichnungen von Roamer-Balladen ertönen ließ, war Robb immer zu schüchtern, um allein zu singen.

Im Gegensatz zu anderen Rekruten, die Tasia schikaniert hatten, war Robb sofort bereit gewesen, sie als Waffenschwester zu akzeptieren. Er war immer freundlich, leistete ihr im Speiseraum Gesellschaft und störte sich nicht an den verärgerten Blicken der anderen.

Als der Countdown nun dem Ende entgegenging, sah Tasia, dass die Energiezellen seines Schutzanzugs mit vertauschter Polarität angeschlossen waren. Sie griff nach der Kontrolleinheit und zog an den Kabeln. Robb wandte sich ihr erschrocken zu, aktivierte seinen Kommunikator und übermittelte eine Frage.

»Komm schon, vertrau mir.« Tasia stieß seine Hände beiseite, arbeitete wie ein Chirurg und verband die Systeme richtig. »Ich weiß, was ich tue.«

Sie wich genau in dem Augenblick zurück, als Bewegung in die Kuppel geriet. Aus dem magentaroten Glühen der Indikatoren wurde ein rotes Warnlicht und eine Öffnung bildete sich in der gepanzerten Decke, wirkte wie ein Maul. Die Luft entwich. Ein Teil von ihr kondensierte zu winzigen Eiskristallen, die einen vagen Dunst formten, der vom Vakuum ebenfalls nach draußen gesaugt wurde.

Muss schön sein, so viel Luft übrig zu haben, dachte Tasia.

Sie sah Robb an und erklärte ihm ihr Eingreifen. »Deine Energiezellen waren falsch angeschlossen. So hätte sich der Anzug nicht unter Druck setzen lassen.«

Robb Brindle erschrak zunächst, war dann aber sehr froh. »He, danke ...«

»Schon gut«, sagte Tasia. »Und werd jetzt bloß nicht sentimental. Wenn du durch explosive Dekompression geplatzt wärst, hätte ich vermutlich den Auftrag bekommen, den ganzen Schleim aus deinem Raumanzug zu kratzen.«

Der offene Crewkanal übertrug das Jammern eines Rekruten, der sich auf der anderen Seite des Hangars befand. Seine Worte blieben unverständlich. Luft entwich aus einer undichten Stelle am Handgelenk und der junge Soldat fuchtelte mit der Hand, als könnte er auf diese Weise etwas bewirken. Der Idiot hatte den Handschuh nicht richtig mit dem Ärmel des Raumanzugs verbunden. Drei Rekruten umringten ihn und versuchten zu helfen. Sie forderten ihn auf, sich zu beruhigen - was aber überhaupt nichts nützte, denn eine solche Beeinträchtigung der Anzugintegrität bedeutete, dass er innerhalb weniger Sekunden seine ganze Luft und Körperwärme verlieren würde.

Tasia erinnerte sich an ihn: Patrick Fitzpatrick III., der arrogante Sohn einer reichen Familie auf der Erde. Er war ihr gegenüber sehr unhöflich gewesen, aber sie konnte ihn nicht sterben lassen, nicht einmal an seiner eigenen Dummheit. »Tasia eilt zur Rettung«, sagte sie zu sich selbst.

Sie stieß sich in der geringen Schwerkraft vom Boden ab, erreichte ihren Einsatzort wenige Sekunden später und stieß die anderen mit der Schulter beiseite. Entschlossen griff sie nach dem Arm des jungen Mannes und rückte den Handschuh zurecht. Fitzpatrick schlug nach ihr, und wenn sein Helm nicht im Weg gewesen wäre, hätte ihm Tasia einen ordentlichen Hieb ans Kinn verpasst, um ihn zu betäuben. Die Dekompression hatte seine Hand bereits anschwellen lassen und vermutlich war es aufgrund der Kälte zu Gewebeschäden gekommen. Nun, für eine Weile würde er seiner Mami keine Postkarten mehr schreiben können.

Tasia drückte den Handschuh an die richtige Stelle des Ärmels und schloss das Siegel. Daraufhin entwich keine Luft mehr und im Innern des Schutzanzugs stieg der Druck. »Eins, zwei, drei - in dieser Reihenfolge. Es funktioniert nur, wenn man sich an die Prozedur hält.« Sie glaubte nicht, dass Fitzpatrick die Hand verlieren würde, aber während der nächsten Monate hatte er bestimmt starke Schmerzen. Vielleicht bescheinigte man ihm sogar Dienstuntauglichkeit und schickte ihn zur Erde zurück - damit dann ein anderer, ebenso unausstehlicher Kleeb seinen Platz einnahm. Tasia zog es vor, das Problem zu behalten, das sie bereits kannte.

In Fitzpatricks Augen sah sie Entsetzen und mehr Verblüffung als Pein. Aber das würde sich bald ändern. Bestimmt dauerte es nicht lange, bis die Schmerzen alle anderen Empfindungen verdrängten.

»Du hast die Sache für ihn in Ordnung gebracht«, stellte Robb Brindle fest und näherte sich Tasia.

»Er muss zu den Sanitätern, sobald diese Übung beendet ist.«

Tasia rechnete nicht mit Anerkennung oder Dank, aber vielleicht würde sich die Stimmung ein wenig verbessern. In der Kaserne war sie von vielen Rekruten wegen EA kritisiert worden, der sie in den TVF-Dienst begleitet hatte. Zwar durfte sie den Kompi behalten – er galt als »persönlicher Besitz« –, doch die Präsenz eines speziellen Bediensteten bereitete Tasia auch Kummer.

Aber sie konnte EA wohl kaum ins Raumschiff der Tamblyn-Familie setzen und ihn allein nach Plumas zurückschicken. Ihr Vater hätte den Kompi vermutlich in einem Wutanfall demontiert, um es seiner impulsiven Tochter heimzuzahlen. Stattdessen hatte Tasia EAs Programmierung erweitert, damit er sich um gewisse Dinge in der Kaserne kümmern und ihr bei ihren Aufgaben in der Mondbasis helfen konnte.

Die Kuppel blieb noch einige Sekunden lang geöffnet und schloss sich dann wieder. Luft strömte in den Hangar, und als normaler Druck herrschte, kehrten die Ausbilder zurück, begleitet von Sanitätern. Fitzpatrick wurde fortgebracht, außerdem ein Mann, dessen Anzugpumpen versagt hatten. Er wäre erstickt, wenn einer der Rekruten in seiner Nähe nicht rechtzeitig reagiert und die Helmscheibe eingeschlagen hätte, als sich wieder Luft im Hangar befand.

»Ziehen Sie sich um«, sagte einer der Ausbilder. »Wir besprechen die Übung nach dem Essen, aber so viel schon jetzt: Meiner Ansicht nach verdient die Hälfte von Ihnen nicht das Geld, das wir an Sie vergeuden.«

Tasia nahm den Helm ab und wandte sich zur Seite, um ihr Lächeln zu verbergen. Brindle sah es und lächelte ebenfalls. »Noch einmal besten Dank«, sagte er, nahm den Helm und half Tasia dabei, ihre Sachen zu verstauen, obwohl sie sehr gut selbst dazu imstande war. Doch ein Teil von ihr wusste seinen Versuch, galant zu sein, durchaus zu schätzen. Sie fand ihn amüsant.

Im Speiseraum saßen sie sich gegenüber. Tasia hörte, wie die Rekruten teilweise recht derbe Witze über die schleimartige Konsistenz der Nahrung rissen, bei der es sich um Gemüse handeln sollte, aber sie selbst fand sie recht schmackhaft. Roamer hatten keine empfindlichen Geschmacksknospen und wussten, dass die Nahrhaftigkeit von Speisen wichtiger war als ihr Geschmack.

»Nun, weshalb bist du hier, Brindle?«, fragte Tasia. Sie hob den Blick und sah in das offene, ehrliche Gesicht des jungen Mannes. »Du bist nicht wie die anderen Kleebs.«

Er wirkte beunruhigt. »Ich schätze, das kann nur ein anderer Außenseiter erkennen. Ja, du hast Recht, ich unterscheide mich von den anderen. Jene Burschen dort haben sich nach König Fredericks Aufruf anwerben lassen und viele von ihnen bereuen es inzwischen. Ich hingegen wusste schon als Kind, dass ich einmal zur TVF gehören würde.«

»Offenbar hältst du nichts von extravagantem Ehrgeiz«, kommentierte Tasia.

»He, ich bin ein Tivvi-Racker gewesen. Meine Eltern waren beim Militär, und ich wuchs in Stützpunkten in der Antarktis und der Wüste Gobi auf. Wir waren sogar zwei Jahre lang auf dem Mars stationiert. Ich hielt das alles für völlig normal.« Robb aß schnell. »Über eine Alternative habe ich nie wirklich nachgedacht. Ich wusste immer genau, wie meine Zukunft aussehen würde.«

Er schob sein Tablett beiseite und beugte sich näher. »Jetzt bist du dran. Was machst du hier? Roamer stehen nicht unbedingt Schlange vor den Anwerbestellen der TVF. Es tut mir Leid, dass die anderen dich so schlecht behandeln. Vermutlich brauchen sie jemanden, den sie piesacken können, bis sie es mit einem echten Feind zu tun bekommen.«

Tasia zuckte mit den Schultern. »Meiner Erfahrung nach deutet ein derartiges Verhalten oft auf einen besonders kleinen Penis hin.«

Robb lachte und anschließend erzählte Tasia die Geschichte von Ross und der Blauen Himmelsmine. Sie berichtete auch von ihrem Vater und der heimlichen Flucht von Plumas. Anteilnahme zeigte sich in Robbs Gesicht, und auch Aufregung, als er von den geheimnisvollen Fremden hörte, die die Himmelsmine angegriffen hatten. Ihn faszinierten auch die vagen Beschreibungen des Roamer-Lebens, von dem die meisten Leute nichts wussten. Der junge Mann trank den Rest seines bitteren Kaffees, sah Tasias leere Tasse und nahm sie mit zum Automaten. Mit zwei gefüllten Tassen kehrte er zurück und setzte eine vor Tasia ab, obwohl sie überhaupt nicht darum gebeten hatte.

»Für euch Roamer muss es schwer sein, ohne ein Zuhause zu leben, obwohl die ganze Galaxis darauf wartet, besiedelt zu werden«, sagte Robb. »Es gibt so viele Hanse-Welten, auf denen man sich niederlassen könnte. Es wundert mich, dass ihr immer noch wie Zigeuner an Bord eurer Raumschiffe lebt.«

»So ist das gar nicht«, erwiderte Tasia. »Wir verlassen uns lieber auf unsere eigenen Ressourcen und Fähigkeiten, um nicht so sehr zu verweichlichen wie die Idioten vorhin bei der Dekompressionsübung. An einem ganz normalen Arbeitstag in einer Roamer-Kolonie würden sie nicht einmal zehn Minuten durchhalten.«

»Ich wahrscheinlich auch nicht«, meinte Robb.

Tasia lachte. »Es sei denn, ich wäre zugegen, um dir zu helfen, so wie heute. Aber glaub nicht, dass die Roamer kein Zuhause haben, nur weil uns Siedlungen auf schönen Planeten fehlen. Unser ›Zuhause‹ befindet sich bei unseren Clans, wo auch immer sie sind. Es ist kein Ort, sondern ... ein Konzept.«

»Wie die Familie«, sagte Robb.

Tasia nickte, doch die Worte des jungen Mannes weckten Erinnerungen an Jess, ihren Vater und schließlich auch an Ross und daran, wie hart er gearbeitet hatte, um bei Golgen Erfolg zu haben. Jäher Zorn brannte in ihr, Zorn auf die erbarmungslosen Fremden, die Ross umgebracht hatten.

Sie ließ den Kaffee stehen und trug ihr Tablett zum Recycler. Robb sah ihr nach und fragte sich wahrscheinlich, was er falsch gemacht hatte. Aber Tasia wollte nur allein sein.

65 ✷ JORAX

Als die ersten Klikiss-Roboter auf bewohnten Welten im Spiralarm erschienen – für gewöhnlich kamen sie mit ildiranischen Transportern –, hielt man sie für Kuriositäten. Wer sie sah, staunte voller Ehrfurcht. Sie wirkten wie Wächter, voller Geheimnisse. Still beobachteten sie ihre Umgebung und sprachen nur selten.

Manchmal, ohne ersichtlichen Grund, boten die Maschinen an, schwere Arbeiten in gefährlicher Umgebung zu erledigen, an Habitaten im All oder auf Monden ohne Atmosphäre. In den meisten Fällen griffen Kolonisten auf solche Angebote zurück, denn es kostete sie nichts.

Die wenigen schwarzen Roboter, die auf der Erde erschienen, sorgten für beträchtliches Aufsehen, obgleich sie nie um etwas baten. Sie wirkten vollkommen unerschütterlich und reagierten nicht, weder auf Beschimpfungen noch auf Ehrfurcht. Sie blieben passiv und verrieten nie, was sie wirklich wollten. Klikiss-Roboter stellten keine Fragen oder Forderungen; meistens standen sie einfach nur da.

Der Roboter mit der Bezeichnung Jorax befand sich seit fünf Jahren auf der Erde. In der Hauptstadt wanderte er durchs öffentliche Gelände in der Umgebung des Flüsterpalastes. Er ging nie an Bord eines Luftschiffs und sprach kein einziges summendes Wort, doch eines Tages betrat er zusammen mit einigen neugierigen Touristen von Dremen eine Gondel. Zwar machte Jorax keine Anstalten zu bezahlen, aber der Gondoliere nahm ihn trotzdem mit über den Königlichen Kanal. Am Ende der Fahrt stieg Jorax ohne ein Dankeschön oder eine einzige Frage aus, doch jenes Ereignis gab dem Gondoliere und der Bootsgesellschaft für Monate Gesprächsstoff.

Während Jorax auf dem weiten Gelände des Flüsterpalastes umherwanderte – Angehörige der königlichen Garde sprachen in diesem Zusammenhang von »herumschleichen« –, blieben seine inneren Aktivitäten verborgen. Vielleicht spionierte er und sammelte Daten über die Gebäude der Regierung. Aber da der Klikiss-Roboter nie versuchte, in abgesperrte Bereiche vorzudringen oder Dinge zu untersuchen, die mit der Sicherheit des Flüsterpalastes in Zusammenhang standen, konnte ihm die Hanse nicht das Recht verweigern, sich dort aufzuhalten, wo auch die vielen Touristen wanderten, gafften und fotografierten.

Einige wagemutige Besucher ließen Familienmitglieder dicht neben Jorax posieren und machten Bilder von der großen schwarzen Maschine, um sie später ihren Freunden zu zeigen und auf die »Gefahr« hinzuweisen, die in solcher Nähe eines Klikiss-Roboters herrschte. Sicherheitsbeauftragte der Hanse behielten Jorax im Auge und zeichneten alle seine Bewegungen auf, ohne zu wissen, ob und was gegen ihn unternommen werden sollte.

Nach den Angriffen bei Oncier und Golgen hatte König Frederick die Ressourcen der Hanse und der Terranischen Verteidigungsflotte mobilisiert. Wissenschaftler und Industrien waren von ihm aufgefordert worden, sich um Innovationen zu bemühen, ungeachtet der Kosten. Daraus folgte, dass man dem Klikiss-Roboter mehr Interesse entgegenbrachte.

Jorax stand im Mondstatuengarten, einem prächtigen Freiluftmuseum, umgeben von Hecken aus scharlachrotem Eibisch. Skulpturen aus Bronze, Marmor und polymerisiertem Aluminium standen an ausgewählten Stellen auf Sockeln. Tröpfelndes Wasser, das bunte Licht von Spotlights und Blumenarrangements verstärkten die ästhetische Wirkung der Statuen. Seit zwei Tagen verharrte der Klikiss-Roboter in völliger Reglosigkeit, ohne die glühenden optischen Sensoren auf ein bestimmtes Kunstwerk zu richten.

Gegen Mittag, als die Sonne hoch am Himmel stand, näherte sich ein gut gekleideter Mann der schwarzen Maschine, vor der er offenbar Angst hatte. Vor Jorax blieb er stehen und wartete auf eine Reaktion. Als nichts geschah, sagte er: »Ich bin William Andeker.« Er sprach lauter als nötig. »Äh, *Dr.* William Andeker. Ich gehöre zu einer wichtigen industriellen Forschungsgruppe, die für die TVF arbeitet.« Er legte eine Pause ein und seine Unruhe verriet Unsicherheit.

Schließlich drehte Jorax seinen geometrischen Kopf und richtete zwei rote optische Sensoren auf den Wissenschaftler.

»Ich ... habe mich gefragt, ob du vielleicht daran interessiert wärst, mein Laboratorium zu sehen«, fuhr Andeker fort und schluckte hart. »Ich bin sehr neugierig hinsichtlich der Klikiss-Roboter. Ich weiß, dass ihr euch nicht an Einzelheiten eurer Vergangenheit erinnert – das stimmt doch, oder? Nun, ich könnte Analysen durchführen und vielleicht Antworten finden, für uns beide.«

Nach einer Weile sagte Jorax: »Das wäre eine Möglichkeit.«

William Andeker trat erschrocken einen Schritt zurück und strahlte dann. »Angesichts der neuen Gefahr ist das sehr wichtig. Weißt du von den Angriffen? Wir verstehen den Feind nicht, deshalb müssen wir unser Wissen in allen Bereichen mehren. Was meinst du?«

»Ein vernünftiges Bestreben«, sagte Jorax.

»Ich, äh, weiß natürlich, wie man die Klikiss-Roboter entdeckte, aber es sind noch immer viele Fragen offen.«

Jorax interpretierte diese Worte als eine einfache Bemerkung und antwortete nicht.

Menschliche Prospektoren hatten Gruppen inaktiver Klikiss-Roboter auf verlassenen Welten entdeckt, aber die ersten Maschinen wurden von Ildiranern gefunden – dreihundert Jahre bevor die Solare Marine einen Kontakt mit den Generationenschiffen herstellte.

Eine ildiranische Flotte hatte damals die eisigen äußeren Planeten des Hyrillka-Systems untersucht und dann eine Bergwerkstadt eingerichtet, um auf den Monden Erze abzubauen. Während Druckkuppeln und Ausrüstungen für eine komplette Splitter-Kolonie transportiert wurden, gruben sich ildiranische Arbeiter in die Kruste. Dabei fanden sie verarbeitetes Metall, intakte Tunnel und isolierte Kammern – und einen deaktivierten Klikiss-Roboter in den Ruinen einer uralten Anlage. Aufgeregt und neugierig brachten die Arbeiter den Roboter an die Oberfläche und aktivierten ihn.

»Deine Name ist Jorax, nicht wahr?«, fragte Andersen. »Ich habe so viele Informationen wie möglich über dich gesammelt.«

»Ja, meine Bezeichnung lautet Jorax.«

»Bist du wirklich der erste Roboter, den man entdeckte? Den man aus dem Eis eines Hyrillka-Monds grub?«

»Ja«, bestätigte Jorax. Andeker schien vor Aufregung geradezu außer sich zu sein.

Nachdem Jorax aus dem langen elektronischen Schlaf geweckt worden war, hatte er einen sehr verwirrten Eindruck gemacht. Sein Gedächtnis schien gelöscht zu sein – er erinnerte sich nicht daran, wie er unter das Eis des Mondes gelangt war. Jorax brauchte eine Weile, um die Kommunikationscodes der ildiranischen Computer zu übersetzen und seine eigenen Systeme anzupassen. Als er anschließend Zugriff auf die Sprachdateien bekam, konnte er sich mit seinen Rettern verständigen. Allerdings war es ein einseitiger Austausch, denn Jorax gab keine Informationen über sich preis.

Als die Solare Marine eintraf, um das Geheimnis zu ergründen, hatte Jorax zwölf weitere insektoide Roboter aus dem verlassenen Klikiss-Stützpunkt geholt und reaktiviert. Offenbar waren sie alle zur gleichen Zeit im Eis erstarrt.

Zu jenem Zeitpunkt hatten die Ildiraner Ruinenstädte der Klikiss auf anderen Planeten entdeckt, doch das gesellige Volk hielt es nicht für notwendig, sich dort niederzulassen, wo einst eine andere Spezies zu Hause gewesen war. Im Verlauf der nächsten Jahrhunderte fanden und reaktivierten Jorax und die anderen tausende von Klikiss-Robotern in Basen – oder Verstecken – auf verschiedenen Welten.

»Was hoffen Sie von mir zu erfahren, Dr. William Andeker?«, fragte Jorax und blieb weiterhin regungslos stehen.

»Ich habe von der Hanse die Sondergenehmigung erhalten, dich in mein kybernetisches Laboratorium zu bringen. Es ist mir gestattet, dir gewisse Dinge zu zeigen, wenn du mir erlaubst, dir einige Fragen zu stellen.« Andeker sprach schneller, als er fortfuhr: »Normalerweise bliebe dir der Zutritt zu einem solchen Ort verwehrt, ebenso wie den meisten Bürgern der Hanse. Es ist für uns beide eine gute Gelegenheit.«

Jorax erhöhte das energetische Niveau seiner Systeme, hob den länglichen Körper und streckte die acht flexiblen Beine. »Führen Sie mich zu jenem Ort.«

Der Wissenschaftler eilte sofort los und schien es gar nicht abwarten zu können, dem schwarzen Roboter sein Laboratorium zu zeigen.

Sie brachten zahlreiche Sicherheitsscans und Überprüfungen durch Wächter hinter sich. Schließlich geleitete der Mensch die Maschine in einen großen Raum, in dem sich außer ihnen niemand aufhielt. Was auch immer Andeker zu entdecken hoffte – offenbar wollte er das Verdienst eventueller Entdeckungen mit niemandem teilen.

»Bestimmt hat man euch Robotern schon alle Fragen gestellt, die ich mir vorstellen kann«, sagte Andeker. »Aber hier, in meinem Laboratorium, gibt es vielleicht die Möglichkeit, auf andere Weise Antworten zu bekommen.«

Jorax sondierte den Raum, stellte dabei diverse Sicherheitssysteme und Beobachtungskameras fest. Zwar hatte er den Wissenschaftler aus freiem Willen begleitet, aber jetzt wirkte Andeker noch nervöser als im Statuengarten.

Jorax vermutete, dass der Mensch ihn zu täuschen versuchte. Er wartete.

Andeker trat zu einer Konsole und aktivierte mehrere Systeme. »Bitte stell dich hierhin.« Er deutete auf eine Stelle vor der Wand, an der ein mechanischer Apparat wie einsatzbereit summte.

Jorax kam der Aufforderung nach, zeigte keine emotionale Reaktion und verzichtete auf Einwände.

»Es tut mir Leid«, flüsterte Andeker, aber Jorax hörte ihn trotzdem. Der Wissenschaftler betätigte Schaltelemente.

Massive Klammern kamen aus der Wand, trafen Jorax' Körperkern und hielten seine Gliedmaßen fest. Eine schloss sich um den Thoraxansatz. Jorax bewegte sich nicht. Nach einem kurzen Zugfestigkeitstest gelangte er zu dem Schluss, dass ihm genug Energie zur Verfügung stand, um sich loszureißen.

Falls das erforderlich werden sollte.

Andeker näherte sich kummervoll. »Du befindest dich an einem Restriktionsplatz, Jorax. Dort können Kraftfelder projiziert werden, die energetische Aktivität dämpfen. Die Klammern halten dich fest – bitte versuch nicht, dich zu befreien.« Er runzelte die Stirn und schien um Entschuldigung bitten zu wollen – als ob solche Emotionen für Jorax eine Rolle spielten. »Weißt du, die Angriffe bei Oncier und Golgen konfrontieren die Hanse mit einer kritischen Situation. Du und die anderen Klikiss-Roboter – vielleicht könnt ihr uns zu technologischen Durchbrüchen verhelfen.«

Er streckte die Hand aus, berührte den Körper des schwarzen Roboters und wich ruckartig zurück. »Zu diesem Zweck werde ich dich eingehend untersuchen.« Andeker eilte zur Konsole zurück und blickte über die Schulter. »Ich versichere dir, dass ich so rücksichtsvoll wie möglich sein werde.«

Bevor der verräterische Wissenschaftler damit beginnen konnte, ihn zu demontieren, schätzte Jorax die Situation ein und beschloss zu handeln. Ein hochenergetischer Störimpuls genügte, um alle Überwachungsgeräte des Laboratoriums zu neutralisieren.

Andeker versuchte, die Funktionen der betreffenden Systeme wiederherzustellen und auch das Dämpfungsfeld zu aktivieren – ohne Erfolg.

Zuvor verborgene Waffenkomponenten kamen aus versiegelten Fächern in Jorax' Rückenschild. Laserschneider befreiten ihn von den Klammern – er streifte sie achtlos ab.

Dann streckte er die Beine und entfernte sich von der Wand. Mit rot glühenden optischen Sensoren führte er einen weiteren Scan durch, bevor er sich William Andeker näherte. Der Wissenschaftler schrie um Hilfe, doch er hatte zuvor den Zugang des Laboratoriums verriegelt – niemand konnte herein, solange die Systeme ohne Energie blieben.

Weitere Schneider und Waffen kamen aus dem Körper des schwarzen Roboters. Andeker wich entsetzt an die Wand zurück.

»Es gibt einige Dinge, die Sie nicht erfahren dürfen«, sagte Jorax und trat auf den menschlichen Wissenschaftler zu.

66 ✷ BERNDT OKIAH

Die neue Erphano-Himmelsmine funktionierte seit ihrer Inbetriebnahme einwandfrei. Mit großer Zufriedenheit stellte Berndt Okiah fest, wie viel Ekti pro Woche produziert wurde. Er war sehr stolz auf die Leistungsfähigkeit der Fabrik und beschloss, die Arbeiter mit einem großzügigen Bonus dafür zu belohnen, dass sie ihm geholfen hatten, seinen Traum zu verwirklichen.

Berndt stand auf dem Kontrolldeck, als die Himmelsmine wie ein hungriges, streunendes Tier über den Wolken dahinglitt. Durch die breiten Panoramafenster sah er eine endlose Landschaft aus weichem Dunst, grünen Gasen und bunten Wirbeln, die das Antlitz von Erphano ständig veränderten.

Scoutschiffe flogen wie Krähen in der Nähe der großen Himmelsmine. Atmosphärenchemiker und meteorologische Techniker tauchten in die Wolken, überwachten Stürme und untersuchten emportreibende exotische Verbindungen, die tief im Innern des Gasriesen entstanden. Auf dem Kommandodeck kontrollierte einer von Berndts Mitarbeitern den Reaktor und die Tanks.

Jemand spielte Musikaufzeichnungen ab, die sich seit Generationen im Besitz seines Clans befanden. Berndt mochte den atonalen Krach nicht, aber er ließ dem Mann sein Vergnügen, solange sich die anderen Besatzungsmitglieder nicht beschwerten. Er hatte gelernt, entspannter, offener und nachsichtiger zu sein. Sehr zur Freude seiner Frau Marta.

Gekleidet in warme Sachen kletterte der Techniker Eldon Clarin die metallene Leiter zum Kommandodeck hoch. Er wirkte müde, aber auch zufrieden.

»Alles in Ordnung, Eldon?« Der stämmige Berndt saß in einem gepolsterten Sessel und wirkte wie ein alter Barbarenkönig, der den Blick über seine Domäne schweifen ließ.

»Ja, Chief«, sagte Clarin. »Alle Systeme sind mehrmals überprüft worden. Meine Modifikationen funktionieren einwandfrei – es gibt nicht die geringste Abweichung von den optimalen Parametern.«

Berndt rieb sich die Hände. »Ich schicke meiner Großmutter eine Mitteilung. Sie wird veranlassen, dass alle Himmelsminen mit Ihren Verbesserungen ausgestattet werden. Und ich werde dafür sorgen, dass Sie die Anerkennung bekommen, die Ihnen gebührt.«

Der Techniker wirkte verlegen. »Ich habe ihr bereits einen entsprechenden Bericht übermittelt, mit der letzten Ekti-Eskorte.«

Der Umstand, dass Berndt mit seiner vorherigen Himmelsmine Gewinne erzielt hatte, war eigentlich nur dem Zufall zu verdanken und nicht seinem Geschick. Aber hier, über Erphano, waren es auch seine eigenen Leistungen, die zum Erfolg führten. Alle vorgesehenen Ekti-Lieferungen erfolgten pünktlich, obwohl es während der Testphase einer neuen Himmelsmine gewöhnlich zu Verzögerungen kam.

Berndts Frau und Tochter befanden sich nun an Bord und die Bewunderung in ihren Gesichtern bereitete ihm besondere Genugtuung. Nach den wüsten frühen Jahren freute er sich darüber, dass seine Tochter nun zu ihm aufsehen konnte. Er hatte es verdient. Die neue Himmelsmine war noch produktiver als erwartet.

Trotzdem wurde er das seltsame Gefühl nicht los, dass eine Katastrophe bevorstand.

Seit der Zerstörung der Himmelsmine von Golgen waren alle Roamer besorgt und ihre Unruhe wuchs, als sie von dem Angriff auf die Hanse-Monde bei Oncier erfuhren. Scouts wachten bei den Stützpunkten und Anlagen der Roamer, aber niemand wusste so recht, wonach es Ausschau zu halten galt und aus welchem Grund es zu den verheerenden Angriffen gekommen war.

Berndt hörte, wie noch jemand die Metalltreppe hochkam, und als er den Kopf drehte, sah er seine Tochter Junna. Die Zwölfjährige wollte einmal Captain werden und interessierte sich für die Systeme der Himmelsmine. Berndt winkte ihr einen Gruß zu, wandte sich dann wieder an den wartenden Techniker und begriff plötzlich, was Clarin wollte. »Na schön, Sie haben alles getan, worum meine Großmutter Sie gebeten hat. Packen Sie Ihre Sachen und kehren Sie mit der nächsten Eskorte nach Rendezvous zurück. Unsere Tanks sind bereits zu achtzig Prozent gefüllt und in ein paar Tagen sollte der Eskortenpilot eintreffen, um Sie zum nächsten Distributionszentrum zu bringen. Gehen Sie und folgen Sie dem Leitstern.«

Eldon Clarin lächelte, bedankte sich und eilte fort.

Junna näherte sich und blieb neben der Armlehne des Sessels stehen, der dem Chief vorbehalten blieb. Als sie kleiner gewesen war, hatte sie auf der Armlehne gesessen und die Anweisungen ihres Vaters wiederholt. Jetzt blickte sie nach draußen zu den Wolken und wirkte schon sehr reif. Berndt glaubte, dass seine Tochter eines Tages ein guter Himmelsminen-Captain sein würde. Vielleicht gelang es ihr, die Jahre des schlechten Benehmens zu überspringen, in denen ihr Vater so viel Zeit vergeudet hatte.

»Ist das ein Sturm?« Junna deutete auf ein dichtes Wolkenknäuel. »Er scheint sich schnell zu verändern.«

Lichter glühten in den Tiefen des Gasriesen, flackernde Blitze, die sich immer weiter ausdehnten. Die Wolken bildeten gewaltige, mahlstromartige Wirbel.

»Für einen Sturm sind die Bewegungen zu schnell. Du bist sehr aufmerksam, Junna.« Berndt klopfte dem Mädchen auf die Schulter und wandte sich dann an die Techniker. »Was hat es damit auf sich?«

»Feste Objekte steigen auf«, antwortete einer der Männer. »Sie sind nicht Teil des üblichen Wettergeschehens und befinden sich direkt unter uns.«

Es lief Berndt kalt über den Rücken, als er an Golgen dachte. Hatte Ross Tamblyn so etwas gesehen, kurz bevor der Angriff erfolgte? Vielleicht übertrieb er es mit der Vorsicht, aber Berndt wollte kein Risiko eingehen. »Geben Sie Alarm!«

»Sir?«, fragte der Meteorologe.

»Geben Sie Alarm, sofort!« Junna reagierte mit unübersehbarer Besorgnis, aber Berndt hatte jetzt nur noch Augen für das sich schnell verändernde Phänomen in den Wolken unter der Himmelsmine. »Wenn ich mich irre, können Sie später Witze über mich reißen. Wenn nicht, nehme ich gern Ihren Dank entgegen.«

Ein blauer Blitz gleißte und plötzlich stießen fünf wie kristallen wirkende Kugeln durch die hohe Wolkendecke Erphanos – Angriffsschiffe einer Zivilisation, von der die Menschen überhaupt nichts wussten.

»Junna, hol deine Mutter, schnell!« Das Mädchen drehte sich um, Furcht im Gesicht, und von einem Augenblick zum anderen wirkte es klein und verletzlich. Berndt stand auf und schubste seine Tochter in Richtung Leiter. »Bringt so viele Besatzungsmitglieder wie möglich an Bord der Scoutschiffe unter und startet sie.«

»Sie evakuieren die Himmelsmine, Sir?«, fragte ein Schichtleiter.

»Beeilung!«, rief Berndt. »Setzt euch ab, solange ihr noch Gelegenheit dazu habt.«

Die Kugeln stiegen auf, näherten sich der Himmelsmine, die über keine Verteidigungseinrichtungen verfügte. Alarmsirenen heulten, während die Angehörigen der Brückencrew hin und her eilten. Stimmen ertönten aus den Interkom-Lautsprechern, erteilten Anweisungen. Berndt Okiah warf sich vor, die Crew nicht durch Übungen auf eine derartige Situation vorbereitet zu haben. Aber die Leute reagierten trotzdem schnell, auch Junna.

Berndt trat zur Kommunikationskonsole, schob die dortige Technikerin beiseite und forderte sie auf, sich an Bord eins der Scoutschiffe zu begeben. Dann sendete er Kom-Signale auf mehreren Frequenzen. »An die fremden Schiffe, wir haben keine feindlichen Absichten und sind in Frieden hier.« Er wartete, aber es traf keine Antwort ein. »Wir bedrohen Sie nicht. Bitte setzen Sie sich mit uns in Verbindung. Teilen Sie uns mit, was Sie wollen.«

Wieder blieb eine Antwort aus.

Scoutschiffe verließen die Hangars der Himmelsmine, glitten fort und hofften, sich in Sicherheit bringen zu können. Doch jedes dieser kleinen Schiffe konnte höchstens drei oder vier Personen aufnehmen. Es war unmöglich, die ganze Crew rechtzeitig zu evakuieren.

Die fünf Kugeln erreichten die Höhe der Himmelsmine und schimmerten. Geheimnisse verbargen sich in ihrem dunstigen Innern. Jedes Schiff war gewaltig, mit einem Durchmesser größer als sechs Himmelsminen der Roamer. Berndt Okiah hatte diese Riesen schon einmal gesehen: auf den TVF-Bildern vom Angriff bei Oncier.

Energie flackerte an den pyramidenartigen Auswüchsen in den Außenhüllen. Blaue Blitze sprangen von Spitze und Spitze – eine destruktive Entladung kündigte sich an.

Das Kommandodeck der Himmelsmine war jetzt leer, abgesehen von Berndt und zwei zurückgebliebenen Besatzungsmitgliedern. »Vielleicht wollen Sie das Ekti!«, rief ein alter Veteran.

Fremde Piraten, die Treibstoff für den Sternenantrieb stehlen wollten?, fragte sich Berndt. Eine solche Erklärung ergab keinen Sinn. Seine Finger huschten über die Kontrollen und lösten den Transportbehälter mit dem wertvollen Wasserstoffallotrop. Wieder sendete er auf mehreren Frequenzen. »Nehmen Sie unsere Fracht, aber bitte verschonen Sie uns. Es befinden sich dreihundert Personen an Bord – Familien, Frauen und Kinder.« Die Worte klangen dumm, schon während er sie aussprach. Warum sollten sich Fremde um so etwas scheren?

Die Frachtkanister mit Ekti fielen auf den Planeten zu und Bernd zündete das Triebwerk der Himmelsmine, bemühte sich, sie von den Kugelschiffen fortzusteuern. Die teure Fracht verschwand in Erphanos Wolken, wie ein Opfer - oder ein Lösegeld. Verzweiflung tastete nach Berndt, als die Kugeln dem Ekti keine Beachtung schenkten und sich weiter der Himmelsmine näherten.

Er hätte die Kanister so einstellen können, dass sie explodierten. Vielleicht wären die Explosionen stark genug gewesen, um bei einem der kristallenen Kugelschiffe die Außenhülle aufplatzen zu lassen - obgleich Berndt daran zweifelte. Die fünf stadtgroßen Monstrositäten hatten das Feuer noch nicht eröffnet, doch er wusste, dass sie das bald tun würden.

»Vielleicht bleibt uns noch Zeit genug, das Habitatmodul zu separieren«, sagte er. »Wir opfern die Himmelsmine, in der Hoffnung, dass die Fremden der größeren Fabrik folgen und uns entkommen lassen.«

Kleine Sprengladungen zerrissen Bolzen und Klammern. Das Hauptdeck schwebte fort vom Fabrikkomplex und trug die meisten Besatzungsmitglieder der Himmelsmine mit sich. Junna wirkte noch immer furchterfüllt, aber auch trotzig, als sie aufs Brückendeck zurückkehrte. Berndt wollte sie tadeln, weil sie nicht auf ihn gehört und darauf verzichtet hatte, an Bord eines Scoutschiffes zu gehen, aber dann sah er, dass seine Frau ihr folgte. »Oh, Marta!« Sein Herz schmolz und er schüttelte den Kopf. Junna und Marta zeigten ihre Liebe, indem sie bei ihm blieben, aber das kostete sie vielleicht das Leben.

Die riesigen Kugeln schenkten den Scoutschiffen, die sich von der Himmelsmine entfernten, keine Beachtung. Die Zerstörung der Fabrik bedeutete, dass es für sie keinen Platz mehr gab, wo sie landen und Treibstoff aufnehmen konnten. Die Werft bei den gebrochenen Monden von Erphano war nach dem Bau der Himmelsmine aufgegeben worden. Berndt betete zum Leitstern, dass Rettung kam, bevor die Lebenserhaltungssysteme der Scoutschiffe versagten und die kleinen Schiffe nacheinander in die Tiefen des Gasriesen stürzten.

Die Fremden ignorierten auch den Fabrikkomplex und folgten dem Hauptdeck.

Marta und Junna traten neben Berndt und er schlang die Arme um sie, drückte sie an sich. Inzwischen war er ganz sicher: Wer auch immer die fremden Wesen sein mochten - sie wollten weder das Ekti noch die Himmelsminen der Roamer.

Es ging ihnen einzig und allein darum, Menschen zu töten.

Blaue Blitze vereinten sich, jagten dem Hauptdeck entgegen. Berndt, Marta, Junna und die anderen hatten nicht einmal Zeit genug für einen letzten Atemzug. Destruktive Energie verdampfte Metall und Glas, verwandelte alles in eine heiße, auseinander treibende Wolke.

67 ✷ NIRA

Erstdesignierter Jora'h brauchte mehrere Tage, um eine offizielle Vorstellung beim Weisen Imperator zu arrangieren. Nira und Otema nahmen die in Töpfen wachsenden Schösslinge als Geschenke mit und betraten den überaus eindrucksvollen Empfangssaal der Himmelssphäre.

Um sie herum erstreckte sich der transparente, facettierte Prismapalast, der Nira das Gefühl gab, sich mitten in einem riesigen Edelstein zu befinden. Die Wände bestanden aus miteinander verbundenen Glaskugeln, die aussahen, als hätte man sie einzeln geblasen. Sieben kleinere Kugeln hafteten am Kern, Räume mit Türmen, die zur oberen Himmelssphäre reichten. Liftröhren erstreckten sich wie Adern durch die Hauptkuppel. Kleinere Sphären enthielten die Fundamente der ildiranischen Regierung, die Ministerien für Ökonomie, Landwirtschaft, Kolonisierung, Militär, urbane Angelegenheiten und Medizin.

Der Erstdesignierte bedachte Nira mit einem hypnotischen Lächeln und führte die beiden grünen Priesterinnen zum Eingang der primären Audienzkammer. Er berührte Niras Schulter, schob sie sanft nach vorn. »Inzwischen haben Sie sicher genug von unseren prächtigen Sehenswürdigkeiten.«

Die junge Frau lächelte strahlend und offen. »Wie könnte man so viel Energie und so viel Aufregung satt haben? Das Bemühen, alles zu verstehen, bereitet mir Kopfschmerzen, aber ich möchte nicht damit aufhören.«

Jora'h lachte – es klang melodisch. »Sie sind sehr erfrischend, Nira.« Er geleitete die beiden Besucherinnen in einen Saal mit Kurtisanen und Funktionären, die alle dem menschenähnlichen Adelsgeschlecht angehörten. Ihre Kleidung schmiegte sich perfekt an die schlanken Körper. In den Gesichtern der haarlosen Frauen zeigten sich bunte, geschwungene Linien und viele von ihnen trugen vom Kragen projizierte schimmernde elektrostatische Kapuzen, deren Farben zu ihren Gewändern und Umhängen passten.

Entzückt betrat Nira den Saal; Jora'h blieb dicht hinter ihr. Otema folgte ihnen, mit hoch erhobenem Kopf und neutralem Gesichtsausdruck. Die eiserne Dame schien von der Schönheit um sie herum nicht beeindruckt zu sein, aber Nira zeigte ihre Neugier ganz offen und ihr Staunen reichte für beide.

Über der zentralen Kuppel hing eine nach unten offene Halbkugel. Sie bildete einen künstlichen Himmel, ein großes, schwebendes Terrarium. Ein Durcheinander aus Blättern, Blumen und Ranken ragte aus der Öffnung. Sprüher sorgten für einen Feuchtigkeitsnebel, der sich auf den Blättern niederschlug und sie glänzen ließ. Exotische Geschöpfe, die eine gewisse Ähnlichkeit mit Kolibris und Schmetterlingen aufwiesen, flogen hin und her, sammelten Nektar oder tranken Wasser, das sich hier und dort in Blütenkelchen sammelte.

»Wieso bleiben die Vögel und Schmetterlinge in der Kugel?«, fragte Nira. »Warum fliegen sie nicht hierher?«

»Ein Sperrfeld treibt sie ganz sanft zurück. Die Geschöpfe wissen nicht einmal, dass sie in der Kugel gefangen sind.« Jora'h trat vor. »Kommen Sie, damit ich Sie meinem Vater vorstellen kann. Wir müssen uns um die wichtigen Dinge kümmern, bevor Sie mich ablenken und in mir denn Wunsch wecken können, Ihnen interessantere Bereiche des Prismapalastes zu zeigen, liebe Nira.«

»Erstdesignierter«, sagte Otema streng, »die Begegnung mit dem Weisen Imperator ist für uns von größerem Interesse als alles andere, das Sie uns zeigen könnten.«

Die beiden Frauen gingen weiter, in den Armen die Schösslinge, die das helle Licht der sieben Sonnen tranken. Niras grüne Haut war seit ihrer Ankunft dunkler geworden. Zwar sehnte sie sich manchmal nach der kühlen Dunkelheit einer Nacht im Wald, aber sie war nie müde oder gelangweilt. Sie hatte viele Köstlichkeiten gegessen und der Prozess der Photosynthese in ihrer Haut gab ihr zusätzliche Kraft; deshalb brauchte sie weniger Ruhe als zuvor.

Der mächtige Weise Imperator saß in seinem Chrysalissessel. Hoch über ihm schufen Sprüher eine dunstige Wolke, auf die ein

Hologramm projiziert wurde: Es zeigte das runde Gesicht des Imperators. Es wirkte wie ein Vollmond unter der Öffnung der Himmelssphäre und die Lippen bewegten sich, als der Imperator zu den Personen sprach, die vor ihm auf dem polierten Boden standen. Ein dicker Lichtstrahl ging vom bettartigen Thron aus, eine glühende Säule, die das Hologramm weiter oben zu tragen schien.

Als der Weise Imperator seinen Sohn mit den beiden grünen Priesterinnen sah, schickte er zwei Adlige fort, die sich verneigten und beiseite wichen. Der attraktive Erstdesignierte trat vor und seine dünnen goldenen Zöpfe formten eine Mähne. Er wandte sich den beiden Frauen zu. »Kommen Sie.« Mit einem freudigen Lächeln führte er Nira und Otema zu seinem Vater unter der offenen Himmelssphäre. »Vater, Weiser Imperator, es ist mir eine Ehre, dir diese beiden Besucher von Theroc vorzustellen.«

Nira blickte in das große, käsige Gesicht des Oberhaupts aller Ildiraner. Sie konnte nicht die geringste Ähnlichkeit zwischen dem Weisen Imperator und seinem Sohn erkennen, der sich durch eine virile, animalische Anziehungskraft auszeichnete.

Der Weise Imperator ruhte halb zurückgelehnt. Sein Kopf kam ein wenig nach vorn, als er sagte: »Alle sind willkommen in Mijistra, auch Menschen. Unsere beiden Kulturen haben viel voneinander zu lernen.«

Jora'h schien diese Worte schon einmal gehört zu haben. Er berührte Nira an der Schulter und sie fühlte seine beruhigende, warme Präsenz. »Vater, dies sind grüne Priesterinnen, Diener des theronischen Weltwalds. Sie beherrschen den Telkontakt, der unmittelbare Kommunikation über große Entfernungen hinweg ermöglicht.«

Der Weise Imperator setzte sich auf. Seine Augen glänzten im blendenden Licht. »Ja, von solchen Menschen habe ich gehört. Ich finde ihre Fähigkeiten faszinierend.«

Jora'h deutete auf die alte grüne Priesterin. »Das ist Otema, früher Therocs Botschafterin bei der Terranischen Hanse. Sie kam auf meine Einladung hin nach Mijistra. Und dies ...« Er sah die junge Frau an und lächelte. »... ist ihre reizende Assistentin Nira.«

Nira spürte, wie ihr das Blut ins Gesicht schoss. Jora'hs Flirten war zu offensichtlich - aber als Erstdesignierter brauchte er in dieser Hinsicht vermutlich keine Zurückhaltung zu üben.

»Vor einigen Monaten hat uns Reynald besucht, der Sohn des theronischen Regentenpaars. Ich habe mit ihm vereinbart, dass er zwei

Repräsentanten zu uns schicken kann. Diese grünen Priesterinnen interessieren sich für die ildiranische Geschichte und unsere Legenden. Ich habe ihnen gestattet, sich mit der *Saga der Sieben Sonnen* zu befassen.«

Nira schwieg voller Ehrfurcht, aber Otema trat näher an den Chrysalissessel heran. Sie hielt respektvoll den Blick gesenkt, als sie ihren Schössling hob, damit der Weise Imperator die federartigen Blätter und die schuppige goldene Rinde sehen konnte. »Mit großer Freude präsentieren wir Ihnen diese Ableger des Weltwalds, Weiser Imperator. Die Bäume versetzen uns in die Lage, über weite Strecken hinweg zu kommunizieren. Unsere Gedanken vereinen sich mit dem Selbst der anderen Weltbäume im Spiralarm.«

Der korpulente Weise Imperator machte keine Anstalten, den dargebotenen Schössling entgegenzunehmen. Er schien an den Bäumen überhaupt kein Interesse zu haben. »Hiermit nehme ich Ihr Geschenk in aller Form an. Nun, Sie kennen sich mit den Weltbäumen aus und vermutlich werden Sie sich für längere Zeit in Mijistra aufhalten. Daher sollten die Bäume zunächst bei Ihnen bleiben. Kümmern Sie sich so um Sie wie auf Ihrer eigenen Welt.«

Otema verbeugte sich und Nira folgte ihrem Beispiel. Dann straffte die Botschafterin ihre Schultern und begegnete dem Blick des Weisen Imperators. »Wir haben viel von Ihrer *Saga der Sieben Sonnen* gehört und freuen uns darauf, mit der Arbeit zu beginnen. Soweit ich weiß, ist ein ganzes Leben nötig, um das gesamte Epos zu lesen.«

»Ein ildiranisches Leben«, erwiderte der Weise Imperator mit einem Hauch amüsierter Selbstgefälligkeit. »Menschen haben eine kürzere Lebensspanne auf der großen Bühne der Galaxis.«

»Und doch scheinen Menschen trotz ihres kürzeren Lebens mehr zu vollbringen als selbst unsere größten Helden«, sagte Jora'h und es klang fast so, als wollte er sich auf eine Debatte mit seinem Vater einlassen. »Vielleicht haben sie einen ausgeprägteren Sinn für ... Dringlichkeit.«

»Eine interessante Beobachtung«, entgegnete der Weise Imperator wie mit einem Knurren. Abrupt klatschte er in die Hände und verursachte damit ein Geräusch, das durch den ganzen Saal hallte. »Genug. Führe unsere Gäste zum Erinnerer Vao'sh. Er wird alle ihre Fragen in Hinsicht auf die *Saga* beantworten.«

Der Weise Imperator sah auf Nira hinab, schien ihren Körper zu analysieren und sie regelrecht zu sezieren. Sein kalter, durchdringender Blick ließ sie schaudern. Was wollte er von ihr?

»Mein Sohn scheint großes Interesse an Ihnen zu haben. An Ihnen beiden«, fügte der Weise Imperator schnell hinzu. »Jora'h wird sich um Sie kümmern.«

68 ✷ ERSTDESIGNIERTER JORA'H

Der Weise Imperator verbrachte viele seiner wachen Stunden im Empfangssaal der Himmelssphäre, hörte Antragstellern zu und sprach mit seinen Untertanen. Er gewährte großzügig Audienzen und ließ alle Pilger zu sich kommen, denn er pflegte gern engen Kontakt mit seinem Volk, wobei er die Probleme der Ildiraner durch die Verbindungen des *Thism* spürte.

Aber manchmal konnte er die Verehrung und den Lärm nicht ertragen. Dann zog er sich in stille Gemächer zurück, um in aller Ruhe über die Staatsangelegenheiten nachzudenken. Er entschuldigte oder rechtfertigte sein Verhalten nie - immerhin war er der Weise Imperator.

Während der kontemplativen Phasen rief er oft seinen Sohn Jora'h zu sich, um mit ihm die Politik des Reiches zu besprechen. Jora'h freute sich über solche Gelegenheiten, denn dann konnte er von seinem Vater, dem Weisen Imperator, lernen. Irgendwann würde er mit seinem erstgeborenen Sohn Thor'h ebenso verfahren.

Jora'h traf nach einer Mahlzeit in der Kontemplationskammer ein, fühlte sich gestärkt und für eine profunde Diskussion bereit. Der Erstdesignierte trug makellose neue Kleidung aus theronischen Stoffen. An der Brust bildete das Gewebe aus hauchdünnen Kokonfasern weite Falten, die von edelsteinbesetzten Nadeln und goldenen Knöpfen zusammengehalten wurden.

Nach der Ankunft der *Unersättliche Neugier* hatte Jora'h mit dem Handelsminister Klio's gesprochen und darum gebeten, sich die exotischen Waren von Außenwelt ansehen zu dürfen. Er war so sehr von ihnen beeindruckt gewesen, dass er die Hälfte von Rlinda Ketts Fracht kaufte, um sie hauptsächlich als Geschenke für seine vielen Partnerinnen und Nachkommen zu verwenden. Er hatte nicht einmal zu feilschen versucht und einfach den verlangten Preis bezahlt.

Nach ihm fielen andere Angehörige des Adelsgeschlechts wie hungrige Tiere über den Rest der Fracht her und trieben die Preise höher, als es die menschliche Händlerin zu hoffen gewagt hatte.

Als sich Jora'h nun respektvoll vor dem Weisen Imperator verbeugte, nahm der die Präsenz seines Sohns mit einem Nicken zur Kenntnis. Jora'h zählte die Bediensteten, die seinen Vater umschwärmten. Fünfzehn! Sie nahmen Aufgaben wahr, die eher ihrem eigenen Selbstwertgefühl dienten als der Labsal des Weisen Imperators.

Die Angehörigen des Dienergeschlechts massierten die bleiche Haut des Imperators, rieben Lotionen und Salben in Gelenke und entfernten alles, das auf Schwielen oder irgendeinen Makel hindeutete. Andere Bedienstete fütterten ihn mit Leckereien: zartes Fleisch, eingelegtes Gemüse, würzige Beeren und gesalzenen Fisch. Ständig eilten sie hin und her, glätteten die Umhänge und streichelten den langen Zopf.

Der Weise Imperator ruhte in seinem Chrysalissessel und ließ dies alles ruhig über sich ergehen. Jora'h wusste, dass sein Vater auf Zuwendungen dieser Art eigentlich gar keinen Wert legte, aber er gestattete es den Bediensteten, ihr angeborenes Bedürfnis zu befriedigen, ihn zu verwöhnen. An diesem Tag aber wurde er der übermäßigen Aufmerksamkeit schnell überdrüssig. Der lange Zopf zuckte wie der Schwanz einer zornigen Isix-Katze.

»Lasst uns allein«, sagte der Weise Imperator scharf, zur großen Bestürzung der Bediensteten. Sie stöhnten leise und wichen traurig zurück, hielten den Blick dabei gesenkt. »Und ich will keinen weiteren Unsinn über rituellen Selbstmord hören. Wenn ihr euch um jemanden kümmern wollt, so geht in die Stadt. Sucht euch einen müden, deprimierten Arbeiter und massiert ihn. Ihr habt meinen Segen.«

Die Bediensteten schnatterten erfreut und eilten fort. Jora'h wusste, dass sie bis zur Erschöpfung arbeiten würden, um irgendeinen nichts ahnenden Arbeiter zu verwöhnen.

Als sie die Kontemplationskammer verlassen hatten, richtete der Weise Imperator einen wie schläfrig wirkenden Blick auf seinen Sohn. »Eines Tages wirst du es ebenfalls satt haben, dass man dich dauernd verhätschelt.«

»Ich glaube, ich kann die Nachteile bereits erkennen.« Jora'h lächelte freundlich. »Aber es wird noch lange dauern, bis es Zeit für mich wird, deinen Platz einzunehmen.«

Normalerweise herrschte ein Weiser Imperator mehr als hundert Jahre und Jora'hs Vater standen noch einige Jahrzehnte bevor, während derer der Erstdesignierte das Leben in vollen Zügen genießen konnte. Yura'h, der Vater des Weisen Imperators, war während der ersten Begegnung mit den Menschen vor 183 Jahren Oberhaupt des ildiranischen Volkes gewesen.

»Trotzdem erwarte ich von dir, dass du die politischen Aspekte der galaktischen Situation verstehst«, sagte der Weise Imperator mit einer gewissen Strenge in der Stimme. »Alle meine Söhne sind Designierte auf ildiranischen Kolonialwelten. Durch das *Thism* kommuniziere ich mit ihnen, aber ich möchte, dass sie *verstehen* und nicht nur einfach meinen Direktiven gehorchen. Ihr seid meine Werkzeuge und Waffen, mit denen ich das Reich verwalte.«

Jora'h nickte. Er war immer neugierig und bestrebt, Neues in Erfahrung zu bringen, aber seine Interessen gingen weit über den Bereich der Politik hinaus. Sein Sohn Thor'h, der beim phlegmatischen Designierten von Hyrillka seine Zeit vertrödelte, hatte bisher nicht das geringste Interesse an Politik gezeigt.

Nach dem Kastrationsritual, das Jora'h zum neuen Oberhaupt des ildiranischen Volkes und Bewahrer des *Thism* machte, würde er alle Gedanken, Pläne und Geheimnisse seines Vaters erfahren. Mit dem Verlust der Männlichkeit ging für den Erstdesignierten plötzliche Erleuchtung einher - dann würde er *alles* verstehen. Das Wissen war über zahllose Generationen hinweg weitergereicht worden, von einem Weisen Imperator zum nächsten, damit das Ildiranische Reich nie schwach wurde, sich nie veränderte.

»Ich habe gehört, dass dein Sohn Zan'nh Hervorragendes in der Solaren Marine leistet. Adar Kori'nh lobt ihn sehr.«

Jora'h nickte. Zan'nh war zwar kein reinblütiger Angehöriger des Adelsgeschlechts, aber mit seinen Fähigkeiten und Ambitionen wäre er vielleicht ein besserer Nachfolger gewesen als der egozentrische Thor'h. »Ja, er ist gerade zum Qul befördert worden. Der Adar hat weitere militärische Manöver und eine spektakuläre Schau unserer prächtigen Schiffe und ihrer geschickten Piloten angekündigt. Alle freuen sich darüber, dass du mehr Festakte und Feiern angeordnet hast.«

Der Weise Imperator nickte. »Vermutlich weißt du auch, dass unsere Handwerker einen neuen Koloss angefertigt haben, einen wundervollen Obelisken, der in Mijistra aufgestellt wird. Unsere Splitter-Kolonien bekommen kleinere Kopien, zusätzlich zu den Statuen, die sie bereits haben.«

»Du hast eine solche Ehre verdient, Vater.«

Diese schmeichlerische Bemerkung seines Sohns schien den Weisen Imperator zu verärgern. »Darüber hinaus habe ich unsere besten Erinnerer gebeten, öfter aufzutreten, sodass zusätzliche Teile der *Saga* vorgelesen werden. Unser Volk soll auch mit den weniger bekannten Helden vertraut sein.«

»Hast du damit auch den überlebenden Historiker von Crenna beauftragt? Dio'sh? Man hat ihn nicht mehr gesehen ...«

Der Weise Imperator winkte mit einer großen, fleischigen Hand. »Ja, ich habe ihn und andere Erinnerer zu Splitter-Kolonien geschickt. Es spielt keine Rolle, zu welchen Welten sie flogen.«

Jora'h strahlte. »Alles, was du sagst, macht mich stolz darauf, dein Erbe zu sein. Du wirst mir ein unvergleichliches Vermächtnis hinterlassen, das du mit jedem Tag stärkst.«

Die sanfte Gutmütigkeit, die der Weise Imperator der Öffentlichkeit zeigte, verschwand aus seinem Gesicht. »Und warum habe ich solche Maßnahmen ergriffen, Jora'h? Denk über die Frage nach!« Der scharfe Ton überraschte seinen Sohn. »Aus welchem Grund halte ich solche Anstrengungen für notwendig?«

»Zweifellos willst du damit den Ruhm des ildiranischen Volkes mehren.«

»*K'llar bekh!* Du bist zu naiv, um mein Erstdesignierter zu sein!« Der Weise Imperator bewegte sich unruhig in seinem Chrysalissessel und sein Zopf zuckte. »Eine so selbstzufriedene Billigung erwarte ich von der Bevölkerung, aber du solltest imstande sein, in die Schatten zu blicken und Details zu erkennen, die nur ein Experte bemerken kann.« Enttäuschung und Ärger vibrierten in seiner Stimme.

Jora'h fühlte sich gescholten. »Was ist dann der Grund, Vater? Bitte erklär ihn mir.«

Der Weise Imperator stemmte sich in dem schoßartigen Sessel hoch. »Der Grund ist: Der Glanz des Ildiranischen Reiches verblasst tatsächlich, so wie es die höhnischen Menschen vermuten! Wir zogen unsere Splitter-Kolonie von Crenna zurück, weil es dort zu einer

Seuche kam, aber wir haben auch andere Welten aufgegeben. Siehst du nicht, wie die Menschen Anspruch auf jeden zur Verfügung stehenden Planeten erheben und sich wie ein Feuer ausbreiten? Und anstatt zufrieden zu sein, werden sie mit jeder neuen Siedlung hungriger.«

Der lange Zopf wand sich nun wie eine wütende Schlange hin und her. Unbewusst trat Jora'h einen Schritt beiseite. »Im Gegensatz zu uns«, stieß der Weise Imperator voller Zorn hervor. »Wir ziehen uns zurück, anstatt zu erforschen. Unsere Macht schwindet ... Schon seit Jahrhunderten.«

Jora'h sah schockiert zu seinem Vater auf. »Das ist mir bisher nicht aufgefallen.«

»Weil du nicht richtig Ausschau gehalten hast«, erwiderte der Weise Imperator. »Aus diesem Grund müssen wir unsere historischen Feiern verstärken. In alten Aufzeichnungen der Menschen ist die Rede von ›Brot und Spielen‹, um das Volk abzulenken. Solange die Ildiraner an die Größe und Pracht des Reiches glauben, können wir auch uns selbst davon überzeugen, dass eine solche Erhabenheit wirklich existiert.«

Verblüfft versuchte Jora'h, mit der neuen Perspektive für die Realität fertig zu werden. Er zweifelte nicht an den Worten seines Vaters – wie konnte jemand die Ausführungen des Weisen Imperators infrage stellen? Er log nie und war klüger als alle anderen Ildiraner. Mithilfe des *Thism* sah er durch die Augen aller seiner Untertanen, dadurch bekam er mehr Informationen als sonst jemand.

»Wissen meine ... meine Brüder davon? Bin ich der Einzige, der so blind ist?«

Nun begegnete der Weise Imperator dem Erstdesignierten wieder mit sanfter Nachsicht. »Alle meine Söhne unterscheiden sich voneinander. Der Dobro-Designierte findet keine Freude an seinem Leben, bemüht sich aber mehr als alle anderen, mir zu dienen. Der Hyrillka-Designierte ist von seinen geringen Pflichten am Rand des Horizont-Clusters überfordert und hat übertriebene Vorstellungen von der eigenen Bedeutung und seinem Status im Reich. Der Maratha-Designierte ist Hedonist, lebt allein fürs Vergnügen und verschwendet kaum einen Gedanken an die Dinge, die jenseits seiner eigenen vier Wände geschehen. Doch jeder Sohn hört mich durch das *Thism*. Jeder empfängt meine Gedanken und Entscheidungen und alle gehorchen. Wie es sich gehört.

Aber *du*, Jora'h, wirst schließlich all die Verantwortung tragen. Ich vergleiche meine Erben nicht miteinander und wähle auch nicht unter ihnen. Du bist der Erstgeborene, der Erstdesignierte. Du wirst meinen Platz einnehmen und alles verstehen. Doch ich möchte, dass du schon vorher erkennst, was dich erwartet. Ich möchte keine hübschen Worte von dir hören, wie sie jeder Narr sprechen kann. *Denk nach* über das, was ich sage.«

Jora'h schluckte hart und dachte daran, wie er sich um seine Popularität bemühte. Immer wieder beobachtete er die Ildiraner dabei, wie sie sich vergnügten und den Ruhm des Reiches genossen. Er hatte ein gutes Herz, aber vielleicht *war* er viel zu naiv.

Sein Bruder auf Dobro wirkte immer viel zu ernst und besorgt, aber jetzt hielt Jora'h es für möglich, dass der Dobro-Designierte mehr von den allgemeinen Vorgängen verstand als er. Jora'h fragte sich, welche anderen düsteren Geheimnisse der Weise Imperator hütete - er würde alles erfahren an jenem schrecklichen Tag, an dem er seine Nachfolge antrat und die Kontrolle über das *Thism* bekam.

Verunsichert wich der Erstdesignierte vom Chrysalissessel zurück und hoffte, dass die Audienz beendet war. »Lass mich darüber nachdenken, Vater.«

»Du musst die Wahrheit verstehen, mein Sohn. Als nächster Weiser Imperator wirst du grausame, herzlose Entscheidungen treffen müssen. Aber du *wirst* sie treffen, denn sie dienen letztendlich dem Wohl unseres Volkes.«

»Ich ... verstehe, Vater. Auf einer intellektuellen Ebene weiß ich das seit vielen Jahren. Aber gefühlsmäßig fällt es mir schwer, so schwierige Neuigkeiten zu verarbeiten.«

Der Gesichtsausdruck des Weisen Imperators veränderte sich erneut und zeigte Sorge. »Noch eine letzte Sache. Hast du von dem sonderbaren Angriff auf die Monde des Gasriesen gehört, den die Menschen in eine Sonne verwandelten?«

»Ja. Sie behaupten, dass mächtige fremde Wesen hinter der Aggression stecken. Aber wie soll das möglich sein? Außer den Menschen sind wir in unserer ganzen Geschichte keiner anderen Zivilisation begegnet. Es sei denn, man glaubt an die Legenden von den Shana Rei. Aber ich habe immer angenommen, dass jene Wesen der Dunkelheit nur Märchenwesen aus der Verlorenen Zeit sind.«

»Wenn die *Saga der Sieben Sonnen* von einer Legende berichtet, so muss sie zumindest ein Körnchen Wahrheit enthalten«, sagte der Weise Imperator. Er runzelte die Stirn. »Aber nein, mein Sohn, dies ist nicht das Werk der Shana Rei. Der neue Feind hat nicht nur bei Oncier zugeschlagen, sondern auch Ekti produzierende Himmelsminen der Roamer angegriffen, zuerst bei Golgen und vor kurzer Zeit auch bei Erphano.«

»Es kam zu weiteren Angriffen? Sind wir in Gefahr?« Der Erstdesignierte konnte es kaum fassen. An diesem Tag hatte er viele seltsame und erschreckende Dinge erfahren.

»Für uns Ildiraner und alles Leben im Spiralarm hat eine sehr schwere Krise begonnen«, sagte der Weise Imperator mit gewichtiger Stimme. »Niemand weiß, wie ernst die Situation werden kann.«

69 ✷ OX

Als der Klikiss-Roboter Jorax beim Flüsterpalast erschien und um eine Audienz bei König Frederick bat, sorgte sein Anliegen für erhebliche Unruhe. Palastwächter verließen ihre Wartenischen; königliche Berater zerbrachen sich den Kopf bei dem Versuch, eine Entscheidung zu treffen.

Im Hauptquartier der Hanse dachte Basil Wenzeslas darüber nach, wie die offizielle Reaktion aussehen sollte. Schließlich wies er den Lehrer-Kompi OX an, Prinz Peters Ausbildung zu unterbrechen und neben der schwarzen Maschine zu warten.

»Ich bin beauftragt, dir Gesellschaft zu leisten.« Der Kompi war nur halb so groß wie der käferartige Roboter. Frisch gereinigt und poliert stand er da und sprach mit einer neu modulierten, tieferen Stimme. Die ganze Zeit über analysierte er die Klikiss-Maschine und versuchte, Daten zu gewinnen. OX war dazu geschaffen, zu lernen und neue Informationen aufzunehmen, wann immer sich Gelegenheit dazu bot, obwohl nach den vielen Jahren seiner Existenz der interne Speicherplatz immer knapper wurde.

»Ich werde hier so lange warten, wie es notwendig ist«, sagte Jorax. »Jahre bedeuten mir nichts.«

Nach William Andekers Debakel waren Sicherheitswächter mit Laserschneidern in das hermetisch abgeriegelte kybernetische Laboratorium vorgedrungen. Sie fanden den Computerwissenschaftler tot vor, das Labor zerstört und alle Aufzeichnungen gelöscht. Der Klikiss-Roboter hatte reglos in der Mitte des Raums gestanden.

Als Jorax schließlich sprach, fasste er sich kurz. »Der menschliche Wissenschaftler begann damit, meine Schaltkreise zu manipulieren, obwohl ich ihn davor warnte. Er aktivierte eine automatische Selbstverteidigungsroutine, mit tödlichen Konsequenzen. Ich übernehme keine Verantwortung für den Schaden, den er sich selbst zufügte.«

Angesichts der geringen Hinweise blieb den Ermittlern nichts anderes übrig, als dem Roboter zu glauben. Es gab keine Rechtfertigung dafür, die Bewegungsfreiheit des schwarzen Maschinenwesens einzuschränken, aber die Überwachung wurde verstärkt. Mehrere Tage lang blieb der Klikiss-Roboter inaktiv – bis er beim Flüsterpalast um eine Audienz bat.

»Es ist sehr wichtig, dass ich mit dem König spreche.«

OX schien den fremden Roboter zu faszinieren. Jorax richtete scharlachrote optische Sensoren auf den Lehrer-Kompi. OX wartete geduldig, und schließlich sagte Jorax: »Du bist eine andere Art von Roboter. Menschen haben dich konstruiert.«

»Ich funktioniere seit über dreihundert Jahren«, erwiderte OX. »Ich befand mich an Bord des ersten menschlichen Generationenschiffes. Nach dem Bündnis mit den Ildiranern kehrte ich zur Erde zurück und fungierte als Lehrer und Datenreservoir.«

»Vertrittst du die Kompis?«, fragte Jorax.

»Ich spreche für die Menschen, meine Herren. Ich habe die Regierungszeiten aller sechs Großen Könige der Erde erlebt.«

Jorax verarbeitete diesen Hinweis. »Solche Zeitspannen sind unbedeutend im Vergleich mit dem Leben von Klikiss-Robotern.«

»Das stimmt«, entgegnete OX. »Aber ich stelle die Relevanz einer solchen Perspektive infrage, da dir detaillierte Erinnerungen fehlen.«

Diesen Umstand fand OX rätselhaft und bedrückend. Er steckte voller Erinnerungen an seine lange Existenz, und der Gedanke daran, wie viele Daten jener untergegangenen Zivilisation verloren gegangen waren, beunruhigte ihn. Wenn sich Roboter wie Jorax nicht mehr erinnerten, würden die wesentlichen Elemente der Klikiss-Kultur für immer im Dunkel bleiben.

»Wie viele Klikiss-Roboter sind während der letzten fünfhundert Jahre gefunden und reaktiviert worden?«, fragte OX.

Jorax schwieg einige Sekunden lang – vielleicht rechnete er. »Etwa fünfzigtausend.«

OX speicherte diese Information. »Das geht über meine Schätzungen hinaus. Ich glaube, der Hanse ist diese Zahl nicht bekannt.«

»Sie braucht nur zu zählen«, sagte Jorax. »Aber nur wenige Menschen machen sich die Mühe, zwischen unseren Individuen zu unterscheiden. Und die Ildiraner schenken uns kaum Aufmerksamkeit. Sie meinen, wir gehören nicht zu ihrer Geschichte.«

Sie standen im Bogengang, der zu König Fredericks Thronsaal führte und beobachteten, wie gut gekleidete Beamte und Höflinge ihren Angelegenheiten nachgingen, den beiden ungleichen Robotern dabei neugierige und auch besorgte Blicke zuwarfen. Sicherheitswächter standen nicht allzu weit entfernt, ohne einen Hehl aus ihrem Argwohn zu machen.

»Einst gab es Milliarden von uns«, fuhr Jorax fort. »Vor der ... Katastrophe. Findest du die Anzahl der Klikiss-Roboter beeindruckend oder überraschend?«

»Ich finde sie nur interessant«, erwiderte OX.

Als die Beamten und Bürokraten schließlich ihre Diskussionen beendeten und eine Entscheidung trafen, sah OX auf und bemerkte den Ersten Empfangsgardisten. Er trug einen Zeremonienstab und klopfte damit auf den Boden.

»König Frederick gewährt dem Klikiss-Roboter Jorax großzügig eine Audienz.« Der Mann zögerte und schien sich in seiner Haut nicht ganz wohl zu fühlen. »Wir sind nicht mit den Waffensystemen in deinem Körper vertraut. Klikiss-Roboter können gefährlich sein, wie der Tod von Dr. Andeker gezeigt hat. Trotz der möglichen Gefahr für ihn hat sich der König bereit erklärt, dich anzuhören.«

Er deutete mit dem Stab auf die schwarze Maschine. »Ich weise dich darauf hin, dass man alle deine Bewegungen genau überwachen wird. Bei aggressivem Gebaren führen die Wächter sofort einen erbarmungslosen Vergeltungsschlag durch. Gib uns keinen Vorwand. Hast du verstanden?«

»Klikiss-Roboter haben sich nie auf eine Weise verhalten, die ein solches Misstrauen rechtfertigt. Dennoch akzeptiere ich Ihre Bedingungen. Ich beabsichtige nicht, Ihrem König ein Leid zuzufügen.« Der insektoide Roboter schritt über den polierten Boden und betrat den Thronsaal.

Der alte Frederick trug einen scharlachroten Umhang und eine

Krone aus funkelnden Edelsteinen auf seinem grauen Haupt. OX hatte lange genug Menschen beobachtet, um die nur schlecht verborgene Furcht im Gesicht des Königs zu erkennen. Niemand wusste, was man von der fremden Maschine erwarten sollte.

Mit seiner gleitenden, raupenartigen Gangart näherte sich Jorax dem auf einer Plattform stehenden Thron und verharrte in respektvollem Abstand davor. Niemand machte Anstalten, den fremden Besucher vorzustellen; alle warteten. Schließlich sprach der König mit einer Stimme, in der sich ein leichtes Zittern vernehmen ließ: »Ich hatte nie zuvor Gelegenheit, einem Klikiss-Roboter zu begegnen.«

Jorax summte, streckte die Beine und richtete sich auf. »Ich bringe dem Großen König der Terranischen Hanse eine wichtige Mitteilung im Namen aller Klikiss-Roboter.«

Alle Personen im Thronsaal spitzten die Ohren. Kameras surrten leise und OX wusste, dass die Worte aufgezeichnet und analysiert wurden. Linguistische Experten würden versuchen, ihnen möglichst viele Informationen über die käferartigen Maschinen zu entnehmen.

Jorax sprach laut mit seiner summenden Stimme. »Bis unsere Vorfahren und Schöpfer, die Klikiss, zurückkehren, sind wir Roboter die einzigen Repräsentanten jener alten und mächtigen Zivilisation. Wir haben bei der Erforschung unserer Ruinen und bei vielen schwierigen Konstruktionsarbeiten geholfen, denn wir wollten mehr über Ihre Methoden erfahren. Nie haben wir einem Menschen geschadet oder Ihnen Grund gegeben, uns zu fürchten.

Allerdings hat der jüngste Versuch, meine physische Integrität zu beeinträchtigen, eine beunruhigende Einstellung uns gegenüber offenbart. Klikiss-Roboter sind seltene Geschöpfe. Wir legen ebenso großen Wert auf unsere Existenz wie Menschen. Deshalb verlangen die Klikiss-Roboter, wie eine eigenständige, unabhängige Spezies behandelt zu werden.«

König Frederick lehnte sich überrascht zurück. »Das ist kein unvernünftiges Anliegen, Jorax, aber ... warum tragen Sie es mir ausgerechnet jetzt vor? Soweit ich weiß, befinden Sie sich schon seit einigen Jahren auf der Erde.«

OX nahm zur Kenntnis, dass der König den Klikiss-Roboter jetzt siezte.

Die roten optischen Sensoren blitzten. »Ihr kybernetischer Wissenschaftler, Dr. William Andeker, versuchte, meinen Körper zu beschädigen. Er wollte mich demontieren und meine Komponenten untersuchen, ohne meine Erlaubnis. So etwas könnte als kriegerische Handlung gegen die Zivilisation der Klikiss gewertet werden. Ich möchte sicherstellen, dass es nicht erneut zu so brutalen Angriffen kommt.«

Hier und dort schnappten Zuhörer erschrocken nach Luft. König Frederick hob beide Hände zu einer beschwichtigenden Geste. »Lassen Sie uns nichts überstürzen! Es handelt sich hier um die unbesonnene und unbefugte Aktion eines einzelnen Menschen. Der Tod von Dr. Andeker teilt uns allen mit, dass wir Sie und die anderen Klikiss-Roboter besser in Ruhe lassen sollten.«

»Korrekt«, sagte Jorax. »In unseren Körpern befinden sich gefährliche Waffensysteme, die wir nicht kontrollieren können. Die Klikiss haben sie aus Gründen, die uns nicht bekannt sind, in uns installiert.« Die roten optischen Sensoren bewegten sich und scannten den Thronsaal. »Wir haben gesehen, wie die Menschen ihre Roboter behandeln. Uns fiel Ihr Desinteresse in Bezug auf die intelligenten Maschinen auf, die Sie Kompis nennen.«

OX stand an der Rückwand des Thronsaals und war fasziniert. Er beobachtete alle Bewegungen des Publikums.

König Frederick versuchte, das menschliche Verhalten zu rechtfertigen. »Unsere Kompis sind nicht so hoch entwickelt wie Klikiss-Roboter, Jorax. Sie lassen sich gewiss nicht mit Ihnen vergleichen. Es sind Maschinen, mobile Geräte, ausgestattet mit Datenverarbeitungssystemen, dazu bestimmt, unseren Zwecken zu dienen. Es sind keine ... Lebensformen.«

»Das ist eine Angelegenheit, die später diskutiert werden kann«, sagte Jorax. »Machen Sie nicht den Fehler, Klikiss-Roboter für Maschinen wie Ihre Kompis zu halten, für mobile Geräte, mit denen Sie ganz nach Belieben verfahren können. Wir sind Individuen mit einer Lebenserwartung von Jahrtausenden. Kein Mensch hat das Recht, uns Befehle zu erteilen - oder uns zu vivisezieren.«

»Oh, da bin ich ganz Ihrer Meinung«, erwiderte Frederick rasch und mit Nachdruck. »Erlauben Sie mir, mich in aller Form für die Unannehmlichkeiten zu entschuldigen, die Sie ertragen mussten. William Andeker handelte aus eigenem Antrieb, weder im Auftrag der Terranischen Hanse noch mit ihrer Erlaubnis. Ich darf Ihnen versichern, dass so etwas nie wieder geschehen wird.« Das Gesicht des Königs trug einen bittenden Ausdruck.

»Alle Klikiss-Roboter werden sich darüber freuen, das zu hören.«

Ohne einen weiteren Kommentar oder irgendwelche Zugeständnisse ans diplomatische Protokoll drehte sich Jorax um. Seine mehrgelenkigen Beine klickten und klackten über den Boden, als er den Flüsterpalast verließ.

70 ✷ MARGARET COLICOS

Als der grüne Priester ins Lager zurückkehrte, aufgeregt von seiner Entdeckung, erwies er sich als sehr beharrlich.

Margaret wollte keinen Tag außerhalb der Klikiss-Stadt verbringen, die Louis und sie inzwischen vermessen hatten. Sie arbeiteten zusammen, wobei sich jeder auf die eigenen Projekte konzentrierte, und erste Fortschritte zeichneten sich ab. Die Architektur der Stadt, ihre innere Struktur, ergab immer mehr Sinn und es widerstrebte Margaret, sich ausgerechnet jetzt ablenken zu lassen.

Louis hingegen meinte, dass es vielleicht ganz gut war, wenn sie für einen Tag von ihrer allgemeinen Routine Abstand nahmen. »Es ist nicht in dem Sinn eine Pause, Schatz«, sagte er und ein jungenhaftes Lächeln zeigte sich in seinem ledrigen Gesicht. »Ein Archäologe muss auch Wagnisse eingehen, und Arcas glaubt, wirklich etwas Wichtiges gefunden zu haben. Hör ihm zu.«

Skeptisch sah sie den grünen Priester an, der ganz offensichtlich versuchte, seine Begeisterung im Zaum zu halten. »Ich habe nach Fossilien gesucht, in einer Seitenschlucht mit zerbröckelnden Wänden. Hoch oben bemerkte ich einen Überhang und in der Öffnung darunter habe ich Klikiss-Gebäude gesehen. Und zwar viele. Es könnte eine ganz neue Stadt sein, die über Jahrhunderte oder gar Jahrtausend hinweg hinter Felsbarrieren verborgen war.«

Oder die Phantasie hat dir einen Streich gespielt, dachte Margaret. Aber sie seufzte und griff nach ihrem Rucksack. »Ja, Archäologen müssen gelegentlich ein Risiko eingehen. Deshalb habe ich dich geheiratet, alter Knabe.«

Louis lachte leise und umarmte Margaret. Sie klopfte ihm auf den Rücken, dann stellten sie ihre Ausrüstung für eine halbtätige Expedition in die heiße Wüste zusammen.

Als sie das Lager verließen und durch kurvenreiche Schluchten stapften, die von Flüssen ins Sedimentgestein gegraben worden waren, beobachtete Margaret überrascht, wie die drei Klikiss-Roboter die breite Felsplatte verließen, auf der sie sich gesonnt hatten. »Wir begleiten Sie«, sagte Sirix. »Wir sind immer an neuen Entdeckungen interessiert.«

»Ausgezeichnet«, sagte Louis. »Eines Tages finden wie vielleicht etwas, dass euch die Erinnerung zurückgibt.« Er hob den Zeigefinger. »Und zögert nicht, Vermutungen anzustellen. Auch das könnte uns weiterbringen.«

»Nun gut«, summte Sirix. »Wir werden versuchen zu ... raten.«

Arcas führte sie durchs ausgetrocknete Flussbett. Den großen schwarzen Robotern fiel es nicht schwer, auf dem unwegsamen Gelände voranzukommen, und DD ebenso wenig. Schatten von hohen, rasiermesserscharfen Felsvorsprüngen fielen in die Schlucht. Ihre Stimmen und Schritte hallten leise von den Felswänden wider. Rostfarbene Streifen zeigten sich im Gestein, wie von blutigen Opfern auf den Gesimsen weiter oben.

An diesem Tag wirkte der orangefarbene Himmel von Rheindic Co seltsam schmierig, als gäbe es weit oben Rauch, der das Sonnenlicht filterte. Margaret hatte sich nicht mit dem Wetter dieser Welt beschäftigt, aber sie hielt den grauen Schleier für seltsam.

Neugierig beobachtete sie Arcas, als er durch den tiefen Einschnitt im Bergrücken eilte und sich dann nach links wandte, in eine kleine Seitenschlucht. Agil kletterte er über Felsbrocken hinweg, die von den hohen Klippen heruntergefallen waren. Die Felswände strebten hier aufeinander zu.

»Es ist nicht mehr weit«, sagte Arcas.

Louis deutete zum schmalen Himmelsstreifen empor, der sich oben zwischen den Schluchtwänden zeigte.

Aus dem grauen Schleier wurden Wolken, unter denen sich fedriger Dunst erstreckte. In der Hitze verdampfte der Regen, bevor er den Boden erreichen konnte, aber oben kondensierte die Feuchtigkeit sofort wieder. Dickere Tropfen fielen.

»Das sieht nach einem ziemlichen Unwetter aus.« Margaret sah an den Schluchtwänden empor, zwischen denen sie feststeckten. »Gehört Rheindic Co vielleicht zu den Welten, auf denen an einem einzigen Nachmittag der Niederschlag eines ganzen Jahres fallen kann?«

Arcas schnupperte besorgt. »Ich wünschte, ich könnte einen der Schösslinge berühren und Informationen vom Weltwald einholen. Noch weiß ich nicht genug über diese Wüsten.« Er sah sich um. »Wir sollten uns besser beeilen. Die Felswand, die ich meine, befindet sich dort vorn.«

Sie gingen schneller, kletterten über weitere Felsen hinweg und erreichten eine noch schmalere Schlucht. Margaret fragte sich, wie Arcas diesen Ort gefunden hatte, ohne sich zu verirren. Sie hob den Kopf und bemerkte eine quadratische Öffnung dort, wo sich ein Teil der Felswand gelöst hatte – die geborstenen Reste lagen auf dem Boden.

Es schien sich tatsächlich um den Eingang einer Höhle zu handeln. Als Margaret aus dem richtigen Winkel nach oben sah, glaubte sie, im Innern der Höhle kantige Konturen zu erkennen, die sich nicht auf natürliche Felsformationen zurückführen ließen.

»Klettern wir«, sagte sie.

Die geriefelten Felsen boten nur für erfahrene Kletterer einen Weg nach oben. DD hatte Haken und Seile mitgebracht, aber selbst mit dieser Ausrüstung erwartete sie ein recht schwieriger Aufstieg.

»Mach du den Anfang, DD«, sagte Louis. »Finde die leichteste Route und halte nach instabilen Rissen und dergleichen Ausschau.«

Der Freundlich-Kompi zögerte nicht. »Sofort.« Er legte die mitgebrachte Ausrüstung beiseite und öffnete einige Dateien, die ihm mitteilten, wie es die Werkzeuge zu verwenden galt. Dann stieg er auf den nächsten schmalen Sims und kletterte behände im Zickzack nach oben.

Louis beobachtete DD und sah dann zu den großen, schweren Klikiss-Robotern – sie konnten gewiss nicht zur Höhlenöffnung emporklettern. »Tut mir Leid, Sirix. Ihr drei müsst warten, bis wir Rampen errichten.«

»*Falls* wir entscheiden, Rampen zu errichten«, wandte Margaret ein. »Wir müssen erst feststellen, was sich dort oben befindet. Vielleicht lohnt es die Mühe nicht, alter Knabe.«

Louis wandte sich an den grünen Priester und lächelte. »Möchten Sie als Nächster nach oben, Arcas? Dies ist Ihre Entdeckung, daher gebührt Ihnen die Ehre, der erste Mensch zu sein, der jenen Ort betritt.«

Der grüne Priester wirkte erst überrascht und dann verlegen. »Wäre es nicht besser, wenn Sie oder Margaret ...«

»Das ist uns gleich, Arcas«, sagte Margaret und ihre Stimme verriet Ungeduld. »Nur zu.«

Der grüne Priester folgte DD nach oben und nutzte dabei die Haken, die der Kompi ins Gestein getrieben hatte.

Erste Tropfen klatschten an die Felswand, als Margaret mit dem Aufstieg begann. Auf jedem Sims wartete sie, bis Louis zu ihr aufschloss. Sie wusste, dass sie an diesem Abend beide über Muskelkater klagen und sich gegenseitig massieren würden. Aber eine gute Entdeckung war einen solchen Preis wert.

DD hatte etwa drei Viertel des Weges nach oben zurückgelegt, als der Regen stärker wurde. Er schlug einen weiteren Haken ins Gestein und rief dann: »Ich lasse ein Seil zu Ihnen hinab. Dieser letzte Abschnitt scheint recht gefährlich zu sein.«

Der Regen verwandelte sich in eine wahre Flut, prasselte an die Schluchtwand, verwandelte Staub, Erdbrocken und Sand in eine nach unten strömende braune Brühe.

»Halt dich gut fest«, sagte Louis. Er drückte Margaret gegen die Felswand und versuchte, sie mit dem eigenen Körper abzuschirmen. Innerhalb weniger Sekunden waren sie alle vollkommen durchnässt und der Regen ließ nicht nach, floss durch Risse im Gestein, löste Mineralien und Salze. Die Luft schien sich in etwas Dickes und Schlüpfriges zu verwandeln, wie eine Mischung aus Seife und Asche.

»Ich höre etwas.« Arcas hob die Stimme, um das Rauschen des Regens zu übertönen - es klang wie Fleisch, das auf einem heißen Grill briet. »Und es wird lauter.«

Margaret vernahm ein dumpfes Donnern, das immer mehr anschwoll. Sie klammerte sich an der Felswand fest, blickte nach unten und sah eine Zunge aus brodelndem braunem Wasser durch die schmale Schlucht lecken. Die Fluten kamen mit ungeheurer Gewalt, trugen ein Durcheinander aus Schlick und Felsbrocken, krachten an die Schluchtwände, prallten davon ab und rissen alles mit sich.

Die Menschen und DD befanden sich weit genug oben, um nicht in Gefahr zu geraten, aber die Klikiss-Roboter waren den Wassermassen hilflos ausgeliefert. Die drei schwarzen Maschinen hoben ihre Arme in dem sinnlosen Versuch, die Flut abzuwehren. Dann war die braune Masse heran, und die Roboter verschwanden in ihr, als sie den Weg durch die schmale Schlucht fortsetzte, dabei schneller wurde und noch mehr Felsen mit sich zerrte.

Margaret wollte einige Worte an Louis richten, aber plötzlich aktivierte DD seine Alarmsysteme und wies unüberhörbar laut darauf hin, dass er Hilfe brauchte. Wasser war in die Felswand eingedrungen und sorgte dafür, dass sich hier und dort Teile von ihr lösten. Mit einer metallenen Faust hielt sich DD am letzten Haken fest, während die steile Wand der Schlucht immer wieder erzitterte. Weitere Brocken lösten sich.

Arcas kauerte im Schutz eines Überhangs und hoffte, dass er nicht zusammen mit dem größten Teil der Felswand in die Tiefe stürzte. Kleine Wasserfälle spülten Gestein fort. Margaret und Louis hielten sich fest, als um sie herum kleine Felslawinen niedergingen und in der braunen brodelnden Flut verschwanden.

Von den Klikiss-Robotern war weit und breit nichts mehr zu sehen.

Schließlich ließ der Regen nach und der orangefarbene Himmel sah wie verbrannt aus, als die Wolken weiterzogen und ihre Regenlasten über einem anderen Teil der Wüste abluden.

Die nasse Kleidung klebte kalt an ihnen, als sich Margaret und Louis aufrichteten. Arcas kam unter dem Überhang hervor und blinzelte erstaunt. DD rief auch weiterhin um Hilfe und wirkte wie ein verängstigtes Kind, als er mit einer Hand an Haken und Seil hing.

Die beiden Archäologen schoben sich vorsichtig über den schlammigen Sims und benutzten dann das Seil, um den Kompi auf festes Felsgestein herabzulassen. »Ich hoffe, wir können die drei Roboter wiederfinden«, sagte DD. »Glauben Sie, die Flutwelle hat sie zerstört?«

Margaret sah nach unten und beobachtete das noch immer in der Schlucht wütende Wasser. »Wir müssen abwarten, DD.«

Arcas gesellte sich ihnen hinzu, verdreckt und beunruhigt. Margaret wischte sich Schmutz aus dem Gesicht. Louis sah seine Frau an und lachte. Sie schüttelte den Kopf und schmunzelte, denn er sah kaum besser aus. »Wenn du jetzt in einen Spiegel sehen könntest, alter Knabe ...«

Arcas deutete dorthin, wo DD den letzten Haken ins Felsgestein getrieben hatte. Dort war fast die Hälfte der Schluchtwand weggebrochen und nun konnte man in weite Höhlen blicken, die zuvor hinter dem Sandstein verborgen gewesen waren.

Mit neuer Kraft griff Margaret nach dem Seil und kletterte nach oben. »Bitte seien Sie vorsichtig, Margaret«, sagte DD, aber sie achtete gar nicht auf ihn, schob sich über den Felsvorsprung und erreichte den Höhlenzugang.

»Komm hoch, Louis, und sieh dir das an!«, rief Margaret. Dann blickte sie nach unten zum grünen Priester, der noch immer ziemlich mitgenommen wirkte. »Arcas, erinnern Sie mich daran, nie wieder an Ihnen zu zweifeln.«

Dann betrat sie die Höhle und bestaunte die bisher unberührte Geisterstadt der Klikiss, die das Unwetter freigelegt hatte.

71 ✸ NIRA

Die Einladung erreichte Nira in ihrem privaten Quartier, in Form einer gravierten Spiegeltafel: Der Erstdesignierte Jora'h bat sie, sich mit ihm am kommenden Nachmittag ein spektakuläres ildiranisches Turnier anzusehen. Der schlanke Kurier, offenbar der Angehörige des Geschlechts der Oberklasse, war weniger eindrucksvoll und anziehend als Jora'h.

Er beobachtete, wie Nira die gravierte Mitteilung erneut las und sie mühelos verstand – das Wissen um die ildiranische Schriftsprache hatte sie der Datenbank des Weltwaldes entnommen. »Ich bin angewiesen, auf Ihre Antwort zu warten. Der Erstdesignierte Jora'h legt großen Wert darauf, dass Sie ihm Gesellschaft leisten.«

Das Turnier erschien Nira interessant genug und außerdem freute sie sich über die Gelegenheit, Zeit mit dem attraktiven Erstdesignierten zu verbringen. »Ich spreche kurz mit Botschafterin Otema.« Der Kurier folgte ihr durch den Flur zur anderen Unterkunft, in der die alte grüne Priesterin bei den Schösslingen saß.

Auf dem Boden vor Otema ausgebreitet lagen Dokumente, die sie von Erinnerer Vao'sh erhalten hatte. Sie las laut vor, Gedichte, die zur *Saga* gehörten, von ildiranischen Mythen und Legenden berichteten. Als sich Nira näherte, sah Otema wie verträumt auf. »Dieses große Epos enthält die erstaunlichsten Geschichten. Für die Weltbäume ist alles völlig neu.« Otemas Augen funkelten, als sie die Dokumente berührte. »Eine einzelne Person würde Jahrzehnte brauchen, um dies zu überfliegen, geschweige denn laut vorzulesen.«

»Deshalb bin ich hier, um Ihnen zu helfen, Botschafterin.« Nira fand die ildiranischen Geschichten von Heldentum, Tapferkeit und Tragödie ebenso faszinierend wie Malorys Epos von König Artus. »Allerdings sind auch wir beide nicht imstande, die ganze *Saga* zu lesen. Dazu wäre mehr nötig als die Zeit eines Lebens.«

»Ich weiß, ich weiß.« Die alte grüne Priesterin runzelte kummervoll die Stirn, wodurch ihre Tätowierungen in Bewegung gerieten.

Der Kurier wartete vor Otemas transparenter Tür, das Gesicht ruhig - trotzdem bemerkte Nira einen Hauch Ungeduld darin. Neben Otema sah sie eine Spiegeltafel, die der ihren ähnelte. Sie fühlte sich von Enttäuschung erfasst.

»Wie ich sehe, haben Sie ebenfalls eine Einladung erhalten, Botschafterin.« Nira hob ihre und Licht glitzerte auf der spiegelnden Oberfläche. »Sehen wir uns zusammen mit dem Erstdesignierten das ildiranische Turnier an?«

»Oh, ich glaube nicht, Nira. Es wartet zu viel Arbeit auf mich. All diese Dokumente müssen vorgelesen werden. Mir wird schwindelig, wenn ich an die vielen Informationen denke, die es mit dem Weltwald zu teilen gilt.« Otema sah die Niedergeschlagenheit in Niras Gesicht und lächelte. »Aber du kannst ruhig gehen. Bitte repräsentiere Theroc an meiner Stelle.« Als Nira mit Freude reagierte, fügte sie schroff hinzu: »Außerdem bin ich sicher, dass der Erstdesignierte deine Gesellschaft meiner vorzieht. Die Einladung an mich war vermutlich eine reine Formalität.«

»Das stimmt nicht, Botschafterin!«, erwiderte Nira, protestierte aber nicht zu sehr.

Eine Kuppel überspannte den Turnierpavillon und Nira saß neben Jora'h in seiner privaten Zuschauerloge. Der Erstdesignierte beugte sich zu ihr, und seine wie rauchige Topase wirkenden Augen glänzten. Wenn er lächelte, fühlte sich Nira dahinschmelzen.

»Ich bedauere, dass Ihre Begleiterin Otema nicht ebenfalls kommen konnte«, sagte er.

Nira lachte unwillkürlich. »Nein, das stimmt nicht.«

Jora'h wich überrascht zurück und lachte dann ebenfalls. »Vielleicht sind meine Gefühle zu deutlich zu sehen. Sie haben Recht. Ich wäre der Botschafterin gegenüber ein makelloser Gastgeber gewesen, aber mir ist es lieber, den Nachmittag mit Ihnen zu verbringen.«

»Mit mir ... und fünftausend anderen Ildiranern?« Nira deutete zum Publikum in der hellen Arena. Die Zuschauer saßen in einzelnen Gruppen, offenbar getrennt nach den unterschiedlichen Geschlechtern. Als Nira den Blick über die Tribünen schweifen ließ, sah sie verschiedene Gesichts- und Körperstrukturen.

»Ah, aber ich sehe nur Sie, Nira.« Fanfaren erklangen, und das Publikum jubelte. »Jetzt beginnt das Turnier.« Jora'h strich der jungen grünen Priesterin mit den Fingerkuppen übers Handgelenk und faltete dann keusch die Hände im Schoß.

Ildiranische Turniere waren ein wichtiger ritueller Sport, der in überdachten Amphitheatern stattfand. Die Kuppel bestand abwechselnd aus Spiegelflächen und durchsichtigen Segmenten und zwischen den Tribünen erstreckte sich ein sandiger Wettkampfbereich. Krieger in auf Hochglanz polierten, reflektierenden Rüstungen kamen aus dunklen Öffnungen, ritten auf grauen, sechsbeinigen Reptilien, die nur aus Muskeln, Stacheln und Schuppen zu bestehen schienen. Die Tiere erinnerten Nira an Komodo-Warane, mit Furchen an den Kehlen und Knubbeln an den Beinen.

Die Kämpfer näherten sich langsam und ihre Reittiere hinterließen tiefe Fußspuren im Sand. Die Reptilien zischten und dornenbesetzte Zungen kamen aus ihren Mäulern, aber ihre Reiter wahrten einen ausreichend großen Abstand, damit niemand zu Schaden kam.

Die Bewaffnung der ildiranischen Ritter bestand aus Laserlanzen. Kristallene Schäfte wuchsen aus rubinroten Projektionsgriffen, die mit Batterien an den Sätteln der Reiter verbunden waren.

»Werden jene Speere beim Kampf benutzt?«, fragte Nira mit gedämpfter Stimme. »Schlagen die Kämpfer damit auf sich ein oder haben sie es auf die Reittiere abgesehen?«

Jora'hs goldenes Haar bewegte sich. »Die Laserlanzen können schreckliche Waffen sein, aber kein Ildiraner, der etwas auf sich hält, würde sie auf eine so primitive Weise einsetzen.«

Er erhob sich und sofort richteten sich mehrere Lichtstrahlen auf ihn – von einem Augenblick zum anderen schien er in einer Art Regenbogen zu stehen. Als Jora'h die Hände hob, wurde das Publikum sofort still. »Kämpfer! Gebt euch heute besondere Mühe!« Seine Stimme donnerte durch die Arena. Sie wurde verstärkt, ohne dass Nira ein Mikrofon oder Lautsprecher sah. »Krieger – aktiviert eure Lanzen.«

Die kristallenen Speere erschimmerten mit einem inneren Licht, das von den Griffen ausging – dort schienen plötzlich kleine Sonnen zu brennen.

»Beginnt mit dem Turnier!«, rief Jora'h.

Die bunten Lichtstrahlen glitten fort vom Erstdesignierten und richteten sich auf den Kampfbereich. Die drei großen Reptilienwesen stapften durch den Sand und belauerten sich gegenseitig, während ihre Reiter die Schilde zum Gruß hoben. Nira stellte fest: Zwar waren die Schilde ungefähr gleich groß, aber ihre Formen unterschieden sich voneinander. Jeder von ihnen wies ein eigenes Muster aus spiegelnden und durchsichtigen Segmenten auf.

Anschließend hoben die Kämpfer ihre Lanzen und jeder von ihnen schickte einen Lichtblitz zu den Spiegeln an der Kuppel über dem Amphitheater. Nira begriff, dass es sich nicht in dem Sinne um Laserlanzen handelte, sondern um Strahlprojektoren, deren Energie von den Spiegelflächen an der Kuppel reflektiert wurde.

»Die Regeln verlangen, dass die Hälfte des Schilds aus spiegelnden Elementen besteht und die andere Hälfte durchsichtig ist«, erklärte Jora'h. »Allerdings können die einzelnen Flächen ganz nach Belieben angeordnet werden. Die besten Kämpfer sehen große strategische Bedeutung darin, welche Muster sie aus den Spiegelelementen bilden.«

Nira verstand nicht genau und beugte sich vor. »Wenn man den Schild nicht richtig hält, wird er vom Laserstrahl durchdrungen?«

»Ja«, bestätigte Jora'h und beobachtete das Geschehen in der Arena. »Und ein Treffer kann fatal sein.«

Die Reiter trieben ihre Reptilien an und beschossen sich mit Laserblitzen. Einer feuerte einen Strahl ab, der vom Schild seines Herausforderers abprallte, dann von einem Spiegelsegment an der Kuppel reflektiert wurde und das Reittier des dritten Kämpfers traf. Das Geschöpf kreischte, und die dornenbesetzte Zunge zuckte aus dem Maul, aber der erste Kämpfer war bereits zurückgewichen. Das Publikum applaudierte.

»Es gilt als ein Zeichen von großem Geschick, einen Gegner mit mehrfach reflektierten Laserstrahlen außer Gefecht zu setzen«, sagte Jora'h.

Einer der drei Kämpfer schien die besondere Gunst des Publikums zu genießen. Wenn er sich bewegte, jubelten die Zuschauer laut.

»Wer ist das?«, fragte Nira. Sie beobachtete das reservierte, zurückhaltende Gebaren des Kämpfers, an dessen Schild die Spiegelflächen bogenförmige Muster bildeten.

Jora'h lächelte. »Cir'gh gehört zu den besten Kämpfern. Er hat hunderte von Turnieren gewonnen; er denkt und fühlt mit seinem Reittier. Darüber hinaus weiß er genau, wie die einzelnen Strahlen reflektiert werden - perfekter Instinkt.«

Ein Laserblitz löste sich von Cir'ghs Lanze, reflektierte von der Decke, prallte vom Schild des ersten Gegners ab und streifte den zweiten.

»Er ist auf einem Auge blind.« Jora'h lächelte erneut, als er Niras Verblüffung bemerkte. »Ein Laserfunke traf seine Hornhaut. Trotz des eingeschränkten Sehvermögens behauptet er, mehr Einzelheiten zu erkennen als vorher.«

Die Kämpfer machten von ihren Lanzen Gebrauch, schickten Laserstrahlen zu Spiegelflächen und drehten gleichzeitig ihre Schilde, um Angriffe abzuwehren. Immer wieder blitzte und gleißte es. Für Nira kam es einem Wunder gleich, dass keine Zuschauer von reflektierter Energie getroffen wurden.

»Sie werden in der *Saga der Sieben Sonnen* von unseren Turnieren lesen«, sagte Jora'h. »Ich bin kein Erinnerer, aber ich möchte Ihnen trotzdem eine Geschichte erzählen.«

Nira lachte. »Der Erstdesignierte des Ildiranischen Reiches kann eine Geschichte bestimmt so gut vortragen wie ein Erinnerer, oder?«

»Es geht dabei um einen anderen Erstdesignierten in unserer Vergangenheit. Deshalb bin ich mit der besonderen politischen Bedeutung jener Situation vertraut.« Jora'h richtete einen fragenden Blick auf die junge grüne Priesterin. »Sie wissen vermutlich, dass ein Erstdesignierter viele Nachkommen zeugen muss, bevor er der Weise Imperator wird, nicht wahr? Seine Söhne werden zu Designierten auf Kolonialwelten und zu adligen Oberhäuptern der anderen Geschlechter. Vor langer Zeit erwies sich der erstgeborene Sohn eines Weisen Imperators als zeugungsunfähig. Ein Erstdesignierter hat viele Partnerinnen, deshalb stellt sich schnell heraus, ob er Kinder zeugen kann oder nicht.«

Nira wartete stumm.

Jora'hs goldenes Haar geriet erneut in Bewegung. »Ein zeugungsunfähiger Erstdesignierter bedeutet eine Gefahr für die Zukunft der politischen Herrschaft. Um zu verhindern, dass es bei den anderen

Designierten zu einem Streit um die Nachfolge kam, veranstaltete der sterile Erstdesignierte ein Turnier. Alle Söhne des Weisen Imperators konnten gegeneinander antreten, um festzustellen, wer von ihnen sich am besten dafür eignete, das nächste Oberhaupt des Ildiranischen Reiches zu werden.«

»Ein Spiel entschied über eine Angelegenheit von dynastischer Bedeutung?« Nira fragte sich, ob der Erstdesignierte scherzte.

Jora'hs rauchige Augen glänzten im Licht. »Das ildiranische Turnier ist mehr als ein ›Spiel‹, Nira. Es erfordert nicht nur gute athletische Fähigkeiten, sondern auch hohe Aufmerksamkeit, Strategie und das Geschick, mit einem Kontrahenten gegen einen dritten Gegner zu kooperieren.«

In der Arena erzielte Cir'gh einen weiteren Treffer. Sein Laserblitz verletzte ein Reptilienwesen so schwer, dass der Reiter die Lanze senkte und seinen Schild hob, sich auf diese Weise geschlagen gab. Er wich zum Rand der Arena zurück, um die anderen beiden Krieger nicht bei ihrem Kampf zu behindern.

»Der sterile Erstdesignierte wollte das Turnier zu einem großen Ereignis machen, zu einem spektakulären Fest, von dem er hoffte, dass man sich noch in Jahrhunderten daran erinnern würde«, fuhr Jora'h fort. »Unglücklicherweise endete es mit einer Tragödie.«

Nira hörte jetzt aufmerksam zu und achtete kaum mehr auf das, was in der Arena geschah. »Warum? Was passierte damals?«

»Während der Lieblingsbruder des sterilen Erstdesignierten kämpfte, brach ein Schild, und die Bruchstücke reflektierten Strahlen ins Publikum. Der Bruder, sein Gegner und drei Zuschauer kamen ums Leben.«

»Wie schrecklich«, sagte Nira.

»Schließlich wurde ein Designierter zum Nachfolger bestimmt und regierte neunzig Jahre lang unter einer Wolke des Zweifels. Der sterile Erstdesignierte, der eigentlich zum Weisen Imperator hätte werden sollen, blieb für den Rest seines Lebens als Berater im Prismapalast und entschied sich gegen die Kastration, was sein Recht war.«

In der Arena besiegte der einäugige Cir'gh seinen Gegner – der Kämpfer hob seinen Schild, Zeichen dafür, dass er die Niederlage eingestand. Das Publikum jubelte. Jora'h stand auf und applaudierte, als erneut buntes Licht gleißte und Nira blendete.

»Ihr Volk hat eine sonderbare, aber auch sehr faszinierende und schöne Geschichte, Jora'h«, sagte Nira.

So etwas wie Wärme zeigte sich im Gesicht des Erstdesignierten. »Ich hoffe, dass Sie auch weiterhin diesen Eindruck haben, wenn Sie mehr über uns erfahren, Nira.«

72 ✷ ESTARRA

Vater Idriss und Mutter Alexa waren erst überrascht und dann enttäuscht, als Beneto sie auf seine Absicht hinwies, Theroc zu verlassen und sich um die Weltbäume auf dem abgelegenen Kolonialplaneten Corvus Landing zu kümmern. Für ihren zweiten Sohn hatten sie sich viel mehr erhofft, vielleicht eine wichtige Stellung auf einer anderen Welt oder eine Führungsrolle bei den grünen Priestern.

Aber letztendlich fügten sie sich den Wünschen des Weltwalds. Als Alexa begriff, dass dies tatsächlich dem Wunsch ihres Sohns entsprach, umarmte sie ihn und gab bekannt, dass sie ein Abschiedsfest veranstalten würde, bei dem auch die geschicktesten Baumtänzer aus den größten Baumstädten auftreten sollten. Beneto lächelte freundlich, obgleich ihm weniger Aufhebens lieber gewesen wäre. Alexa traf diese Entscheidung auch mehr um ihrer selbst willen, deshalb fand sich Beneto bereitwillig mit dem Bankett ab.

Als Estarra von der bevorstehenden Abreise ihres Bruders hörte, war sie sehr traurig. Beneto informierte sie selbst - seine Schwester sollte nicht von ihren Eltern oder gerüchteweise davon erfahren. Sie dachte daran, wie oft sie zusammen im Wald gewesen waren, um über einheimische Pflanzen, die großen Weltbäume oder das zu reden, was ihr durch den Kopf ging - das alles würde sie sehr vermissen. Aber sie sah in Benetos Gesicht, dass die freiwillige Mission auf Corvus Landing für ihn einem Traum gleichkam, der in Erfüllung ging.

»Ich werde oft an dich denken, Beneto«, sagte Estarra und fühlte sich bereits allein. »Vielleicht bekomme ich eines Tages Gelegenheit, dich auf Corvus Landing zu besuchen.«

Beneto lachte. »Soweit ich weiß, verirren sich nicht viele Touristen dorthin. Aber dem alten Talbun scheint es dort zu gefallen. Ich freue mich darauf, seinen Platz einzunehmen, auf dass er ruhen kann.«

Estarra wollte einen eigenen Beitrag zu der Abschiedsfeier leisten, einen, auf den ihr Bruder stolz sein konnte. Sie dachte an die Möglichkeit, bei den Vorbereitungen für das Bankett zu helfen, beschloss dann aber, eine Köstlichkeit zu holen, die Beneto besonders schätzte: Stücke aus der zarten Außenhaut des Pilzriffs, wie es sie nur ganz oben gab, in den unbewohnbaren Bereichen der Stadt.

Estarra und ihre Schwester Celli kletterten zu den oberen Kammern des Pilzriffs empor, wo die Wände zu jung und zu weich waren, als dass man darin Wohnräume hätte einrichten können. Mit Beuteln an den Hüften und Dornen an den Stiefeln machten sich die beiden Mädchen bereit, an den Hängen aus weichem Gewebe aufzusteigen.

»Du bist zu alt für so etwas«, sagte Celli und sah ihre Schwester an. Estarra war gerade dreizehn geworden und befand sich damit in einem schwierigen Alter. Einerseits sah sie sich bereits als Erwachsene, andererseits widerstrebte es ihr, die Kindheit ganz aufzugeben.

»Nein, das bin ich nicht«, erwiderte sie, bereit dazu, ihre Schwester zu knuffen. »Außerdem mache ich dies für Beneto und du wirst mich nicht daran hindern.«

»Ich sammle mehr Pilzfleisch als du«, sagte Celli. »Er ist auch mein Bruder.«

Ja, das ist er, dachte Estarra. *Und wir verlieren ihn beide, wenn er uns morgen verlässt.*

Estarra schob sich durch die gummiartige Hautfalte eines natürlichen Fensters; mit einem Haken arbeitete sie sich zum äußeren Dach vor. Celli folgte ihr dichtauf; die Dornen an den Stiefeln gaben ihr genug Halt. Sie holte ihr Messer hervor und hielt nach einer guten Stelle Ausschau, abseits der Narben, die dort zurückgeblieben waren, wo andere Kinder Pilzfleisch geschnitten hatten. »Sei vorsichtig!«, rief sie ihrer Schwester hinterher.

Estarra kletterte direkt nach oben, zur höchsten Stelle des Riffs, wo es das zarteste Fleisch gab. »Kümmere dich um deine eigenen Angelegenheiten.« Sie wusste, dass ihre Schwester in dieser Sache einen Wettkampf sah, den es zu gewinnen galt, während sie selbst dabei nur an Beneto dachte. Sie wollte ihrem Bruder in guter Erinnerung bleiben, damit er an sie dachte, wenn er sich auf Corvus Landing einsam fühlte.

Estarra streckte den Arm aus, stieß einen Metallstab in die weiche Masse und zog sich noch etwas höher. Sie lag flach auf der Pilzhaut, koch nach oben und stützte sich mit dem Fuß am Stab ab, der unter ihrem Gewicht wackelte.

Sie begann damit, einzelne Stücke aus dem Pilzfleisch zu schneiden und im Beutel an ihrer Hüfte zu verstauen. Es war ein sehr anstrengendes Unterfangen und Estarra biss die Zähne zusammen. Sie dachte daran, wie sehr sich Beneto über die Leckereien freuen würde. Sarein hielt sicher nicht viel davon, dass ihre Schwester so weit nach oben geklettert war und die Arbeit eines Kindes erledigte. Sie hätte Estarra vermutlich aufgefordert, sich mit wichtigeren Dingen zu befassen. Aber was sollte wichtiger sein als dies? Estarra biss sich auf die Lippe, schob sich noch höher und dachte daran, dass keine andere Schwester bereit gewesen wäre, ein solches Wagnis für ihren Bruder einzugehen.

Sie beugte sich vor, um noch ein Stück Pilzfleisch abzuschneiden, obgleich ihr Beutel fast gefüllt war. Dabei stieß sie unabsichtlich gegen eine Sporenkapsel, die sofort platzte – eine dichte Wolke aus weißem Pulver wehte dem Mädchen entgegen.

Estarra nieste heftig, als ihr die Sporen in Nase und Hals gerieten. Sie konnte nicht mehr atmen und nieste erneut, erzitterte dabei am ganzen Leib und geriet dadurch ins Rutschen. Verzweifelt bewegte sie die mit Dornen ausgestatteten Stiefel hin und her, auf der Suche nach Halt.

Die Dorne schufen Risse im weichen Pilzfleisch. Als sie gegen den Metallstab stieß, löste er sich aus der Pilzmasse und Estarra fiel durchs Dach. Weitere Sporenkapseln gaben ihren Inhalt frei. Estarra stürzte durch mehrere fleischige Wände in eine Kammer des frischen Wachstums.

»Hilfe!«, rief sie, nieste und trachtete danach, den Atem anzuhalten. Die Luft um sie herum war voller Pollen, aber wenigstens fiel sie nicht mehr.

Celli erschien mit großen, erschrocken blickenden Augen über dem Loch, durch das ihre Schwester gestürzt war. Das kleine Mädchen hielt sich vorsichtig fest und blickte durch die Öffnung. »Ich habe ja gesagt, dass du zu alt bist.«

Etwas später brachten mehrere Kinder Seile und Flaschenzüge, um Estarra zu befreien – es war Estarra sehr peinlich, dass viele Zuschauer diese Aktion beobachteten, darunter auch Angehörige ihrer Familie. Beneto stand auf einem hohen Ast, um den Rettungseinsatz ruhig und selbstbewusst zu leiten. Schließlich kam Estarra zum Vorschein, von klebriger, übel riechender Flüssigkeit tief aus dem Innern des Pilzriffs bedeckt. Das zuvor zu Zöpfen geflochtene Haar hatte sich gelöst und war zerzaust; Schmutz klebte an Armen und Wangen. Doch im Großen und Ganzen war nur Estarras Stolz verletzt.

Als Beneto zu ihr kam, befürchtete Estarra, dass er ihr böse war, weil sie sich auf eine solche Dummheit eingelassen hatte. Doch er umarmte sie. »Danke, Estarra. Wenn du nicht ein so großes Herz hättest, wärst du nicht durch das Dach der Stadt gefallen.«

Ganz gleich, was die anderen sagen mochten: Estarra wusste, dass ihr Bruder verstand, worum es ihr gegangen war. Intensive Emotionen formten einen Klumpen in ihrem Hals und sie konnte ihn nur stumm ansehen, mit Erleichterung in den Augen. Danach war alles wieder in Ordnung.

Während des langen, lauten Banketts und der Verabschiedungen hielt Estarra jenen Moment in Gedanken fest. Die Erinnerung daran milderte nicht die Trauer, als sie am folgenden Morgen auf einem Ast in den hohen Baumwipfeln stand und dem Shuttle nachsah, der Beneto für immer fortbrachte und zu einer fremden Welt trug.

73 ✷ RLINDA KETT

Im Asteroidengürtel zwischen Mars und Jupiter begann die TVF mit dem größten militärischen Aufrüstungsprogramm in der menschlichen Geschichte. Sammler suchten metallhaltige Asteroiden, veränderten ihre Umlaufbahnen und führten sie in Bereitstellungsräumen zusammen.

Hunderttausende von spezialisierten Technikern machten sich mit orbitalem Baugerät auf den Weg. Kurze Zeit später folgte eine zweite Welle aus Hilfspersonal, Ressourcen, Habitatmodulen, Nahrungsmitteln, Wasser und Treibstoff.

Die Terranische Hanse hatte genug finanzielle Mittel bewilligt, um das gewaltige Mobilisierungsprojekt in möglichst kurzer Zeit durchzuführen. König Fredrick hatte Reden gehalten und das Volk darauf hingewiesen, dass Opfer nötig waren, für das Wohl der Menschheit. Alle Menschen mussten zusammenarbeiten, um gegen den rätselhaften und gnadenlosen Feind zu bestehen.

Zorn und Furcht herrschten auf den Kolonialwelten. Den Angriffen der Fremden schien kein Muster zugrunde zu liegen. Zwei Himmelsminen der Roamer, vier unbewohnte Monde, eine technische Beobachtungsplattform. Politiker forderten, dass die TVF dem geheimnisvollen Gegner den größten Widerstand entgegensetzte, was auch immer es kosten mochte.

Rlinda Kett aber glaubte, dass sie einen höheren Preis bezahlte als die meisten anderen Menschen. Unglücklich saß sie in einer mobilen Verwaltungsstation bei den Docks, wo Konstruktionstechniker und Inventurspezialisten bei den Schiffen standen, die für militärische Zwecke umgerüstet wurden. Rlinda sah zu den großen stählernen Gerüsten, die aussahen wie die Gerippe von Ungetümen - dort wurden Schiffsrümpfe zusammengesetzt und requirierte Frachter wie ihre eigenen mit starken Triebwerken ausgestattet. Es bereitete ihr großen Kummer, diesen Vorgang zu beobachten. Ihre Handelsflotte würde nie wieder das sein, was sie einmal gewesen war.

Als sich die Tür des nur matt erhellten Aufenthaltsraums öffnete, drehte sich Rlinda nicht um, sondern starrte weiterhin grübelnd nach draußen. Höfliche Konversation mit einem der Leute, die drei ihrer vier Frachter konfisziert hatten, um sie in schnelle Erkundungs- und Transporteinheiten zu verwandeln, stand auf ihrer Wunschliste derzeit ganz unten.

Die Requirierung, von König Frederick angeordnet und von irgendeinem Beamten unterschrieben, der kaum darauf achtete, welche Papiere man ihm vorlegte, hatte Rlinda ihre Träume und auch einen großen Teil ihres Auskommens genommen. Die eher symbolhafte Erstattung durch die TVF reichte nicht einmal aus, um Rationen für ein Jahr zu bezahlen.

Eine Stimme erklang hinter Rlinda. Sie gehörte nicht etwa irgendeinem Bürokraten oder Techniker, sondern Branson Roberts, dessen *Blinder Glaube* zu den drei konfiszierten Schiffen zählte. »Sie hätten uns wenigstens einen ordentlichen Drink anbieten können.« Er trat vor und Rlinda drehte sich halb in ihrem Sessel. Ihre Lippen deuteten ein schiefes Lächeln an. »Etwas Hochprozentiges, um den Schmerz des Verlustes zu betäuben.«

Rlinda schlang den Arm um seine Taille und zog ihn an sich. »Du bist ein guter Pilot, BeBob. Möchtest du ein Empfehlungsschreiben? Bestimmt gibt man dir einen Posten auf einem der Aufklärer. Von der TVF bekommst du eine gute Pension und du kannst so viele militärische Rationen essen, wie du willst.«

»So viel wie ich aushalte, meinst du wohl«, brummte er. »Mit deiner Küche ist der Kram nicht zu vergleichen.«

»Du bist süß«, sagte Rlinda.

BeBob beugte sich näher und Rlinda hauchte ihm einen Kuss auf die Wange. Er hatte krauses grauschwarzes Haar, das zu lang geworden war und wie eine Gewitterwolke über seinem Kopf wirkte. Die Wangen sackten ein wenig nach unten, Zeichen des Alters, was ihm zusammen mit den großen braunen Augen eine bezaubernde Armesündermiene gab. Fünf gute Jahre als Ehepaar hatten sie verbracht, doch dann war ihnen klar geworden, dass sie es nicht ertrugen, dauernd zusammen zu sein.

»Freut mich zu hören, dass man dir die *Unersättliche Neugier* gelassen hat«, sagte BeBob.

»Ein ziemlich kleiner Trost, nach dem Verlust der anderen Schiffe.« Rlinda zuckte mit den Schultern. »Aber ich werde irgendwie damit fertig.«

Sie stand auf und gemeinsam beobachteten sie die Aktivitäten draußen. Schneider und Schweißer holten Komponenten aus automatischen Schmelzeinheiten. Militärtechniker kletterten über die Außenhüllen der requirierten Schiffe. Neuerlicher Kummer erfasste Rlinda, als sie an die vielen Jahre harter Arbeit und die hohen Investitionen dachte, die jene Schiffe für die betroffenen Händler bedeuteten.

»Vielleicht nehme ich an einer der bei Gasriesen geplanten Kartographierungsmissionen teil«, murmelte BeBob. »Wie ich hörte, sucht General Lanyan schnelle Piloten, die nach den fremden Wesen Ausschau halten. Möglicherweise bekomme ich die *Blinder Glaube* zurück.«

»Was auch immer du entscheidest – meinen Segen hast du«, sagte Rlinda.

In angenehmer Stille standen sie im halbdunklen Aufenthaltsraum nebeneinander und blickten ins All. Sonnenschein reflektierte dort von Schiffsrümpfen und dem Metall aufgeschnittener Asteroiden. Jenseits von Jupiter zeigten sich die Lichtpunkte ferner Sonnen.

Schließlich seufzte Rlinda. »Es wird Zeit, dass ich zu meinem letzten Schiff zurückkehre. Du hast Recht. Ich kann von Glück sagen, dass mir die *Unersättliche Neugier* geblieben ist - mit gut gefüllter Speisekammer.« Sie sah BeBob an und wölbte die Brauen. »Was hältst du von einer leckeren Mahlzeit? Ich habe noch einige interessante Spezialitäten von Theroc übrig, außerdem wollte ich ein neues Rezept ausprobieren.«

BeBob strahlte. »Ja, Rlinda, das würde mir gefallen. Ich schätze, es wird für lange Zeit das letzte gute Essen sein, das ich genießen kann.«

Rlinda trat etwas näher und blickte zu den Sternen. »Das gilt für uns beide«, sagte sie. »Ich sehe schwere Zeiten voraus.«

74 ✷ TASIA TAMBLYN

Zwar lieferten Frachter der Roamer der Terranischen Hanse Ekti und andere wichtige Dinge, aber bei der TVF hielt man nicht viel von den »Weltraumzigeunern«. Tasia vermutete, dass die Tivvis jemanden brauchten, an dem sie sich abreagieren konnten, bis der Kampf gegen die rätselhaften Fremden begann. Deshalb ließ sie die Geringschätzung über sich ergehen - sie sparte ihre Kraft für den echten Gegner.

Als sie sich für den Dienst in der Terranischen Verteidigungsflotte gemeldet hatte, war sie auf schlechte Behandlung vorbereitet gewesen. Sie ließ sich von kindischen Beleidigungen nicht beeindrucken und reagierte für gewöhnlich mit schlagfertigen Antworten, die Patrick Fitzpatrick überraschten - oft verstand er sie nicht, aber das durfte er sich natürlich nicht anmerken lassen. Nach seiner Verletzung bei der Dekompressionsübung hatte Tasia gehofft, dass er nach Hause geschickt und irgendeinen Schreibtischjob bekommen würde. Aber das war nicht der Fall. Dem kritischen Gebaren gewisser anderer Rekruten begegnete sie mit ausgezeichneten Leistungen in allen Bereichen. Sollten die Kleebs ruhig abfällige Bemerkungen machen – Tasia wusste, dass sie besser schießen und besser fliegen konnte.

Doch immer dann, wenn ein Gerät versagte oder eine Nachricht verstümmelt übermittelt wurde, richteten sich argwöhnische Blicke auf sie, so als wäre sie eine verkappte Saboteurin. Es blieb Tasia ein Rätsel, wieso man den Roamern misstraute, denn sie hatten durch den neuen Feind mehr verloren als sonst jemand. Aber die Tivvis gingen nicht rational an diese Sache heran.

Was kann man von Kleebs schon erwarten?

Inzwischen wussten ihr Vater und Jess sicher, wohin sie verschwunden war. Manchmal gestattete sich Tasia ein schiefes Lächeln, wenn sie sich vorstellte, wie Bram Tamblyn darüber gewütet und gewettert hatte, dass seine Tochter tatsächlich eine TVF-Rekrutin geworden war. Vor dem inneren Auge sah sie ihn vor sich, wie er zur Eisdecke emporsah und sich fragte, was er als Vater falsch gemacht hatte. Jess hätte ihm einen langen Vortrag über seine elterlichen Versäumnisse halten können, aber natürlich verzichtete er darauf. Und Bram würde Jess noch härter arbeiten lassen als zuvor, ihm noch mehr Verantwortung aufbürden, ihn noch mehr unter Druck setzen – wodurch er unabsichtlich das letzte ihm noch verbliebene Kind verlor.

Tasia schob entschlossen das Kinn vor. Eines Tages, nachdem sie einen wichtigen Beitrag zum Sieg über die unheilvollen Fremden geleistet hatte, würde ihr Vater stolz auf sie sein. *Doch ich werde nicht schweigen wie Jess.*

Sie hatte Dienst im Kommunikationszentrum, einer Kuppel am Rand der Schluchten von Labyrinthus Noctis auf dem Mars. In der Basis herrschte eine »Nacht«, die nichts mit dem marsianischen Tag-Nacht-Zyklus zu tun hatte. Die Tivvis hielten sich immer an die irdische Zeit, ganz gleich, auf welchem Planeten oder an Bord welcher Raumschiffe sie stationiert waren.

Ein Versorgungsschiff der Roamer hatte der TVF-Basis auf dem Mond Tanks mit Ekti gebracht. Als es aus dem lunaren Orbit schwenkte, sendete der Frachter ein verschlüsseltes Signal auf einer sehr niedrigen Frequenz, weit unter Bandbreiten, die man normalerweise für die Kommunikation verwendete. Die TVF-Mondbasis verlangte eine Erklärung und der Roamer-Captain wies auf eine Fehlfunktion beim Impulstransmitter hin – deshalb hatte er ein Testsignal gesendet, auf einer niedrigen Frequenz, um die normale TVF-

Kommunikation nicht zu stören. Tasia verbarg ihr Lächeln und glaubte der Erklärung nicht eine Sekunde lang. Selbst die Tivvis schienen nicht überzeugt zu sein.

Anschließend entfernte sich der Roamer-Frachter vom Mond. Aber er stieg nicht etwa aus der Ebene der Ekliptik auf, um das Sol-System zu verlassen, sondern flog in einer weiten Parabel, die den Orbit des Mars kreuzte.

Im Kommunikationszentrum bemerkte Tasia das Schiff und zögerte. Der Frachter war ungewöhnlich schnell, als er sich den militärischen Anlagen auf dem Mars näherte – mit ziemlicher Sicherheit hatte das Schiff eine manipulierte Seriennummer und sendete ein gefälschtes ID-Signal. Tasia wusste nicht, welchem Clan der Captain angehörte, doch es widerstrebte ihr, ihn in Schwierigkeiten zu bringen. Andererseits: Wenn sie nicht schnell genug Alarm gab, geriet sie in Verdacht. Entschlossen betätigte sie die Alarmtaste.

»Roamer-Captain, identifizieren Sie sich. Sie haben keine Anflugerlaubnis.« Tasia wartete, aber eine Antwort blieb aus. »Es ist Ihnen nicht gestattet, hier zu landen«, sagte sie mit mehr Nachdruck. »Alle Versorgungsgüter müssen zur Mondbasis gebracht werden. Für Unbefugte ist der Mars tabu.« *Insbesondere für Roamer.*

Schließlich meldete sich der Captain. »Ich habe nicht vor zu landen«, sagte er und Tasia glaubte, die Stimme zu erkennen. Jess? Das war unmöglich.

»Ich sende jetzt meinen Autorisierungscode.« Es folgte ein verzerrt klingendes Signal, das kaum zwei Sekunden dauerte. Dann aktivierte der nicht identifizierte Roamer-Captain das in seiner Leistungsfähigkeit verstärkte Triebwerk und entfernte sich so schnell vom Mars, dass die Remora-Abfangjäger keine Chance hatten, ihn einzuholen. Die hohe Beschleunigung des Roamer-Frachters verblüffte die TVF-Angehörigen; sie glaubten bei den »Weltraumzigeunern« gebe es nur Raumschiffe, die kaum mehr waren als Schrotthaufen.

»Was, zum Teufel, war das?«, fragte der Wachkommandant und kam verschlafen in den Kontrollraum. »Tamblyn?«

»Ich weiß es nicht, Sir.« Sie sah hilflos zu den anderen Soldaten.

»Ein Roamer-Schiff näherte sich dem Mars«, sagte Patrick Fitzpatrick. Irgendetwas sorgte immer wieder dafür, dass Tasia zusammen mit ihm Dienst hatte. »Fragen Sie Tamblyn.«

»Das Signal ähnelte dem, das der Pilot bei der Mondbasis sendete«, sagte Tasia und wusste: Wenn sie nicht darauf hingewiesen hätte, wären die Tivvis noch misstrauischer geworden. »Der Grund dafür ist mir ein Rätsel, Sir.«

»Wahrscheinlich eine Art Spionagesignal der Kakerlaken«, spekulierte Fitzpatrick.

»Eine codierte Nachricht?«, brummte der Wachkommandant. »Entschlüsseln Sie sie, so schnell wie möglich.« Er sah erst Tasia und dann auch die anderen Soldaten an. »Unsere besten Kryptographen sollen sich damit befassen. Ich möchte wissen, ob die Roamer versuchten, sich mit einem Spion oder einem Maulwurf unter uns in Verbindung zu setzen.«

Tasias Haut prickelte, als sie daran dachte, was den anderen durch den Kopf ging, aber ihre Miene blieb ausdruckslos. Der Versuch, ihre Unschuld zu beteuern, hätte alles nur noch schlimmer gemacht. »Das Schiff flog erst zur Mondbasis, Sir«, sagte sie. »Dann kam es hierher. Vielleicht sucht es jemanden.«

»Nun, hoffen wir um der Menschheit willen, dass die verdammten Roamer-Kakerlaken niemanden fanden.«

Tasia biss sich auf die Lippe, um sich daran zu hindern, den Captain des Frachters zu verteidigen. Es gab keine Hinweise darauf, dass die Roamer die Aufrüstungsbestrebungen der Hanse irgendwie zu stören versuchten. Tasia seufzte. Sie hatte sich sehr bemüht, ihre Loyalität zu beweisen, um Ross zu rächen, sobald sich die Gelegenheit dazu bot. Zwar erzielte sie Fortschritte, aber es kam auch zu Rückschlägen, so wie jetzt. Vielleicht musste sie beim nächsten Essen ein paar Nasen blutig schlagen, wenn die Kleebs zu unausstehlich oder rüpelhaft wurden.

Warum auch immer der Roamer-Captain zum Mars gekommen war – er hatte Tasia gewiss keinen guten Dienst erwiesen.

EA wartete zwei volle Tage, wie es die Instruktionen der codierten Mitteilung vorsahen. Dann trat der pflichtbewusste Kompi so diskret wie möglich an Tasia heran.

Sie hatte ihren persönlichen Roboter für die Durchführung wichtiger TVF-Aufgaben zur Verfügung gestellt, aber EA verbrachte noch immer einen großen Teil seiner Zeit damit, sich um Tasia zu kümmern. Er und Tasia waren bei dieser Schicht damit beauftragt, in einem Depotbunker mit roten Wänden Inventur zu machen – hier lagerte Isolierkleidung, für die Verwendung an der Marsoberfläche bestimmt. Der kleine Kompi arbeitete fleißig an Tasias Seite und allein seine Präsenz gewährte ihr Trost.

EA summte, als er einen Scan vornahm. »Niemand hört zu. Ich kann sprechen.« Die aus dem Roboter kommende Stimme war gespenstisch vertraut. »Tasia, ich bin froh, dass ich dich gefunden habe. Ich bringe dir eine traurige Nachricht und kann sie nur auf diese Weise übermitteln.«

Die Stimme von Jess! Tasia wirbelte herum, aber sie sah nur den kleinen Kompi, der neben ihr stand und ihr eine aufgezeichnete Mitteilung präsentierte. Er erinnerte sie an eine Person, die von einem Dämon besessen war und mit fremder Stimme sprach.

»Roamer-Kompis verfügen über eine spezielle Programmierung, Tasia, und ich habe sie mit einem codierten Signal aktiviert. EA weiß sich und seine Daten zu schützen, wenn jemals die Gefahr bestehen sollte, dass er in feindliche Hände fällt, und er ist angewiesen, eine günstige Gelegenheit abzuwarten, um mit dir zu sprechen. Wir wussten nicht, ob dich eine Nachricht durch die normalen Kanäle erreicht.«

Tasias Gedanken rasten, als sie verschiedene Möglichkeiten in Erwägung zog. Welche traurige Nachricht erwartete sie?

»Tasia ... Vater ist tot«, drang Jess' Stimme aus EAs Lautsprecher. »Am Abend nach der Gedenkfeier erlitt er einen Schlaganfall, an jenem Abend, als du uns verlassen hast. Er erholte sich nicht davon. Wir suchten nach dir, aber du warst schon fort.«

Plötzliche Tränen brannten in Tasias Augen.

Eine kurze Pause folgte und Jess' Stimme klang grimmiger, als er fortfuhr: »Du musst eine Entscheidung treffen und dabei kann ich dir nicht helfen. Eine andere Himmelsmine wurde angegriffen, so wie die von Ross. Die Anlage bei Erphano ging mit allen Besatzungsmitgliedern verloren.«

Die Stimme bekam einen scharfen, beschwörenden Unterton. »Du hast deine eigene Verantwortung, deine eigenen Pflichten. Das verstehe ich. Doch jetzt sind nur wir beide von der Familie übrig. Unsere Onkel kümmern sich um die Wasserminen, was nur recht und billig ist. Ich helfe, wo ich kann, aber ich brauche dich hier, kleine Schwester. Kannst du heimkehren? Du hast deinen Standpunkt deutlich gemacht, indem du zu den Tivvis gegangen bist. Du schuldest der Großen Gans nichts.«

Tasia versteifte sich, als sie diese Worte hörte, denn tief in ihrem

Herzen wusste sie, dass sie der TVF Loyalität schuldete. Sie *hatte* sich dazu entschieden, Soldat zu werden und den Eid abzulegen. Außerdem wusste sie, dass die anderen, ungeschickten Rekruten kaum eine Chance gegen den Feind hatten. Sie dachte an die Kleebs und daran, wie schlecht sie von ihnen behandelt wurde ... Aber das bedeutete nicht, dass sie die Flotte einfach so verlassen konnte. Jetzt zu desertieren ... Damit hätte sie den Schandmäulern Recht gegeben und bestätigt, unzuverlässig zu sein und kein Vertrauen zu genießen.

Die plötzliche Veränderung ihrer Welt brachte Tasia ins Wanken. Sie dachte ans vertraute Eis von Plumas, an die Wasserminen, an die kalten Geysire und die Pumpstationen an der Oberfläche.

»Tasia, komm zurück, wenn du kannst«, wiederholte Jess. »Oder finde einen anderen Weg, um unsere Familie stolz zu machen. Ich vertraue darauf, dass du die richtige Wahl triffst. Du weißt selbst, was am besten ist.«

Tasia schluckte einen Kloß in ihrem Hals hinunter. Sie starrte in EAs Metallgesicht und stellte sich darin die Züge ihres Bruders vor.

»Ich kann jetzt nicht fort, Jess«, sagte sie. Als keine weiteren Worte erklangen, fragte sie: »EA, weißt du, wie sich eine Antwort übermitteln lässt?«

»Eine Antwort worauf, Tasia?«

»Auf die Nachricht.«

»Welche Nachricht meinst du?«

»Die Nachricht, die du aufgezeichnet hast und die ich mir gerade angehört habe.«

EA zögerte, als er auf seine Speichermodule zugriff. »Ich erinnere mich an keine Nachricht, Tasia. Wir sind hier mit der Inventur beschäftigt gewesen.«

Offenbar hatte Jess der Mitteilung einen Löschbefehl hinzugefügt. Raffiniert – und typisch. Tasia konnte sich seine Stimme nicht noch einmal anhören, so sehr sie es sich auch wünschte. Ihr Bruder war vorsichtig, denn er wusste, dass sich EA in der Nähe von Soldaten befand, denen nicht unbedingt das Interesse von Roamern am Herzen lag.

»Ach, schon gut, EA«, sagte Tasia und sah zu den versiegelten Behältern mit Handschuhen, die es zu überprüfen galt. Voller Kummer konzentrierte sie sich wieder auf die Arbeit und trachtete danach, nicht mehr an Jess und Plumas zu denken.

75 ✷ BASIL WENZESLAS

Die tiefen roten Schluchten wirkten wie offene Wunden und liefen von der marsianischen TVF-Basis aus in alle Richtungen. Basil Wenzeslas saß im runden Cockpit des mit breiten Tragflächen ausgestatteten Transportgleiters, sah nach unten und betrachtete die zerklüftete Landschaft.

Neben ihm bediente General Kurt Lanyan die Kontrollen und flog den Gleiter durch die dünne Atmosphäre des roten Planeten. Wie ein Schwarm silbriger Elritzen sausten kleine Raumschiffe über die marsianische Wüste: Remoras und modifizierte private Yachten, für die TVF requiriert. Die Piloten wichen Felsnadeln aus, rasten durch Schluchten, die an hohen Wänden endeten, rissen ihre Maschinen in letzter Sekunde hoch und jagten der Dunkelheit des Alls entgegen.

»Die Ausbildung der Truppen kommt mit dem notwendigen Nachdruck voran, Vorsitzender Wenzeslas«, sagte Lanyan. »Es kam zu einigen Unfällen, aber sie bleiben in einem akzeptablen Rahmen, wenn man Anzahl und Art der vielen zivilen Schiffe berücksichtigt, die wir in die TVF aufgenommen haben.«

»Wie viele Unfälle?«, fragte Basil und beobachtete zwei Schiffe bei einem atemberaubend tollkühnen Manöver in einer schmalen Schlucht.

»Elf, Sir.«

»Verluste?«

Lanyan schloss die Hände fester ums Steuer und zögerte kurz, von Unbehagen erfasst. »Vorsitzender Wenzeslas, Sir ... Dies ist der Mars. Unfälle führen zwangsläufig zu Verlusten. Sowohl die Schiffe als auch ihre Besatzungen gingen verloren.«

Sie beobachteten weiterhin die Manöver, während sie über die immer ernster werdende Situation sprachen. Die umfassende militärische Mobilmachung erforderte eine Umrüstung vieler Industrien der Hanse. Die TVF empfing Rohmaterial und Fertigteile von vielen Kolonialwelten. Die Terranische Hanse hatte bereits Steuern und Tarife erhöht, um die massive Aufrüstung zu finanzieren. Es galt, dem unbekannten Feind gegenüber möglichst stark zu erscheinen.

Die seltsamen Geschöpfe aus den Tiefen der Gasriesen hatten erneut zugeschlagen.

»Ich könnte unsere Truppen wesentlich besser auf den Kampf vorbereiten, wenn ich Informationen über den Gegner hätte«, sagte General Lanyan. »Haben wir irgendwelche Mitteilungen von den Fremden erhalten? Wissen wir, was sie wollen und wer sie *sind*? Warum greifen sie uns an?«

Basil schüttelte den Kopf. »Sie haben keine Überlebenden hinterlassen.«

»Stimmt es, dass eine dritte Himmelsmine der Roamer angegriffen wurde?«

»Ja, aber wir haben den Bericht noch nicht freigegeben. Keine Warnung, keine Gnade. Vollständige Zerstörung, wie in den anderen Fällen. Wenn es die Roamer mit der Angst zu tun bekommen und die Produktion von Ekti reduzieren, könnte bei uns der Treibstoff knapp werden.«

»Vielleicht sind die Streuner jetzt bereit, sich der Hanse anzuschließen«, brummte Lanyan. »Haben sie um den Schutz der TVF gebeten? Um militärische Eskorten bei den übrigen Himmelsminen?«

Basil runzelte die Stirn. »Noch nicht. Aber früher oder später werden sie sich mit einem solchen Anliegen an uns wenden. Die Roamer bitten nicht gern um Hilfe.«

»Sollen sie sehen, wie sie sich bis dahin durchschlagen.« General Lanyan ging tiefer und flog über ein breites Tal, in dem Soldaten in Schutzanzügen den Bodenkampf übten. Der Gleiter blieb so weit oben, dass Basil nicht mehr sah als kleine silbrige Gestalten, die sich auf dem roten Sand bewegten. »Nach der Hinrichtung von Sorengaards Piraten habe ich mit Schwierigkeiten von den Roamern gerechnet. Die Fremden halten sie vielleicht davon ab, uns Probleme zu bereiten.«

»Lassen Sie sich nicht von Vorurteilen beeinflussen, General«, mahnte Basil. »Die Roamer haben Kolonien der Hanse nie bedroht. Rand Sorengaard scheint nichts weiter als eine Anomalie gewesen zu sein.«

»Eine tote Anomalie«, fügte der General hinzu.

»Wir benötigen keine Sündenböcke. Die Roamer haben drei Himmelsminen verloren, und es gab keine Überlebenden. Wir *brauchen* Ekti, General, und wenn die Roamer ihre Lieferungen einstellen, stehen weder uns noch den Ildiranern alternative Quellen zur Verfügung.«

Lanyan nickte widerstrebend und beobachtete die Soldaten in der trockenen Schlucht einer wasserlosen Welt. Basil vermutete, dass der General ebenso empfand wie er selbst: Es passte ihm nicht, dass die Roamer ohne Kontrolle durch die Hanse agierten. Die Ekti-Lieferungen unterlagen Tarifen und Steuern, aber Einsatz und Betrieb der Himmelsminen wurden nicht überwacht. Die Weltraumzigeuner versorgten die Hanse mit Treibstoff für den Sternenantrieb und mit anderen dringend benötigten Ressourcen, deshalb mussten die Exzentrizitäten der Roamer toleriert werden.

Doch als ein Mann des Militärs war Lanyan besorgt. »Die Existenz einer so großen und unabhängigen Gruppe aus ... Guerillas gefällt mir nicht. Niemand weiß, was sie dort draußen anstellen oder wo sie alle leben. Denken Sie nur an das mögliche Risiko, das sie darstellen.«

»Mir sind einige seltsame Dinge aufgefallen, General«, sagte Basil. »Sie wissen nichts davon, aber ich habe von meinem Sonderbeauftragten Pellidor während der letzten fünfzehn Jahre Handelsdaten sammeln lassen. Einige meiner besten Bevölkerungsstatistiker berechneten die wahrscheinliche Größe der Roamer-Populationen, auf der Grundlage der Ressourcen, die sie bei Lieferanten der Hanse kauften. Auf den ersten Blick betrachtet ist die Zahl klein und praktisch unbedeutend.«

»Das habe ich nicht anders erwartet.« Lanyan flog den Gleiter und wartete auf das Aber. »Und?«

»Ich habe festgestellt, dass die Roamer ihre eigenen Ressourcen sammeln, und zwar in einem ziemlich großen Ausmaß. Das ändert alle Parameter.« Basil atmete tief durch. »Die Roamer sind nicht völlig von der Versorgung durch die Hanse abhängig, und daraus folgt: Ihre Siedlungen und Populationen könnten *viel* größer sein, als wir glauben.«

»Verdammt.« General Lanyans Gesicht lief rot an. »Wie groß?«

»Die Roamer könnten hunderte oder sogar tausende von Kolonien haben, über die wir nichts wissen. Alle autark. Und nicht eine von ihnen zahlt Steuern an die Hanse.«

»Unmöglich! Davon hätten wir erfahren!«

Der ewige Wind des Mars ließ den Gleiter erzittern. »Ich habe Spione damit beauftragt, die Bewegungen von Roamer-Schiffen zu verfolgen, die Außenposten der Hanse anfliegen und mit ihnen Handel treiben«, fuhr Basil fort. »Sie sollten einen Katalog aller bekannten Roamer-Schiffe erstellen. Als ich mir die Informationen ansah, war ich erstaunt darüber, wie viele verschiedene Raumschiffe die Roamer verwenden. Sie scheinen selbst welche zu bauen – und zwar viele.«

»Und sie haben drei Himmelsminen an den Feind verloren«, sagte der General.

»Drei, *von denen wir wissen*«, schränkte Basil ein. »Und wir haben keine Ahnung, wie viele Himmelsminen die Roamer in Betrieb haben und wo sie sich befinden. Es begann damit, dass sie ein Dutzend alte Ekti-Fabriken von den Ildiranern erwarben, aber seitdem haben sie viele weitere gebaut. Wie viele? Die Roamer erstatten der Hanse nicht Bericht, wenn sie eine neue Mine in Dienst stellen. Von der über Erphano zerstörten Anlage wussten wir zum Beispiel überhaupt nichts.«

»Mistkerle«, knurrte Lanyan.

Basil schüttelte den Kopf. »Es gibt viele Himmelsminen, General, und zahllose unbewohnte Systeme. Die Hanse hat unersättlichen Hunger nach Ekti – wie können wir uns über die Industrie der Roamer beklagen? Wer kann die Übersicht darüber behalten, wo Himmelsminen Treibstoff für den Sternenantrieb produzieren? Bisher gab es gar keinen Grund, sich solche Fragen zu stellen, denn die Roamer lieferten das Ekti, ohne zu viel dafür zu verlangen, und deshalb fanden wir uns mit der Situation ab.«

Niemand hatte erwartet, dass aus den desorganisierten, im All lebenden Nomaden eine große Zivilisation werden konnte, verborgen in den Ecken und Winkeln des Spiralarms. Basil dachte in diesem Zusammenhang an kleine Käfer, die in Fugen und Ritzen von Gebäuden lebten. »Kakerlaken« schien eine angemessene Bezeichnung für die Roamer zu sein.

»Vielleicht sollten wir die Himmelsminen verstaatlichen«, sagte Lanyan. »Militärische Notwendigkeit, Vollmachten aufgrund des Notstandsgesetzes und so weiter. Wir könnten befehlen, sie alle unter die Kontrolle der Hanse zu stellen. Die von den Fremden ausgehende Gefahr wäre ein guter Vorwand.«

Basil lachte. »Unmöglich, General. Völlig ausgeschlossen. Und wenn wir die Roamer auf eine solche Weise provozieren würden ... Vielleicht wären sie bereit, ein Ekti-Embargo über uns zu verhängen. Sie halten die Trümpfe in der Hand, nicht wir.«

»Was ist mit TVF-Spionageschiffen? Wir könnten sie losschicken und nach Himmelsminen der Roamer suchen lassen.«

»Sie wollen bei allen Gasriesen im Spiralarm nach Ekti-Fabriken suchen? Möchten Sie unsere Bemühungen *darauf* konzentrieren, General? Die wenigen uns unbekannten Anlagen, die wir fänden, wären ein unbedeutender Prozentsatz. Und dann müssten wir sie übernehmen, sie mit unserem Personal ausstatten. Nein, General, mit einer solchen Strategie würden wir uns nur verzetteln.«

Lanyan brachte den Gleiter höher und flog in Richtung Basis zurück. Für diesen Tag hatten sie genug Manöver gesehen.

»Wir sollten die Krise zumindest nutzen, um einen Zensus bei den Roamern durchzuführen«, sagte der General und sein Tonfall deutete darauf hin, dass er gründlich über diesen Vorschlag nachgedacht hatte. »Wir könnten den Schutz der Himmelsminen zum Vorwand nehmen, um die Roamer zu zwingen, ihre Verstecke zu verlassen. Dabei wären wir in der Lage, wichtige Informationen zu gewinnen.«

Basil lehnte ab. »Sprecherin Okiah ist sehr klug. Sie würde diesen Trick sofort durchschauen. Die fremden Angreifer sind unsere Hauptsorge und ich möchte auf keinen Fall unsere Versorgung mit Ekti gefährden.« Er schürzte die Lippen. »Allerdings werde ich Preisbeschränkungen veranlassen. Auch die Roamer sollen die Kriegsvorbereitungen auf ihren Konten spüren.«

»Es dürfte schwer genug werden, Krieg gegen einen Feind zu führen, von dem wir praktisch gar nichts wissen.« Lanyan wirkte nicht besonders zufrieden, als er mit dem Landeanflug begann. Voraus wölbten sich die Kuppeln der Marsbasis. »Es hätte uns noch gefehlt, dass uns Menschen Knüppel zwischen die Beine werfen.«

76 ✷ JESS TAMBLYN

In Rendezvous fand eine Dringlichkeitsversammlung der Roamer-Clans statt. Bei den Repräsentanten der vielen Familien herrschte ein solcher Aufruhr, dass es selbst Jhy Okiah schwer fiel, die Ordnung herzustellen, trotz ihrer langjährigen Erfahrung als Sprecherin.

Oberhäupter der verschiedenen Familiengruppen saßen im großen Diskussionssaal auf den ihnen zugewiesenen Sitzbänken, rempelten sich gegenseitig an, sprachen und riefen. Zusätzliche Luftrecycler mussten aktiviert werden, damit die Luft trotz der vielen Personen frisch und atembar blieb. Die Lebensmittel- und Wasserressourcen von Rendezvous wurden stärker beansprucht als jemals zuvor, aber Sprecherin Okiah hielt diese Versammlung für sehr wichtig.

Jess Tamblyn saß stumm auf seinem Platz und beobachtete das Geschehen tief in Gedanken versunken. Er war jetzt das offizielle Oberhaupt des Tamblyn-Clans, oder zumindest der Mann, der die Wasserminen am besten repräsentierte, obgleich seine vier Onkel hart arbeiteten, um die Anlagen mit maximaler Produktionskapazität in Betrieb zu halten. Er hatte sich vorgenommen, keine Schwäche zu zeigen und allen in ihn gesetzten Erwartungen gerecht zu werden.

Der Anblick von Cesca Peroni, die neben der alten Sprecherin saß, gab ihm Kraft. Mit ihrer kühlen Förmlichkeit wirkte sie wie ein Kunstwerk, aber Jess wusste um das Feuer der Leidenschaft in ihr, eine Energie, die sie nun dazu einsetzte, die Roamer zu beschützen. Er wollte auf keinen Fall zulassen, dass seine persönlichen Gefühle die Zukunft der Clans gefährdete. In der gegenwärtigen Situation durften sich weder Cesca noch er durch irgendetwas ablenken lassen.

»Wir lösen keine Probleme, indem wir uns gegenseitig anschreien«, erklang Okiahs feste Stimme in der Mitte des Raums.

»Es bringt uns auch nicht weiter, hier zu sitzen und zu *reden*!«, rief Del Kellum. Seine Werften in den Ringen von Osquivel waren einem Gasriesen so nahe, dass er sich bedroht fühlte. »Es widerspricht dem Wesen der Roamer, sich einfach mit dem Schicksal abzufinden.« Andere Clan-Oberhäupter stampften zustimmend mit den Stiefeln auf den metallenen Boden.

Jhy Okiah wartete einige Sekunden lang, um den Leuten Gelegenheit zu geben, Dampf abzulassen. »Das stimmt. Aber die falsche Entscheidung zu treffen, könnte noch schlimmer sein als Untätigkeit. Wir folgen dem Leitstern, doch zunächst müssen wir unseren Kurs bestimmen. Derzeit haben wir keine Informationen über den Feind und seine Gründe für die Angriffe. Wir sind wie ein Raumschiff, das ohne Pilot mit hoher Geschwindigkeit durch einen Asteroidengürtel fliegt.«

Cesca beugte sich vor und in ihren dunklen Augen blitzte es, als sie sich direkt an Del Kellum wandte. »Wollen Sie Ihre Werften stilllegen? Schlagen Sie vor, alle unsere Himmelsminen aus den Gasriesen zurückzuziehen, nur um kein Risiko einzugehen? Wann sind wir Roamer jemals sicher gewesen?«

Kellum ballte die Fäuste und setzte sich wieder. »Um ganz ehrlich zu sein ... Ich weiß nicht, was wir tun sollen. Ich habe auch keine Vorschläge. Aber der Feind hat bereits vier Himmelsminen vernichtet - die letzte erst vor einigen Tagen, bei Welyr! Tausend Menschen starben, vielleicht noch mehr.« In Kellums Gesicht zeigte sich tiefer Kummer. Jess wusste, dass er jahrelang um Shareen Pasternak geworben hatte, die Chefin der vernichteten Ekti-Fabrik von Welyr.

»Ja«, sagte die Sprecherin kühl, »und mein Enkel Berndt gehörte zu den Menschen, die bei Erphano starben. Ich habe ihn ebenso verloren wie Sie Shareen bei Welyr, Del Kellum. Sie brauchen mich nicht an unsere Verluste zu erinnern.«

Jess beschränkte sich weiterhin auf die Rolle des Beobachters und Zuhörers. Er fühlte eine Mischung aus Entsetzen und Unbehagen, wie alle anderen auch. Alle Clan-Oberhäupter wollten unmittelbare, wirkungsvolle Maßnahmen ergreifen, aber niemand von ihnen wusste, wie es vorzugehen galt.

»Sicherheit ist eine Sache, Tollkühnheit eine andere.« Diese Worte stammten von Crim Tylar, einem ehrgeizigen blonden Mann, dem eine alte ildiranische Himmelsmine in der Atmosphäre des Gasriesen Ptoro gehörte. »Vielleicht sollten wir die Ekti-Produktion vorübergehend unterbrechen und die Himmelsminen zurückziehen, bis ... bis diese Angelegenheit geklärt ist.«

»Wahnsinn!«, donnerte Cescas Vater Denn Peroni. Er besaß eine kleine Flotte aus Handelsschiffen und Frachtern. »Der Handel mit Ekti ist das Herzblut der Roamer-Zivilisation. Sollen wir stattdessen Kometenstaub verkaufen?«

»Ekti ist von entscheidender Bedeutung sowohl für die Große Gans als auch für das Ildiranische Reich«, sagte Cesca. »Die gegenwärtige Krise betrifft nicht nur unsere Geschäfte.« Sie kniff nachdenklich die Augen zusammen und wandte sich an Okiah. »Besteht die Möglichkeit, dass die TVF massiv zu unseren Gunsten eingreift? Die Gans hat nicht viel für uns Roamer übrig, aber wenn wir mit einer Unterbrechung der Ekti-Produktion drohen, sollte sie bestrebt sein, ihren Nachschub an Treibstoff für den Sternenantrieb zu sichern.«

Jhy Okiah schürzte die faltigen Lippen. Die anderen Roamer schwiegen und warteten gespannt auf die Antwort der Sprecherin. »Dadurch könnten sich noch größere Probleme ergeben. Wir haben es immer vermieden, die Gans um Hilfe zu bitten.«

»Wann konnten wir jemals davon ausgehen, dass die Gans etwas für uns tun würde?«, rief jemand.

»Ich möchte nicht in der Schuld der Erde stehen«, brummte Crim Tylar. »Sie wird zum denkbar schlechtesten Zeitpunkt Rückzahlung verlangen.«

»Dann besteht die einzige Alternative darin, uns selbst zu schützen«, sagte Jhy Okiah fest.

»Aber wie, verdammt?« Del Kellum stand halb auf und sank dann in der geringen Schwerkraft auf die Sitzbank zurück. »Wir haben kein Militär, deshalb brauchen wir die Tivvis für den Kampf gegen die Fremden.«

Bei der Erwähnung der Terranischen Verteidigungsflotte dachte Jess besorgt an seine Schwester Tasia. Es war seine Pflicht gewesen, ihr die Nachricht vom Tod des Vaters zu schicken, aber sie hatte jetzt ihre eigenen Verpflichtungen. Die Tivvis oder ihr Clan - an wen fühlte sich Tasia jetzt mehr gebunden? Sie hatte sich anwerben lassen und einen Eid abgelegt, den sie nicht einfach ignorieren konnte, um nach Plumas zurückzukehren. Dazu war ein Tamblyn nicht imstande - das wusste Jess sehr gut.

Er zweifelte kaum daran, dass seine Schwester allein zurechtkam. Wenn sie in eine Auseinandersetzung geraten sollte, so taten Jess vor allem die Leute Leid, die Tasia im Weg standen. Doch sie fehlte ihm sehr. Ihr fröhliches Wesen, ihre Schlagfertigkeit und sarkastischen Scherze - das alles wäre ihm auf Plumas sehr willkommen gewesen.

Jess musste sich um die Anliegen seines Clans kümmern, ohne Ross, seinen Vater oder Tasia. Er würde irgendwie damit fertig werden und versuchen, die richtigen Entscheidungen zu treffen. Der einzige Ankerpunkt seines Lebens, der ihm Halt gab - seine Liebe zu Cesca Peroni - musste warten, auf unbestimmte Zeit.

Er beobachtete Cesca, ihre olivfarbene, glatte und perfekte Haut, das spitz zulaufende Kinn, voller Stolz und innerer Kraft gehoben. Die Roamer brauchten Cesca noch mehr als er. So sehr es auch schmerzte: Ihre Liebe würde die Zeit überdauern, die notwendig war, um diese Krise zu bewältigen, und anschließend konnten sie zusammen sein.

Schließlich gingen die Roamer auseinander – ihre Versammlung löste sich auf, wie eine vom Wind verwehte Rauchwolke. Einige Clan-Oberhäupter wiesen darauf hin, dass sie ihre Himmelsminen zurückziehen und die Ekti-Produktion einstellen wollten. Andere meinten, dass die fremden Wesen auch dann angreifen würden, wenn sich die Fabriken in der Umlaufbahn befanden. Welchen Sinn hatte es unter solchen Voraussetzungen, die Minen aus der Atmosphäre zurückzuziehen? Wieder andere Familien stellten in Aussicht, ihre Industrieanlagen und Werften für die Herstellung von Waffen umzurüsten, sobald entsprechende Produktionspläne vorlagen.

Nach der Versammlung ging Jess zu Cesca, um sich von ihr zu verabschieden, aber er brachte es nicht fertig, von den Dingen zu sprechen, die ihn so sehr belasteten. Sie sahen sich an, mit stummen Botschaften in den Augen, doch dann kamen andere Clanmitglieder, um mit Jhy Okiah zu reden. Jess zog sich stumm an Bord seines Raumschiffs zurück und flog fort vom blutroten Zwergstern namens Meyer.

Auf dem Weg nach Plumas, mitten im schwarzen Nichts des Alls, hatte Jess alle Zeit der Welt, um nachzudenken und Pläne zu schmieden. Er war davon überzeugt, mit seinem Wissen und genug Einfallsreichtum Gelegenheit zu finden, einen Schlag gegen die fremden Aggressoren zu führen – eine Möglichkeit, die bei der Versammlung niemand in Erwägung gezogen hatte. Er wollte den Feind dort treffen, wo es diesen besonders schmerzte.

Jess hatte nun Zugang zu allen Ressourcen und Einrichtungen der Tamblyn-Familie. Zwar fehlte ihm Tasia, aber beim Betrieb der Wasserminen konnte er auf die Hilfe zahlreicher tüchtiger Personen zurückgreifen. Plumas war seit Jahrzehnten autark, produzierte Wasser, Luft und konventionellen Treibstoff für die interplanetare Raumfahrt. Jess wollte das Potenzial seines Clans nicht für defensive Maßnahmen nutzen, sondern zu einem Vergeltungsschlag. Er hatte bereits eine Idee.

Die Angriffe der Fremden waren ohne Vorwarnung erfolgt. Jess beabsichtigte, auf die gleiche Weise vorzugehen, um Rache zu nehmen. Tasia wäre sicher stolz auf ihn gewesen.

Das terranische Militär wusste nicht, wo es beginnen sollte. Im Gegensatz zu Jess. Er saß in der Pilotenkanzel seines Schiffes und sah auf den Bildschirm, der ihm von Ross angefertigte detaillierte Karten des Golgen-Systems zeigte.

Die Fremden hatten gezeigt, dass ihnen etwas an dem Gasriesen jenes Systems lag. Jess wollte den Feind finden, der sich in Golgens Tiefen verbarg.

Er betrachtete die Darstellung von Asteroiden und einer ausgedehnten Kometenwolke, die einen Halo um Golgens Sonne formte. Vielleicht, so überlegte Jess, ließ sich das Sonnensystem selbst als Waffe gegen den Feind verwenden.

Seine Augen leuchteten. Ross wäre von dem kühnen, verrückten Plan begeistert gewesen - und hätte nicht daran gezweifelt, dass er funktionieren würde.

77 ✷ NIRA

Zwar gab es viel zu tun, aber Nira konnte sich kaum auf ihre Aufgaben konzentrieren. Die *Saga der Sieben Sonnen* lockte, ein faszinierendes, gewaltiges Epos aus erzählenden Gedichten, aber die Pracht des Prismapalastes, der Stadt Mijistra und, ja, auch die Aufmerksamkeiten des Erstdesignierten Jora'h lockten noch mehr.

Nach dem Besuch des ildiranischen Turniers hatte Jora'h Nira höflich, aber mit einem gewissen Nachdruck zum Essen eingeladen. Sie wusste, dass Botschafterin Otema von ihr Hilfe dabei erwartete, den Weltbäumen aus der *Saga* vorzulesen. Als sie den Erstdesignierten darauf hinwies, zeigte sein Gesicht eine solche Enttäuschung, dass es ihr fast das Herz brach - sie nahm die Einladung an.

Während des langen, köstlichen Essens sprachen sie über Theroc, die grünen Priester und die Waldkultur. Jora'h lächelte und hob ein Kelchglas, das grüne, honigsüße Flüssigkeit enthielt. »Zwar ist er nicht hier, aber ich möchte auf meinen Freund Reynald trinken, der mich sehr faszinierte. Ohne ihn hätte ich wohl kaum Gelegenheit bekommen, Sie kennen zu lernen, und dafür bin ich ihm sehr dankbar.«

Nira lachte höflich und wusste nicht recht, wie sie darauf reagieren sollte.

Zwar übte Otema keine offene Kritik an ihr, weil sie sich von ihren Pflichten ablenken ließ, aber Nira nahm sich am nächsten Tag vor, mindestes zwei Drittel ihrer wachen Zeit damit zu verbringen, den Schösslingen vorzulesen. Das Selbst des Weltwalds nahm die ildiranischen Geschichten auf, fügte sie seinem Wissen hinzu.

Als Nira glaubte, für diesen Tag genug Arbeit geleistet zu haben, gestattete sie sich, den Prismapalast zu erforschen. Dabei wurde sie mit den wild und gefährlich aussehenden Angehörigen des Wächter-Geschlechts konfrontiert, die ihr den Zutritt zu bestimmten Orten verwehrten. Nira wollte sich umsehen und weitere Eindrücke sammeln, aber ihr lag nichts daran, den Weisen Imperator zu verärgern.

Sie wanderte durch Tunnel, die den Empfangssaal der Himmelssphäre umgaben, sah dabei fleißige Arbeiter und andere, seltsame Gestalten, die zu ihr unbekannten Geschlechtern gehörten, große und kleine, mit unterschiedlichen Körperstrukturen. Das granatrote Glas verwischte die Konturen und es fiel Nira schwer, Einzelheiten zu erkennen.

Stille herrschte in den Fluren. Der Weise Imperator gewährte derzeit keine Audienzen und hatte sich in seine Kontemplationskammer zurückgezogen. Die Himmelssphäre blieb zugänglich für Pilger und Besucher, aber das Oberhaupt des ildiranischen Volkes war dort derzeit nicht präsent. Nira presste die Nase ans rote Glas und versuchte, mehr zu erkennen, als sie plötzlich Schritte im Korridor hörte.

Ein hoch gewachsener Mann, der wie Jora'h zum Adelsgeschlecht gehörte, kam aus einem trüben Raum und starrte sie an. Seine Züge erinnerten Nira an die des Erstdesignierten und sie glaubte, eine gewisse familiäre Ähnlichkeit zu erkennen. Aber dieser Mann wirkte strenger. Sein Haar war kürzer, sah fast wie ein Dornenhaube aus.

»Was machen Sie hier?«, fragte er. »Spionieren Sie?«

»Nein, ich ... sehe mir nur alles an. Mein Name ist Nira. Ich stamme von Theroc.« Sie kam sich dumm vor, denn die grüne Haut und ihr menschliches Gesicht identifizierten sie auf den ersten Blick. »Sie sind ... ein Designierter, nicht wahr? Ein Sohn des Weisen Imperators?«

»Was machen Sie hier?«, wiederholte der Mann. »Ich bin der Dobro-Designierte. Muss ich Ihre Aktivitäten meinem Vater melden?«

»Ich führe nichts Böses im Schilde. Erstdesignierter Jora'h hat mir erlaubt, mich hier nach Belieben umzusehen.«

Der Dobro-Designierte musterte sie argwöhnisch. »Ist unsere *Saga der Sieben Sonnen* so langweilig für Sie geworden, dass Sie etwas anderes brauchen, um sich zu beschäftigen?«

»Ganz und gar nicht!« Nira war beschämt und bestürzt. Sie verstand nicht, was sie falsch gemacht und womit sie den Zorn dieses Ildiraners geweckt hatte. Unsicher deutete sie aufs dicke rote Glas. »Ich habe nichts gesehen. Wenn dies ein Bereich mit Zugangsbeschränkung ist, so kehre ich besser in mein Quartier zurück.«

»Das wäre vermutlich am besten«, erwiderte der Dobro-Designierte scharf.

»Ich ... habe es nicht böse gemeint«, sagte Nira.

Der Ildiraner kniff die Augen zusammen und maß sie mit einem durchdringenden Blick. »Nur wenige Leute meinen es böse.«

Nira fragte sich, was er damit meinte. Sie wollte sich schon umdrehen und in die Richtung zurückkehren, aus der sie gekommen war, als der Dobro-Designierte sie mit einer schroffen Frage überraschte. »Stimmt es, dass grüne Priester wie Sie über telepathische Fähigkeiten verfügen? Können Sie mithilfe der Bäume Gedanken und Informationen austauschen, ohne zeitliche Verzögerung selbst über große Entfernungen hinweg?«

»J-ja, das können wir«, stotterte Nira. »Der Weltwald ist groß und enthält viele Gedanken. Ein grüner Priester kann sie alle berühren. Wenn wir eine Verbindung zum Wald herstellen, haben wir Zugang zum Telkontakt.«

»Ist diese Fähigkeit genetisch bedingt?«, fragte der Dobro-Designierte und trat näher. »Wie ist so etwas möglich?«

»Es lässt sich nicht allein auf die genetische Struktur zurückführen«, sagte Nira. »Manche Theronen eignen sich besser für unsere Berufung als andere, aber letztendlich liegt die Entscheidung nicht bei uns selbst, sondern beim Weltwald - er wählt die grünen Priester aus. Viele von uns wissen von Anfang an, dass sie dazu bestimmt sind, sich mit dem Wald zu verbinden. Wir kommunizieren mit den Bäumen und dienen ihnen.«

Der Designierte musterte sie auch weiterhin, kühl und abschätzend. Dann winkte er. »Das ist alles. Sie können gehen.«

Verwundert und desorientiert schritt Nira durch den Korridor. Nach einigen Schritten verharrte sie, blickte über die Schulter und sah, wie der Dobro-Designierte in die entgegengesetzte Richtung ging. Der strenge Mann passierte mehrere Sicherheitstore, bewacht von grimmigen Angehörigen des Wächter-Geschlechts, und betrat dann die privaten Gemächer seines Vaters, des Weisen Imperators.

78 ✷ WEISER IMPERATOR

Die Tür der Kontemplationskammer schloss sich hinter dem Dobro-Designierten und die transparenten Wände trübten sich, hielten neugierige Blicke fern. Niemand konnte sie sehen. Und niemand konnte erahnen, worüber sie sprechen würden.

Der Designierte verbeugte sich förmlich vor dem gewölbten Chrysalissessel des Weisen Imperators. »Ich bin mit einem Bericht gekommen, wie von dir befohlen, Vater.«

Das massige Oberhaupt des ildiranischen Volkes setzte sich auf und die friedfertige Ruhe verschwand aus seinem Gesicht, wich begierigem Interesse. »Hast du die erstaunlichsten Beispiele deiner Experimente mitgebracht.«

»Ja, Herr«, sagte der Dobro-Designierte. Er war nach Jora'h der zweite Sohn des Weisen Imperators, dachte aber mehr in den Bahnen seines Vaters als der Erstgeborene. »Du wirst sie beeindruckend finden. Der Weitblick deines Vaters hat dem ildiranischen Volk eine Chance gegeben.«

Mit dicken Fingern betätigte der Weise Imperator einige Kontrollen. Der Chrysalissessel geriet in Bewegung. Die Rückenlehne richtete sich auf, während sich die Seiten aufeinander zu schoben und Griffe daran erschienen.

Er rief nach Bediensteten und sofort eilten kleine Helfer herbei. Sie stritten miteinander um das Recht, ihre Hände um die Griffe des großen Sessels zu schließen, der jetzt mehr einer Sänfte ähnelte. Levitatoren wurden aktiv und hoben den schweren Thron vom Boden. Der Weise Imperator strich über seinen langen, schlangenartigen Zopf und winkte mit der fleischigen rechten Hand. »Folgt meinem Sohn. Der Dobro-Designierte wird euch den Weg zeigen.«

Mit einem zuversichtlichen Lächeln trat der Designierte durch einen Torbogen in der gegenüberliegenden Wand. Er führte die

Bediensteten aus der Kontemplationskammer über mehrere Rampen, die zu abgelegeneren, isolierteren Räumen führten. Er wusste, dass ihn der Weise Imperator für die harte und sehr unangenehme Arbeit belohnen würde, die er auf Dobro leistete. Die Endergebnisse jener Experimente würden alle Anstrengungen rechtfertigen.

Zwar vibrierte Aufregung im Designierten, aber er zwang sich, langsam zu gehen, als die Bediensteten den Chrysalissessel durch breite Passagen dirigierten. Es ging immer nach unten. Die Ildiraner in diesen Tiefen, vorwiegend Wächter und Angehörige des Erhalter-Geschlechts, rissen erstaunt und voller Ehrfurcht die Augen auf, als sie den unerwarteten Besucher sahen. Dann verneigten sie sich und wichen rasch zur Seite. Der Designierte verharrte auf einer Hover-Plattform, die sie mehrere Ebenen tiefer brachte, zu den gut erhellten Katakomben der Zitadelle. Überall standen leuchtende Glänzer.

Schließlich erreichten sie eine Tür, die von vier monströs aussehenden Angehörigen des Krieger-Geschlechts bewacht wurde. Die Wächter traten beiseite und gaben den Weg frei, sodass die Bediensteten den schwebenden Chrysalissessel durch den Zugang ziehen konnten. Der Weise Imperator sah sich interessiert um und reagierte mit Ungeduld auf alles, das Zeit kostete.

Sie gelangten in eine Galerie aus gläsernen Zimmern. In den transparenten Zellen befanden sich seltsame humanoide Geschöpfe verschiedener Arten. Es handelte sich um ungewöhnliche Mischungen aus Formen, Muskulaturen und Konfigurationen, einige von ihnen imposant, andere entsetzlich, manche jämmerlich.

»Wie du siehst, Vater, hat unser Zuchtprogramm zu unterschiedlichen Resultaten geführt, wie es zu erwarten war. Wir sammeln Daten und versuchen, die gekreuzten Arten zu reproduzieren, die wünschenswerte Eigenschaften aufweisen.«

Der Weise Imperator wies die Bediensteten an, die Sänfte nach vorn zu neigen, damit er in die Zellen sehen konnte. Interessiert betrachtete er nacheinander die sonderbaren Wesen. Einige von ihnen duckten sich vor der massigen Gestalt des Imperators, aber er sah nur Testergebnisse in ihnen, keine lebenden Geschöpfe. In seinem teigigen Gesicht zeigte sich nicht das geringste Mitleid.

Manche Mischlinge hatten Schuppen, andere struppiges Fell. Manche waren sehr muskulös und bei dreien bemerkte der Weise Imperator besonders lange und dicke Gliedmaßen. Zwei Exemplare lagen in den Ecken ihrer transparenten Käfige: missgebildete Wesen mit geringem Überlebenspotenzial, von der Natur nicht vorgesehene genetische Kreuzungen. Alle Kreaturen wiesen eine gewisse Ähnlichkeit mit den bekannten ildiranischen Geschlechtern auf, aber bei den missgestalteten Exemplaren gab es auch noch etwas Fremdes, das nicht auf ildiranische Gene zurückzuführen war.

Der Weise Imperator lehnte sich zurück, mit Abscheu und auch Optimismus im breiten Gesicht. Er wandte sich an seinen zweiten Sohn. »Solche Arten-Kombinationen habe ich nie zuvor gesehen. Die neuen Linien bieten beträchtliches Potenzial für unsere Zwecke.«

Der Dobro-Designierte nickte mit Nachdruck. »Wir versuchen festzustellen, wie stark der menschliche Anteil sein muss. Unsere Testpopulationen sind noch zu klein und die Zeit ... Es sind weniger als zweihundert Jahre vergangen, genug für eine Hand voll Generationen.«

»Natürlich, mein Sohn. Als mein Vater mir diesen geheimen Auftrag gab, und als ich ihn zu Beginn meiner Herrschaft dir überließ, wussten wir, dass es ein langfristiges Projekt mit wichtigen Konsequenzen für das Reich sein würde.«

Der Dobro-Designierte fuhr fort. »Manchmal erweist sich die dritte oder die vierte Generation als stärkste. Die Mischlinge aus Schwimmern und Architekten sind bisher die besten.«

»Gut.« Der Weise Imperator zuckte und die Bediensteten zogen ihn zurück von der Galeriewand, in die Mitte des Besichtigungsraums. »Denk vor allem daran, dass wir die ildiranischen *mentalen und kommunikativen* Fähigkeiten verbessern müssen. Ein Erfolg ist dringender als jemals zuvor nötig.«

»Ich erforsche neue Möglichkeiten, Vater«, erwiderte der Dobro-Designierte. »Allerdings könnten diese Forschungen einige Generationen in Anspruch nehmen, mindestens einige Jahrzehnte.«

Unruhe erfasste den Weisen Imperator und seine Miene verfinsterte sich. »So viel Zeit bleibt uns vielleicht nicht. Die Situation ist schlimmer als jemals zuvor. Die Gefahr ist zurückgekehrt und das Ildiranische Reich muss sich auf die Verteidigung vorbereiten. Wir wollen nicht so enden wie die Klikiss.«

Der schockierte Dobro-Designierte holte tief Luft, um sich zu beruhigen. »Bist du sicher, Vater? Nach all den Legenden und so vielen Jahrtausenden ...«

»Es besteht kein Zweifel. Ich habe es selbst gesehen. Die Hydroger haben sich erneut gezeigt. Selbst das ganze *Thism* ist nicht stark genug für das, was getan werden muss. Ich hatte gehofft, dass die Mischlinge jene Merkmale verstärken. Nichts hat höhere Priorität, nichts ist wichtiger. Wir müssen planen und einen Erfolg erzielen, bevor alle anderen die Natur der Gefahr verstehen.« Der Weise Imperator ballte die Faust, so fest, dass ihm Blut aus dem Handballen rann. »Wir brauchen mindestens einen!«

Der Dobro-Designierte sammelte seine ganze Kraft. »Dann lass mich einen riskanten Vorschlag unterbreiten. Es gibt neue Informationen, Vater. Vielleicht hast du es selbst gesehen. Ich bin eben einem Menschen begegnet, einem grünen Priester von Theroc. Es handelt sich um eine junge und vermutlich fruchtbare Frau. Ihre biologische Verbindung mit den Weltbäumen deutet auf einige ... sehr interessante genetische Möglichkeiten hin.«

Der Weise Imperator bedeutete den Bediensteten, seinen Chrysalissessel in den Korridor zu bringen.

»Ja, ich habe bereits daran gedacht«, sagte er. »Vielleicht müssen wir sie benutzen und uns das von ihr nehmen, was wir brauchen.«

79 ✷ ADAR KORI'NH

Die Kohorte ildiranischer Kriegsschiffe verließ den öden Planeten Dobro und Adar Kori'nh war froh, dass ihn ein neuer militärischer Auftrag erwartete. Unbehagen begleitete ihn, wenn er den trostlosen Planeten besuchte, obgleich er auf Geheiß des Weisen Imperators kam. Was der Dobro-Designierte auf jener Welt anstellte, erschien ihm schrecklich. Nicht einmal Menschen verdienten eine solche Behandlung.

Durch das alles sehende Auge des *Thism* erfuhr und verstand der Weise Imperator viel mehr als der erfahrenste und aufmerksamste Adar. Ein Weiser Imperator war mehr als jeder andere Ildiraner. Er bildete gewissermaßen die Summe des gesamten Volkes, seinen Gipfel. Seine Gedanken, Entscheidungen und Maßnahmen bestimmten die Geschichte des Ildiranischen Reichs. Kori'nh konnte die Entscheidung nicht infrage stellen, was aber keineswegs bedeutete, dass er die dunklen Notwendigkeiten billigte. Der Weise Imperator wusste, was für alle Ildiraner am besten war, selbst wenn manche Personen einen grässlichen Preis bezahlen mussten.

Es stand Adar Kori'nh nicht zu, alles zu verstehen.

Er murmelte einen Fluch und sank im Kommando-Nukleus des Flaggschiffs in seinen runden Sessel. Selbst wenn es der Weise Imperator am besten wusste, selbst wenn das Ergebnis auf irgendeine rätselhafte Weise dem Wohl der Ildiraner diente - Kori'nh glaubte nicht, dass die unheilvollen Experimente auf Dobro als heldenhafte Taten gelten konnten. Sie würden nie Eingang finden in die *Saga der Sieben Sonnen.*

»Wir haben Kurs auf das Hyrillka-System genommen, Adar«, sagte der Navigator, ein Septa, der für den Posten an Bord des Flaggschiffs auf das Kommando einer kleineren Schiffsgruppe verzichtet hatte. Er und die anderen Brückenoffiziere schienen erleichtert darüber zu sein, Dobro zu verlassen.

Bei Hyrillka, am Rand des Horizont-Clusters, würden sie eine der traditionelleren Pflichten der Solaren Marine erfüllen: Himmelsparaden. Vor dem inneren Auge sah Kori'nh, wie seine prächtigen Kriegsschiff über das Firmament von Hyrillka zogen und komplexe Manöver flogen. Der joviale Hyrillka-Designierte liebte solche Spektakel und veranstaltete gern Feste, um ildiranische Leistungen zu feiern.

Seit einiger Zeit schickte der Weise Imperator die Solare Marine immer häufiger in solche Einsätze. Er hatte Adar Kori'nh sogar angewiesen, die nächste Luftparade selbst zu befehligen, aus Anlass seines Geburtstags. Nach vielen Jahren tadellosen Dienstes war der Adar dieser dummen Zurschaustellungen prahlerischen Wagemuts überdrüssig geworden. Er wollte Dinge leisten, die mehr Substanz und mehr Bedeutung hatten.

Doch nach dem scheußlichen Anblick auf Dobro war er froh, mit etwas beauftragt zu sein, das ihn in emotionaler Hinsicht weitaus weniger belastete.

Die Kohorte flog in perfekter keilförmiger Formation in Richtung Horizont-Cluster. Als der Sternenantrieb die Schiffe auf Reisegeschwindigkeit beschleunigt hatte, entschuldigte sich Kori'nh. »Ich suche mein Quartier auf, um mich dort mit militärischer Strategie zu befassen.«

Seine Crew kannte ihre Aufgaben und er rechnete nicht mit Problemen. Während seiner ganzen beruflichen Laufbahn hatte er nie

Probleme erwartet. Die Solare Marine war eine prächtige Flotte, die beste, die es jemals im Spiralarm gegeben hatte. Doch seit vielen langen ildiranischen Generationen gab es keinen Feind, gegen den sie kämpfen konnte. Es war Kori'nh immer ein Rätsel gewesen, warum die Weisen Imperatoren es über Jahrtausende hinweg für nötig gehalten hatten, eine so große Streitmacht zu unterhalten, obwohl keine Bedrohung von außen existierte.

Doch ein Weiser Imperator verstand mehr als alle anderen Ildiraner, wusste viel von der Galaxis und alles über die lebende Geschichte ihres Volkes.

Kori'nh saß in seiner Kabine und las in der *Saga*, einer privaten Kopie wichtiger Abschnitte, die er immer an Bord des Flaggschiffs hatte. Er war mehrmals in Versuchung geraten, einen Erinnerer für die Flotte einzustellen, einen Historiker, der den Soldaten in ihrer Freizeit heroische Geschichten erzählte. Aber Kori'nh vermutete, dass sich außer ihm niemand so sehr für Militärgeschichte interessierte.

Das ildiranische Volk war ein einheitlicher Organismus aus Milliarden von Personen, die durch die dünnen Fäden des *Thism* miteinander verbunden waren. Ildiraner hatten keine äußeren Feinde, kannten keinen inneren Hader und keine Bürgerkriege - mit einer Ausnahme. Jene Geschichte las Kori'nh erneut, nachdem er die Glänzer so aufgestellt hatte, dass ihr Schein dem der sieben Sonnen von Ildira ähnelte.

Ein Designierter hatte damals eine Kopfverletzung erlitten und nach der Rekonvaleszenz konnte er sich nicht mehr mit dem *Thism* verbinden. Er fühlte nicht mehr die Präsenz des Weisen Imperators, empfing keine Anweisungen von ihm. Er war allein ... isoliert ...

Der Designierte hatte eine Vision von Unabhängigkeit. Er führte seinen Planeten in einen Bürgerkrieg gegen den Weisen Imperator und versuchte, sich vom Ildiranischen Reich zu lösen und mit einer eigenen Geschichte zu beginnen. Den Bewohnern seiner Welt gegenüber behauptete der abtrünnige Designierte, noch immer Kontakt zum *Thism* zu haben, und sie glaubten ihm, folgten ihm in den Krieg. Doch seine Vision von Unabhängigkeit brachte nur Blutvergießen und Tod. Schließlich wurde der wahnsinnige Sohn des Weisen Imperators ermordet und sein in die Irre geleitetes Volk zurückgeführt in die unbefleckte Gemeinschaft des *Thism*. Der grässliche Bürgerkrieg hatte tiefe Narben in der ildiranischen Psyche hinterlassen. Über Jahrhunderte hinweg sangen Erinnerer Balladen über die tragischen Ereignisse.

Kori'nh legte die *Saga*-Dokumente beiseite und fühlte sich immer mehr von Schwermut erfasst. Er öffnete Schubladen, holte die vielen Medaillen und Ordensbänder hervor, mit denen er über die Jahre hinweg ausgezeichnet worden war. Mit Tüchern und Creme begann er, alles auf Hochglanz zu polieren.

Leider hatte er die meisten glänzenden Orden für traditionelle Dienste bekommen: spektakuläre Manöver, militärische Paraden, erfolgreiche Rettungsmissionen wie bei Crenna oder Einsätze, bei denen seine Soldaten schwierige zivile Konstruktionsaufgaben bewältigt hatten.

Die Ildiraner waren nie mit einem großen Feind konfrontiert worden; in ihrer ganzen Geschichte hatte nie ein epischer Konflikt stattgefunden. Die Menschen waren beunruhigend, aber auch zu desorganisiert, um eine echte Gefahr darzustellen. Die Klikiss existierten nicht mehr und die anderen Lebensformen im Spiralarm waren zu primitiv für die Raumfahrt.

Kori'nh hoffte, eines Tages bedeutsamen Ruhm zu erringen. Bevor er starb, wollte er etwas Großartiges leisten, das ihm einen Platz in der *Saga* sicherte. Sein ganzes Leben lang hatte Adar Kori'nh auf einen würdigen Gegner gewartet.

Doch derzeit beschränkte sich seine Pflicht darauf, die Tüchtigkeit der Solaren Marine zu demonstrieren, zur Unterhaltung des Hyrillka-Designierten.

Adar Kori'nh beobachtete die Darbietungen stolz und neben ihm stand der rundliche Hyrillka-Designierte auf, um zu applaudieren. Auf einem anderen Platz der Tribüne saß Thor'h, erstgeborener adliger Sohn des Erstdesignierten; ihm schien das Spektakel ebenfalls zu gefallen. Zwar war Thor'h nicht viel jünger als sein Halbbruder Qul Zan'nh, aber der adlige Sohn wirkte unreif und verhätschelt. Ihm blieben noch mehr als hundert Jahre, bevor er damit rechnen musste, im Prismapalast die Verantwortung für das ildiranische Volk zu übernehmen - er genoss das Leben unbeschwert.

Am Himmel glänzten nahe Sterne wie Edelsteine, hell genug, um auch am Tag gesehen zu werden. Des Nachts füllte die Pracht des Horizont-Clusters das Firmament mit genug Licht für die die Dunkelheit fürchtenden Ildiraner.

Dicke Ranken aus bunten Blumen wuchsen büschelweise an den hohen Gebäuden und ihr süßer Duft strich über die Tribünen. Makellos gekleidete Vergnügungsgefährtinnen umgaben den Platz des Designierten und er richtete bewundernde Blicke auf sie, während Thor'h nur Augen für das Geschehen am Himmel hatte.

Zwei große Kriegsschiffe schwebten über der primären Stadt. »Sie sollen das letzte Manöver wiederholen!«, rief Thor'h mit jungenhaftem Staunen in den Augen.

»Wie Sie wünschen, Designierter.« Der Adar sprach in ein Kommunikationsgerät an seinem Handgelenk.

Die schnellen interorbitalen Schiffe flogen in einem weiten Bogen fort und kehrten dann zur Hauptstadt von Hyrillka zurück. Sie zogen mehrere Kilometer lange Bänder hinter sich her, die aus reflektierendem Metall bestanden und sich schlangenartig hin und her wanden. Die Raumschiffe flogen so niedrig, dass sich die blühenden Nialias auf den weiten Feldern hin und her neigten. Blaue Blütenblätter flatterten. Die mobilen männlichen Komponenten der Pflanzenmotten lösten sich von den Stängeln und ergriffen die Flucht.

Der Hyrillka-Designierte und der junge Thor'h jubelten begeistert.

Rusa'h, der Hyrillka-Designierte, war der dritte Sohn des Weisen Imperators. Seine edlen Züge ähnelten denen Jora'hs, aber der jüngere Designierte war korpulenter als sein ältester Bruder und das rundliche Gesicht wies größere Ähnlichkeit mit dem des gottartigen Oberhaupts der Ildiraner auf. Noch vor dem Eintreffen der Kohorte hatte der Designierte einen Feiertag proklamiert, mit Festen und Tanz für alle Arten in der Stadt, von der Großen Zitadelle bis hin zu den Feldern und Äckern. Er wollte die Soldaten der Solaren Marine mit Musik, Festschmaus und erfahrenen Vergnügungsgefährtinnen willkommen heißen.

»Ihre Besatzungen sind unglaublich geschickt, Adar Kori'nh«, sagte der junge Thor'h. »Die Piloten und Waffenspezialisten ... Es sind wahre Himmelsakrobaten!«

»Sie haben viel Zeit, um zu üben«, erwiderte Kori'nh und fühlte sich seltsam enttäuscht. »Einer meiner besten Piloten ist Ihr Bruder Qul Zan'nh.«

Erneut flogen die großen Schiffe über die Tribünen hinweg und zogen ihre glitzernden Bänder hinter sich her. Das Publikum applaudierte. Einige Zuschauer kletterten an den Blütenranken empor, in der Hoffnung, mehr zu sehen. Die Schiffe wendeten und beschleunigten dann zu einem letzten Überflug.

Es fiel Kori'nh sehr schwer, die Festlichkeiten auf Hyrillka zu ertragen - es wäre ihm lieber gewesen, in eine Schlacht zu ziehen. Schon nach einer Stunde langweilte er sich und es kostete ihn viel Kraft, sich nichts anmerken zu lassen. Der junge Thor'h und sein Onkel schienen alles sehr faszinierend zu finden.

Die Feiern gingen im Zwielicht weiter, im matten, bunten Schein der Sterne des nahen Clusters. Breite Bewässerungskanäle führten in geraden Linien zu den Nialiafeldern und die leuchtenden Gelfische im Wasser ließen sie silbrig schimmern. Der junge Thor'h wirkte müde und erschöpft, wollte sich aber nicht zurückziehen. Immer wieder konsumierte er Anregungsmittel, die aus Nialia-Samenkapseln gewonnen wurden und zu den wichtigsten Exportgütern Hyrillkas zählten.

Das Lachen, die Musik und das Trinkgelage schenkten Kori'nh keine Freude. Er verzichtete auf eine Vergnügungsgefährtin, obgleich der Designierte ihm mehrmals seine Lieblingsgefährtinnen anbot. Schließlich schickte der Sohn des Weisen Imperators die Frauen zu den Dampfbädern und versprach ihnen, sie für das mangelnde Interesse des Adars zu entschädigen.

Kori'nh geduldete sich noch etwas länger, bis er es einfach nicht mehr ertrug und dem Designierten höflich vorschlug, sich um seine Gefährtinnen zu kümmern. Dann ließ er sich von einem kleinen Shuttle zum fast leeren Flaggschiff zurückbringen.

Einige Stunden lang las er in seiner Kabine, aber diesmal galt seine Aufmerksamkeit nicht der *Saga der Sieben Sonnen*, sondern der menschlichen Militärgeschichte. Während der letzten zehn Jahre war Kori'nhs Interesse an den Kriegen und Katastrophen der Terraner immer mehr gewachsen. Die verzweifelten Strategien menschlicher Generale - geistige Kollegen des Adar - gingen weit über die Vorstellungskraft ildiranischer Soldaten hinaus.

Es erstaunte ihn immer wieder, dass ein einzelnes Volk, an einen Planeten gebunden, so viel Hader und Zwist hervorgebracht hatte. Im Verlauf weniger Jahrhunderte hatten die Menschen mehr Kriege geführt als die Ildiraner in ihrer ganzen aufgezeichneten Geschichte. Zwar beneidete Kori'nh die Erde nicht um ihr Blutvergießen, aber ihn faszinierten die »Gedankenexperimente«, die er durchführen konnte, indem er sich mit Napoleon, Hitler und Hannibal befasste.

Während er darauf wartete, dass die Feiern auf Hyrillka endeten, nahm eine Idee Gestalt an. Adar Kori'nh beschloss, seine Subcommander zu einer wichtigen Besprechung zu versammeln, sobald die Kohorte der Solaren Marine den Horizont-Cluster verließ.

Der Adar wies seinen Navigator an, die Kohorte auf Relativgeschwindigkeit null zu bringen, mitten im interstellaren Raum, weit von allen Sternen und eventuellen Beobachtern entfernt.

Die Qul-Subcommander, Befehlshaber der sieben Manipel, und der Tal-Aufseher der ganzen Kohorte kamen der Anweisung des Adar verwundert nach und versammelten sich an Bord des Flaggschiffs. Kori'nh musterte sie in seinem privaten Konferenzzimmer, im Schein hell strahlender Glänzer.

Die meisten Manipel-Kommandanten saßen ruhig da und erwarteten Befehle. Doch Tal Aro'nh, verantwortlich für alle 343 Schiffe, reagierte beunruhigt auf die plötzliche Änderung der Pläne. »Aber Adar Kori'nh, wir müssen unsere Verpflichtungen wahrnehmen. In zwei Wochen erwartet man uns bei Kamin. Der dortige Designierte hat eine ganz neue Arena errichten lassen, um unsere Ankunft zu feiern. Freiwillige aus sieben Geschlechtern haben Fahnen genäht und ein Willkommensballett vorbereitet ...«

»Danke, Tal Aro'nh«, sagte Kori'nh scharf. »Ich werde Sie zu Rate ziehen, wenn es mir schwer fällt, über die Prioritäten der Solaren Marine zu entscheiden.«

Der konservative alte Tal schwieg verlegen.

Kori'nh musterte die Subcommander erneut und wartete, bis er ihre volle Aufmerksamkeit hatte. Durch das *Thism* verstand der Weise Imperator, was der Adar beabsichtigte, und er billigte es. Kori'nh spürte die Präsenz des Imperators: Er sah alles, beobachtete die Bewegungen der Flotte wie ein gutmütiger Gott.

Der Adar wusste, dass er aus einem Impuls heraus handelte, aber er hielt diese Sache für wichtig und war neugierig darauf, was die Solare Marine leisten würde. Gleichzeitig fürchtete er das Ergebnis.

»Ich habe mehrere militärische Strategiespiele von der Erde besorgt, Computersimulationen, die Menschen hauptsächlich für Unterhaltungszwecke verwenden.« Kori'nh verteilte Datenkarten, auf denen die Simulationen gespeichert waren, in einem für die Kommandosysteme der Kriegsschiffe lesbaren Format. »Sie haben einen

Tag Zeit, um sich damit vertraut zu machen. Anschließend fordere ich Sie zu einem Spiel gegen mich heraus.«

Die versammelten Quls wussten nicht, was sie davon halten sollten. Tal Aro'nh wirkte verwirrt und auch besorgt. »Aber Adar, welche Bedeutung können menschliche ... Spiele für unsere Pflichten in der Solaren Marine haben?«

Kori'nh richtete einen kühlen Blick auf den alten Mann. »Sie haben sehr wohl Bedeutung, Tal Aro'nh. Was ist, wenn der Weise Imperator den Menschen eines Tages den Krieg erklärt? Wäre es nicht besser, rechtzeitig einen Eindruck von ihrer Strategie zu gewinnen?«

»Ein Krieg gegen die Menschen?«, murmelten die Quls.

In Tal Aro'nhs Gesicht zeigte sich jetzt Ärger. »Unmöglich, Adar! Eine solche Entscheidung würde der Weise Imperator nie treffen.«

Kori'nhs Stimme wurde noch schärfer und so drohend wie eine gezückte Klinge. »Wollen Sie jetzt behaupten, die Gedanken des Weisen Imperators zu kennen? Glauben Sie vielleicht zu verstehen, wie das Oberhaupt unseres Volkes die Entscheidungen trifft, die das ganze Reich beeinflussen? *K'llar bekh!* Soll ich Ihnen die Hoden abschneiden, um zu sehen, ob Sie dann Zugang zum *Thism* haben?«

Tal Aro'nh gab sofort nach. »Nein, Adar.« Er griff nach seiner Datenkarte. »Wir werden uns mit den Simulationen befassen und beim ... Spiel gegen Sie antreten, ohne jede Verlegenheit.«

Kori'nh hatte die Spiele bereits ausprobiert und in seinem Quartier eigene Simulationen durchgeführt. Die meisten Szenarien waren einfach und naiv, präsentierten ein kindisch klares Ziel, für gewöhnlich die Eroberung einer Welt.

Er beendete die Besprechung und die Quls kehrten an Bord ihrer jeweiligen Schiffe zurück.

Zwei Tage später verwickelte Kori'nh die Subcommander in eine Raumschlacht nach menschlichem Stil, ohne Pomp und sorgfältig einstudierte Manöver, ohne einen Plan, den jeder Offizier im Voraus kannte.

Alle Subcommander versagten, und zwar so jämmerlich, dass selbst Tal Aro'nh in Verlegenheit geriet.

80 ✷ TASIA TAMBLYN

Alle TVF-Rekruten wurden in den Vortragssaal der Marsbasis gerufen. Tasia begleitete Robb Brindle in den kalten, grell erleuchteten Raum, der sich in einem von einer Kuppel überspannten Krater befand. Sie hatte ein flaues Gefühl in der Magengrube und ahnte nichts Gutes.

»Ich fürchte, uns erwarten schlechte Nachrichten«, sagte sie.

Robb sah sie aus großen honigbraunen Augen an. »In letzter Zeit gibt es keine anderen«, erwiderte er. »Was jetzt wohl passiert sein mag?«

Auch die anderen Rekruten waren unruhig und sprachen leise miteinander. Den letzten Monat hatten sie damit verbracht, unterschiedlich konfigurierte Angriffsjäger zu fliegen, in entlegenen Bereichen des Mars Bomben abzuwerfen und auf Ziele zu schießen, die man an mehrere Kilometer hohe Schluchtwände gemalt hatte.

Tasia bekleidete inzwischen den Rang eines Lieutenants und verdankte ihre rasche Beförderung auch dem Umstand, dass die TVF immer mehr Rekruten bekam. Vor allem bei Solo-Missionen leistete sie Hervorragendes. Sie flog ihr umgerüstetes Schiff schneller und entschlossener als die anderen. Instinktiv verstand sie die verschiedenen mechanischen und elektronischen Systeme, denn als Roamer war sie an Flexibilität gewöhnt.

Im Zuge der gewaltigen Mobilisierung gegen die geheimnisvollen Fremden blieb den Tivvis gar nichts anderes übrig, als alle Schiffe zu nehmen, die sie bekommen konnten. Es entstand eine Flotte, die aus tausend verschiedenen und modifizierten Schiffstypen bestand. Viele der verwirrten Rekruten klagten über die mangelnde Standardisierung, aber Tasia erkannte die Unterschiede und das individuelle Potenzial der einzelnen Schiffe. Sie wahrte den Überblick und wusste, welches Raumschiff sich wofür am besten eignete.

In Schwierigkeiten geriet sie nur bei Bodenmissionen in Gruppen, wenn sie zu unsinnigen Märschen und Infanterieübungen gezwungen war, die ihr wie primitive Volkstänze erschienen. Tasias Leistungen ließen zu wünschen übrig, wenn sie als geistloses Teammitglied agieren sollte. Bei einem jener Einsätze hatte Robb Brindle scherzhaft gesagt: »Mit deiner Einstellung und deiner Unabhängigkeit erwartet dich entweder das Kriegsgericht oder die Uniform eines Generals.«

Als alle Rekruten im Vortragssaal Platz genommen hatten, trübte sich das Licht. Die Kuppel gewährte Ausblick in die marsianische Nacht; Phobos und Deimos zogen über den dunklen Himmel.

Eine einzelne Lampe erhellte das Podium und der TVF-Verbindungsoffizier Admiral Stromo trat in ihren Schein. Tasias Unbehagen verdichtete sich. Wenn sich der Admiral an die Rekruten wandte, musste es sich wirklich um eine ernste Angelegenheit handeln. Stille herrschte und die allgemeine Anspannung wuchs.

Admiral Stromo kam sofort zur Sache. »Wir haben neue Bilder, die unseren Feind zeigen«, sagte er. »Meine taktischen Berater untersuchen sie, um weitere Informationen zu gewinnen, aber ich möchte Ihnen allen Gelegenheit geben, die Aufnahmen zu sehen. Sie sollen einen Eindruck davon bekommen, womit wir es zu tun haben.«

»Wenn sich die Fremden jemals zeigen, bekommen sie von uns einen ordentlichen Tritt in den Arsch«, murmelte einer der Rekruten in Tasias Nähe. Die Freunde des jungen Mannes kicherten leise.

»Wir haben von drei weiteren Himmelsminen der Roamer erfahren, die während des vergangenen Monats vernichtet wurden. Insgesamt sind es jetzt fünf. Die Bilder, die Sie gleich sehen werden, zeigen die letzten Minuten einer solchen Anlage in der Atmosphäre des Gasriesen Welyr.«

Stumm beobachteten die jungen Soldaten eine Projektion in der Mitte des Vortragssaals. Wie kristallen wirkende, dornige Kugeln kamen aus Welyrs Tiefen, ohne den ausgedehnten Sturmgebieten Beachtung zu schenken, näherten sich der Himmelsmine.

Admiral Stromos Stimme hallte durch den Saal und fügte den Bildern einen Kommentar hinzu, der eigentlich gar nicht nötig war. »Die Kommandantin der Himmelsmine veranlasste sofort die Evakuierung und zahlreiche Scoutschiffe versuchten zu entkommen. Die Ekti-Tanks wurden separiert, ohne dass die Fremden Interesse daran zeigten.«

Die Soldaten beobachteten, wie sich die Tanks von der Himmelsmine lösten und in den Tiefen des Gasriesen verschwanden. »Die Roamer boten mehrmals ihre Kapitulation an, aber die Fremden reagierten nicht. Sie ... griffen einfach an.«

Shareen Pasternak - Tasia erinnerte sich plötzlich an den Namen.

Die Welyr-Kommandantin hatte sich manchmal mit Ross getroffen. Jetzt waren sie beide Opfer des Feinds geworden.

Stromo schwieg, während die Aufnahmen zeigten, wie sich auch die Habitatkuppel von der Himmelsmine löste. Tasia wusste: Eine solche Maßnahme wurde nur dann getroffen, wenn es keinen anderen Ausweg gab, wenn der Chief jede Hoffnung verloren hatte.

»Die Kommandantin der Himmelsmine versuchte, ihre Crew in Sicherheit zu bringen, aber die Fremden verfolgten sie, ganz offensichtlich mit der Absicht, alle zu töten.«

Die Bilder zeigten, wie die Kugeln das Habitatmodul in eine Wolke aus heißen Splittern verwandelten. Dann machten sie in aller Ruhe kehrt und vernichteten auch den Rest der Himmelsmine. Ihre Trümmer fielen durch die Wolken des Gasriesen.

Die gesamte Crew war tot. Tasia schluckte und versuchte, ihren Zorn unter Kontrolle zu halten, den Drang, sofort etwas zu unternehmen. Sie verabscheute es, auf dem Mars zu sein, ohne direkt in das Geschehen eingreifen zu können.

»Einige Scoutschiffe der Roamer blieben eine Woche lang in den oberen Schichten der Atmosphäre von Welyr«, sagte Stromo. »Von ihnen stammen die Aufzeichnungen, die Sie gerade gesehen haben. Aber die Leistungsfähigkeit ihrer Lebenserhaltungssysteme war begrenzt und sie hatten nicht das Triebwerkspotenzial für interstellare Flüge. Als schließlich Rettung kam, gab es an Bord der kleinen Schiffe keine Überlebenden mehr.«

Robb Brindle sah Tasia an und wusste um ihren Schmerz. Er griff nach ihrer Hand und drückte sie, aber die junge Frau fühlte es kaum. Ihre Finger waren eiskalt.

Die Bilder verschwanden. »Das ist alles«, sagte Stromo. »Einfache visuelle Informationen, mehr nicht. Unsere Fachleute analysieren die Aufnahmen. Falls sich dabei etwas ergibt, so werden wir Sie davon in Kenntnis setzen.«

Das Licht auf dem Podium verblasste. »Wegtreten.«

Tasia gab kaum einen Ton von sich, als sie zu den Kasernen zurückkehrten. Robb Brindle ging schweigend neben ihr und spendete ihr mit seiner Gegenwart Trost. Sie hoffte, dass er verstand, wie sehr sie es zu schätzen wusste. Inzwischen kannte er sie gut genug, um nicht zu versuchen, sie aufzumuntern oder mit einem harmlosen Gespräch abzulenken.

Als sie den Gemeinschaftsraum unweit der Spinde und Quartiere betraten, warf Patrick Fitzpatrick Tasia einen demonstrativen Blick zu, wandte sich dann an seine Kameraden und hob die Stimme. »He, wenigstens waren es nur *Kakerlaken*, die ums Leben kamen«, sagte er und schien jedes einzelne Wort zu genießen. »Aber beim nächsten Mal müssen vielleicht richtige Menschen dran glauben.«

Zorn erwachte in Tasia. Robb trat vor sie und bedachte den jungen Mann mit einem finsteren Blick. »Du Hohlkopf. Vielleicht hast du die Besprechung verpasst, bei der man uns mitteilte, wer der eigentliche Feind ist.«

»Ach, halt die Klappe, Brindle«, sagte Fitzpatrick und ärgerte sich darüber, dass der junge Schwarze gegen ihn Position bezog.

Robb schüttelte den Kopf. »Deine Dummheit ist gefährlicher als jene Fremden.«

Mit übertriebener Geduld und einem stahlharten Lächeln berührte Tasia Robb an der Schulter. »Danke, Brindle. Es ist schön, einen kühnen Ritter zu haben, aber ich verfüge über meine eigene Rüstung und sie kann einiges aushalten.« Sie näherte sich dem arroganten Fitzpatrick. »Du hast zwei Möglichkeiten, Kleeb: Entweder entschuldigst du dich oder man bringt dich zur Krankenstation.«

Fitzpatrick lachte nur. Womit er sich für die Krankenstation entschied.

Tasia nutzte die geringe marsianische Schwerkraft aus, sprang, flog dem eingebildeten Narren entgegen und schlug mit beiden Fäusten zu - eine traf ihn am Kinn, die andere auf dem Kopf. Er taumelte an die Metallwand und sie stieß sich von seiner Brust ab, hörte dabei, wie einige Rippen knackten. Die Decke gab Tasia neuen Schwung und sie griff erneut an, mit Knien und Ellbogen, Füßen und Fäusten.

Fitzpatrick setzte sich zur Wehr, aber sehr ungeschickt, denn er hatte immer Leute um sich herum gehabt, die ihn beschützten. Tasia versetzte ihm einen Schlag auf die Nase, der Blut spritzen und bei ihrem Gegner den letzten Rest des herausfordernden Benehmens verschwinden ließ.

Fitzpatricks Freunde mischten sich ein und griffen Tasia von hinten an. Sie wirbelte herum und dachte nicht einen Augenblick daran, den Rückzug anzutreten.

Als Robb Brindle sah, dass Tasia in Bedrängnis geriet, stürzte er sich ebenfalls ins Getümmel.

Sowohl Tasia als auch Fitzpatrick endeten auf der Krankenstation, mit Prellungen, Schnittwunden und einigen angeknacksten Knochen. Die junge Frau sah eine gewisse Ironie darin, dass sie von ihrem eigenen Kompi behandelt wurde, der mit einem Erste-Hilfe-Programm ausgestattet worden war, damit er sich in der Basis nützlicher machen konnte.

Beide Rekruten wurden mit einem offiziellen Verweis bestraft, der Tasia nichts bedeutete. Doch in Fitzpatricks Gesicht sah sie ein Unbehagen, das auf Folgendes hinwies: Er fürchtete seine Eltern mehr als eventuellen Schaden für die militärische Karriere.

Tasia konnte die Krankenstation zwei Tage eher verlassen als Patrick Fitzpatrick III. Ihre beiden Brüder wären stolz auf sie gewesen.

81 ✷ BENETO

Corvus Landing war so weit von dicht besiedelten Hanse-Kolonien entfernt, dass Benetos Reise mehr als einen Monat in Anspruch nahm. Diese Zeit gab dem alten Talbun Gelegenheit, alle Angelegenheiten seines Lebens in Ordnung zu bringen.

Beneto nahm einen kleinen Schössling mit, damit er während der langen Reise mit dem Weltwald in Verbindung bleiben konnte. Er flog mit drei verschiedenen Raumschiffen, erst mit einem Passagierschiff, dann an Bord eines Frachters und schließlich mit einem freiberuflichen Forscher, bevor er endlich sein neues Zuhause erreichte.

Er landete in Colony Town, begleitet von Frachtbehältern, Käfigen mit lautem Vieh, Versorgungs- und Ausrüstungsgütern sowie einigen besonderen Dingen von Theroc. Mit einem zufriedenen Lächeln stieg Beneto aus, atmete die Luft des Planeten und nahm die besonderen Düfte einer ungezähmten Welt wahr, auf der sich die terranische Landwirtschaft nur langsam ausbreitete.

Corvus Landing war ein junger, geologisch ruhiger Planet mit mildem Klima und nur geringer einheimischer Vegetation. Selbst die Meere waren seicht und die Landmassen größtenteils flach – es gab nur einige niedrige Hügelketten.

Beneto stand im hellen Licht, ohne die Schatten eines dichten Walds, nahm die Details in sich auf und spürte, wie der Sonnenschein seine grüne Haut prickeln ließ. Aus den Informationen, die er per Telkontakt aufgenommen hatte, ging hervor, dass es gelegentlich zu heftigen Stürmen kam, die mit der Gewalt von Orkanen über die Ebenen brausten. Er griff auf von Talbun übermittelte Erinnerungen zurück und erlebte eins dieser Unwetter, durch die »Augen« der lokalen Weltbäume gesehen.

Die Gebäude von Colony Town waren mit Rücksicht auf das Wetter niedrig und aerodynamisch geformt. Die Getreidepflanzen auf den Feldern zeichneten sich durch eine besondere Widerstandskraft aus. Der Zorn des Orkans presste sie an den Boden, aber später, wenn die dunklen Wolken verschwanden und die Sonne zurückkehrte, richteten sie sich wieder auf.

Beneto bedauerte es keineswegs, hierher gekommen zu sein. Selbst der kleine Baum, den er mitgebracht hatte, schien sich zu freuen.

Als Talbun kam, um ihn zu begrüßen - die Haut dunkel und geziert von hundert Tätowierungen, Hinweise auf die beeindruckenden Leistungen im Laufe seines Lebens -, hatte Beneto das Gefühl, ihn seit vielen Jahren zu kennen. Talbun umarmte den jungen Mann mit dürren Armen. »Ich bin sehr dankbar, dass du gekommen bist. Und die Bäume danken dir ebenfalls.« Er berührte den kleinen Baum, den Beneto mitgebracht hatte, schien auch ihn zu begrüßen.

Beneto lächelte. »Die Siedler von Corvus Landing möchten nicht auf einen grünen Priester verzichten. Du hast sie verwöhnt.«

Talbun lachte. Selbst sein Zahnfleisch war grün. »Die Kolonisten greifen nicht oft auf meine Dienste zurück, aber Zugang zum Telkontakt und damit auch zu den neuesten Nachrichten zu haben ... Das gibt dieser Welt einen gewissen Status in der Hanse.«

»Ah, Status. Ich bin der zweite Sohn der Regenten von Theroc. Glaubst du, die Siedler werden mit so viel Bedeutung fertig?«

Talbun führte den jüngeren grünen Priester fort vom kleinen Raumhafen der Kolonie. Eigentlich war dieser nicht mehr als ein gepflasterter Platz, der für den Flohmarkt oder als Versammlungsort diente, wenn keine Schiffe landeten.

»Sie werden sich schnell daran gewöhnen und dann sehnst du dich bestimmt nach deiner Pilzriff-Stadt zurück. Warum möchtest du ein einfacher Mönch sein, wenn du als König leben kannst?« Talbuns Frage war scherzhaft gemeint, aber in seinen Worten erklang auch eine gewisse Sorge. »Ich überlasse diese Leute deiner Obhut, Beneto.«

»Sei unbesorgt. Meine wichtigste Verpflichtung gilt den Bäumen. Ich möchte hier leben, den Bäumen vorlesen und den Hain gedeihen sehen. Ich habe nichts dagegen, mir die Hände schmutzig zu machen, um den Kolonisten zu helfen. Es freut mich einfach, nützlich zu sein.«

Talbun schwieg einige Sekunden lang, während sie den Weg fortsetzten. Dann erschien ein Lächeln auf seinem dunklen Gesicht und er sagte: »Ich weiß, Beneto. Alle Informationen, die ich von den Weltbäumen über dich bekommen habe, weisen darauf hin, dass der Hain und die Siedler bei dir in guten Händen sind.« Er ging schneller. »Beeilen wir uns. Der Bürgermeister und tausend Kolonisten wollen dich willkommen heißen, sich vorstellen und dir Geschichten über mich erzählen.«

»Dafür gibt es später noch Zeit genug«, erwiderte Beneto. »Ich bin lange im All gewesen und würde gern die Bäume sehen, die du hier gepflanzt hast.«

Der alte Priester ging beschwingt und brachte Beneto fort von den in konzentrischen Kreisen angeordneten niedrigen Gebäuden. Sie folgten dem Verlauf eines Pfades, der in ein langes, flaches Tal führte. Dort wuchsen die von Talbun gepflanzten Weltbäume im Schein der Sonne Corvus. Beneto spürte sie, noch bevor er sie sah. Er hatte das Gefühl, nach langer Zeit einen alten Freund zu treffen.

»Als die ersten Kolonisten hierher kamen, fanden sie eine Welt vor, die Arbeit verlangte, um zu ihrer Heimat zu werden«, sagte Talbun. »Die Untersuchungen der Hanse zeigten, dass es im Norden Erze und Mineralien gab, ohne eine Vegetation, die den Tagebau behindert hätte. Der größte Teil des Geländes bestand aus frei liegendem Felsgestein, ohne irgendwelche Pflanzen.«

»Ich habe beim Landeanflug einheimische Vegetation gesehen«, meinte Beneto.

»Ein miteinander verflochtenes haariges Moos – es gibt hier nicht einmal Gras. Die Moose verbreiten sich mithilfe von Trieben. Die größten Pflanzen von Corvus sind einfache Farne, die mir höchstens bis zu den Schultern reichen.« Talbun stieg den Hang eines Hügels empor und atmete nicht schneller, als der Weg steiler wurde.

»Leider konnte unser Vieh zunächst nichts mit der einheimischen Vegetation anfangen. Schließlich versuchten es die Siedler mit genetisch modifizierten Ziegen. Jene Tiere konnten das Moos und seine Triebe verdauen, solange die Siedler ihre Nahrung ergänzten.«

Beneto lachte leise. »Es stimmt also, dass Ziegen alles fressen.«

»Ja«, sagte Talbun. »Und Menschen essen die Ziegen. Über Jahre hinweg kamen das einzige frische Fleisch und die Milch von den Ziegen. Beides galt als Köstlichkeit, denn größtenteils ernährten sich die Kolonisten von konservierten Lebensmitteln, die Handelsschiffe brachten. Wir waren sehr von regelmäßiger Versorgung abhängig.«

Von der Hügelkuppe am Rand des Tals aus blickten sie über die Felder und Äcker hinweg.

»Zuerst war der Boden von Corvus selbst für die anspruchslosesten irdischen Pflanzen unfruchtbar, bis die Kolonie-Investoren den größten Teil ihres Kapitals für Düngerlieferungen verwendeten. In der Hanse witzelte man darüber - man sprach von ›Dung-Konvois‹ nach Corvus Landing. Aber es wurde immer mehr Dünger auf den Ebenen ausgebracht, und allmählich veränderte sich dadurch die chemische Struktur des Bodens. Schließlich konnten die Siedler Weizen, Hafer und Gerste anpflanzen.« Talbun seufzte. »Ich wünschte, es wären schon damals Weltbäume hier gewesen, um alles aufzuzeichnen. Man säte im industriellen Maßstab: Flugzeuge brachten die Saat überall auf den Ebenen aus.«

Der alte Priester wirkte wehmütig, als er Beneto über einen sanfter geneigten Hang hinabführte, dem Hain entgegen. »Ich kam nach drei Jahren hierher und die Siedler brauchten fünf, um auf Corvus Landing Fuß zu fassen. Jetzt sind wir fast autark und erwirtschaften erste Gewinne, obwohl wir nur wenig exportieren. Die Minen im Norden produzieren genug Mineralien und Metalle für unsere Konstruktionsprojekte. Bürgermeister Hendy hat Colony Town in die aufblühende Stadt verwandelt, die du beim Raumhafen gesehen hast.«

Beneto und Talbun kamen an einem niedrigen Gebäude vorbei, in dem der alte Priester wohnte. »Die Frauen von Colony Town kochen für mich und bestehen darauf, bei mir sauber zu machen. Es ist ihnen wichtig. Sie lassen einen grünen Priester nie vergessen, wie sehr sie uns respektieren und schätzen.« Talbun lächelte müde und setzte den Weg in Richtung der flüsternden Blattwedel des Hains fort. »Um ganz ehrlich zu sein: Ich verbringe nur wenig Zeit in dem Haus. Ich schlafe lieber bei meinen Freunden, den Bäumen.«

Sie betraten den Hain und sofort spürte Beneto die wohlwollende Aura der Weltbäume, das halb schlummernde unendliche Selbst des Weltwalds. Er wusste, dass auch er hier ruhen würde, wo der Hain zu ihm sprechen konnte. Er stellte sich vor, wie die Bäume in seinen Träumen flüsterten und er ihnen antwortete.

Talbun berührte die schuppige Borke des nächsten Baums und Sehnsucht zeigte sich in seinem Gesicht, das plötzlich um Jahrzehnte jünger wirkte. »Jeden Tag komme ich hierher und erzähle den Bäumen von den neuesten Ereignissen. Auf Corvus Landing geschieht nicht viel, aber es scheint ihnen zu gefallen, wenn ich über philosophische Dinge rede.«

»Die Bäume freuen sich über alle Informationen, ganz gleich, worum es dabei geht.« Beneto stand neben dem alten grünen Priester im Hain und hatte das Gefühl, heimgekehrt zu sein. Diese Weltbäume waren viel jünger als der alte Wald auf Theroc, aber sie präsentierten ihm doch das gleiche Bewusstsein.

Talbun musterte seinen jüngeren Kollegen mit offensichtlicher Erleichterung – er schien es kaum abwarten zu können, endlich zu ruhen. »Niemand denkt an Corvus Landing, wenn er sich das Paradies vorstellt, aber diese Welt ist die ideale Heimat für Leute mit dem richtigen Pioniergeist. Ich hoffe, es gefällt dir hier.«

Gemeinsam gruben sie ein Loch in den weichen Boden und pflanzten den jungen Baum von Theroc. Beneto richtete sich auf, schloss die Augen und streckte die Hände aus, um die Weltbäume zu berühren. Er sprach laut, antwortete sowohl dem alten grünen Priester als auch dem Wald. »Talbun, dies ist *genau* der Ort, den ich mir immer erträumt habe.«

82 ✷ ERSTDESIGNIERTER JORA'H

Erstdesignierter Jora'h wurde seinen kulturellen Pflichten gerecht, indem er immer neue Partnerinnen in seinen privaten Gemächern empfing. Einige der Frauen waren exotisch, manche ätherisch und wunderschön, andere fremdartig und kräftig gebaut. Sie repräsentierten die verschiedenen Geschlechter des ildiranischen Volkes.

Doch während Jora'h auf die lange Liste der potenziellen Partnerinnen blickte, dachte er immer wieder an die bezaubernde Nira

Khali. Er hatte die Namen der Bewerberinnen aus seinem eigenen Volk gelesen und entsprechende Bilder betrachtet, die ihm ein breites Spektrum ildiranischer Schönheit zeigten. Seine Assistenten führten Aufzeichnungen bezüglich der ausgewählten Frauen, sodass nicht der Eindruck entstand, er hätte eine Vorliebe für bestimmte Geschlechter. Jora'h musste allen seinen zukünftigen Untertanen gegenüber fair sein.

Doch er begehrte vor allem Nira. Die grünhäutige, betörende Frau von Theroc bestimmte seine Gedanken. Kein anderer Name auf der Liste übte einen solchen Reiz auf ihn aus.

Schließlich wählte der Erstdesignierte aufs Geratewohl, eine Sängerin, die aufgeregt und verzückt zu ihm eilte. Sie hatte große dunkle Augen und einen schlanken Leib, der bereit war, ihn zu erfreuen. Ihr Name lautete Ari't, und als sie sich vorstellte, sprach sie diesen Namen nicht, sondern sang ihn.

Jora'hs Lachen klang scharf und kehlig im Vergleich mit Ari'ts melodischer, honigsüßer Stimme. Seine rauchigen Augen glitzerten, als er einen anerkennenden Blick auf die ätherische Sängerin richtete.

»Ich bin Ihnen zutiefst dankbar dafür, dass Sie mich gewählt haben, Erstdesignierter«, sagte Ari't und fügte dem Satz eine wortlose Melodie hinzu. »Ich hoffe, Sie finden mich als Partnerin akzeptabel.«

Jora'h wünschte sich nichts mehr, als seine Fantasievorstellungen in Hinsicht auf Nira zu vergessen. Er lehnte sich im gewölbten Sessel zurück und bewunderte die exotische Gestalt der Sängerin. »Sie sind sehr akzeptabel, Ari't.«

Nervös und voller Ehrfurcht erwiderte sie seinen Blick, schien ihr Glück kaum fassen zu können. Jora'h senkte die Lider ein wenig und sah sie weiterhin an. Ohne die Liste zu konsultieren wusste er nicht, ob er schon einmal eine Frau aus dem Sänger-Geschlecht gewählt hatte.

Ari'ts Brustkorb war besonders groß, um ausreichend Platz für leistungsfähige Lungen zu bieten. Der breite Hals enthielt zahlreiche zarte Stimmbänder. Nie zuvor hatte Jora'h eine schönere Stimme gehört. Ari'ts Publikum lachte oder weinte, wenn sie ihren Gesang hörte, verliebte sich sogar in sie.

»Singen Sie zuerst für mich, Ari't.« Jora'hs Stimme war heiser – er fürchtete sich fast vor den Dingen, zu denen diese Frau imstande sein mochte.

»Es ist mir eine Ehre, Erstdesignierter.« Und aus ihrem Mund kam ein Strom von Musik, Melodien und Tönen, die weder Worte noch Verse brauchten, nur kristallene Tonfolgen. Jora'h fühlte sich wie hypnotisiert.

Seit Jahrzehnten, seit er mündig geworden war, führten seine Assistenten Listen von Frauen, die sich darum beworben hatten, seine Partnerin zu werden. Er hatte seine Pflichten mit Fleiß erfüllt und sorgfältig gewählt, um seine Adel-Gene auch unter den niederen Geschlechtern zu verteilen. Er empfing Schwimmerinnen und Geschuppte. Er ehrte Frauen, die kaum mehr humanoid waren. Alle Geschlechter verfügten über erstaunliche Fähigkeiten und Jora'h fand überall Schönheit und Kraft, selbst dort, wo andere Adlige nur Hässlichkeit gesehen hätten.

Der Erstdesignierte brachte jeder seiner Partnerinnen Höflichkeit und Respekt entgegen, aber man erwartete nicht von ihm, sich zu verlieben. Auch bei unattraktiven Frauen achtete Jora'h darauf, dass sie sich nicht herabgesetzt oder unzulänglich fühlten.

Er erinnerte sich insbesondere an eine große, deforme Frau aus dem Krieger-Geschlecht, die er im vergangenen Jahr geschwängert hatte. Der Weise Imperator Cyroc'h hatte seinen ältesten Sohn immer wieder darauf hingewiesen, dass jede ildiranische Art eine einzigartige Rolle im Reich spielte, und Jora'hs Pflicht bestand darin, sie alle zu ehren. Außerdem konnte sich der Erstdesignierte an genug wunderschönen, exotischen Partnerinnen erfreuen, die ihn für solche Unannehmlichkeiten entschädigten. Was die Kriegerin betraf ... Der Sex mit ihr hatte sich durch eine besondere athletische und anstrengende Komponente ausgezeichnet.

Ari'ts Gesang trug Jora'h durch Gedanken und Erinnerungen, bis er nicht mehr wusste, wo er war. Langsam und auf subtile Weise veränderten sich die Melodien; die einzelnen Töne wurden voller, bekamen immer größere erotische Ausstrahlungskraft. Jora'hs Erregung wuchs, was zweifellos der Absicht der Sängerin entsprach.

Ari't sprach mit ihrer Musik zu ihm, verführte ihn mit ihrer Stimme. Atemlos näherte sich Jora'h ihr. Sie summte tief in der Kehle, selbst dann noch, als er sie küsste, als seine Lippen über ihre Wangen und den Hals strichen. Sein goldenes Haar knisterte und wogte, wie von einem Sturm aus statischer Elektrizität erfasst.

Zwar liebten sie sich mit großer Hingabe, aber Jora'h spürte, wie seine Gedanken erneut fortglitten, und vor seinem inneren Auge entstand ein Bild der schönen, bescheidenen Nira, die sich so sehr von allen ildiranischen Frauen unterschied.

83 ✵ BASIL WENZESLAS

Als Vorsitzender fand Basil Wenzeslas nie Ruhe.

Angesichts der Größe und Komplexität der Terranischen Hanse rechnete er ständig mit kritischen Situation und Notfällen. Immer wieder musste er Entscheidungen treffen, um Katastrophen zu vermeiden. In Momenten des Triumphes genoss König Frederick den Applaus und die Lobpreisungen; wenn etwas schief ging, bekamen anonyme, namenlose Bürokraten die Schuld. Basil blieb in jedem Fall hinter den Kulissen.

Die erbarmungslosen und unerklärlichen Angriffe der Fremden besorgten Basil seit Monaten, außerdem erforderte die massive Aufrüstung seine Aufmerksamkeit. Es dauerte eine ganze Weile, bis er wieder Gelegenheit fand, sich einen Eindruck von den Fortschritten des neuen Prinzen Peter zu machen – er musste dafür sorgen, dass sich im großen politischen Teppich kein Knoten löste.

Basil saß in einem privaten Alkoven des Flüsterpalastes, trank Kardamomkaffee aus einer Porzellantasse und betrachtete von Überwachungskameras übermittelte Bilder, die den jungen Raymond Aguerra bei seiner Ausbildung zeigten. In einem fensterlosen Lehrzimmer mit mehreren Stühlen, Sitzbänken, Projektoren und Schreibtischen setzte der Kompi OX die Lektionen fort. Der Prinz wirkte unruhig und gelangweilt.

»Als die Ildiraner die Offiziere der *Peary* und mich zur Erde brachten, war die Überraschung groß«, sagte OX. »Nach hundertfünfundvierzig Jahren glaubten die Menschen auf der Erde, die Generationenschiffe wären für immer verloren. Als die Solare Marine der Ildiraner auftauchte – die erste fremde Zivilisation, mit der die Menschheit in Kontakt kam –, wusste die Öffentlichkeit zunächst nicht, wie sie reagieren sollte.«

Der alte Kompi ging auf und ab, während er seinen Vortrag fortsetzte. »Die ildiranischen Militäroffiziere trugen beeindruckende Uniformen und kreuzten mit ihren prächtigen Schiffen am Himmel.

Der Jubel war ohrenbetäubend!« OX klang fast wehmütig. »An Bord der *Peary* hatte ich Gelegenheit, jeden Moment der ersten Begegnung zu beobachten und aufzuzeichnen. Ich konnte die Menschen an meinen Erfahrungen teilhaben lassen und die entsprechenden Dateien anderen Kompis zur Verfügung stellen, um die Neuigkeiten zu verbreiten.

Die Terranische Hanse nahm meine Dienste sofort in Anspruch. Damals regierte König Ben, aber er starb kurze Zeit später. Ich unterrichtete den jungen Prinz George, so wie ich dich heute unterrichte. Die Hanse stellte mir ein privates Quartier zur Verfügung, eine Art Büro, und so etwas war beispiellos für einen Kompi ...« OX schweifte ab, was gelegentlich geschah, wenn er seine Erinnerungen mit jemandem teilte.

Raymond klopfte mit den Fingern auf den Schreibtisch und seufzte tief. »OX, wenn deine Datenbanken so voller Nostalgie stecken, so solltest du vielleicht einige deiner alten Erinnerungen löschen, um mehr Platz zu schaffen.«

Einige Sekunden lang schwieg der Lehrer-Kompi verblüfft. »Es handelt sich um Aufzeichnungen von historischer Bedeutung! Ich muss die Integrität meines Gedächtnisses bewahren, Prinz Peter, denn ich lehre, indem ich mein eigenes Leben und meine Aktivitäten als Beispiel benutze.«

»Wenn ich lernen soll, indem ich mir an etwas ein Beispiel nehme, warum gibt mir der Vorsitzende Wenzeslas dann nicht die Möglichkeit, König Frederick gegenüberzutreten?«, fragte Raymond verärgert. »Es ist doch vorgesehen, dass ich irgendwann seinen Platz einnehme, oder?«

Basil sah auf den Bildschirm und schürzte die Lippen. *Auf eine Begegnung mit dem König wirst du noch eine Weile warten müssen, Prinz.* Sie würde erst dann stattfinden, wenn Basil sicher sein konnte, dass alle Beteiligten mit der Situation zufrieden waren.

Ein Team offizieller Biographen arbeitete im Auftrag des Vorsitzenden an einer malerischen »Geschichte« des jungen Prinzen: Segnung durch den Erzvater des Unisono; mehrere Aufnahmen, die Peter mit seinem Vater König Frederick zeigten; liebevolle Erinnerungen an seine Mutter, die vor langer Zeit gestorben war und die er sehr vermisste. Es sollte ein hübsches Paket daraus werden, mit all den Dingen, die zu einer königlichen Erziehung gehörten.

Pellidor betrat den privaten Alkoven und lenkte Basil ab. Der

Vorsitzende seufzte. Jeder Moment der Ruhe war kostbar, ganz gleich wie kurz. Es dauerte nie lange, bis es zu einer Unterbrechung kam.

Der Sonderbeauftragte brachte Dokumente und einen elektronischen Bericht. Mr. Pellidor wirkte nicht unbedingt selbstgefällig, aber zumindest zufrieden. Er wartete, bis Basil nickte, sprach dann mit leiser Stimme, obwohl ihn der Prinz im schalldichten Lehrzimmer nicht hören konnte.

»Die letzten Kleinigkeiten in Hinsicht auf die Familie des jungen Mannes sind jetzt erledigt, Vorsitzender«, sagte Pellidor und reichte Basil die Unterlagen.

Wenzeslas legte sie auf einen niedrigen Tisch. Er nahm Pellidor beim Wort - der Mann hatte ihn noch nie enttäuscht. »Gilt das auch für Esteban Aguerra?« Raymonds Vater hatte in der neuen Kolonie seinen Namen geändert und war zum Islam übergetreten. »Fiel es Ihnen schwer, ihn zu finden.«

Pellidor schüttelte den Kopf. »Meine Leute sind gerade von Ramah zurückgekehrt. Ein sehr friedlicher Planet, wie ich hörte. Sie meldeten keine besonderen Probleme.«

Basil trank einen Schluck Kaffee und genoss den scharfen Kardamomgeschmack. »Gut.«

Auf dem Bildschirm stritt sich Peter mit dem Lehrer-Kompi. Basil runzelte die Stirn, bedeutete Pellidor zu schweigen und erhöhte die Lautstärke. Es stand viel auf dem Spiel und der Vorsitzende wollte alles genau beobachten, um sicher zu sein, dass die Ausbildung wie geplant vorankam.

Peter war ihre beste Hoffnung auf einen fähigen, zuverlässigen Nachfolger des Königs.

Raymond Aguerra hatte sich schnell an das Leben im Flüsterpalast gewöhnt. Zwar trauerte er noch immer um seine Mutter und Brüder, aber was mit ihm selbst geschehen war, musste ihm wie ein Wunder erscheinen. Doch in letzter Zeit zeigte Raymond immer deutlichere Anzeichen von Widerspenstigkeit, so als hätte ein Teil seines Unterbewusstseins begriffen, was ihn erwartete.

Basil behielt die Unterlagen, schickte Pellidor fort und wandte sich wieder dem Bildschirm zu. OX präsentierte gerade einen Text auf der Oberfläche des computerisierten Schreibtischs und projizierte ein Faksimile des betreffenden Dokuments an die Wand. »Dies ist die Charta der Terranischen Hanse, Peter. Du musst dich mit allen Bestimmungen, Klauseln und Erweiterungen vertraut machen.«

»Ich kenne die Charta schon aus der Schule«, erwiderte Raymond ohne Interesse.

»Ja, aber du musst sie *auswendig* kennen, die Worte und Konzepte verstehen, ihnen einen wichtigen Platz in deinen Gedanken einräumen. Dieses Dokument wird die Grundlage deiner Herrschaft als König sein.«

»Steht mir eine Prüfung bevor?« Mit gerunzelter Stirn blickte Raymond auf die Worte hinab.

»Nein, aber du musst den Text kennen, um gelegentlich aus ihm zu zitieren.«

Der junge Mann stand auf, wanderte unruhig durchs Lehrzimmer und fand nichts anderes, das sein Interesse weckte. »Du hast doch gesagt, dass andere Leute die Reden schreiben, die ich bei meinen Auftritten in der Öffentlichkeit halten werde.«

»Das stimmt«, räumte OX ein. »Was auch immer du in der Öffentlichkeit sagst – jedes Wort wird sorgfältig ausgewählt.«

»Dann sollen jene anderen Leute angemessene Zitate aus der Charta in den Text einfügen.«

Basil beobachtete Raymonds Verhalten und Sorge keimte in ihm. Er erinnerte sich an das Debakel mit dem vorherigen Kandidaten, Prinz Adam. Vor fünf Jahren schien jener junge Mann perfekt gewesen zu sein – er bestand jeden Test. Der Rat der Hanse hatte sich einstimmig für ihn entschieden, doch plötzlich war Adam aufsässig geworden und hatte sogar damit gedroht, Basil und die heimlichen Aktivitäten der Hanse zu entlarven – als ob sich jemand darum scherte! Wie dumm.

Basil hatte eine Dringlichkeitssitzung des Rates einberufen und dabei waren die Ratsmitglieder widerstrebend zu dem Schluss gelangt, dass Adam nicht mehr zu halten war. Während seiner »Herrschaft« als König hätte er jederzeit eigensinnig werden können, und so etwas durfte nicht geschehen. Aus diesem Grund sorgte Basil für die unauffällige Eliminierung des jungen Mannes. Prinz Adam war nie in der Öffentlichkeit aufgetreten und in keiner einzigen Nachrichtensendung erwähnt worden.

Er hatte nie existiert.

Zweifel nagten an Basils Entschlossenheit, als er nun beobachtete, wie OX vergeblich versuchte, Raymond für den Unterricht zu interessieren. Wenn »Prinz Peter« nicht funktionierte, blieb der Hanse kaum genug Zeit, um noch einmal von vorn zu beginnen.

Der Vorsitzende trank den Kaffee aus und bemühte sich, nicht zu besorgt zu sein, als er Raymond Aguerras Versuch beobachtete, seinen Willen durchzusetzen. Einfache Gereiztheit konnte überwacht und kontrolliert werden. So etwas war schon einmal geschehen und Basil hätte dies erwarten sollen. »Ich muss aufhören, so optimistisch zu sein, wenn es um die menschliche Natur geht«, sagte er sich.

Die Prinzen glaubten immer, ihre eigenen Herren werden zu können – aber das schafften sie nie.

84 ✷ MARGARET COLICOS

Ein zweites Unwetter ließ Flutwellen durch die Schluchten von Rheindic Co strömen, aber Margaret staunte so sehr über die Klikiss-Stadt, dass sie das Donnern in der Ferne überhaupt nicht hörte.

Wind heulte und Regen prasselte an die Schluchtwand. Erneut ergossen sich braune Schlammfluten dort über die Felsen, wo zuvor die drei schwarzen Roboter gestanden hatten.

Die Ruinen waren trocken und geschützt. Und faszinierend.

DD richtete das Licht einer Leuchttafel in die dunklen Tunnel, als Louis und Arcas tiefer in die sonderbaren Bauwerke vorstießen. Die beiden Männer grinsten jungenhaft und Margaret fügte ihr eigenes Lächeln hinzu. Dieser Ort war wie ein Grab, still und unberührt.

Margaret strich über die glatten Wände und ertastete einen alten Staubfilm. Sie fürchtete, die spröden Artefakte allein mit ihrem Atem zu beschädigen, aber die Klikiss-Bauten waren errichtet worden, um Äonen zu überstehen. Tief im Felsgestein versiegelt hatte diese Stadt Jahrtausende überstanden, ohne vom Wetter oder Eindringlingen gestört zu werden.

»Die Konstruktionsweise ähnelt der auf Llaro«, sagte Louis. »Sieh dir die Wände an, die Bögen.«

»Ja, aber hier ist alles viel besser erhalten.« Margaret richtete einen triumphierenden Blick auf Arcas. »Dies sind die einzigen fast intakten Klikiss-Ruinen, die man bisher im Spiralarm gefunden hat.«

Der grüne Priester schien stolz auf seine Rolle bei dieser Entdeckung zu sein und freute sich über Margarets Lob.

»Schade, dass Sirix, Ilkot und Dekyk nicht hier sind, um dies zu sehen«, sagte DD. »Solche Details könnten ihre Erinnerungen stimulieren. Halten Sie es für möglich, dass sie das Unwetter heil überstanden haben? Jeder alte Klikiss-Roboter ist unersetzlich.«

»Eine solche Möglichkeit lässt sich nicht ausschließen, DD«, erwiderte Louis mit erzwungenem Optimismus. »Kopf hoch.«

Der Kompi nahm die Anweisung wörtlich und hob den Kopf.

Stundenlang erforschten die Archäologen das Labyrinth aus Gebäuden und Räumen. Die Klikiss hatten ihre Tunnel tief in den Fels des Tafellands getrieben, um anschließend alle Zugänge hinter einer Wand zu verbergen. Warum? Um nicht entdeckt zu werden?

»Ich frage mich, ob sich die Klikiss vor etwas fürchteten«, murmelte Margaret und betrachtete die Reste der vermeintlichen Schluchtwand. »Diente diese Mauer Verteidigungszwecken?«

»Wir haben noch immer keine Ahnung, aus welchem Grund die Klikiss verschwanden«, sagte Louis und diese Worte galten in erster Linie dem grünen Priester, nicht seiner Frau.

»Wissen Sie, wie die Klikiss aussahen?«, fragte Arcas.

Louis schüttelte den Kopf. »Nein. Selbst auf dem vermutlichen Schlachtfeld von Corribus, wo wir die Klikiss-Fackel entdeckten, fanden wir keine einzige Leiche.«

»Und bei den Schriftzeichen und Hieroglyphen an den Wänden fehlen bildliche Darstellungen der Klikiss«, fügte Margaret hinzu.

»Vielleicht finden wir hier etwas, Louis«, sagte der immer optimistische DD. »Ich helfe Ihnen bei der Suche.«

Louis hatte eine kurze Monographie in einer renommierten xenoarchäologischen Fachzeitschrift veröffentlicht und darin halb ironisch spekuliert, dass das Fehlen von Klikiss-Leichen vielleicht auf rituellen Kannibalismus bei dem verschwundenen Volk hindeutete: Die Klikiss hatten ihre Toten verspeist und nichts übrig gelassen. Um diese These zu erhärten, erinnerte Louis daran, dass bisher weder Friedhöfe noch Gräber oder irgendetwas anderes gefunden worden war, das auf Bestattungen und dergleichen hindeutete. Louis' Behauptungen stießen auf Skepsis und lösten eine kurze Debatte aus, aber wegen seines hohen Ansehens wagte es niemand, ihn als Spinner zu bezeichnen.

Als sie die Erkundungen fortsetzten, wurden die steinernen Korridore breiter und neigten sich offenbar einem zentralen Platz der Stadt entgegen. DD ging mit dem Licht voraus und die drei Menschen folgten ihm in einen weiteren Raum. Dort schien die Luft mit einer sonderbaren Stille zu vibrieren, so als wären die Steinwände imstande, selbst Echos festzuhalten und zu absorbieren.

Wie in den meisten Klikiss-Räumen zeigten sich überall Muster, Symbole und mathematische Zeichen an den Wänden, als hätten sich die Insektenwesen damals dazu verpflichtet gefühlt, Gedanken und historische Ereignisse für alle deutlich sichtbar darzustellen. Erstaunlicherweise fehlten auch Bilder von Raumschiffen, obgleich die Klikiss Raumfahrt betrieben und Kolonien im All gegründet hatten.

Verkleidete Maschinen standen in einer Ecke des Raums und warfen rasiermesserscharfe Schatten. Als DD das Licht seiner Leuchttafel umherwandern ließ, stellte Margaret fest, dass ein großer Teil der primären Wand vollkommen leer war, wie eine jungfräuliche Leinwand aus Stein, die darauf wartete, bemalt zu werden. Die leere trapezförmige Stelle wirkte umso seltsamer im Vergleich mit dem dichten Durcheinander aus Hieroglyphen und Piktogrammen auf allen Seiten.

»Hier scheinen die Klikiss nicht fertig geworden zu sein«, sagte Louis. »Aber warum haben sie diesen Bereich ausgelassen? Liegt es vielleicht an der Qualität des Steins?«

Margaret schüttelte den Kopf. »Nein, alter Knabe. Sieh nur, es ist ein perfektes Trapezoid. Diese Stelle wurde absichtlich leer gelassen, vielleicht deshalb, weil man sie für etwas anderes brauchte. Wir haben so etwas schon einmal gesehen, in den anderen Ruinen.«

»Ja, jetzt erinnere ich mich. Aber wir haben noch nicht herausgefunden, was es damit auf sich hat, Schatz.«

Arcas ging in die Hocke und betrachtete das Trapezoid, das an der Basis drei Meter maß. »Für mich sieht es wie ein breites Fenster aus ... oder wie eine Tür.«

Margaret widersprach nicht, denn sie hatte das gleiche sonderbare Gefühl. »Aber wohin führt das Fenster oder die Tür? Hier gibt es nur Stein.« Sie trat vor, neugierig auf die Symbole, die das Trapezoid umgaben. Die wenigen anderen bisher entdeckten »Steinfenster« waren von Schutt umgeben oder beschädigt gewesen. Dieses hingegen schien vollkommen intakt zu sein.

Aber sein Zweck blieb unklar.

»Entschuldigen Sie!«, rief DD und unterbrach damit Margarets Überlegungen. »Ich habe etwas Wichtiges gefunden!« Er stand bei den verkleideten Maschinen an der Wand und richtete das Licht seiner Leuchttafel auf die dunkle Lücke zwischen zwei klobigen Modulen.

Margaret sah dort einen reglosen Haufen, eine staubige Schale mit mehreren verdrehten Beinen und einen rundlichen Körperkern mit einem matten, staubigen Überzug – das Etwas sah aus wie ein großer, halb zerquetschter Käfer. Es wies eine gewisse Ähnlichkeit mit den Klikiss-Robotern auf, wirkte aber natürlicher und glatter.

Margaret schnappte verblüfft und aufgeregt nach Luft. Ein Adrenalinschub ließ sie erzittern. »Louis ... Ist es wirklich das, was es zu sein scheint?«

Louis kam näher, sah in die Lücke und lachte triumphierend. Margaret wusste genau, was der Haufen darstellte, noch bevor sich Louis ihr zuwandte und strahlend lächelte. »Der Erste!«, juchzte er. »Gute Arbeit, DD!«

Der Kompi richtete das Licht auf die mumifizierte Klikiss-Leiche und Margaret beugte sich vor. Sie achtete darauf, die Reste des fremden Geschöpfs nicht zu berühren, denn das hohe Alter hatte diese sicher sehr brüchig gemacht. »Der Körper ist so alt, dass er zu Staub zerfällt, wenn wir ihn zu bewegen versuchen.«

Louis deutete auf einen langen Riss im Rückenschild des Klikiss. »Er scheint zerdrückt worden zu sein. Ein Schlag von hinten. Oder vielleicht stürzte ein Teil der Decke auf ihn.«

»Wo liegt dann der Schutt?« Margaret wich zurück und nahm jedes Detail in sich auf. Der Klikiss ähnelte den großen schwarzen Robotern so vage wie der humanoide DD einem Menschen.

Louis war so unvorsichtig wie immer und berührte mit der Fingerkuppe das verdrehte Vorderbein des fremden Wesens – ein Teil des graubraunen Körperpanzers zerfiel zu Staub. »Ich schätze, eine Autopsie kommt nicht infrage, Schatz«, sagte er. »Wir sollten möglichst genaue Bilder anfertigen.«

Margaret nickte. »Auch bei der Untersuchung des Staubs könnte sich etwas ergeben. Wir bekommen Aufschluss über die chemische Struktur und vielleicht finden wir sogar einige intakte Zellen.« Ihr Herz klopfte voller Aufregung. Derzeit erschien ihr alles möglich.

»Was ist das für ein Geräusch?« Arcas sah sich um.

Margaret hörte, wie sich in den äußeren Tunneln etwas bewegte: schwere Schritte, ein Klacken und Pochen. Von einem Augenblick zum anderen wurde ihr klar, wie allein und isoliert sie in dieser Geisterstadt waren. Sie hatten keine Waffen dabei, konnten sich nicht zur Wehr setzen.

Lebte hier noch etwas, nach all den Äonen?

In den Wüsten von Rheindic Co gab es nur einige kleine Eidechsen und Spinnen. Nichts deutete auf große Raubtiere hin. Draußen war das Heulen des Windes verstummt und dadurch erschien das Pochen der schweren Schritte noch lauter. Margaret schluckte und Louis trat näher an sie heran, wie um sie zu schützen.

DD schritt furchtlos durch den Raum und hob seine Leuchttafel. Wenige Sekunden später sagte der Kompi erfreut: »Sirix und die beiden anderen Klikiss-Roboter - sie sind zurückgekehrt!«

Die schweren schwarzen Maschinen erreichten das Licht und passierten nacheinander die steinerne Tunnelöffnung. Margaret beobachtete sie verblüfft, denn sie hatte gesehen, wie sie von der Flut in der Schlucht fortgespült worden waren. Hier und dort klebten Schlammbrocken an ihren Außenhüllen. Einer von Ilkots scharlachroten optischen Sensoren war gesplittert und trüb. Beulen und Kratzer zeigten sich in der schwarzen Panzerung, aber abgesehen davon schien mit den Robotern alles in Ordnung zu sein.

»Wir sind ... intakt«, sagte Sirix. Die drei schmutzigen Maschinen verharrten im Raum, sahen sich um, scannten und zeichneten alles auf.

»Eure Unzerstörbarkeit beeindruckt mich«, sagte Louis fröhlich. »Seht nur, was wir hier gefunden haben: eine mumifizierte Klikiss-Leiche, die erste, die jemals entdeckt wurde!« Er wirkte wie ein aufgeregter Schuljunge, der etwas Großartiges vorweisen konnte.

Margaret fühlte noch immer Unbehagen, als sie die drei großen käferartigen Roboter beobachtete. Sie dachte daran, wie schwer es ihnen, den Menschen, gefallen war, an der Schluchtwand emporzuklettern, trotz der von DD ins Felsgestein getriebenen Haken und *bevor* der Regen große Brocken aus der Schluchtwand gelöst hatte. »Wie seid ihr hierher gekommen, Sirix? Ich dachte, ihr wärt nicht in der Lage, an der steilen Wand hochzuklettern.«

»Wir haben es geschafft«, erwiderte Sirix schlicht.

Dann wandte sich der Roboter zur Seite und betrachtete die Klikiss-Leiche, die wie eingezwängt zwischen den beiden Maschinenblöcken lag, teilweise zu Staub zerfallen. Die anderen beiden Roboter blickten auf das trapezförmige steinerne Fenster, als versuchten sie, sich zu erinnern.

85 ✵ OTEMA

Die alte Botschafterin von Theroc ging so in ihrer Arbeit auf, dass sie ihr kristallenes Quartier im Prismapalast kaum verließ. Die *Saga der Sieben Sonnen* brachte sie weiter als jede Besichtigungstour. Otema hatte alles, was sie brauchte, mit Ausnahme von Zeit. Das Epos war so lang, dass sie in den ihr noch verbleibenden Jahren nur einen kleinen Teil davon lesen konnte.

Überall um sie herum gab es gefiltertes Licht, brachte ihrer photosynthetischen Haut Wärme und Kraft. Die beiden in Töpfen wachsenden jungen Weltbäume gediehen prächtig in der hellen Umgebung – inzwischen waren sie schon ein Meter zwanzig groß.

Otema las laut, bis der raue Hals sie zu einer Pause zwang. Sie griff nach dem Glas mit kühlem Wasser, das immer bereit stand, trank einen Schluck, um die trockenen Stimmbänder zu befeuchten, und lehnte sich zurück.

Nachdem sie den Botschafterposten der ehrgeizigen Sarein überlassen hatte, war Otema nicht sicher gewesen, ob sie nach Ildira reisen sollte. Voller Sorge hatte sie an die Veränderungen gedacht, die Sarein vielleicht herbeiführen wollte. Sie befürchtete, dass die junge Frau dem Drängen der Hanse nachgab und dadurch die Unabhängigkeit von Theroc aufs Spiel setzte.

Doch als sie auf Ildira das ungeheure Potenzial der *Saga* sah, begriff Otema, dass sie hier mehr für das Wohlergehen und Wissen des Weltwalds leisten konnte als beim politischen Tanz mit terranischen Politikern.

Manchmal fühlte sie sich von Nira enttäuscht, die in der Gesellschaft des Erstdesignierten Jora'h ebenso viel Zeit verbrachte wie mit dem Vorlesen aus der *Saga*. Jeden Tag besuchte Nira Turniere und Museen oder sah sich Himmelsparaden an. Nun, Otemas Assistentin war jung und von neuen Dingen leicht zu beeindrucken. Außerdem erlebte sie die ildiranische Kultur intensiver als die alte grüne Priesterin, und sie versäumte es nie, ihre Eindrücke mit den Weltbäumen zu teilen. Daher wurde das Wissen des Weltwalds auch auf diese Weise gemehrt.

Tief in ihrem Innern blieb Otema die Botschafterin, die sie viele Jahre ihres Lebens gewesen war, und immer wieder dachte sie voller Sorge an die politische Zukunft von Theroc und die Tätigkeit der grünen Priester auf Welten der Hanse. Wenn sie nach endlosen Stunden des Lesens müde wurde, entspannte sich Otema, berührte die jungen Weltbäume und stellte den Telkontakt her, um Neuigkeiten in Erfahrung zu bringen.

Sie versuchte, Sareins Aktivitäten als neue Botschafterin bei der Hanse zu verfolgen, den Überblick über die von ihr unterzeichneten Abkommen und Dokumente zu wahren. Bisher war es kaum zu wichtigen Veränderungen gekommen, aber das beruhigte Otema nicht. Vielleicht verfolgte Sarein ihre Pläne hinter verschlossenen Türen, abseits des Netzwerks der grünen Priester.

Oh, welchen Schaden sie anrichten konnte!

Otema hatte ihre Besorgnis dem Weltwald übermittelt und die anderen Priester würden wachsam sein, insbesondere die auf der Erde. Aber den Weltwald schien auch eine andere Sorge zu bedrücken, und sie betraf etwas, das viel schlimmer war als die terranische Politik. Noch wusste kein grüner Priester, worum es sich dabei handelte.

Otema und die anderen Priester hatten versucht, mehr über den Grund für das Unbehagen des Weltwalds herauszufinden, aber die Bäume gaben nichts preis, nicht einen einzigen Hinweis. Und so fuhr die alte Botschafterin damit fort, aus der *Saga der Sieben Sonnen* vorzulesen, spürte dabei die Faszination des Weltwalds.

Sie nahm sich nun einen anderen Teil des Epos vor und begann damit, den lauschenden Bäumen eine weitere ildiranische Geschichte vorzulesen.

Auch in Niras Quartier wuchsen zwei junge Bäume in Töpfen. Die übrigen waren liebevoll im Terrarium der Himmelssphäre gepflanzt worden, das über dem Empfangssaal des Weisen Imperators schwebte.

Otema hörte, wie Schritte vor dem Zugang ihres Quartiers verharrten, reagierte aber nicht darauf und las weiter. Die Geschichte betraf einen tauben Sänger, dessen Gesang so mächtig war, dass er die Herzen der Zuhörer aus dem Rhythmus bringen konnte – während es dem Sänger verwehrt blieb, die eigene Stimme zu hören. Traurigerweise blieb dem damaligen Weisen Imperator schließlich nichts anderes übrig, als den Sänger hinrichten zu lassen, nachdem zwei von tiefer Trauer erfasste adlige Zuhörer Selbstmord begangen hatten.

Otema seufzte, legte das Dokument beiseite und begrüßte den Erinnerer Vao'sh. Der Historiker kam mit vielen Schriftrollen und handschriftlichen Unterlagen. »Vermutlich sind Sie noch nicht für weitere Teile der *Saga* bereit, Botschafterin Otema, aber ich habe einige besonders interessante Geschichten ausgewählt. Sie werden Ihnen gefallen.«

»Und auch die Weltbäume werden ihre Freude daran haben ... Ach, wenn ich doch nur mehr Zeit hätte.«

Vao'sh lachte und es klang so freundlich, dass es Otema das Herz wärmte. »Mit diesem Problem habe ich es zu tun, seit ich Historiker geworden bin. Für einen Erinnerer ist der tragischste Tod ein zu früher, denn dann kann er nicht das vollständige Epos lesen und stirbt unerfüllt.«

»Zum Glück kann der Weltwald gleichzeitig Informationen aus verschiedenen Quellen aufnehmen«, sagte die alte grüne Priesterin. »Es ist nicht *meine* Lebensaufgabe, die ganze *Saga* vorzulesen. Ich möchte nur dafür sorgen, dass der Weltwald das ganze Epos erfährt, wie auch immer.«

Vao'sh legte die neuen Dokumente auf Otemas Schreibtisch. »Ich glaube, dabei können Ihnen die Erinnerer helfen, Botschafterin. Sie haben mir von großen Gruppen aus grünen Priestern und Akolythen erzählt, die den Weltbäumen auf Theroc vorlesen und ihnen Informationen übermitteln. Warum sollte sich das nicht auch hier bewerkstelligen lassen, mit anderen Lesern und anderen Teilen der *Saga*?«

Otema schöpfte Hoffnung. »Was schlagen Sie vor?«

»Der Weise Imperator hat mich angewiesen, Ihnen in jeder nur erdenklichen Weise zu helfen. In seinem Namen könnte ich andere Erinnerer, Sänger und selbst gewöhnliche Höflinge damit beauftragen, Teile der *Saga* den Bäumen vorzulesen. Wenn ich es richtig verstehe, ist nicht unbedingt ein grüner Priester erforderlich, um dem Weltwald Informationen zu übermitteln. Wir könnten also eine große Aufgabe in viele kleine Aufgaben teilen.«

Otema war begeistert. Sie hatte bereits daran gedacht, die Aufgabe an die grünen Priester auf Theroc zu delegieren, ohne die Möglichkeit zu berücksichtigen, dass auch Ildiraner den Weltbäumen vorlesen konnten. Für das Vorlesen war kein Telkontakt nötig – immerhin hatten die Akolythen auf Theroc noch nicht das Grün bekommen.

»Eine großartige Idee, Erinnerer Vao'sh. Mit Ihrer Methode ginge das Vorlesen der *Saga* viel schneller vonstatten.«

Mit einem zufriedenen Seufzen blickte Otema zu den neuen Dokumenten, die Vao'sh gerade gebracht hatte. Sie betrachtete die Symbole und stellte erstaunt fest, dass an einer Stelle die geheimnisvollen Klikiss-Roboter erwähnt wurden. Sie erinnerte sich daran, eine andere lange Stelle des Epos gelesen und darin nach Hinweisen auf das Insektenvolk gesucht zu haben, doch die Klikiss waren verschwunden, bevor die ildiranische Geschichtsschreibung begann.

Otema drehte sich rasch um, als Vao'sh das Zimmer verlassen wollte. Sie rief ihn zurück. »Ich habe eine Frage, Erinnerer. Mit ist klar, dass ich nur einen winzig kleinen Teil der *Saga* kenne, aber ich habe kaum etwas über die Klikiss-Roboter gefunden. Die ersten wurden doch von Ildiranern entdeckt, irgendwo auf einem Mond, nicht wahr? Hier in Mijistra habe ich mehrere jener Roboter gesehen und ich weiß, dass sie auch auf anderen Welten des Ildiranischen Reiches präsent sind.«

»Klikiss-Roboter haben auch die Terranische Hanse besucht«, sagte Vao'sh und die Hautlappen in seinem Gesicht verfärbten sich. Otema wusste diese Zeichen noch nicht zu deuten.

»Stimmt, aber das Ildiranische Reich ist viel älter. Gibt es bei Ihnen Geschichten darüber? Warum sind Informationen über die Klikiss so rar? Einst waren sie eine wichtige Zivilisation, so wie Ihre. Verschwanden sie vor der Entstehung des Ildiranischen Reiches?«

Vao'sh wirkte verwirrt und schien zu überlegen, wie er die Frage beantworten sollte. Seine Verwunderung deutete darauf hin, dass er nicht oft über diese Angelegenheit nachgedacht hatte.

»Die Klikiss und ihre Roboter sind Teil einer anderen Geschichte«, sagte der Erinnerer schließlich. »Ihrer eigenen. Vielleicht spielen sie keine Rolle in unserer Geschichte oder in Ihrer.« Er wich zurück, und seine Hautlappen zeigten ungewöhnliche Farben. »Oder vielleicht ist jener Teil der Geschichte noch nicht geschrieben.«

86 ✷ NIRA

Die kristallenen Balkone des Prismapalastes boten einen prächtigen Ausblick. Erstdesignierter Jora'h führte Nira zu einem Aussichtssims neben dem Plätschern und Rauschen nach oben fließender Bäche. Er ließ seine Leibwächter zurück, um für einige Momente mit der reizenden Frau von Theroc allein zu sein.

»Dies ist einer meiner Lieblingsorte«, sagte er.

Nira atmete tief durch. »Hier ist es ... wunderschön.« Jora'h berührte sie am Arm, hielt dann ihre Hand. Nira zog sie nicht zurück.

Von seiner Hügelkuppe aus bot der Prismapalast einen weiten Blick über Mijistra. Wellenförmige gläserne Bauten reichten bis zum Horizont, wirkten wie die Oberfläche eines Teichs. Der Palast ragte weit auf, umgeben von den Kuppeln der einzelnen Ministerien. Der Boden des Aussichtssimses und seine gewölbten Streben bestanden aus transparentem Glas, deshalb gewann Nira den Eindruck, über der Stadt zu schweben, mit Jora'h an ihrer Seite.

Stufen aus Erdreich führten zu den Halbkugeln und Kuppeln des Palastes. Das Wasser von sieben Flüssen strömte durch absolut gerade Kanäle und traf sich an einer Stelle.

»Die Planer des Prismapalastes wollten zeigen, dass die Elemente dem alles sehenden und allmächtigen Weisen Imperator entgegenstreben, selbst den Naturgesetzen zum Trotz.« Jora'h senkte die Stimme, sah Nira an und lächelte. »Aber ich muss dieses Konzept infrage stellen, denn alle meine Gedanken fließen in *Ihre* Richtung, Nira.«

Die junge grüne Priesterin lachte verlegen und drückte Jora'hs Hand. Am Tor hinter ihnen standen die wild und grimmig aussehenden Leibwächter. Ihre Haltung brachte Entspannung zum Ausdruck – offenbar rechneten sie nicht mit einer Gefahr für den Erstdesignierten.

»So weit über der Stadt zu sein ...«, sagte Nira. »Es ist atemberaubend. Dies erinnert mich an Theroc, wo ich auf die Wipfel der hohen Bäume geklettert bin.«

»Reynald hat mir Ihre Welt beschrieben und es klang faszinierend.« Jora'hs rauchige Augen glänzten, als er sich den Waldplaneten vorstellte. »Eines Tages werde ich Theroc besuchen. Vielleicht mit Ihnen.«

»Und mit einer großen Gruppe von Bediensteten, Leibwächtern und Assistenten«, sagte Nira schmunzelnd. »Nach dem Verlassen von Mijistra würden wir kaum Ruhe finden.«

»Ildiraner sind nicht gern allein.«

Sie standen dicht nebeneinander, obwohl der Aussichtssims genug Platz bot. Nira war sich der Präsenz des Erstdesignierten sehr bewusst und wollte nicht von ihm fortrücken.

Sie beobachtete die winzigen Gestalten tief unten. Ein endloser Strom von Ildiranern brachte eine Stufe des Zitadellenhügels nach der anderen hinter sich, um zum Prismapalast zu gelangen.

»Pilger«, sagte Jora'h, als er Niras Interesse bemerkte. »Sie kommen, um die Erhabenheit des Weisen Imperators zu sehen.«

Gruppen verschiedener Arten kletterten und verharrten an bestimmten Stellen entlang der Straße. Sie überquerten Brücken, wanderten um den Hügel herum und wuschen sich rituell im Wasser der sieben Flüsse, bevor sie die Eingangskuppel betraten. »Alle Bürger des Reiches haben Zugang zum Palast. Mein Vater hat angeordnet, dass seine Audienzgalerie immer für Besucher geöffnet ist. Jeder Pilger soll sein Gesicht sehen, das an die Himmelssphäre projiziert wird.«

»Befürchtet er keine Mordanschläge oder Gewalt?«

Jora'h richtete einen überraschten Blick auf Nira. »Durch das *Thism* erfährt der Weise Imperator sofort von entsprechenden Absichten. Mein Vater könnte ein solches Problem lösen, bevor der Attentäter den Prismapalast erreicht. Wir Ildiraner sind anders als die Menschen, Nira. Das müssen Sie verstehen.«

Schweigend standen sie Seite an Seite und beobachteten, wie sich die Pilgergruppen ehrfürchtig ihrem Ziel näherten. Schließlich sagte Nira: »Die Unterschiede zwischen uns sind nicht so groß.« Sie schob sich noch etwas näher an den Erstdesignierten heran. »In *gewisser* Hinsicht sind wir durchaus ... kompatibel.«

In den privaten Gemächern des Erstdesignierten fragte sich Nira, ob der charismatische Mann seine telepathischen Eigenschaften genutzt hatte, um sie zu verführen. Andererseits: Durch den Kontakt mit dem Weltwald war sie sich der Macht externer Gedanken bewusst und derzeit hatte sie nicht das Gefühl, gegen ihren Willen zu handeln. Alles fühlte sich *richtig* an. Dies war ihr erstes Mal, aber sie blieb ohne Furcht.

Niras Haut nahm das aus allen Richtungen kommende Licht auf und Jora'hs Berührungen erregten sie. Sie schlang die Arme um den Erstdesignierten und begehrte ihn immer mehr, so wie auch er sie begehrte. Langsam und mit großer Faszination zogen sie sich gegenseitig aus, jeweils ein Kleidungsstück nach dem anderen.

»Ich finde dich unglaublich interessant, Nira«, hauchte Jora'h und sein Atem strich ihr warm übers Ohr.

Sie brachte ihm die gleichen Empfindungen entgegen.

Nira hatte befürchtet, dass er nach so vielen Partnerinnen abgestumpft und übersättigt sein würde, aber als sie sich liebten, empfing sie Jora'hs volle leidenschaftliche Aufmerksamkeit.

87 ✷ ADAR KORI'NH

Es war ein alter Trick, den der Adar aus seinem Studium der terranischen militärischen Strategiespiele gelernt hatte. Er brachte zwei Kohorten von Kriegsschiffen zur Peripherie des Doppelsternsystems Qronha, in dem zwei der sieben Sonnen an Ildiras Himmel leuchteten. Das Qronha-System war dünn besiedelt und enthielt zwei bewohnbare, aber unbedeutende Planeten. Wichtig war es nur aufgrund der sehr alten, Ekti produzierenden Stadt, die in der Atmosphäre des lokalen Gasriesen schwebte. Es handelte sich um eine der wenigen noch von Ildiranern betriebenen Himmelsminen.

Adar Kori'nh hielt diesen Ort für geeignet, um ein lehrreiches militärisches Manöver stattfinden zu lassen.

Er teilte die beiden Kohorten in zwei gegnerische Flotten auf – hunderte von Schiffen sollten gegeneinander antreten. Nach der menschlichen Tradition gab Kori'nh den beiden Gruppen die Bezeichnungen »Rot« und »Blau«. Der Adar hielt eine solche Übung für interessant. Es steckte mehr dahinter als nur ein Spiel.

Tal Aro'nh, ein Profi der alten Schule, leitete die blaue Kohorte. Der Tal führte alle Anweisungen so aus, wie man es von ihm erwartete, aber trotzdem besorgte er Kori'nh mehr als alle anderen. Innovation schien für jenen alten Offizier ein völlig fremdes Konzept zu sein. Immer wieder klagte Aro'nh darüber, mit unorthodoxen Übungen »Zeit zu vergeuden«.

Tal Lorie'nh führte den Befehl über die rote Kohorte. Der Adar hielt ihn nicht für einen besseren Kommandeur, aber Lorie'nh war vernünftig genug, sich zurückzuhalten und es seinen Quls, den Manipel-Subcommandern, zu überlassen, ihre Pflicht zu erfüllen. Lorie'nh wählte die Subcommander gut aus, was dazu führte, dass seine Kohorte oft bessere Leistungen erzielte als andere.

Kori'nh saß im Kommando-Nukleus einer kleinen Beobachtungsplattform, um von dort aus die »Konfrontation« der beiden Flotten zu beobachten. Er aktivierte den Nahbereichs-Transkanal und sprach zu den beiden Tals. »Aro'nh, Lorie'nh - beginnen Sie.«

Tal Lorie'nh bestätigte knapp, aber Aro'nh nutzte die Gelegenheit, um einen letzten Einwand zu erheben. »Adar, ich muss Sie erneut bitten, diese entzweienden Aktivitäten einzustellen. Die Solare Marine ist eine Einheit; alle ihre Schiffe arbeiten zusammen, um die Missionen zu erfüllen, mit denen uns der Weise Imperator beauftragt. Nie zuvor hat ein Manipel gegen einen anderen Manipel gekämpft, außer während des schrecklichen Bürgerkriegs vor langer Zeit. Solche Übungen stören die militärische Disziplin und führen zu Verwirrung. Das Geschlecht der Soldaten gewinnt den Eindruck, dass Angehörige des eigenen Volkes zu Feinden werden könnten ...«

Kori'nh brachte kein Verständnis für die starren Ansichten des alten Kommandeurs auf. »Tal Aro'nh, ich finde es weitaus störender und entzweiender zu hören, dass Sie meine Befehle infrage stellen. Ich bin Ihr Adar, vom Weisen Imperator gesegnet. Führen Sie die Anweisungen aus oder ich enthebe Sie des Kommandos.«

»Ja, Adar«, erwiderte der Tal und unterbrach die Verbindung.

Kori'nh lehnte sich zurück und beobachtete die Schiffsbewegungen. Die Kommandeure der beiden Kohorten durften ihre jeweiligen Strategien nicht miteinander absprechen. Das Ziel der Übung: Ein Asteroid, der den Doppelstern in großer Entfernung umkreiste, sollte von einer Gruppe erobert und besetzt werden.

Es überraschte Kori'nh nicht, das Aro'nh seine Schiffe in perfekter Formation fliegen ließ: eine Kugel innerhalb einer Kugel, ein Muster, das allen Beobachtern ildiranischer Himmelsparaden vertraut war. Die großen Kriegsschiffe bildeten die äußere Kugel, kleinere Einheiten die innere. Aro'nh führte seine Flotte auf direktem Weg zum Asteroiden.

Wachschiffe umgaben die Kugel-in-einer-Kugel mit einem Patrouillenschild, umkreisten die Sphäre aus großen Kriegsschiffen. Diese

Anordnung sollte der Verteidigung dienen, aber da die Wachschiffe in entgegengesetzte Richtungen flogen, ergab sich ein spektakulärer Anblick. Er diente vor allem dazu, Zuschauer jubeln zu lassen; in militärischer Hinsicht war seine Bedeutung gleich null.

Tal Lorie'nh ließ seine Schiffe in einer chaotischeren Konfiguration fliegen. Die sieben Manipel seiner Eskorte teilten sich in einzelne Gruppen aus neunundvierzig Raumern auf. Jeder Manipel flog einen eigenen Kurs und für das kritische Auge hatte es den Anschein, dass es dem Vorgehen der roten Flotte an Finesse und Eleganz mangelte. Schließlich lösten sich die Manipel in ihre jeweils sieben Septas auf und alle Schiffe rasten in einem wilden Haufen dem Ziel entgegen.

Nacheinander griffen sechs von Lorie'nhs sieben Manipel die Kugelformation der blauen Flotte an und brachen sie auf. Über den Transkanal gab Tal Aro'nh scharfe Befehle und forderte die Kommandanten der einzelnen Schiffe auf, zur ursprünglichen Konfiguration zurückzukehren. Die große Doppelkugel setzte ihren Flug zum Asteroiden fort, ohne auf die Gefahr zu achten, die von den roten Schiffen ausging.

Während sechs rote Manipel der zwar prächtigen, aber schwerfälligen Gruppe aus blauen Schiffen zusetzten, rückte Lorie'nhs siebter Manipel schnell zum Asteroiden vor. Er ließ sich nicht ablenken, war einzig und allein darauf konzentriert, das Ziel zu erreichen.

Rot ging mit einer einfachen - und in der Rückschau betrachtet auch offensichtlichen - Taktik vor. Als sich Aro'nhs langsame Doppelkugel umgruppierte und öffnete, um die Landungsschiffe in den Einsatz zu schicken, hatte der siebte rote Manipel den Asteroiden bereits erreicht und setzte kleinere Einheiten mit ildiranischen Bodentruppen ab, die das Symbol ihrer Kohorte auf den kleinen Himmelskörper trugen und das Siegessignal sendeten.

Die anderen sechs Manipel der roten Flotte setzten sich vom Gegner ab, wichen zurück, umgaben den Asteroiden und hinderten Aro'nhs Kohorte sogar daran, sich dem Ziel zu nähern. Blau musste eine völlige Niederlage einstecken.

Bevor die blaue Gruppe Gelegenheit bekam, auch nur einen einzigen Truppentransporter einzusetzen, nahm Adar Kori'nh Kontakt mit den beiden Flottenchefs auf, um Rot zum Sieger und das Manöver für beendet zu erklären.

Tal Aro'nh wirkte besonders alt, fast wie ein Fossil, als er im Kommando-Nukleus der Beobachtungsplattform vor Adar Kori'nh trat. Er nahm Haltung an und stand kerzengerade, die Uniform makellos, Insignien und Orden perfekt auf der Brust angeordnet.

Er hatte verloren.

Aro'nhs berufliche Laufbahn war ein Musterbeispiel für den Dienst in der Solaren Marine. Aber Adar Kori'nh hielt das nicht mehr für gut genug. Der alte Tal wartete stumm, während sein Gesicht deutliche Empörung zeigte.

Die Manipel-Subcommander der beiden Flotten warteten in den Vorzimmern. Kori'nh musterte die beiden vor ihm stehenden Tals und ließ die Stille andauern, während seine Miene keinen Hehl aus einer Enttäuschung machte, die ihnen beiden galt. »Nun, meine Herren? Wie schätzen Sie die Übung ein?«, fragte er schließlich.

Tal Lorie'nh wartete wie üblich darauf, dass jemand anders zuerst das Wort ergriff. Aro'nh schob das Kinn vor und schniefte. »Adar, ich muss gegen die von der roten Gruppe eingesetzte Taktik protestieren. Die militärischen Richtlinien der Solaren Marine sehen so etwas nicht vor. Nirgends in der *Saga der Sieben Sonnen* wird ein Kommandeur erwähnt, der von einer derartigen Taktik Gebrauch machte. Sie wurde *nie zuvor* benutzt! Ich finde es verachtenswert, dass sich Tal Lorie'nh mit dem *Chaos* verbündete. Wir sind Kohorten-Kommandeure der Solaren Marine. Unsere Soldaten sind keine ungeordnet umherlaufenden Herdentiere, die man veranlasst, wild loszustürmen.«

Kori'nh wartete, bis Aro'nh schwieg, bevor er in einem ruhigen und vernichtenden Tonfall sagte: »Aber der roten Gruppe gelang es, Sie zu schlagen.«

»Es ist ein ungültiger Sieg, Adar ...«

Kori'nh schlug mit der Faust auf den Tisch und erhob sich. In seinen Augen blitzte es. »Es gibt keine ungültigen Siege!« Die Schärfe in seiner Stimme schockierte beide Tals. »Warum bestehen Sie darauf, dass die Solare Marine alte, vorhersehbare Methoden bei *allen* Gegebenheiten einsetzt? Was passiert, wenn wir einem Feind begegnen, der unsere Regeln weder versteht noch respektiert? Was dann?«

»Dies ist nicht unsere Art, Adar.« Aro'nh blickte finster. »Wir Ildiraner haben eine Tradition der Ehre. Wenn Sie erlauben, dass dieser unzivilisierte Wahn andauert, so fordern Sie den Niedergang all dessen heraus, was die Solare Marine stolz und unbesiegbar gemacht hat.«

Kori'nh war zornig auf die eigene Unfähigkeit, den Panzer aus Versteinerung und Einfallslosigkeit des alten Kommandeurs zu durchdringen. »Das Ildiranische Reich wird nicht unbesiegbar bleiben, wenn wir darauf bestehen, unflexibel zu sein. Es existieren Feinde, von denen wir bisher nichts wussten.«

Er musterte den konservativen Tal und spürte einen Anflug von Mitleid. Aro'nh hatte nie erwartet, mit Aufgaben betraut zu werden, die Innovation verlangten. Er war stolz. Er hatte immer die Regeln beachtet und wusste nicht, was er ohne das Sicherheitsnetz aus Routine und Tradition machen sollte.

»Tal Lorie'nh ...« Kori'nh wandte sich dem anderen Kommandeur zu. »Bitte erklären Sie mir, was Sie dazu bewogen hat, eine so ungewöhnliche Taktik zu verwenden.«

»Sie gaben der roten Gruppe ein klares Ziel, Adar«, erwiderte Lorie'nh. »Wir haben uns einfach überlegt, wie wir dieses Ziel am besten erreichen können. Da es sich nicht um eine öffentliche Vorstellung handelte und keine anderen Ildiraner unsere Vorgehensweise beobachteten, gelangte ich zu dem Schluss, dass es in erster Linie darum ging, den Asteroiden zu erobern, nicht darum, eine Schau zu veranstalten.«

Aro'nh schnitt eine finstere Miene. »Die blaue Gruppe hat keine ›Schau‹ veranstaltet ...«

»Soll ich Ihnen die Aufzeichnungen zeigen, Tal Aro'nh?«, fragte Kori'nh. »Welchen Sinn hatte die Konfiguration mit einer Kugel im Innern einer Kugel, die Wachschiffe in gegenläufigen Umlaufbahnen, die blütenkelchartige Öffnung für die Einsatzschiffe? So etwas diente nur ästhetischen Zwecken, aber keinen militärischen, und ohne ein Publikum war es völlig sinnlos. Sie haben zumindest eine ungeeignete Standard-Gefechtsformation gewählt. Die Situation erforderte vor allem Geschwindigkeit.«

»Adar, vielleicht sollte ich Ihnen im militärischen Handbuch zeigen ...«

»Genug!«, stieß Kori'nh voller Abscheu hervor. »Tal Lorie'nh, haben Sie Ihr Manöver selbst ersonnen? Wenn das der Fall ist, so lobe ich Sie dafür.«

Der verlegene Kommandeur war ehrenvoll genug, kein Verdienst in Anspruch zu nehmen, das ihm nicht gebührte. »Nicht direkt,

Adar. Ich erkannte sofort die Weisheit, als ich von dem Plan erfuhr, aber die ursprüngliche Idee geht auf Qul Zan'nh zurück, den Sohn des Erstdesignierten. Zan'nh schlug vor, die Kohorte in einzelne Manipel aufzuteilen, jede mit einem anderen Angriffsziel.«

Adar Kori'nh seufzte zufrieden. Schon als Septa-Kommandeur hatte Zan'nh immer wieder seinen Einfallsreichtum bewiesen, daher überraschte es ihn nicht zu hören, dass der älteste Sohn des Erstdesignierten hinter dem Sieg der roten Gruppe steckte. »Er soll zu mir kommen«, sagte Kori'nh. »Sofort.«

Eine Nachricht wurde in die Vorzimmer übermittelt, wo die Kommandanten der Manipel warteten. Kurze Zeit später trat der junge Zan'nh ein, grüßte erst den Adar und dann die beiden Kohorten-Kommandeure. »Sie haben mich gerufen, Adar?«

»Qul Zan'nh.« Kori'nh trat näher und faltete die Hände vor der Brust, Zeichen dafür, dass er sich offiziell und förmlich an den jungen Mann wandte. »Als Oberbefehlshaber der Solaren Marine ist es mein Recht, Sie für exemplarischen Dienst und bemerkenswerten Einfallsreichtum zu befördern. Ihr innovatives Denken brachte der roten Gruppe beim heutigen Manöver den Sieg.«

Alle drei Zuhörer wirkten erstaunt. Zan'nh war erst vor kurzer Zeit zum Qul befördert worden und normalerweise bestimmte ein traditionelles Protokoll den Aufstieg durch die Ränge. »Angesichts der wachsenden Gefahr im Spiralarm braucht die Solare Marine intelligente und fantasievolle Offiziere wie Sie. Hiermit ernenne ich Sie zum Tal.«

Aro'nh konnte sich nicht beherrschen. »Das ist extrem irregulär, Adar! Es gibt allseits anerkannte Normen, die ...«

Kori'nh schenkte ihm keine Beachtung. »Zan'nh, Sie werden Tal Aro'nh ersetzen, den ich zum Qul degradiere. Seine unangemessenen Kommando-Entscheidungen wären in einer echten Kampfsituation ein Risiko für seine Kohorte.«

Der alte Tal schnappte nach Luft und schwankte, als hätte man ihm gerade den Boden unter den Füßen weggezogen. »Ich ... ich würde mich lieber in den Ruhestand zurückziehen, Sir. Mein Rang ist ...«

»Abgelehnt. Wir haben es mit einer möglichen militärischen Krise zu tun. Ich will keinen meiner erfahrenen Offiziere verlieren, aber der niedrigere Rang ist besser für Ihre starre Art geeignet. Sie haben Befehle immer gut ausgeführt.«

Aro'nh schien sich kaum mehr auf den Beinen halten zu können.

Er erweckte den Eindruck, nur von seiner steifen Uniform aufrecht gehalten zu werden. »Ich werde eine offizielle Beschwere einreichen, Adar.«

»Und ich werde sie zurückweisen. Ich habe den Segen des Weisen Imperators und bin vom ihm beauftragt, die Solare Marine in eine überlegene Streitmacht zu verwandeln.« Es blitzte in den Augen des degradierten Offiziers, aber Kori'nh ließ sich davon nicht beeindrucken. »Während Ihrer langen beruflichen Laufbahn haben Sie gute Dienste geleistet, Aro'nh, aber Sie lernen nicht mehr dazu. Sie können sich nicht anpassen und bei der Konfrontation mit einem externen Feind wäre das eine große Gefahr fürs Reich. Der Weise Imperator hat mich angewiesen, unsere Kampfbereitschaft zu verbessern.«

Der Sohn des Erstdesignierten stand völlig reglos, verblüfft von den jüngsten Ereignissen. Adar Kori'nh stellte zufrieden fest, dass der junge Mann keine zu große Freude über die Beförderung zeigte.

»Tal Zan'nh, Sie haben nun das Kommando über eine volle Kohorte. Von jetzt an steht eine Flotte aus dreihundertdreiundvierzig Schiffen unter Ihrem Befehl. Herzlichen Glückwunsch.«

Aro'nh wirkte gebrochen und schien innerhalb weniger Minuten um hundert Jahre gealtert zu sein. In Tal Lorie'nhs Gesicht zeigte sich Überraschung und Sorge – vielleicht befürchtete er ein weiteres Manöver. Er wusste, dass er bei der nächsten Übung gegen Zan'nh antreten musste, anstatt auf den Einfallsreichtum des jungen Mannes zurückgreifen zu können.

»Versammeln Sie die Schiffe«, sagte Kori'nh müde. »Ich möchte Tal Zan'nhs Beförderung bekannt geben und so schnell wie möglich mit der Siegeszeremonie beginnen. Vielleicht möchten die Ekti-Arbeiter von Qronha 3 ein Spektakel sehen.«

88 ✹ GENERAL KURT LANYAN

Das erste neue Kriegsschiff der verbesserten Moloch-Klasse glänzte im Raumdock, umgeben von festlichen Lichtern und Kontrollsensoren. Das riesige Schiff war fertig gestellt und wartete darauf, das Dock zu verlassen und mit seiner ersten Mission zu beginnen.

Die Entwicklungs- und Konstruktionstechniker waren sehr stolz auf ihr Werk. Zwölf weitere riesige Raumschiffe dieser Art gingen ihrer Fertigstellung entgegen, die Eckpfeiler einer schlagkräftigeren Flotte für den Kampf gegen die fremden Aggressoren.

General Kurt Lanyan und der Verbindungsoffizier von Gitter 1, Admiral Stromo - Captain des neuen Schiffes bei dessen erstem Flug -, waren zu der Zeremonie gekommen, mit einer Ehrenwache aus zwanzig kampfbereiten Remoras und einigen sorgfältig ausgewählten Medienrepräsentanten.

Lanyan fand, dass solche Feiern den reibungslosen Ablauf militärischer Operationen beeinträchtigten, aber Vorsitzender Wenzeslas vertrat einen anderen Standpunkt. »Solche Dinge beanspruchen nur wenig Zeit, finden aber viel Zuspruch in der Öffentlichkeit und bringen uns interplanetare Unterstützung ein, General«, hatte Wenzeslas betont. »Es ist eine Investition in Ihre langfristigen militärischen Möglichkeiten. Wenn Sie jetzt die Gunst der Öffentlichkeit gewinnen, so fällt es Ihnen später weniger schwer, Ihre Aktionen zu rechtfertigen - woraus auch immer sie bestehen.«

König Frederick höchstpersönlich war zu den Werften im Asteroidengürtel gekommen, um der erweiterten Terranischen Verteidigungsflotte seinen Segen zu geben. Er würde den ersten neuen Moloch auf den Namen *Goliath* taufen.

Der Name klang grimmig und mächtig, aber General Lanyan verband ein gewisses Unbehagen damit. Immerhin war der biblische Goliath vom viel kleineren und weit unterschätzten David besiegt worden.

Der König traf mit der üblichen Schar aus Beratern, Höflingen, Politikern und Leibwächtern ein. »Wundervoll«, sagte er und schritt mit wehenden Umhängen durch metallene Korridore zur Brücke. Die Statuslichter und glühenden taktischen Displays wirkten sehr eindrucksvoll.

Lanyan hatte die Crew in doppelten Schichten arbeiten und alles auf Hochglanz polieren lassen - nirgends sollte sich auch nur ein einziges Staubkorn zeigen. Der General sah darin nichts weiter als dumme Effekthascherei. Seiner Meinung nach hätte die Zeit viel besser für militärische Übungen oder ein Zielschießen mit den modifizierten Jazern und Projektilschleudern verwendet werden können.

König Frederick nickte anerkennend. »Dies ist wirklich ein sehr eindrucksvolles Kriegsschiff, General Lanyan.«

Die Medienrepräsentanten fertigten Aufnahmen von der *Goliath* an und zeigten sie ihrem Publikum.

Während der vergangenen Monate war die Terranische Verteidigungsflotte immer mehr gewachsen. Die Erweiterungen bestanden aus zwölf neuen Schiffen der Moloch-Klasse, jedes mit leistungsverstärkten Waffensystemen, neunzig mittelgroßen Manta-Kreuzern, 234 neuen Thunderhead-Waffenplattformen und Tausenden von Remora-Angriffsjägern. Man hatte sie in den Werften des Asteroidengürtels gebaut und neuen Geschwadern in den zehn taktischen Gittern zugeteilt. Sie waren bereit, sofort in den Kampf zu ziehen, sobald sich die Fremden zeigten.

Niemand zweifelte daran, dass der gnadenlose Feind erneut zuschlagen würde.

Abgesehen vom Bau der neuen Schiffe hatte Lanyan die Umrüstung von tausend privaten Schiffen beaufsichtigt, die für die TVF requiriert worden waren. Sie sollten als Kurierboote, Versorgungsschiffe und Aufklärungseinheiten verwendet werden. Als Kommandeur der Terranischen Verteidigungsflotte erfüllte General Lanyan seine Pflicht, und er erfüllte sie gut.

Auf der Brücke der *Goliath* betätigte Admiral Stromo die Kontrollen einer taktischen Konsole und aktivierte die Jazer-Bänke. Mit ruhiger, sorgfältig modulierter Stimme erklärte er die Waffensysteme dem König, der fasziniert zu sein schien.

»Unsere neue Flotte ist den alten Einheiten, aus denen die ildiranische Solare Marine besteht, weit überlegen. Diese TVF-Schiffe haben eine größere Schlagkraft als die jeder bisher gebauten Kriegsflotte.«

»Das hoffe ich sehr, Admiral«, erwiderte König Frederick. »Wir haben die Feindseligkeiten mit den geheimnisvollen Fremden nicht herausgefordert und ich möchte den Konflikt so schnell wie möglich beenden. Vielleicht sind sie jetzt bereit, mit uns zu verhandeln.«

»Das wünschen wir uns alle, Sir«, sagte General Lanyan und rang sich ein Lächeln ab. Leider hatte niemand auch nur den Hauch einer Idee, wie es jetzt weitergehen sollte. Die TVF konnte die Fremden nicht finden. Wie sollte man die unergründlichen Tiefen gewaltiger Gasplaneten erkunden, die viele tausend Male größer waren als die Erde?

Gegen einen so exotischen Feind zu kämpfen und ihn innerhalb einer Hochdruck-Atmosphäre zu verfolgen – das unterschied sich völlig von der Kriegführung, die Lanyan immer wieder simuliert hatte. Die bei den Simulationen entwickelten Pläne wären bei einem Konflikt mit dem Ildiranischen Reich oder einer rebellischen Kolonie der Hanse sinnvoll gewesen. Aber in Hinsicht auf die Fremden aus den Gasriesen ließ sich nichts damit anfangen.

Bei *diesem* Krieg würden Infanterie und Bodentruppen nie eine Rolle spielen. Er konnte nicht durch Eroberung und Besetzung von Territorium gewonnen werden und vermutlich nützten auch Verhandlungen nichts. Wenn der Feind wirklich in den Tiefen riesiger Gasplaneten lebte, in denen der Druck so hoch war, dass Wasserstoff zu einem Metall komprimiert wurde – konnte es unter solchen Umständen eine Überlappung von Ansprüchen auf Ressourcen oder Territorien geben? Was wollten die Fremden?

Lanyan ahnte, dass ihnen ein Krieg bevorstand, bei dem es um völlige Vernichtung ging. Schwere Waffen würden ebenso zum Einsatz kommen – vielleicht sogar apokalyptische Bomben – wie große Raumschiffe. Individuelle Soldaten nützten nichts, Infanterie und Handwaffen waren vollkommen bedeutungslos. Stattdessen brauchte die TVF gut ausgebildete Navigatoren, Piloten und Kanoniere für die Waffensysteme der Schlachtschiffe.

Der König beendete die Besichtigungstour auf der Brücke der *Goliath*. Vermutlich hatte ihn Basil Wenzeslas angewiesen, die Dauer seines Besuchs auf eine Stunde zu beschränken. Es wartete noch viel Arbeit auf die Crew des Moloch.

»Meine Herren ...«, sagte König Frederick. »Wir sind sehr beeindruckt und zufrieden. Ich halte die *Goliath* für ein ausgezeichnetes Schiff und erkläre sie hiermit für startbereit. Dieser Moloch wird das Flaggschiff einer überaus starken neuen Terranischen Verteidigungsflotte sein.« Er lächelte und daraufhin bekam sein faltiges Gesicht etwas von der Frische der Jugend zurück. »Ich würde mich freuen, wenn Sie mir eines Tages die Ehre eines kurzen Flugs durchs Sonnensystems gewähren könnten.«

»Das lässt sich arrangieren, Euer Majestät«, erwiderte Lanyan und erinnerte sich dann an einen Rat, den Basil Wenzeslas ihm gegeben hatte. »Ich möchte diese Gelegenheit nutzen, allen Bürgern der Terranischen Hanse meinen Dank auszusprechen. Ihre Unterstützung, ihre Opferbereitschaft und ihr fester Glaube werden uns dabei helfen, einen raschen, entscheidenden Sieg zu erringen. Wir Menschen sind ein starkes Volk. In Zeiten der Not halten wir zusammen, um letztendlich zu triumphieren.«

König Frederick strahlte. »Wohl gesprochen, General. Ich werde den königlichen Befehl geben, dass die neue, größere Flotte mit gebotener Eile aufbricht. Sobald wir die hinterhältigen fremden Wesen besiegt haben, die ohne Vorwarnung zuschlagen, können wir zu unserem normalen, angenehmen Leben auf den Welten der Hanse zurückkehren.«

Das Gefolge des Königs applaudierte und die Medienrepräsentanten übertrugen alles.

Begeisterung und Zuversicht füllten General Lanyans Herz, aber der rationale Teil seines Selbst wusste, dass die Realität weitaus mehr Probleme bereithielt, als seine Worte vermuten ließen. Er sah sich auf der Brücke der *Goliath* um und begegnete Stromos Blick. Die beiden Männer verstanden sich wortlos und hatten die gleichen Bedenken.

Die neue terranische Kriegsflotte war allem überlegen, was Lanyan bisher kommandiert hatte. Ihre Schiffe waren zahlreicher und die Waffen verfügten über ein größeres destruktives Potenzial. Aber leider wussten sie nichts über Fähigkeiten und Absichten des Feinds.

Lanyan befürchtete, dass die Feiern und der Jubel auf nichts anderes hinausliefen als ein nervöses Pfeifen im dunklen Wald.

89 ✹ JESS TAMBLYN

Noch immer stach kalter Zorn in Jess' Herz, aber die Entscheidung, etwas gegen den Feind zu unternehmen, brachte Erleichterung. Nie zuvor in seinem Leben hatte er den Leitstern deutlicher gesehen; er wusste ganz genau, welche Richtung es einzuschlagen galt.

Jess beabsichtigte nicht, den Rat der Roamer von seiner Absicht zu informieren. Er wollte weder Sprecherin Jhy Okiah noch Cesca Peroni darauf hinweisen. Zu deutlich erinnerte er sich an das Durcheinander, die Sorgen und die Unschlüssigkeit bei der letzten Versammlung in Rendezvous. Der Rat hätte nur alles komplizierter gemacht.

Es lief auf eine persönliche Rache hinaus und seine Onkel auf Plumas waren einverstanden. Caleb Tamblyn hatte sogar darauf bestanden, ihn zu begleiten, aber Jess betonte, dass er diese besondere Mission leiten musste. Es war die Angelegenheit seines Clans, seine Verantwortung. Und nachher sollte man nur ihm die Schuld geben können.

Zusammen mit einigen loyalen Arbeitern aus den Wasserminen von Plumas und mehreren Industrieschiffen, beladen mit allen notwendigen Ausrüstungsgütern, brach Jess auf. Die Freiwilligen hatten Ross gekannt und für Bram Tamblyn gearbeitet; sie würden alle Anweisungen durchführen, die Jess ihnen gab. Als Caleb den Arbeitern mitgeteilt hatte, was Jess plante, konnte sie keine Macht der Welt daran hindern, ihm zu helfen.

Die Schiffe trafen sich am Rand des Golgen-Systems, im eisigen Schleier des aus Kometen bestehenden Kuiper-Gürtels, hoch über der Ekliptik. Von dort aus beobachteten Jess und seine Begleiter den Gasriesen, der hell das Licht der Sonne reflektierte.

Irgendwo in seinen gelbbraunen Tiefen lauerten erbarmungslose fremde Wesen.

Jess glaubte, seinen Bruder dort zu spüren, zusammen mit den Geistern all jener, die den Fremden an Bord der Blauen Himmelsmine zum Opfer gefallen waren. Hatten jene Geschöpfe aus irgendeinem Grund Anstoß an der Ekti-Fabrik genommen? Oder sahen sie in den Roamern nicht mehr als lästige Insekten, die man einfach zerquetschte?

Fünf Himmelsminen waren bisher vernichtet worden, in den Atmosphären weit voneinander entfernter Gasriesen, zwischen denen keine Verbindung existierte. Es gab keine Überlebenden. Die Fremden hatten grundlos und ohne Gnade angegriffen. Jess wollte sie dafür bestrafen.

Viele von Besorgnis heimgesuchte Roamer-Clans hatten ihre unabhängigen Himmelsminen aus anderen Gasriesen zurückgezogen und sie in planetaren Umlaufbahnen gewissermaßen auf Eis gelegt. Die Ekti-Produktion war auf einen Bruchteil des Standes vor dem Angriff auf die Blaue Himmelsmine gesunken. Die Terranische Hanse hatte die Verknappung noch nicht zu spüren bekommen, aber bestimmt wussten der Vorsitzende Wenzeslas und König Frederick, dass es zu Engpässen bei der Lieferung des wichtigen Treibstoffs für den Sternenantrieb kommen würde. Diese Krise musste so bald wie möglich überwunden werden.

Jess öffnete einen Kommunikationskanal zu den anderen Schiffen und wandte sich an die Arbeiter. »Mein Bruder ist dort unten in der Atmosphäre von Golgen gestorben, zusammen mit vielen Angehörigen Ihrer Clans. Beim Leitstern, jetzt liegt es an uns, etwas gegen ihre Mörder zu unternehmen.«

Er atmete tief durch und suchte nach geeigneten Worten. »Wir Roamer sind kein gewalttätiges Volk. Wir haben kein beeindruckendes Militär und uns stehen keine Massenvernichtungswaffen zur Verfügung. Aber wir lassen auch nicht mit uns spaßen. Wir werden dem Feind Widerstand leisten und alle verlorenen Familienangehörigen rächen. Niemand von uns kann sich dieser Aufgabe entziehen. Ich beabsichtige das gewiss nicht.«

Stimmen drangen aus dem Lautsprecher, brachten Zustimmung und eine gewisse Entschlossenheit zum Ausdruck, die die Furcht verdrängte.

»Zum Glück bietet uns das Universum seine eigenen Waffen an«, sagte Jess. »Wir werden davon Gebrauch machen.«

Das Sonnensystem war umgeben von einer Schale aus potenziellen Kometen: Eisblöcke, die in Bomben verwandelt werden konnten. Noch auf Plumas hatte Jess genaue Karten des Kuiper-Gürtels studiert, Millionen von Kometen-Umlaufbahnen berechnet und die Ergebnisse entsprechender Manipulationen simuliert. Mehr als tausend Kandidaten kamen infrage, und jeder von ihnen würde Zerstörung auf Golgen herabregnen lassen.

Jess hatte eine besondere Intuition für Himmelsmechanik und Orbitalmanöver. Er war immer besonders gut gewesen bei den »Sternenspielen« der Roamer: Man betrachtete Sternkonstellationen aus verschiedenen Blickwinkeln und versuchte dann, den Ort des Beobachters auf einer Sternenkarte des Spiralarms zu bestimmen. Als Jess jünger gewesen war, hatte er zusammen mit Tasia auf die Karten gesehen und sich vorgestellt, fremde Welten und rätselhafte Phänomene im All zu erforschen.

Jess biss die Zähne zusammen, als er die Karte des Golgen-Systems aus einem ganz anderen Grund betrachtete. Die zahllosen eingeblendeten Linien beschrieben Umlaufbahnen und in vielen Fällen brauchten die Kometen Jahrhunderte, um die Sonne einmal zu umkreisen. Für den Vergeltungsplan kamen nur jene großen Eisbrocken infrage, die auf steilen hyperbolischen Bahnen ins Innere des Sonnensystems rasten und sich dadurch in Geschosse verwandeln konnten, deren kinetische Energie sich mit der Zerstörungskraft von tausend Atomsprengköpfen vergleichen ließ. Achtzehn solche Kometen boten sich als Projektile an.

Die Arbeiter von Plumas – gewöhnliche Wasserminentechniker, Pumpenspezialisten und Eisingenieure – hatten automatische Schubmodule mitgebracht, die auf den Kometen verankert werden konnten, um sie über Wochen hinweg in eine bestimmte Richtung zu beschleunigen. Das veränderte die Umlaufbahnen der großen Eisbrocken und brachte sie auf Kollisionskurs mit Golgen.

»Sie kennen unsere Ziele. Bringen wir die Eisbomben in Bewegung, um den Fremden in den Tiefen von Golgen eine Lektion zu erteilen.« Knurrend fügte Jess hinzu: »Jene Wesen wissen noch nicht, worauf sie sich eingelassen haben.«

Die anderen Schiffe bestätigten, glitten fort und verschwanden im Labyrinth des Kometengürtels. Die Roamer an Bord verstanden sich auf Genauigkeit und Präzision; immerhin hatten sie für den anspruchsvollen Bram Tamblyn gearbeitet. Jeder Roamer, der sich Schlampigkeit oder Unaufmerksamkeit leistete, fand schnell den Tod und meistens nahm er viele Unschuldige mit ins Jenseits.

Jess überprüfte noch einmal seine Fracht, änderte dann den Kurs und flog sein ausgewähltes Ziel an, einen großen Kometen, der bereits zu den inneren Bereichen des Sonnensystems unterwegs war. Er verließ den Kuiper-Gürtel und näherte sich der Ekliptik.

Jess trug isolierte Arbeitskleidung, einen Overall mit Dutzenden von Taschen, Schlaufen und Werkzeuggürteln. Der bestickte Schulterumhang darüber, eine Kostbarkeit, war von seiner Mutter genäht worden. Er wies stilisierte Muster und die Namen von Ross, Jess und Tasia vor dem Hintergrund der Roamer-Kette auf. Kummer erfasste Jess, als er daran dachte, wie sehr seine Familie geschrumpft war. Aber die Dinge würden sich ändern.

Die einzelnen Schiffe erreichten ihre Ziele. Ihre Besatzungen verankerten Landeklammern, stiegen aus und installierten die Ausrüstung. Im Verlauf der nächsten Stunden erstatten die einzelnen Gruppen immer wieder Bericht und hielten Jess auf dem Laufenden. Die Schubmodule wurden aktiv, veränderten ganz langsam die Umlaufbahnen der Kometen – der lange Fall in Richtung des Gasriesen begann. Zeit und die Himmelsmechanik erledigten jetzt den Rest. Das Bombardement würde über Jahre hinweg andauern, ein Treffer nach dem anderen.

»Das dürfte den Fremden kaum gefallen«, erklang Calebs Stimme aus dem Kom-Lautsprecher.

Aber damit wollte sich Jess nicht zufrieden geben. Alles in ihm drängte danach, einen Schlag gegen die fremden Wesen zu führen, dessen Auswirkungen er schon bald beobachten konnte, solange noch der Zorn in ihm brannte. Für Ross.

Er steuerte sein Schiff nah an den Kometen heran, der auf einer langen Bahn der Sonne entgegenflog. Der gewaltige Eisbrocken war Golgen so nahe gekommen, dass sich seine ursprüngliche Umlaufbahn geändert hatte und nun weiter ins Innere des Sonnensystems führte. Das Licht des Zentralgestirns löste dünne Dunstwolken aus der eisigen Oberfläche, die sich verdichten und schließlich einen langen Schweif bilden würden.

Jess analysierte die Oberflächentopographie des Kometen, um einen Eindruck von seiner Struktur zu gewinnen. Mit Scannern maß er die inneren Inhomogenitäten und modifizierte seine Berechnungen. Wenn alles nach Plan lief, würde dieser Brocken Golgen in einem Monat erreichen.

Jess wählte eine geeignete Stelle aus und verankerte sein Schiff auf der Oberfläche; der Rumpf zermalmte einige zinnenartige Eisgebilde. Die Treibstofftanks und der Frachtraum waren mit Ekti gefüllt – genug für eine lange Phase des maximalen Schubs. Jess aktivierte das Triebwerk, hörte sein Donnern und fühlte, wie der kleine Raumer zu vibrieren begann. Zwei Wochen lang würde der Sternenantrieb aktiv bleiben, lange genug, um den Kometen in ein Hochgeschwindigkeitsgeschoss zu verwandeln, das auf Golgen zielte.

In einem Tag würde ihn eins der anderen Schiffe abholen. Das Triebwerk blieb aktiv, schob den Kometen immer mehr aus seiner Bahn. Jess hatte viel Zeit zum Nachdenken. Es gab jetzt kein Zurück mehr und er bereute nichts. Er hatte seine Entscheidung in die Tat umgesetzt und eine Maßnahme ergriffen, die er für notwendig hielt.

Es war ihm gleich, was die Große Gans oder die Tivvis davon hielten. Zweifellos würde es auch Roamer geben, die den Vergeltungsschlag verurteilten, aber die meisten würden den Umstand begrüßen, dass jemand gehandelt hatte. Jess fragte sich, was er von Cesca erwarten konnte. Enttäuschung? Oder Applaus? Was auch immer der Fall sein mochte: Er fühlte sich nicht schuldig und hatte getan, was er für seine Pflicht hielt. Niemand konnte behaupten, dass diplomatische Bemühungen sinnvoller gewesen wären – bisher hatten die Fremden auf keinen einzigen Kommunikationsversuch reagiert.

Jess blickte durchs Fenster des Cockpits auf den Gasplaneten, der bereits sehr viel näher zu sein schien und wie ein gestreiftes Auge wirkte.

Bevor er einen Schutzanzug überstreifte, um nach draußen zu gehen, legte er den Schulterumhang ab, der sowohl seinen Namen trug als auch den von Ross und Tasia. Er ließ ihn auf den Pilotensessel sinken, wandte sich dann um und trat zum Schrank mit den Raumanzügen.

Er sah nicht zurück, stellte auch keinen Moment infrage, was er in die Wege geleitet hatte.

Jess ließ sein Schiff auf dem Kometen verankert zurück, mit aktivem Triebwerk, das dem großen Eisbrocken immer mehr Bewegungsmoment verlieh. Er ging an Bord von Calebs Schiff und zusammen mit den anderen Roamern verließen sie das Sonnensystem.

Er überprüfte die Flugbahnen der achtzehn in kosmische Geschosse verwandelten Kometen. Als er sicher sein konnte, dass sie alle auf dem richtigen Kurs waren, nickte er zufrieden und gab den Befehl zur Rückkehr nach Plumas.

Das Bombardement hatte begonnen.

90 ✷ BRANSON ROBERTS

Als ein toller Job stellte sich dies heraus. Branson Roberts verabscheute es, das einzige menschliche Schiff in einem abgelegenen, gottverlassenen System zu fliegen, noch dazu an einem Ort, an dem sich die feindlichen fremden Wesen verbargen. Aber so lauteten seine Befehle. Schlimmer noch: Ihm blieb keine Wahl. Dafür hatte Basil Wenzeslas gesorgt.

Wenigstens hatte die TVF Roberts sein eigenes Schiff zurückgegeben, die *Blinder Glaube*, und es war gut, wieder an ihren Kontrollen zu sitzen. Im Cockpit schien sich nichts verändert zu haben, trotz der modifizierten Systeme, des verstärkten Triebwerks und der schweren Panzerung – damit hatte die TVF dem Ganzen die Krone aufgesetzt.

Aber als Roberts das Dasra-System erreichte und mit der Suche nach den Fremden begann, war er froh darüber, die Kontrollen selbst zu bedienen. Er und die *Blinder Glaube* hatten gemeinsam viel durchgemacht.

Vor einem Monat waren die fremden Wesen aus den Tiefen des Gasriesen Dasra gekommen, um die Roamer-Himmelsmine in der Atmosphäre zu zerstören - der fünfte Zwischenfall dieser Art. Der Angriff von Dasra spielte sich genau so ab wie die anderen: Große kugelförmige Schiffe eröffneten das Feuer, ohne zu versuchen, einen Kommunikationskontakt herzustellen; das Kapitulationsangebot der Himmelsmine wurde einfach ignoriert. Die Fremden zerstörten die Ekti-Fabrik und ließen niemanden am Leben.

Damit hatten die Fremden bewiesen, dass sie in diesem System lebten, und Branson Roberts' Auftrag bestand darin, sie zu finden. Wie viele andere Gasriesen bewohnten die Geschöpfe? Drohte bei allen Gefahr?

Roberts dachte an Rlinda Kett, an ihren üppigen Leib und ihre überschwängliche Art. Sie nannte ihn immer ihren Lieblings-Exmann, und er bezeichnete sie als seine Lieblings-Exfrau, obwohl er nur einmal verheiratet gewesen war.

Er hatte sich als schlechter Ehemann, dafür aber als guter Pilot erwiesen, deshalb behielt ihn Rlinda in ihrer kleinen Handelsflotte. Er hatte gute Gewinne erwirtschaftet, genug, um zufrieden zu sein und vorspiegeln zu können, das Leben eines Playboys zu führen, sodass Rlinda seine Einsamkeit nicht bemerkte und deshalb Mitleid mit ihm bekam.

Doch die Erfolge der kleinen Handelsflotte fanden ein jähes Ende, als die Probleme mit den Fremden begannen. Rlinda hatte die *Große Erwartungen* an Rand Sorengaard verloren und drei ihrer anderen Schiffe waren von der TVF requiriert worden. Um seine Pilotenlizenz zu behalten und ein Schiff zu haben, das er fliegen konnte, musste Branson Roberts in die Dienste von General Lanyan treten.

Der General hatte Roberts in das TVF-Hauptquartier auf dem Mars bestellt. In seinem privaten Büro, hinter verschlossenen Türen und mit breiten Oberlichtern, durch die man einen olivgrünen Himmel sah, hatte Lanyan seinen Vorschlag unterbreitet. Vor dem inneren Auge sah Roberts Erinnerungsbilder jener Begegnung. Lanyan war nicht aufgestanden, als er das Büro betrat, blieb an seinem

Schreibtisch sitzen, auf dem Dutzende von Datentafeln mit Berichten lagen. Bildschirme zeigten Truppenverteilungen und Kampfübungen.

Nach einigen wenigen Worten begriff Roberts, dass der General seine Personaldateien eingesehen und sich auch über seine Laufbahn als Pilot informiert hatte. Lanyan wusste mehr über Branson Roberts, als diesem lieb war.

Und bestimmt erwartete ihn ein Angebot, das er nicht ablehnen konnte. Daran zweifelte er kaum.

»Aus Ihrem Dossier geht hervor, dass Sie ein recht wagemutiger Pilot sind, Captain Roberts. Mir ist aufgefallen, wie gut Sie die Ruhe bewahrten, als meine Leute Sie als Köder für Rand Sorengaard benutzten. Sie haben auch andere gefährliche Einsätze hinter sich: Lieferungen für den Schwarzmarkt, riskante Navigation ...«

Roberts spürte, wie sich kalte Schweißperlen an seinem Nacken bildeten. »General, Sir, ich versichere Ihnen, dass ich nie wegen irgendeiner illegalen Sache verurteilt worden bin. Man hat nicht einmal entsprechende Anklagen gegen mich erhoben. Wenn Sie im Vorstrafenregister nachsehen, werden Sie nichts finden ...«

Lanyan bedeutete ihm, Platz zu nehmen. »Schon gut, Captain. Mit solchen Dingen verlieren wir nur Zeit und Zeit haben wir nicht.«

Roberts setzte sich, faltete die Hände im Schoß und wartete stumm.

»Ich möchte ganz offen sein, Captain. Ich beabsichtige, Ihre Fähigkeiten auszunutzen. Es ist besser, jemandem mit Ihrem Geschick zu rekrutieren, als unter enthusiastischen Trotteln einen Kadetten mit nur einem Bruchteil Ihrer Erfahrungen auszuwählen. Ich weiß, dass Sie aufgrund von König Fredericks neuen Anweisungen Ihr Schiff dem Militär überlassen mussten. Derzeit sind Sie ohne Beschäftigung, oder?«

Der General wusste bereits Bescheid und das war beiden Männern klar. »Die Hanse befindet sich in einer schwierigen Lage, und wie der König schon sagte: Wir alle müssen Opfer bringen.« Roberts lächelte schief und zuckte mit den Schultern. »Mit der Entschädigung, die ich erhalten habe, komme ich ein oder zwei Monate lang über die Runden.«

Lanyan musterte ihn mit einem kühlen Blick und schließlich lächelte er wissend. »Aber ich wette, Sie langweilen sich.«

Die *Blinder Glaube* war als Handelsschiff und Frachter konzipiert, aber sie hatte eine schnittige Form und ein leistungsfähiges Triebwerk. Die Umrüstung durch die TVF gab dem Schiff bessere Manövrierfähigkeit und eine größere Reichweite. Roberts wusste nicht, ob ihn die Modifikationen vor einem direkten Angriff der Fremden schützen würden, aber sie stimmten ihn ein wenig zuversichtlicher.

Seine Mission hatte ihn bereits nach Welyr und Erphano geführt, bekannten Verstecken der feindlichen Wesen. Roberts ging immer auf die gleiche Weise vor. Mit hoher Geschwindigkeit flog er ins System und ließ eine Ladung aus automatischen Sonden und Kommunikationsbojen in die Atmosphäre des Gasriesen fallen. Die Geräte verschwanden in den Tiefen und übermittelten der *Blinder Glaube* Daten. Von den Bojen gingen Signale aus, die die Fremden aufforderten, ihre Angriffe einzustellen und mit Verhandlungen zu beginnen.

Jedes Mal wurden die Mitteilungen ignoriert und die Sonden zerstört.

Branson Roberts steuerte mit der *Blinder Glaube* nun Dasra an, ohne die Geschwindigkeit zu verringern, näherte sich dem Nordpol. Dicke Ringe umgaben den Äquatorbereich des grünlichen Gasriesen, wie eine glitzernde Ansammlung alter phonographischer Datenträger.

Roberts wusste, dass es auf Schnelligkeit ankam, und deshalb suchte er sich keinen Weg durch die Ringe. Er flog in den oberen Schichten der Atmosphäre von Norden nach Süden, passierte die Lücke zwischen dem Planeten und seinem Ringsystem. General Lanyan hatte ihn angewiesen, lange genug zu bleiben, um die von den Sonden übermittelten Daten zu empfangen, aber es lag Roberts nicht daran, in Schwierigkeiten zu geraten.

Über den gewaltigen Sturmwolken des Gasriesen öffnete er die Ladeluken der *Blinder Glaube* und schleuste robotische Sonden, automatische Kommunikationsmodule und Sensoren aus. Als sie fielen, sendeten die Kom-Module Signale auf verschiedenen Frequenzen. Die Sonden sammelten Informationen, während sie durch die Atmosphäre des Gasriesen sanken, und übermittelten sie dem Schiff.

Roberts zeichnete alles sorgfältig auf. Er würde die Daten selbst ins Hauptquartier der TVF bringen, um sie dort dem General und seinen Analytikern zu übergeben. Vielleicht konnte er bei jener Gelegenheit auch mehr Geld für sich herausschlagen.

Er lauschte aufmerksam, während er über den stummen Wolken flog, Dasras Äquator hinter sich zurückließ und über die südliche Hemisphäre glitt. Der von den anderen Gasriesen vertraute Vorgang wiederholte sich auch hier: Als die Sonden eine gewisse Tiefe erreichten, verwandelte sich das Piepen des von ihnen übertragenen Datenstroms plötzlich in statisches Rauschen, dann herrschte von einem Augenblick zum anderen Stille. Die Sondierungssonden wurden früher zerstört, als man es aufgrund der besonderen Umweltbedingungen erwarten durfte.

Zweifellos steckten die Fremden dahinter.

Es gab viele Gasriesen im Spiralarm und andere Piloten wie Roberts untersuchten sie. Wenn die Zerstörungen der Sonden tatsächlich einen Hinweis boten, so waren die fremden Wesen verblüffend weit verbreitet. Die TVF und auch die menschliche Bevölkerung begriffen allmählich, wie zahlreich der Gegner war, wie groß sein bisher verborgenes Imperium. Die Fremden schienen praktisch überall zu sein.

Als der Signalstrom der letzten Sonde abbrach, bereitete sich Roberts auf einen würdevollen, aber schnellen Rückzug vor, so wie bei den anderen Gasriesen, die er zuvor besucht hatte. Doch diesmal bemerkte er pulsierende Lichter in den Tiefen des Planeten; sie schienen der *Blinder Glaube* zu folgen.

Roberts beobachtete die Wolken und das heller werdende Glühen darunter, und in seiner Magengrube schien sich ein Klumpen Eis zu formen. Es sah nach mehreren Gewittern aus, die emporstiegen, den oberen Bereichen der Atmosphäre entgegen. Blitze zuckten und eine riesige, strudelartige Struktur entstand.

Als die Lichter anschwollen und immer unheilvoller wirkten, beugte sich Roberts zur Konsole vor. Er deaktivierte die Sicherheitsprotokolle und leitete volle Energie in die von den Militärtechnikern installierten Systeme. »Es wird Zeit, von hier zu verschwinden.«

Er zündete die Turbolader des Sternenantriebs, raste fort von Dasras Ringen und verließ das Sonnensystem mit Höchstgeschwindigkeit.

91 ✷ ADAR KORI'NH

Während die Sorge bei den Menschen wuchs und das Rätsel der fremden Wesen weiterhin ungelöst blieb, beschloss Adar Kori'nh, einen Manipel seiner Flotte in der Nähe von Qronha 3 zu lassen. Der Weise Imperator gab ihm die ausdrückliche Anweisung, eine Schutzflotte bei der alten ildiranischen Ekti-Stadt zu stationieren, und Kori'nh blieb bei den neunundvierzig Schiffen, die zuvor von Aro'nh - inzwischen zum Qul degradiert - befehligt worden waren. Allein die Präsenz der Kriegsschiffe linderte die irrationale Furcht der Arbeiter, die in der Atmosphäre des Gasriesen Ekti produzierten.

Die anderen Schiffe, unter dem Kommando von Tal Zan'nh und Tal Lorie'nh, kehrten heim, bereit dazu, auf einen echten Notfall zu reagieren.

Kein anderer Gasriese war Ildira näher als Qronha 3 - man konnte den riesigen Planeten mit einem Teleskop am ewig hellen Himmel über Mijistra sehen. Vor langer, langer Zeit hatten die Ildiraner dort ihre erste Ekti-Fabrik gebaut. Über Dutzende von Jahrhunderten hinweg waren die Anlagen in Betrieb gewesen, um das Wasserstoffallotrop zu produzieren, obwohl der hergestellten Menge während der letzten Jahre nur noch symbolische Bedeutung zukam.

Die Roamer hatten den größten Teil der Ekti-Industrie übernommen und stellten den Treibstoff für den Sternenantrieb im großen Maßstab her, lieferten ihn sowohl dem Ildiranischen Reich als auch der Terranischen Hanse. Doch der Weise Imperator Cyroc'h und seine Vorgänger hatten dafür gesorgt, dass die Ekti-Fabrik von Qronha 3 unter ildiranischer Kontrolle blieb, um zu zeigen, dass die Ildiraner ihr Ekti auch selbst produzieren konnten, wenn sie wollten.

Jetzt befürchtete der Weise Imperator Gefahr für die alte Ekti-Stadt in der Atmosphäre von Qronha 3. Deshalb hatte er die Solare Marine mit einer offiziellen Mission beauftragt - sie sollte bei dem Gasriesen ihre Macht demonstrieren. Ein solcher Einsatz erforderte keine Innovationen und eignete sich bestens für Qul Aro'nh. Vielleicht würde der alte Offizier dadurch begreifen, dass er immer noch ein nützlicher Angehöriger der Solaren Marine war.

Die ängstlichen Roamer drosselten die Ekti-Herstellung und den Export, und deshalb hatte der Weise Imperator angeordnet, das volle Produktionspotenzial der Himmelsmine von Qronha 3 zu nutzen. Das Reich brauchte einen ununterbrochenen Nachschub an Treibstoff. Erst jetzt trat eine Schwäche der ildiranischen Wirtschaft deutlich hervor: die Abhängigkeit von den Roamern, soweit es den Treibstoff für den Sternenantrieb betraf.

Damals, als die Ildiraner den Roamern ihre Ekti-Fabriken überlassen hatten, waren jene Menschen bereit gewesen, langfristige Anleihen für den Erwerb der Anlagen aufzunehmen. Angesichts der ökonomischen Veränderungen hatte der Weise Imperator die Roamer davor gewarnt, mit ihren Zahlungen in Verzug zu geraten. Überraschenderweise fuhren die Roamer damit fort, ihre Raten pünktlich zu bezahlen, griffen dabei auf unvermutete finanzielle Reserven zurück. Niemand im Reich wusste, woher die Roamer dieses Geld nahmen und wie lange sie die regelmäßigen Zahlungen fortsetzen konnten.

Die Ekti-Lieferungen an das Ildiranische Reich waren um dreißig Prozent zurückgegangen, daran konnte selbst der Weise Imperator nichts ändern. Durch das *Thism* fühlte Adar Kori'nh die Sorge des Oberhaupts aller Ildiraner. Die veraltete Fabrik von Qronha 3 konnte nicht annähernd genug Ekti produzieren, um den Mangel auszugleichen, aber die Arbeiter unternahmen eine symbolische Anstrengung.

In einer von Qul Aro'nh angeführten Keilformation flogen die neunundvierzig Kriegsschiffe und Eskorten durch das Sonnensystem - sie sollten sowohl den Arbeitern der Himmelsmine als auch potenziellen Feinden die gewaltige Macht der Solaren Marine demonstrieren. In einem hohen Orbit über dem Gasriesen schleusten sie kleinere Schiffe aus, Kampfboote und Angriffsjäger, die am Himmel des gewaltigen Planeten patrouillierten.

Mit einer Eskorte flog Adar Kori'nh zur Ekti-Stadt. Als Oberbefehlshaber der Solaren Marine bestand seine Pflicht auch darin, sichtbar zu sein, sich den Arbeitern zu zeigen, um sie zu beruhigen.

Die alte Kolonie von Qronha 3 hatte einen festen Platz in den ildiranischen Überlieferungen und wurde nicht weniger als tausendmal in der *Saga der Sieben Sonnen* erwähnt. Die Stadt glitt hoch über den Wolken und Stürmen des Gasriesen durch die Atmosphäre; Destillatoren und Reaktoren ragten in alle Richtungen. Die industriellen Systeme waren längst überholt und ineffizient, aber die Produktion des Wasserstoffallotrops dauerte an.

Die Ekti-Stadt hatte genug Bewohner, um als echte Splitter-Kolonie zu gelten. Zwar waren die dortigen Ildiraner von ihrer Heimat getrennt, aber sie waren dicht genug beisammen, um sich wohl zu fühlen. Außerdem bedeutete die Nähe zu Ildira, dass sie nach Hause zurückkehren konnten, wenn Ersatzmannschaften eintrafen, die die Arbeit fortsetzten.

Als Kori'nh die Größe der Ekti-Stadt sah und die Anzahl der Arbeiter, die nötig waren, um die minimale Bevölkerungsdichte für das *Thism* zu bilden ... Da begriff er, warum die Roamer wesentlich effizienter arbeiten konnten. Sie brauchten nicht so viele Personen, konnten sich auf wenige Techniker beschränken.

Fünf Kampfboote landeten auf den Dockplattformen, nachdem der Adar ausgestiegen war. Die Arbeiter und ihre Angehörigen begrüßten das Militär mit großer Freude. Kori'nh sah ihre Nervosität – offenbar befürchteten sie, dass die fremden Wesen auch in den Tiefen von Qronha 3 lauerten, obwohl während der vergangenen Jahrhunderte nichts auf sie hingewiesen hatte. Die Solare Marine gab ihnen das Vertrauen, das sie brauchten.

Einen Tag nach dem Eintreffen der Flotte erfolgte der Angriff.

Ganz plötzlich erschienen helle Lichter in den Wolken unter der großen Ekti-Stadt. Kori'nhs Patrouillenschiffe bemerkten die Veränderung praktisch sofort und gaben Alarm. Der Adar kannte die Bilder, die die Terranische Verteidigungsflotte von Oncier und der bei Welyr zerstörten Himmelsmine bekommen hatte, und daher wusste er, dass ein Angriff bevorstand. Seine Soldaten hatten gut geübt und reagierten angemessen schnell.

Kori'nh wies die Eskorten an, sofort zur Stadt zu fliegen und mit der Evakuierung zu beginnen. Alarmsirenen heulten in der großen Himmelsmine und ildiranische Arbeiter eilten zu den Sammelpunkten, standen dort Schlange, um von den Schiffen aufgenommen und in Sicherheit gebracht zu werden.

Adar Kori'nh überließ es einem Septar, sich um die Evakuierung zu kümmern, und ging an Bord des ersten startenden Kampfboots. »Ich muss zu meiner Flotte zurück«, sagte er und dachte besorgt an Tal Aro'nhs mangelnden Einfallsreichtum angesichts einer Krise. Er wollte selbst das Kommando über den Manipel übernehmen.

Als das Kampfboot die Atmosphäre des Gasriesen verließ und die Leere des Alls erreichte, sah Kori'nh aus dem Fenster und beobachtete, wie das erste gewaltige Kugelschiff aus den Tiefen von Qronha 3 kam. Energetische Entladungen flackerten zwischen den aus der Hülle ragenden stumpfen Vorsprüngen. Besatzungsmitglieder schrien und der Pilot des Kampfboots aktivierte die Notbeschleunigung. Einige Sekunden starrte der Adar voller Ehrfurcht auf die Kugel der Fremden, dann schaltete er das Kommunikationssystem ein.

Der alte Qul Aro'nh wandte sich bereits mit Drohungen an die unheilvollen Wesen. »Wagen Sie es nicht, die Stadt anzugreifen. Sie müssten mit ernsten Konsequenzen rechnen.«

Adar Kori'nh wusste, dass solche Warnungen nichts nützten. Bisher hatten die Fremden jeden Kommunikationsversuch ignoriert. Doch diesmal bekamen sie es mit mehr zu tun als nur einer hilflosen Roamer-Himmelsmine – die gut bewaffnete ildiranische Solare Marine stand ihnen gegenüber.

»Bringen Sie mich zum Flaggschiff!«, rief Kori'nh dem Piloten zu. »Ich muss das Kommando übernehmen!«

Der Pilot des Kampfboots flog noch schneller und kühner. Die Entfernung zum riesigen Flaggschiff der Solaren Marine schrumpfte rasch.

Während Qul Aro'nh seine Warnungen an die Fremden wiederholte, stieg das gewaltige Kugelschiff weiter auf, und die blauen Entladungen zwischen den stumpfen Dornen nahmen zu.

Kori'nh stellte eine Kom-Verbindung zum Flaggschiff her. »Vergeuden Sie keine Zeit, Qul Aro'nh. Die Fremden haben oft genug ihre feindlichen Absichten bewiesen.« Er holte tief Luft und traf eine wichtige Entscheidung für sich selbst und die Solare Marine. »Eröffnen Sie das Feuer!«

Eskorten glitten der Ekti-Stadt entgegen, um so viele Bewohner wie möglich zu evakuieren. Ein zweites Kugelschiff stieg auf, und tief unten, in den Wolken, bemerkte der Adar das Glühen eines dritten.

»Wie Sie befehlen, Adar«, bestätigte Qul Aro'nh. Die ersten Kriegsschiffe wandten sich dem Feind zu und schickten ihm einen ganzen Schwarm kinetischer Raketen entgegen. Sie explodierten an der Außenhülle des Kugelschiffes, hinterließen dort nur leichte Verfärbungen. Dann setzte Aro'nh hochenergetische Strahlen ein, Lanzen aus orangerotem Feuer, das schwarze Brandspuren verursachte.

Ein Kriegsschiff näherte sich weiter, offenbar in der Absicht, sich in eine gute Schussposition zu bringen. Die beiden Kugelschiffe reagierten. Blaue Blitze zuckten ins All, vereinten sich, trafen den ildiranischen Raumer und verwandelten ihn in eine Wolke aus Myriaden glühender Fragmente.

Eine energetische Druckwelle trieb die anderen Kriegsschiffe der Solaren Marine zurück.

Entsetzen breitete sich bei den Ildiranern aus. Adar Kori'nh glaubte, seinen Augen nicht trauen zu können – der Feind hatte mühelos eins der mächtigsten Schiffe der ildiranischen Flotte vernichtet!

Qul Aro'nhs Stimme drang aus den Lautsprechern. Er befahl den Manipel-Schiffen, sich neu zu gruppieren.

Eskorten mit Flüchtlingen an Bord stiegen von der Ekti-Stadt auf, während andere Transporter landeten. Die Arbeiter der großen Anlage gerieten in Panik und das Kommunikationssystem übertrug ihre Hilferufe. Aber der Adar sah keine Möglichkeit, die Evakuierung zu beschleunigen, denn auf den Dockplattformen der Stadt gab es nur begrenzten Platz.

Kleine, private Schiffe flogen fort von der Himmelsmine, Jachten und Versorgungseinheiten, für den Pendelverkehr zwischen Ildira und der Ekti-Stadt bestimmt. Aber jene Schiffe konnten nur wenige Personen transportieren. Sie genügten nicht, um alle Ildiraner der Splitter-Kolonie in Sicherheit zu bringen.

Eine dritte Kugel kam aus den Wolken des Gasriesen und gesellte sich den beiden anderen hinzu. Auch bei ihr gleißten Entladungen zwischen den Dornen und gemeinsam nahmen sie die Ekti-Stadt unter Beschuss. Der erste Blitz zerstörte eine Reaktorkuppel und pulverisierte ein Wohnmodul. Hunderte starben und Flammen breiteten sich aus.

Der Adar fühlte ein Stechen im Herzen, einen Schmerz, den das *Thism* übermittelte und vom Tod vieler Ildiraner kündete. »Bringen Sie mich zu meinem Flaggschiff!«

»Wir sind fast da, Adar.«

Hoch im Orbit griff Qul Aro'nh die Fremden mit fünf Kriegsschiffen an und es wurden alle zur Verfügung stehenden Waffen eingesetzt: hochenergetische Strahlen, kinetische Projektile, sogar verheerende Planetenbrecher.

Wieder gleißten die blauen Blitze der Kugeln und trafen sechs der unbewaffneten Eskortenschiffe, die mit zahllosen Flüchtlingen an Bord ins All zu entkommen versuchten – die Raumer platzten auseinander. Eine stärkere Entladung traf die Stadt und vernichtete einen weiteren Teil der Ekti-Fabrik. Die große Anlage geriet ins Trudeln und war bereits unrettbar verloren.

Als das Kampfboot schließlich am Flaggschiff andockte, sprang Adar Kori'nh auf und lief zum Kommando-Nukleus. An Bord seines eigenen Schlachtschiffs setzte Qul Aro'nh den Kampf gegen die Fremden fort, ohne bei den Kugelschiffen erkennbare Schäden zu verursachen.

Die Piloten der Eskorten hatten gesehen, dass der Feind auch nicht davor zurückschreckte, unbewaffnete Rettungsschiffe zu zerstören. Sie beschworen den Adar, die Evakuierung abzubrechen. Doch davon wollte Kori'nh nichts wissen. »Die Rettungsmission wird fortgesetzt«, sagte er scharf.

Zwanzig Eskortenschiffe voller Flüchtlinge schafften es zurück, landeten in den Hangars der Kriegsschiffe und gaben dort ihre lebende Fracht frei. Hunderte von Arbeitern waren gerettet, aber ihre Anzahl entsprach nur etwa einem Drittel der gesamten Bevölkerung der Splitter-Kolonie. Inzwischen brannte die ganze Ekti-Stadt. Ihre Habitatkugeln waren geborsten, die industriellen Anlagen, Kondensationstürme und Destillatoren qualmende Ruinen.

Kori'nh verlangte einen Situationsbericht von allen Raumschiffkommandanten. Fünf weitere Eskorten verließen die Himmelsmine. Mehr als fünfzig kleine private Schiffe waren aus der Atmosphäre von Qronha 3 geflohen und baten darum, von den Kriegsschiffen aufgenommen zu werden.

Die drei Kugelschiffe schenkten der ildiranischen Solaren Marine keine Beachtung und näherten sich der brennenden Ekti-Stadt. Mit einem vereinten Strahl verwandelten sie die ganze Anlage in einen Glutball, aus dem einzelne Trümmer wie Meteore in die wolkigen Tiefen des Gasriesen fielen.

Alle nicht evakuierten Ildiraner waren tot.

Kori'nh wandte sich an die noch intakten Schiffe seines Manipels. »Nehmen Sie so viele Flüchtlinge wie möglich auf. Die Eskorten kehren unverzüglich zu den Kriegsschiffen zurück.« Er glaubte zu spüren, wie ihm etwas den Hals zuschnürte. Nie zuvor in seinem Leben hatte er eine so schändliche Niederlage hinnehmen müssen – sie war einzigartig in der ganzen langen und glorreichen Geschichte des Ildiranischen Reiches! Sie würde in die *Saga der Sieben Sonnen* eingehen, auf dass sich auch zukünftige Generationen an sie erinnerten. »Wir müssen uns zurückziehen und die Gefahrenzone verlassen.«

»Aber Adar!«, ertönte Aro'nhs Stimme aus den Kom-Lautsprechern. »Die Solare Marine flieht nicht. Eine solche Schande ...«

»K'llar bekh! Wir haben Arbeiter und ihre Familienangehörigen aus der Ekti-Stadt gerettet und bringen sie jetzt an Bord unserer Kriegsschiffe. Ich will nicht, dass unser Stolz sie tötet. Unsere erste Pflicht besteht darin, die Zivilisten nach Ildira zu bringen und dem Weisen Imperator Bericht zu erstatten.«

Kommentarlos wies Qul Aro'nh sechs der sieben Kriegsschiffe in der vordersten Septa an, zum Gros des Manipels zurückzukehren. Doch das Schlachtschiff des alten Kommandeurs setzte den Flug in Richtung des Feindes fort.

Der Adar saß im Kommando-Nukleus und entnahm den Anzeigen der Sensoren, dass der konservative alte Qul das energetische Niveau des Sternenantriebs so erhöht hatte, dass es zu einer Kaskaden-Überladung kommen musste. Das Schlachtschiff stürzte den drei Kugeln entgegen, die noch immer dort schwebten, wo sie eben die Ekti-Stadt zerstört hatten.

»Was haben Sie vor, Qul Aro'nh?«, fragte Kori'nh scharf.

»Wie Sie uns bei der Übung rieten, Adar: Ich versuche, unkonventionelle Taktiken einzusetzen. Vielleicht wird dieses Manöver einmal zu einem Standard in verzweifelten Situationen.«

Aro'nh unterbrach die Verbindung. Er hatte sich entschieden und sah seinen Weg klar vor sich. Kori'nh konnte nur hilflos beobachten, wie die Triebwerksöffnungen am Heck des Schlachtschiffs kirschrot glühten. In wenigen Sekunden würden die Reaktoren explodieren.

Alle Personen an Bord, die ildiranische Crew, die Soldaten und Techniker ... Kori'nh fühlte ihr Entsetzen, aber auch ihre grimmige Entschlossenheit – sie waren bereit, sich zu opfern. Der Adar stand auf und wusste, dass er letztendlich die Verantwortung trug für die Entscheidung des Quls. Er hatte Schande über Aro'nh gebracht, ihm den Boden unter den Füßen weggezogen. Andernfalls wäre er vermutlich nicht zu einer so extremen Maßnahme bereit gewesen.

Hoffentlich hat er Erfolg ...

Qul Aro'nh ließ das Schlachtschiff der ersten Kugel entgegenfallen. Während des Anflugs setzte er alle noch verbliebenen kinetischen Projektile und Planetenbrecher ein, ließ gleichzeitig die hochenergetischen Strahlkanonen feuern. Kori'nh sah, dass die Wirkung nicht ausblieb - an der Außenhülle des Kugelschiffes schien es zu Schäden zu kommen. Die beiden anderen Kugeln stiegen auf und die blauen Entladungen zwischen ihren Dornen loderten heller.

Aber bevor die Fremden das Feuer eröffnen konnten, rammte Aro'nhs Schiff die erste Kugel. Gleichzeitig kam es zur Entladung der Sternenantrieb-Reaktoren. Über den Wolken von Qronha 3 schien eine neue Sonne zu entstehen.

Kori'nh empfand die Explosion wie einen Dolchstoß ins Herz. Aber nachdem die Fremden so viele Leben ausgelöscht hatten ... Die Märtyrer an Bord des Schlachtschiffs hatten wenigstens einen Erfolg erzielt. Qul Aro'nh hatte ihr Schicksal bestimmt, und wenn es nach dem Adar ging, würde ihre Selbstaufopferung für immer Eingang finden in die *Saga der Sieben Sonnen.*

Als sich die automatischen Helligkeitsfilter nach dem Lichtblitz deaktivierten, sah Kori'nh: Die erste Kugel war ein schwarzes Wrack, das, von der Gravitation erfasst, durch die Wolken des Gasriesen in die Tiefe stürzte.

Die enorme Explosion schien auch die beiden anderen Kugelschiffe beschädigt zu haben. Hier und dort entwich unter Hochdruck stehendes Gas durch Risse in der Außenhülle. Doch das schlingernde Bewegungsmuster der beiden Kugeln stabilisierte sich schnell.

Kori'nh begriff, dass dem Rest des Manipels und den Geretteten Verderben drohte, wenn er nicht sofort etwas unternahm.

Das Leben der Ildiraner stand an erster Stelle. Der Adar öffnete einen Kommunikationskanal und befahl seinen siebenundvierzig besiegten Schlachtschiffen den sofortigen Rückzug.

Kori'nh war schockiert. Er hatte gerade die Niederlage seiner Kampfflotte miterlebt und zu einer solchen Demütigung kam es zum ersten Mal in der Geschichte der Ildiraner. Doch abgesehen von diesem schmachvollen Debakel und dem hohen Verlust an unersetzlichem Leben regte sich auch noch eine tiefere Verzweiflung in dem Adar. Er wusste, dass dies wahrscheinlich nur der Anfang war.

Die feindlichen Wesen hatten jetzt auch dem Ildiranischen Reich den Krieg erklärt.

92 ✷ WEISER IMPERATOR

Der Weise Imperator lehnte sich in seinem Chrysalissessel unter der Himmelssphäre des Prismapalastes zurück und genoss den Sonnenschein, der durch die gewölbten Wände glänzte. Über ihm flatterten Vögel und bunte Insekten in dem großen offenen Terrarium, von Sperrfeldern gefangen gehalten. Versprühtes Wasser bildete eine Wolke und darauf glühte ein Hologramm, das die wohlwollenden Züge des Weisen Imperators zeigte. Es präsentierte sich am Ende einer Lichtsäule, die vom großen Sessel ausging. Wie eine Gottheit blickte das Gesicht des Oberhaupts aller Ildiraner auf die Pilger und Bittsteller, die kamen, um ihn zu sehen und zu verehren.

So sollte es sein.

Durch das *Thism* fühlte der Weise Imperator das komplexe Netz aus wichtigen Ereignissen überall im Reich. Die weit verstreuten Gedanken und Empfindungen waren am deutlichsten, wenn er sie durch seine Söhne empfing, die Designierten der ildiranischen Kolonien. Aber er sah auch die mentalen und emotionalen Lichter anderer wichtiger Personen im Reich, die von militärischen Kommandeuren, Forschern, Architekten und manchmal sogar von Liebenden, wenn ihre Leidenschaft so stark wurde, dass sie aus dem Hintergrundglühen von Milliarden ildiranischer Seelen heraustrat. Der Weise Imperator sortierte die Gefühle unbewusst, während er sich seinen wohlwollenden Pflichten im Prismapalast widmete.

Nur er verstand die Prioritäten, die unangenehmen Notwendigkeiten. Alle anderen konnten im Dunkeln bleiben, soweit es ihn betraf. Das ildiranische Volk diente ihm, welche Entscheidungen auch immer er traf. Er war das Zentrum des Reiches; alle Lebenslinien gingen von ihm aus.

Eine aus fünf Geschuppten bestehende Delegation näherte sich ihm, mit gesenktem Kopf und krummem Rücken. Diese Ildiraner hatten kantige Gesichter und lange Schnauzen und sie bewegten sich mit einer fließenden Schnelligkeit, die etwas Reptilienartiges zum Ausdruck brachte. Die Geschuppten waren ein ildiranisches Geschlecht, das in Äquatorzonen arbeitete und dort unter einem immer grellen, heißen Himmel schimmernde Sonnenkollektoren wartete. Sie bauten Windräder in schmalen Schluchten, die den Wind kanalisierten.

Manche Geschuppte waren auch in Bergwerken und Steinbrüchen tätig, schlugen dort Bodenschätze aus hartem Felsgestein.

Der Weise Imperator beugte sich vor, um die Delegation zu empfangen. Ihr Anführer trug eine ölig glänzende ärmellose Lederjacke und trat ehrfürchtig näher. Die hohe Luftfeuchtigkeit war ihm unangenehm und er schnaufte bei jedem Atemzug, hielt den Kopf auch weiterhin gesenkt.

»Weiser Imperator«, sagte er mit rauer Stimme, »wir haben Ihnen ein Geschenk mitgebracht, unsere bisher größte Entdeckung in den Steinbrüchen. Unser Geschlecht bringt Ihnen diese Gabe, um Ihre Weisheit und väterliche Fürsorge zu preisen, die unser Reich blühen und gedeihen lassen.«

Der korpulente Imperator setzte sich interessiert auf, als stämmige Arbeiter die große Tür am Ende des Empfangssaals öffneten. Anschließend hoben sie einen großen Stein an und trugen ihn herein. Zwar waren sie sehr kräftig gebaut, aber sie hatten ganz offensichtlich Mühe, mit dem Gewicht des Objekts fertig zu werden.

Der Weise Imperator fragte sich, ob die Geschuppten vielleicht einen im Felsgestein eingeschlossenen Meteoriten gefunden hatten. Aber als sich die Arbeiter mit dem großen Brocken näherten, stellte er fest, dass ein Stück abgetrennt war, um die innere Struktur zu zeigen. Er sah Bänder aus Amethysten und Aquamarinen, darüber und darunter prächtige Kristalle in allen Farben des Spektrums.

»Dies ist die größte Geode, die wir jemals gefunden haben, Herr«, sagte der Anführer der Geschuppten. »Größer als der größte Soldat, ein unermesslicher Schatz. Wir machen sie Ihnen zum Geschenk, um Ihren Ruhm zu mehren.«

Die anwesenden Adligen, Beamten, Höflinge und Funktionäre schnappten nach Luft und flüsterten miteinander. Selbst der Weise Imperator lächelte. »Ich habe noch nie ein so wunderschönes natürliches Objekt gesehen.«

Er hob eine fleischige Hand und in seinem Gesicht zeigte sich so etwas wie zufriedene Bescheidenheit. Es wurde Zeit, seine Großzügigkeit zu zeigen, sein väterliches Wohlwollen. »Ich werde meinen Pflichten nicht besser gerecht als Sie den Ihren, so wie alle Ildiraner. Ein Weiser Imperator ist für die Prosperität des Reiches nicht wichtiger als der niedrigste Diener irgendeiner Art.« Er nickte dem Geschuppten zu. »Ich weiß Ihre Gabe zu schätzen, aber Ihre Loyalität ist ein weitaus größerer Schatz für mich.«

Alle Geschuppten verbeugten sich und schienen von diesen Worten überwältigt zu sein. »Aber selbst ich verdiene kein so unvergleichliches Geschenk«, fuhr der Weise Imperator fort. »Es ist mein Wunsch, dass Sie das wundervolle Objekt in Ihren Äquatorzonen ausstellen, für alle Angehörigen Ihres Geschlechts, als Zeichen Ihrer Tüchtigkeit. Während es im Licht der sieben Sonnen funkelt, soll es uns an unsere Bemühungen für das Wohl des Ildiranischen Reiches erinnern.«

Die Geschuppten hielten den Kopf gesenkt, als sie zurückwichen. Der Weise Imperator fühlte die Wärme in ihren Herzen, die verehrende Ergebenheit, und er wusste, dass er die richtige Entscheidung getroffen hatte. Er hatte die Loyalität der Geschuppten und seine Kontrolle über sie verstärkt.

Bevor er ein weiteres Wort sagen konnte, wogten Schmerz und Verzweiflung durch ihn. Er zuckte im Chrysalissessel, als ihm das *Thism* emotionale Blitze übermittelte, die zu Krämpfen in seinem massigen Leib führten. Schmerzerfüllte Schreie entrangen sich seiner Kehle.

Die Wächter eilten mit gezückten Kristallschwertern herbei, dazu bereit, gegen jeden Feind zu kämpfen. Bron'n richtete einen finsteren Blick auf die Geschuppten, als hielte er es für möglich, dass sie den Weisen Imperator irgendwie vergiftet hatten. Die schuppigen, reptilienhaften Ildiraner verharrten besorgt.

Wieder zuckte der Weise Imperator. Die kleinen Bediensteten flohen kreischend. Andere Ildiraner im Empfangssaal fühlten durch ihre Verbindung mit dem *Thism* ein Echo der Pein, die den Imperator erfasst hatte. Er verlor sich in seinem eigenen Innern. Die Katastrophe bei Qronha 3 zog ihn an wie das Licht eine Motte.

Durch die mentale Verbindung erlebte er Entsetzen und Schmerz, als die Hydroger beim Gasriesen angriffen und die ganze Splitter-Kolonie vernichteten. Und noch mehr Ildiraner starben, als Qul Aro'nh sein Schlachtschiff mit einer riesigen Kugel der Fremden kollidieren ließ, um sie zu zerstören. Der Weise Imperator ertrug den Tod der Soldaten, Besatzungsmitglieder und Arbeiter, die nicht rechtzeitig aus der Ekti-Stadt evakuiert werden konnten.

Er fühlte die Niederlage der Solaren Marine.

Als er wieder zu sich selbst wurde, umgeben von verblüfftem Schweigen und verwirrter Furcht im Empfangssaal, blieb der Weise Imperator sprachlos. Er konnte kaum fassen, was die Hydroger getan hatten. Ein Teil von ihm wollte aus Schmerz, Zorn und Hilflosigkeit heulen.

Er hatte die Zeichen gedeutet und von der wachsenden Gefahr gewusst, die von dem legendären Feind ausging. Doch zunächst hatte er in der Rückkehr jener fremden Wesen eine günstige Gelegenheit gesehen und gehofft, das neuerliche Erscheinen der Hydroger nutzen zu können, um die Lethargie aus dem Ildiranischen Reich zu verbannen und sein goldenes Zeitalter zu erneuern. Doch die Dobro-Experimente waren noch nicht abgeschlossen und der Weise Imperator bezweifelte, dass die Zeit ausreichte, um seine Pläne zu verwirklichen.

Oh, die Pein in seiner Seele!

Mit dem Angriff bei Qronha 3 hatten ihn die Hydroger in seinem Herzen getroffen. Er fürchtete, dass der Krieg nicht nur den terranischen Emporkömmlingen Vernichtung brachte, sondern auch dem Ildiranischen Reich.

93 ✷ RAYMOND AGUERRA

OX hatte Raymonds Gehirn mit so vielen Informationen gefüllt, dass der junge Mann befürchtete, sein Kopf könnte platzen. Und es schien kein Ende in Sicht zu sein. Immer neue Dinge musste er lernen und sich einprägen. Die Ausbildung gewährte ihm keine Atempause. Ganz im Gegenteil: Der Druck nahm zu.

Nach so vielen Unterweisungen und Berichten verblasste die Pracht des Flüsterpalastes allmählich und Raymonds Unruhe wuchs. Seit Monaten war er nicht mehr draußen gewesen, um frische Luft zu schnappen oder durch die Straßen zu laufen. Der Palast bot enorm viel Platz mit seinen zahlreichen Zimmern und Sälen, aber Raymond dachte voller Sehnsucht an die Tage, als er unbemerkt durch die Menge der Leute geschlüpft war, die sich versammelt hatten, um eine Ansprache des Königs zu hören. Er lächelte wehmütig bei der Vorstellung, Leckereien von einem Verkaufsstand zu stibitzen oder mit einem Blumenstrauß für seine Mutter heimzukehren.

Als er an sie dachte, stieg Trauer in ihm empor, und gleichzeitig begriff er: Der Unterricht, die Spiele, das gute Essen – all dies sollte dazu führen, dass er seine Familie *vergaß*. Seine Mutter und Brüder waren bei dem schrecklichen Brand ums Leben gekommen, und Raymond wollte diese Tragödie nicht vergessen. Vielleicht war das von Anfang an die Absicht des Vorsitzenden gewesen.

Seit einiger Zeit reagierte er immer wieder mit Trotz und Eigensinn, wenn der Lehrer-Kompi mit bestimmten Aufgaben an ihn herantrat. Manchmal weigerte er sich, selbst einfache Dinge zu erledigen, die Basil von ihm verlangte, aus reiner Aufsässigkeit. Doch OX und der Vorsitzende wiesen darauf hin, dass Raymonds Zukunft ganz allein vom Wohlwollen der Hanse abhing.

»Du bist ein intelligenter junger Mann, Peter«, hatte Basil einmal gesagt. »Sei nicht kindisch. Dein Verhalten ist enttäuschend. Du bist wie ein bockiger kleiner Junge.«

Bei jener Gelegenheit hatte Raymond dem Vorsitzenden gegenübergesessen. Er erinnerte sich an die Wutanfälle seiner Brüder. Rita Aguerra war es immer gelungen, damit fertig zu werden. Er bedauerte sehr, nicht auf ihre Hilfe zurückgreifen zu können – er schien kaum in der Lage zu sein, sein Verhalten zu kontrollieren.

»Stell dir vor, wie dein Leben ohne unser Eingreifen am Tag der Katastrophe aussähe. Der Luxus, den du genießt, ist nicht umsonst.« Basil klang väterlich und beugte sich vor. Die Strenge wich aus seiner Miene. »Wir verlangen nicht viel von dir. Vielleicht gefällt es dir manchmal nicht, das zu tun, was man dir sagt, aber du musst wissen: Niemand in der Hanse – kein Fabrikarbeiter, kein Künstler, nicht einmal der Vorsitzende – ist vollkommen frei. Niemand von uns hat die Möglichkeit, ganz seinen Wünschen entsprechend zu leben. Man muss Zugeständnisse machen, um die Früchte einer bestimmten Situation zu ernten.« Basil saß gerade, wie ein Geschäftsmann, der eine Besprechung beendete. »Verstehst du?«

Raymond nickte, noch immer verwirrt und voller Groll. Aber ihm wurde nun klar, dass er anderes vorgehen musste. Es galt, gute Miene zum bösen Spiel zu machen.

An jenem Morgen hatte sich OX gefreut, als Raymond darum bat, eine Zeit lang allein arbeiten zu können – er wollte sich mit den im Flüsterpalast zugänglichen Datenbanken befassen. »Ich verspreche, nicht zu versuchen, verbotenen Bereiche zu betreten«, sagte er. »Ich bin nur neugierig auf die anderen Planeten der Hanse. Es gibt so viele Kolonien draußen im All. Als König kann ich sie vielleicht einmal besuchen.«

Der kleine Lehrer-Kompi gab ein anerkennendes Geräusch von sich. »Selbst als König würdest du viele Jahre brauchen, um alle neunundsechzig Kolonialwelten der Hanse zu besuchen.«

»Kann ich mich wenigstens mithilfe der Datenbanken über sie informieren?«, fragte Raymond und versuchte, keinen zu großen Eifer zu zeigen.

»Das wäre eine sehr nützliche Beschäftigung, Prinz Peter. Da du der zukünftige König bist, kannst du auf praktisch alle Dateien zugreifen.«

Das Gewicht der Verantwortung lastete schwer auf Raymonds Schultern. Er war nicht sicher, ob er irgendwelche Staatsgeheimnisse in Erfahrung bringen wollte.

Er verbrachte Stunden mit höflichen interaktiven Computersystemen und sah sich den Inhalt geographischer Dateien verschiedener Welten an. Manche waren reich und exotisch, andere karg und öde. Raymond las die Namen von Welten, von denen er noch nie gehört hatte: Palisade, Boone's Crossing, Cotopaxi.

Rein zufällig stieß er auf die planetaren Dateien der islamischen Welt Ramah. Er zögerte und erst nach einigen Sekunden fiel ihm ein, warum dieser Name so vertraut klang. Vor vielen Jahren war sein Vater dorthin geflohen und hatte nie wieder etwas von sich hören lassen.

Raymond fragte sich, wie weit seine Freiheit wirklich ging, als er detaillierte Bevölkerungsdaten für Ramah abrief. Der Name Esteban Aguerra fehlte. Die relativ kleine Kolonie auf Ramah gestaltete ihr Leben nach islamischen Prinzipien und in der Hanse kam ihr keine nennenswerte Bedeutung zu. Raymond stellte fest, dass fast alle Namen arabischer Herkunft waren, und daraufhin überlegte er, ob sich sein Vater vielleicht einen anderen Namen zugelegt hatte. In dem Fall blieb Esteban Aguerra für immer verschwunden.

Er erinnerte sich noch an den Monat und das Jahr, in dem Esteban Aguerra seine Familie verlassen hatte, nach einem langen Streit mit Rita. Es fiel Raymond nicht weiter schwer herauszufinden, welches Kolonistenschiff im betreffenden Zeitraum nach Ramah gestartet war.

Er forderte eine Liste der Passagiere und die Esteban Aguerra zugewiesene Kolonistennummer an. Auf Ramah, so stellte Raymond fest, war Esteban zum Islam übergetreten und hatte den Namen Abdul Mohammed Ahmani angenommen.

Begeistert von der eigenen Cleverness kehrte der junge Mann zu den Bevölkerungsdaten von Ramah zurück und verfolgte den weiteren Weg seines Vaters. Er war als Metallarbeiter tätig gewesen, hatte erneut geheiratet und zwei weitere Kinder gezeugt. Raymond runzelte die Stirn, als er davon las.

Als weitaus beunruhigender erwies sich etwas anderes: Sein Vater war vor kurzer Zeit gestorben. Raymond starrte auf den Bildschirm und seltsame Gefühle regten sich in ihm. Er versuchte, sich an seinen Vater zu erinnern. Zwar hatte er nie viel für ihn übrig gehabt, aber sein Tod erschütterte ihn doch. Er war Straßenräubern zum Opfer gefallen, die man nie gefasst hatte. Inzwischen fanden keine Ermittlungen mehr statt; der Fall war zu den Akten gelegt.

Plötzlich begriff Raymond, dass nur wenige Tage zwischen dem Todesdatum seines Vaters und dem Brand lagen, bei dem seine Mutter und Brüder ums Leben gekommen waren.

Verblüfft lehnte er sich zurück und spürte, wie ihm der kalte Schweiß ausbrach. Ein Zufall? Vielleicht, aber ein ziemlich großer.

Einige Minuten lang verharrte er reglos und fühlte sich schwach. Dann wandte er sich wieder dem Computer zu, dazu entschlossen, Antworten auf Fragen zu finden, die er bisher nicht zu stellen gewagt hatte.

Er ließ sich Filmsequenzen und auch schriftliche Aufzeichnungen zeigen, schließlich den Ermittlungsbericht über die katastrophale Explosion, die das Apartmentgebäude in Brand gesetzt und so viele Menschen getötet hatte. Kontaminierter Sternenantrieb-Treibstoff war illegal unter dem Apartmentkomplex gelagert worden. Risse, die sich in den Behältern gebildet hatten, entweichendes Gas ... Die Explosion hatte das Fundament des Gebäudes zerstört und es vollständig einstürzen lassen.

Doch die privaten Berichte der an den Untersuchungen beteiligten Personen wiesen auf gewisse Ungereimtheiten bei der Identität des Mannes hin, dem das Gebäude gehört hatte und der offenbar über Beziehungen zum Schwarzmarkt verfügte, von dem der kontaminierte Treibstoff stammte.

Einer der am Rettungseinsatz beteiligten Männer hatte in einem Interview darauf hingewiesen, dass die Türen über der sechzehnten Etage blockiert gewesen waren. Selbst wenn dort jemand die Explosion überlebt hatte – niemand wäre imstande gewesen, sich in Sicherheit zu bringen. Der Mann vermutete sogar, dass die Türen zugeschweißt gewesen waren. Erstaunlicherweise gab es im Untersuchungsbericht nicht den geringsten Hinweis auf diese Aussage. Außerdem: Jener Mann war kurze Zeit später versetzt worden, von der Hauptstadt auf der Erde zum Planeten Relleker.

Raymond entdeckte weitere Diskrepanzen, als er Interviews und Berichte aus verschiedenen Quellen miteinander verglich. Es überraschte ihn nicht, seinen eigenen Namen auf den Listen der Opfer zu finden. Basil Wenzeslas hatte ihn darauf hingewiesen, dass es eine Erklärung für das Verschwinden von Raymond Aguerra geben würde - niemand sollte ihn jemals mit »Prinz Peter« in Verbindung bringen können. Er schluckte, als er die Namen seiner Mutter und Brüder neben dem eigenen las, in kleiner Schrift auf einer langen, langen Liste.

Doch sein Herz schien sich in Eis zu verwandeln, als er weitere Details fand. Ein Zeitvergleich ergab Folgendes: Man hatte seinen Namen und auch die seiner Familie in die Opferliste eingetragen, *bevor* das Feuer gelöscht worden war und die ersten Leichen geborgen werden konnten. Raymond überprüfte noch einmal die Zeitangaben in den Dateien und Berichten. Es bestand kein Zweifel.

Die Hanse steckte dahinter.

Kaltes Entsetzen erfüllte Raymond, als er sorgfältig alle Spuren seiner Nachforschungen beseitigte und hoffte, dass man ihn nicht bei den Datenbankanfragen überwacht hatte. Zunächst war er stundenlang mit harmlosen Dingen beschäftigt gewesen, bevor er sich mit kritischen Informationen befasste.

Einmal mehr hatte sich Raymonds Welt vollkommen verändert, ebenso sehr wie am Tag des Brandes. Jetzt wusste er, dass seine Familie - auch sein Vater - ermordet worden war, um Raymonds Tod in Szene zu setzen. Es stand enorm viel auf dem Spiel.

Der Vorsitzende Wenzeslas und die Terranische Hanse waren bereit, jeden Preis zu zahlen, damit ein junger Mann namens Raymond Aguerra vollkommen verschwinden und als ihre willfährige Marionette Prinz Peter zurückkehren konnte.

Sie hatten nichts dem Zufall überlassen.

Zornig und angewidert beschloss Raymond, der Indoktrination zu widerstehen. Ganz gleich, was man ihm sagte, ganz gleich, was OX ihn lehrte, ganz gleich, wie väterlich-gütig Basil Wenzeslas sich gab - Raymond schwor sich, unabhängig zu bleiben. Er würde nur den Anschein erwecken, auf alles einzugehen und kooperativ zu sein. In seinem Herzen aber würde er sich weigern, die Rolle zu spielen, die man ihm auferlegen wollte.

Ihm war klar, dass er sehr, sehr vorsichtig sein musste.

94 ✷ TASIA TAMBLYN

Nachdem sie insgesamt achtundfünfzig Stunden im kleinen Cockpit verbracht hatte, glaubte Tasia Tamblyn, dass der schnellste Angriffsjäger der Tivvis etwa so leistungsstark und manövrierfähig war wie ein gewöhnliches Roamer-Schiff. Sie konnte sich daran gewöhnen.

Die TVF-Technik schien zwei Schritte dort vorzusehen, wo einer genügte. Aber als Tasia nicht mehr über schwerfällige Routinen klagte und sich darauf konzentrierte zu lernen, gelang es ihr schließlich, nicht immer elegante Abläufe zu erwarten. Auch wenn die technischen Systeme komplizierter waren, als sie es eigentlich sein mussten: Tasia konnte trotzdem viel besser damit umgehen, als sonst jemand.

Ihr Remora tanzte regelrecht, als sie die Kontrollen betätigte, den Schub veränderte und die Düsen der Höhensteuerung feuern ließ. Das schnittige kleine Raumschiff raste durch die Hindernisstrecke aus kleinen Felsbrocken und größeren Asteroiden an einem der Librationspunkte zwischen Jupiter und Mars. Tasia verließ sich ganz auf ihre Reflexe, um Kollisionen zu vermeiden. »He, das macht Spaß, Brindle.«

»Du hast psychische Probleme, Tamblyn«, klang die Antwort aus dem Kom-Lautsprecher.

Nach vier Stunden anstrengender Akrobatik im All begannen ihre Arme und Beine zu schmerzen. Die meisten anderen TVF-Rekruten hatten den Flug inzwischen beendet, aber Tasia setzte ihn fort. Die Ausbilder würden ihr vermutlich Angeberei vorwerfen, doch bestimmt verbarg sich Anerkennung hinter ihren strengen Mienen. Niemand hatte so gute Leistungen von ihr erwartet.

Nun, sie wussten nicht, wie entschlossen eine Tamblyn sein konnte.

Während der Übung blieb Robb Brindle immer dicht hinter ihr.

Er wiederholte alle ihre Manöver und klebte regelrecht an Tasias Remora, trotz des Risikos, einen fatalen Navigationsfehler zu machen. »Hast du vor, auf jedem dieser Felsbrocken deinen Fußabdruck zu hinterlassen, oder können wir bald heimkehren?«

»Du kannst jederzeit nach Hause fliegen, Brindle. Sei rechtzeitig genug dort, um eine leckere Mahlzeit für mich zuzubereiten.«

»Und wenn ich hier bei dir bleibe, müssen wir uns beide mit Notrationen begnügen?«, erwiderte Robb. »Shizz, das ist eine tolle Auswahl, die du da anbietest.«

Tasia jagte einer Ansammlung von Felsen entgegen, die wie zornige Wespen wirkten, dazu bereit, ihr Schiff zu stechen.

»Pass auf, Tamblyn!«

»Ach, von solchen lächerlichen Hindernissen darf man sich nicht aufhalten lassen«, erwiderte Tasia und aktivierte die Waffensysteme. »Immer versucht jemand, Straßensperren zu errichten.«

Sie feuerte mit den verbesserten Jazern - von einem magnetischen Schaft umgebene hochenergetische Laserstrahlen zuckten durchs All. Die doppelte zerstörerische Wirkung löste die meiste feste Materie auf. Tasia schoss sich einen Weg durch die Gruppe aus kleinen Asteroiden, verwandelte Gestein in Staub und flog tollkühn hindurch. »Gleich kratzt es dir über die Windschutzscheibe, Brindle.«

Tasia hatte inzwischen mit verschiedenen Raumschiffen Erfahrungen sammeln können, von trägen ehemaligen Tankern über mittelschwere Manta-Kreuzer und schnelle Remoras bis hin zu den großen Thunderhead-Waffenplattformen. Sie glaubte sich bereit und hoffte, dass sie bald Gelegenheit zu einem echten Kampf bekam.

Viele der anderen Rekruten stöhnten über die anstrengende Ausbildung. Einige hatten sogar beschlossen, aufzuhören, eine unehrenhafte Entlassung zu akzeptieren und ins zivile Leben zurückzukehren. Aber Tasia war noch nicht bis an die Grenzen ihrer Leistungsfähigkeit gefordert worden. Das harte Leben bei den Roamern hatte sie gelehrt, mit allen Strapazen fertig zu werden. Es enttäuschte sie, dass die Terranische Verteidigungsflotte keine höheren Ansprüche an ihre Soldaten stellte.

Tasia fand sich an der Spitze ihrer Klasse wieder, fast mit den maximalen Punkten. Nur ihre Abneigung gegen das militärische Protokoll behinderte sie.

Robb Brindle half ihr beim politischen und persönlichen Spießrutenlaufen und Tasia flirtete gerade genug mit ihm, um ihm die eine oder andere schlaflose Nacht zu bescheren (manchmal fand auch sie selbst keine Ruhe). Sie spielte mit dem Gedanken daran, sich auf eine Beziehung mit ihm einzulassen, obwohl sie nie einen Sohn von zwei terranischen Militäroffizieren als Partner in Erwägung gezogen hatte. Als Tochter eines Clanoberhaupts hätte Tasia ein gut geplantes Ehebündnis mit einer anderen wichtigen Roamer-Familie eingehen sollen, so wie auch Jess und Ross.

Als sie an ihre Brüder dachte, presste sie die Lippen zusammen und erneuerte ihre Entschlossenheit. Als Kind hatte sie Ross und Jess wie Helden verehrt. Sie hatten ihre kleine Schwester beschützt, ohne ihre Bewegungsfreiheit zu sehr einzuengen. Tasia focht ihre eigenen Schlachten und wurde nur dann gerettet, wenn es sich nicht vermeiden ließ. Es war nur selten nötig.

Wenn Robb und sie gemeinsam zu Abend aßen, erzählte Tasia oft von ihren Brüdern und dem strengen alten Vater. Brams Tod war ein harter Schlag für sie gewesen. Sie erinnerte sich an die letzte Auseinandersetzung mit ihm und bedauerte, Plumas nicht unter anderen Umständen verlassen zu haben. Aber sie wusste, dass sie die richtige Entscheidung getroffen hatte. Sie folgte ihrem eigenen Leitstern.

Wenn sie an die schlechten Leistungen der Kleebs dachte, fragte sich Tasia, ob sie die einzige Hoffnung der Erde beim Kampf gegen die feindlichen Wesen war. Nach dem Tod von Ross und ihres Vaters wollte Tasia, dass ihr Clan stolz auf sie sein konnte. Nur Jess war jetzt noch übrig.

Tasia beschloss, die dumme Übung zu beenden. Sie öffnete einen Kommunikationskanal. »Ich habe genug von diesem Versteckspiel, Brindle. Ich sitze schon so lange in diesem Cockpitsessel, dass mir der Hintern wehtut. Lass uns zurückkehren.«

In einem steilen Bogen steuerte sie ihren Remora fort von den Asteroiden. Robb Brindle blieb dicht bei ihr, als sie zur TVF-Basis flogen, in der Gewissheit, bei der Pilotenübung von allen am besten abgeschnitten zu haben.

Im Hangar auf dem Mars kletterte Tasia aus dem Remora, Rücken und Beine steif. Sie wünschte sich, den Pilotensessel des Angriffsjägers durch den an Bord des Tamblyn-Schiffes ersetzen zu können, mit dem sie zur Erde geflogen war. Oder vielleicht konnte sie

Brindle dazu bringen, sie zu massieren. Dazu ließ er sich bestimmt sofort überreden.

Robb sprang von seinem eigenen Remora herunter, näherte sich und lächelte. »Wer hat dir beigebracht, so zu fliegen, ohne dich dabei umzubringen, Tamblyn?«

»Einige von uns haben Talent, Brindle - und manche werden es nie lernen, so viel sie auch üben.«

Die Ausbilder gratulierten ihnen zu ihrer Leistung. Viele Rekruten gaben sich widerstrebend geschlagen, während andere der jungen Roamer-Frau noch immer die kalte Schulter zeigten. Brindle begleitete Tasia zur Messe, obgleich sie ihre Wasserration nutzen und zuerst duschen wollte.

»Die Übungen dauern verdammt lange«, sagte er und seufzte schwer.

»Es wird nicht immer bei Übungen bleiben.« Tasia richtete einen ernsten Blick auf den jungen Mann. »General Lanyan nimmt uns deshalb so hart ran, weil ein Angriff bevorsteht. Glaub mir. Bestimmt geht's bald los.«

Diese Aussicht schien Robb zu beunruhigen. »Die TVF sammelt noch immer Informationen. Wir stellen uns den Fremden erst dann zum Kampf, wenn wir eine gute Chance auf den Sieg haben.«

Tasia strich sich durchs struppige Haar, dachte erneut an Ross, die Blaue Himmelsmine und ihre gnadenlose Zerstörung.

»Je eher desto besser«, sagte sie.

95 ✷ MARGARET COLICOS

In der stillen Wüstennacht auf Rheindic Co spielten Louis und der grüne Priester Arcas Karten. DD leistete ihnen als dritter Spieler Gesellschaft. Margaret saß allein in ihrem Schlafzelt und hörte sich die blecherne Greensleeves-Melodie der Spieldose an, die sie von ihrem Sohn bekommen hatte.

Stundenlang hatte sie über die Klikiss-Hieroglyphen in der neu entdeckten Stadt nachgedacht. Die zuvor untersuchten Ruinen enthielten viele erstaunliche Dinge, aber die Geheimnisse und Rätsel der unberührten Stadt boten ganz neue Möglichkeiten.

Vor allem das trapezförmige »Steinfenster« faszinierte Margaret. Sie war nicht imstande gewesen, die Zeichen zu übersetzen, die den freien Bereich an der Steinwand umgaben. Jene Symbole standen in keinem erkennbaren Zusammenhang mit den mathematischen und Geschichten erzählenden Schriftzeichen, die sie zuvor entziffert hatte.

Die Spieldose beendete ihre Melodie. Aus reiner Angewohnheit streckte Margaret die Hand aus, um sie aufzuziehen, doch dann zögerte sie und lauschte in die Nacht. Louis lachte und Arcas ließ Spielmarken klappern. DDs mechanische Stimme verkündete den neuen Spielstand.

Margaret trank ihre Tasse Tee aus und stand auf. Sie wollte nicht an dem dummen Spiel teilnehmen, bei dem sich Louis entspannte, aber sie brauchte irgendetwas, um sich abzulenken. Sie verließ das Zelt und trat ins Licht der Sterne.

Die Nacht war warm und nichts rührte sich in ihr. Die Luft kam einer transparenten Decke gleich. Margaret ging einige Schritte – und blieb abrupt stehen, als sie eine unheilvolle Silhouette vor sich sah. Das Etwas wirkte wie ein Loch in der Nacht und reflektierte matt den Glanz der Sterne. Margaret hörte glatte Bewegungen, das Klacken von Gliedern ... Scharlachrote optische Sensoren glühten wie die Augen eines Dämons.

»Seien Sie nicht beunruhigt, Margarat Colicos«, sagte der Roboter. »Ich habe Energie gespart und auf meine Datenbanken zugegriffen.«

»Ich scheine ein wenig schreckhaft geworden zu sein«, erwiderte Margaret mit einem nervösen Lachen. »Wer bist du?«

»Ich bin Sirix.«

Sie schwiegen und Margaret wusste nicht recht, ob sie mit der käferartigen Maschine im Dunkeln allein sein wollte. Zwar war Sirix nicht gerade ein guter Unterhalter, aber sie beschloss, die Gelegenheit zu nutzen. »Hast du eine Ahnung, was die Zeichen am Rand des trapezförmigen ›Fensters‹ bedeuten könnten, das wir in der neuen Stadt gefunden haben?«

»Alle meine Erinnerungen wurden bei der Katastrophe gelöscht, die dem Volk meiner Schöpfer den Untergang brachte, Margaret Colicos.«

»Ja, ja, darauf hast du bereits hingewiesen«, sagte sie. »Aber ganz offensichtlich sind gewisse Programme und Subroutinen unbeeinträchtigt geblieben, denn sonst könntest du weder funktionieren noch kommunizieren. Bestimmt hast du die Daten aufgenommen, die wir bei den anderen archäologischen Untersuchungen gewonnen haben. Sie dürften einige Lücken in deinem Gedächtnis geschlossen haben.«

»Viele große Lücken bleiben bestehen, Margaret Colicos.«

Sie runzelte die Stirn und verzichtete auf ein lautes Seufzen, obgleich sie bezweifelte, dass Sirix eine solche menschliche Reaktion zu deuten verstand. »Ich frage mich, ob die Zeichen auf den anderen Steinen vielleicht Hinweise auf Orte sind, wie Koordinaten auf einer Karte. Möglicherweise haben die Symbole jener Steinwand eine Bedeutung, die man mit der eines ... Adress- oder Telefonbuchs vergleichen könnte.«

»Ich verstehe diesen Vergleich nicht«, sagte Sirix, aber irgendwie gewann Margaret den Eindruck, dass er sehr wohl verstand. Der schwarze Roboter rührte sich nicht, blieb weiterhin eine Silhouette vor dem Nachthimmel. Er bot der Archäologin weder Informationen noch Vermutungen an.

»Weichst du Antworten aus?«, fragte Margaret schließlich. »Du bist nicht sehr hilfreich.«

»Ich gebe Ihnen alle möglichen Auskünfte, Margaret Colicos. Die anderen Roboter und ich haben dieses Rätsel jahrhundertelang ausführlich diskutiert. Wir können Ihnen keine Antworten anbieten.«

»Es ... es tut mir Leid, dass ich an dir gezweifelt habe, Sirix. Bitte nimm keinen Anstoß daran.«

»Wir nehmen keinen Anstoß«, erwiderte der Klikiss-Roboter. »Selbst ohne vollständige Gedächtnisdateien wissen wir, dass einst alle Klikiss-Roboter zu einer großen Zivilisation gehörten, die jetzt nicht mehr existiert. Unsere Schöpfer wurden ausgelöscht und wir verloren die Erinnerung an sie.«

»Vielleicht steckt Absicht dahinter«, spekulierte Margaret.

»Das ist eine mögliche Erklärung«, sagte Sirix.

Margaret hatte das Gefühl, überhaupt keine Fortschritte erzielt zu haben. Sie wünschte Sirix eine gute Nacht und ging zum anderen Zeit, aus dem Licht nach draußen fiel. Zwar war sie gern allein, weil sie sich dann besser konzentrieren konnte, aber derzeit wünschte sie sich die Gesellschaft ihres Mannes.

Sie betrat das Zelt und sah, dass Louis ein neues Spiel mit Arcas und DD begonnen hatte. Louis' Miene erhellte sich, als er sie sah. »Komm, Schatz. Setz dich zu uns und spiel mit.«

Bevor sie antworten konnte, legte er weitere Karten auf den Tisch. Margaret setzte sich, berichtete von ihrem Gespräch mit Sirix und sah dann den Freundlich-Kompi an. »DD, du hast mit den Robotern gesprochen. Ist es dir dabei gelungen, irgendetwas in Erfahrung zu bringen, von dem wir nichts wissen?«

»Nein, Margaret. Ich habe mir alle Mühe gegeben, ihnen zu erklären, wie Kompis funktionieren und wo sich unsere Konstruktionsstruktur von der ihren unterscheidet. Aber über die Klikiss habe ich nichts erfahren.«

»Er hat es versucht, Schatz«, sagte Louis.

DDs Stimmung veränderte sich. Er wurde traurig, fast verzweifelt. »Ich finde es sehr schade, dass sie all ihre gespeicherten Erfahrungen und damit praktisch ihr ganzes Leben verloren haben. Andernfalls könnten sie sicher von den erstaunlichsten Ereignissen berichten.«

Margaret griff nach den Karten und betrachtete sie, obwohl sie noch gar nicht wusste, welches Spiel gespielt wurde. »Wir trachten danach, all jene Geheimnisse zu lüften, DD.«

96 ✷ BASIL WENZESLAS

Der Weise Imperator des Ildiranischen Reiches und Basil Wenzeslas, Vorsitzender der Terranischen Hanse, waren die beiden mächtigsten Männer im Spiralarm, ohne dass jemals eine Begegnung stattgefunden hatte. Dafür wurde es nun Zeit.

Mit einem diplomatischen Schiff flog Basil nach Ildira, um die Sache selbst in die Hand zu nehmen. Die Umstände verlangten, unmittelbar und direkt über die Krise zu sprechen.

Die verheerenden Angriffe auf die Himmelsminen der Roamer hatten die Ekti-Produktion drastisch reduziert. Viele Ekti-Fabriken waren aus den Atmosphären von Gasriesen zurückgezogen und stillgelegt worden. Und wer konnte es den Roamern verdenken? Nach der Zerstörung der ildiranischen Ekti-Stadt über Qronha 3 glaubte Basil, dass der Weise Imperator bereit war, sich mit der Hanse und ihren Streitkräften gegen den gemeinsamen Feind zu verbünden. Hoffentlich verstand das Oberhaupt der Ildiraner, dass er als

Vorsitzender der Hanse alle notwendigen Entscheidungen für die Menschheit treffen konnte.

Vor vielen Jahren hatte sein Vater einmal gesagt: »Lern aus Fehlern, Basil - vorzugsweise aus denen anderer Leute.« Mithilfe des ildiranischen Sternenantriebs hatten die Menschen Kolonien im All gegründet, die ökonomische Macht der Hanse ausgeweitet und inzwischen einen Punkt erreicht, an dem die menschliche Zivilisation ihr wahres Potenzial entfalten konnte.

Als sich das diplomatische Schiff Mijistra näherte und Basils Assistenten um eine sofortige Audienz beim Weisen Imperator ersuchten, presste der Vorsitzende die Fingerspitzen aneinander, atmete tief durch und überlegte, wie er das Gespräch führen sollte. Es gab viele Möglichkeiten und noch mehr unbekannte Faktoren.

Vor dem Abflug nach Ildira hatte sich Basil noch einmal mit General Lanyan getroffen, um sich über die Einsatzbereitschaft der massiv aufgerüsteten Terranischen Verteidigungsflotte Bericht erstatten zu lassen und zu hören, auf welche Weise die Solare Marine eingesetzt werden konnte. Der General hatte die Stirn gerunzelt, Bilder und Diagramme projiziert. »Ich habe erhebliche Zweifel an der militärischen Effizienz der Solaren Marine, Vorsitzender. Nach meiner Einschätzung kann sie in einem echten Konflikt kaum etwas leisten.«

Basil hatte sich die Aufnahmen der riesigen Kriegsschiffe angesehen, ohne Lanyan zu widersprechen. »Nach Meldungen von Qronha 3 ist es den ildiranischen Kriegsschiffen gelungen, eine Kugel der Fremden zu zerstören und zwei weitere zu beschädigen.«

Lanyan schürzte die Lippen. »Dabei handelte es sich um die Kamikaze-Aktion eines ildiranischen Schlachtschiffs. Eine derartige Selbstaufopferung ist in der Solaren Marine nicht die Norm.«

»Wie meinen Sie das, General?«

»Mit ihrer Flotte machen die Ildiraner viel Lärm um nichts, Sir. Ihre letzte Konfrontation mit einem Feind ist sehr lange her - wenn es überhaupt jemals dazu kam. Seit Jahrtausenden bewegen sie sich in eingefahrenen Gleisen.«

Basil dachte darüber nach. »Empfehlen Sie, dass ich auf die Reise nach Mijistra verzichten sollte? Hat es keinen Sinn, ein Bündnis mit den Ildiranern anzustreben?«

Lanyan deaktivierte die Bildschirme. »Oh, verstehen Sie mich nicht falsch: Ich würde mich über die Unterstützung der Ildiraner freuen – wir können ihre hübschen Schiffe zumindest als Kanonenfutter verwenden. Die Solare Marine besteht aus Pfauen, doch derzeit brauchen wir Falken.«

Basil Wenzeslas beschloss, diese Information für sich zu behalten, wenn er vor dem Weisen Imperator stand.

Er trat vor den Spiegel in seiner Kabine, überprüfte sein Aussehen und vergewisserte sich, dass der Anzug perfekt saß und das stahlgraue Haar einwandfrei gekämmt war. Zufrieden stellte er fest, dass seine grauen Augen nicht gerötet waren, obwohl er mehrere Nächte hintereinander nicht gut geschlafen hatte. Selbst bei Begegnungen abseits der Öffentlichkeit kam es auf das Erscheinungsbild an.

Als er auf die ildiranische Hauptstadt hinabsah, klopfte Basils Herz schneller. Zwar hatte er sich so gut wie möglich informiert, aber die Ildiraner blieben ihm größtenteils ein Rätsel. Vor dem Verlassen der Erde hatte er einen weiteren Bericht des soziokulturellen Spions auf Crenna erhalten. Davlin Lotze war damit beauftragt, in den Überbleibseln der aufgegebenen ildiranischen Kolonie nach Anhaltspunkten zu suchen. Bisher hatte er nichts von großer ökonomischer oder militärischer Bedeutung gefunden.

Die Stadt auf Crenna gewährte vagen Einblick in die alltäglichen Aspekte der ildiranischen Gesellschaft, ins Leben mancher Geschlechter. Sie vermittelte einen Eindruck davon, wie sie bauten und welche landwirtschaftlichen Methoden sie verwendeten. Unglücklicherweise hatte der Spion keine Schwächen gefunden, die von der Hanse ausgenutzt werden konnten.

Und jetzt mussten sie zusammenarbeiten. Basil wusste: Die Begegnung mit dem Weisen Imperator war wichtig, deshalb nahm er seine ganze innere Kraft zusammen.

Als er die atemberaubenden Kuppeln und Türme des Prismapalastes sah, die im Licht von sieben Sonnen glitzerten, begriff er, warum manche Ildiraner über den Flüsterpalast spotteten und behaupteten, im Vergleich mit der Zitadelle des Weisen Imperators wäre er nicht mehr als ein Flüstern wert.

Ein ildiranischer Militäroffizier empfing Basil und seine Delegation im Prismapalast. Der Vorsitzende erkannte Adar Kori'nh, den Kommandeur der Solaren Marine, der bei Oncier den Einsatz der Klikiss-Fackel beobachtet hatte.

»Ich bin froh, dass jemand von Ihrem Format gekommen ist, um uns zu begrüßen, Adar Kori'nh«, sagte Basil. »Wir haben wichtige

Dinge mit Ihrem Weisen Imperator zu besprechen und es wäre mir eine Ehre, wenn Sie uns dabei Gesellschaft leisteten. Immerhin konfrontiert uns die gegenwärtige Situation auch mit wichtigen militärischen Fragen.«

Kori'nh neigte den Kopf. »In der Tat, Vorsitzender Wenzeslas. Leider musste ich direkte Erfahrungen mit dem Feind sammeln.«

Basil musterte ihn neugierig - davon hatte er bisher nichts gewusst. »Sie waren bei dem Angriff auf die Ekti-Stadt von Qronha 3 zugegen?«

»Ja, Vorsitzender. Ich ... habe ihn überlebt, im Gegensatz zu vielen anderen.«

Sie gingen schneller. »Wir müssen darüber reden, wie die Terranische Verteidigungsflotte und die Solare Marine gegen den Feind zusammenarbeiten können.«

»Falls die Angriffe andauern«, sagte Kori'nh.

Basil holte tief Luft. »Adar, wir wissen beide, dass es zu weiteren Angriffen kommen wird.«

Kori'nh führte die Besucher in einen höhlenartigen Raum mit Buntglaswänden, die wie brennende Edelsteine glühten. Kleine Ildiraner aus dem Bediensteten-Geschlecht trugen den schwebenden Chrysalissessel wie eine Sänfte herein. Basil wandte sich dem Weisen Imperator zu, einem enorm dicken Mann, der seinen schüsselartigen Thron seit der rituellen Kastration vor neun Jahrzehnten nicht verlassen hatte.

Nach der Vorstellung faltete Basil die Hände. »Weiser Imperator Cyroc'h, ich entschuldige mich dafür, nicht mit den Konventionen Ihrer Kultur vertraut zu sein. Wie begrüßt man ein Oberhaupt mit Ihrem hohen Status?«

Das runde Gesicht des Weisen Imperators hatte etwas Babyhaftes und verriet kaum etwas. Basil glaubte, Sanftmut darin zu erkennen, aber auch eine subtile Strenge. »In der ildiranischen Kultur verbringen Bittsteller mehrere Tage mit der Läuterung. Während des rituellen Aufstiegs über die Stufen der Zitadelle zum Prismapalast waschen sie sich in den heiligen Kanälen. Auf diese Weise kommen Angehörige meines Volkes hierher, um von mir empfangen zu werden.«

Der Weise Imperator kniff die Augen zusammen und sie verschwanden fast ganz in Fettwülsten. »Allerdings ist die Zeit knapp, Vorsitzender Wenzeslas. Ich erwarte nur Respekt von Ihnen und den haben Sie bereits gezeigt. Wir sollten darauf verzichten, die Kultur des jeweils anderen nachzuahmen.«

»Ich danke Ihnen für dieses Zugeständnis«, sagte Basil. Erwartete das Oberhaupt des ildiranischen Volkes, dass der Vorsitzende der Terranischen Hanse es wie einen Gott behandelte? »Ich bedauere, dass diese Begegnung nicht unter besseren Umständen stattfindet.« Er entschied, sofort zur Sache zu kommen und ganz offen zu sein. Bei Besprechungen wie dieser hinter verschlossenen Türen verloren die Mächtigen keine Zeit mit blumigen Worten. »Das Ildiranische Reich und die Terranische Hanse sehen sich einem gemeinsamen Feind gegenüber. Es ist an der Zeit, über Zusammenarbeit und gegenseitige Hilfe zu sprechen.«

Der Weise Imperator musterte ihn. »Ich höre, Vorsitzender«, erwiderte er wachsam.

»Unsere beiden Zivilisationen sind groß und mächtig geworden«, sagte Basil. »Zwar beschreiten wir verschiedene Wege zum Erfolg, aber wir bauen beide auf bereits vorhandene Größe.«

Der Weise Imperator richtete einen skeptischen Blick auf den Vorsitzenden und wirkte fast verärgert. »Wir Ildiraner haben den Gipfel unserer Kultur erreicht und sind zufrieden damit. Wir sehen keinen Sinn darin, nach oben in den leeren Himmel zu klettern.«

Das Oberhaupt des ildiranischen Volkes schien den Vorsitzenden auf die Probe zu stellen. »Wie soll man die Sterne erreichen, Weiser Imperator, wenn nicht durch fortgesetztes Klettern?«, fragte Basil.

Er hatte sich mit den Ergebnissen jahrzehntelanger Beobachtungen der Ildiraner befasst und ihre potenziellen Schwächen analysiert, um sie eventuell im Interesse der Menschheit ausnutzen zu können. Terraner blickten nach vorn und strebten immer neue Ziele an. Ildiraner hingegen neigten dazu, zurückzusehen und sich auf dem Erreichten auszuruhen. Während die Hanse expandierte und Kolonien gründete, begann das Ildiranische Reich zu schrumpfen. Die Roamer hatten die Ekti-Produktion von den Ildiranern übernommen, mit deren Segen. An der Stelle des Weisen Imperators hätte Basil eine solche Schwäche nicht zugelassen. Aber was auch immer sie voneinander halten mochten – derzeit brauchten sich die beiden Völker.

Der korpulente Imperator rutschte im Chrysalissessel zur Seite und setzte sich auf, wodurch er regelrecht anzuschwellen schien.

»Bevor ich ein Bündnis in Erwägung ziehe, möchte ich ganz offen zu Ihnen sein, Vorsitzender. Ich muss voller Kummer feststellen, dass das ildiranische Volk gegen seinen Willen in diesen Konflikt verwickelt wird. Die Fremden unterscheiden nicht zwischen Menschen und Ildiranern. Ich nehme es Ihnen übel, dass Sie uns in einen Krieg hineingezogen haben, an dem wir nicht teilhaben wollten.«

Diese Worte überraschten Basil. Er atmete einige Male tief durch, um ruhig zu bleiben und nicht überstürzt zu reagieren. »Bitte entschuldigen Sie, Weiser Imperator, aber niemand weiß, warum die Fremden mit ihren Angriffen begannen. Sie haben Himmelsminen der Roamer vernichtet, unsere wissenschaftliche Beobachtungsstation und Ihre Ekti-Stadt über Qronha 3. Es ergibt einfach keinen Sinn. Unsere Himmelsminen waren mehr als hundert Jahre in Betrieb, ohne dass es zu Zwischenfällen kam. Ildiranische Fabriken haben noch viel länger Ekti produziert. Warum schlagen die feindlichen Wesen ausgerechnet *jetzt* zu, ohne jede Vorwarnung?«

Zorn zeigte sich im Gesicht des Weisen Imperators. In seinem Blick zeigten sich viele Jahre der Erfahrung. Das ildiranische Oberhaupt starrte ihn ungläubig an und schien plötzlich zu begreifen, dass die Verwunderung des Vorsitzenden nicht gespielt war.

»*K'llar bekh*! Das wissen Sie nicht? Ihr Menschen habt dies alles verursacht! Sie haben Millionen von Hydrogern umgebracht!« Neben dem Weisen Imperator zuckte sein langer Zopf. »Genügt das nicht, um einen Krieg auszulösen, Vorsitzender Wenzeslas?«

97 ✵ KÖNIG FREDERICK

Ein dorniges Kugelschiff, so groß wie ein kleiner Asteroid, raste ins Sonnensystem und schwenkte in einen Orbit um die Erde. Es war so schnell, dass die Frühwarnsensoren kaum darauf reagierten. Bevor die TVF eine Streitmacht zusammenstellen konnte, schleuste die große Kugel eine kleinere aus, die wie ein Tautropfen wirkte und zur Hauptstadt der Hanse flog.

Wie ein nicht explodierter Sprengkopf schwebte sie über den Türmen des Flüsterpalastes. Während Wächter und Soldaten hin und her eilten, sank die Kugel tiefer und verharrte vor dem großen Tor des Palastes.

Worte summten, vibrierten aus dem dunstigen Innern der vier Meter durchmessenden Kugel. Es war keine menschliche Stimme, aber sie sprach so, dass Menschen sie verstehen konnten. »Ich vertrete die Hydroger und bringe eine Botschaft für den König der Felsbewohner.« Gas entwich aus winzigen Öffnungen in der Kugel.

Die königlichen Gardisten liefen mit gezogenen Waffen herum und wirkten völlig unfähig. Soldaten der Bodentruppen gingen in Stellung, aber niemand von ihnen wagte es, das Feuer auf die kleine, kristallen schimmernde Kugel zu eröffnen. Hoch oben wartete das riesige Mutterschiff, stumm und drohend.

Als das Portal des Flüsterpalastes geschlossen blieb, erklang die vibrierende Stimme erneut. »Ich bin der Gesandte der Hydroger. Ich verlange, mit dem König zu sprechen.«

Im Thronsaal fühlte sich der alte König Frederick von völliger Verwirrung heimgesucht. Wie sollte er sich verhalten? Basil Wenzeslas war nicht da. Der Vorsitzende hatte beschlossen, nach Ildira zu fliegen, um dort mit dem Weisen Imperator zu sprechen. Der König war mit dem Auftrag zurückgeblieben, den Eindruck einer stabilen Regierung zu erwecken.

»Ich habe mir Ihren Terminkalender angesehen«, hatte Basil vor dem Abflug gesagt. »Nichts erfordert unmittelbare Aufmerksamkeit, und wenn jemand eine Entscheidung verlangt, so versuchen Sie, Zeit zu gewinnen. Schicken Sie mir eine Nachricht. Ich bleibe nicht länger als eine Woche fort.«

Wer hätte ahnen können, dass die Fremden nach so vielen vergeblichen Kommunikationsversuchen ausgerechnet diesen Augenblick wählten, um zu erscheinen?

»Holt mir einen grünen Priester«, sagte Frederick. »Ich muss mich mit dem Vorsitzenden in Verbindung setzen.« Er wollte Basil fragen, was er tun sollte. Leider gab es auf Ildira sicher nur wenige grüne Priester, die dem Vorsitzenden eine Nachricht übermitteln konnten. Der König hoffte, dass irgendjemand im Prismapalast imstande war, den Telkontakt für eine direkte Kommunikation zu nutzen.

Die Berater drängten sich vor dem Thron zusammen, um sich von der imaginären Macht des Königs schützen zu lassen. Sie hofften, dass Frederick die Situation unter Kontrolle behielt.

Draußen schwebte die Kugel des Gesandten vor dem Portal. Immer wieder entwich Gas aus den kleinen Öffnungen in der Außenhülle, wie der Atem eines zornigen Drachen.

»Richtet ihm aus, dass wir über sein Anliegen nachdenken«, sagte Frederick und beherzigte damit Basils Rat, Zeit zu gewinnen. Er brauchte unbedingt jemanden, der ihm helfen konnte. »Und holt den alten Lehrer-Kompi OX. Vielleicht benötige ich seine Informationen.«

Die Kugel des Gesandten erinnerte Frederick an eine Taucherglocke. Er dachte daran, dass die - wie nannten sie sich? *Hydroger?* - unter enormem Druck in den Tiefen von Gasriesen lebten. Die kristallene Kugel war vermutlich eine Ambientalzelle, die es dem Gesandten gestattete, in der irdischen Atmosphäre zu überleben. Welcher kolossale Druck mochte in ihr herrschen?

»Vielleicht ist das kleine Schiff bewaffnet, Euer Majestät«, sagte ein Wächter.

»Wahrscheinlich.« König Frederick atmete tief durch. »Wir haben gesehen, dass die großen Kugelschiffe ganze Monde vernichten können. Die Fremden wären durchaus in der Lage gewesen, die Erde anzugreifen. Stattdessen haben sie einen Gesandten geschickt. Ich glaube ... ich glaube, wir sollten uns anhören, was er zu sagen hat.«

»Ich traue den Fremden nicht, Euer Majestät«, ließ sich einer der Berater vernehmen. König Frederick merkte sich ihre Namen nicht, denn sie kamen und gingen.

Ein flaues Gefühl dehnte sich in seiner Magengrube aus und er rutschte auf dem Thron hin und her. Ausgerechnet jetzt fehlte Basil, um ihm Worte ins Ohr zu flüstern. Frederick musste allein zurechtkommen. Über Jahrzehnte hinweg war er nichts weiter als ein Sprachrohr gewesen, aber jetzt bekam er Gelegenheit, ein echter König zu sein. Er nahm seine Kraft zusammen, setzte sich auf und hob die rechte Hand. »Nun gut. Lasst den Botschafter der Fremden zu mir in den Thronsaal kommen.«

Die Wächter und Berater murmelten missbilligend, doch Frederick richtete einen strengen Blick auf sie. »Ich muss ihn anhören. Vielleicht will er mit Friedensverhandlungen beginnen! Monatelang haben wir versucht, mit den Fremden zu kommunizieren. Ich kann es jetzt nicht einfach ablehnen, den Gesandten zu empfangen, nur weil er zu einem unpassenden Zeitpunkt gekommen ist.« Er ballte die mit Ringen geschmückte Hand zur Faust und schlug auf die Armlehne des Throns. »Nein! Wenn wir auf ein Ende des Konflikts hoffen wollen, muss ich mit dem Wesen dort draußen sprechen.«

Er schob das Kinn vor. »Sollen die Fremden erklären, warum sie uns angegriffen haben.«

Das große Portal war beim Eintreffen der Kugel verbarrikadiert worden und jetzt wurde es von königlichen Wächtern geöffnet. Das kleine Kugelschiff des Gesandten glitt nach vorn, ins Innere des Flüsterpalastes.

Der König versuchte, besonders würdevoll zu wirken, als er die Kugel beobachtete. Sie enthielt eine Art Nebel, vermutlich unter Hochdruck stehendes Gas, das die Hydroger atmeten. Ein lautes Zischen erschreckte die königlichen Gardisten.

Ein grüner Priester kam aus einem Hinterzimmer und wankte unter dem Gewicht eines jungen Weltbaums, der ein ganzes Stück größer war als er selbst und den er nur mit Mühe tragen konnte. Zu spät begriff Frederick, dass es dumm war, nicht die ganze Zeit über einen Weltbaum im Thronsaal zu haben. Aber Basil hatte befürchtet, dass man auf Theroc die Aktivitäten im Palast belauschen konnte.

»Haben Sie den Vorsitzenden erreicht?«, fragte er aus dem Mundwinkel. Sein Blick blieb auf die Ambientalzelle gerichtet, die irgendwie der Schwerkraft trotzte und dem Thron entgegenschwebte.

»Noch nicht«, erwiderte der grüne Priester und setzte den schweren Topf auf die Stufe neben dem verzierten Thron. Dann ging er neben dem jungen Weltbaum in die Hocke und griff mit beiden Händen nach dem schuppigen Stamm. »Andere grüne Priester in Ihrer Verbindungskammer haben mit unseren Kollegen in Mijistra gesprochen, um den Vorsitzenden zu lokalisieren. Er ist in einer privaten Audienz beim Weisen Imperator und dort nur schwer zu erreichen.«

»Versuchen Sie es weiter«, sagte der König. Er bemühte sich, stark und erhaben zu wirken, nicht den Eindruck zu erwecken, von Basil abhängig zu sein.

Der Gesandte der Hydroger näherte sich und sein Kugelschiff ragte wie drohend vor dem Thron auf. Einige Beamte schickten Musikanten in den Saal, mit dem Auftrag, eine Fanfare erklingen zu lassen, als ob der Fremde an so etwas Gefallen finden könnte. Protokollminister eilten mit bunten Fahnen und Wimpeln herein, gingen dabei von der Vermutung aus, dass der Gesandte solche Zeichen zu deuten wusste. Frederick fand das alles absurd.

Die summende Kugel verharrte und vor dem Thron wirkte sie

geradezu überwältigend groß. Die Nebelschwaden in ihrem Innern wogten.

König Frederick dachte an das Schneeglas eines Kindes und musste sich sehr beherrschen, um nicht zu kichern, als dieses Bild vor seinem inneren Auge entstand. Es kam darauf an, selbstsicher und entschlossen zu wirken. Er würde dafür sorgen, dass Basil stolz auf ihn war, indem er zeigte, dass er während all der Jahre im Flüsterpalast wahre Diplomatie gelernt hatte.

Frederick begriff, dass diese Begegnung die wichtigste während seiner ganzen langen Herrschaft war. Er stand auf, nicht aus Hochachtung dem Gesandten gegenüber, sondern weil er sich vor der schwebenden Kugel nicht klein und unbedeutend fühlen wollte.

Schweigend wartete er, doch es kamen keine Worte von der kristallenen Sphäre. Schließlich beschloss Frederick, als Erster zu sprechen. Während die grünen Priester versuchten, Basil zu erreichen, wollte der König alles in die Länge ziehen und vermeiden, voreilige Entscheidungen zu treffen und den Fremden irgendwie zu provozieren. Das gewaltige Kugelschiff in der Umlaufbahn hatte bestimmt seine Waffen auf die Erde gerichtet, dazu bereit, alle Städte in Schutt und Asche zu legen.

»Ich bin König Frederick von der Terranischen Hanse.« Er straffte die Schultern und sprach voller Stolz, obgleich er bezweifelte, dass die Fremden menschliche Ausdrucksformen zu deuten wussten. »Ich präsentiere alle Menschen im Spiralarm, auf der Erde, auf den Kolonialwelten und an Bord der Raumstationen und Himmelsminen, die Sie angegriffen haben.«

Frederick wartete auf eine Reaktion des Gesandten.

Schließlich bildete sich ein Schatten in den komprimierten Gasen der Kugel. Die Nebelschwaden wurden dünner und eine silbrige, humanoide Gestalt zeichnete sich darin ab: ein Mann mit Wimpern und Haaren auf dem Kopf, in einer Kleidung mit vielen Taschen und einem Umhang mit aufgestickten Clanabzeichen - ein Mensch wie aus Quecksilber.

Das Geschöpf trat der gewölbten Innenwand der Ambientalzelle entgegen. Das gespenstische silbrige Gesicht bewegte sich und die Lippen formten Worte: »Ich bringe Ihnen eine Botschaft der Hydroger, Frederick, König der Felsbewohner.«

»Er ist wie ein Roamer gekleidet«, stellte einer der Protokollminister verblüfft fest. Die Wächter und Höflinge im Eingangsbereich des

Thronsaals flüsterten miteinander und fragten sich, was das bedeutete.

Der Gesandte hatte bestimmt keine allgemeine menschliche Gestalt gewählt, um dem König gegenüberzutreten. Es gab zu viele Details, zu viele exakte Konturen. Es musste eine gestohlene oder kopierte Identität sein. Die Hydroger hatten mindestens fünf Himmelsminen der Roamer vernichtet und dabei vielleicht eins ihrer Opfer dupliziert, absorbiert oder in allen Einzelheiten nachgeahmt.

König Frederick zwang sich zur Ruhe und dachte daran, wie viel auf dem Spiel stand. »Sie nennen sich ›Hydroger‹?« Er versuchte, das Zittern aus seiner Stimme zu verbannen. »Wir wissen nichts über Ihre Zivilisation oder ihre Spezies. Wir wussten nicht einmal etwas von Ihrer Existenz. Derartige Unwissenheit kann zu Fehlern führen.«

Immer vorsichtig sein. Die Worte mit großer Sorgfalt wählen. Vage bleiben, keine Schuld zuweisen. Frederick kannte die Grundsätze der Diplomatie, aber solche Methoden waren von Menschen für Menschen entwickelt worden. Wer konnte sagen, wie ein Flüssigkristall-Wesen aus den Tiefen eines Gasriesen so etwas interpretierte?

Der Lehrer-Kompi OX kam von den meisten unbemerkt in den Thronsaal, blieb geduldig neben dem grünen Priester und seinem Weltbaum stehen. Er beobachtete alles, schwieg und wartete darauf, dass der König Fragen an ihn richtete.

»Die Zivilisation der Hydroger ist viel älter als alle Siedlungen der Felsbewohner«, sagte der Gesandte und sein Gesichtsausdruck veränderte sich auf seltsame Weise, wie Lötzinn, das zerfloss und dann wieder erstarrte. »Im Innern unserer Welten schweben Städte, umhüllt von Diamant. Das Volk unseres Imperiums benutzt Transtore, um von Welt zu Welt zu reisen – nur selten benutzen wir Raumschiffe dazu.« Der Gesandte zögerte.

König Frederick stellte die erwartete Frage. »Was sind Transtore? Wir sind mit Ihrer Technik nicht vertraut.«

»Es sind Dimensionstore, die ohne zeitliche Verzögerung Reisen von Welt zu Welt gestatten. Zwar sind unsere Kugelschiffe und einige unserer Städte für Flüge durchs All geeignet, aber wir halten solche Reisemethoden für umständlich.«

Frederick versuchte, diese Informationen zu verarbeiten. Neben ihm sprach der grüne Priester leise zum Baum, erstattete über den

Telkontakt Bericht und beschrieb, was er sah und hörte. Andere grüne Priester im Spiralarm gaben seine Mitteilungen weiter.

Die Zivilisation der Hydroger war mindestens ebenso groß wie die der Hanse und des Ildiranischen Reiches. Aber da jene Wesen in den Tiefen von »unbewohnbaren« Gasriesen lebten und mithilfe von Dimensionstoren reisten, anstatt Raumschiffe durchs All zu schicken, hatte kein Mensch etwas von ihrer Existenz geahnt. Das Ausmaß dieser Unwissenheit verblüffte Frederick.

Er beschloss, wichtigere Informationen einzuholen. »Wenn sich Ihr Lebensraum auf Gasriesen beschränkt – warum sind unsere festen Welten dann für Sie von Interesse? Was haben wir, das für Sie wichtig sein könnte?«

Der Gesandte trat noch etwas näher an die Innenwand der Kugel heran. »Sie haben nichts, das für uns interessant wäre.«

Der König achtete nicht auf das aufgeregte Flüstern im Eingangsbereich des Thronsaals. »Warum greifen Sie uns dann an? Warum provozieren die Hydroger einen Krieg gegen Menschen und Ildiraner? Tausende von unschuldigen Personen sind Ihrer Aggression zum Opfer gefallen.«

»Die Hydroger haben keinen Krieg begonnen«, erwiderte der Gesandte. »Über Jahrtausende hinweg herrschte Frieden. Unbedeutende Außenstehende interessierten uns nicht. Wir hatten keine Bedürfnisse mit den Felsbewohnern gemein und es gab keine Überlappungen von Interessen oder Territorien.«

Der König hätte am liebsten geschrien: *Warum greift ihr uns dann an?* Er dachte an all jene Menschen und Ildiraner, die den Hydrogern zum Opfer gefallen waren.

Das Gesicht des Gesandten veränderte sich erneut, als wiederholte es eine mimische Sequenz, die er bei dem menschlichen Modell beobachtete hatte, das Grundlage seines Erscheinungsbilds war. »Mit einem unglaublichen Akt der Zerstörung haben Sie eine unserer besten Welten in Brand gesetzt. Sie zündeten nukleares Feuer im Kern eines dicht besiedelten Planeten. Hunderte von Städten wurden zerstört. Viele Millionen Hydroger starben, als Sie unsere Welt in eine Sonne verwandelten. Nur wenige entkamen.«

Das silbrige Geschöpf stand nun unmittelbar vor der Innenwand seiner Ambientalzelle. »*Sie*, König der Felsbewohner, haben uns den Krieg erklärt.«

98 ✷ OTEMA

Otema saß an ihrem Schreibtisch im Prismapalast, verbunden mit dem halb schlafenden Selbst des Weltwaldes. Sie schloss eine faltige Hand um den Stamm des im Topf wachsenden Weltbaums und las wundervoll klingende Verse aus der *Saga der Sieben Sonnen* vor.

Sie erzählte die Geschichte eines schrecklichen Feuers, das in den Nadelbaumwäldern von Comptor gewütet hatte. Der Comptor-Designierte, jüngster und innig geliebter Sohn eines früheren Weisen Imperators, saß in seiner rustikalen privaten Datscha fest. Als die Flammen das Gebäude umgaben, versammelte der junge Designierte seine Familie und ließ sie ins Feuer blicken. Er sagte seinen Kindern, dass sie sich nie vor dem Licht fürchten sollten. Er meinte, das Lodern erinnere ihn an die sieben Sonnen von Ildira. Dann, durchs *Thism*, kommunizierte er während der letzten schrecklichen Momente mit seinem Vater und teilte ihm mit, wie sehr er ihn liebte und verehrte.

Unmittelbar darauf riss die Verbindung ab.

Die Legende rührte Otema zutiefst und sie las dem Weltwald Strophe für Strophe vor. Die Furcht vor dem Feuer war tief in seinem Selbst verankert. Im weiten Bewusstsein der vielen miteinander verbundenen Bäume gab es halb verborgene Erinnerungen an einen anderen großen Brand, der auf vielen Welten gewütet hatte, vor langer, langer Zeit. Otema versuchte, auf entsprechende Informationen zuzugreifen, aber der Weltwald hinderte sie daran.

Ein unerwarteter, durch den Telkontakt übermittelter geistiger Schrei weckte die alte Botschafterin jäh aus ihren besinnlichen Träumereien. Einer der grünen Priester im Flüsterpalast auf der Erde versuchte, sich mit ihr in Verbindung zu setzen.

Otema schnappte nach Luft, als sie plötzlich die Situation erfasste: die Ankunft des Gesandten der Hydroger auf der Erde, seine Forderung nach einer Audienz beim König, der unbedingt mit dem nach Mijistra gereisten Vorsitzenden Wenzeslas sprechen wollte. Otema hatte genug Zeit auf der Erde verbracht, um zu wissen, dass der alte Monarch keine eigenen Entscheidungen traf und nur dann für die Hanse sprechen konnte, wenn der Vorsitzende es ihm erlaubte.

Per Telkontakt schickte sie eine Bestätigung, nahm den nächsten jungen Weltbaum und verließ ihr Quartier, so schnell die müden Beine sie trugen. Als sie durch den gläsernen Flur eilte, prallte sie gegen Nira, die gerade mit weit aufgerissenen Augen aus ihrer Unterkunft kam. Ihre junge Assistentin hatte dem Weltwald ebenfalls aus der *Saga* vorgelesen und dabei die dringende Mitteilung von der Erde empfangen, so wie alle grünen Priester im Spiralarm. Die Nachricht von der Ankunft des Gesandten der Hydroger auf der Erde hatte sich im ganzen Weltwald ausgebreitet.

»Komm mit, Nira«, sagte Otema und gab der jungen Frau keine Gelegenheit, Fragen zu stellen. »Vielleicht brauche ich dich, um den Erstdesignierten zu rufen, wenn man uns nicht zum Weisen Imperator vorlässt - er spricht mit dem Vorsitzenden.«

Die beiden Priesterinnen eilten zur Audienzkammer der Himmelssphäre, doch dort hielten sich nur einige Arbeiter und Höflinge auf. Otema wandte sich mit scharfer Stimme an den ersten Beamten, den sie sah. »Wo ist der Weise Imperator?«

»Er darf nicht gestört werden«, erwiderte der Beamte und wandte sich ab.

Otema griff nach dem Arm des Ildiraners und hielt ihn fest. »Ich habe eine dringende Nachricht für den Vorsitzenden Wenzeslas von der Terranischen Hanse. Und auch der Weise Imperator dürfte an ihr interessiert sein.«

Der verdutzte und beunruhigte Beamte zögerte. Seine Augen trübten sich kurz, als empfinge er eine Mitteilung durchs *Thism*, dann sagte er: »Hier entlang.«

Die beiden Frauen eilten weiter und teilten sich die Last des schweren Weltbaums. Otema berührte den schuppigen Stamm und blieb in Telkontakt mit dem Wald, um weitere Nachrichten zu empfangen. Der grüne Priester im Flüsterpalast beschrieb die Ereignisse und seine Worte wurden sofort übertragen, ohne die geringste zeitliche Verzögerung. Otemas Fantasie zeichnete ein Bild, das ihr zeigte, wie die kristallene Kugel des Gesandten in König Fredericks Thronsaal schwebte.

Als die alte Botschafterin und Nira in den privaten Besprechungsraum platzten, unterbrach sich Basil Wenzeslas mitten im Satz. Er drehte sich um, erkannte das faltige, tätowierte Gesicht Otemas und runzelte unwillig die Stirn.

»Ich habe eine Nachricht, die sowohl für den Vorsitzenden Wenzeslas als auch den Weisen Imperator bestimmt ist.« Otema näherte sich, ohne eine Aufforderung abzuwarten. Nira stellte den Topf des Weltbaums auf einen kleinen Tisch und schob eine Statue aus glattem Onyx beiseite.

Otema und der Vorsitzende kannten sich seit vielen Jahren und waren oft aneinander geraten. Als Botschafterin Therocs auf der Erde hatte Otema dem Vorsitzenden häufig Widerstand leisten müssen und deshalb begegnete er ihr mit Ablehnung. Er hielt sie für altmodisch und übermäßig restriktiv, warf ihr vor, den Handel und damit den Fortschritt zu verhindern, der der ganzen Menschheit zum Vorteil gereichte. Otema vermutete, dass er mit subtilen Manipulationen bestrebt gewesen war, sie in den Ruhestand zu drängen und durch die kooperativere Sarein zu ersetzen.

»Auf der Erde finden derzeit folgende Ereignisse statt …« Die alte grüne Priesterin berichtete vom Erscheinen des großen Kugelschiffes und der Ambientalzelle mit dem Gesandten der Hydroger.

Ein zunächst verärgerter und dann erstaunter Basil Wenzeslas hörte ihr zu. Der Weise Imperator ruhte in seinem großen Chrysalissessel und wirkte ebenfalls sehr aufmerksam. Adar Kori'nh sah vom Oberhaupt des ildiranischen Volkes zur grünen Priesterin und nahm alles in sich auf.

»Mit einer solchen Situation kann König Frederick nicht allein fertig werden«, sagte Basil. »Mit so etwas bekommt er es zum ersten Mal zu tun.« Er richtete einen ernsten Blick auf Otema. »Er braucht meine Hilfe. Können Sie ihm Anweisungen übermitteln? Befindet sich ein grüner Priester in seiner Nähe?«

»Ja, direkt neben dem Thron.«

Basil ballte die Fäuste so fest, dass die Fingernägel Abdrücke in den Handballen hinterließen. »Gut. Sagen Sie ihm, dass ich …«

Otema hob die Hand. »Der Gesandte spricht.« Durch den Telkontakt des Waldes lauschte sie dem Echo der Worte. »Er sagt, die Hydroger werden Störungen durch gefährliche Felsbewohner nicht mehr dulden. Damit sind wir gemeint.«

»Was soll das heißen?«, fragte Basil.

Otema lauschte erneut. »Der Gesandte sagt: ›Wir erlauben keine Parasiten mehr über unseren Welten.‹«

»Mach jetzt bloß keinen Unsinn, Frederick«, brummte Basil. »Hat der König geantwortet?«

»Ich glaube, er ist ebenso verblüfft wie Sie«, entgegnete Otema.

»Er soll Zeit gewinnen«, sagte Basil. »Auf keinen Fall darf er irgendeiner Sache zustimmen.«

Otema gab diese Anweisung durch den Telkontakt weiter und bot Basil ihren eigenen Kommentar an. »Ich glaube nicht, dass die Hydroger irgendwelche Zugeständnisse von uns erwarten. Der Gesandte stellt einfach ein Ultimatum.«

Basil Wenzeslas wirkte bestürzt. »Sie wollen uns nicht mehr in der Nähe von Gasriesen dulden? Das ist doch grotesk! Es würde den Rückzug aller Himmelsminen und das Ende der Ekti-Produktion bedeuten ...«

Adar Kori'nh wandte sich an den Weisen Imperator. »Ohne Ekti für den Sternenantrieb wird das Ildiranische Reich zerfallen.«

»Wie auch die Hanse«, warf Basil ein. »Es würde für Milliarden von isolierten Menschen den Hungertod bedeuten. So etwas ist völlig ausgeschlossen.« Er richtete den Zeigefinger auf Otema. »Richten Sie das dem König aus. Er soll es dem Gesandten sagen.« Er senkte die Stimme. »Verdammt. Ich wünschte, ich könnte ihm die Worte in den Mund legen.«

Otema gab die Mitteilung weiter und bemerkte echte Sorge in Basils Gesicht. Weder das Ildiranische Reich noch die Hanse konnten derartigen Forderungen der Hydroger nachkommen. Ohne Ekti war in der Galaxis keine interstellare Raumfahrt mehr möglich.

Otema wiederholte eine weitere Botschaft des Gesandten, Wort für Wort. Ihre Stimme klang rau und sie schien kaum glauben zu können, was sie sagte. »Der Gesandte erklärt: ›Hiermit verbieten wir Ihnen den Aufenthalt in Atmosphäre und Umlaufbahn aller Gasriesen. Wir fordern Sie auf, alle Anlagen zurückzuziehen, die die Wasserstoffvorkommen unserer Welten verarbeiten.‹«

Die alte Botschafterin schloss kurz die Augen und hörte kaum das entrüstete Schnaufen des Vorsitzenden. »›Wir räumen Ihnen eine kurze, aber ausreichende Frist für den Rückzug aller Himmelsminen ein. Nach dieser Zeitspanne löschen wir jeden Parasiten aus, den wir über unseren Welten finden.‹«

99 ✷ KÖNIG FREDERICK

König Frederick war sehr nervös; er fühlte Kälte und Bedrohung. Er blickte kurz zum grünen Priester, der einige Worte übermittelte, die ihm leider keinen Trost spendeten.

Er war sehr erleichtert gewesen, als er von Basil hörte - irgendetwas in ihm schien zu glauben, dass der Vorsitzende genau wusste, worauf es jetzt ankam, und genau die richtigen Worte fand, um die Situation unter Kontrolle zu bringen. Aber der Gesandte der Hydroger stellte sein Ultimatum und Frederick wusste nicht, was er sagen sollte. Er konnte kaum glauben, was er gerade gehört hatte.

Er sah zu dem silbrigen Wesen in der Ambientalzelle. Das Geschöpf hatte seine Botschaft überbracht und nun schwieg es.

König Frederick fürchtete, dass sich der Gesandte nun anschickte, zum Mutterschiff über der Erde zurückzukehren. »Warten Sie!«, stieß er hastig hervor. »Dies ist ... unerhört. Und unnötig! Ihre Reaktion erscheint mir übertrieben.«

Das silberne Gesicht veränderte sich erneut, wurde zu einer von Entsetzen geprägten Fratze. Ganz offensichtlich verstanden die fremden Wesen die menschliche Mimik nicht. »Sie haben eine unserer Welten zerstört. Zwischen uns kann es keinen Frieden geben.«

»Aber die Atmosphären Ihrer Planeten enthalten eine Substanz, die unsere Zivilisation dringend braucht.« König Frederick hoffte, dass seine Stimme nicht vor Furcht bebte. »Soweit ich weiß, haben unsere Himmelsminen Ihren Welten nicht geschadet und auch keinen negativen Einfluss auf Ökosystem und Wetter ausgeübt. Wir müssen große Mengen an Wasserstoff verarbeiten, um genug Ekti für unseren Sternenantrieb zu bekommen.«

»Ihr Ersuchen wird abgelehnt«, sagte der Gesandte schlicht. »Weisen Sie alle Felsbewohner an, die Atmosphären unserer Welten zu verlassen. Wenn sie bleiben, werden sie eliminiert.«

Der König sah zum alten Lehrer-Kompi OX und erhoffte sich Rat. Damals während seiner Ausbildung zum nächsten Großen König hatte der junge Frederick viele Monate mit OX verbracht, von der Weisheit und den vielen Erfahrungen des Kompis gelernt. Aber er bezweifelte, dass selbst der kluge OX imstande war, in Hinsicht auf dieses unglaublich fremdartige Geschöpf diplomatische Hilfe zu leisten.

»Bitte hören Sie mich an.« Der König trat mehrere Treppenstufen hinunter und näherte sich der Kugel. Er benutzte das Zepter wie einen Gehstock. »Im Namen der gesamten Bevölkerung der Hanse und aller Regierungen der Kolonialwelten möchte ich Ihnen mein tiefstes Bedauern aussprechen und in aller Form um Vergebung bitten.« *Na bitte, das klang nicht schlecht.*

»Dies alles ist ein schreckliches Missverständnis. Der Test der Klikiss-Fackel war nicht als Angriff auf Ihr Volk gedacht. Wir wussten absolut nichts von Ihrem verborgenen Imperium. Ich gebe Ihnen mein Wort als König, dass wir nie wieder einen solchen Test durchführen werden. Es muss doch irgendwie eine Entschädigung möglich sein.« Die letzten Worte klangen fast flehentlich. Frederick straffte die Gestalt und versuchte, seiner Stimme einen festeren Klang zu geben.

»Die Felsbewohner haben nichts, das die Hydroger wollen oder brauchen«, erwiderte der Gesandte. »Sie könnten keine Entschädigung leisten.«

Verzweiflung stieg im König empor. Er trachtete danach, wohlwollend zu klingen und an die Gefühle des fremden Wesens zu appellieren - wenn es überhaupt welche hatte. »Sie ahnen nicht, welchen Schaden ein solches Embargo anrichten würde. Ohne Treibstoff für den Sternenantrieb wäre in der Terranischen Hanse kein Handel mehr möglich, und es würde Hunger herrschen auf den Kolonien. Denken Sie nur an das Leid! Es müssen doch Verhandlungen möglich sein. Bitte lassen Sie uns einen Kompromiss schließen.«

Mit dem Gesicht eines Roamers blickte der Gesandte starr geradeaus. »Ich bin nicht hierher geschickt worden, um zu verhandeln, sondern um eine Botschaft zu überbringen. Sind meine Worte aufgezeichnet und gesendet worden, damit alle sie hören?«

König Frederick sah zu OX, dessen elektronisches Gedächtnis alle Einzelheiten dieser Begegnung speicherte. Auf der anderen Seite des Throns nutzte der grüne Priester den Telkontakt, um Basil Wenzeslas und dem Weisen Imperator auf Ildira Bericht zu erstatten. Lokale Medienrepräsentanten sendeten live. Große Informationsnetzwerke empfingen ihre Signale und leiteten sie weiter. Handelsschiffe trugen Aufzeichnungen zu den Kolonien.

Frederick fühlte sich geschlagen. »Millionen haben Ihre Worte gehört, Gesandter. Berichte von dieser Begegnung werden die anderen

Welten der Terranischen Hanse und auch die des Ildiranischen Reiches erreichen.«

»Dann ist meine Mission beendet.« Der Hydroger wich in die wogenden Dunstschwaden im Innern der Ambientalzelle zurück. Die silberfarbene menschliche Gestalt zerfloss und löste sich auf.

Einer der königlichen Gardisten hob die Hand zu einem kleinen Kom-Modul am Ohr, lauschte kurz und näherte sich dem Thron. »Euer Majestät, das große Kugelschiff hat den irdischen Orbit verlassen.«

»Wie will der Gesandte dann zu seinem Mutterschiff zurückkehren?«, fragte Frederick verblüfft.

Der grüne Priester hob ruckartig den Kopf und wandte sich so von dem jungen Weltbaum ab, als hätte er sich verbrannt. »Der Vorsitzende Wenzeslas ist sehr besorgt und rät Ihnen zu größter Vorsicht.«

Gleichzeitig sagte OX: »Der Gesandte will gar nicht zurückkehren.«

Der König wich von der Ambientalzelle zurück und trat eine Stufe hoch. Die gewölbten Wände der Kugel waren jetzt undurchsichtig und gewährten keinen Blick ins Innere mehr.

»Den Thronsaal evakuieren!«, befahl er. »Alle sollen sich in Sicherheit bringen. Ich ...«

Dünne Risse bildeten sich in der Kugel, ein Muster aus Linien, das auf die Präsenz von Luken in den kristallenen Wänden hinwies. Weitere Risse gingen davon aus, begleitet von knisternden, knackenden Geräuschen ...

Der Gesandte der Hydroger öffnete die Siegel seiner Ambientalzelle und gab eine Atmosphäre frei, die dicht genug war, um Wasserstoff zu einem Metall zusammenzupressen und aus Kohlenstoff Diamant werden zu lassen. Eine enorme Druckwelle raste durch den Thronsaal.

Sie wirkte wie ein gewaltiger Hammer, der den großen Raum zertrümmerte, die Buntglasfenster zerschmetterte und alle Anwesenden pulverisierte. Die Explosion zerstörte den Thron und schleuderte den Lehrer-Kompi OX an die Wand. Sie verwandelte König Frederick – jenen Mann, der die Terranische Hanse achtundvierzig Jahre lang regiert hatte – in knochenlosen Schleim und veränderte für immer den Lauf der Geschichte.

100 ✱ MARGARET COLICOS

Nach wochenlangen Untersuchungen der neu entdeckten Klikiss-Stadt erzielten Margaret und Louis Colicos endlich den Durchbruch.

DD hängte Lampen in den Tunneln auf und installierte einen kleinen Generator, der Energie für Beleuchtung, Heizung und Luftaustausch lieferte.

Nach der ersten Aufregung über die archäologische Entdeckung blieb Arcas immer öfter im Lager und kümmerte sich dort um die wachsenden Weltbäume. Stundenlang berichtete er ihnen von den Forschungen in der uralten Klikiss-Stadt, damit der Weltwald und alle, die sich mit ihm in Verbindung setzten, daran teilhaben konnten.

Die drei Klikiss-Roboter wanderten immer wieder fort, ohne einen Hinweis darauf, wohin sie gingen. An einem Morgen glaubte Louis, kleinere Veränderungen bei den ersten Ruinen zu erkennen: Abdrücke im Boden und verrückte Gegenstände. Daraus schloss er, dass die schwarzen Roboter in die Gebäude zurückgekehrt waren, um nach Anhaltspunkten Ausschau zu halten. Vielleicht versuchten sie auf diese Weise, mehr über ihre Vergangenheit zu erfahren.

»Ich glaube, ich würde mich ebenso verhalten, wenn ich an einer vollständigen Amnesie litte, Schatz«, sagte Louis zu seiner Frau. »Die vertraute Umgebung einer Klikiss-Stadt könnte ihr Gedächtnis stimulieren und vielleicht blockierte Erinnerungen zurückbringen.«

Margaret nickte, blieb aber skeptisch. »Wenn sie nur nicht so geheimnistuerisch wären. *Wir* verbergen nichts vor ihnen.«

Sie fertigte Kopien von allen Berichten und Aufnahmen an. Diese Dateien bewahrte Margaret in ihrem Zelt auf und versteckte zusätzlich einen Backup-Datenwafer in der Stadt. Die plötzliche Flutwelle in der Schlucht hatte bewiesen, dass selbst sicher scheinende Orte von plötzlichen Katastrophen heimgesucht werden konnten.

Louis untersuchte die Maschinen in dem Raum mit dem Steinfenster und fand schließlich eine Möglichkeit, die Ummantelung des sonderbaren geometrischen Aggregats zu entfernen. »Heureka!«, rief er. »Um einen berühmten Wissenschaftler zu zitieren.«

Margaret eilte herbei, um zu sehen, was er entdeckt hatte. Louis blickte ins Innere der Maschine und betrachtete die Verbindungen mit den Subsystemen. »Ah, jetzt passt alles zusammen! Dies hier ... dürfte die Energiequelle sein und sie ist von diesem Leitungssystem getrennt. Man könnte fast meinen, dass sich das System in einer Art Stand-by-Modus befindet.« Er strich mit der Fingerkuppe über Metall und Polymere, überprüfte Verbindungsstellen und verließ sich auf seine Intuition.

An der Innenseite der Ummantelung fand Margaret ein detailliertes Diagramm aus Klikiss-Symbolen, die sich auf das Innenleben der Maschine bezogen. Erfreut stellte sie fest, dass die Zeichen denen am Rand des trapezförmigen Steinfensters glichen. Jedes von ihnen schien sich auf eine Koordinatengruppe zu beziehen, auf die der Apparat eingestellt werden konnte. Die Verbindungen schienen organischer Natur zu sein und führten in den leeren Bereich der Steinwand, sonderbare Linien wie auf einem Schaltplan oder wie Insektenspuren, umgeben von Gestein.

»Dies sind ... *Orte*, alter Knabe. Wir haben es hier mit einer Karte zu tun, vielleicht auch einer Art Katalog oder Verzeichnis.«

Louis wandte sich von der Maschine ab. »Wie die Pulsar-Koordinaten in den Plänen der Klikiss-Fackel.«

DD hörte die aufgeregten Stimmen der beiden Archäologen, kam herein und erkundigte sich nach den neuesten Entdeckungen. »Das sind sehr interessante Schlussfolgerungen, Margaret«, sagte der Kompi. »Sie können dies als Grundlage für Extrapolationen in Hinsicht auf weitere Klikiss-Theorien verwenden.«

»In der Tat, DD! Wir sind ein großes Stück weitergekommen.« Louis umarmte Margaret so fest, dass er sie in Verlegenheit brachte, selbst nach vielen Ehejahren und obwohl niemand da war, der es sah. »Dies ist die beste Entdeckung seit der Klikiss-Leiche.«

»Vielleicht stellt sie sich langfristig als wichtigste Entdeckung überhaupt heraus, alter Knabe«, sagte Margaret. »In allen bisher untersuchten Klikiss Ruinen haben wir solche Steinfenster gefunden, aber viele waren beschädigt, meistens im Bereich der Koordinatenplatten. Jetzt stehen wir zum ersten Mal dicht davor, diese Technik zu verstehen. Bestimmt gelingt es dir, alles herauszufinden.«

»Haben Sie versucht, die Energieversorgung des Systems wiederherzustellen, Louis?«, fragte DD.

Es klackte und pochte, als die schwarzen Klikiss-Roboter den Raum betraten. Ihre optischen Sensoren glühten. DD wandte sich ihnen zu und sagte in einem munteren Tonfall: »Sirix, Ilkot, Dekyk! Seht nur, was Louis gefunden hat.«

Die käferartigen Maschinen näherten sich, blickten auf das Diagramm und die Komponenten des Apparats hinab. Margaret betrachtete die Koordinatensymbole im Aggregat und bemerkte ähnliche Zeichen auf den kleinen Platten am trapezförmigen Steinfenster. Sie wirkten fast wie ... Wähltasten.

»Ich glaube, das energetische System ist noch intakt.« Louis ging in die Hocke und berührte andere Teile des Apparats. »Ich schätze, dies sollte sich ohne große Probleme in Ordnung bringen lassen.«

»Könnte das Steinfenster zu einem Transportsystem gehören, alter Knabe? Wobei jede Platte einen Ort angibt – vielleicht ein Ziel?«

Louis richtete einen skeptischen Blick auf seine Frau. »Und manche Kollegen halten *meine* Ideen für seltsam. Glaubst du, die Klikiss konnten durch eine feste Wand gehen?«

Margaret wandte sich an Sirix. »Was meinst du?«

»Ich habe keinen Input für Sie, Margaret Colicos.«

Louis sah mit einem schiefen Lächeln auf. »Ihr drei Roboter seid sicher sehr aufgeregt! Jetzt haben wir eine echte Chance herauszufinden, was mit euren Schöpfern geschah und warum ihr vor so langer Zeit eure Erinnerungen verloren habt.«

»Überschätze unsere Entdeckung nicht, alter Knabe«, warnte Margaret. »Dies ist kein Äquivalent zum Stein von Rosette.« Aber wenn sie den Schlüssel zum Transportsystem der Klikiss hatten – dann bekamen sie vielleicht alle Informationen, die sie brauchten.

Louis kniete auf dem harten Steinboden und betrachtete das Durcheinander aus mechanischen Komponenten. »Dies hier ergibt durchaus einen Sinn für mich. Leider sind die Verbindungen der Energiequelle korrodiert. Um die Maschine in Betrieb zu nehmen, brauche ich einige Geräte aus dem Lager.« Er sah Margaret an. »Es könnte Stunden dauern, Schatz.«

»In dem Fall möchte ich auf die Tageszeit hinweisen«, warf DD ein. »Die Sonne ist bereits untergegangen. Vielleicht sollten Sie die Arbeit für heute beenden? Morgen früh können wir sie frisch und ausgeruht fortsetzen.«

»So dicht vor dem Ziel höre ich nicht gern auf ...«, sagte Louis.

Margaret runzelte die Stirn. »Da spricht dein übertriebener Optimismus aus dir, alter Knabe. Du bist nie ›so dicht‹ vor dem Ziel, wie du glaubst.«

Sie erreichten das Lager nach einem Marsch durch die dichter werdende Dunkelheit. Arcas saß neben der Wasserpumpe und den Lagerschuppen, umgeben von Leuchttafeln. Er wirkte bestürzt und sprachlos.

Margaret spürte sofort, dass etwas nicht stimmte. »Was ist passiert?«

Der grüne Priester starrte auf seine Hände hinab und hob dann den Kopf. »Als ich mich mit den Bäumen verband, habe ich die ... die Ereignisse auf der Erde miterlebt ...«

Louis trat vor. »Heraus damit, Arcas. Man könnte glauben, Sie hätten ein Gespenst gesehen.«

»Die fremden Wesen haben der Menschheit den Krieg erklärt und gaben als Grund den Einsatz der Klikiss-Fackel an!« Die Stimme des grünen Priesters klang wie erstickt. »Millionen von ihnen kamen ums Leben, als sich Oncier in eine Sonne verwandelte.«

»Aber die Fackel war doch nur ... ein Experiment«, brachte Louis hervor. »Es ging uns allein darum, die Monde zu erwärmen und bewohnbar zu machen.«

Margaret verstand sofort. »Die Fremden leben *im Innern* der Gasriesen, alter Knabe. Wir haben ihre Heimatwelt in Brand gesetzt.«

Louis sank neben Arcas auf die Knie. »Das wussten wir nicht. Wie *hätten* wir davon wissen können? Die Wesen zeigten sich nie.«

»Jetzt *haben* sie sich gezeigt.« Arcas atmete schwer. »Und dann ... Es kam zu einer Explosion. Der Gesandte der Fremden tötete König Frederick und dreiundfünfzig weitere Personen im Thronsaal.«

»Das sind schreckliche Nachrichten«, sagte DD.

Die drei Klikiss-Roboter hörten die Worte des grünen Priesters, verzichteten aber auf einen Kommentar.

101 ✷ JESS TAMBLYN

Jess kehrte allein nach Golgen zurück, um zu beobachten, was er in Gang gesetzt hatte. Eine Katastrophe ganz besonderer Art bahnte sich an. Er rechnete nicht damit, Selbstgefälligkeit oder Freude zu spüren, aber er hoffte, einen inneren Schlussstrich ziehen zu können, erwartete so etwas wie Zufriedenheit und Genugtuung.

In den Eisminen seiner Familie hatte Jess eine spezielle Karte angefertigt: Sie zeigte ihm den Kurs aller Kometen, deren Umlaufbahnen er und die Roamer-Techniker verändert hatten. Die kosmischen Raketen näherten sich Golgen und Jess wusste, dass jener Gasriese bald ein Grab nicht nur für seinen Bruder sein würde.

Bram Tamblyn hatte seine Vorarbeiter gut ausgebildet. Die Pumpen, die das Wasser durch den dicken Eispanzer an die Oberfläche beförderten, funktionierten so reibungslos, dass es für Jess kaum etwas zu tun gab. Sein alter Vater hatte den Angestellten immer auf die Finger gesehen, aber Jess räumte ihnen mehr Freiraum ein und überließ sie sich selbst, während er seine Rache plante.

Die besorgten Roamer hatten drei weitere Besprechungen der Clans stattfinden lassen. Jess hatte stumm zugehört, in dem Wissen, dass seine Kometen unterwegs waren. Während sich die Repräsentanten der Familien stritten, hielt er sich zurück und beobachtete das Bemühen der alten Sprecherin, die Ordnung zu wahren.

Er *unternahm* wenigstens etwas.

Während der Diskussionen um Politik und Notmaßnahmen beobachtete er Cesca und trank ihren Anblick wie ein Verdurstender. Immer wieder glitt sein Blick zu ihr und er bemerkte ein kurzes Blitzen in ihren Augen. *Eines Tages, Cesca. Eines Tages können wir zusammen sein. Unsere Zeit kommt ... Aber diese Monate des Wartens, ohne dich, scheinen endlos zu sein.*

Jess brachte sein kleines Raumschiff nahe genug an Golgen heran, um die gewaltigen Stürme in seiner Atmosphäre zu sehen. Er erinnerte sich an die anderen Flüge hierher, daran, neben Ross auf dem Deck der Blauen Himmelsmine gestanden und in die unergründlichen Tiefen des Gasriesen geblickt zu haben. Damals hatte sein ältester Bruder die größte Gefahr darin gesehen, nicht imstande zu sein, die Schulden zu bezahlen. Doch dann waren die Fremden gekommen, um ihn zu töten, obgleich er niemandem ein Leid zugefügt hatte.

Das würden sie bald bereuen.

Mit grimmiger Faszination beobachtete Jess, wie der erste große Komet dem Planeten entgegenfiel. Eis verdampfte und formte einen grauweißen Halo um den Kometen, der vor dem Hintergrund des schwarzen Alls seltsam reglos wirkte. Jess wusste, dass dieser Eindruck täuschte. In Wirklichkeit raste er mit enormer Geschwindigkeit durchs All – ein gut gezieltes Geschoss, das sich nicht aufhalten ließ. In wenigen Stunden würde er sein Ziel erreichen.

Ein Anfang.

Die geänderte Umlaufbahn und das gravitationelle Zerren des Gasriesen hatten den großen Ball aus Eis und Felsgestein auseinander brechen lassen. Berggroße Brocken flogen hintereinander, wie an einer Perlenschnur aufgereiht, jeder mit genug Bewegungsmoment, um beim Aufschlag die Energie von tausend Atombomben freizusetzen.

Mit hartem Herzen und aufmerksamen Augen lehnte sich Jess zurück, um das Geschehen zu beobachten.

Das erste Fragment kam wie ein kosmischer Hammerschlag und explodierte in der Atmosphäre von Golgen. Jess sah deutlich, wie sich die Druckwellen ausbreiteten, und er stellte sich vor, wie Chaos und Vernichtung in den Tiefen des Gasriesen tobten.

Er hoffte, den Fremden einen tödlichen Schlag versetzt zu haben. Seine Lippen bildeten einen dünnen Strich, als er den Bildschirm auf Vergrößerung schaltete.

Wenn andere von seiner kühnen Aktion gegen die feindlichen Wesen erfuhren, so würde die Reaktion vermutlich aus Entsetzen bestehen. Zweifellos kam es dadurch zu einer Verschärfung des Konflikts zwischen der Menschheit und den Fremden. Aber so groß die Empörung bei Roamern und Hanse auch sein mochte: Tief in ihrem Innern würden sich die Menschen über einen wirkungsvollen Schlag gegen den Feind freuen.

Drei Tage lang beobachtete Jess, wie ein Brocken nach dem anderen des geborstenen Kometen auf Golgen hinabfiel. Die Wolkenstreifen verwandelten sich in ein Durcheinander aus großen und kleinen Flecken, und dadurch sah der Gasriese wie eine verfaulende Frucht aus.

Der verwundete Planet drehte sich langsam um seine Achse, wandte dadurch den herabstürzenden Kometenfragmenten immer neue Bereiche zu.

Mit grimmiger Miene sah sich Jess die orbitalen Diagramme an und stellte fest, dass der nächste große Komet Golgen in einem Monat erreichte. Das gnadenlose kosmische Bombardement hatte gerade erst begonnen und würde zwei Jahre lang andauern, ohne dass irgendjemand etwas dagegen unternehmen konnte.

Weitere Teile des Kometen trafen Golgen ...

102 ✷ CESCA PERONI

In Rendezvous konnte Jess den stolzen Trotz nicht aus sich verbannen, als er Cesca von seiner Rache erzählte. Zwar wusste niemand, welchen Schaden die einzelnen Explosionen und ihre gewaltigen Druckwellen bei den Fremden in den Tiefen von Golgen anrichteten, aber er war sicher, den Wesen sehr wehgetan zu haben.

Sie befanden sich in Cescas Büro im Innern des Asteroidenhaufens. Nach kurzem Zögern trat sie vor und umarmte Jess, dem es widerstrebte, die Geste zu erwidern - er befürchtete, von den eigenen Empfindungen überwältigt zu werden.

Auch Cesca hatte ihre persönlichen Gefühle fürs Erste beiseite geschoben. Ein Krieg drohte und die Existenzgrundlage der Roamer geriet in Gefahr. Bei den Clans herrschte große Unruhe. Dies war kaum die geeignete Zeit für Romantik und Liebe. Sie wussten beide, dass sie vorerst voneinander getrennt bleiben mussten.

Cesca stützte den Kopf kurz auf Jess' Schulter, kehrte dann keusch zu ihrem Schreibtisch zurück und seufzte schwer. »Du hast etwas getan, das gleichzeitig tapfer und schrecklich ist, Jess. Wir können nur hoffen, dass dadurch nicht alles noch schlimmer wird.«

Sie begriff, dass sie unverzüglich Jhy Okiah informieren musste. Jess' Racheakt veränderte die Situation und erforderte eine neue Versammlung der Clanrepräsentanten. Wenigstens würden sich die Roamer nicht mehr so hilflos fühlen.

Das Bombardement mit Kometen schickte auch der Terranischen Hanse eine klare Botschaft. Die Hanse hatte die Roamer immer unterschätzt und sie für einen unorganisierten Nomadenhaufen gehalten. Doch Jess Tamblyns Vergeltungsschlag zeigte ganz deutlich, wozu sie Roamer fähig waren.

Bevor Jess gehen konnte oder Cesca Gelegenheit bekam, mit Jhy Okiah zu sprechen, brachte ein Händler schlechte Nachrichten. Er hatte sich die aufgezeichneten Bilder der Medien-Übertragung mehrmals angesehen und geglaubt, seinen Augen kaum trauen zu können.

Cesca und Jess sahen sich die Aufzeichnung im Flüsterpalast an. Als der Gesandte der Hydroger in seiner Kugel erschien und menschliche Gestalt annahm, schnappte Cesca nach Luft und Jess stöhnte. »Das ist Ross!«, brachte er hervor. »Sie haben ihn gefangen genommen!«

Cesca musterte das quecksilberartige Gesicht des Mannes, dem sie die Ehe versprochen hatte. »Ich glaube, sie haben ihn kopiert. Seine Himmelsmine gehörte zu den ersten Angriffszielen der Hydroger. Vielleicht benutzen sie seine Gestalt, um mit uns zu kommunizieren.«

Jess ließ sich in einen an der Wand befestigten Schlaufensessel sinken, als könnte er sich selbst in der geringen Schwerkraft nicht mehr auf den Beinen halten. Er lehnte sich an die aus Asteroidengestein bestehende Wand. »Haben die Fremden meiner Familie nicht schon genug angetan? Warum müssen sie uns auch noch auf diese Weise quälen?«

Als sie das Ultimatum des Gesandten hörten, sahen sich Jess und Cesca zornig an. Die Explosion und der Tod des Königs kamen völlig unerwartet. Cesca ächzte leise. Zwar hatten die Roamer nie die Charta der Hanse unterzeichnet und Frederick nicht als ihren König anerkannt, aber die letzte Maßnahme des Gesandten ging weit über die Grenze des Fassbaren hinaus.

»Das alles ist die Antwort auf ein von der Hanse durchgeführtes Experiment?«, zischte Jess. »Die Roamer haben überhaupt nichts mit Oncier und dem Einsatz der Klikiss-Fackel zu tun!«

»Ebenso wenig wie die Ildiraner.« Cescas Gedanken rasten, als sie versuchte, alles zu verarbeiten. »Die Hydroger verstehen unsere sozialen und politischen Strukturen nicht. Offenbar kennen sie nicht einmal den Unterschied zwischen Menschen und Ildiranern.«

Jess seufzte. »Oder vielleicht spielt der Unterschied keine Rolle für sie.«

Der Händler eilte fort, um die Nachricht weiterzugeben. Cesca sagte ihm, wo er Jhy Okiah finden konnte – sie musste vom Ultimatum und der Aktion des Gesandten erfahren, bevor entsprechende Gerüche zu kursieren begannen.

Cesca fühlte sich müde und erschöpft. Am liebsten wäre sie mit Jess zu irgendeinem Ort geflohen, wo sie zusammen sein konnten, ohne sich über einen interstellaren Krieg gegen fremde Wesen Sorgen machen zu müssen. Aber so etwas kam derzeit natürlich nicht infrage.

Sie trat zu Jess und legte ihm sanft die Hand auf die Schulter. »Kehr heim, Jess. Hier gibt es nichts mehr für dich zu tun.«

Er sah sie so an, als gingen ihm widerstreitende Gedanken durch den Kopf, die alle verlangten, in Worte gefasst zu werden. »Es gibt immer etwas zu tun, immer eine Möglichkeit, zu kämpfen und zu überleben. Das ist doch die Devise der Roamer, oder?«

Bevor er ging, erlaubte er sich, Cesca liebevoll zu umarmen. »Ja, die Clans brauchen uns, auf unterschiedliche Weise«, sagte die junge Frau. »Die Roamer müssen sich vorbereiten. Du weißt, dass es schlimmer werden wird.«

Jess nickte ernst. »Ja. Das ist eine meiner wenigen Gewissheiten.«

Cesca fand Jhy Okiah im Kindergarten auf einem der äußeren Asteroiden des Rendezvous-Komplexes. Die alte Sprecherin hatte inzwischen von den jüngsten Ereignissen auf der Erde erfahren und wusste auch von den Kometen, die Jess auf Golgen hinabregnen ließ. Ihre Reaktion stand noch aus. All die Jahre in der Roamer-Politik hatten sie gelehrt, nie etwas zu überstürzen.

»Wenn man sich Zeit zum Nachdenken nimmt, beugt man tausend Entschuldigen vor« - so lautete eines ihrer Prinzipien. Wegen der großen Entfernungen zwischen den Hanse-Kolonien und den nicht verzeichneten Siedlungen der Roamer rief keine Ursache eine sofortige Wirkung hervor. Manchmal vergingen Jahre, bis sich Konsequenzen abzeichneten.

Jhy Okiah schwebte in der schwerelosen Umgebung an einer Wand, die Beine im Lotossitz. Eine Leine war am Handgelenk befestigt und verband sie mit dem Boden. Sie kam gern hierher und beobachtete, wie die Kinder spielten und lachten, während sie lernten, sich in einer Umgebung ohne Schwerkraft zu bewegen. Die bunten Wände des Raums waren gepolstert, sodass die kleinen Mädchen und Jungen sich selbst, Bälle oder andere Gegenstände davon abprallen lassen konnten.

In der Mitte des Kindergartens, ausgerüstet mit einem Behälter, der komprimierte Luft für die Navigation enthielt, schwebte der matronenhafte Gouvernanten-Kompi UR und behielt die Kinder im Auge. UR verfügte über extensive Erste-Hilfe- und Disziplin-Programme, außerdem auch über viel mehr Geduld als ein Mensch. Mit seiner mütterlichen Psychologie konnte sich dieser Kompi gleichzeitig um viele Roamer-Kinder kümmern.

Als Cesca hereinkam, erkannte der Kompi sie, bevor Jhy Okiah aus ihren tiefen Träumereien erwachte. »Cesca Peroni, dein letzter Besuch liegt viel zu lange zurück. Benimmst du dich ordentlich, so wie ich es dir gesagt habe?«

Cesca lächelte. »Ich habe nichts von dem verlernt, was du mich gelehrt hast, UR.«

»Das ist auch besser so.« Der Gouvernanten-Kompi ließ komprimierte Luft aus Düsen strömen, flog durch den Raum und trennte zwei Jungen voneinander, die es mit dem Raufen übertrieben. UR hatte sich um mehrere Generationen von Roamer-Kindern gekümmert. Der Kompi war streng und nahm es genau, verstand es aber auch, sanft und liebevoll zu sein.

Während die alte Sprecherin auch weiterhin zu den lärmenden Kindern sah, zog sich Cesca Peroni mithilfe der Haltegriffe an der Wand entlang und näherte sich.

»So sonderbar es auch klingt, wenn man bedenkt, wie laut es hier zugeht«, sagte Jhy Okiah. »Ich komme hierher, um in Ruhe nachzudenken.«

Cesca sah sich um, ließ ihren Blick über die Jungen und Mädchen schweifen. »Eigentlich ist das gar nicht so schwer zu verstehen, Sprecherin Okiah. Gibt es einen besseren Ort, um Personen zu sehen, die vollkommen sorglos sind und das Leben genießen? Personen, für die die Zukunft voller Verheißungen ist?«

Die alte Sprecherin wandte sich ihrer Nachfolgerin zu. »Ich habe dich gut unterrichtet, Cesca. Wenn doch nur alle so klug wären.«

Eine Zeit lang wahrten sie ein angenehmes Schweigen, bis Cesca ihre Fragen nicht mehr zurückhalten konnte. »Kennst du die Neuigkeiten? Von dem Gesandten der Hydroger? Und von ... Jess und Golgen?«

Jhy Okiah nickte. »Wir haben uns dies nicht selbst eingebrockt. Frederick war nicht unser König, die Klikiss-Fackel nicht unsere Idee. Aber jetzt haben wir es dem ungestümen Jess Tamblyn zu verdanken, dass wir in den Konflikt hineingezogen werden. Wir sind keine unbeteiligten Zuschauer mehr.«

Cescas Züge verhärteten sich ein wenig. »Wir waren von Anfang an daran beteiligt, Sprecherin Okiah, seit dem Angriff der Hydroger auf die Blaue Himmelsmine. Seit sie Ross, deinen Enkel Berndt und viele, viele andere umbrachten. Und jetzt haben die Fremden ein Ultimatum gestellt, das es uns unmöglich machen soll, Ekti zu produzieren. Damit sind die Grundlagen unserer Wirtschaft bedroht! Jess' Kometen haben damit nichts zu tun.«

Jhy Okiah nickte erneut. »Du hast Recht. Und alle werden die Auswirkungen zu spüren bekommen. Nicht nur jene, die uns nahe stehen, wie Ross oder mein lieber Berndt. Selbst die am weitesten entfernte Kolonie der Hanse wird leiden, denn das Ekti-Embargo legt die interstellare Raumfahrt lahm. Aber wie üblich wird es uns Roamer schwerer treffen als alle anderen.«

103 ✷ BENETO

Das Gebäude war klein, aber bequem. Beneto musterte den grünen Priester Talbun eingehend: Seine tiefe Müdigkeit war nicht zu übersehen; die von Falten umgebenen dunklen Augen lagen tief in den Höhlen und Alter schien aus den Poren der grünen Haut zu rinnen. Doch das Gesicht zeigte Freude und Eifer, eine fast jungenhafte Aufregung, die Beneto seit seiner Ankunft auf Corvus Landing vor zwei Monaten zum ersten Mal sah.

»Ich habe dir alles gezeigt, mit dem du hier vertraut sein solltest, Beneto«, sagte Talbun. »Du hast mit dem Bürgermeister gesprochen, die Kolonisten kennen gelernt und ihre Arbeit gesehen. Mit der Hilfe des Weltwalds bist du so gut vorbereitet, wie es möglich ist.«

Beneto griff nach der Hand des alten grünen Priesters. »Ich fühle mich hier bereits zu Hause, Talbun. Es wird nicht lange dauern, bis ich Corvus Landing ebenso liebe wie du.« Er schluckte und wollte nicht zulassen, dass Kummer diesen Moment trübte. »Du bist so weit. Ich spüre es. Und ich bin es ebenfalls.«

Alle Siedler in Colony Town hatten Beneto willkommen geheißen und ihn ohne irgendwelche Vorbehalte akzeptiert. Bürgermeister Hendy und all die rechtschaffenen Leute und ihre Familien - immer wieder wiesen sie darauf hin, wie sehr sie es zu schätzen wussten, dass sich der junge grüne Priester bei ihnen niederlassen wollte. Sie hatten gefürchtet, dass niemand Talbun ersetzte, trotz der Versicherung des Alten, dass er die Siedler - gewissermaßen seine Familie - nicht ohne einen Telkontakt zurücklassen würde.

Am Nachmittag dieses Tages hatte ein Fest stattgefunden, mit einem großen Bankett, das die lokalen Köstlichkeiten präsentierte: Ziegenfleisch, verschiedene Käse- und Brotsorten. Kinder waren durch die staubigen Straßen von Colony Town gelaufen und die Bauern von ihren Feldern gekommen, in sauberer Kleidung. Fröhlich hatten sie sich an Talbuns Freundlichkeiten erinnert, an die Geburtstagsgrüße und Mitteilungen für Familienangehörige auf anderen Welten der Hanse.

Beneto hörte amüsante Geschichten über Talbun. Zum Beispiel hatte sich der alte grüne Priester einmal während eines Sturms zwischen den Bäumen zusammengekauert, sodass er dem Weltwald die menschlichen Eindrücke vom Unwetter vermitteln konnte. Die Kolonisten nahmen so gut sie konnten Abschied von ihm.

Als sich die Dunkelheit auf Corvus Landing herabsenkte, lebte der Wind auf, strich über Kornfelder und die stromlinienförmigen Gebäude von Colony Town hinweg. »Sieht nach einem Sturm aus«, sagte Beneto und ging mit dem alten grünen Priester zur Tür ihrer Unterkunft.

Talbun lächelte. »Es wird kein schlimmer Sturm sein. Nur genug Wind, um die Bäume sprechen zu lassen.«

Draußen hörte Beneto, wie sich die Blattwedel der Weltbäume berührten und dabei Geräusche verursachten, die nach flüsternden Stimmen klangen. Talbun blickte in die Dunkelheit.

»Ich möchte dich umarmen, bevor du gehst«, sagte Beneto.

Der Alte schlang die dürren Arme um den jüngeren Mann. Beneto dankte ihm dafür, sein Wissen mit ihm geteilt und ihn mit allem vertraut gemacht zu haben.

»Du warst ein guter Schüler, Beneto. Du bist bereits mit den Dingen vertraut gewesen, die ich dich lehrte. Ich habe den Lernvorgang nur beschleunigt.«

Ruhige Zuversicht glänzte in Talbuns Augen, als er in die Nacht trat. Mit erstaunlich leichten Schritten ging er in Richtung des Hains, den er vor Jahren angepflanzt hatte. Beneto sah, wie der alte Mann den Umhang abstreifte und ihn auf den Boden fallen ließ, um dann nackt und barfuß in der Dunkelheit zu verschwinden.

Talbun spürte, wie ihm der Wind über die Haut strich. Er fühlte den Boden unter den Füßen, das weiche, moosartige Gewächs, das ihn hier und dort bedeckte. Er betrat den Hain und der Weltwald empfing ihn.

Während der vergangenen Jahre waren die jungen Bäume schnell gewachsen und ragten bereits weit empor, bildeten einen grünen Anker auf diesem so weit von Theroc entfernten Planeten. Talbun schritt langsam an den Stämmen vorbei, berührte die schuppige

Rinde und grüßte jeden einzelnen Baum, auch jenen, den Beneto mitgebracht hatte, obgleich sie alle Teil des gleichen, immensen Selbst waren.

Schließlich kehrte er in die Mitte des Hains zurück, sank dort auf den Boden und lehnte die knochigen Schultern an den nächsten Baum. Er sah zum Himmel hoch, an dem sich hier und dort Sterne zeigten, während sich die Blattwedel hin und her neigten. Sie schienen ihm zu applaudieren ... oder ihm zuzuwinken.

Talbun stellte einen Telkontakt her, um mit den Bäumen zu sprechen. Er schloss die Augen, schickte sein Bewusstsein in die Weltbäume, in ihre Wurzeln und hinaus in das weite Selbst des Weltwalds.

Er konzentrierte die letzten Gedanken, starb ganz bewusst und gab seine Seele frei, auf dass sie aufsteigen und von den Zweigen der goldenen Bäume empfangen werden konnte.

Später in der Nacht wurde der Wind heftiger, aber das Unwetter ging mit einem kurzen, willkommenen Regenschauer vorüber. Am nächsten Morgen verließ Beneto Talbuns Unterkunft - jetzt sein Quartier - und blickte zum blauen Himmel hoch. Der helle Sonnenschein ließ seine grüne Haut prickeln. Er trank Wasser und ging dann zum Hain, um seine letzte Pflicht dem alten grünen Priester gegenüber zu erfüllen.

Talbun lag friedlich im Schatten unter dem größten Weltbaum. Seine Lippen deuteten ein Lächeln an und Zufriedenheit zeigte sich im tätowierten, leblosen Gesicht.

Mit Rücksicht auf die nervenartigen Wurzeln der Weltbäume benutzte Beneto keine Schaufel. Allein mit seinen bloßen Händen grub er zwischen zwei weit auseinander stehenden Bäumen. In weniger als einer Stunde entstand ein flaches Grab. Vorsichtig hob er den federleichten Leichnam hoch und legte ihn ins Grab, in unmittelbarer Nähe der Wurzeln. Anschließend bedeckte er Talbun mit der Erde, nach der sich der alte grüne Priester jahrelang gesehnt hatte.

Beneto sprach ein leises Gebet und die Bäume flüsterten. Alle grünen Priester mit Zugang zum Weltwald wurden Zeugen der Bestattung.

Zufrieden kehrte Beneto zur Unterkunft zurück und wusch sich. Später wollte er Colony Town aufsuchen und den Siedlern die Nachricht bringen. Er wusste, dass die Trauer groß sein würde, denn Talbun war ihnen allen ein guter Freund gewesen. Beneto würde sich alle Mühe geben, sie zu trösten und in die Fußstapfen seines Vorgängers zu treten.

Wie es die Tradition verlangte, kehrte Beneto eine Stunde nach der Beerdigung in den Hain zurück und wählte einen hohen, gerade gewachsenen Weltbaum. Zwischen zwei besonders langen Blattwedeln fand er einen lebensfähigen Schössling und entfernte ihn – an seinen zarten, feuchten Wurzeln glänzte noch der Saft des Baumes. Beneto hielt ihn behutsam, trat zu Talbuns letzter Ruhestätte und grub in der Mitte ein Loch, um dort den neuen kleinen Baum zu Ehren des alten grünen Priesters zu pflanzen.

Er hatte Talbun hier bestattet, damit seine Moleküle vom Weltwald aufgenommen werden konnten. Als er nun grub, stellte er fest, dass von der Leiche des Alten nichts mehr übrig war – die Weltbäume hatten Talbun bereits absorbiert.

Mit einem bittersüßen Lächeln pflanzte Beneto den Schössling. Als er fertig war, stand er auf und sah sich im Hain um.

Erst sprach er leise zu sich selbst, dann wiederholte er die Worte durch den Telkontakt. Er versprach, immer mehr Weltbäume auf Corvus Landing zu pflanzen und seine heilige Arbeit zu leisten, damit sich der Weltwald im Universum ausbreiten konnte.

104 ✸ NIRA

Als die Tage vergingen, war Nira immer mehr nach Singen zumute. Otema schien enttäuscht darüber zu sein, dass ihre Assistentin nur geringe Fortschritte dabei erzielte, den Bäumen die *Saga* vorzulesen. Aber Niras Glück wirkte sich auch auf die alte Botschafterin aus – sie brachte es einfach nicht fertig, die junge Frau zu schelten.

Außerdem hatte ihr Erinnerer Vao'sh die Hilfe einer Gruppe von Lesern angeboten; das Projekt kam also voran.

Niras Affäre mit dem Erstdesignierten Jora'h dauerte nun schon seit Monaten. Das war sehr ungewöhnlich für ihn, wie sie beide wussten. Sie fand ihn aufregend und voller Mitgefühl, sanft und intelligent. Er erwies sich als ein ausgezeichneter Liebhaber, was sie kaum überraschte. Er ging auf sie ein, um ihr Genuss zu bereiten, und sie gab sich die gleiche Mühe.

Zwar war Jora'h bereits viel länger mit ihr zusammen als mit seinen anderen sorgfältig ausgewählten Partnerinnen, aber er kehrte immer wieder zu ihren Küssen zurück. Die grünhäutige junge Frau von Theroc schien ihn mehr zu faszinieren als selbst die exotischsten ildiranischen Arten. Er hielt Nira für unschuldig und erfrischend. Sie respektierte seinen hohen Rang, war aber nicht wie gelähmt vor Ehrfurcht dem ältesten Sohn des gottartigen Weisen Imperators gegenüber. Damit bot sie dem Erstdesignierten eine sehr willkommene Abwechslung.

Zwar hatten sie sich oft geliebt und an Jora'hs Zeugungskraft konnte kein Zweifel bestehen. Trotzdem war Nira vollkommen verblüfft, als sie feststellte, dass sie schwanger war.

Seit Wochen ahnte sie es, konnte das Wunder aber kaum fassen. Ein Transspezies-Kind deutete auf ungewöhnliche Kompatibilität bei den Genen von Menschen und Ildiranern hin. Als ihre Periode ausblieb und Nira die Veränderungen in ihrem Körper bemerkte – plötzliche Übelkeit, Erschöpfung selbst im hellen ildiranischen Sonnenschein, geringe Gewichtszunahme –, konnte sie die Realität nicht mehr leugnen. Ein echtes Wunder war geschehen und ließ sie staunen.

Sie erinnerte sich daran, auf bunten Kissen neben Jora'h gelegen zu haben, in einem geschlossenen Atrium, das Ausblick gewährte auf das nach oben strömende Wasser der Kaskaden. Sie hatten sich gerade geliebt, umarmten und küssten sich aber noch immer. Nira fragte ihn nach den ildiranischen Geschlechtern und der Verwandtschaft zwischen ihnen.

»Ach, Nira«, sagte Jora'h und lächelte, »das ildiranische Genom ist sehr ... unkritisch. Unsere Spezies kann sich gut anpassen und nimmt alle nützlichen Fähigkeiten in sich auf. Kompatible Gene werden in die DNS integriert und das Ergebnis sind Mischungen, die das Beste aus allen Geschlechtern in sich vereinen.«

»Die verschiedenen Völker der Menschen unterscheiden sich geringfügig in ihrem Aussehen«, erwiderte Nira. »Aber in genetischer Hinsicht sind wir alle gleich.«

Jora'h lachte und küsste sie. »Selbst *ich* kann sehen, dass nicht alle Menschen gleich sind. Das gilt insbesondere für dich.«

Niras Gedanken kehrten ins Hier und Heute zurück, als sie sich über den flachen Bauch strich. Noch zeigte sich nichts. Sie schloss die Augen und versuchte, sich das in ihr wachsende Leben vorzustellen. Zur einen Hälfte sie, zur anderen Jora'h. Wann würde sie die ersten Bewegungen spüren?

»Was wirst du sein, ein Sohn oder eine Tochter?«, flüsterte sie und dachte an die Mixtur aus Genen einer telepathischen grünen Priesterin und des Sohnes des Weisen Imperators. Den Möglichkeiten schienen keine Grenzen gesetzt zu sein und Nira lächelte, beeindruckt vom Potenzial ihres Kinds.

Wenn Jora'h zum Weisen Imperator wurde, bekam er vollen Zugang zum *Thism*, einer Telepathie, die sich ganz und gar von Niras Verbindung mit dem Weltwald unterschied. Durch das *Thism* spürte der Weise Imperator alle Ildiraner des Reiches. Wenn das geschah, würde Nira ihren Geliebten für immer verlieren. Der Erstdesignierte wurde dann zu etwas anderem, das gleichzeitig mehr und weniger war als der jetzige Jora'h.

»Freust du dich auf jenen Tag?«, hatte Nira ihn gefragt.

»Jener Tag kommt, ob ich mich nun auf ihn freue oder ihn fürchte. Ich bin der Erstdesignierte. Mein Schicksal besteht darin, zum nächsten Weisen Imperator zu werden. Das *Thism* wird meine Leinwand sein, auf der ich das Meisterwerk des Ildiranischen Reiches fortsetze. Ich werde alles wissen und das Volk wird mich wie einen Gott verehren.« Er küsste sie. »Mir bleibt in dieser Hinsicht überhaupt keine Wahl.«

Furcht hatte sich in Nira geregt, als sie den nackten Ildiraner umarmte und seine Haut fühlte, seine festen Muskeln und einen angenehm warmen Atem, der ihr übers Gesicht strich. Jora'hs goldene Zöpfe knisterten wie mit statischer Elektrizität. »Aber bevor es so weit ist, Jora'h, musst du ...«

Seine Fingerspitzen berührten ihre Lippen. »Kein Mann kann sich auf eine rituelle Kastration freuen, aber seit meiner Kindheit bin ich darauf vorbereitet. Derzeit besteht meine Pflicht darin, mit den verschiedenen Geschlechtern möglichst viele Kinder zu zeugen. Später wird es meine Aufgabe sein, das Netz des *Thism* zu verwalten, zum Herzen und inneren Geist des ildiranischen Volkes zu werden.« Jora'h streichelte Niras Schultern. »Aber bis dahin wird noch mehr als ein halbes Jahrhundert vergehen. Sei unbesorgt, Nira. Wird unsere Liebe durch ihre Vergänglichkeit nicht noch schöner?«

Wie konnte sie dem nicht beipflichten?

Dass sie Jora'hs Kind trug, erstaunte Nira und machte sie überglücklich. Sie sehnte sich danach, mit ihm darüber zu sprechen, aber er war sehr beschäftigt. Seit dem Angriff der Hydroger auf die Ekti-Stadt von Qronha 3 und dem Ultimatum des Gesandten sorgte der Weise Imperator dafür, dass der erstgeborene Sohn immer in seiner Nähe blieb.

Die Umstände zwangen nicht nur den Erstdesignierten, sich der aktuellen Situation zu widmen. Die Bedrohung durch die Hydroger erforderte auch die Aufmerksamkeit der anderen Designierten sowie der Solaren Marine unter dem Kommando von Adar Kori'nh.

Nira wusste, dass dies nicht die geeignete Zeit war, um sich zu lieben. Sie tröstete sich mit dem Wissen um ihr Geheimnis und sah mit Freude dem Tag entgegen, an dem sie es Jora'h offenbaren konnte. Wenn seine Pflichten als Erbe des Ildiranischen Reiches nicht mehr zu schwer auf ihm lasteten, würde sie ihm sagen, dass sie ein Kind von ihm erwartete. Bestimmt hielt auch er es für ein Wunder.

Es widerstrebte Nira, die strenge Otema einzuweihen, und deshalb hielt sie die Information zurück und konzentrierte sich darauf, den Bäumen aus der *Saga* vorzulesen. Dabei fragte sie sich, ob sie selbst einen Platz in dem kolossalen Epos einnehmen würde, weil sie das erste ildiranisch-menschliche Kind in sich trug. Ein solcher Hybride hatte enormes Potenzial und mochte eines Tages große Taten vollbringen.

Nira begriff, dass sie Otema bald von ihrer Schwangerschaft erzählen musste, wenn sie nicht bereits durch den Weltwald davon erfahren hatte. Es gab niemanden, mit dem die junge grüne Priesterin über ihre Liebe reden konnte, und deshalb erzählte sie den jungen Weltbäumen davon, fand geduldige Zuhörer in ihnen.

Der immer neugierige Weltwald nahm die Informationen mit wohlwollendem Interesse auf.

105 ✷ WEISER IMPERATOR

Nachdem der sehr besorgte Vorsitzende Wenzeslas aufgebrochen war, um zur Erde zurückzukehren, wurde es Zeit für den Weisen Imperator, seine eigenen Pläne in die Tat umzusetzen. Letztendlich spielte es keine Rolle, wie viele Personen leiden mussten, denn die Zukunft des Reichs stand auf dem Spiel. Es dürfte keine Verzögerungen mehr geben.

Als Fokus eines ganzen Volkes hatte der Weise Imperator keine Skrupel, die notwendigen Entscheidungen zu treffen, wie hart und unangenehm sie auch sein mochten. Auch sein Sohn Jora'h würde schließlich verstehen, nachdem er selbst zum Weisen Imperator geworden war. Dem Erstdesignierten blieb keine Wahl und er ahnte nichts.

Auf dem Dach des Prismapalastes, im hellen Sonnenschein, standen Jora'h und das ihm zugewiesene Gefolge, gekleidet in eine Kombination aus traditionellen ildiranischen Streifen und langen Schalen aus theronischen Kokonfasern.

Der Weise Imperator hatte Bedienstetengruppen angewiesen, seinen Chrysalissessel zur Landeplattform des Daches zu tragen, damit er sich dort von seinem ältesten Sohn verabschieden konnte. Wenn Jora'h fort war, konnte der Imperator damit beginnen, die unangenehmeren Befehle zu erteilen.

»Ich hoffe, du kannst bei deiner diplomatischen Reise viel lernen, mein Sohn«, sagte er und lächelte glückselig. Der Erstdesignierte wirkte völlig ruhig und gelassen; es war leicht, ihn zu manipulieren.

Jora'hs dünne goldene Zöpfe bildeten eine Wolke um seinen Kopf, als er nickte. »Ich kann es gar nicht erwarten, Theroc mit eigenen Augen zu sehen, Vater. Und ich freue mich auf das Wiedersehen mit Prinz Reynald. Ich weiß, er ist ein Freund unseres Reiches.«

Der Weise Imperator nickte und gab sich zufrieden, obgleich große Unruhe in ihm zitterte – er war sich der wachsenden Gefahr durch den alten Feind, die Hydroger, vollkommen bewusst. »Ja, wir müssen unsere Bündnisse sichern.«

Jora'h sah zu der grünen Priesterin Nira, die jenseits der Absperrung bei den Zuschauern stand. Bron'n und andere Wächter sorgten dafür, dass das Publikum eine sichere Distanz wahrte. »Trotzdem, Vater ... Bist du sicher, dass du mich hier nicht brauchst?

Was ist, wenn die Hydroger eine weitere ildiranische Einrichtung angreifen?«

Der Weise Imperator lenkte den Chrysalissessel etwas näher an seinen Sohn heran. »Durch deine Freundschaft mit Reynald bist du besonders gut dafür geeignet, mit Theroc zu verhandeln, Jora'h. Das ist derzeit die wichtigste Pflicht, die du für das Reich wahrnehmen kannst.«

Der Erstdesignierte verneigte sich, zufrieden darüber, mit einer so verantwortungsvollen Aufgabe betraut zu werden. »Wie du befiehlst, Vater. Du siehst und weißt alles.«

Er winkte den Zuschauern zu und richtete einen Blick auf die grüne Priesterin, von der er sich nicht persönlich verabschiedet hatte. Dann führte Jora'h die Beamten und Adligen in das Transportschiff, das sie nach Theroc bringen sollte. Der Weise Imperator wusste, dass sein erstgeborener Sohn dort für eine Weile zu tun haben würde. Einige der ihn begleitenden Beamten hatten die Anweisung bekommen, den Erstdesignierten lange genug beschäftigt zu halten, ohne dass er Verdacht schöpfte.

Zum Glück war Jora'h nicht auf die Idee gekommen, Nira zu bitten, mit ihm nach Theroc zu fliegen - in dem Fall hätte sich der Weise Imperator irgendetwas einfallen lassen müssen, um die gemeinsame Reise zu verhindern. Aber die alte grüne Priesterin hatte darauf hingewiesen, dass die Arbeit an der *Saga der Sieben Sonnen* nicht so vorankam, wie sie es sich wünschte. Bevor Nira auf den Gedanken kommen konnte, den Erstdesignierten zu begleiten, hatte Otema keinen Zweifel daran gelassen, dass ihre Assistentin in Mijistra bleiben und die Arbeit fortsetzen musste.

Alles lief perfekt, dachte der Weise Imperator. *Die junge Frau gehört mir.*

Als das Transportschiff mit dem Erstdesignierten startete, jubelten die Zuschauer und hoben die Arme. Der lange Zopf des Weisen Imperators zuckte an seiner Seite, als er die junge grüne Priesterin musterte und überlegte, auf welche Weise sie sich am besten verwenden ließ - und wie lange sie unter den schwierigsten Bedingungen durchhielt.

In seinen privaten Gemächern, die von Bron'n und vier anderen muskulösen Wächtern bewacht wurden, empfing der Weise Imperator Informationen durch das *Thism* und ordnete sie ein. Er ließ seinen mentalen Blick über die Bürger des Reiches schweifen, hielt nach Hinweisen und Reaktionen auf die jüngsten Ereignisse Ausschau, auf die von den Hydrogern ausgehende Gefahr. Nur wenn er die Totalität seines Volkes verstand, konnte er entscheiden, welche Maßnahmen es zu ergreifen galt.

Jora'h war sein erstgeborener Sohn, dazu bestimmt, zum nächsten Weisen Imperator zu werden, und er würde verstehen. Wenn er herausfand, was die beiden grünen Priesterinnen erwartete ... Der Schock würde ihn schwer treffen und eine noch dramatischere Veränderung in seinem Leben bewirken als schließlich die rituelle Kastration. Aber sicher verstand er mit der Zeit die Gründe und lernte, damit zu leben.

Der Weise Imperator griff nach einigen Dokumenten, die sorgfältig zensierte Strophen aus der *Saga der Sieben Sonnen* enthielten. Diese ernsten, düsteren Zeilen waren nicht einmal den größten Erinnerern vertraut und berichteten von einem verborgenen Teil der ildiranischen Geschichte. Ein früherer Weiser Imperator hatte sie für so grässlich gehalten, dass er beschloss, sie den Ohren der Ildiraner vorzuenthalten.

Die Wiederentdeckung jener Ereignisse durch Erinnerer Dio'sh hatte den Weisen Imperator gezwungen, den jungen Historiker zu töten, um die Informationen geheim zu halten. Gerade jetzt, in dieser schweren Zeit, durfte nichts davon bekannt werden. Das Verschwinden des Erinnerers erklärte er einfach mit dem Hinweis, er hätte Dio'sh zu einer fernen Splitter-Kolonie geschickt. Kein Ildiraner würde das Wort des Weisen Imperators infrage stellen.

Jetzt las er Zeile um Zeile, frischte seine Erinnerungen an die Hydroger auf. *Der alte Feind.*

Aus seiner Perspektive einer neun Jahrzehnte langen Herrschaft verstand der Weise Imperator weitaus mehr als die frenetischen Menschen. Er begriff das gewaltige Ausmaß des bevorstehenden Krieges, der den ganzen Spiralarm erschüttern würde. Wäre Jora'h doch nur imstande gewesen, das ebenfalls zu verstehen.

Der Erstdesignierte war zu naiv und optimistisch – die Konsequenzen und komplexen Zusammenhänge langfristiger Planungen entzogen sich seinem Verständnis. Er brachte noch nicht die notwendigen Voraussetzungen mit, um das Reich zu führen. Seine Hände waren zu sauber – noch.

In den vergessenen Strophen suchte der Weise Imperator nach

einer Möglichkeit, die Situation zum Vorteil Ildiras zu nutzen. Eines stand fest: Der neue Krieg gegen die Hydroger würde mit einer Million Zeilen in die immer weiter wachsende *Saga der Sieben Sonnen* eingehen. Und wenn der Weise Imperator die Anstrengungen richtig kanalisierte, gelang es ihm vielleicht, den verblassenden Glanz des Ildiranischen Reiches zu erneuern und ein neues goldenes Zeitalter beginnen zu lassen.

Seine einzige Hoffnung bestand darin, eine Art Bündnis mit den fremden Wesen zu schließen. Er musste die notwendigen Opfer bringen, wie viele andere. Aber selbst die einfachsten Verhandlungen mit den Hydrogern waren unmöglich, solange die Dobro-Experimente ohne brauchbare Ergebnisse blieben. Der Weise Imperator sah nur einen Weg, *direkt* mit den Hydrogern zu kommunizieren.

Die Ausführung des Plans mochte ein oder zwei Jahrzehnte in Anspruch nehmen und dabei durften keine Fehler gemacht werden. Wenn der Weise Imperator einen Erfolg erzielte, würden ihm die Hydroger zuhören. Doch bis dahin musste sein Volk Tod und Zerstörung ertragen ...

Bron'n kam herein, unterbrach die Überlegungen des Weisen Imperators und verneigte sich. »Der Dobro-Designierte ist eingetroffen, Herr.«

»Gut. Bleiben Sie in der Nähe. Ich habe einen wichtigen Auftrag für Sie.«

Der Weise Imperator legte die geheimen Dokumente beiseite und sein langer Zopf zuckte heftig. »Es wartet viel Arbeit auf uns.«

106 ✹ BASIL WENZESLAS

Der Thronsaal des Flüsterpalastes war ein Trümmerfeld. Die explodierende Ambientalzelle des Gesandten der Hydroger hatte Wände einstürzen lassen und Stützbalken zerschmettert. Wenigstens war es nicht zu einem Feuer gekommen.

Basil Wenzeslas stand sprachlos im Chaos, die Lippen zusammengepresst. Bestürzung und Zorn ließen seine Hände zittern.

Umgeben von ernsten, grimmig dreinblickenden königlichen Gardisten inspizierte Basil einen Bereich, in dem Techniker Behelfswände errichtet und die strukturelle Stabilität des Palastes überprüft hatten. Nach dem Angriff war der Thronsaal abgeriegelt worden, bis zur Rückkehr des Vorsitzenden von Ildira. Niemand sonst hatte das Ausmaß der Zerstörung gesehen - und es würde sie auch niemand zu Gesicht bekommen.

Basil wandte sich an Franz Pellidor, der stumm und zurückhaltend darauf wartete, dass der Vorsitzende Entscheidungen traf und Prioritäten bestimmte. »Wie beurteilen Sie die Situation, Mr. Pellidor? Sie haben die Reaktion der Öffentlichkeit während der letzten Tage beobachtet. Ist die Berichterstattung der Medien kontrolliert worden?«

Die Frage schien den blonden Mann zu überraschen. »Wie hätten wir sie kontrollieren können, Vorsitzender? Die Begegnung des Gesandten der Hydroger mit König Frederick wurde von Anfang an live übertragen. Hätten wir nach dem Zwischenfall Informationen zurückhalten sollen? Das wäre sehr gefährlich gewesen, Sir.«

»Ja, da haben Sie Recht, es war bereits zu spät. Aber wir müssen die Reaktion der Öffentlichkeit in die richtige Richtung lenken, damit die Bürger das denken, was sie denken sollen.«

»Es kursieren die wildesten Gerüchte«, sagte Pellidor, ohne sich irgendwelche Empfindungen anmerken zu lassen. »Bei der Bevölkerung herrscht noch immer Fassungslosigkeit. Manche Bürger sind empört, andere entsetzt von der Vorstellung einer Invasion der Hydroger. Was sollen sie denken? Die meisten Leute haben noch nicht einmal begriffen, welche langfristigen Folgen sich ergeben, wenn die Ekti-Produktion zum Stillstand kommt.«

»Wir werden unser Ekti bekommen«, sagte Basil und seine Stimme war fast ein Knurren. »Wir müssen den Zorn der Öffentlichkeit ausnutzen, um die Unterstützung der Bürger für sofortige Gegenmaßnahmen zu gewinnen. Wenn wir uns mit den Ildiranern verbünden, sollte unsere gemeinsame Macht genügen, den fremden Wesen erfolgreich Widerstand zu leisten.«

Basil runzelte die Stirn, als er sich an das Treffen mit dem Weisen Imperator erinnerte. Während des Rückflugs zur Erde hatte ihm irgendetwas keine Ruhe gelassen. Die Ereignisse waren so dramatisch und entsetzlich gewesen, dass er sich nicht mehr genau an die Worte erinnerte, die der Weise Imperator vor dem Eintreffen der grünen Priesterin Otema an ihn gerichtet hatte. Jetzt fielen sie ihm wieder ein.

Das Oberhaupt des ildiranischen Volkes hatte behauptet, nichts von den feindlichen Wesen zu wissen, sie aber »Hydroger« genannt – noch *vor* dem Eintreffen des Gesandten im Flüsterpalast. Woher konnte der Weise Imperator gewusst haben, wie sich die Fremden nannten? Welche Informationen verbarg er vor der Hanse?

Basil trat über einige Marmorbrocken hinweg, die zuvor eine Säule gebildet hatten. Rasiermesserscharfe Splitter von Silberspiegeln und Buntglasfenstern lagen auf dem Boden verstreut, wie der Inhalt einer achtlos umgekippten Schatzkiste. Er wandte sich erneut an Pellidor. »Was ist mit Fredericks Leiche? In welchem Zustand befindet sie sich?«

Falten bildeten sich in Pellidors Stirn. »Es gibt keine Leiche, Vorsitzender. Die Druckwelle hinterließ kaum mehr als einen Fleck an der Wand. Und anschließend stürzte die Wand ein.«

Basil nickte traurig. »Beschaffen Sie einen geeigneten Leichnam. Wenn er richtig präpariert wird, merken die Leute keinen Unterschied. Es geht darum, eine großartige Bestattung zu inszenieren, so schnell wie möglich. Der alte König Frederick muss in einem offenen Sarg liegen, friedlich und würdevoll wirken. Ohne einen Kratzer. Ein geschlossener Sarg würde die falsche Botschaft vermitteln.«

»Ja, Vorsitzender«, sagte Pellidor. »Ich kümmere mich darum.«

Einmal mehr sah sich Basil im verheerten Thronsaal um und bemerkte die Blutflecken an den Wänden, die der Druckwelle standgehalten hatten. Wind wehte durch Löcher und Risse, strich durch den einst opulentesten Raum des Flüsterpalastes. Zum ersten Mal seit Jahrzehnten fühlte Basil das Brennen von Tränen in den Augen. Zornige Gedanken vertrieben sie.

Mit unbeholfenen Schritten, die auf Beschädigungen hinwiesen, kam OX in den Thronsaal. Basil sah den kleinen alten Kompi an, bemerkte den verdrehten Arm und eine krumme Strebe am linken Bein. Helles Silber glänzte dort, wo dem metallenen Körper neue Komponenten hinzugefügt worden waren. An vielen Stellen zeigten sich Kratzer und Beulen.

»Ich kann Ihnen einen Augenzeugenbericht geben, wenn Sie möchten, Vorsitzender Wenzeslas«, sagte OX. »Zwar bin ich der einzige Überlebende der Explosion, aber ich sehe mich außerstande, wesentlich mehr Informationen zu liefern, als Sie aus den Aufzeichnungen kennen.«

Basil schürzte die Lippen. »Du hast eine weitaus wichtigere Aufgabe, OX. Die jüngsten Ereignisse werfen unseren Zeitplan über den Haufen. Prinz Peter muss der Öffentlichkeit so bald wie möglich vorgestellt werden. Uns bleibt nichts anderes übrig.«

OX zeigte keine Überraschung, aber in seiner Stimme erklang ein Hauch von Zweifel. »Seine Ausbildung ist noch nicht abgeschlossen, Vorsitzender.«

»Trotzdem. Die Hanse braucht dringend Kontinuität und ein neuer Kronprinz wird die Bevölkerung beruhigen. Außerdem ist Peter so jung, dass ihm die Bürger eventuelle Fehler nachsehen werden.« Basil drehte sich um und die Gardisten nahmen sofort Haltung an, bereit dazu, seine Befehle auszuführen.

»Ich möchte, dass der Thronsaal in Ordnung gebracht wird, und zwar *unverzüglich*. Die Kosten spielen keine Rolle. Beschaffen Sie alle Materialien, die Sie brauchen, aber geben Sie keine Bilder der Schäden frei. Die Öffentlichkeit darf dies nicht sehen. Der neue Thronsaal soll noch beeindruckender sein als der alte. König Frederick ist tot, aber es darf nicht bekannt werden, wie sehr uns die Hydroger getroffen haben. Die Bestürzung der Bürger würde langfristig einen noch größeren Schaden anrichten.«

Pellidors Blick reichte in die Ferne, als er daran dachte, auf welche Weise es die Arbeit zu organisieren galt.

»Unmittelbar nach dem Staatsbegräbnis wird Peters glanzvolle Krönung stattfinden«, fuhr Basil fort. »Es soll ein wahres Fest sein, mit ›Lang lebe der König!‹ und so weiter.« Er setzte sich in Bewegung. »Komm, OX. Wir schreiben die erste öffentliche Rede, die Prinz Peter halten wird. Ich glaube, ich habe genau die richtigen Worte für ihn.«

Als Peter auf den Sprechbalkon des Flüsterpalastes trat, beobachtete ihn Basil mit der kritischen Skepsis eines Perfektionisten, der ein teures Spielzeug gestaltet hatte.

Prinz Peters Haar und seine Kleidung waren makellos, seine Haltung bewundernswert. Als Basil ihn jetzt sah, konnte er kaum mehr Ähnlichkeiten mit Raymond Aguerra erkennen. Peter ähnelte mehr den Bildern des jungen Königs Frederick – während der vergangenen Monate waren entsprechende Aufnahmen und Hologramme auf subtile Weise verändert worden, um die »Verwandtschaft« deutlicher werden zu lassen.

Es überraschte die Öffentlichkeit, von der Existenz des Prinzen zu erfahren, denn das Privatleben von König Frederick war ein wohl gehütetes Geheimnis gewesen. Aber in diesen schweren Zeiten wurden keine protestierenden oder klagenden Stimmen laut. Die Reaktion bestand aus Erleichterung darüber, dass die Krone der Hanse ein neues Haupt fand. Hinzu kam Anteilnahme dem jungen Prinzen gegenüber, der seinen Vater verloren hatte. Der alte Frederick war gutmütig gewesen und hatte während einer Zeit des Friedens geherrscht. Die von den Hydrogern ausgehende Gefahr erforderte einen stärkeren Monarchen.

Zu Beginn der gut einstudierten Rede hob Prinz Peter den Anweisungen gemäß die Hände. Die Menge auf dem Platz jubelte. »Bürger der Erde und der Hanse-Kolonien, erlaubt mir, mich euch vorzustellen.« Peter lächelte großspurig. »Ich schätze, wir werden uns noch oft sehen.«

Basil nahm Peters improvisierte Bemerkung mit gerunzelter Stirn zur Kenntnis. In seiner Rede fehlten solche Worte, aber die Leute lachten - sie *lachten* -, und das war ein ermutigendes Geräusch nach dem Kummer angesichts von König Fredericks Tod. Basil ärgerte sich darüber, dass Peter vom vorbereiteten Text abwich, aber vielleicht war der Instinkt des jungen Mannes gar nicht so schlecht. Ein warmherziges und geliebtes Staatsoberhaupt konnte die Bürger besser unter sich vereinen als ein steinernes, reserviertes Idol.

»Mein Vater ist tot und ich muss früher als erhofft zu Ihrem neuen König werden. Der Erzvater hat mich während dieser schweren Zeit beraten und mir den Segen des Unisono erteilt; jetzt bin ich bereit. Ich verspreche euch, dass ich mir bei meinen Aufgaben nie weniger als die größte Mühe geben werde - wenn ihr mir versprecht, ebenfalls mit aller Kraft für das Wohl der Menschheit zu arbeiten.«

Wieder jubelte die Menge und Basil nickte vor sich hin. *Die Situation erfordert einen starken, entschlossenen König. Es kann sicher nicht schaden, wenn er außerdem sympathisch ist.*

Es war bereits ein Tag für die Krönung festgesetzt, ebenso für die Bestattung des alten Königs Frederick. Jene Feiern würden die Bevölkerung von der Furcht vor weiteren Angriffen der Hydroger ablenken. Die feindlichen Wesen aus den Tiefen der Gasriesen konnten jederzeit erneut zuschlagen.

Peters Stimme hallte weit über den von Fackeln erhellten Platz. »Als meine erste Pflicht muss ich General Lanyan, dem Kommandeur der Terranischen Verteidigungsflotte, Anweisungen erteilen. Die Hydroger haben nicht nur meinen Vater und euren König ermordet, sondern wollen uns auch vom Ekti-Nachschub abschneiden und die Hanse damit in den Untergang treiben. Das können wir nicht zulassen!« Er hob die Faust und zustimmende Rufe kamen von der Menge. »Wir müssen dem Feind die Stirn bieten. Die Hydroger irren sich, wenn sie glauben, dass sich die Menschheit von Drohungen einschüchtern lässt. Sie können uns den Sternenantrieb-Treibstoff, den unsere Zivilisation dringend braucht, nicht vorenthalten!«

Erstaunt hörte Basil die Begeisterung der Menge. Prinz Peter hatte seine Zuhörer vollkommen in der Hand.

»Deshalb befehle ich den sofortigen Einsatz unserer neuen Schlachtschiffe. Die Ekti-Fabriken der Hanse werden ihre Arbeit unter dem Schutz von TVF-Eskorten fortsetzen *und all den Treibstoff produzieren, den wir brauchen!* Unser erstes Ziel ist Jupiter, hier in unserem Sonnensystem. Die Hydroger haben kein Recht, uns den Zugriff auf unsere eigenen Ressourcen zu verweigern.«

Basil lächelte. Die Bürger waren noch immer voller Kummer, aber Peter weckte neuen Enthusiasmus und Opferbereitschaft in ihnen.

»Die ganze Menschheit muss zusammenstehen, um der Bedrohung durch die Hydroger zu begegnen. Wir haben den Fremden nie schaden wollen, aber wenn sie weitere Feindseligkeiten uns gegenüber zeigen, werden wir gnadenlos zurückschlagen.« Peter hob die Stimme und schleuderte seine Worte der jubelnden Menge entgegen. »Ich befehle hiermit den unverzüglichen Start unserer Schiffe!«

Basil lehnte sich zurück, zufrieden mit der ersten Rede des Prinzen. Peter hatte einige Worte geändert, um der ganzen Angelegenheit eine persönliche Note zu geben – vermutlich ein Zeichen von Trotz. Er war noch zu sehr er selbst, aber darin sah Basil kein großes Problem. Bis zur Krönung würde er ihn völlig unter Kontrolle bringen.

107 ✷ TASIA TAMBLYN

Wie in jeder neuen Kriegsflotte der menschlichen Geschichte herrschte bei der TVF eine gute, patriotische Stimmung. Selbst jene Kadetten, die Tasia zuvor die kalte Schulter gezeigt hatten, klopften ihr nun kameradschaftlich auf den Rücken, griffen dann nach der Ausrüstung und eilten zu ihren jeweiligen Schiffen. Seit Tagen hatte sie niemand mehr »Kakerlake« genannt.

Nach einer langen Wartezeit bekam Tasia nun Gelegenheit, gegen die Fremden zu kämpfen. Der Gesandte der Hydroger, der König Frederick umgebracht hatte, war so unverschämt gewesen, die Gestalt von Ross anzunehmen. Dafür – und auch für andere Dinge – wollte sie an den Wesen Rache nehmen.

Es gab unbestätigte Berichte, die ein absichtlich herbeigeführtes Kometen-Bombardement des Gasriesen Golgen erwähnten, wo es zum ersten Angriff der Hydroger gekommen war. Niemand wusste, welchen Schaden die Kometen beim Feind anrichteten, aber die Kühnheit eines solchen Gegenschlags inspirierte die terranischen Soldaten. Es erstaunte sie, dass die Roamer zu so etwas imstande waren. Ihrer Meinung nach konnten die »Profis« der Terranischen Verteidigungsflotte zweifellos noch mehr leisten.

Tief in ihrem Herzen wusste Tasia, dass Jess hinter dem Kometen-Plan steckte. Er hatte ganz bewusst Golgen gewählt, um die Zerstörung der Blauen Himmelsmine zu rächen. »Jetzt bin ich dran, großer Bruder«, sagte sie zu sich selbst.

Sie ließ sich von der allgemeinen Begeisterung anstecken, umarmte Robb Brindle, gab ihm einen verblüffend leidenschaftlichen Kuss und lief los, bevor er darauf reagieren konnte.

Mit ihren Sachen und einigen Roamer-Dingen, die sie in den Taschen des Overalls verstaut hatte, eilte Tasia zum Shuttle-Hangar. Von dort aus brachten Truppentransporter die Besatzungen zu den wartenden Schlachtschiffen. Admiral Stromo, Befehlshaber der Kampfgruppe von Gitter 1, führte selbst das Kommando über die schwer gepanzerte *Goliath*, das erste Schiff der verbesserten Moloch-Klasse. Die *Goliath* hatte bereits ihren Jungfernflug hinter sich – alle ihre Systeme funktionierten perfekt. Sie war kampfbereit.

Als Tasia die vielen Schiffe sah, die ungeheure Feuerkraft, die sich anschickte, zum Jupiter aufzubrechen, fühlte sie die gleiche Zuversicht wie die anderen Rekruten. Aber sie wusste auch, dass sich die Dinge vom einen Augenblick zum anderen ändern konnten. Aus den Berichten über den Angriff der Hydroger auf die Ekti-Stadt über Qronha 3 ging deutlich hervor, dass die Hydroger ein sehr widerstandsfähiger Gegner waren.

Aufgrund ihrer ausgezeichneten Leistungen war Tasia erneut befördert worden, und zwar zum Plattform-Commander beziehungsweise Platcom – sie bekam den Befehl über eine Thunderhead-Waffenplattform. So schnelle Beförderungen waren nur wegen der massiven Aufrüstung möglich, aber Tasia zweifelte nicht daran, dass sie ihren Rang verdiente. Robb Brindle hatte immer wieder gezeigt, dass er gut mit Tasia zusammenzuarbeiten verstand, und er wurde zu ihrem Ersten Offizier ernannt. Dadurch erhielt er den Befehl über die Remora-Staffeln, die die Hauptlast des Kampfes im All tragen würden, wenn die Hydroger erschienen.

Crewmitglieder nahmen ihre Plätze ein, leiteten Bereitschaftsenergie in Triebwerke und Waffensysteme, machten die Remoras startklar. Als alles bereit war, öffnete Admiral Stromo einen Kommunikationskanal, um zur Flotte zu sprechen.

»Dies ist unsere erste direkte Mission gegen den Feind, und ihr kommt größere Bedeutung zu als allen bisherigen Einsätzen der TVF. Dies ist kein einfacher Konflikt mit einer rebellischen Kolonie. Es handelt sich auch nicht um eine Strafaktion gegen gesetzlose Roamer, die unschuldigen Kolonisten auflauern ...«

Auf der Brücke ihrer Waffenplattform senkte Tasia den Kopf, als Admiral Stromo an Rand Sorengaard erinnerte. »Shizz, herzlichen Dank, Sir«, murmelte sie so leise, dass es niemand hörte. Mit seiner abfälligen Bemerkung hatte Stromo ihre Kommando-Autorität beeinträchtigt.

»Diese Mission hat direkte Konsequenzen für die Zukunft der Terranischen Hanse und die ganze Menschheit«, fügte der Admiral hinzu.

Übermütige Rufe klangen durch den Kontrollraum der Waffenplattform. »Wir treten den Hydrogern in den Arsch!«

»Mit Rüpeln wird man nur auf eine Weise fertig – mit einem Tritt in die Eier!« Tasia erkannte die Stimme von Patrick Fitzpatrick, der selbst ein Rüpel gewesen war, bis sie ihm eine Lektion erteilt hatte. Er war nicht befördert und der Brückencrew ihrer Plattform zugewiesen worden.

Tasia wünschte sich, dass der Admiral endlich den Startbefehl gab, aber stattdessen fuhr er fort: »Wir führen keinen direkten, offensiven Schlag gegen den Feind, denn wir wissen nicht, wo er sich befindet. Aber wir werden das Ultimatum der Hydroger missachten und uns das Ekti nehmen, das wir brauchen, notfalls mit Gewalt.«

Und dann verließ die Flotte die ausgedehnten Werftanlagen im Asteroidengürtel und flog in Richtung Jupiter. Vor ihr schwoll der Gasriese immer mehr an. Graue, gelbe und braune Wolkenbänder umgaben ihn, und in seinen Tiefen tobten gewaltige Stürme. Hatten dort immer Hydroger gelebt, während all der Jahrtausende der menschlichen Geschichte, lange bevor Galileo durch sein primitives Teleskop blickte?

Vier große Ekti-Fabriken waren in den Werften des Asteroidengürtels entstanden und flogen mit eigenen Triebwerken, eskortiert von der TVF.

Auf der Brücke ihrer Waffenplattform lächelte Tasia unwillkürlich, als sie die primitive Konstruktion der Hanse-Himmelsminen sah. Die Roamer gestalteten solche Anlagen weitaus effizienter und stromlinienförmiger. Diese Fabriken würden zwar ihren Zweck erfüllen, aber Tasia verstand nun, warum es den Roamern so leicht gefallen war, ihre Marktposition in Hinsicht auf das Ekti zu behaupten.

Doch ohne TVF-Schutz für ihre Himmelsminen konnten die Roamer keinen Treibstoff für den Sternenantrieb mehr produzieren, was eine schwere wirtschaftliche Krise für sie bedeutete. Die Ineffizienz ihrer Ekti-Anlagen mochte die Hanse schließlich veranlassen, den Roamern militärische Unterstützung für den Schutz ihrer Himmelsminen anzubieten. Aber eine derartige Abhängigkeit erfüllte Tasia mit Unbehagen. Die Roamer hatten immer großen Wert darauf gelegt, ihre Selbstständigkeit zu wahren und nicht auf die Hilfe der Großen Gans zurückzugreifen.

Die interplanetare Reise dauerte nicht lange. Der Moloch *Goliath*, drei Manta-Kreuzer und mehrere Thunderheads begleiteten die Ekti-Fabriken in die Jupiter-Atmosphäre. Die Schönheit der Wolkenmuster des Gasriesen beeindruckte Tasia, aber sie hatte viele andere Planeten gesehen und erinnerte sich daran, neben Ross auf dem Aussichtsdeck der Blauen Himmelsmine gestanden zu haben.

Jetzt brannte sie auf einen Kampf, auf eine direkte Konfrontation mit den Hydrogern. Wenn die feindlichen Wesen erschienen, hoffte sie, den ersten Schuss auf sie abfeuern zu können.

Ihre Crew jubelte, als die Ekti-Fabriken mit dem Flug durch die Atmosphäre begannen, große Mengen an Wasserstoff aufnahmen und ihn in ihren Reaktoren verarbeiteten.

Die langsamen Fabriken mussten wochenlang in Betrieb bleiben, bevor sie genug Ekti produziert hatten, damit sich ein Transport ihrer Tanks lohnte. Aber allein ihre Präsenz bedeutete einen psychologischen Sieg für die Menschheit. Sie würden sich den Treibstoff für den Sternenantrieb nehmen, ungeachtet aller Drohungen. Die Menschen zwangen die Hydroger, Farbe zu kennen, wiesen in aller Deutlichkeit darauf hin, dass sie nicht klein beigeben wollten.

Tasias Crew scherzte und schloss Wetten ab, klang noch enthusiastischer als vor dem Start der Flotte. Manta-Kreuzer protzten mit ihren Manövern. Robb Brindle stand neben Tasia, nicht zu nahe, weil sie sich im Kontrollraum befanden und sie der Platcom war. Dann trat er doch einen Schritt auf sie zu. »Mir steht es nicht zu, ihnen die Augen zu öffnen«, sagte er so leise, dass ihn nur Tasia verstand. »Doch mir scheint, wir fordern einen bissigen Hund heraus und sind tapfer, solange er angebunden ist.«

Tasia richtete einen nachdenklichen Blick auf ihn. »Manchmal sprichst du eine Sprache, die mir völlig unverständlich ist, Brindle.«

Aber in Wirklichkeit verstand sie genau, was er meinte – sie verstand es nur zu gut. Und sie fragte sich, wie lange sie warten mussten, bis die Leine riss.

108 ✸ MARGARET COLICOS

Ein Funktionsdiagramm im Innern des Klikiss-Aggregats lieferte den Hinweis, den Margaret brauchte. Auf der Basis ihrer neuen Vermutung, dass die Symbolplatten am Rand des trapezförmigen Steinfensters Koordinaten von Planeten des Insektenvolkes darstellten, untersuchte die Archäologin andere Räume und betrachtete die Zeichen an den Wänden, schriftliche Hinterlassenschaften der Klikiss.

Während sich Louis mit der Maschine beschäftigte und DD weitere Lampen in den Tunneln installierte, starrte Margaret stundenlang konzentriert auf die Symbole, machte sich Notizen und übersetzte einen Teil nach dem anderen. Wenn sie auf unverständliche Zeichen stieß, nahm sie sich eine andere Sektion vor. Jedes übersetzte Segment gewährte ihr neue Einblicke in die unverständlichen Passagen, und auf diese Weise kam die Entzifferung langsam voran.

Die Übersetzung der einzelnen Segmente war wie das Entfernen der einzelnen Schichten einer Zwiebel: Margaret bekam einige Antworten, aber gleichzeitig stieß sie auf neue Rätsel. Sie fand weitere Einzelheiten der Klikiss-Geschichte und begriff, dass noch viele Informationen fehlten. Schließlich erstellte sie eine erste Zusammenfassung.

Zwei der drei schwarzen Roboter wankten in den Raum mit dem Steinfenster, um einen Eindruck davon zu gewinnen, welche Fortschritte die Archäologen erzielt hatten. In einem angrenzenden Zimmer blickte Margaret auf die fremden Schriftzeichen und zog die von Anton stammende Spieldose auf. Während sie der blechernen Melodie lauschte, glitt ihr Blick über die Symbole. Die Aufzeichnungen der Klikiss schienen einem speziellen Rhythmus zu folgen, einer linguistischen »Kadenz«, die der menschlichen Sprache fehlte.

Sirix und Dekyk bewegten sich auf fingerartigen Beinen, betraten Margarets Raum und richteten ihre optischen Sensoren auf die Wände. Die Melodie der Spieldose schien sie irgendwie zu verwirren. Die schwarzen Roboter verharrten reglos, bis die blechernen Klänge der Stille wichen.

DD drehte sich zu den beiden Klikiss-Robotern um. »Heute haben wir gute Nachrichten für euch. Margaret, könnten Sie die bisherige Übersetzung vorlesen?«

Die Archäologin strich mit dem Zeigefinger über eine Hieroglyphengruppe. »Ich bin noch immer bestrebt, die einzelnen Teil des Mosaiks zusammenzusetzen, aber inzwischen komme ich schneller voran. Jedes Segment, das ich verstehe, hilft mir dabei, die anderen Sektionen zu enträtseln. Hier ist die Rede von einem großen Krieg, einem gewaltigen Brand, der die ganze Galaxis erfasste. Vermutlich hat jene Katastrophe die Klikiss ausgelöscht. Das vermuten wir, seit wir Corribus gesehen haben, aber hier wird der Krieg zum ersten Mal von den Klikiss selbst erwähnt.«

Margaret deutete auf ein anderes breites Segment an der Wand. »Dieser Teil ist mir bisher unverständlich, obwohl einige Zeichen darauf hinweisen, dass von einem Feind der Klikiss die Rede ist. Und dann hier.« Sie trat vor und zeigte auf mehrere Piktogramme in einer dichten Symbolgruppe. »Ich glaube, hier werden die Klikiss-Roboter erwähnt.«

Sirix und Dekyk kommunizierten mit blitzenden optischen Sensoren und klickenden Geräuschen.

Margaret stützte die Hände an die Hüften und lächelte. »Es läuft gut. Vielleicht gelingt es mir noch heute, alle Schriftzeichen dieser Wand zu deuten. Bald haben wir Antworten.«

»Das Wissen um die Antworten wird viele Dinge verändern«, sagte Sirix.

Ein von Louis im anderen Raum stammender Freudenschrei unterbrach sie. Margaret und DD eilten zu ihm, gefolgt von den beiden schwarzen Robotern. Louis stand an der alten Maschine, die jetzt leise vor sich hin summte. Das Steinfenster wirkte anders, so als hätte sich hartes Felsgestein in weichen Ton verwandelt.

»Ich habe die Energiequelle reaktiviert!«, freute sich Louis und Margaret gab ihm einen Kuss auf die Wange. »Das energetische Niveau fluktuiert noch ein wenig, aber ich kann jetzt begründete Vermutungen in Hinsicht auf den Zweck dieses Aggregats und der Steinfenster anstellen.«

»Nun, alter Knabe? Handelt es sich um ein Transportsystem?«, fragte Margaret.

»Die trapezförmigen Steinfenster sind ... Portale. Mathematik und Technik der Klikiss sind wahrhaft erstaunlich. Mit unserem Wissen über die Fackel gelang es mir, Berechnungen anzustellen und einige Gleichungen zu vervollständigen.« Er legte eine Hand auf die summende Maschine und deutete mit der anderen zum auffallend leeren Trapezoid. »Die Portale ermöglichen eine für uns völlig neue Art von interstellaren Reisen. Nach den Gleichungen zu urteilen, gibt dieses Aggregat der Variablen ›Entfernung‹ den Wert null. Das Bezugssystem wird verschoben, wodurch sich die Koordinaten verschiedener Ziele überlappen.«

»Mit anderen Worten ...«, brachte Margaret beeindruckt hervor. »Die Klikiss konnten durch diese Portale von einer Stadt zur anderen gelangen, ohne Raumschiffe zu benutzen.«

»Ohne Ekti und ohne Zeit zu verlieren.« Louis wandte sich den schwarzen Robotern zu. »Stimmt das? Erinnert ihr euch jetzt an etwas?«

»Ihre Schlussfolgerungen scheinen vernünftig zu sein«, antwortete Sirix. »Allerdings sind wir nicht imstande, sie mit Gewissheit zu bestätigen oder zu dementieren.«

»Wenn du Recht hast, so erklärt es, warum die Klikiss in ihren Aufzeichnungen nie Raumschiffe erwähnten, obwohl sie ganz offensichtlich von Planet zu Planet reisten.« Margaret richtete einen strengen Zeigefinger auf ihren Mann. »Komm bloß nicht auf den Gedanken, eins dieser Portale auszuprobieren. Die Maschine ist tausende von Jahren außer Betrieb gewesen. So genial du auch sein magst – du weißt nicht, wie das Aggregat funktioniert.«

»Nein, Schatz.«

Die beiden schwarzen Roboter drehten sich abrupt auf ihren elliptischen Körperkernen um und verließen den Raum.

»Wohin geht ihr?«, fragte DD.

»Wir müssen Ilkot von dieser neuen Entwicklung berichten«, sagte Dekyk.

»Wenn ihr euch an etwas erinnert, so kehrt sofort zurück und gebt uns Bescheid!«, rief Louis den Robotern nach.

Die schwarzen Maschinen verschwanden, ließen Margaret und Louis allein mit DD zurück. Margaret wandte sich an den Kompi. »Wenn die Roboter in ihrer elektronischen Sprache miteinander reden – kannst du etwas davon verstehen?«

»Nicht alles, Margaret, aber einen großen Teil.«

»Und? Worüber haben sie eben gesprochen?«

»Sirix und Dekyk schienen angesichts Ihrer Übersetzungen und Schlussfolgerungen sehr aufgeregt zu sein.«

Margaret runzelte die Stirn. »Meinst du aufgeregt im Sinne von ›erfreut‹ und ›hoffnungsvoll‹? Oder mehr wie ... ›nervös‹?«

»Solche Nuancen gehen über meine Interpretationsfähigkeiten hinaus«, sagte DD. »Es tut mir sehr Leid, Margaret.«

Louis war voller Enthusiasmus und schlang seiner Frau den knochigen Arm um die Schultern. »Wir haben doch noch die staubige Flasche Sekt, die zu unserem Gepäck gehörte, oder? Heute Abend gibt es etwas zu feiern.«

Margaret lächelte. »Da hast du vollkommen Recht, alter Knabe – wenn ich auch die übrigen Schriftzeichen an dieser Wand übersetzen kann. Ich glaube, die Klikiss haben noch einige Überraschungen für uns.«

»Unglaublich!«, brachte Margaret heiser hervor. Stundenlang hatte sie auf dem Boden gehockt, gelesen und entziffert, bis ihre Muskeln schmerzten. Sie konnte kaum glauben, was ihr die Hieroglyphen mitteilten.

»Ja, ich zweifle nicht daran, dass es unglaublich ist, Margaret«, sagte DD fröhlich neben ihr.

Mit großer Sorgfalt hatte die Archäologin alle Symbolfolgen übersetzt. Jetzt erschauerte sie innerlich und es widerstrebte ihr, das Geheimnis mit jemand anderem zu teilen. Die Bedeutung ihrer Entdeckung lastete schwer auf ihr.

Aus reiner Angewohnheit verstaute sie eine Kopie ihrer Arbeit in einer Nische, nahm dann den Original-Datenwafer und eilte zu dem Raum, in dem Louis noch immer die Maschine untersuchte.

Zwar war sie ungewöhnlich blass, aber ihr Mann bemerkte nichts – seine Aufmerksamkeit galt vor allem dem Aggregat. »Ich glaube, ich weiß jetzt Bescheid, Schatz. Ich habe dies hier mit den anderen Portalen verglichen, die wir auf Llaro, Pym und Corribus gefunden haben. Wenn wir lange genug in den bisher von uns gesammelten Daten suchen, so lässt sich mindestens ein Portal in jeder Klikiss-Stadt feststellen. Aber dieses hier unterscheidet sich von den anderen.«

Louis presste eine Hand ans schmerzende Kreuz, trat zur Wand und deutete auf die obere linke Ecke des Trapezoids. »Bei den anderen Fundstätten waren einige der Zielplatten zerstört, als hätte sie jemand vor der Abreise zerschmettert. Was auch immer mit den Klikiss geschah, wer auch immer sie vertrieb oder auslöschte – auf Rheindic Co konnte er sein Werk nicht vollenden.«

»Es war ein Krieg, Louis«, sagte Margaret. »Ein schrecklicher Krieg zwischen zwei titanischen Mächten. Die Klikiss hatten ein großes Reich geschaffen, aber auf dem gewaltigen Schlachtfeld spielten sie kaum eine Rolle. Ihre Roboter waren irgendwie an dem Konflikt beteiligt; Einzelheiten sind mir leider nicht bekannt.«

Louis war fasziniert. »Aber was für eine Art von Krieg? Gegen wen kämpften die Klikiss?«

Margaret holte tief Luft. »Gegen die *Hydroger*, Louis! Gegen die Fremden aus den Tiefen der Gasriesen. Dies ist nicht ihr erster Angriff.«

Louis schnappte verblüfft nach Luft und grinste jungenhaft. »Das ist unglaublich, Margaret. Zuerst die Entdeckung der Portalwand, und jetzt der alte Krieg zwischen Klikiss und Hydrogern – nicht einmal die Klikiss-Fackel kann es mit einem solchen Durchbruch aufnehmen!« Er umarmte seine Frau einmal mehr. »Wir müssen sofort einen Bericht schicken. Alle sollen davon erfahren.«

Margaret ergriff ihren Mann an den Schultern und drückte fest genug zu, um sein Lächeln verschwinden zu lassen. »Verstehst du nicht, Louis? Die Hydroger *haben die Klikiss vollkommen ausgerottet.* Sie sorgten dafür, dass ein ganzes Volk aus dem Spiralarm verschwand.« Sie richtete einen durchdringenden Blick auf Louis, der noch nicht zu verstehen schien. »Und jetzt haben sie damit begonnen, Menschen anzugreifen!«

Margaret blickte in Richtung der Tunnel, deren Wände weitere Hieroglyphen präsentierten. Aber sie waren undeutlicher, als hätte jemand sie hastig gekritzelt. »DD, wir brauchen auch Lampen in den tieferen Passagen. Ich glaube, die dortigen Symbole können uns noch mehr mitteilen.«

»Wir müssen zu Arcas«, sagte Louis. »Er kann allen in der Hanse die Details übermitteln.«

»Ich setze hier gern die Arbeit fort, während Sie beide zum Lager zurückkehren«, meinte DD.

Die beiden Xeno-Archäologen kletterten die Gerüstleiter an der Schluchtwand hinab. Einen ausführlichen Bericht konnten sie später verfassen, doch die von den Hydrogern ausgehende Gefahr erschien jetzt in einem neuen Licht und darauf mussten die Verantwortlichen der Hanse durch einen Telkontakt hingewiesen werden.

Auf Rheindic Co löste sich die Wüstenhitze kurz nach Sonnenuntergang auf. Kühler Wind wehte über die öde Landschaft. Als Margaret und Louis das Lager erreichten, zeigte sich kein Licht in den Zelten.

Von dem grünen Priester war weit und breit nichts zu sehen. In der Stille klang das leise Summen der Wasserpumpe lauter als sonst. Das Licht ging automatisch an, als die beiden Archäologen ihr Zeit betraten. Auch in Arcas' Unterkunft schaltete sich eine Lampe ein, aber in ihrem Schein zeichnete sich nicht die Gestalt des grünen Priesters ab.

»Arcas!«, rief Louis. »Wir haben wichtige Neuigkeiten, die sofort per Telkontakt der Hanse übermittelt werden müssen.«

Es kam keine Antwort aus der Nacht. Das Lager blieb still; nichts rührte sich. Margaret sah sich um und spähte in die Schatten.

Louis blieb wie immer optimistisch. »Bestimmt ist er bei seinen Bäumen; dorthin müssen wir ohnehin gehen, um die Nachricht zu schicken.«

Margaret folgte Louis zum Hain - und blieb abrupt stehen, als sie im Mondschein Einzelheiten sah, die ihrem Mann verborgen blieben, bis er seine Taschenlampe einschaltete. Ihr Lichtschein bestätigte das, was die Archäologin befürchtet hatte.

Alle Weltbäume waren zerstört!

Jeder Einzelne war entwurzelt. Manche Stämme erweckten den Eindruck, wie von einer Schere durchtrennt worden zu sein, während andere regelrecht zerfetzt worden waren. Saft tropfte wie goldenes Blut von Fasersträngen. Leblose Blattwedel lagen im Staub.

»Was ... was ...«, stotterte Louis.

Margaret drehte sich mit steinerner Miene um. »Arcas«, hauchte sie mit Entsetzen in der Stimme.

Sie lief zum Lager zurück, zum Zelt des grünen Priesters, in dem sich nach wie vor matter Lampenschein zeigte. Louis folgte ihr.

Das Grauen in Margaret verdichtete sich, als sie die Zeltplane am Eingang zur Seite strich. Eine halbe Sekunde später riss sie die Augen auf. Hinter ihr schnappte Louis nach Luft.

Arcas lag brutal ermordet auf dem Boden. Sein Körper war eine deforme blutige Masse und wies zahllose tödliche Verletzungen auf. Offenbar hatte der Angreifer nicht gewusst, welche der Wunden tödlich war, und deshalb kein Risiko eingehen wollen.

Louis wandte sich ab und wankte auf wackligen Beinen aus dem Zelt. Margaret verharrte im Eingang, blickte in die Nacht und dachte daran, wie allein und hilflos sie waren.

109 ✷ NIRA

Die vom Weisen Imperator angeordnete Aktion begann, als Nira schlief. Sie bekam überhaupt keine Gelegenheit, Widerstand zu leisten.

Während der Ruhephasen im Primaspalast hatte es sich Nira angewöhnt, eine undurchsichtige Maske zu tragen, um nicht vom immer hellen Schein der sieben Sonnen gestört zu werden. So konnte sie in Dunkelheit schlafen, während ihre grüne Haut weiterhin Energie aufnahm.

Sie schlief tief und fest. Nach der Abreise des Erstdesignierten Jora'h hatte sie viel Zeit zum Nachdenken. Immer deutlicher spürte sie die mit der Schwangerschaft einhergehenden Veränderungen in ihrem Körper. Nach Jora'hs Rückkehr von Theroc wollte sie ihm sofort davon erzählen. Zwar hatte er schon viele Söhne und Töchter, aber dieses Kind würde sich von allen anderen unterscheiden und Nira hoffte, dass er sich darüber freute. Zusammen konnten sie über die Zukunft des Hybriden-Kindes entscheiden, das sich bestimmt durch ein großes Potenzial auszeichnete.

Nira erwartete von dem Erstdesignierten nichts, das mit einer Ehe vergleichbar wäre – so etwas war unmöglich. Aber sie wusste, wie sehr er seine anderen Kinder liebte und mit welcher Rücksicht er seine Partnerinnen behandelte. Hinzu kam, dass sie beide etwas ganz Besonderes teilten.

Solange Jora'h fort war, konzentrierte sich Nira ganz darauf, den jungen Weltbäumen aus der *Saga der Sieben Sonnen* vorzulesen. Am vergangenen Tag hatten Otema und sie eine Strophe nach der anderen vorgetragen. Nach vielen Stunden hatte Otema gelächelt, die gute Arbeit ihrer Assistentin gelobt und sie zu Bett geschickt ...

Sieben muskulöse Wächter betraten Niras Quartier und Nira erwachte aus ihrem tiefen Schlaf.

»Packt sie«, erklang eine schroffe Stimme, während die junge Frau noch versuchte, ihre Benommenheit abzustreifen. Starke Arme ergriffen sie und sie spürte harte, rüstungsartige Kleidung, Haare wie Borsten. Ein beißender Geruch drang ihr in die Nase, wie von Tieren in einem Pferch. Unbeholfen streifte sie die Maske ab, blinzelte im hellen Licht und erkannte Bron'n und einige andere Wächter, die sie in der Nähe des Weisen Imperators gesehen hatte.

»Was ist los?«, fragte sie.

»Bringt sie fort«, sagte Bron'n und die Wächter zerrten Nira auf die Beine. Sie waren mit summenden Laserspeeren bewaffnet, deren Klingen wie Faustkeile aus weißem Licht wirkten.

Die junge grüne Priesterin wand sich hin und her. »Was habe ich mir zuschulden kommen lassen?« Sie streckte einen Arm nach hinten aus und versuchte, den nächsten Weltbaum zu berühren.

»Sie darf auf keinen Fall die Pflanzen anfassen!«, knurrte Bron'n.

Die Wächter rissen Nira fort. Ihre Fingerspitzen strichen nur über den verzierten Topf. Der junge Weltbaum schwankte, fiel aber nicht um.

»Der Weise Imperator hat uns befohlen, leise und unauffällig zu sein«, sagte Bron'n. »Bald werden andere Personen in den Fluren unterwegs sein.«

Als Nira begriff, dass sie sich nicht losreißen konnte, schrie sie. Bron'n versetzte ihr eine Ohrfeige, die sie so sehr verblüffte, dass sie schwieg. Angst ließ ihre Beine gummiweich werden, als die Wächter sie in den Korridor zerrten.

»Verletzt sie nicht«, sagte Bron'n. »Sie ist fruchtbar und notwendig.«

Entsetzt sah sie, dass eine andere Gruppe der so animalisch anmutenden Wächter Otema gefangen genommen hatte. Die alte grüne Priesterin stand steif und gerade, versuchte gar nicht, sich zur Wehr zu setzen. Sie wusste, dass es keinen Sinn hatte.

Betont würdevoll wandte sie sich an Bron'n und richtete einen durchdringenden Blick auf ihn. »Ich erhebe offiziellen Protest. Wenn wir gegen irgendein Gesetz verstoßen haben, so sagen Sie, was man uns zur Last legt. Wir gehen aus freiem Willen, wenn uns der Weise Imperator zu sich bestellt hat.«

Bron'n trat näher. »Ich gehorche den Befehlen des Weisen Imperators.«

Otema sah zu Nira, dann kehrte ihr Blick zu Bron'n zurück. »Wenn Sie uns ein Leid zufügen, wird es zu ernsten diplomatischen Konsequenzen kommen. Wir sind legitime Repräsentanten von Theroc und auf Einladung des Erstdesignierten und Ihres Weisen Imperators hierher gekommen. Ich verlange ...«

Bron'n holte einen Dolch mit gezackter gläserner Klinge hervor. »Du bist längst über das Fortpflanzungsalter hinaus, alte Frau. Deshalb hast du keinen Nutzen für uns.«

Bevor Nira schreien konnte, stieß Bron'n den Dolch in Otemas Herz. Als er ihn zurückzog, sank die alte grüne Priesterin auf den Boden. Die Wächter hoben ihre Speere und rammten sie in den Leib der Toten. Dann wichen sie vom blutenden Leichnam fort.

Bron'n winkte. Fünf kleine Bedienstete eilten herbei, um alles in Ordnung zu bringen.

Nira schluchzte voller Abscheu und Entsetzen. Ihre Knie gaben nach und schwarze Flecken tanzten vor ihren Augen. Sie konnte nicht fassen, was gerade geschehen war, hoffte inständig, dass es sich um einen bizarren Albtraum handelte. Die Wächter hielten sie fest und Nira spürte ihre schwieligen Hände, nahm ihren von Gewalt kündenden Geruch wahr.

Man drehte ihr die Arme auf den Rücken, so weit, dass es schmerzte, aber die Wächter achteten darauf, sie nicht zu verletzen. Nira wurde gefesselt und geknebelt, anschließend durch die langen, kurvenreichen Flure tief im Innern des Prismapalastes geführt.

Schließlich stieß man sie ein einen stickigen, heißen Raum, dessen gewölbte Wände aus blutrotem Glas bestanden. Hier waren die Schatten dunkler und es kam nicht so viel Licht von den Glänzern, aber die Luft schien kaum atembar zu sein. Nira keuchte und sank auf die Knie, die Arme noch immer auf den Rücken gefesselt.

Ein anderer Mann trat vor, griff nach Niras Kinn und bog ihren Kopf nach oben. Der Dobro-Designierte sah sie teilnahmslos an, betrachtete sie wie ein Ding, ein Objekt. Er schnupperte kurz, ließ das Kinn dann los und trat zurück. Mit einem zufriedenen Lächeln wandte er sich an Bron'n

»Perfektes Material«, sagte er. »Sie ist gesund und kräftig. Ich *rieche* die Möglichkeiten in ihren Genen. Bringt sie an Bord meines Schiffes und lasst alle Spuren verschwinden, bevor der Erstdesignierte von Theroc zurückkehrt.«

Bron'n bestätigte. Nira fand nicht mehr die Kraft, sich gegen irgendetwas zu sträuben. Der Dobro-Designierte blickte auf sie hinab und es glitzerte in seinen Augen.

»Ihr Potenzial ist die einzige Hoffnung für das Ildiranische Reich, den Krieg gegen die Hydroger zu überstehen«, sagte er.

110 ✷ CESCA PERONI

Im Verlauf der letzten Monate hatten die Roamer viele schlechte Nachrichten gehört, aber mit ihrer Ankündigung gelang es Jhy Okiah trotzdem, die Clans zu überraschen.

Die alte Sprecherin wartete, bis es still wurde im Diskussionssaal von Rendezvous. Sie stand auf dem Sockel ihrer Sprechplattform, in der Mitte des höhlenartigen Raums. Das Licht mehrerer Lampen war auf sie gerichtet.

Jhy Okiah machte Gebrauch von ihrem Recht, die Diskussion zu beenden. »Die Zukunft erfordert viel Kraft und Weitblick«, sagte sie, als sie die volle Aufmerksamkeit der Clan-Repräsentanten gewonnen hatte. »Ich habe die Roamer durch viele produktive Jahre geführt, aber jetzt kündigen sich große Veränderungen an, die mich vielleicht überfordern. Wir Roamer müssen uns jenen Veränderungen anpassen, um mit den Hydrogern fertig zu werden.

Zum Wohle der Roamer und der ganzen Menschheit habe ich beschlossen, als Sprecherin aller Clans zurückzutreten.«

Jhy Okiah schwieg. Für eine Sekunde blieb es still, dann ertönten Dutzende von Stimmen gleichzeitig.

Während der immer schlimmer werdenden Krise sahen die Roamer in der Sprecherin den einzigen Hort der Stabilität. Jhy Okiah hatte die Clans viele Jahre lang unparteiisch vertreten und die Diskussionen mit ruhiger Hand geleitet. Sie galt als fair und vernünftig, selbst bei den Clans, denen ihre Entscheidungen nicht gefielen.

Nach ihrem Ultimatum und der Ermordung König Fredericks hatten die Roamer ihre Himmelsminen aus den Gasriesen zurückgezogen, aber einige ließen sich dabei zu viel Zeit. Innerhalb von einer Woche vernichteten die Kugelschiffe der Fremden fünfzehn weitere Ekti-Fabriken. Weniger als hundert Roamer überlebten und berichteten von den Katastrophen und einem Feind, der gnadenlos zuschlug.

»Wir brauchen einen neuen, starken Sprecher«, fuhr Jhy Okiah fort. »Einen Sprecher mit mehr Phantasie und Kraft als ich.«

Cesca Peroni saß neben dem Podium und kämpfte gegen die Tränen an. Sie hatte schon vorher von Jhy Okiahs Plänen erfahren und versucht, die alte Sprecherin umzustimmen. Aber Okiah war nicht bereit gewesen, ihre Meinung zu ändern.

»Dieser Konflikt könnte sehr lange dauern, Cesca«, hatte Jhy Okiah gesagt. »Vielleicht werden die Dinge sehr schwierig – und scheußlich. Ich entschuldige mich für die schweren Prüfungen, die dich erwarten, aber ich spüre es in meinen Knochen, dass ich vielleicht nicht imstande bin, bis zum Ende dieses Krieges durchzuhalten. Es ist besser, dass alles mit einer starken Sprecherin beginnt. Wir müssen vermeiden, dass es später zu einem Durcheinander kommt, das zusätzlichen Schaden anrichten könnte.«

»Aber ich bin noch nicht bereit. Du weißt, dass ich noch viel lernen muss.«

»Was noch wichtiger ist: Ich weiß, dass du *fähig* bist zu lernen.« Die alte Sprecherin hob einen knorrigen Finger an Cescas Lippen. »Dies ist das größte aller Geheimnisse, das ich mir dir teilen kann: Niemand ist jemals bereit. Damals, als ich dieses Amt übernommen habe, war ich nicht qualifizierter als du. Und ich glaube, ich habe keine schlechten Dienste geleistet.« Sie lachte leise. »Du bist fähig, Cesca, und du hältst dich nicht für unfehlbar. Damit erfüllst du alle notwendigen Voraussetzungen. Folge einfach deinem Leitstern.«

Nachdem Jhy Okiah ihre Entscheidung den Clan-Repräsentanten bekannt gegeben hatte, erlaubte sie keine weitere Diskussion. In ihrem Leben hatte es zu viele Diskussionen gegeben. Sie trat vom Podium herunter und bedeutete Cesca Peroni, ihren Platz einzunehmen, und zwar nicht nur für diesen Tag, sondern für die nächsten Jahre.

Cesca trat auf die Sprechplattform. Sie fühlte sich seltsam substanzlos in der niedrigen Schwerkraft des Asteroiden und gleichzeitig wurde ihr das Herz schwer. *Folge einfach deinem Leitstern.* Fast hätte sie gelacht. Die Roamer glaubten gern, dass der Weg ihres Schicksals feststand und dass sie ihn sehen konnten, wenn sie aufmerksam genug Ausschau hielten. Aber Cesca hatte das Gefühl, sich schon mehrmals verirrt zu haben.

Sie ließ ihren Blick über die Clan-Repräsentanten schweifen, fand den für die Tamblyns reservierten Bereich und sah dort Jess. Er saß neben seinen vier Onkeln und beobachtete sie. Ein anderer Lebenspfad hätte sie vielleicht zueinander geführt, aber unter den gegenwärtigen Umständen sah sie keine Möglichkeit, mit ihm zusammen zu sein. Ihre Blicke trafen sich und Jess lächelte, gab ihr damit Kraft.

Das von Jess veranlasste Kometen-Bombardement hatte die Roamer jubeln lassen. Was auch immer dieser Gegenschlag in den Tiefen von Golgen bewirkt haben mochte – jetzt fühlten sie sich nicht mehr so hilflos. Orbitalspezialisten untersuchten bereits die Kuiper-Gürtel anderer Sonnensysteme, um kosmische Geschosse auf jene Gasriesen hinabregnen zu lassen, in deren Atmosphären Himmelsminen der Roamer angegriffen worden waren. Unglücklicherweise gab es eine große Auswahl an möglichen Zielen.

Cesca hatte ihre Rede sorgfältig einstudiert, aber jetzt klangen die Worte hohl und inhaltsleer. Wie sollte sie all diese Menschen führen, so viele Clans, bei denen sich immer mehr Verzweiflung breit machte? Wie konnte sie ihnen Mut machen, damit sie die Opfer brachten, die für das Fortbestehen der Roamer-Gesellschaft notwendig waren?

»Ich wollte nicht so früh Ihre Sprecherin werden«, sagte Cesca sanft. Dann hob sie die Stimme und gab ihr einen fast scharfen Klang. »Ich wollte auch nicht, dass die Hydroger meinen Verlobten ermordeten und seine Himmelsmine über Golgen zerstörten. Ich wollte nicht, dass uns der Feind in einen Krieg verwickelt, den wir nicht begonnen haben. Ich wollte nicht, dass unsere Ekti-Produktion so plötzlich lahm gelegt wird.«

Cesca zögerte und wieder glitt ihr Blick über die Zuhörer. »Leider richten sich die Ereignisse nicht immer nach dem, was wir wollen. So stehe ich jetzt also als neue Sprecherin vor Ihnen. Die gegenwärtige Krise führt uns noch enger zusammen.« Sie streckte die Hände aus. »Die Frage lautet: Was unternehmen wir jetzt?«

Niemand wagte es, einen Vorschlag zu machen, obwohl die Clans normalerweise keine derartige Zurückhaltung übten. »Während unserer Geschichte hatten wir Roamer es nie leicht«, fuhr Cesca fort. »Immer wieder bekamen wir es mit Problemen zu tun und jedes Mal fanden wir eine Lösung. Wir verstehen es, uns anzupassen und Neues zu entwickeln. Gleichzeitig bleiben wir, wer wir sind.«

Cesca hatte gelernt, fest und standhaft zu sein, aber auch einfühlsam und verständnisvoll. Sie würde sich mit Herz und Verstand ihrer Aufgabe widmen. »Ich beabsichtige, uns durch diese Krise zu bringen. Wir dürfen die von den Hydrogern ausgehende Gefahr auf keinen Fall unterschätzen. Dieser Krieg könnte die ganze menschliche Zivilisation zerstören – oder uns Roamern völlige Unabhängigkeit geben.«

Die Clan-Repräsentanten murmelten und Cesca ließ sie einige Sekunden lang gewähren.

»Was sollen wir machen, wenn wir mit unseren Himmelsminen kein Ekti mehr in den Atmosphären von Gasriesen produzieren können? Unsere gesamte Wirtschaft basiert darauf. Sollen wir uns dem Unvermeidlichen fügen und uns doch noch der Großen Gans anschließen?« Cesca schüttelte den Kopf. »Wir dürfen nicht von der Hanse abhängig werden, nachdem wir uns mehr als hundert Jahre um unsere Unabhängigkeit von der Erde bemüht haben.«

»Aber wie überleben wir dann?«, rief jemand. »Ohne Ekti ...«

Cesca hob die Hand. »Seit wann sind wir Roamer an eine einzige Möglichkeit gebunden? Gasriesen bieten nur die bequemsten Wasserstoffvorkommen. Für die Ekti-Produktion benötigen wir das häufigste Element in der Galaxis. Es geht darum, Alternativen für die Herstellung von Ekti zu finden.«

Cesca sah einen in der vordersten Reihe sitzenden Mann an und lächelte. »Kotto Okiah zählt zu unseren besten Erfindern - er hat eine Roamer-Kolonie auf Isperos gegründet, auf einer Welt, wie sie lebensfeindlicher kaum sein kann. Ich habe ihn gebeten, sich mit dem neuen Problem zu befassen. Vielleicht ist es schwieriger, an anderen Orten im Spiralarm Ekti zu produzieren, aber lassen wir uns davon aufhalten?«

Sie lachte. »Nein, natürlich nicht! Wir sind *Roamer*. Besinnen wir uns auf unseren Einfallsreichtum und unsere Kreativität, um mit dieser neuen Herausforderung fertig zu werden. Blicken wir auf den Leitstern, der für uns alle leuchtet. Wir können dies überstehen und stärker werden, wenn wir hart genug arbeiten und unser ganzes innovatives Potenzial nutzen. Wir haben es immer gut verstanden, langfristige Pläne in die Tat umzusetzen.«

Cesca hob beide Hände und sah zu den Repräsentanten ihres Volkes. »Alle unsere Erfinder, Entwickler und Techniker müssen an diesen Bemühungen teilnehmen. Wir dürfen keine Zeit verlieren.« Erleichtert und ein wenig schwindelig trat sie zurück. »Wir finden neue Wege!«, versprach sie laut.

111 ✷ TASIA TAMBLYN

Die *Goliath* befand sich in einem stationären Orbit, während Platcom Tasia Tamblyns Thunderhead in der Nähe der Hanse-Himmelsminen blieb, die über den bunten Himmel von Jupiter pflügten. Die Abgase der riesigen Ekti-Fabriken stiegen weit auf und bildeten ambossförmige Wolken.

Tag für Tag herrschte bei den TVF-Eskorten höchste Alarmbereitschaft. Der Moloch hielt sich weit oben bereit; Manta-Kreuzer glitten immer wieder über die Himmelsminen hinweg. Remoras unternahmen Erkundungsflüge durch Jupiters Wolken und weiter oben schwebten Waffenplattformen, hielten in den Stürmen und Wettermustern des Gasriesen nach Anomalien Ausschau. Die Anspannung ließ nicht nach, obgleich manche Besatzungsmitglieder daran zu zweifeln begannen, dass es in den Tiefen von Jupiter Hydroger gab.

Tasia erlaubte sich nicht, in ihrer Wachsamkeit nachzulassen. Die Ekti-Fabriken glichen Fischerbooten auf einem Meer, in dem die Hydroger wie Ungeheuer lauerten, verborgen in den tiefsten maritimen Gräben und Schluchten. Admiral Stromo veranstaltete Übungen an Bord der *Goliath*, bei denen auch die Waffensysteme getestet wurden. Alle blieben in Bereitschaft.

Robb Brindle, der das Kommando über die Remoras der Waffenplattform hatte, wurde optimistischer. Er trat neben Tasia und blickte auf die Ekti-Fabriken hinab – sie wirkten wie dickes Vieh, das über den Sturmwolken graste.

»Zwei Möglichkeiten, Tamblyn. Entweder gibt es hier keine Hydroger, was bedeutet, dass wir nach Herzenslust Ekti produzieren können. Oder ...« Er drehte den Kopf und sah zur Brückencrew. »... unsere Flotte hat ihnen einen solchen Schrecken eingejagt, dass sie sich nicht blicken lassen.«

Tasia verzichtete darauf, eine dritte Möglichkeit zu nennen: Vielleicht hatten sich die Hydroger einfach noch nicht gezeigt. Sie wollte Robbs Zuversicht nicht beeinträchtigen, denn sie vermutete, dass zumindest ein Teil seiner fröhlichen Tapferkeit dazu diente, die Sorge unter Kontrolle zu halten. »Hoffentlich hast du Recht, Brindle.«

Drei Stunden später wurde Alarm ausgelöst.

Eine Remora-Staffel kehrte zurück und berichtete von aufsteigenden Leuchterscheinen in Jupiters Atmosphäre.

An Bord der *Goliath* verlor Admiral Stromo keine Zeit und veranlasste Alarmstufe Rot. Dem Personal der terranischen Himmelsminen wurde mitgeteilt, sie sollten sich für die Evakuierung bereithalten. Tasia erteilte ihrer Brückencrew einige knappe Anweisungen, die dafür sorgten, dass alle Remora-Piloten zu ihren Schiffen eilten.

Robb Brindle griff nach ihrem Arm und drückte kurz zu. »Jetzt zeigen wir's ihnen!« Dann lief er zum Hangar, um den Einsatz seiner Staffeln zu leiten.

Tief unten teilten sich Jupiters Wolken und elf Kugelschiffe der Hydroger erschienen. Die dornigen kristallenen Sphären stiegen auf und wirkten noch eindrucksvoller als Admiral Stromos Flotte.

»Da sind sie!«, rief Patrick Fitzpatrick ohne die für ihn typische Arroganz.

Verblüffte Flüche erklangen hier und dort bei der Brückencrew.

Tasia wandte sich um. »Konzentrieren Sie sich auf ihre Arbeit! Sparen Sie sich das Gejammer, bis Sie heimkehren und sich bei Ihren Müttern ausweinen können.« Sie deutete zu den Stationen. »Waffenkonsolen besetzen! Bereitschaftsenergie in die Jazer-Bänke leiten. Projektilschleudern und kinetische Geschosse vorbereiten.«

»Überlassen wir den Hydrogern den ersten Schuss, Platcom?«, fragte einer der Männer.

»Shizz, von wegen. Wir haben gesehen, wozu sie imstande sind.« Tasia biss die Zähne zusammen. Jetzt bekam sie Gelegenheit, ihren Bruder zu rächen.

Doch Admiral Stromo hielt offenbar nichts davon, sofort zuzuschlagen. Er sprach zur ganzen Flotte. »Mantas, Thunderheads und Remoras – keine voreiligen Aktionen!« Er schaltete auf einen Breitbandkanal um. »Achtung, Hydroger! Ich bitte um ein Gespräch mit Ihrem Kommandeur.«

»Als ob das etwas nützt«, brummte Tasia. »Sie haben König Frederick ermordet und gezeigt, dass ihnen nichts an Gesprächen liegt. Sie wollen uns alle tot.«

Stromo wartete einige Sekunden, bekam aber keine Antwort. »Unsere Mission ist friedlicher Natur. Es geht uns nur darum, wichtige Ressourcen für die Terranische Hanse zu gewinnen. Wir nutzen die Rohstoffe unseres eigenen Sonnensystems und wollen Ihnen nicht schaden. Aber wir lassen uns nicht die Dinge vorenthalten, die wir für unser Überleben brauchen.«

Die Kugelschiffe stiegen weiter auf und näherten sich der ersten Ekti-Fabrik. Die dortigen Arbeiter gerieten in Panik und starteten die Rettungskapseln – wie die Sporenspreu eines Pilzes schwärmten sie davon. Ohne ein einziges Wort eröffneten die Fremden das Feuer. Blaue Blitze zuckten und trafen die Ekti-Fabrik, ließen Reaktoren und Tanks explodieren. Die ersten Detonationen lösten eine Kettenreaktion aus; Flammen verschlangen ein Modul nach dem anderen. Eine Himmelsmine der Roamer wäre nicht so leicht zu zerstören gewesen, wusste Tasia, aber am Endergebnis hätte sich dadurch nichts geändert.

»Das reicht!«, rief sie zornig. Sie scherte sich nicht um Insubordination und wandte sich ihren Waffenoffizieren zu, ohne den Einsatzbefehl von Admiral Stromo abzuwarten. »Alle Jazer-Bänke Feuer frei. Nehmen Sie das Kugelschiff unter Beschuss, das auf die Ekti-Fabrik gefeuert hat.«

Die Hydroger setzten ihr Zerstörungswerk bei der ersten Himmelsmine fort und ein zweites Kugelschiff feuerte auf die terranische Flotte. Einige TVF-Subcommander forderten dringend Befehle an, andere hatten bereits das Feuer eröffnet.

Admiral Stromo schwieg.

Tasia deutete mit dem Zeigefinger auf den Hauptschirm. »Alle Waffensysteme auf das gleiche Ziel richten, auf die Stelle unter jenem Dorn. Konzentrieren wir unsere Feuerkraft. *Los.*«

Mit geknurrten Verwünschungen feuerten die Waffenoffiziere Laserstrahlen in Bündeln aus hochenergetischen Partikeln ab. Jazer-Blitze trafen das kristallene Kugelschiff und brannten über seine Außenhülle.

»Und jetzt die kinetischen Geschosse! Projektilschleudern – eine volle Salve. Zielen Sie auf die gleiche Stelle wie vorher.«

Elektromagnetische Spulen unter dem Brückendeck summten und schleuderten Projektile ins All, die aus superdichtem abgereichertem Uran bestanden. Mit fast relativistischer Geschwindigkeit trafen sie das Kugelschiff, jedes Einzelne mit der kinetischen Energie eines kleinen Atomsprengkopfs.

Die anderen Waffenplattformen zögerten nur weniger als eine Sekunde, nachdem Tasia das Feuer eröffnet hatte, während Stromo sprachlos blieb. Die TVF-Schiffe – an Bord Rekruten, die noch nie einen Kampf erlebt hatten, unter dem Befehl von nervösen Kommandanten, die es für besser hielten, erst zu schießen und dann Fragen zu stellen – gingen zum Gegenangriff über. Manta-Kreuzer jagten dem Feind entgegen. Remora-Staffeln starteten wie zornige Hornissen und jedes der kleinen Schiffe griff die Kugelraumer mit weniger leistungsfähigen, dafür aber zielgenaueren Waffen an.

Schließlich erklang Stromos Stimme aus den Kom-Lautsprechern. Der Admiral versuchte, die Situation unter Kontrolle zu bringen, begriff dann aber, wie wenig Sinn das hatte. »An alle Schiffe und alle Kommandanten«, sagte er. »Feuer frei! Schnappt euch die verdammten Mistkerle!«

Die riesige *Goliath* näherte sich und bereitete die schwersten Waffen der Flotte auf den Einsatz vor. Der Moloch war zehnmal so stark bewaffnet und gepanzert wie die Mantas oder Thunderheads; er stellte sein hohes Potenzial schnell unter Beweis.

Die Rettungskapseln der drei anderen Ekti-Fabriken starteten ebenfalls, ohne einen Evakuierungsbefehl des Admirals. Tasia konnte es den Arbeitern nicht verdenken. Aber die am Himmel von Jupiter hin und her zuckenden Strahlen stellten eine erhebliche Gefahr für die Kapseln dar.

Tasia öffnete einen Kom-Kanal. »Brindle, flieg mit deinen Remoras zu den Ekti-Fabriken und bring so viele Rettungskapseln wie möglich in Sicherheit.«

Robb Brindle zögerte kurz. »Soll ich alle Schiffe dafür einsetzen? Wäre es nicht besser, einige Remoras ...«

»Lieutenant, wenn wir die Ekti-Arbeiter nicht retten, können wir wohl kaum den Sieg für uns in Anspruch nehmen, oder?«

»Nein, Platcom.«

Um seine Enttäuschung ein wenig zu lindern, fügte Tasia hinzu: »Sobald die Kapseln in Sicherheit gebracht sind, kannst du bei den Hydrogern so viel Schaden anrichten, wie du willst - falls der Kampf so lange dauert.«

»Bestätigung.«

Das erste Kugelschiff, das Tasia unter Beschuss genommen hatte, schien beschädigt zu sein - die Jazer-Blitze und kinetischen Geschosse ließen es langsamer werden. Aber die anderen zehn Schiffe der Hydroger näherten sich und feuerten auf die terranische Flotte. Ein Manta explodierte, ohne einen einzigen Treffer erzielt zu haben.

Blaue Energiestrahlen strichen über zwei Thunderheads, schnitten durch ihre Panzerung und töteten Hunderte von Besatzungsmitgliedern. Andere Entladungen pulverisierten ganze Flotten von Remoras - die kleinen Raumschiffe verbrannten wie Samenkörner in einem Hochofen. Aufgrund ihrer geringen Panzerung konnten die Angriffsjäger der destruktiven Energie der Hydroger nicht standhalten. Tasia hoffte, dass Brindles Gruppe nicht zu den ersten Opfern zählte.

Admiral Stromo steuerte die *Goliath* in den Kampf, feuerte die Jazer und kinetische Projektile ab, startete gleichzeitig alle Remoras - das riesige Schiffe kam einem Orkan im All gleich. Aber die kristallenen Sphären der Hydroger reagierten, indem sie ihre Angriffe auf das größte terranische Schlachtschiff konzentrierten.

Brindles erste Remoras kehrten langsam zur Waffenplattform zurück und zogen Rettungskapseln mithilfe von Traktorstrahlen hinter sich her. »Öffnen Sie unsere Hangars«, wies Tasia die Brückencrew an. »Wir müssen die Geretteten an Bord holen, bevor es zu spät ist.«

Der Breitbandkanal übertrug die Stimme des Admirals - er rief den Hydrogern leere Drohungen und Warnungen entgegen. Tasia sah, dass die TVF-Streitmacht starke Verluste erlitten hatte. Innerhalb weniger Sekunden vernichteten die Hydroger eine weitere Waffenplattform und die Remoras, die mit geborgenen Rettungskapseln zu ihr zurückkehren wollten, mussten sich ein neues Ziel suchen.

Tasia sah zu Patrick Fitzpatrick an der Kommunikationsstation. »Setzen Sie sich mit jenen Remoras in Verbindung. Teilen Sie ihnen mit, sie sollen die Kapseln hierher bringen, wenn sie können.« Fitzpatrick starrte sie groß an und schien kaum mehr zu begreifen, was um ihn herum geschah. »Na *los*, Mann!« Erschrocken und verlegen wandte er sich den Kom-Kontrollen zu.

Die Kugelschiffe feuerten erneut und trafen ein Segment des Sternenantriebs der *Goliath*. Dicke Rumpfplatten schmolzen und verdampften. An Bord des Moloch forderte Admiral Stromo Schadensberichte an und gab der Crew den Befehl, die Lebenserhaltungssysteme zu stabilisieren und die Waffen erneut mit Energie zu laden.

Einmal mehr gleißten die blauen Blitze der Hydroger durchs All. Ein weiterer Manta-Kreuzer wurde beschädigt, so schwer, dass er das Kampfgebiet kaum mehr aus eigener Kraft verlassen konnte.

Tasia begriff, dass eine verheerende Niederlage drohte. Mit einer solchen Flotte ließ sich gegen elf Kugeln der Hydroger nichts ausrichten. Wenn der Admiral nicht sehr bald zum gleichen Schluss gelangte, ging das größte und neueste Schlachtschiff der Erde, die *Goliath*, verloren.

Die Kom-Kanäle übertrugen Schreie. Tasia stellte einen Kontakt mit den Remoras ihrer Plattform her. »Brindle! Kehr mit allen Überlebenden hierher zurück!«

Weitere Rettungskapseln erreichten die Thunderhead-Hangars. Wenn Tasia ihre Waffenplattform nicht bald von Jupiter fortbrachte, konnte ein Strahlblitz der Hydroger ihnen allen das Ende bringen.

Sie stellte einen Kontakt mit den anderen Thunderheads her und hoffte, dass deren Kommandanten auf die Stimme der Vernunft hörten. »An alle Waffenplattformen! Wir müssen zurückweichen und die *Goliath* verteidigen!« Tasia schaltete auf einen anderen Kanal um. »Admiral Stromo, Sir, ich empfehle Ihnen, sich vom Feind abzusetzen, solange Ihr Sternenantrieb noch funktioniert. Wir decken Ihren Rückzug.«

Vier Thunderheads, die winzig wirkten im Vergleich mit den

großen Kugelschiffen, näherten sich dem beschädigten Moloch. Auch ein Manta-Kreuzer kam, um das Flaggschiff zu verteidigen.

Tasia überprüfte den Status ihrer Waffensysteme und stellte fest, dass drei Viertel der kinetischen Projektile bereits verschossen waren. Die Jazer-Bänke enthielten nur noch zehn Prozent der Nominalenergie. »Weiter feuern! Es hat keinen Sinn, etwas aufzusparen.«

Die noch einsatzfähigen Waffenplattformen und Schiffe nahmen die Kugelraumer der Hydroger unter Beschuss, als sie sich der *Goliath* näherten. Zwei von ihnen flogen recht langsam und schienen beschädigt zu sein, aber die neun anderen verfügten offenbar über ihre volle Kapazität. Die Wesen aus Jupiters Tiefen hätten die terranische Streitmacht leicht bis zur Erde verfolgen können, aber Tasia hoffte, dass sie ihre Angriffe abbrachen, sobald die Flotte den Rückzug antrat.

Vermutlich wusste Admiral Stromo gar nicht, wer sich mit ihm in Verbindung gesetzt und vorgeschlagen hatte, von Jupiter zurückzuweichen. Zum Glück war er vernünftig genug, entsprechende Anweisungen zu erteilen. Das Triebwerk des Moloch zündete, und die *Goliath* nutzte ihre restliche Energie, um zu beschleunigen und in den interplanetaren Raum zu fliegen.

»Wir haben die meisten Rettungskapseln aufgenommen, Platcom«, meldete der taktische Subcommander und nahm eine Sondierung vor, um festzustellen, wie viele Remoras zurückgekehrt waren.

»Dann treffen Sie Vorbereitungen dafür, uns von hier fortzubringen«, sagte Tasia. Sie drehte sich um, mit Sorgenfalten in der Stirn. »Hat sich Lieutenant Brindle gemeldet?«

»Ich bin unterwegs!«, ertönte seine Stimme aus dem Kom-Lautsprecher. Er klang munter, aber auch angespannt. »Zuerst musste ich mich noch um einige Dinge kümmern.«

Weiter unten, in den Wolken von Jupiter, setzten zwei Kugelschiffe ihre Angriffe auf die Ekti-Fabriken fort und ließen nichts von ihnen übrig.

»Ja, verdammt, ihr habt euren Standpunkt deutlich genug dargelegt«, knurrte Tasia leise.

De *Goliath* entfernte sich weiter vom Gasriesen und die noch einsatzfähigen Waffenplattformen und Manta-Kreuzer schirmten den beschädigten Moloch ab. Als sie den Rückzug fortsetzten, vorbei an den Umlaufbahnen der inneren Jupitermonde, sah Tasia, wie Robb Brindle und seine letzten Remoras aus der Atmosphäre des riesigen

Planeten kamen. Mit einem gemeinsamen Traktorstrahl zogen die kleinen Schiffe einen kugelförmigen Tank hinter sich her, fort von den großen Raumern der Hydroger.

»Was zum Teufel machst du da, Brindle?«, fragte Tasia über den offenen Kom-Kanal.

»Wir haben den Ekti-Tank einer Fabrik geborgen«, lautete die Antwort. »Wir konnten ihn doch nicht einfach so in die Tiefe von Jupiter stürzen lassen.«

Tasia schickte weitere Remoras, um Brindle zu helfen; die kleinen Schiffe mit dem Tank erreichten kurze Zeit später die Hangars ihrer Waffenplattform. Sie beschloss, ihn bei einem privaten Gespräch für seine Torheit zu rügen. Ein voller Himmelsminentank enthielt gerade genug Ekti, um die TVF für eine Woche mit Treibstoff für den Sternenantrieb zu versorgen. Es hatte keinen Sinn, dass dafür jemand sein Leben riskierte.

Die elf Kugelschiffe blieben in den oberen Schichten der Jupiteratmosphäre und stellten noch immer eine Gefahr dar. Admiral Stromo befahl den Rückzug mit Höchstgeschwindigkeit und Tasia sah auf die Anzeigen der Fernbereichscanner: Die Hydroger warteten und beobachteten, folgten der terranischen Flotte aber nicht.

Auf der Erde erwartete Admiral Stromo und die Überlebenden der zuvor so stolzen TVF-Streitmacht sicher kein begeisterter Empfang. Die Hydroger hatten sich als noch gefährlicher und mächtiger erwiesen, als selbst die Pessimisten befürchtet hatten.

Das Jupiter-Debakel zerstörte alle Hoffnungen auf ein schnelles Ende des Krieges.

112 ✷ KÖNIG PETER

Am Tag der Krönung fand Raymond alle Farben zu grell und alle Geräusche zu laut. Doch seine Gefühle – sie reichten von freudiger Erregung bis hin zu Aufsässigkeit – waren stumpf und fern.

Er begriff, dass ihm Basil Wenzeslas irgendeine Droge verabreicht hatte.

Der Prinz, der nur eine Marionette sein sollte, fühlte sich seltsam kooperativ, als Bedienstete ihn ankleideten, ihm Umhänge aus Samt über die Schultern streiften, ihnen Medaillons und schwere Amtsketten hinzufügten. Alle Kleidungsstücke waren mit goldenen Spitzen und Flachsteinen geschmückt. Man kämmte ihm das blonde Haar und verbarg jeden Makel im Gesicht, bis hin zur winzigsten Sommersprosse, unter subtilem Make-up. König Peter musste von Anfang an perfekt erscheinen.

Unter der von der Droge bewirkten warmen Benommenheit fühlte Peter hilflosen Zorn, während ein separater, logischer Teil seines Selbst über die Konsequenzen nachdachte. Vermutlich hatte man seinem Frühstück etwas beigemischt. Der Vorsitzende Wenzeslas wollte, dass ein folgsamer, zufriedener Prinz über den Teppich schritt, um seine Krone vom Erzvater des Unisono in Empfang zu nehmen. Selbst das geringste Anzeichen von Eigensinn konnte alles ruinieren.

Argwöhnte die Hanse, dass er nicht bereit war, sich einfach so in sein Schicksal zu fügen? Hatte Basil erfahren, dass Raymond über seine Verbrechen und Lügen Bescheid wusste?

Wenn die Hanse bereit war, ihn unter Drogen zu setzen und zu manipulieren, obwohl er ihr keinen Grund gegeben hatte, ihm zu misstrauen ... Das versprach nichts Gutes für seine Zeit als König. Aber ihm war bereits klar geworden, dass jene Männer vor nichts zurückschreckten, um ihren Willen durchzusetzen. Die Hanse würde jedes Mittel nutzen, um die angestrebten Ziele zu erreichen.

Vor dem Flüsterpalast fand seit Stunden eine spektakuläre Feier statt. Auf allen Kuppeln, Türmen und Säulen des Palastdistrikts brannten zusätzliche Fackeln. Zu jeder vollen Stunde gab es ein prächtiges Feuerwerk. Extra zu diesem Anlass geprägte Gedenkmünzen wurden an die Menge verteilt, an die vielen Pilger, die gekommen waren, um die Krönung des neuen Königs zu sehen.

Einen ganzen Tag lang hatte der reparierte und auf Hochglanz polierte OX Raymond das Protokoll und die Praktiken der Zeremonie erklärt. Der Lehrer-Kompi probte die Ansprache mit ihm und wies darauf hin, welche Ehren und Medaillen es zum Anlass der Krönung zu verleihen galt.

Raymond hatte den alten Roboter lieb gewonnen und viele intellektuelle und philosophische Diskussionen mit ihm geführt, aber mit keinem Wort auf die Verbrechen der Hanse hingewiesen. Dieses Geheimnis bewahrte er tief in seinem Herzen. Er wollte jene Informationen für sich behalten – bis er den richtigen Zeitpunkt gekommen sah, um sie zu nutzen.

Als Raymond angekleidet und vorbereitet war – und so sanft und gehorsam wie ein Lamm –, führte ihn OX mit langsamen, vorsichtigen Schritten zum Präsentationsbereich. Raymond vermutete, dass der Kompi die Anweisungen erhalten hatte, gut auf ihn aufzupassen. OX war nicht nur ein Freund, sondern auch ein Wächter.

Raymond versuchte, durch den Drogendunst Einzelheiten zu erkennen. Er blickte über den langen scharlachroten Teppich, der über den Platz und durchs Portal in den wiederhergestellten Thronsaal führte.

Basil Wenzeslas empfing Raymond in dem Alkoven, von wo aus die feierliche Prozession zum Thron beginnen sollte. Er trug einen teuren Anzug, der jedoch nicht die geringsten Verzierungen aufwies – der Vorsitzende würde nicht auf den Medienschirmen erscheinen.

»Die Zeremonie muss reibungslos über die Bühne gehen, Peter«, sagte Basil mit einem väterlichen Lächeln, das Raymond als Maske erkannte. »Die Krönung soll so spektakulär sein, dass sie patriotischen Eifer entfacht. Die Bürger sind bereits in Aufruhr wegen der Hydroger und wir müssen dafür sorgen, dass sie es bleiben.«

»Ich werde mir alle Mühe geben, Vorsitzender Wenzeslas«, erwiderte Raymond. Seine Stimme klang völlig ruhig. Die betäubende Wirkung der Droge hinderte ihn daran, in seinen Worten den Zorn zum Ausdruck zu bringen, der tief in ihm brodelte.

»Kriege sind gut geeignet, um Einheit zu schaffen und der Regierung eine größere Kontrolle zu ermöglichen«, sagte Basil. »Außerdem fördern sie Erfindungen und Innovationen. Wenn dies alles vorbei ist, wird die Macht der Hanse größer sein als jemals zuvor.« Er klopfte Raymond auf die Schulter. »Vielleicht ist das unser Silberstreifen am Horizont – vorausgesetzt die Hydroger richten in der Zwischenzeit keinen zu großen Schaden an.«

Genau zum festgesetzten Zeitpunkt erklangen Fanfaren und laute Musik donnerte zu den Wolken empor. Die Touristenzeppeline schwebten näher. Wieder kam es zu einem Feuerwerk, das noch prächtigere bunte Muster am Himmel schuf.

Bevor Raymond mit der Prozession beginnen konnte, näherten sich zwei aufgeregte, atemlose Militäroffiziere. Sie stießen königliche Leibgardisten beiseite und eilten zum Vorsitzenden. Als sie ihn erreichten, beugten sie sich vor und flüsterten. Basil starrte sie groß an und erbleichte. Er stellte einige Fragen und die Offiziere antworteten wie beschämt. Der Vorsitzende konnte seine Emotionen kaum unter Kontrolle halten; in seinem Gesicht zeigte sich vor allem Bestürzung.

Draußen erklangen erneut die Fanfaren und Raymond wusste, dass er nun losgehen sollte. Stattdessen trat er zurück. »Was ist passiert, Vorsitzender Wenzeslas?«

Basil versuchte, ihn wie ein lästiges Insekt zu verscheuchen, aber trotz der Droge gelang es Raymond, seiner Stimme erheblichen Nachdruck zu verleihen. »Ich muss Bescheid wissen, wenn ich der König sein soll.«

Der Vorsitzende war noch immer so fassungslos, dass er antwortete. »Die Hydroger haben unsere Flotte beim Jupiter angegriffen, die Ekti-Fabriken und viele unserer Schiffe zerstört. Ich weiß nicht, wie viele dabei ums Leben kamen.« Er wandte sich an die Offiziere. »Sind Sie ganz sicher?«

Die beiden Uniformierten nickten. »Ja. Admiral Stromo kehrt mit der *Goliath* heim, aber sie ist schwer beschädigt. Ein großer Teil der Flotte wurde vernichtet. Selbst mit unseren besten Waffen konnten wir nichts gegen den Feind ausrichten ...«

Stille folgte den Fanfarenklängen – die Menge wartete darauf, dass Prinz Peter erschien. Basil drehte sich abrupt zu Raymond um. »Geh! Erfülle deine Pflicht.«

Der junge Mann sah ihn überrascht an. »Sollen wir tun, als sei überhaupt nichts geschehen? Wäre es nicht besser, die Ansprache zu ändern und ...?«

»Nein! Jetzt ist es noch wichtiger, dass wir die Bürger vereinen und Stärke zeigen. Geh und sprich zu der Menge, gib ihr Hoffnung. Du allein kannst unser Volk retten, Peter. Die Leute glauben fest daran.«

Raymonds Widerstandswille ließ noch mehr nach, als er den Alkoven verließ und von OX begleitet zum Tor schritt. Die Menge schwieg nun. Der dicke Teppich reichte über den Platz und die Repräsentanten der Medien zeichneten jede Bewegung des neuen Königs auf. Gardisten in makellosen Uniformen säumten den Weg, um den Prinzen zu schützen. Raymond hob das Kinn und ging mit gemessenen Schritten.

Die Krönung ging wie in einem Traum vorbei. Es schien eine Ewigkeit zu dauern, über den langen Teppich zu schreiten, und als Raymond den Empfangssaal erreichte, blieb der Jubel der Menge schließlich hinter ihm zurück. Nun säumten Konzernchefs, Würdenträger, Berühmtheiten und andere wichtige Personen seinen Weg.

Trotz der vielen Leute fühlte er sich seltsam allein und isoliert. Als er schließlich in den Thronsaal gelangte, erwartete Raymond eine Pracht, die ihn staunen ließ. Nicht nur er sah den neuen Thronsaal zum ersten Mal, sondern auch die Bevölkerung der Erde und der Hanse-Kolonien.

Innerhalb kürzester Zeit war es gelungen, alle Schäden zu beseitigen. Der neue Thron sah genauso aus wie der, auf dem König Frederick gesessen hatte, war vielleicht ein wenig größer und noch eindrucksvoller. Man hatte dem Saal noch mehr Spiegel, buntes Glas, Prismen und Kristalle hinzugefügt. Nirgends zeigten sich Flecken oder auch nur ein kleiner Kratzer, der an die verheerende Explosion der Ambientalzelle erinnerte.

Immer lauter wurden Jubel und Applaus. Nichts hatte sich verändert. Den Hydrogern war es nicht gelungen, die Hanse einzuschüchtern.

Raymond schritt dem Podium entgegen, auf dem der Thron stand. Dort wartete eine Gruppe aus den wichtigsten Personen der Hanse: die Gouverneure der zehn bedeutendsten Kolonien und der Erzvater des Unisono, Sprecher aller Gläubigen. Sein prachtvoller purpurner Umhang wies diamantene Stickereien auf, miteinander verschlungene Muster, die alle Religionen der irdischen Geschichte symbolisierten: Kreuze, Kreise, Sicheln und Bäume, zu einem Durcheinander ohne jede Bedeutung vermischt. Der Erzvater war eine leere, inhaltslose religiöse Galionsfigur und spielte eine Rolle, die der Raymonds ähnelte.

Als der Prinz auf die erste Stufe trat, hob der erste Koloniegouverneur die Krone und reichte sie dem nächsten Mann, der sie wiederum dem auf der nächsten Stufe stehenden Gouverneur gab, und so weiter. Es handelte sich um einen symbolischen Hinweis darauf, dass König Peters Herrschaft auf der Unterstützung aller Gruppen und Glaubensrichtungen basierte. Schließlich wandte sich der Erzvater lächelnd und mit leuchtenden Augen an Raymond und gab ihm in acht Sprachen, zuletzt auf Handelsstandard, seinen Segen.

Raymond blickte starr geradeaus und kämpfte gegen die Benommenheit an. Der Erzvater verneigte sich und beendete die Zeremonie, indem er dem Prinzen die Krone aufs Haupt setzte. Raymond spürte ihr Gewicht überhaupt nicht - noch nicht.

Er hatte seine erste Ansprache so oft geprobt, dass er sich später kaum daran erinnerte, sie tatsächlich gehalten zu haben. Er schwamm im Fluss der Ereignisse und alles lief so reibungslos, wie es sich Basil Wenzeslas erhoffte. Die von der Terranischen Verteidigungsflotte bei Jupiter erlittene Niederlage wurde nicht erwähnt. Jene Katastrophe sollte keinen Schatten werfen auf den Tag, an dem der König gekrönt wurde.

Als Raymond zum Vorsitzenden Wenzeslas zurückkehrte, bevor man seine Teilnahme an weiteren Feiern und Banketts erwartete, fühlte er, wie die Wirkung der Droge allmählich nachließ. Endlich konnte er wieder klar denken.

Basil Wenzeslas hatte die Neuigkeiten von der demütigenden Niederlage der TVF inzwischen verarbeitet. Er stand dem Debakel nicht mehr fassungslos gegenüber, sondern war bereits damit beschäftigt, Gegenmaßnahmen zu planen. Raymond beschloss, nicht nach Einzelheiten zu fragen. Als König Peter würde er der Öffentlichkeit zweifellos schon bald mitteilen, was die Hanse zu unternehmen gedachte.

Basil trat auf ihn zu und nickte anerkennend. »Zumindest bei einer Sache ergaben sich heute keine Probleme«, sagte er. »König Peter, du hast das Potenzial, zu einem guten Herrscher zu werden. Wir warten einige Jahre ...« Er lächelte so, als hätte er gute Neuigkeiten für Raymond. »Und dann suchen wir eine geeignete Königin für dich.«

113 ✹ MARGARET COLICOS

Margaret und Louis Colicos ließen die Leiche des grünen Priesters zurück und schlichen durchs Lager, fort von den zerfetzten Weltbäumen.

Louis war blass und schien unter einem Schock zu stehen. Margarets Blickfeld engte sich ein, als sie zusammen mit ihm durch die

Nacht eilte. Alles in ihr drängte danach, in *Bewegung* zu bleiben. Sie brauchte Informationen, um festzustellen, wie schlimm die Situation war. Allerdings befürchtete sie, dass ihr die Antwort auf diese Frage nicht gefallen würde.

In ihrem Zelt bot sich den beiden Archäologen ein Bild der Zerstörung dar. Die Tische und Bildschirme lagen zerschmettert auf dem Boden. Computer und Datenwafer waren geschmolzen und zu Schlacke erstarrt. Nur noch ein geborstenes Gehäuse, zerrissene Kabel und zerbrochene Schaltkreisblöcke erinnerten an den Kommunikator. Gewöhnliche elektromagnetische Signale wären mit Lichtgeschwindigkeit viele Monate unterwegs gewesen, bevor sie von einer Kolonie oder einem Raumschiff der Hanse empfangen werden konnten. Für eine Rettung war es dann längst zu spät. Trotzdem hatte der Aggressor beschlossen, jedes Risiko zu meiden. Margaret und Louis Colicos sollten keine Gelegenheit bekommen, um Hilfe zu rufen.

»Aber ... warum? Was bedeutet dies alles?« Louis starrte seine Frau an. »Wer steckt dahinter?«

Margarets Züge verhärteten sich. Louis schien noch nicht die notwendigen Schlüsse gezogen zu haben. »Das dürfte ziemlich klar sein.« Sie sah, dass ihre Übersetzungen der Klikiss-Hieroglyphen und alle ihre neuen Entdeckungen systematisch zerstört worden waren. Das galt sogar für ihre handschriftlichen Notizen. Sie griff nach dem Arm ihres Manns, spürte sein Zittern und führte ihn nach draußen. Die dünnen Zeltplanen boten keinen Schutz, und das wenige Licht ließ den Schatten zu viel Raum. Die Dunkelheit wirkte bedrohlicher als jemals zuvor. »Hier sind wir vollkommen ungeschützt.«

Sie spähte in die Finsternis und hielt vergeblich nach den drei Klikiss-Robotern Ausschau. Mit einer knappen Geste bedeutete sie Louis, keinen Laut von sich zu geben. Sie lauschte, doch alles blieb still.

»Wir sollten in die Klippenstadt zurückkehren. Dort können wir uns schützen und außerdem wartet DD auf uns.«

Louis wandte sich ihr erstaunt zu und versuchte, seine Verwirrung zu überwinden. »Glaubst du wirklich, dass Sirix und die beiden anderen Roboter ...«

»Hast du eine bessere Erklärung, Louis? Komm jetzt. Hier im Lager sind wir wie auf dem Präsentierteller.«

Die beiden Archäologen kehrten in die schmalen Schluchten zurück. Margaret war müde und ihre Muskeln schmerzten. Louis atmete schwer und sie machte sich Sorgen um ihn. Aber unter den gegenwärtigen Umständen gab es weitaus größere Probleme als Muskelkater und schmerzende Gelenke.

Hoch aufragende Felswände empfingen Margaret und Louis mit tintenschwarzen Schatten. Oben am Überhang hatte DD Lampen befestigt, und in ihrem Schein sah sich Margaret um; ein Teil von ihr erhoffte sich eine weitere Flutwelle, die die schwarzen Roboter fortspülte.

Vermutlich hatten die drei Maschinen bereits die Verfolgung aufgenommen.

Margaret zweifelte nicht daran, dass sie und Louis die nächsten Opfer sein sollten. Im Gesicht ihres Mannes zeigte sich noch immer Verwirrung; offenbar fiel es ihm schwer, mit der plötzlichen Veränderung der Situation fertig zu werden.

Sie erreichten das Gerüst an der Schluchtwand, das den Aufstieg nach oben erleichterte, und Margaret überließ Louis den Vortritt. Er kletterte mühsam nach oben und seine Bewegungen wiesen deutlich darauf hin, wie erschöpft er war. Es lag nicht nur an den körperlichen Anstrengungen, sondern auch an der Furcht.

DD hörte die beiden Archäologen auf der metallenen Treppe und kam zum Überhang. Sein silbriger Körper glänzte im Schein der Lampen und er wirkte recht fröhlich. »Ah, Margaret und Louis, Sie sind zurückgekehrt. Kommen Sie, ich habe etwas gefunden ...«

»Hast du die Klikiss-Roboter gesehen, DD?«

»Nein, Margaret, seit heute Nachmittag nicht mehr. Brauchen wir ihre Hilfe?«

Louis erreichte die Höhlenöffnung und sank dort schnaufend auf die Knie. Margaret eilte an seine Seite. »Nein. Hilf mir, DD. Wir müssen das Gerüst beseitigen.«

Louis sah sie an und nickte grimmig. »Machen wir eine Belagerung daraus.«

»Aber warum?«, fragte DD. »Ohne das Gerüst fällt es uns viel schwerer, nach unten zu gelangen, obgleich wir dabei die Seile unserer Ausrüstung benutzen können.«

»Komm schon, DD!«, drängte Margaret.

Zusammen mit Louis und dem kleinen Kompi löste sie Verankerungsbolzen aus dem Felsgestein. Anschließend gaben sie dem Gerüst einen ordentlichen Stoß, woraufhin es in die schmale Schlucht stürzte. Lautes Krachen hallte durch die Nacht.

Louis blickte in die Tiefe wie ein alter Ritter, der auf der Mauer eines Schlosses stand, die eigenen Befestigungsanlagen betrachtete und sich auf eine Belagerung vorbereitete. »Sind wir jetzt sicher, Schatz?«

Margaret schüttelte den Kopf. »Ich bezweifle es, alter Knabe.« Erst jetzt bekam sie Gelegenheit zum Nachdenken und Angst prickelte in ihr empor. Tausend Fragen kamen ihr in den Sinn. Sie drückte Louis an sich.

»Bitte erklären Sie, was geschehen ist, Margaret«, sagte DD.

»Arcas ist tot.« Die Worte klangen irreal. »Die Weltbäume wurden entwurzelt und zerfetzt. Unsere Aufzeichnungen und der Kommunikator sind zerstört. Das Lager gleicht einem Trümmerfeld.«

»Die Klikiss-Roboter sind dafür verantwortlich«, sagte Louis und gestand es sich damit ein.

Der erstaunte Kompi schwieg einige Sekunden lang, während sein Computergehirn die verblüffenden neuen Informationen verarbeitete. »Dann sitzen wir hier auf Rheindic Co fest.«

»Ja«, stieß Margaret zornig hervor, um über ihre Hilflosigkeit hinwegzutäuschen.

»Ich habe etwas entdeckt, das diese rätselhafte Angelegenheit in einem neuen Licht erscheinen lassen könnte«, sagte DD. »Ein Hieroglyphensegment, versteckt an einer Wand nicht weit vom Raum mit dem Steinfenster entfernt.«

Sofort erwachte Margarets Interesse und sie fragte sich, ob DDs Entdeckung irgendeine Bedeutung für ihr Überleben haben konnte. Gleichzeitig war sie dankbar für eine Ablenkung. »Ich sehe es mir an.« Sie wandte sich an ihren Mann, der noch immer sehr erschöpft und besorgt wirkte. »Bleib du hier und halt Wache, Louis. Ruf, wenn du etwas siehst.«

Louis schluckte, lehnte sich an die Felswand und blickte in die Nacht. Sirix, Dekyk und Ilkot hatten es zweifellos auf sie abgesehen. Und da die Archäologen Rheindic Co nicht verlassen konnten, stand ihnen genug Zeit zur Verfügung.

In einem Tunnel tiefer im Innern der alten Stadt, in der Nähe des Raums mit dem Steinfenster, hatte DD eine harzige Schicht von der Wand gekratzt. »Es ließ sich mit Gips oder Mörtel vergleichen – eine Schicht auf den Hieroglyphen, um sie zu verbergen. Ich habe die

Zeichen bei einem Scan der Wand bemerkt und dachte, dass Sie sich vielleicht damit beschäftigen möchten. Deshalb habe ich die Deckschicht vorsichtig entfernt. Mir ist aufgefallen, dass das Symbol für die Klikiss-Roboter mehrmals in der Hieroglyphengruppe erscheint.«

Margaret nahm alles in sich auf. »Gute Arbeit, DD. Aus dir wird noch ein guter Xeno-Archäologe.«

Mit den Fingerkuppen strich sie über die Symbole und erfasste ihre Bedeutung. Inzwischen hatte sie genug Erfahrung, um die Zeichen zu lesen, ohne unbedingt auf die Datenbanken und Wörterbücher zurückgreifen zu müssen. Kein Wunder, dass einige alte Klikiss – vielleicht derjenige, dessen Leiche sie gefunden hatten – bestrebt gewesen waren, dies zu verbergen.

»Sind es wichtige Informationen, Margaret?«

Es lief ihr kalt über den Rücken, als sie begriff, worum es ging. »Ja, DD. Dies könnte das letzte Stück des Puzzles sein.« Wie betäubt machte sie sich auf den Weg zum Überhang, um Louis Bescheid zu geben.

Als sie am Raum mit dem Steinfenster vorbeikam, warf sie einen Blick hinein und sah die Unordnung, die an die Arbeit dieses Tages erinnerte. Neben ihren Notizen lagen die Reste eines Sandwiches, ein Proteinriegel und die kleine, aber wundervolle Spieldose, die sie von Anton bekommen hatte. Margaret griff danach und steckte sie in die Tasche.

Die Stimme ihres Mannes erklang, noch bevor sie ihn erreichte. »Da kommen sie!«

Margaret fühlte sich innerlich hin und her gerissen. Etwas in ihr wollte den verräterischen schwarzen Robotern gegenübertreten, doch etwas anderes drängte sie danach, mit Louis tiefer in die Klippenstadt zu fliehen. Vielleicht konnten sie sich irgendwo verstecken oder gar entkommen.

Es fiel ihr nicht weiter schwer, sich für eine der beiden Möglichkeiten zu entscheiden. Margaret trat nach draußen und blieb neben Louis stehen.

Am Rand des Überhangs blickte er in die dunkle Schlucht. Sein Gesicht verriet Furcht, aber in den Augen blitzte es. Die Reste des Gerüsts lagen unten zwischen den Felsen verstreut. Drei große käferartige Schemen kletterten darüber hinweg. Optische Sensoren glühten wie dämonische Augen in der Finsternis.

»Ich frage mich, wie sie nach oben gelangen wollen«, sagte Louis, aber Margaret bezweifelte, dass die Felswand für die Roboter ein unüberwindbares Hindernis darstellte. »Hast du etwas herausgefunden, Schatz?«

»Ich habe die Antwort auf alle unsere Fragen«, erwiderte Margaret.

Louis Colicos, mit Herz und Seele Xeno-Archäologe, brachte genug Begeisterung für die Leidenschaft seines Lebens auf, um Margaret interessiert anzusehen. »Das dürfte kaum etwas nützen, wenn wir niemandem davon erzählen können.«

»Wenigstens wissen wir beide Bescheid, alter Knabe«, erwiderte sie und klopfte ihm auf den Arm.

Unten in der Schlucht blieben die drei Klikiss-Roboter stehen und sahen nach oben. »Margaret und Louis Colicos, wir wissen, dass Sie da oben sind.«

»Und wir wissen, dass ihr dort unten seid«, sagte Louis. »Lasst uns in Ruhe.«

»Wir möchten mit Ihnen über unsere Schöpfer sprechen und erfahren, was Sie herausgefunden haben.«

»Um uns anschließend zu töten?«, rief Margaret herausfordernd.

Einige Sekunden lang schwiegen die drei schwarzen Roboter. Dann summten und klickten sie, berieten sich in ihrer sonderbaren Sprache. Schließlich sah Sirix wieder auf. »Ja, und dann töten wir Sie.«

Die Offenheit des Roboters überraschte Margaret.

»Nun, wenigstens sind sie ehrlich«, sagte Louis.

»Wir wissen alles über den ersten Hydroger-Krieg«, sagte Margaret laut und deutlich. Ihre Stimme hallte durch die Schlucht. »Ich habe verborgene Beschreibungen des Kampfes zwischen Klikiss, Hydrogern und sogar Ildiranern entdeckt.«

Louis sah sie überrascht an, während unten die Roboter still blieben.

»Dann wissen Sie auch, dass wir Klikiss-Roboter an dem Krieg teilnahmen«, sagte Sirix schließlich.

»Ich weiß, dass ihr zu Feinden eurer Schöpfer geworden seid.« An ihren Mann gerichtet fügte Margaret hinzu: »Die Klikiss wurden von ihren eigenen Robotern ausgelöscht. Deshalb verschwand ein ganzes Volk.«

Louis blickte nach unten, in der Hoffnung, dass dieser Hinweis

Sirix, Ilkot und Dekyk schockierte, sie wieder zur Vernunft brachte. Die drei schwarzen Roboter schwiegen und warteten an der steilen Felswand. »Nun, was habt ihr dazu zu sagen?«, rief Louis. »Warum habt ihr eure Schöpfer umgebracht? Könnt ihr euch jetzt an etwas erinnern?«

»Wir wissen davon«, antwortete Sirix und seine Stimme ließ Margaret frösteln. Sie begriff plötzlich, dass die Klikiss-Roboter auf keinen Fall zulassen würden, dass diese Information andere Welten im Spiralarm erreichte.

»Was jetzt?«, flüsterte Louis seiner Frau zu. »Wollen sie dort unten bleiben, damit wir hier oben gefangen sind wie Eichhörnchen auf einem Baum?«

Als hätten sie ihn gehört, entfernten sich unten die drei Klikiss-Roboter voneinander. Ihre schwarzen Rückenschilde öffneten sich, und zum Vorschein kamen Flügel. Die Roboter schenkten dem auseinander gebrochenen Gerüst keine Beachtung, stiegen mühelos auf und flogen in Richtung Höhlenöffnung.

114 ✹ BASIL WENZESLAS

Verheerende Berichte erreichten Basil Wenzeslas, einer nach dem anderen, wie eine Folge von Todesurteilen.

Von seiner Suite hoch oben im Hauptquartier der Hanse aus beobachtete er, wie die Sonne unterging. Er nahm jede Nachricht mit wachsender Sorge entgegen, las die Kriegsberichte und sah sich die knappen visuellen Aufzeichnungen an. Die Hydroger ließen sich nicht aufhalten.

Zum ersten Mal in seiner sehr erfolgreichen Karriere - in seinem ganzen Leben - verspürte Basil Wenzeslas den Wunsch, sich an einem sicheren Ort zu verstecken, ohne irgendwelche Verantwortung tragen zu müssen während der gefährlichen Zeiten, die der Hanse nun bevorstanden. Er wusste nicht, was er unternehmen sollte. Basil verabscheute es zutiefst, sich so hilflos zu fühlen.

Nach dem TVF-Debakel beim Jupiter hatten die fremden Wesen immer wieder angegriffen. Kristalline Kugelschiffe waren aus den Tiefen Dutzender von Gasriesen überall im Spiralarm gekommen, um Ekti-Fabriken zu zerstörten. Sie zeigten sich dabei nicht wählerisch, gingen gegen die altmodischen ildiranischen Verarbeitungsanlagen mit der gleichen Erbarmungslosigkeit vor wie gegen die Himmelsminen der Hanse und der Roamer.

Die Roamer litten mehr als alle anderen darunter, dass die Ekti-Produktion praktisch zum Stillstand kam. Aber sie waren nur die ersten Opfer. Die Angriffe der Hydroger hörten erst auf, als es in den Atmosphären ihrer Welten keine Fabriken mehr gab, die Ekti herzustellen versuchten. Doch der angerichtete Schaden war enorm und für die Hanse bahnte sich eine Katastrophe an.

Ohne Treibstoff für den Sternenantrieb musste der interstellare Warenaustausch zum Erliegen kommen. Die wirtschaftliche Krise würde den ganzen Spiralarm erfassen und das Überleben vieler Kolonien gefährden.

Die meisten Siedlungen auf fernen Welten hingen davon ab, dass sie regelmäßig mit Ausrüstungsmaterial und Nahrungsmitteln versorgt wurden. Ohne Ekti, mit konventionellen Antriebssystemen, dauerten Flüge zum nächsten Sonnensystem Jahre, wenn nicht Jahrzehnte. Keine Kolonie hatte geplant, völlig auf sich allein gestellt zu existieren. Die Infrastruktur vieler Welten erlaubte es ihnen einfach nicht, autark zu sein. Entweder passten sie sich an oder sie gingen unter.

Basil blickte auf die Nachrichtenschirme und sah Bilder, die den frisch gekrönten König Peter dabei zeigten, wie er sorgfältig vorbereitete Ansprachen hielt, die Entwicklung leistungsfähigerer Waffensysteme verlangte und um weitere Rekruten für die Terranische Verteidigungsflotte warb.

Basil wusste nicht, ob solche Maßnahmen wirklich etwas nützten, aber es durfte auf keinen Fall der Eindruck von Unschlüssigkeit bei der Hanse entstehen. Die Bevölkerung musste auch weiterhin hoffen können. Die TVF hatte bereits die meisten Ekti-Vorräte beschlagnahmt, um sie für militärische Zwecke zu verwenden. Allerdings gab es auf fernen Welten der Hanse Kolonisten, die den Treibstoff horteten, für die sich ankündigenden schweren Zeiten.

Die Bürger hatten König Peter akzeptiert. Seine Krönung hatte Begeisterung ausgelöst, inmitten des allgemeinen Kummers. Bisher hatte Peter gute Dienste geleistet. Er war ein liebenswerter junger Mann, charismatisch, stark und sehr attraktiv, ausgestattet mit einer sonoren Stimme. Aber trotz der Opulenz des Flüsterpalastes, des guten Essens und der vielen Annehmlichkeiten würde Peter seine Herrschaft nicht einen Augenblick lang genießen.

Ein geringerer Mann als Basil Wenzeslas hätte vielleicht mit Schuldgefühlen und Bedauern auf das reagiert, was mit dem jungen Raymond Aguerra geschehen war. Aber manche Personen konnten ihre Verantwortung nicht auswählen - der Vorsitzende der Hanse ebenso wenig wie die junge Waise. Wie auch immer, Basil beneidete König Peter nicht um die Probleme, mit denen er es zu tun bekommen würde.

Wenigstens war Sarein zur neuen Botschafterin Therocs ernannt worden. Sie hörte sicher auf die Stimme der Vernunft, wenn es um den Einsatz grüner Priester in diesem Krieg ging. Daraus mochte sich ein Vorteil ergeben - wenn auch nur ein winziger. Sarein hatte ihn benutzt, um ihre Position zu erreichen. Basil fragte sich, ob sie wieder seine Geliebte sein würde, nachdem sie Otemas Nachfolgerin geworden war und den angestrebten Posten auf der Erde erreicht hatte.

In absehbarer Zeit würde es keinen Ekti-Nachschub mehr geben, was bei der interstellaren Raumfahrt zu erheblichen Einschränkungen führen musste. Der Handelsaustausch in der Terranischen Hanse und im Ildiranischen Reich kam praktisch zum Erliegen.

Und der Albtraum begann erst.

115 ✷ LOUIS COLICOS

Margaret griff nach seinem Handgelenk. DD folgte ihnen, als sie durch die Tunnel eilten, tiefer hinein in die uralte Klippenstadt. Von draußen hörten sie das Summen von Flügeln; es klang nach einem Schwarm riesiger Heuschrecken, als die Klikiss-Roboter aufstiegen und zur Höhlenöffnung flogen. Louis fragte sich, wie sie die schwarzen Maschinen aufhalten sollten.

Er rief sich die Struktur der Stadt vor Augen und suchte nach einem Ort, der als Versteck infrage kam, an dem sie sich verbarrikadieren konnten. Seine Gedanken rasten, als er vor dem inneren Auge die Tunnel und Korridore einer mentalen Karte betrachtete und nach schmalen Stellen Ausschau hielt.

Schließlich erhellte sich Louis' Gesicht mit neuer Hoffnung. Um Margarets willen gab er vor, optimistisch zu sein. »Zum Raum mit dem Steinfenster! Dort ist der Korridor ziemlich schmal. Vielleicht können wir irgendwie eine Barrikade errichten.« Doch tief in seinem Innern bezweifelte er, dass sich die Klikiss-Roboter durch eine Barriere aufhalten ließen.

Im Schein der von DD installierten Lampen liefen sie durch die Tunnel der leeren Stadt und erreichten schließlich den großen Raum, in dem Louis so viel Zeit verbracht hatte. Schutt lag im Korridor, außerdem Brocken des harzartigen Materials, dass DD von den zuletzt entdeckten Hieroglyphen gekratzt hatte. Mit bloßen Händen stapelte Louis Eisenstangen und Schutt aufeinander. Er wusste, dass seine Bemühungen absurd waren – vermutlich brauchten die großen Roboter nur einige wenige Sekunden, um das Hindernis zu beseitigen.

Stampfende Geräusche wiesen darauf hin, dass Sirix, Ilkot und Dekyk auf dem Überhang landeten. Sofort begannen die Roboter damit, durch die Tunnel zu poltern. Die schwarzen Maschinen waren schwerfällig, aber auch erbarmungslos.

»Wenn die Klikiss doch nur *Türen* benutzt hätten.« Margaret sah kummervoll zum offenen Zugang des Tunnels, der zum Raum mit dem Steinfenster führte. Noch immer summte die Energiequelle in dem Aggregat, dessen Funktionsweise weder Louis noch seine Frau verstanden.

Pflichtbewusst trachtete DD danach, die Barriere mit Ausrüstungskisten und kleinen Geräten zu erweitern. Louis schüttelte ungläubig den Kopf, als er das armselige Ergebnis ihrer Anstrengungen sah. »Kann ich sonst noch etwas tun, Louis?«, fragte ihn der Kompi. »Ich würde Ihnen gern helfen, auf jede Weise, die Sie für angemessen halten.«

Louis runzelte die Stirn. »Ich schätze, du verfügst nicht über eine defensive Programmierung, oder? Können wir dich in einen Kampfroboter verwandeln?«

»Mit einem entsprechenden Programmmodul ließe sich das vielleicht bewerkstelligen«, erwiderte DD. »Allerdings weiß ich nicht, wie kampffähig ich wäre. Immerhin fehlen mir eingebaute Waffen und eine Panzerung.«

»Ganz zu schweigen davon, dass die Klikiss-Roboter viel größer sind als du.«

Margaret sah über ihre Schulter. »Stimmt es, dass du Menschen nicht schaden kannst, DD?«

»Ja, das stimmt, Margaret.«

»Woraus sich vermutlich ergibt, dass du auch nicht zulassen darfst, dass Menschen zu Schaden kommen, oder?«

»Ich werde alles versuchen, um so etwas zu verhindern, Margaret.«

Louis richtete einen traurigen Blick auf den silbergrauen Kompi und wusste, dass er ihm jetzt einen Selbstmordbefehl gab. »Dann musst du den Klikiss-Robotern gegenübertreten, DD. Bleib im Korridor und hindere sie daran, uns zu erreichen.« Er schluckte. »Halte sie auf ... wie auch immer.«

DD machte sich tapfer daran, diese Anweisungen auszuführen. Er bezog im Korridor Aufstellung, doch im Vergleich mit den großen Klikiss-Robotern wirkte er geradezu lächerlich schwach. Louis verglich ihn mit einem kleinen Wachhund, der einen brutalen Eindringling anbellte.

Margaret griff nach dem Arm ihres Mannes und zog ihn tiefer in den Raum. »Ich brauche dich, Louis. Uns bleiben nur einige wenige Minuten, um das Transportsystem zu verstehen.« Es erstaunte ihn, dass sie eine solche Möglichkeit vorschlug, und Margaret sah den Zweifel in seinem Gesicht. »Es ist die einzige Chance, die uns noch bleibt, alter Knabe.«

»Na schön.« Louis eilte zur Maschine. »Genau deshalb habe ich mich für die Xeno-Archäologie entschieden, in der Hoffnung, seltsame neue Orte zu sehen. Aber für gewöhnlich möchte ich vorher wissen, wohin die Reise geht.«

Die Energiezelle war auf volle Leistung geschaltet und mit den Systemen des Aggregats verbunden. Das Summen wies auf Einsatzbereitschaft hin. Die Transferleitungen in den Wänden versorgten die trapezförmige Steintafel mit Energie.

Margaret sah sich die Symbolplatten am Rand der Tafel an. Sie dachte laut, als ihre Finger über die Hieroglyphen glitten. »Wenn diese Symbole auf die Koordinaten von Klikiss-Welten hinweisen, können wir vielleicht Llaro oder Corribus erreichen. Haben wir dort etwas zurückgelassen, Sender oder Ausrüstungsmaterial?«

Louis zuckte mit den Schultern. »Du organisierst immer alles, Schatz. Ich kümmere mich nie um solche Details.«

Er hörte, wie sich die Klikiss-Roboter durch den Tunnel näherten.

Ihre fingerartigen Beine klackten und klickten. Ganz allein stand DD da, um den großen schwarzen Maschinen den Weg zu versperren – er wirkte bemitleidenswert klein und hilflos.

Margaret untersuchte noch immer die Symbolplatten. »Auf den anderen Klikiss-Welten waren einige dieser Platten zerstört, insbesondere jene, die ein ganz bestimmtes Zeichen aufwiesen.« Sie deutete auf eine gewundene Hieroglyphe am oberen Rand der Steintafel. »Wollten die Roboter etwas verbergen, um Reisen zu einem bestimmten Ort zu verhindern?«

»Nun, hier ist alles unbeschädigt geblieben«, sagte Louis. »Bis jetzt.«

Im Tunnel trat DD einen Schritt vor und hob die metallenen Arme. Sirix blieb stehen, überrascht von der Kühnheit des Kompis. »Ich kann nicht zulassen, dass ihr meinen Herren schadet«, sagte DD. »Bitte geht fort.«

Ilkot schob sich nach vorn, packte den kleinen Kompi mit vier segmentierten, insektenhaften Gliedmaßen und hob ihn hoch. DD zappelte, konnte sich aber nicht befreien. Im rubinroten Auge in der Mitte von Ilkots schwarzem Kopf glühte es. Der Klikiss-Roboter schien bereit zu sein, den kleinen Kompi einfach zu zerfetzen.

»Beschädige den Kompi nicht«, sagte Sirix. »Ihm bleibt keine Wahl. Er versteht seine Knechtschaft nicht.«

Die drei Klikiss-Roboter summten und klickten, als würden sie streiten. Dann drehte sich Ilkot um, trug den kleinen Kompi vorsichtig aber doch entschlossen fort. DDs Proteste wurden leiser, als ihn der schwarze, käferartige Roboter zur Höhlenöffnung trug.

Sirix und Dekyk stießen die improvisierte Barriere einfach beiseite und wankten in den Raum mit dem Steinfenster.

Margaret drehte sich nicht um, obwohl sie die Geräusche im Korridor zweifellos gehört hatte. Mit in die Hüften gestützten Händen stand sie da und starrte so auf die trapezförmige Tafel, als erwarte sie eine Erklärung von ihr. »Komm schon! Es muss eine Möglichkeit geben, das Fenster zu öffnen.«

Sie stellte sich auf die Zehenspitzen, hob den Arm und drückte auf eine ganz bestimmte Symbolplatte – sie zeigte das Symbol, das in den anderen Klikiss-Ruinen zerstört gewesen war.

Das Portal summte und knisterte. Das graue Gestein erschimmerte. »Louis! Es geschieht etwas!«

Die beiden schwarzen Klikiss-Roboter traten vor, die klauenartigen Arme ausgestreckt. Voller Abscheu sah Louis rote Flecken an den metallenen Gliedmaßen. *Arcas' Blut.*

Er eilte zu den Werkzeugen, die vor einer Wand verstreut lagen, und griff nach einer Spitzhacke. Damit hatten sie Öffnungen in brüchige Wände geschlagen und Schutt beiseite geräumt. Louis hob die Hacke. Sie fühlte sich schwer an und der Griff lag gut in der Hand, aber er wusste, dass er damit kaum etwas gegen die Roboter ausrichten konnte.

Margaret blickte unterdessen auf die Steinplatte, von der nach wie vor ein leises Summen und Knistern kam. Dann löste sich das Felsgestein auf und gab den Blick frei auf einen ganz anderen Ort – eine fremde Welt wartete hinter der trapezförmigen Öffnung.

»Louis!«, rief Margaret.

Die Klikiss-Roboter näherten sich den beiden Archäologen mit ausgestreckten Armen. Louis schwang die Spitzhacke von einer Seite zur anderen und warf über die Schulter hinweg einen Blick zu seiner Frau. Er prägte sich die Entschlossenheit in dem Gesicht ein, das er so lange geliebt hatte, die innere Schönheit und jene Falten, durch die Margaret für ihn noch attraktiver wurde als andere Frauen, denen er begegnet war. »Geh!«, rief er. »Verlier keine Zeit!«

Margaret zögerte. »Ich lasse dich nicht allein zurück!«

»Ich folge dir.« Die Spitzhacke knallte an Sirix' schwarzen Körper, und die Wucht des Aufpralls schickte einen heftigen Stoß durch Louis' Arme, schmerzte in den Schultern. An der Panzerung des Roboters blieb nur ein kleiner Kratzer zurück.

Sirix wich erstaunt zurück, streckte dann einen aus mehreren Segmenten bestehenden Arm aus. Louis duckte sich darunter hinweg und hob die Hacke erneut.

»Jetzt, Louis!«, rief Margaret und trat in das Fenster, das zuvor aus festem Stein bestanden hatte. Die Wand knisterte – und Margaret verschwand.

Froh darüber, dass seiner Frau die Flucht gelungen war, warf Louis die Spitzhacke nach dem Klikiss-Roboter. Sie traf den schwarzen Panzer und Sirix stieß sie mit einem Arm beiseite, an dem das Blut des getöteten grünen Priesters klebte.

Louis drehte sich um und lief zum Steinfenster, das Sicherheit verhieß: eine andere Welt, weit entfernt.

Doch plötzlich erschimmerte das Fenster und verwandelte sich wieder in festen, undurchdringlichen Stein.

Louis blieb stehen und Verzweiflung zeigte sich in seinem Gesicht. »Nein«, stöhnte er. Leider wusste er nicht, welche Symbolplatte Margaret gedrückt und wie sie das Transportsystem aktiviert hatte.

Sirix und Dekyk näherten sich. Sie hatten Margarets Flucht gesehen und wollten Louis keine Gelegenheit geben, ihr zu folgen. Waffenarme kamen aus Öffnungen in den metallenen Körpern; Klauen klackten.

Louis stand an der Wand und wusste, dass es kein Entkommen für ihn gab. Er hob die Hände, um sich zu ergeben, obwohl diese Geste überhaupt keinen Sinn hatte. »Warum machst du das, Sirix?«, fragte er im besten Professorentonfall. »Es war nicht unsere Absicht, euch zu schaden. Es ging uns nur darum, euch zu helfen, Antworten für euch zu finden.«

»Wir wollen keine Antworten«, erwiderte Sirix,.

Louis lehnte sich an das kalte, viel zu feste Steinfenster und verstand nicht. »Du hast gesagt, dass ihr eure Erinnerungen verloren habt, dass ihr euch nicht daran erinnert, was damals geschehen war.«

»Wir haben unsere Erinnerungen nicht verloren«, entgegnete Sirix. Die beiden Klikiss-Roboter kamen noch näher und streckten ihre Waffenarme nach dem Archäologen aus. »Wir haben *gelogen*.«

1940 (etwa) Die Ildiraner entdecken Klikiss-Roboter auf den Eismonden von Hyrillka.
2100 *Peary, Balboa, Marco Polo* - die ersten Generationenschiffe verlassen die Erde.
2103 Die *Burton* und *Caillié* brechen auf.
2104 Die *Amundsen* bricht auf.
2106 Die *Clark* und *Vichy* brechen auf.
2109 Die *Stroganow* bricht auf.
2110 Die *Abel-Wexler* bricht auf.
2113 Das letzte Generationenschiff, die *Kanaka*, bricht auf.
2196 Einige Pioniere der *Kanaka* gründen im Asteroidengürtel des roten Zwergsterns Meyer eine Kolonie, aus der Rendezvous entsteht.
2221 Auf der Erde wird König Ben gekrönt.
2230 Yura'h wird der neue Weise Imperator.
2244 Die Ildiraner finden die *Caillié*. Auf Theroc entsteht eine menschliche Kolonie.
2245 Die Ildiraner kommen zur Erde und suchen nach den anderen Generationenschiffen.
2247 Die *Kanaka* wird gefunden. Siedler lassen sich auf Iawa nieder.
2249 Der Kompi OX kehrt zur Erde zurück. Thara Wen (vierzehn Jahre alt) wird zur ersten grünen Priesterin.
2250 Roamer nehmen Himmelsminen über Daym und in den Atmosphären anderer Gasriesen in Betrieb.
2254 Die Dobro-Experimente beginnen. Madeleine Robinson berichtet von ersten Klikiss-Ruinen auf Llaro. Theroc erklärt seine Unabhängigkeit von der Hanse. König Ben wird vergiftet, König George gekrönt.
2274 Krönung von König Christopher.
2307 Krönung von König Jack.
2323 Krönung von König Bartholomäus.
2337 Der Weise Imperator Yura'h stirbt. Cyroc'h wird sein Nachfolger.
2373 Uthair und Lia Theron werden Vater und Mutter von Theroc.
2381 Krönung von König Frederick.
2390 Margaret und Louis Colicos heiraten.
2397 Ross Tamblyn wird geboren.

2400 Idriss und Alexa heiraten.
2402 Reynald Theron und Jess Tamblyn werden geboren.
2403 Beneto Theron wird geboren. Uthair und Lia Theron ziehen sich in den Ruhestand zurück.
2406 Sarein Theron wird geboren.
2408 Nira Khali wird geboren.
2411 Tasia Tamblyn wird geboren.
2413 Raymond Aguerra wird geboren.
2415 Estarra Theron wird geboren.
2427 Die Klikiss-Fackel verwandelt Oncier in eine Sonne.

DIE GROSSEN KÖNIGE DER TERRANISCHEN HANSE

2221 - 2250	Ben
2250 - 2274	George
2274 - 2307	Christopher
2307 - 2323	Jack
2323 - 2381	Bartholomäus
2381 - 2427	Frederick
2427 -	Peter

VORSITZENDE DER TERRANISCHEN HANSE

Christian Geller (2200 - 2215)
Roseanna Burke (2215 - 2223)
William Danforth Pape (2223 - 2243)
Malcolm Stannis (2243 - 2253)
Francine Meyer (2253 - 2270)
Adam Cho (2270 - 2291)
Bertram Goswell (2291 - 2298)
Regan Chalmers (2298 - 2299)
Sandra Abel-Wexler (2299 - 2315)
Clare Faso (2315 - 2338)
Miguel Byron (2338 - 2347)
Tam Charles Wicinsky (2347 - 2359)
Robert Roberts II. (2359 - 2367)
Kelly Kirk (2367 - 2380)
Maureen Fitzpatrick (2380 - 2389)
Ronald Palomar (2389 - 2406)
Basil Wenzeslas (2406 -)

Abel-Wexler – eines der elf Generationenschiffe der Erde, brach als Zehntes auf.

Adam, Prinz – Vorgänger von Raymond Aguerra; wurde für ungeeignet gehalten.

Adar – höchster militärischer Rang in der ildiranischen Solaren Marine.

Aguerra, Carlos – Raymonds jüngerer Bruder, neun Jahre alt.

Aguerra, Esteban – Raymonds Vater, der die Familie verließ.

Aguerra, Michael – Raymonds jüngster Bruder, sechs Jahre alt.

Aguerra, Raymond – ein Staßenjunge von der Erde.

Aguerra, Rita – Raymonds Mutter.

Aguerra, Rory – Raymonds jüngerer Bruder, zehn Jahre alt.

Ahmani, Abdul Mohammed – Esteban Aguerra nahm diesen Namen an, als er zum Islam übertrat.

Alexa, Mutter – Regentin von Theroc, Ehefrau von Vater Idriss.

Alturas – ildiranische Welt.

Amundsen – eines der elf Generationenschiffe der Erde, brach als Sechstes auf.

Andeker, William – menschlicher Wissenschaftler, Spezialist für Robotik.

Angriffsjäger – ein schnelles Schiff der ildiranischen Solaren Marine.

Arcas – grüner Priester.

Ari't – ildiranische Sängerin, eine Partnerin des Erstdesignierten Jora'h.

Aro'nh – ein Tal (hoher Rang) der ildiranischen Solaren Marine.

Balboa – eines der elf Generationenschiffe der Erde, brach als Zweites auf.

Bartholomäus – Großer König der Erde, Fredericks Vorgänger.

BeBob – Rlinda Ketts Spitzname für Branson Roberts.

Bedienstete – kleine persönliche Assistenten des Weisen Imperators.

Bekh! – ildiranischer Fluch, vergleichbar mit »Verdammt!«

Ben – erster Großer König der Terranischen Hanse; auch der Name eines Mondes von Oncier.

Beneto – grüner Priester, zweiter Sohn von Vater Idriss und Mutter Alexa.

Bioth – Vater von Arcas.

Blaue Himmelsmine - Ross Tamblyns Himmelsmine in der Atmosphäre von Golgen.
Blinder Glaube - Branson Roberts' Schiff.
Bobri's - komische Gestalt in der *Sage der Sieben Sonnen.*
Boone's Crossing - eine Kolonialwelt der Hanse.
Borkenbeeren - theronische Frucht.
Brindle, Robb - junger TVF-Rekrut, schließt Freundschaft mit Tasia Tamblyn.
Bron'n - Leibwächter des Weisen Imperators.
Burl - junger Krimineller auf der Erde.
Burr - ein Roamer-Clan.
Burton - eines der elf Generationenschiffe der Erde, brach als Viertes auf.
Byron, Miguel - hedonistischer früherer Vorsitzende der Terranischen Hanse.

Caillié - eines der elf Generationenschiffe der Erde, brach als Fünftes auf und wurde als Erstes von den Ildiranern entdeckt. Die Kolonisten der *Caillié* besiedelten Theroc.
Celli - jüngste Tochter von Vater Idriss und Mutter Alexa.
Christopher - dritter Großer König der Terranischen Hanse; auch der Name eines Mondes von Oncier.
Chrysalissessel - der Thron des Weisen Imperators.
Cir'gh - Champion beim ildiranischen Turnier.
Clarin, Eldon - Erfinder der Roamer.
Clark - eines der elf Generationenschiffe der Erde, brach als Siebtes auf.
Clee - Getränk auf Theroc, eine stimulierende Mischung aus Wasser und den Bodensamen der Weltbäume.
Colicos, Anton - der Sohn von Margaret und Louis Colicos, befasst sich mit epischen Geschichten und übersetzt sie.
Colicos, Louis - Xeno-Archäologe, Ehemann von Margaret Colicos, spezialisiert auf die Hinterlassenschaften der Klikiss.
Colicos, Margaret - Xeno-Archäologin, Ehefrau von Louis Colicos, spezialisiert auf die Hinterlassenschaften der Klikiss.
Colony Town - wichtigste Siedlung auf Corvus Landing.
Comptor - ildiranische Welt; dort kam es zu einem legendären Waldbrand.
Constellation - diplomatisches Raumschiff der Hanse.

Corribus – von den Klikiss aufgegebene Welt. Die beiden Xeno-Archäologen Margaret und Louis Colicos entdeckten dort das Geheimnis der Klikiss-Fackel.

Corvus Landing – Kolonialwelt der Hanse, größtenteils Landwirtschaft, ein wenig Bergbau.

Cotopaxi – Kolonialwelt der Hanse.

Crenna – ildiranische Splitter-Kolonie, wurde wegen einer Seuche evakuiert.

Cyroc'h – Name des derzeit vorletzten ildiranischen Weisen Imperators.

Dango – theronische Frucht.

Dasra – Gasriese, von dem man vermutete, dass Hydroger in seinen Tiefen leben.

Daym – ein blauer Superriese, eine der ildiranischen »sieben Sonnen«, außerdem der Name des primären Gasriesen, in dessen Atmosphäre die Ildiraner drei große Ekti-Fabriken den Roamern überließen.

DD – ein Kompi, der Margaret und Louis Colicos nach Rheindic Co begleitet.

Dekyk – ein Klikiss-Roboter im archäologischen Lager auf Rheindic Co.

Designierter – reinblütiger Sohn des Weisen Imperators, Herrscher einer ildiranischen Welt.

Dio'sh – ildiranischer Erinnerer, Überlebender der Seuche auf Crenna.

Dobro – ildiranische Kolonialwelt.

Drache – größtes fliegendes Raubtier auf Theroc.

Dremen – terranische Kolonialwelt, düster und wolkig.

Duris – Tristern; ein binäres System aus zwei Sonnen, die eine weiß und die andere gelb, wird von einem weiter entfernten roten Zwerg umkreist. Drei der ildiranischen »sieben Sonnen«.

EA – Tasia Tamblyns persönlicher Kompi.

Eiserne Dame – Spitzname für Botschafterin Otema.

Ekti – exotisches Wasserstoffallotrop, Treibstoff für den ildiranischen Sternenantrieb.

Erinnerer – Angehöriger des ildiranischen Historiker-Geschlechts.

Erkundungsboot – schnelles, für die Erkundung eingesetztes Schiff in der TVF.

Erphano – Gasriese, in dessen Atmosphäre Berndt Okiahs Himmelsmine arbeitet.

Erstdesignierter - ältester Sohn und Nachfolger des ildiranischen Weisen Imperators.
Erzvater - symbolisches Oberhaupt des Unisono, der Einheitsreligion auf der Erde.
Eskorte - mittelgroßes Raumschiff der ildiranischen Solaren Marine.
Estarra - zweite Tochter und viertes Kind von Vater Idriss und Mutter Alexa.

Feuerfieber - eine historische ildiranische Seuche.
Fitzpatrick, Patrick, III. - arroganter Kadett in der Terranischen Verteidigungsflotte.
Flachsteine - aus verschiedenen Schichten bestehende künstliche Edelsteine, sehr selten und kostbar.
Flüsterpalast - prächtiger Sitz der Hanse-Regierung.
Frachteskorte - Schiffstyp der Roamer; Frachteskorten werden für den Transport von Ekti eingesetzt.
Frederick, König - nomineller Herrscher der Terranischen Hanse.

Gans - abfällige Bezeichnung der Roamer für die Terranische Hanse.
Garris - Niras Vater.
George - zweiter Großer König der Terranischen Hanse, außerdem Name eines großen Mondes von Oncier.
Geschlechter - die verschiedenen Subspezies der Ildiraner.
Geschuppte - ildiranische Geschlechter, Bewohner von Wüsten.
Glänzer - ildiranische Lichtquelle.
Glyx - Gasriese, über dem Berndt Okiahs erste Himmelsmine arbeitete.
Golgen - Gasriese, in dessen Atmosphäre die Blaue Himmelsmine im Einsatz war.
Goliath - der erste verbesserte Moloch der TVF.
Goswell, Bertram - früher Vorsitzender der Terranischen Hanse, wollte die Roamer dazu zwingen, die Charta zu unterzeichnen.
Große Erwartungen - eines von Rlinda Ketts Handelsschiffen, von Rand Sorengaards Piraten aufgebracht.
Große Gans - abfällige Bezeichnung der Roamer für die Terranische Hanse.
Großer König - nomineller Herrscher der Terranischen Hanse.
Grüner Priester - Diener des Weltwaldes; kann die Weltbäume für den Telkontakt nutzen, eine telepathische Kommunikation über interstellare Entfernungen hinweg.

Handelsstandard – die am meisten verbreitete Sprache in der Terranischen Hanse.

Hanse – Terranische Hanse.

Haufenwürmer – große, Nester bauende Würmer auf Theroc.

Haufenwurmkokon – ein großer, von Haufenwürmern konstruierter Kokon, der Platz genug bietet, um Menschen als Wohnraum zu dienen.

Hauptquartier der Hanse – ein großes, pyramidenförmiges Bauwerk in der Nähe des Flüsterpalastes auf der Erde.

Hendy, Sam – Bürgermeister von Colony Town auf Corvus Landing.

Himmelsmine – Ekti produzierende Anlagen in den Atmosphären von Gasriesen, normalerweise von Roamern betrieben.

Himmelsperle – seltene, metallische schwarze Perlen aus dem Innern von Ekti-Reaktoren.

Horizont-Cluster – ein großer Sternhaufen in der Nähe von Ildira.

Hydroger – fremde Wesen, die in den Tiefen von Gasriesen leben.

Hyrillka – ildiranische Kolonie im Horizont-Cluster. Auf den Monden von Hyrillka wurden die ersten Klikiss-Roboter entdeckt.

Iawa – Kolonialwelt, einst von Vorgängern der Roamer bewohnt.

Iawa-Geißel – Pflanzenkrankheit auf Iawa.

Idriss, Vater – Regent von Theroc, Ehemann von Mutter Alexa.

Ildira – Zentralplanet des Ildiranischen Reiches, empfängt das Licht von sieben Sonnen.

Ildiraner – humanoides, polymorphes Volk mit verschiedenen »Geschlechtern«.

Ildiranische Solare Marine – Raumflotte des Ildiranischen Reiches.

Ildiranisches Reich – das Sternenreich der einzigen anderen großen Zivilisation im Spiralarm.

Ilkot – ein Klikiss-Roboter im archäologischen Lager auf Rheindic Co.

Isix-Katze – kleine, wilde Katze auf Ildira.

Isperos – heißer Planet, auf dem Kotto Okiah eine Testkolonie gründet.

Jack – vierter Großer König der Terranischen Hanse, außerdem Name eines großen Monds von Oncier.

Jazer – Energiewaffe der Terranischen Verteidigungsflotte.

Jora'h – Erstdesignierter des Ildiranischen Reichs, ältester Sohn des Weisen Imperators.

Jorax – Klikiss-Roboter auf der Erde.

Kamin – Planet im ildiranischen Reich.
Kampfboot – kleines Raumschiff der ildiranischen Solaren Marine.
Kanaka – eines der elf Generationenschiffe der Erde, brach als Letztes auf. Aus den Kolonisten an Bord wurden die Roamer.
Kellum, Del – Roamer, Pilot eines Ekti-Transporters.
Kett, Rlinda – Händlerin, Captain der *Unersättliche Neugier*.
Khali – Niras Nachname.
Kleeb – abfällige Bezeichnung der Roamer.
Klikiss – eine alte, insektenartige Spezies, die vor langer Zeit aus dem Spiralarm verschwand. Sie ließen leere Städte zurück.
Klikiss-Fackel – eine Waffe bzw. ein Mechanismus, den die alten Klikiss entwickelten, um Gasriesen implodieren zu lassen und in Sonnen zu verwandeln.
Klikiss-Roboter – intelligente, käferartige Roboter, gebaut von den Klikiss.
Klio's – ildiranischer Handelsminister.
K'llar bekh! – energischer ildiranischer Fluch, etwa wie »Gottverdammt!«
Knatterer – theronische Nuss.
Kohorte – Kampfflotte der ildiranischen Solaren Marine, besteht aus sieben Manipeln beziehungsweise 343 Schiffen.
Kompetenter computerisierter Helfer – intelligenter Dienstroboter, »Kompi« genannt, in den Modellen Freundlich, Lehrer, Gouvernante, Zuhörer und anderen erhältlich.
Kompi – Kurzform für »kompetenter computerisierter Helfer«.
Kondorfliege – buntes fliegendes Insekt auf Theroc; sieht aus wie ein großer Schmetterling und wird manchmal wie eine Art Haustier gehalten.
Kongress des Mannigfachen Glaubens – religiöse Körperschaft der Hanse, mit den Vereinten Nationen vergleichbar. Dem Kongress gehören Repräsentanten vieler Religionen an.
Kori'nh, Adar – Oberbefehlshaber der ildiranischen Solaren Marine.
Kräusler – saure theronische Frucht.
Kriegsschiff – größtes Schiff in der ildiranischen Solaren Marine.
Kugelschiff – großes, kugelförmiges Raumschiff der Hydroger.

Lanyan, General Kurt – Kommandeur der Terranischen Verteidigungsflotte.
Leitstern – Philosophie und Religion der Roamer, eine lenkende Kraft im Leben jeder einzelnen Person.

Llaro – von den Klikiss aufgegebene Welt.
Lorie'nh – Befehlshaber einer Kohorte in der ildiranischen Solaren Marine.
Lotze, Davlin – Exosoziologe und Spion der Hanse auf Crenna.

Malph – junger Krimineller auf der Erde.
Manipel – Kampfgruppe der ildiranischen Solaren Marine, besteht aus sieben Septas bzw. neunundvierzig Schiffen.
Manta – mittelgroßer Kreuzer der TVF.
Maratha – ildiranische Urlaubswelt mit sehr langem Tag-Nacht-Zyklus.
Marco Polo – eines der elf Generationenschiffe der Erde, brach als Drittes auf.
Maylor – Roamer-Clan.
Meena – Niras Mutter.
Mesta, Gabriel – Captain der *Große Erwartungen*, von Rand Sorengaards Piraten umgebracht.
Meyer – rote Zwergsonne, in deren Umlaufbahn sich Rendezvous befindet.
Mijistra – eindrucksvolle Hauptstadt des Ildiranischen Reiches.
Moloch – größte Schlachtschiff-Klasse der Terranischen Verteidigungsflotte.
Mondstatuengarten – Parkanlage beim Flüsterpalast, mit sorgfältig beschnittenen Bäumen und Sträuchern sowie vielen Skulpturen.

Nappel – theronische Frucht.
Nialia – »Pflanzenmotten«, wachsen auf Hyrillka.
Nira – junge grüne Priesterin, begleitet Otema nach Ildira.

Okiah, Berndt – Jhy Okiahs Enkel, Chief der Himmelsmine über Erphano.
Okiah, Jhy – eine Roamerin, sehr alt, Sprecherin der Clans.
Okiah, Junna – Berndt Okiahs Tochter.
Okiah, Kotto – Jhy Okiahs jüngster Sohn, wagemutiger Erfinder, der die Isperos-Kolonie plante.
Okiah, Marta – Berndt Okiahs Frau.
Oncier – Gasriese, wurde von der Klikiss-Fackel in eine Sonne verwandelt.
Osquivel – Gasriese mit Ringen und verborgenen Werften der Roamer.

Otema - alte grüne Priesterin, Botschafterin Therocs auf der Erde, wurde später nach Ildira geschickt.
OX - Lehrer-Kompi, einer der ältesten irdischen Roboter. Befand sich an Bord der *Peary*.

Paarbirnen - theronische Frucht; wachsen in Paaren an Bäumen.
Palisade - Kolonialwelt der Hanse.
Pasternak, Shareen - Chief der Himmelsmine über Welyr.
Peary - eines der elf Generationenschiffe der Erde, brach als Erstes auf.
Pellidor, Franz - Assistent des Vorsitzenden Basil Wenzeslas, ein »Sonderbeauftragter«.
Peroni, Denn - Cescas Vater.
Peroni, Francesca - eine Roamerin, wird ausgebildet, um nächste Sprecherin zu werden, mit Ross Tamblyn verlobt.
Perrinsamen - theronische Nuss.
Peter, Prinz - Nachfolger des alten Königs Frederick.
Petrow - Roamer-Clan.
Pfefferblumentee - ein Getränk der Roamer.
Pilzriff - große Gewächse auf Theroc, von den Theronen als Wohnquartiere benutzt.
Platcom - Plattform-Commander, Kommandant einer Thunderhead-Waffenplattform der TVF.
Platschbeeren - theronische Frucht.
Plumas - Mond mit einem dicken Eispanzer, unter dem sich ein Ozean erstreckt. Der Tamblyn-Clan betreibt dort Wasserminen.
Prismapalast - Wohnort des Weisen Imperators.
Ptoro - Gasriese, über dem Crim Tylars Himmelsmine arbeitete.
Pym - von den Klikiss aufgegebene Welt.

Qronha - ein Doppelstern, zwei der ildiranischen »sieben Sonnen«. In dem System gibt es zwei bewohnbare Welten und einen Gasriesen, Qronha 3.
Qul - Rang in der ildiranischen Solaren Marine, Kommandant eines Manipels bzw. von neunundvierzig Schiffen.

Rada - Niras jüngste Schwester.
Ramah - terranische Kolonialwelt, hauptsächlich von islamischen Pilgern besiedelt.
Relleker - terranische Kolonialwelt, als Urlaubsplanet bekannt.

Remora – kleiner Angriffsjäger der Terranischen Verteidigungsflotte.

Rendezvous – bewohnter Asteroidenhaufen, geheimes Regierungszentrum der Roamer.

Reynald – ältester Sohn von Vater Idriss und Mutter Alexa.

Rheindic Co – von den Klikiss aufgegebener Planet. Die beiden Xeno-Archäologen Margaret und Louis Colicos entdecken dort wichtige Hinterlassenschaften des verschwundenen Insektenvolkes.

Roamer – lockere Konföderation unabhängiger Menschen, wichtigste Produzenten von Ekti.

Roberts, Branson – früherer Ehemann von Rlinda Kett.

Robinson, Madeleine – frühe planetare Prospektorin. Sie und ihre beiden Söhne entdeckten Klikiss-Ruinen und aktivierten Roboter auf Llaro.

Rysa'h – Hyrillka-Designierter, dritter Sohn des Weisen Imperators.

Saatbeeren – theronische Frucht.

Saga der Sieben Sonnen – historisches und legendäres Epos des ildiranischen Volkes.

Salznuss – theronische Frucht.

Sarein – älteste Tochter von Vater Idriss und Mutter Alexa.

Schössling – ein junger Weltbaum, der oft in einem verzierten Topf transportiert wird.

Schwimmer – Angehörige eines ildiranischen Geschlechts, leben im Wasser.

Septa – kleine Kampfgruppe aus sieben Schiffen der ildiranischen Solaren Marine.

Septar – Kommandant einer Septa.

Serizawa, Dr. Gerald – der für den Einsatz der Klikiss-Fackel bei Oncier verantwortliche Wissenschaftler.

Shana Rei – legendäre »Geschöpfe der Dunkelheit« in der *Saga der Sieben Sonnen*.

Shizz – Kraftausdruck der Roamer.

Sirix – Klikiss-Roboter im archäologischen Lager auf Rheindic Co.

Sorengaard, Rand – Roamer und Raumpirat.

Spiralarm – der vom Ildiranischen Reich und der Terranischen Hanse besiedelte Teil der Milchstraße.

Splitter-Kolonie – ildiranische Kolonie mit der fürs *Thism* notwendigen minimalen Bevölkerungsdichte.

Sprecher – politisches Oberhaupt der Roamer.

Spreiznüsse – theronische Frucht.
Sternenspiel – ein bei den Roamern beliebtes Spiel, bei dem das Navigationsgeschick auf die Probe gestellt wird.
Stroganow – eines der elf Generationenschiffe der Erde, brach als Neuntes auf.
Stromo, Admiral Lev – Admiral der Terranischen Verteidigungsflotte.
Sweeney, Dahlia – DDs erste Eigentümerin.
Sweeney, Marianna – Dahlias Tochter, DDs zweite Eigentümerin.

Tal – militärischer Rang in der ildiranischen Solaren Marine, Kommandant einer Kohorte.
Talbun – alter grüner Priester auf Corvus Landing.
Tamblyn, Bram – Roamer, Oberhaupt des Tamblyn-Clans, Vater von Ross, Jess und Tasia.
Tamblyn, Caleb – einer von Jess' Onkeln, Brams Bruder.
Tamblyn, Jess – Roamer, zweiter Sohn von Bram Tamblyn.
Tamblyn, Ross – Roamer, ältester Sohn von Bram Tamblyn, mit seinem Vater zerstritten und Chief der Blauen Himmelsmine.
Tamblyn, Tasia – Tochter von Bram Tamblyn.
Telkontakt – unmittelbare telepathische Kommunikation der grünen Priester.
Terranische Hanse – Regierung und interplanetare Handelsorganisation der Erde und ihrer Kolonialwelten.
Terranische Verteidigungsflotte – terranische Raumstreitmacht, Hauptquartier auf dem Mars, mit Stützpunkten auf anderen Welten der Hanse.
Theroc – Dschungelplanet, Heimat des Weltwaldes.
Therone, Theronin – Bewohner von Theroc.
Thism – schwache telepathische Verbindung zwischen dem Weisen Imperator und allen Ildiranern.
Thor'h – Jora'hs ältester Sohn aus dem Adels-Geschlecht, dazu bestimmt, der nächste Erstdesignierte zu werden.
Thronsaal – der Empfangssaal des Königs im Flüsterpalast.
Thunderhead – mobile Waffenplattformen der Terranischen Verteidigungsflotte.
Tivvis – umgangssprachlicher Ausdruck für die Soldaten der TVF.
Transtor – von den Hydrogern verwendetes Transportsystem, das es ihnen gestattet, andere Gasriesen ohne die Verwendung von Raumschiffen zu erreichen.

Truppentransporter – ein großes Transportschiff der ildiranischen Solaren Marine.

TVF – Terranische Verteidigungsflotte.

Tylar, Crim – Betreiber einer Himmelsmine der Roamer über Ptoro.

Unersättliche Neugier – Rlinda Ketts Handelsschiff.

Unisono – von der Regierung der Hanse unterstützte Standard-Religion für offizielle Aktivitäten auf der Erde.

UR – Roamer-Kompi in Rendezvous, Gouvernanten-Modell.

Vao'sh – ildiranischer Erinnerer.

Vichy – eines der elf Generationenschiffe der Erde, brach als Achtes auf.

Wackelfrucht – theronische Frucht.

Weiser Imperator – das gottartige Oberhaupt des Ildiranischen Reiches.

Weltbaum – ein einzelner Baum des Weltwalds auf Theroc.

Weltwald – der halbintelligente Wald auf Theroc.

Welyr – Gasriese, in dessen Atmosphäre eine Himmelsmine der Roamer zerstört wurde.

Wen, Thara – frühe Siedlerin auf Theroc, vom Generationenschiff *Caillié*. Der erste Mensch, der sich mit dem Weltwald verband.

Wenzeslas, Basil – Vorsitzender der Terranischen Hanse.

Yarrod – grüner Priester, jüngerer Bruder von Mutter Alexa.

Yreka – abgelegene terranische Kolonialwelt.

Yura'h – früherer Weiser Imperator, herrschte zur Zeit der ersten Begegnung mit den Menschen.

Zan'nh – ildiranischer Offizier, ältester Sohn des Erstdesignierten Jora'h.